DOĞAN KARDEŞ - 179

J. K. ROWLING

Harry Potter ve Melez Prens

ÇEVİRENLER:
SEVİN OKAY
KUTLUKHAN KUTLU

YKY
İSTANBUL

Yapı Kredi Yayınları – 2244
Doğan Kardeş – 179

Harry Potter ve Melez Prens / J. K. Rowling
Özgün Adı: Harry Potter and the Half-Blood Prince
Çevirenler: Sevin Okyay-Kutlukhan Kutlu

Kitap Editörü: Betül Kadıoğlu
Düzelti: İncilay Yılmazyurt, Fahri Güllüoğlu

Genel Tasarım: Nahide Dikel

Baskı: Acar Matbaacılık
Beysan Sanayi Sitesi, Birlik Caddesi, No: 26, 34310, Haramidere, Avcılar, İstanbul

Çeviriye Temel Alınan Baskı: Bloomsbury, Londra, 2005
YKY'de 1. Baskı: İstanbul, Ekim 2005
1. Baskı Adedi: 75.000
(Acar Matbaacılık: 50.000, Üç-Er Ofset: 25.000)
ISBN 975-08-0995-5

Yapı Kredi Kültür Sanat Yayıncılık Ticaret ve Sanayi A.Ş.
Yapı Kredi Kültür Merkezi
İstiklal Caddesi No. 285 Beyoğlu 34433 İstanbul
Telefon: (0 212) 252 47 00 (pbx) Faks: (0 212) 293 07 23
http://www.yapikrediyayinlari.com
e-posta: ykkultur@ykykultur.com.tr
İnternet satış adresi: http://yky.estore.com.tr
www.teleweb.com.tr

İçindekiler

Güzel kızım
Mackenzie'ye
mürekkep ve kâğıttan yapılmış
ikizini adıyorum

Öteki Bakan

Saat gece yarısına yaklaşıyordu ve Başbakan bürosunda oturmuş, ardında en ufak bir anlam bırakmadan beyninden kayıp geçen uzun bir mesajı okuyordu. Uzak bir ülkenin devlet başkanından telefon bekliyordu; bir taraftan alçak adamın arayıp aramayacağını merak eder, bir taraftan da çok uzun, yorucu ve zorlu bir haftanın tatsız anılarını bastırmaya çalışırken, kafasında başka bir şeye pek yer kalmamıştı. Önündeki kâğıtta yazılı olanlar üzerine odaklanmaya ne kadar çok gayret ederse, siyasi muhaliflerinden birinin kötü niyetli yüzü gözünün önünde o kadar netleşiyordu. Adı geçen muhalif daha o gün haberlere çıkmış ve yalnızca son hafta içinde olan bütün korkunç şeyleri sıralamakla kalmayarak (sanki insanın hatırlatılmasına ihtiyacı varmış gibi), tek tek her birinin neden hükümetin hatası olduğunu da açıklamıştı.

Bu suçlamaları hatırlayınca Başbakan'ın nabzı daha hızlı atmaya başladı, çünkü ne adildiler, ne de gerçek. Hükümetin nasıl olup da o köprünün yıkılışını durdurmayı başarması bekleniyordu acaba? Köprülere yeterince para harcamadıklarını ileri sürmek, insafsızcaydı. Köprü yapılalı daha on yıl olmamıştı ve en iyi uzmanlar bile nasıl tam ortasından ikiye ayrılıp da bir düzine arabayı aşağıdaki nehrin derin sularına gönderdiğini açıklamaktan aciz kalmıştı. Ve insan ne cüretle üzerinde çok konuşulmuş o iki berbat cinayete polis sayısındaki azlığın yol açtığını söylerdi?

Ya da West Country'de hem cana, hem mala onca zarar veren anormal hortumu hükümetin şu ya da bu şekilde önceden sezmiş olmasını beklerdi? Ve Başbakan yardımcılarından Herbert Chorley'nin o hafta, artık ailesiyle çok daha fazla vakit geçirmesine yol açacak gariplikte hareket etmeye karar vermesi *onun* kabahati miydi?

Muhalif, ağzı kulaklarında sırıtışını güçlükle saklayarak, "Ülkeye bir dehşet havası hâkim," demişti.

Ve ne yazık ki bu tamamen doğruydu. Başbakan da bunu hissediyordu, insanlar gerçekten her zamankinden mutsuz görünüyorlardı. Hava bile kasvetliydi; Temmuz'un ortasında bütün bu soğuk sis... tekin değildi, normal değildi...

Mesajın ikinci sayfasını çevirdi, daha ne kadar sürdüğünü gördü ve ümitsiz bir vaka olduğunu düşünerek bıraktı. Kollarını başının üstüne kaldırıp gerinerek, kederli kederli kendi bürosuna baktı. Güzel bir odaydı, mevsimsiz soğuğa karşı sıkıca kapanmış uzun çerçeveli pencerelere bakan şık bir mermer şöminesi vardı. Başbakan hafifçe titreyerek ayağa kalkıp pencereye yürüdü ve dışarı, cama bastıran ince sise baktı. İşte o anda, sırtı odaya dönük dururken, arkasından gelen nazik öksürüğü duydu.

Karanlık camdaki korkmuş görünen yansımasıyla burun buruna, donup kaldı. Bu öksürüğü tanıyordu. Daha önce de duymuştu. Boş odaya bakmak için ağır ağır döndü.

"Kim var orda?" dedi, hissettiğinden daha cesur görünmeye çalışarak.

Bir an, kimsenin ona cevap vermeyeceği şeklindeki imkânsız bir umuda kapılma hakkını kendine tanıdı. Ancak, kulağa sanki önceden hazırlanmış bir bildiriyi okuyormuş gibi gelen gevrek, kararlı bir ses hemen cevap verdi. Ses, odanın uzak köşesinde, küçük ve pis bir yağlıboya tablodaki, uzun gümüş rengi peruk takmış, ufak tefek, kurbağa misali adamdan geliyordu – Başbakan bunun böyle olacağını daha ilk öksürükte anlamıştı zaten.

"Muggle'ların Başbakanı'na. Acilen buluşmamız gerek. Lütfen derhal cevap verin. Saygılarımla, Fudge." Tablodaki adam soru sorarcasına Başbakan'a baktı.

"Şey," dedi Başbakan, "bakın... benim için pek uygun bir zaman değil... Anlıyorsunuz ya, bir telefon bekliyorum... bir devlet başkanından...."

"Bu ayarlanabilir," dedi portre hemen. Başbakan'ın yüreği sıkıştı. Bundan korkuyordu işte.

"Ama ben aslında onunla konuşmayı ümit ediyordum –"

"Başkan'ın aramayı unutmasını sağlarız. Onun yerine, yarın akşam telefon eder," dedi ufak tefek adam. "Lütfen derhal Mr Fudge'a cevap verin."

"Ben... ah... iyi," dedi Başbakan halsiz halsiz. "Evet, Fudge'ı göreceğim."

Aceleyle masasına döndü, giderken kravatını düzeltiyordu. Daha yerine yeni oturmuş, rahat ve telaşsız olduğunu umduğu bir ifade takınmıştı ki, mermer şömine rafının altındaki boş ızgarada parlak yeşil alevler bir anda can buldu. Topaç gibi hızla dönen tombalak bir adam alevlerin arasında belirirken, Başbakan bir parça olsun şaşkınlık ya da korku göstermemeye çalışarak, gözledi. Birkaç saniye sonra adam şömineden çıkıp hayli iyi, antika bir halıya adım atmış, ince çizgili, uzun pelerininin kollarındaki külleri süpürüyordu, elinde limon yeşili bir melon şapka vardı.

"Ah... Başbakan," dedi Cornelius Fudge, elleri ileri uzanmış halde ona doğru yürürken, "Sizi yeniden görmek ne güzel."

Başbakan'ın bu iltifatı aynen iade etmesi dürüstçe olmazdı, onun için de hiçbir şey söylemedi. Fudge'ın arada sırada ortaya çıkışı zaten başlı başına dehşet verici olduğu gibi, genellikle çok kötü haberler vermek üzere olduğu anlamına da geldiği için, onu gördüğüne zerre kadar memnun olmamıştı. Üstelik, Fudge, kesinlikle bitkin görünüyordu. Zayıflamış, kelleşmiş ve grileşmişti, yüzünde de örselenmiş bir hal vardı. Başbakan daha önce de politikacıların böyle göründüğüne tanık olmuştu ve bu görünüş asla hayra alamet değildi.

"Size nasıl yardımcı olabilirim?" dedi Fudge'ın elini şöyle bir sıkıp masanın önündeki iskemlelerin en sert olanlarından birini göstererek.

"Nereden başlayayım, bilemiyorum," diye mırıldandı Fudge. İskemleyi çekip oturdu ve yeşil melon şapkasını dizlerine yerleştirdi. "Ne hafta ama, ne hafta..."

"Sizin haftanız da mı kötü geçti?" diye sordu Başbakan soğuk soğuk, zaten önünde yeterince sorun olduğunu, buna bir de Fudge'ın katkıda bulunmasına gerek olmadığını anlatmak isteyerek.

"Evet, tabii," dedi Fudge, yorgun yorgun gözlerini ovuşturup somurtkan bir ifadeyle Başbakan'a baktı. "Ben de sizinle aynı haftayı geçirdim, Başbakan. Brockdale köprüsü, Bones ve Vance cinayetleri... West Country'deki kargaşanın sözünü bile etmiyorum."

"Siz – şey – sizin – yani demek istiyorum ki, halkınızdan bir kısmı bunlarla – bu şeylerle – ilgiliydi, öyle mi?"

Fudge Başbakan'ı hayli otoriter bir bakışla süzdü.

"Elbette ilgiliydiler," dedi. "Neler olup bittiğinin farkına vardınız herhalde, değil mi?"

"Ben..." diye duraksadı Başbakan.

Fudge'ın ziyaretlerinden böylesine hoşlanmamasının sebebi tam da bu davranışlardı işte. Sonuç olarak o Başbakan'dı, ona kendini cahil bir okul çocuğu gibi hissettirmelerinden hiç hazzetmiyordu. Öte yandan, Başbakan oluşunun ilk gecesi Fudge'la ilk karşılaşmasından beri işler bu şekilde yürümüştü. Sanki dünmüş gibi hatırlıyordu ve öldüğü güne kadar aklından çıkmayacağını biliyordu.

Bu büroda tek başına durmuş, onca yıllık hayal ve entrikanın ardından ulaştığı zaferin tadını çıkarıyordu ki, tıpkı bu gece olduğu gibi arkasında bir öksürük duymuş ve dönüp bakınca çirkin küçük portrenin onunla konuştuğunu, Sihir Bakanı'nın biraz sonra gelip kendini takdim edeceğini haber verdiğini işitmişti.

Doğal olarak, uzun süreli kampanyanın ve seçim geriliminin onu delirttiğini düşünmüştü. Bir portrenin onunla konuşması karşısında resmen dehşete kapılmıştı ama, kerameti kendinden menkul bir büyücü şömineden dışarı atlayıp elini sıkınca hissettiklerinin yanında, bu bile devede kulak kalmıştı. O nutku tutulmuş halde dinlerken Fudge, dünyanın dört bucağında halen gizlice yaşayan cadılarla büyücüler olduğunu nazik nazik açıklamış ama Sihir Bakanlığı bütün büyücü topluluğunun sorumluluğunu üzerine aldığı ve sihirle uğraşmayan nüfusun onlardan haberinin olmasını engellediği için kafasını bu işlere yormasının gerekmeyeceği yolunda güvence vermişti. Bu iş, demişti Fudge, süpürgelerin sorumlu kullanımı tüzüklerinden, ejderha nüfusunu denetim altında tutmaya varan (Başbakan, bu noktada destek bulmak için masasına yapıştığını hatırlıyordu) her şeyi kapsayan zor bir iştir. Fudge sonra da hâlâ yerinde kalakalmış olan Başbakan'ın omzunu babacan bir tavırla okşamıştı.

"Üzülmeyin," demişti, "herhalde beni bir daha asla görmezsiniz. Sizi sadece bizim tarafta gerçekten ciddi bir şeyler oluyorsa rahatsız ederim; Muggle'ları ilgilendirme ihtimali olan bir şey – yani sihirle uğraşmayan nüfusu demek istiyorum. Öyle bir şey olmazsa, herkes kendi işine bakar, başkasının ayağına basmaz. Ve şunu da söylemeliyim: bu meseleyi selefinizden çok daha iyi karşıladınız. *O* beni pencereden dışarı atmaya çalışmıştı, muhalefetin planladığı bir oyun sanmıştı."

Başbakan işte bu noktada yeniden sesine kavuşmuştu.

"Siz – siz oyun değil misiniz, yani?"

Bu onun çaresizce sarıldığı son umudu olmuştu.

"Hayır," demişti Fudge, şefkatle. "Hayır, korkarım değilim. Bakın."

Ve Başbakan'ın çay fincanını bir tarla faresine dönüştürmüştü.

"Ama," demişti, bir sonraki konuşmasının köşesini çiğneyen çay fincanına bakan Başbakan, soluğu kesilmiş halde, "ama neden – neden kimse bana söylemedi –?"

Fudge, asasını yeniden ceketinin içine sokarak, "Sihir Bakanı kendisini yalnızca dönemin Muggle Başbakanı'na gösterir," demişti. "Bizce, gizliliği korumanın en iyi yolu bu."

"Ama öyleyse," demişti Başbakan melercesine, "niye önceki Başbakan'lardan biri beni uyarmadı –?"

Fudge bu soru üzerine resmen gülmüştü.

"Sevgili Başbakanım, *siz* kimseye söyleyecek misiniz?"

Fudge, kıkırdamaya devam ederek şömineye biraz toz atmış, zümrüt rengi alevlere girmiş ve bir *vijt* sesiyle kaybolmuştu. Başbakan, yerinden pek kıpırdayamadan orada durmuş ve bu karşılaşmadan ömrü boyunca başka bir canlıya asla söz etmeyeceğini fark etmişti. Çünkü bütün dünyada ona inanacak tek bir kişi çıkmazdı.

Şokun etkisinin geçmesi hayli vakit almıştı. Bir süre, Fudge'ın aslında, çok yorucu seçim kampanyası sırasında uykusuz kalması sonucu ortaya çıkan bir halüsinasyon olduğuna kendini ikna etmeye çalışmıştı. Bu rahatsız edici karşılaşmayı hatırlatan her şeyden kurtulma yolunda boş bir çabayla, tarla faresini yeğenine armağan edip onu sevindirmişti. Fudge'ın geleceğini bildiren ufak tefek çirkin adam portresini indirmesi yolunda sekreterine talimat vermişti. Ne var ki, Başbakan'ın içine kaygı salan bir şekilde, portreyi kaldırmak mümkün olmamıştı. Birkaç marangoz, bir iki inşaat işçisi, bir sanat tarihçisi ve Maliye Bakanı onu duvardan söküp çıkarmayı başaramayınca Başbakan bu çabadan vazgeçmiş ve sadece o şeyin görev süresi boyunca hareketsiz ve sessiz kalacağını ummakla yetinmişti. Bazen gözünün ucuyla resimde oturan kişinin esnediğini ya da burnunu kaşıdığını gördüğüne yemin edebilirdi: hatta, bir iki defa, yürüyüp çerçevesinden çıkmış ve geride çamur kahverengisi bir tuval bırakmıştı sadece. Ama Başbakan resme sık sık bakmamak ve böyle bir şey olunca kararlı bir şekilde gözlerinin ona oyun oynadığını söylemek konusunda kendini eğitmişti.

Sonra, üç yıl önce, bu geceye çok benzeyen bir gecede, Başbakan bürosunda yalnızken portre bir kez daha Sihir Bakanı'nın az sonra geleceğini ilan etmiş, Fudge da sırılsıklam ve hayli paniğe kapılmış halde şömineden fırlayıp çıkmıştı. Daha Başbakan ona neden sularını Axminster halısına akıttığını soramadan Fudge, adını hiç duymadığı bir hapishane, 'Sıryüz' Black diye bir adam, kulağa Hogwarts gibi gelen bir şey ve Harry Potter diye bir oğlan hakkında saçmalamaya başlamıştı ki, bunların hiçbiri Başbakan'a bir şey ifade etmiyordu.

"...Az önce Azkaban'dan geldim," demişti Fudge, soluk soluğa. Melon şapkasını eğip kenarından cebine büyük miktarda su boşaltmıştı. "Kuzey Denizi'nin ortasında, anlarsınız ya, pis bir uçuş... Ruh Emiciler isyan halinde – " demişti titreyerek, "– daha önce hiç kaçan olmamıştı. Neyse, size gelmek zorundaydım, Başbakan. Black sabıkalı bir Muggle katilidir ve tekrar Kim-Olduğunu-Bilirsin-Sen'e katılmayı planlıyor olabilir... ama tabii, siz daha Kim-Olduğunu-Bilirsin-Sen'in kim olduğunu bile bilmiyorsunuz!" Bir an çaresizce Başbakan'ı süzmüş, sonra da, "Eh, oturun bari, oturun, size bilgi versem iyi olur..." demişti. "Bir viski buyurun..."

Başbakan bırakın kendi içkisinin ona ikram edilmesi, kendi bürosunda oturun denmesine bile epeyce gücenmişti ama gene de oturmuştu. Fudge, asasını çıkarmış, kehribar rengi sıvıyla dolu iki büyük bardağı havadan var etmiş, birini Başbakan'ın elinin yanına itmiş ve kendine bir iskemle çekmişti.

Fudge, bir saati aşkın süreyle konuşmuştu. Bir noktada, belli bir adı yüksek sesle söylemeyi reddetmiş, onun yerine bu adı bir parşömen parçasına yazarak Başbakan'ın viskiyi tutmayan eline atmıştı. Sonunda Fudge gitmek üzere ayağa kalkınca, Başbakan da ayağa kalkmıştı.

"Yani şimdi sizce bu..." gözlerini kısarak sol elindeki isme bakmıştı, "Lord Vol—"

"*Adı Anılmaması Gereken Kişi!*" diye hırlamıştı Fudge.

"Özür dilerim... Adı Anılmaması Gereken Kişi'nin sağ olduğunu mu düşünüyorsunuz, yani?"

"Eh, Dumbledore öyle olduğunu söylüyor," demişti Fudge, ince çizgili pelerinini çenesinin altından tuttururken, "ama onu asla bulamadık. Bana sorarsanız, destek almadıkça tehlikeli olmaz, onun için de asıl Black konusunda kaygılanmamız gerek. Bu uyarıyı yayınlarsınız, değil mi? Mükemmel. Eh, umarım bir daha görüşmeyiz, Başbakan! İyi geceler."

Oysa birbirlerini yeniden görmüşlerdi. Daha aradan bir yıl geçmeden, canından bezmiş görünen Fudge, Kwidditch (ya da kulağa onun gibi gelen bir şey) Dünya Kupası'nda bir sorun çıktığını ve bazı Muggle'ların da buna 'karıştığı'nı Başbakan'a bildirmek için aniden Bakanlar Kurulu Salonu'nda belirmişti. Ama dediğine göre Başbakan'ın endişelenmemesi gerekiyordu, Kim-Olduğunu-Bilirsin-Sen'in İşaret'inin yeniden görülmüş olması hiçbir şey ifade etmiyordu. Fudge bunun münferit bir olay olduğundan emindi ve Muggle İrtibat Bürosu, onlar konuşurken bütün hafıza düzeltme işleriyle ilgileniyordu.

"Ah, az daha unutuyordum," diye eklemişti Fudge. "Üçbüyücü Turnuvası için üç yabancı ejderha ile bir sfenks getirdik, hayli sıradan bir iş ama, Sihirli Yaratıkların Düzenlenmesi ve Denetimi Dairesi bana ülkeye son derece tehlikeli yaratıklar getiriyorsak sizi bundan haberdar etmemizin kural kitabında yazılı olduğunu söylüyor."

"Ben – ne – *ejderha* mı?" demişti Bakan, boğulurcasına.

"Evet, üç tane," demişti Fudge. "Bir de sfenks. Hadi, size iyi günler."

Başbakan, ortada pek bir neden olmadığı halde, ejderhalarla sfenkslerden daha beteri olmayacağını ümit etmişti, ama boşuna. Daha aradan iki yıl geçmeden Fudge, bu sefer Azkaban'dan toplu bir kaçış olduğu haberiyle yeniden ateşten fırlayıp çıkmıştı.

"*Toplu* kaçış mı?" diye kısık sesle tekrarlamıştı Başbakan.

"Endişeye mahal yok, endişeye mahal yok!" diye bağırmıştı Fudge, bir ayağı çoktan alevlerin içine girmiş durumda. "Onları göz açıp kapayana kadar yakalarız – haberiniz olsun dedim!"

Daha Başbakan arkasından "Dur, bir dakika bekle!" diye bağıramadan Fudge bir yeşil kıvılcımlar seli içinde gözden kaybolmuştu.

Basın ve muhalefet ne derse desin, Başbakan budala değildi. Fudge'ın ilk karşılaşmalarında ona aksi yönde güvence vermesine rağmen, artık birbirlerini sık sık gördükleri de, Fudge'ın her ziyarette daha telaşlı göründüğü de dikkatinden kaçmamıştı. Sihir Bakanı'nı (ya da, kafasında Fudge'a hep dediği gibi, *Öteki* Bakan'ı) aklına getirmekten pek hoşlanmadığı halde, onun bir daha ortaya çıktığında daha da vahim haberler getireceğini düşünmekten kendini alamıyordu. O yüzden de saçı başı darmadağınık ve siniri burnunda bir Fudge'ın, Başbakan niye orada olduğunu bilmediği için şaşkın ve huysuz bir halde bir kez daha ateşten çıkışını görmek, bu son derece iç karartıcı haftada olup bitenlerin en berbatı sayılırdı.

Başbakan, "Ben – şeyde – büyücü topluluğunda neler olup bittiğini nereden bileyim?" diye çıkıştı. "Benim şu anda idare edecek bir ülkem ve yeterince derdim var, yani bir de böyle bir şeye –"

"Dertlerimiz aynı," diye onun sözünü kesti Fudge. "Brockdale köprüsü aşınmamıştı. O hortum gerçek bir hortum değildi. O cinayetler de Muggle'ların işi değil. Ve Herbert Chorley'nin ailesi onsuz daha fazla güvencede olur. Chorley'yi St Mungo Sihirsel Hastalıklar ve Sakatlıklar Hastanesi'ne aktarmak için gereken düzenlemeleri yapıyoruz şu anda. Bu akşam oraya taşınacak."

"Ne yapıyor... korkarım ki... *ne*?" diye yaygarayı bastı Başbakan.

Fudge büyük, derin bir nefes aldı ve dedi ki: "Başbakan, üzüntüyle size bildirmek zorundayım ki o geri geldi. Adı Anılmaması Gereken Kişi geri geldi."

"Geri? 'Geri' derken... yaşıyor mu? Yani –"

Başbakan hafızasında üç yıl önce, Fudge'ın ona hepsinden fazla korkulan büyücüyü, on beş yıl önce esrarengiz bir şekilde ortadan kaybolmadan önce bin tane dehşet verici suç işlemiş büyücüyü anlattığı o korkunç konuşmanın ayrıntılarını bulmaya çalıştı.

"Evet, yaşıyor," dedi Fudge. "Yani – bilmiyorum – bir adam öldürülemiyorsa eğer, yaşıyor olabilir mi? Tam olarak anlamıyorum, Dumbledore da doğru dürüst açıklamıyor – ama mesele şu ki bir bedeni var ve yürüyor, konuşuyor, öldürüyor ve bu yüzden de, evet, yaşıyor diyebiliriz."

Başbakan buna ne diyeceğini bilmiyordu ama ortaya atılan her konuda bilgili görünme isteğinden doğan inatçı bir alışkanlık, daha önceki konuşmalarından hatırladığı ayrıntıları araştırmasına yol açtı.

"Sıryüz Black de – şeyle – Adı Anılmaması Gereken Kişi ile birlikte mi?"

"Black? Black?" dedi Fudge dalgın dalgın, melon şapkasını parmaklarının arasında hızla çevirerek. "Sirius Black demek istiyorsunuz, değil mi? Merlin'in sakalı, hayır. Black öldü. Anlaşılan – şey – Black hakkında yanılmışız. Meğer masummuş. Ve Adı Anılmaması Gereken Kişi ile işbirliği de yapmamış. Yani," diye ekledi kendini savunmak istercesine, melon şapkasını daha da hızla döndürerek, "bütün kanıtlar buna işaret ediyordu – elliden fazla görgü tanığımız vardı – ama neyse, dedim ya, öldü. Aslına bakarsanız, öldürüldü. Sihir Bakanlığı'nın içinde. Bir soruşturma olacak, elbette..."

Bu noktada Başbakan, büyük bir şaşkınlık içinde, Fudge'a karşı anlık bir merhamet hissi duydu. Ancak, kendisi şöminelerden çıkıp bedenlenme alanında yetersiz kalsa da, sorumluluğu altındaki hükümet dairelerinin hiçbirinde cinayet işlenmediği... hiç değilse şimdilik işlenmediği... düşüncesiyle gelen bir kendinden hoşnutluk ışıltısı, bu merhameti neredeyse ânında bastırdı.

Başbakan gizlice masasının tahtasını tıklatırken, Fudge sözüne devam etti. "Ama Black artık geride kaldı. Mesele şu ki, Başbakanım, savaş halindeyiz ve önlem alınması gerek."

"Savaş mı?" diye tekrarladı Başbakan ürkek ürkek. "Mutlaka abartıyor olmalısınız, değil mi?"

Fudge, gittikçe daha çabuk konuşarak ve elindeki melon şapkayı limon yeşili bir leke halini alacak kadar süratle çevirerek, "Adı Anılmaması Gereken Kişi'ye şimdi, Ocak'ta Azkaban'dan kaçmış olan müritleri de katıldı," dedi. "Açığa çıktıklarından beri, ortalığı darmaduman ettiler. Brockdale köprüsü – o yaptı, Başbakan, eğer bir kenara çekilmezsem Muggle'ları yığınlar halinde öldürmekle tehdit etti ve –"

"Aman Tanrım! Demek bu insanların öldürülmesi *sizin* kabahatiniz, ama paslanmış donanım ve aşınmış genleşme derzleri konusundaki ve daha kim bilir hangi konulardaki soruları cevaplandırmak bana düştü, öyle mi?" dedi Başbakan öfkeyle.

"Benim kabahatim mi?" dedi, kızaran Fudge. "Siz böyle bir şantaja boyun eğer miydiniz demek istiyorsunuz?"

"Belki de eğmezdim," dedi Başbakan, ayağa kalkıp odayı adımlayarak, "ama o böyle gaddarca bir şey yapmadan önce şantajcıyı yakalamak için elimden geleni yapardım!"

"Ben elimden geleni yapmıyor muyum sanıyorsunuz?" diye sordu Fudge, hararetle. "Bakanlık'taki her Seherbaz onu bulmaya, müritlerini yakalamaya çalışıyordu – hâlâ da çalışıyor – ama gelmiş geçmiş en güçlü büyücülerden birinden söz ediyoruz, yaklaşık otuz yıldır bir türlü yakalanamamış bir büyücüden!"

Attığı her adımla birlikte öfkesi daha da kabaran Başbakan, "Sanırım bana West Country'deki hortuma da onun neden olduğunu söyleyeceksiniz, değil mi?" dedi. Bütün bu korkunç felaketlerin nedenini keşfetmek ve halka açıklayamamak insanı çileden çıkaran bir şeydi; hani neredeyse, bunların hükümetin kabahati olmasından da beterdi.

"O hortum falan değildi," dedi Fudge, perişan halde.

"Anlayamadım!" diye bas bas bağırdı Başbakan, artık resmen olduğu yerde tepiniyordu. "Ağaçların kökleri çıkmış, çatılar sökülmüş, sokak fenerleri eğrilmiş, korkunç yaralanmalar –"

"Ölüm Yiyen'lerdi," dedi Fudge. "Adı Anılmaması Gereken Kişi'nin müritleri. Ve... işe devlerin de karıştığından şüpheleniyoruz."

Başbakan, görünmez bir duvara çarpmış gibi duruverdi. "*Nelerin* karıştığından, nelerin karıştığından?"

Fudge yüzünü buruşturdu. "Geçen sefer de devlerden yararlanmıştı, büyük etki yaratmak istediğinde öyle yapıyor. Yanlış Bilgilendirme Bürosu gece gündüz çalışıyor, Unutturucu ekiplerimiz aslında neler olduğunu gören Muggle'ların hafızalarını değiştirmeye uğraştı, Sihirli Yaratıkların Düzenlenmesi ve Denetimi Dairesi'ndekilerin büyük kısmına Somerset'in altını üstüne getirttikse de devleri bulamadık – tam bir felaket oldu."

"Yok canım!" dedi Başbakan, öfkeden köpürmüş halde.

"Bakanlık'ta morallerin hayli bozuk olduğunu inkâr etmeyeceğim," dedi Fudge. "Bütün bunlar bir yana, bir de Amelia Bones'u kaybetmek..."

"Kimi kaybetmek?"

"Amelia Bones, Sihirli Yasal Yaptırım Dairesi Başkanı. Adı Anılmaması Gereken Kişi onu bizzat öldürmüş olabilir, çünkü çok yetenekli bir cadıydı – ve bütün kanıtlar da kıran kırana mücadele ettiğini gösteriyor."

Fudge boğazını temizledi ve besbelli çaba harcayarak, melon şapkasını elinde döndürmeye son verdi.

"Ama o cinayet gazetelerde çıktı," dedi Başbakan, bir an kızgınlığını bir yana bırakarak. "*Bizim* gazetelerimizde. Amelia Bones... sadece, tek başına yaşayan orta yaşlı bir kadın olduğunu söylüyordu. Şeydi – iğrenç bir cinayetti, değil mi? Hayli sözü edildi. Polis aciz kalmıştı, anlıyorsunuz ya."

Fudge içini çekti. "Eh, elbette kalacaklar. İçeriden kilitli bir odada öldürülmüştü, sonuçta. Öte yandan biz kimin yaptığını tam olarak biliyoruz ama bunu bilmemiz katili yakalamak yolunda tek adım atmamızı sağlamıyor. Sonra Emmeline Vance de var, belki onu duymamışsınızdır ama –"

"Ah, evet, duydum!" dedi Başbakan. "Aslında, hemen buracıkta, şu köşede oldu. Gazeteler bayram etti: *Başbakan'ın arka bahçesinde yasa ve düzen çöküyor -*"

"Ve sanki bu yetmezmiş gibi," dedi, Başbakan'ı doğru dürüst dinlemeyen Fudge, "Ruh Emiciler üşüşmüş, her yerde insanlara saldırıyor..."

Daha mutlu günlerde bu cümle Başbakan için bir anlam taşımazdı ama artık daha bilge biriydi.

İhtiyatla, "Ruh Emiciler'in Azkaban'daki mahkûmların gardiyanı olduğunu sanıyordum," dedi.

"Öyleydiler," diye doğruladı Fudge, bitkin bitkin. "Ama artık değiller. Hapishaneyi bırakıp, Adı Anılmaması Gereken Kişi'ye katıldılar. Bunun bir darbe olmadığını iddia etmeyeceğim."

"Ama," dedi, işin dehşeti üzerine çökmeye başlayan Başbakan, "siz bana onların insanların umudunu ve mutluluğunu tüketen yaratıklar olduğunu söylememiş miydiniz?"

"Öyle. Üstelik ürüyorlar da. Bütün bu sise onların üremesi neden oluyor."

Başbakan dizleri çözülerek en yakındaki iskemleye çöktü. Kasabalara ve kırlara üşüşerek seçmenlerine çaresizlik ve umutsuzluk yayan görünmez yaratıklar fikri, onu bayılmanın eşiğine getirmişti.

"Bana bakın, Fudge – bir şeyler yapmak zorundasınız! Sihir Bakanı olarak bu sizin sorumluluğunuz!"

"Sevgili Başbakanım, bütün bunlardan sonra hâlâ Sihir Bakanı olduğumu düşünüyor olamazsınız herhalde? Üç gün önce sepetlendim! On beş gündür bütün büyücü topluluğu istifa edeyim diye bas bas bağırıyor. Görevde kaldığım sürece hiç böyle birlik olduklarını görmemiştim!" dedi Fudge, kahramanca gülümsemeye çabalayarak.

Başbakan'ın bir an nutku tutuldu. İçine düşürüldüğü duruma içerlese de, karşısında oturan çökmüş adama sempati duyuyordu.

"Çok üzgünüm," dedi sonunda. "Yapabileceğim bir şey var mı?"

"Çok naziksiniz, Başbakan, ama hiçbir şey yok. Bu gece buraya size son gelişmeleri anlatmak ve sizi halefimle tanıştırmak için gönderildim. Şimdiye kadar gelir diye düşünüyordum ama tabii şu an çok meşgul, onca şey olup biterken."

Fudge dönüp, kulağına bir tüy kalemin ucunu sokan, uzun kıvırcık gümüş rengi peruklu ufak tefek çirkin adamın portresine baktı.

Fudge'la göz göze gelince portre, "Birazdan burada olacak," dedi, "Dumbledore'a yazdığı mektubu bitiriyor."

"Ona iyi şanslar dilerim," dedi Fudge, ses tonu ilk kez buruk bir hal almıştı. "Son on beş gündür Dumbledore'a günde iki kere yazıyorum, istifini bile bozmuyor. Oğlanı ikna etmeye yanaşsaydı, ben belki de hâlâ... eh, belki Scrimgeour daha başarılı olur."

Fudge kırgınlığını açıkça belirten bir sessizliğe gömüldü, ama bu sessizlik hemen hemen aynı anda, gevrek, resmi sesiyle aniden konuşan portre tarafından bozuldu.

"Muggle'ların Başbakanı'na. Toplantı talep ediliyor. Acil. Lütfen derhal cevap verin. Rufus Scrimgeour, Sihir Bakanı."

"Evet, evet, tamam," dedi Başbakan dalgın dalgın. Şöminedeki alevler yeniden zümrüt yeşiline dönüp yükselerek tam ortalarında dönen ikinci bir büyücüyü gösterdiğinde ve az sonra da onu antika halının üzerine boşalttıklarında, neredeyse kılını kıpırdatmadı. Fudge ayağa kalktı, bir an duraksadıktan sonra Başbakan da onu izledi, yeni gelenin doğrulmasını, uzun siyah pelerinindeki külleri silkeleyip etrafa bakınmasını gözledi.

Başbakan'ın aklına gelen ilk, budalaca düşünce, Rufus Scrimgeour'un birazcık yaşlı bir aslana benzediği yolundaydı. Sarımsı kahverengi yelesi ve çalı gibi kaşları yol yol kırlaşmıştı; tel çerçeveli gözlüğünün arkasındaki gözleri sarımsıydı ve hafifçe topallasa bile uzun ve rahat adımlı belli bir zarafete sahipti. İnsanda hemen bir kurnazlık ve sertlik izlenimi uyandırıyordu;

Başbakan büyücü topluluğunun bu tehlikeli dönemde neden Scrimgeour'u lider olarak Fudge'a tercih ettiğini anladığını düşündü.

"Nasılsınız?" dedi Başbakan kibarca, elini uzatarak.

Gözleri odayı tarayan Scrimgeour, onun elini şöyle bir sıkıp bıraktı, sonra cüppesinin altından bir asa çıkardı.

"Fudge size her şeyi anlattı mı?" diye sordu, kapıya yürüyüp anahtar deliğine asasıyla dokunarak. Başbakan, kapının bir klik sesiyle kilitlendiğini duydu.

"Şey – evet," dedi. "Ve sizce sakıncası yoksa, o kapının kilitsiz kalmasını tercih ederim."

Scrimgeour "Ben ise konuşmamızın yarıda kesilmemesini tercih ederim," diye cevabı yapıştırdı, sonra da "ya da gözlenmememizi," diye ekledi. Asasını pencerelere tutarak perdelerin kapanmasını sağladı. "Evet, tamam, ben meşgul bir adamım, hemen işimize geçelim. Öncelikle, sizin güvenliğinizi tartışmamız gerek."

Başbakan iyice doğruldu ve cevap verdi. "Mevcut güvenliğimden son derece memnunum, çok teşekkür –"

"Eh, biz değiliz," diye onun sözünü kesti Scrimgeour. "Eğer Başbakanları İmperius Laneti'nin etkisi altına girerse, bu Muggle'lar için kötü bir durum olur. Dış büronuzdaki yeni sekreter –"

Başbakan hararetle, "Kingsley Shacklebolt'u başımdan atacak değilim, eğer bunu kastediyorsanız," dedi. "Son derece becerikli, hepsinin yaptığının iki katı iş yapıyor –"

"Büyücü de o yüzden," dedi Scrimgeour, yüzünde bir tebessüm izi dahi olmaksızın. "Korunmanız için size verilmiş çok iyi eğitimli bir Seherbaz."

"Durun bakalım bir dakika!" diye diklendi Başbakan. "Öyle kafanıza göre kendi adamlarınızı benim büroma koyamazsınız, benim için kimin çalışacağına ben karar veririm –"

"Shacklebolt'tan memnun olduğunuzu sanmıştım, değil misiniz?" diye sordu Scrimgeour soğuk soğuk.

"Memnunum – yani, memnundum –"

"Öyleyse sorun yok, değil mi?" dedi Scrimgeour.

"Ben... eh, Shacklebolt'un çalışması böyle devam ettiği sürece... şey... mükemmel," dedi Başbakan inandırıcı olmayan bir edayla, ama Scrimgeour onu pek duymamış gibiydi.

"Şimdi, gelelim Herbert Chorley'ye – Başbakan Yardımcınız," diye devam etti. "Ördek taklidi yaparak halkı eğlendiren adam."

"N'olmuş ona?" diye sordu Başbakan.

"Besbelli kötü yapılmış bir İmperius Laneti'nin etkisi altında," dedi Scrimgeour. "Lanet onun kafasını karıştırmış, ama hâlâ da tehlikeli olabilir."

"Birazcık vaklıyor, o kadar!" dedi Başbakan, bitkin bitkin. "Eminim ki biraz istirahat etse... belki içkiyi azaltsa..."

"Biz sizinle konuşurken, St Mungo Sihirsel Hastalıklar ve Sakatlıklar Hastanesi'nden bir Şifacı ekibi onu muayene ediyor. Şimdiye kadar üç tanesinin boğazını sıkmaya kalktı," dedi Scrimgeour. "Sanırım, onu Muggle toplumundan bir süre uzaklaştırmamız en iyisi olacak."

"Ben... şey... iyi olacak, değil mi?" diye sordu Başbakan endişeyle. Scrimgeour omzunu silkmekle yetindi, gerisingeri şömineye doğru harekete geçmişti bile.

"Eh, aslında söylemek istediğim bu kadar. Sizi gelişmelerden haberdar ederim, Başbakan – ya da, en azından, ben şahsen çok meşgul olsam bile bizim Fudge'ı yollarım. Danışman olarak Bakanlık'ta kalmayı kabul etti."

Fudge gülümsemeye çalıştı ama başarılı olamadı; daha ziyade, dişi ağrıyormuş gibi göründü. Scrimgeour cebinde, ateşin rengini yeşile dönüştüren esrarengiz tozu aramaya başlamıştı bile. Başbakan bir an ikisine çaresizce baktı, sonra bütün akşam bastırmaya çalıştığı kelimeler nihayet ağzından boşaldı.

"Ama Tanrı aşkına – siz *büyücüsünüz*! *Sihir* yapabiliyorsunuz! Elbette halledersiniz, hani – yani – *her şeyi*!"

Scrimgeour olduğu yerde yavaşça döndü, Fudge'la inanamayan bakışlarla birbirlerini süzdüler. Bu sefer sahiden gülümsemeyi başarabilen Fudge, şefkatle "Mesele şu ki, Başbakan," dedi, "öbür taraf da sihir yapabiliyor."

Ve böylece iki büyücü birbiri ardından parlak yeşil ateşe girip gözden kayboldular.

İKİNCİ BÖLÜM

Spinner's End

Başbakan'ın pencerelerine dayanmış olan soğuk sis, kilometrelerce ötede, otları fazlaca boy atmış, üzerlerine çerçöp fırlatılmış kıyılar arasında kıvrımlar çizerek akan pis bir nehrin üzerinde de süzülüyordu. Artık kullanılmayan bir değirmenden kalma muazzam bir baca, gölgeli ve meşum, yükseliyordu. Kara suyun fısıltısından başka ses çıkmıyordu. Uzun boylu otlar arasındaki kimi eskiden kalma balık ve patates tava ambalajlarını umutla koklamak için sessizce kıyıya sokulmuş sıska bir tilki dışında da hayat belirtisi yoktu.

Ama sonra, çok hafif bir *pop* sesiyle narin, kukuletalı bir suret nehrin kıyısında yoktan varoldu. İhtiyatlı gözlerini bu tuhaf yeni olaya diken tilki olduğu yerde dondu kaldı. Suret bir an nerede olduğunu saptar gibi göründü, sonra uzun pelerini otlar üzerinde hışırdayarak hafif, hızlı adımlarla yola koyuldu.

İkinci ve daha yüksek bir *pop* sesiyle, başka bir kukuletalı suret bedenlendi.

"Bekle!"

Bu kulak tırmalayan ses, şimdi çalılıklar içinde neredeyse yere yapışmış olan tilkiyi şaşırttı. Tilki saklandığı yerden sıçradı ve kıyı yukarı koşturdu. Yeşil bir ışık parladı, bir ciyaklama duyuldu ve tilki ölü halde yeniden toprağa düştü.

İkinci suret, hayvanı ayak başparmağıyla döndürdü.

"Sadece bir tilkiymiş," dedi kadının önemsemeyen sesi, ku-

kuletanın altından. "Sakın bir Seherbaz olmasın dedim – Cissy, bekle!"

Ama kovaladığı kişi duraklayıp geri döndükten ve parlayan ışığa baktıktan sonra, tilkinin az önce aşağı düştüğü yamaca tırmanmaya koyulmuştu bile.

"Cissy – Narcissa – dinle beni –"

İkinci kadın birinciye yetişti ve kolunu yakaladı, ama öteki kolunu çekti.

"Geri dön, Bella!"

"Beni dinlemelisin!"

"Dinledim zaten. Kararımı verdim. Beni rahat bırak!"

Adı Narcissa olan kadın, bir sıra eski parmaklığın nehri dar, kaldırım taşı kaplı bir sokaktan ayırdığı yamacın tepesine tırmandı. Öteki kadın, Bella, hemen onu izledi. Yan yana durup yolun öbür tarafında bulunan, pencereleri karanlıkta kasvetli ve kararmış görünen, yıkılmaya yüz tutmuş sıra sıra tuğla eve baktılar.

"Burada mı oturuyor?" dedi Bella, küçük gören bir edayla. "*Burada mı*? Bu Muggle tezek yığınında. Bizim cinsimizden buraya ilk adım atan biz olmalıyız –"

Ama Narcissa dinlemiyordu; paslı parmaklıklar arasındaki bir boşluktan geçmişti ve yolun öbür yanına doğru hızlı hızlı gidiyordu.

"Cissy, *bekle*!"

Bella, pelerini ardında dalgalanarak onu izledi ve Narcissa'nın evler arasındaki dar bir sokaktan fırlayarak, öncekinin hemen hemen aynı ikinci bir sokağa girdiğini gördü. Sokak lambalarından kimileri kırılmıştı; iki kadın aydınlık ve kopkoyu karanlık bölgeler arasında koşuyorlardı. Takip eden, avını, tam o başka bir köşeyi dönerken yakaladı ve bu sefer kolunu tutup yerinde döndürmeyi başardı, yüz yüze geldiler.

"Cissy, bunu yapmamalısın, ona güvenemezsin –"

"Karanlık Lord ona güveniyor, değil mi?"

"Karanlık Lord... bence... yanılıyor," dedi Bella soluk soluğa.

Gerçekten yalnız olup olmadıklarını kontrol etmek için dönüp etrafa bakarken, gözleri bir an kukuletasının altında ışıldadı. "Ne olursa olsun, bu plandan kimseye bahsetmemeye söz verdik. Bu Karanlık Lord'a ihanet –"

"Bırak beni, Bella!" diye hırladı Narcissa ve pelerininin altından bir asa çekerek, tehdit edici bir şekilde diğerinin yüzüne tuttu. Bella gülmekle yetindi.

"Cissy, kendi kardeşini mi? Yapmazsın canım –"

"Artık yapmayacağım hiçbir şey yok!" dedi Narcissa, neredeyse isterik bir sesle. Asayı bıçak gibi aşağı indirirken gene bir ışık parladı. Bella, sanki yanmış gibi, kız kardeşinin kolunu bıraktı.

"Narcissa!"

Oysa Narcissa ileri atılmıştı bile. Takipçisi, elini ovarak gene onun ardına düştü ama tuğla evlerin oluşturduğu terk edilmiş labirentin daha derinlerine girerken, artık aralarındaki mesafeyi koruyordu. Sonunda Narcissa, Spinner's End denen ve heybetli değirmen bacasının, uyaran dev bir parmak gibi üzerinde yükseldiği bir sokaktan hızla yukarı çıktı. Ayak sesleri kaldırım taşlarının üzerinde yankılanarak tahtayla kaplanmış ve kırılmış pencerelerin önünden geçti, alt kattaki bir odada sönük bir ışığın perdeler arasından parladığı en son eve vardı.

Mırıl mırıl lanet okuyan Bella daha ona yetişemeden kapıya vurmuştu bile. Hafif hafif soluyarak, pis nehrin gece meltemiyle onlara taşınan kokusunu içlerine çekerek, durup beklediler. Birkaç saniye sonra, kapının arkasında bir hareket duydular ve kapı aralandı. Soluk çehresinin iki yanında perdeler halinde ayrılmış uzun siyah saçları ve siyah gözleri olan bir adamın dışarı, onlara bakan kesiti göründü.

Narcissa kukuletasını geriye attı. Yüzü öyle beyazdı ki, karanlıkta parlar gibiydi; sırtından aşağı inen uzun sarı saçları, onu boğulmuş birine benzetiyordu.

"Narcissa!" dedi adam, kapıyı, ışık onun ve kız kardeşinin üstüne düşecek şekilde biraz daha açtı. "Ne hoş bir sürpriz!"

"Severus," dedi kadın, gergin bir fısıltıyla. "Seninle konuşabilir miyim? Acil."

"Pek tabii."

Geriye çekilerek içeri girsin diye ona yol açtı. Kukuletası halen başında olan kız kardeş de, davet beklemeden Narcissa'yı izledi.

"Snape," dedi kısaca, onun yanından geçerken.

"Bellatrix," diye cevap verdi adam ve kapıyı onların arkasından pat diye kapatırken, ince dudakları biraz alaycı bir tebessümle kıvrıldı.

İnsanda doğrudan doğruya, siyah yastık duvarlı bir hücre duygusu uyandıran minik bir oturma odasına girmişlerdi. Duvarlar boydan boya, çoğu eski siyah ya da kahverengi deriyle ciltlenmiş kitaplarla kaplıydı; tavandan sarkan mum dolu bir lambanın verdiği solgun ışık havuzunda, havları dökülmüş bir kanepe, eski bir koltuk ve bacakları sallanan bir masa bir araya toplanmıştı. Evin ihmal edilmiş bir havası vardı, sanki çoğu kez içinde kimse oturmuyormuş gibi.

Snape Narcissa'ya eliyle kanepeyi işaret etti. Narcissa pelerinini çıkardı, bir kenara koydu ve oturarak, kucağında kavuşturduğu titreyen beyaz ellerine baktı. Bellatrix kukuletasını daha yavaşça çıkardı. Kardeşi ne kadar sarışınsa o da o kadar esmerdi, kalın kapaklı gözleri, güçlü bir çenesi vardı ve Narcissa'nın arkasına geçmek için yürürken gözlerini Snape'ten ayırmadı.

Snape, iki kız kardeşin karşısındaki koltuğa yerleşerek, "Ee, senin için ne yapabilirim?" diye sordu.

"Biz... burada yalnızız, değil mi?" diye usulca sordu Narcissa.

"Evet, tabii. Yani, Kılkuyruk burada ama haşaratı saymıyoruz, değil mi?"

Asasını arkasındaki kitap duvarına doğrulttu. Bir pat sesiyle gizli bir kapı savrulup açıldı ve ufak tefek bir adamın donmuşçasına durduğu dar bir merdiveni ortaya çıkardı.

"Mutlaka fark etmişsindir, Kılkuyruk, konuklarımız var," dedi Snape, tembel tembel.

Adam kamburunu çıkararak son birkaç basamağı sürünürcesine inip odaya girdi. Küçük, sulanmış gözleri, sivri bir burnu vardı, yüzüne nahoş bir tebessüm oturtmuştu. Sol eliyle, parlak gümüş bir eldiven takılmış gibi görünen sağ elini okşuyordu.

"Narcissa!" dedi, cikler gibi bir sesle, "ve Bellatrix! Ne hoş –"

"İsterseniz eğer, Kılkuyruk bize içki getirir," dedi Snape. "Sonra da yatak odasına döner."

Kılkuyruk, sanki Snape ona bir şey atmış gibi, yüzünü buruşturdu.

"Ben senin hizmetkârın değilim!" diye cikledi, Snape'le göz göze gelmekten kaçınarak.

"Öyle mi? Ben Karanlık Lord seni buraya bana yardımcı olasın diye yerleştirdi sanıyordum."

"Yardımcı olmak için, evet – ama sana içki hazırlamak için değil – evini temizlemek için de değil!"

Snape ipeksi bir sesle, "Daha tehlikeli görevler için yanıp tutuştuğun hakkında en ufak bir fikrim yoktu, Kılkuyruk," dedi. "Kolaylıkla ayarlayabiliriz bunu: Karanlık Lord'la konuşurum ve –"

"İstediğim zaman ben de onunla konuşabilirim!"

"Elbette konuşursun," dedi Snape, dudak bükerek. "Ama bu arada bize içki getir. O cin yapımı şaraptan biraz getirirsen, olur."

Kılkuyruk, sanki tartışacakmış gibi görünerek bir an duraksadı, ama sonra döndü ve ikinci bir gizli kapıdan geçti. Gümbürtüler, bardak şıngırtıları duydular. Birkaç saniye sonra, bir tepside tozlu bir şişe ile üç kadeh taşıyarak geri döndü. Bunları, bacakları sallanan masaya bıraktı ve kitap kaplı kapıyı arkasından çarparak hızla yanlarından ayrıldı.

Snape üç kadehi kan kırmızısı şarapla doldurarak, iki tanesini kız kardeşlere uzattı. Narcissa mırıldanarak teşekkür etti ama Bellatrix bir şey demedi ve Snape'e dik dik bakmayı sürdürdü. Ne var ki bu bakışlar Snape'in rahatını kaçırmadı; tersine, eğlenmiş görünüyordu.

"Karanlık Lord'a," dedi, kadehini kaldırıp içindeki şarabı sonuna kadar içerek.

İki kardeş onu taklit etti. Snape kadehleri yeniden doldurdu.

Narcissa ikinci içkisini alırken, aceleyle, "Severus," dedi, "buraya böyle geldiğim için kusura bakma ama seni görmek zorundaydım. Sanırım bana yardım edebilecek tek kişi sensin –"

Snape onu durdurmak için elini kaldırdı, sonra asasını yeniden gizli merdiven kapısına doğrulttu. Yüksek bir pat sesi, ardından bir viyaklama duyuldu ve bunları Kılkuyruk'un hızla merdiveni tırmanma sesi izledi.

"Özür dilerim," dedi Snape. "Son zamanlarda kapıları dinleme huyu edindi. Bununla ne yapmaya çalışıyor, bilmiyorum... Ne diyordun, Narcissa?"

Narcissa bedenini sarsan derin bir soluk aldı ve yeniden başladı.

"Severus, burada olmamam gerek, kimseye bir şey söylememem tembihlendi, ama –"

"Öyleyse çeneni tutmalısın!" dedi Bellatrix, hırlarcasına. "Özellikle de burada kimin yanında olduğumuz düşünülürse!"

"'Burada kimin yanında' mı"? diye tekrarladı Snape, alayla. "Peki, bundan ne anlam çıkarmam gerekiyor, Bellatrix?"

"Sana güvenmediğimi, Snape, ki bunu zaten çok iyi biliyorsun!"

Narcissa kuru bir hıçkırık olabilecek bir ses çıkardı ve ellerini yüzüne kapadı. Snape kadehini masaya koyarak, elleri koltuğun kolçaklarında, arkasına yaslandı ve Bellatrix'in öfkeden ateş saçan yüzüne gülümseyerek baktı.

"Narcissa, sanırım Bellatrix'in söylemek için patladığı şeyi dinlememiz gerek; böylece lafımızın sıkıcı bir şekilde ikide bir kesilmesini önlemiş oluruz. Eh, devam et, Bellatrix," dedi Snape. "Bana niye güvenmiyorsun?"

Bellatrix, kanepenin arkasından gelip kadehini çarparak masaya koyarken, yüksek sesle, "Yüz tane nedeni var!" dedi. "Nereden başlasak? Karanlık Lord düştüğünde neredeydin? Neden o ortadan kaybolduğunda onu bulmak için en ufak bir çaba harcamadın? Bunca yıl Dumbledore'un cebinde yaşarken ne yapıyordun? Karanlık Lord'un Felsefe Taşı'nı elde etmesini niçin engelledin? Karanlık Lord yeniden doğduğunda neden hemen geri dönmedin? Birkaç hafta önce biz Karanlık Lord adına kehaneti almak için mücadele verirken sen neredeydin? Ve, Snape, Harry Potter niçin halen hayatta, beş yıl boyunca senin insafına kalmışken?"

Durakladı, göğsü hızla inip kalkıyordu, yanakları kızarmıştı. Arkasında Narcissa, elleri hâlâ yüzüne kapanmış, hareketsiz oturuyordu.

Snape gülümsedi.

"Sana cevap vermeden önce – ah, evet, Bellatrix, cevap vereceğim! Cevap vereceğim ki arkamdan fısıldaşanlara ve Karanlık Lord'a ihanetimle ilgili uyduruk hikâyeler anlatanlara da söylediklerimi iletebilesin! Sana cevap vermeden önce, diyorum, ben de bir soru sorayım. Karanlık Lord'un bana bu soruların teker teker hepsini sormadığını mı sanıyorsun, gerçekten? Ve ben ona tatmin edici cevaplar veremeseydim burada oturup sizinle konuşabilir miydim sanıyorsun?"

Bellatrix duraksadı.

"Sana inandığını biliyorum, ama –"

"Yanıldığını düşünüyorsun öyleyse? Ya da benim, artık nasıl becerdimse, onu kandırdığımı? Karanlık Lord'u, yani dünyanın gördüğü en büyük büyücüyü, en yetkin Zihnefend üstadını kandırdığımı, öyle mi?"

Bellatrix hiçbir şey demedi ama ilk kez biraz bozulmuş göründü. Snape üstelemedi. Yeniden içkisini aldı, yudumladı ve devam etti. "Bana Karanlık Lord düştüğünde nerede olduğumu soruyorsun. Olmamı emrettiği yerdeydim, Hogwarts Cadılık ve Büyücülük Okulu'nda, çünkü kendisi için Albus Dumbledore'u gözleyip ispiyon etmemi istemişti. Bu işi Karanlık Lord'un emri üzerine almıştım, sanırım biliyorsun, değil mi?"

Bellatrix, neredeyse fark edilmez bir şekilde başını evet anlamında salladı ve sonra ağzını açtı ama, Snape ondan önce davrandı.

"Ortadan kaybolduğunda niye onu bulma girişiminde bulunmadım diye sordun. Avery, Yaxley, Carrow'lar, Greyback, Lucius..." Narcissa'ya doğru hafifçe başını eğdi, "ve pek çok başka kişi niye aramaya girişmediyse, aynı nedenle. İşinin bittiğine inandım. Bununla iftihar etmiyorum, yanıldım, ama böyle işte... Eğer o sıralar inancını kaybeden bizleri bağışlamamış olsaydı, geriye pek az müridi kalacaktı."

"Ben kalırdım ama!" dedi Bellatrix, tutkuyla. "Azkaban'da onun için yıllarını harcamış olan ben!"

"Evet, gerçekten, çok hayran olunacak bir şey," dedi Snape bezgin bir sesle. "Tabii, hapisteyken ona pek faydan olmadı ama kuşkusuz hoş bir jest –"

"Jest ha!" diye bağırdı Bellatrix; öyle öfkeliydi ki biraz delirmiş gibi görünüyordu. "Ben Ruh Emiciler'e katlanırken sen Hogwarts'ta kaldın, rahat rahat Dumbledore'un köpeciğini oynadın!"

"Pek sayılmaz," dedi Snape sükûnetle. "Bana Karanlık Sanatlara Karşı Savunma öğretmenliğini vermedi bir türlü, biliyorsun. Bunun, nasıl desem, bir tür nüksetmeye yol açacağını düşündü sanırım... aklımı çelip eski alışkanlıklarıma döndüreceğini."

"Karanlık Lord için feda ettiğin şey bu muydu?" dedi Bellatrix alaylı alaylı, "en sevdiğin dersi öğretememek? Niye onca zaman orada kaldın, Snape? Öldüğüne inandığın bir efendi adına Dumbledore'u gözetlemek için mi?"

"Sayılmaz," dedi Snape, "gene de Karanlık Lord görevimi hiç bırakmadığım için memnun: döndüğü zaman ona Dumbledore hakkında verecek on altı yıllık bilgi vardı elimde, Azkaban'ın ne kadar nahoş olduğu hakkında sonu gelmez hatıralardan çok daha yararlı bir hoş geldin hediyesi..."

"Ama kaldın –"

"Evet, Bellatrix, kaldım," dedi Snape, ilk kez bir sabırsızlık belirtisine hâkim olamayarak. "Rahat bir işi, Azkaban'da yatmaya tercih ettim. Biliyorsun, Ölüm Yiyen'leri topluyorlardı. Dumbledore'un koruması beni hapse atılmaktan kurtardı, çok uygundu, ben de bundan yararlandım. Tekrar ediyorum: Karanlık Lord, işimde kalmamdan şikâyet etmiyor, onun için de senin niye ettiğini anlamıyorum."

Bellatrix lafını kesme yolunda her tür belirtiyi gösterdiği için, biraz daha yüksek sesle, "Sanırım daha sonra da neden Karanlık Lord'un Felsefe Taşı'na ulaşmasını engellediğimi sormuştun," dedi. "Bu kolayca cevaplandırılabilir. Bana güvenip güvenemeyeceğini bilmiyordu. O da senin gibi, sadık Ölüm Yiyen'den Dumbledore'un yardakçısına dönüştüğümü sanıyordu. Acınacak haldeydi, çok zayıftı, bedenini vasat bir büyücüyle paylaşıyordu. Kendisini Dumbledore'a ya da Bakanlık'a teslim edebilir korkusuyla, kim olduğunu eski bir müttefike açıklamaya cesaret edemiyordu. Bana güvenmediği için derin bir üzüntü duyuyorum. Gücüne bundan üç yıl önce kavuşmuş olabilirdi. Oysa benim gördüğüm tablo, açgözlü ve değersiz Quirrell'in taşı çalmaya kalkışmasından ibaretti ve ben de, kabul ediyorum, onu önlemek için elimden geleni yaptım."

Bellatrix'in ağzı, sanki bir doz tatsız ilaç almış gibi bükülmüştü.

"Ama o geri gelince dönmedin, Karanlık İşaret'in yandığını hisseder etmez hemen onun yanına uçmadın –"

"Doğru. İki saat sonra döndüm. Dumbledore'un emriyle."

"Dumbledore'un emri mi –?" diye başladı, hakaret eden bir tonla.

"Bir düşün!" dedi Snape, yeniden sabırsızlanmıştı. "Düşün! İki saat, sadece iki saat bekleyerek Hogwarts'ta casus olarak kalmayı garanti altına aldım! Dumbledore'un, Karanlık Lord'un yanına sadece aldığım emir yüzünden döndüğümü düşünmesini sağlayarak, o günden bugüne Dumbledore ve Zümrüdüanka Yoldaşlığı hakkında bilgi vermeyi başarabildim! Düşünsene bir,

Bellatrix: Karanlık İşaret aylardır güçleniyordu, onun dönmek üzere olduğunu biliyordum, bütün Ölüm Yiyen'ler biliyordu! Ne yapmak istediğim hakkında düşünmek, bir sonraki hamlemi planlamak, Karkaroff gibi kaçmak için dünya kadar vaktim vardı, değil mi?

"Seni temin ederim ki, Dumbledore'a kendi adamı olduğum izlenimini verip aslında Karanlık Lord'a sadik kaldığımı açıklamam, geç kaldığım için ilk başta duyduğu hoşnutsuzluğu silip götürdü. Evet, Karanlık Lord onu ebediyen terk ettiğimi düşünmüştü ama yanılıyordu."

"İyi de, neye yaradın?" diye alayla güldü Bellatrix. "Senden ne gibi bir yararlı bilgi aldık?"

"Benim edindiğim bilgi doğrudan doğruya Karanlık Lord'a iletildi. Eğer onu seninle paylaşmayı tercih etmediyse –"

"Benimle her şeyi paylaşır!" dedi Bellatrix, aniden alevlenerek. "Bana der ki, en vefalı, en sadık –"

"Öyle mi?" dedi Snape. İnanmadığını ima etmek için ses tonunu çok hafif değiştirmişti. "*Hâlâ* öyle diyor mu, Bakanlık'taki fiyaskodan sonra?"

"O benim kabahatim değildi!" dedi Bellatrix, kızararak. "Karanlık Lord geçmişte de bana emanet etmişti en kıymetli – eğer Lucius yapma –"

"Sakın buna cüret etme – sakın kocamı suçlamaya *cüret* etme!" dedi başını kaldırıp kız kardeşine bakan Narcissa, pes ve ölümcül bir sesle.

Snape, sakin sakin, "Birbirini suçlamanın anlamı yok," dedi. "Yapılan, yapılmıştır."

"Ama senin tarafından değil!" dedi Bellatrix öfkeyle. "Hayır, geri kalanımız kendini tehlikeye atarken sen gene yoktun, değil mi, Snape?"

"Geride kalma emri almıştım," dedi Snape. "Belki Karanlık Lord'la aynı fikirde değilsindir; belki ben Zümrüdüanka Yoldaşlığı ile dövüşmek için Ölüm Yiyen'lere katılsam Dumbledore bunu fark etmezdi sanıyorsundur? Ve – özür dilerim – tehlikeden söz ediyorsun da... yanlış mı hatırlıyorum, altı yeniyetme ile karşı karşıyaydınız, değil mi?"

"Çok iyi biliyorsun ki, çok geçmeden onlara Yoldaşlık'ın yarısı da katıldı!" diye hırladı Bellatrix. "Hem, hazır Yoldaşlık konusuna gelmişken, hâlâ Karargâhlarının yerini açıklayamayacağını mı iddia ediyorsun?"

"Ben Sır Tutucu değilim, yerin adını söyleyemem. Büyünün nasıl işlediğini senin de gayet iyi biliyor olman lazım. Karanlık Lord ona Yoldaşlık hakkında aktardığım bilgilerden tatmin oldu. Belki tahmin etmişsindir, bu bilgiler Emmeline Vance'in kısa süre önce yakalanıp öldürülmesine yol açtı ve kesinlikle Sirius Black'ten kurtulunmasına yardımcı oldu, ama tabii onun işini bitirmenin tüm şerefi sana ait."

Başını eğdi, kadehini kaldırdı. Bellatrix'in yüzündeki ifade yumuşamadı.

"Son sorumdan kaçınıyorsun, Snape. Harry Potter. Son beş yılın herhangi bir ânında onu öldürebilirdin. Yapmadın. Neden?"

"Bu konuyu Karanlık Lord'la tartıştın mı?" diye sordu Snape.

"O... son zamanlarda, biz... *Sana* soruyorum, Snape."

"Eğer Harry Potter'ı öldürmüş olsaydım, Karanlık Lord yeniden doğmak için onun kanını kullanamazdı, bu kan onu yenilmez kılamazdı –"

"Onun çocuktan nasıl yararlanacağını önceden bildiğini iddia ediyorsun!" dedi kadın, alayla.

"İddia etmiyorum; planlarından haberim bile yoktu; Karanlık Lord'u ölmüş sandığımı itiraf ettim zaten. Ben sadece Karanlık Lord'un, hiç değilse bir yıl öncesine kadar, Potter hayatta kaldığı için neden üzülmediğini açıklamaya çalışıyorum..."

"Ama niye onu sağ bıraktın?"

"Beni anlayamadın mı? Beni Azkaban'ın dışında tutan sadece Dumbledore'un korumasıydı! Yoksa onun gözde öğrencisini öldürmenin Dumbledore'u aleyhime çevireceğini düşünmüyor musun? Ama dahası da var. Potter ilk kez Hogwarts'a geldiğinde hakkında hâlâ pek çok hikâye dolaşıyordu; onun kendisinin de büyük bir Karanlık Büyücü olduğuna, Karanlık Lord'un saldırısından bu sayede sağ çıktığına ilişkin rivayetler dolaştığını hatırlatırım. Hatta Karanlık Lord'un eski müritlerinin çoğu, Potter'ın, çevresinde bir kez daha toplanabileceğimiz bir sancak olabileceğini düşündü. İtiraf edeyim ki merak ediyordum ve şatoya ayak bastığı anda onu öldürmeye hiç de meyilli değildim.

"Tabii kısa sürede herhangi bir olağanüstü yeteneği olmadığını anladım. Çaresizce köşeye sıkıştığı birkaç durumdan, sırf şansının ve daha yetenekli arkadaşlarının sayesinde kurtulmayı başarmıştı. Sonuna kadar vasat, ama tıpkı daha önce babasının olduğu kadar iğrenç ve kendini beğenmiş. Onu, hiç de ait olmadığını düşündüğüm Hogwarts'tan attırmak için elimden geleni yaptım ama, öldürmek, ya da benim önümde öldürülmesine izin vermek mi? Dumbledore burnumuzun dibindeyken bu riski göze almak için budala olmam gerekirdi."

"Yani bütün bunlar olup biterken Dumbledore'un senden hiç şüphelenmediğine mi inanmamız gerekiyor?" diye sordu Bellatrix. "Aslında nereye bağlı olduğun hakkında hiçbir fikri yok, sana hâlâ kesinkes güveniyor, öyle mi?"

"Rolümü iyi oynadım," dedi Snape. "Ve sen Dumbledore'un en büyük zaafını gözden kaçırıyorsun: o, insanların en iyi taraflarını görmek zorunda. Kadrosuna katıldığım zaman, Ölüm Yiyen günlerinden henüz gelmiş biri olarak ona derin bir pişmanlık hikâyesi uydurdum ve beni açık kollarla kucakladı – ama, dediğim gibi, Karanlık Sanatlar'a fazla yaklaştırmamak için elinden geleni de yaptı. Dumbledore öteden beri büyük bir büyücü olmuştur – ah evet, öyle," (Bellatrix küçümseme dolu bir ses çıkarmıştı) "Karanlık Lord da bunu kabul ediyor. Ancak memnuniyetle söyleyeyim ki, Dumbledore yaşlanıyor. Geçen ay Karanlık Lord'la yaptığı düello onu sarstı. O günden sonra da ağır bir yara aldı, çünkü tepkileri eskiden olduğundan daha ağır. Ama bütün bu yıllar boyunca Severus Snape'e güvenmekten asla vazgeçmedi, benim Karanlık Lord'un gözünde büyük değerim olmasının nedeni de bu."

Bellatrix hâlâ mutsuz görünüyordu ama, Snape'e şimdi nasıl saldıracağından da emin değildi. Onun sessizliğinden faydalanan Snape, kız kardeşine döndü.

"Şimdi... benden yardım istemeye geldin, öyle mi, Narcissa?"

Narcissa başını kaldırıp ona baktı, çaresizliği yüzünden okunuyordu.

"Evet, Severus. Ben – ben sanıyorum ki bana yardım edebilecek tek kişi sensin, medet umacak başka kimsem yok. Lucius da hapiste ve..."

Gözlerini yumdu, gözkapaklarının altından iki büyük gözyaşı damlası süzüldü.

"Karanlık Lord bu konuda konuşmamı yasakladı," diye devam etti Narcissa, gözleri hâlâ yumuluydu. "Kimse bu planı bilmesin istiyor. Çok... çok gizli. Ama –"

Snape hemen, "Eğer yasakladıysa, konuşmamalısın," dedi. "Karanlık Lord'un sözü kanundur."

Nacissa'nın nefesi, sanki soğuk suyla duş yapmış gibi kesildi. Bellatrix eve girdiğinden beri ilk kez tatmin olmuş görünüyordu.

"Al işte!" dedi kardeşine, zaferle. "Snape bile böyle diyor: sana konuşmaman söylendi, sessizliğini koru!"

Ama Snape ayağa kalkmış ve küçük pencereye yürümüştü, perdelerin arasından ıssız sokağa baktı, sonra da aniden onları yeniden kapadı. Kaşları çatık, dönüp Narcissa'ya baktı.

Pes bir sesle, "Durum şu ki, planı biliyorum," dedi. "Karanlık Lord'un söylediği pek az kişiden biriyim. Gene de, eğer bu sırdan haberdar olmasaydım, Narcissa, Karanlık Lord'a büyük bir ihanette bulunmakla suçlu olurdun."

Narcissa, daha rahatça nefes alarak, "Mutlaka biliyorsundur diye düşünmüştüm!" dedi. "Sana öyle güveniyor ki, Severus..."

"Planı biliyor musun?" dedi Bellatrix, tatmin olmuş ifadesi uçup gitmiş, yerini öfkeli bir görünüm almıştı. "*Sen* mi biliyorsun?"

Snape, "Elbette," dedi. "Ama sana nasıl bir yardım gerek, Narcissa? Eğer fikrini değiştirsin diye Karanlık Lord'u ikna edeceğimi umuyorsan, korkarım hiç umut yok, zerre kadar."

"Severus," diye fısıldadı Narcissa, solgun yanaklarından aşağı yaşlar iniyordu. "Oğlum... biricik oğlum..."

"Draco gurur duymalı," dedi Bellatrix kayıtsızca. "Karanlık Lord ona büyük bir şeref bahşediyor. Ve Draco için de şunu söyleyeyim: görevinden kaçmıyor, kendini kanıtlama şansı elde ettiği için memnun görünüyor, bu beklentiyle heyecanlanmış –"

Narcissa sahiden ağlamaya başladı, bu arada sürekli olarak, yalvarırcasına Snape'e bakıyordu.

"Çünkü daha on altı yaşında ve başına neler geleceği hakkında hiçbir fikri yok! Neden, Severus? Neden benim oğlum? Çok tehlikeli! Lucius'un hatasının intikamı bu, biliyorum!"

Snape hiçbir şey söylemedi. Sanki yakışıksız şeylermiş gibi onun gözyaşlarına değil, uzağa baktı, ama kendine onu duymuyormuş süsü veremezdi.

"Draco'yu bunun için seçti, değil mi?" diye ısrar etti Narcissa. "Lucius'u cezalandırmak için?"

"Eğer Draco başarılı olursa," dedi Snape, gene ona bakmayarak, "herkesten daha fazla onurlandırılacak."

"Ama başaramayacak ki," diye hıçkırdı Narcissa. "Nasıl başarsın, Karanlık Lord'un kendisi bile –"

Bellatrix'in soluğu kesildi; Narcissa iyiden iyiye kontrolünü kaybetmiş gibiydi.

"Sadece demek istedim ki... şimdiye kadar kimse başaramadı... Severus... lütfen... Sen Draco'nun en sevdiği öğretmenisin, hep öyle oldun... Lucius'un eski arkadaşısın... sana yalvarıyorum... Karanlık Lord'un gözdesisin, en güvendiği danışmanısın... onunla konuşur musun, onu ikna eder misin –?"

"Karanlık Lord asla ikna edilmez, ben de buna kalkışacak kadar aptal değilim," dedi Snape kati bir sesle. "Karanlık Lord Lucius'a kızgın değilmiş gibi de davranamam. Lucius'un duruma hâkim olması gerekiyordu. Gitti kendini yakalattı, hem de daha kaç kişiyle birlikte, üstelik kehaneti almayı da beceremedi. Evet, Karanlık Lord kızgın, Narcissa, gerçekten çok kızgın."

"Öyleyse ben haklıyım, Draco'yu intikam olsun diye seçti!" dedi Narcissa boğulurcasına. "Onun başarılı olmasını beklemiyor, denerken öldürülsün istiyor!"

Snape bir şey demeyince, Narcissa kendine hâkim olma gücünün son kırıntısını da yitirir göründü. Ayağa kalktı, sendeleyerek Snape'e doğru yürüdü, onun cüppesinin önünü yakaladı. Yüzü onunkine yakın, gözyaşları Snape'in göğsüne dökülerek, soluğu kesilerek, "Sen yapabilirsin," dedi. "Draco'nun yerine *sen* yapabilirsin, Severus. Sen başarıya ulaşırsın, elbette ulaşırsın ve o da seni hepimizin çok ötesinde ödül –"

Snape onun bileklerini yakaladı ve cüppesini sıkıca kavramış ellerini çözdü. Başını eğip onun gözyaşlarına bulanmış yüzüne bakarak, ağır ağır, "Sanırım sonunda benim yapmam niyetinde," dedi. "Ama önce Draco'nun denemesinde de kararlı. Anlıyorsun ya, olmayacak şey olur da Draco başarırsa, Hogwarts'ta biraz daha kalıp, yararlı casus rolümü sürdüreceğim."

"Başka bir deyişle, Draco'nun öldürülüp öldürülmemesi onu ilgilendirmiyor!"

"Karanlık Lord çok kızgın," diye tekrarladı Snape, usulca. "Kehaneti dinleyemedi. Sen de benim kadar bilirsin ki, Narcissa, kolay kolay bağışlamaz."

Narcissa devrildi, Snape'in ayaklarının dibine çöktü, yerde hıçkırıp inlemeye koyuldu.

"Biricik oğlum... biricik oğlum..."

"Gurur duymalısın!" dedi Bellatrix gaddarca. "Benim de oğullarım olsaydı, onları memnuniyetle Karanlık Lord'un hizmetine verirdim."

Narcissa küçük bir umutsuzluk çığlığı attı ve uzun sarı saçlarına yapıştı. Snape eğildi, onu kollarından yakaladı, kaldırdı, yeniden kanepeye götürdü. Sonra kadehe biraz daha şarap koyup zorla eline tutuşturdu.

"Narcissa, yeter artık. Şunu iç. Beni dinle."

Narcissa biraz sakinleşti; üstüne şarap dökerek, titrek bir yudum aldı.

"Draco'ya yardım etmem... mümkün olabilir."

Doğrulup oturdu, yüzü kâğıt gibi beyazdı, gözleri kocaman olmuştu.

"Severus – ah, Severus – ona yardım edecek misin? Göz kulak olacak mısın, zarar görmemesini sağlayacak mısın?"

"Deneyebilirim."

Narcissa kadehini savurup attı; kadeh masa boyunca kayıp giderken, kanepeden kayarak Snape'in ayaklarının dibine diz çöktü, onun elini iki elinin arasına aldı ve dudaklarını bastırdı.

"Eğer onu korumak için orada olursan... Severus, yemin eder misin? Bozulmaz Yemini eder misin?"

"Bozulmaz Yemin mi?" Snape'in yüzündeki ifade boştu, anlamı okunmuyordu: Ama Bellatrix gıdaklarcasına muzaffer bir kahkaha koyuverdi.

"Dinlemiyor musun, Narcissa? Ah, *dener*, eminim... her zamanki boş sözler, her zamanki gibi eylemden kaytarmak... ah, ve elbette Karanlık Lord'un emriyle!"

Snape, Bellatrix'e bakmadı. Kara gözleri, elini tutmaya devam eden Narcissa'nın yaşlarla dolu mavi gözlerine dikilmişti.

"Elbette, Narcissa, Bozulmaz Yemini ederim," dedi usulca. "Belki de kardeşin Bağlayıcı'mız olmayı kabul eder."

Bellatrix'in ağzı açık kaldı. Snape eğildi, Narcissa'nın karşısında diz çöktü. Bellatrix'in şaşkın bakışları altında birbirlerinin sağ ellerini tuttular.

"Asana ihtiyacın olacak, Bellatrix," dedi Snape, soğuk soğuk.

Bellatrix, hâlâ şaşkın halde, asasını çıkardı.

"Ve biraz daha yakına gelmen gerek."

Bellatrix, onların tepesinde ayakta duracak şekilde yaklaştı ve asasının ucunu birbiriyle birleşmiş ellerine dokundurdu.

Narcissa konuştu.

"Sen Severus, Karanlık Lord'un dileğini yerine getirmeye çalışırken oğlum Draco'ya göz kulak olacak mısın?"

"Olacağım," dedi Snape.

Asadan ince bir dil halinde parlak bir alev çıktı ve kızıl kordan bir tel gibi ellerine dolandı.

"Ve elinden geldiği kadarıyla, onu zarardan koruyacak mısın?"

"Koruyacağım," dedi Snape.

Asadan bir alev dili daha fışkırdı, birincisine bağlandı ve ince, ışıldayan bir zincir oluşturdu.

"Ve gerekirse... Draco'nun başarısızlığa uğrayacağı anlaşılırsa..." diye fısıldadı Narcissa (Snape'in eli onun elinin içinde seğirdi, ama elini çekmedi), "Karanlık Lord'un, Draco'nun yapmasını istediği eylemi sen yerine getirecek misin?"

Bir an sessizlik oldu. Bellatrix, asası onların birbirine sarılı ellerinde, gözleri kocaman kocaman, baktı.

"Getireceğim," dedi Snape.

Asadan fışkıran üçüncü alev dili, diğerleriyle birleşip, kenetlenmiş ellerine bir halat gibi, ateşli bir yılan gibi dolanırken, Bellatrix'in şaşkınlık dolu yüzü bu alevin ışığında kızıllaştı.

ÜÇÜNCÜ BÖLÜM

Miras ve İtiraz

Harry Potter horul horul horluyordu. Son dört saatin büyük bir bölümü boyunca yatak odası penceresinin yanındaki sandalyede oturmuş, giderek kararan sokağa bakmış, sonunda da yüzünün bir tarafı soğuk cama yaslı, gözlüğü yamuk, ağzı bir karış açık halde uyuyakalmıştı. Nefesinin camda oluşturduğu buğu dışarıdaki sokak lambasının turuncu ışığında parlıyordu. Yapay ışık suratındaki bütün rengi götürmüş, dağınık siyah saçlarının çevrelediği çehresine hayaletimsi bir görünüm vermişti.

Oda çeşitli eşyalarla ve bol miktarda çerçöple kaplıydı. Yere baykuş tüyleri, elma çekirdekleri ve şeker kâğıtları saçılmıştı, yatağının üzerindeki dolaşıp düğüm olmuş cüppelerin arasında darmadağın bir dizi büyü kitabı duruyordu, masasının üzerindeki bir ışık havuzunun içindeyse karışık bir gazete yığını vardı. İçlerinden birinin başlığı bangır bangır bağırıyordu:

HARRY POTTER: SEÇİLMİŞ KİŞİ Mİ?

Geçenlerde Sihir Bakanlığı'nda yaşanan ve Adı Anılmaması Gereken Kişi'nin bir kez daha görülmesine vesile olan kargaşayla ilgili söylentilerin ardı arkası kesilmiyor.

Adını vermeye yanaşmayan ve endişeli görünen bir Unutturucu dün gece Bakanlık'tan çıkarken, "Bu konuda konuşmamıza izin verilmiyor, bana bir şey sormayın," dedi.

Yine de Bakanlık'taki üst düzey bazı kaynaklar kargaşanın efsanevi Kehanet Salonu'nda odaklandığını doğruladı.

Her ne kadar Bakanlık sözcübüyücüleri şu ana kadar böyle bir yerin varlığını bile doğrulamaya yanaşmasa da, büyücü topluluğunun giderek artan sayıda üyesi, mülke izinsiz girmek ve hırsızlığa teşebbüs suçundan halen Azkaban'da yatmakta olan Ölüm Yiyen'lerin bir kehaneti çalmaya çalışmış olduğuna inanıyor. Bu kehanetin doğası hakkında bir bilgi bulunmasa da, Öldüren Lanet'e hedef olup hayatta kalmış tek insan olan ve söz konusu gece Bakanlık'ta olduğu bilinen Harry Potter ile ilgili olduğuna dair çok sayıda varsayım mevcut. Kimileri, kehanetin bizi Adı Anılmaması Gereken Kişi'den kurtarabilecek tek kişi olarak onun adını verdiği inancıyla, Potter'a "Seçilmiş Kişi" diyecek kadar ileri gidiyor.

Kehanetin –tabii ki gerçekten varsa– nerede olduğu bilinmiyor, ancak (devamı sayfa 2, sütun 5'te)

İlkinin yanında ikinci bir gazete duruyordu. Onun başlığı şöyleydi:

FUDGE'IN YERİNE SCRIMGEOUR GETİRİLDİ

Bu baş sayfanın büyük bir bölümünü aslan yelesi gibi gür saçlara ve hayli yaralı bir yüze sahip bir adamın, büyük boy siyah-beyaz fotoğrafı kaplıyordu. Resim hareketliydi – adam tavana doğru el sallıyordu.

Daha önce Sihirli Yasal Yaptırım Dairesi'ne bağlı Seherbaz Bürosu'nun Başkanı olan Rufus Scrimgeour, Cornelius Fudge'ın yerine getirilerek Sihir Bakanı oldu. Bu atama genel olarak büyücü topluluğu tarafından coşkuyla karşılansa da, Scrimgeour'un görevi devralmasını takip eden birkaç saat içinde, yeni Bakan ile Büyüceşûra'nın geçenlerde yeniden göreve getirilmiş Baş Büyücüsü Al-

bus Dumbledore arasında bir sürtüşme olduğuna dair söylentiler kulaktan kulağa yayılmaya başladı.

Scrimgeour'un temsilcileri, kendisinin bu en üst makama gelir gelmez Dumbledore ile görüştüğünü doğruladı, ancak görüşmenin konu başlıkları hakkında yorum yapmaya yanaşmadılar. Bilindiği gibi Albus Dumbledore *(devamı sayfa 3, sütun 2'de).*

Onun solunda duran katlanmış gazetede ise, *BAKANLIK ÖĞRENCİLERİN GÜVENDE OLACAĞINI GARANTİ EDİYOR* başlıklı bir haber görülebiliyordu.

Göreve yeni getirilen Sihir Bakanı Rufus Scrimgeour bugün, bu sonbaharda Hogwarts Cadılık ve Büyücülük Okulu'na dönecek öğrencilerin güvenliğini temin etmek üzere Bakanlığı tarafından yeni alınan sıkı önlemler hakkında konuştu.

"Apaçık sebeplerden ötürü, Bakanlık yeni uygulanacak sert güvenlik planlarıyla ilgili ayrıntıya girmeyecek," dedi Bakan. Öte yandan, bir Bakanlık görevlisi, bu önlemlere savunma büyüleri ve tılsımları, bir dizi karmaşık karşı-lanet ve sadece Hogwarts Okulu'nu korumakla görevlendirilmiş Seherbaz'lardan oluşan küçük bir görev timinin de dahil olduğunu doğruladı.

Yeni Bakan'ın öğrenci güvenliği konusundaki taviz vermez duruşu çoğunu tatmin etmiş görünüyor. Mrs Augusta Longbottom şöyle konuştu: "Torunum Neville –ki bu arada kendisi Harry Potter'ın iyi bir arkadaşıdır ve Haziran'da Bakanlık'ta onunla birlikte Ölüm Yiyen'lerle savaşmış –

Ancak haberin geri kalanı görünmüyordu, çünkü tam üstünde büyük bir kuş kafesi duruyordu. Kafesin içindeyse muhteşem, kar beyazı bir baykuş vardı. Kehribar rengi gözleriyle odayı mağrur mağrur süzüyor, arada bir başını döndürüp horlayan sahibine bakıyordu. Bir ya da iki kez sabırsızca gagasını tıklattıysa da, Harry onu duyamayacak kadar derin bir uykudaydı.

Odanın tam orta yerinde kocaman bir sandık duruyordu. Kapağı açıktı: beklenti içinde gibi bir hali vardı; ama dibini kaplayan eski iç çamaşırlar, şekerlemeler, boş mürekkep şişeleri ve kırık tüy kalemlerin oluşturduğu artık yığını dışında neredeyse tamamen boştu. Sandığın yakınında, yerde, mor bir broşür duruyordu. Üzerinde şunlar yazılıydı:

Sihir Bakanlığı Adına Basılmıştır
EVİNİZİ VE AİLENİZİ KARANLIK GÜÇLERE KARŞI KORUMAK

Büyücü topluluğu şu anda, kendini Ölüm Yiyen'ler olarak adlandıran bir örgütün tehdidi altındadır. Aşağıdaki basit güvenlik talimatlarına uymak, sizin, ailenizin ve evinizin saldırıdan korunmasına yardım edecektir.

Evden yalnız başınıza çıkmamanız tavsiye olunur.

Hava karanlıkken özellikle dikkatli olunmalıdır. Mümkün olduğu sürece, yolculuklarınızı karanlık basmadan tamamlanacak şekilde ayarlayın.

Evinizin çevresindeki güvenlik düzenlemelerini gözden geçirin, tüm aile üyelerinin Kalkan ve Hayalbozan Büyüleri –ve henüz reşit olmayan aile üyelerinin Yanısıra-Cisimlenme– gibi acil durum önlemlerine vakıf olmasını sağlayın.

Çok Özlü İksir kullanarak başkalarının kılığına giren Ölüm Yiyen'leri tespit etmek için, yakın arkadaşlarınız ve ailenizle bazı güvenlik soruları belirleyin (bakınız: sayfa 2).

Ailenizin bir üyesi, bir iş arkadaşınız, bir dostunuz ya da bir komşunuzda garip davranışlar gözlemliyorsanız, derhal Sihirli Yasal Yaptırım Ekibi ile temasa geçin. Söz konusu kişiler, Imperius Laneti'nin etkisine girmiş olabilirler (bakınız: sayfa 4).

Herhangi bir meskenin ya da başka bir binanın üzerinde Karanlık İşaret belirdiyse, İÇERİ GİRMEYİN, derhal Seherbaz Bürosu ile temasa geçin.

Henüz doğrulanmamış gözlemlere göre, Ölüm Yiyen'ler artık İnferius kullanıyor olabilir (bakınız. Sayfa 10). Bir İnferius görüldüğünde ya da bir İnferius ile karşılaşıldığında DERHAL Bakanlık'a haber verilmelidir.

Harry uykusunda homurdandı ve yüzü camda birkaç santim aşağı kayınca gözlüğü iyice yana yattı, ama Harry uyanmadı. Birkaç yıl önce tamir ettiği, pencere pervazında gürültüyle tik tak eden çalar saat, on bire bir dakika kaldığını gösteriyordu. Saatin yanında, Harry'nin gevşek elinin altında, ince, yana yatık el yazısıyla kaplı bir parşömen parçası vardı. Harry üç gün önce gelen bu mektubu o kadar sık okumuştu ki, sıkı sıkı rulo yapılmış halde gelmiş olmasına rağmen şu anda hayli düz duruyordu.

Sevgili Harry,

Eğer senin için de uygunsa, önümüzdeki Cuma akşamı saat on birde, sana tatilinin geri kalanını geçirmek üzere davet edildiğin Kovuk'a kadar eşlik etmek için Privet Drive, dört numaraya uğrayacağım.

Senin için bir mahzuru yoksa, Kovuk'a giderken yolda ilgilenmeyi umduğum bir konuda bana yardım etmen de beni memnun eder. Görüştüğümüzde bunu daha ayrıntılı bir şekilde açıklarım.

Lütfen cevabını bu baykuşla yolla. Cuma'ya görüşmek umuduyla,

İçtenlikle,

Albus Dumbledore

Gerçi mektubu çoktan ezberlemişti ama, Harry yine de Privet Drive'ın başından sonuna makul bir görünümünü sunan penceresinin yanına yerleştiğinden, yani saat yediden beri, birkaç dakikada bir bu mektuba göz atıyordu. Dumbledore'un sözlerini tekrar tekrar okumanın anlamsızlığının farkındaydı; Harry "evet" cevabını rica edildiği gibi ona mektubu getiren baykuşla göndermişti ve artık elinden gelen tek şey beklemekti: Dumbledore ya gelecekti, ya de gelmeyecekti.

Ama Harry eşyalarını toplamamıştı. Dursley'lerle sadece iki hafta geçirdikten sonra onlardan kurtarılacak olma fikri o kadar iyiydi ki, inanması zordu. Bir şeylerin ters gideceği hissini üstünden atamıyordu – Dumbledore'a gönderdiği cevap yolda kaybolmuş olabilirdi; Dumbledore'un gelip onu alması engellenebilirdi; mektubun zaten Dumbledore'dan gelmediği, bir şaka, bir oyun ya da bir tuzak olduğu ortaya çıkabilirdi. Harry eşyalarını topladıktan sonra hayal kırıklığına uğrayarak sandığını yeniden boşaltma ihtimalini göze alamamıştı. Bir yolculuk olabileceğine işaret eden tek hareketi, kar beyaz baykuşu Hedwig'i kafesine güzelce kapatmak olmuştu.

Çalar saatin yelkovanı on ikiye ulaştı ve tam o anda, pencerenin dışındaki sokak lambası söndü.

Sanki bu ani karanlık bir alarmmış gibi, Harry uyandı. Çabucak gözlüğünü düzeltti ve yanağını camdan çekti, onun yerine pencereye burnunu bastırıp, gözlerini kısarak aşağıya, kaldırıma baktı. Sırtında upuzun, dalgalanan peleriniyle uzun boylu bir suret, bahçe yolundan yürüyerek eve yaklaşıyordu.

Harry elektrik çarpmış gibi sıçradı, sandalyesini devirdi ve kolunun uzandığı ne varsa yerden toplayıp sandığın içine atmaya başladı. Daha o bir dizi cüppeyi, iki büyü kitabını ve bir cips paketini odanın karşı tarafına fırlatırken, kapının zili çaldı.

Aşağıda, oturma odasında Vernon Enişte "Gecenin bir saatinde gelen bu densiz de kim?" diye bağırdı.

Harry bir elinde pirinç bir teleskop, öbüründe bir çift spor ayakkabı, donakaldı. Dursley'leri Dumbledore'un gelebileceği konusunda uyarmayı tamamen unutmuştu. Hem panik içinde, hem de kahkahalara boğulmasına ramak kalmış halde, sandığın üzerinden tırmandı ve odasının kapısını hızla açtı. Açar açmaz da tok bir sesin "İyi akşamlar. Siz Mr Dursley olmalısınız. Harry onu almaya geleceğimi size söylemiş olsa gerek?" dediğini duydu.

Harry merdiveni koşarak, ikişer ikişer indi ve sonuna ulaşmadan birkaç basamak önce bir anda durdu, çünkü yılların tecrübesi ona eniştesinin kol mesafesinden mümkün olduğunca uzak kalmayı öğretmişti. Orada, kapının girişinde, beline kadar inen gümüş rengi saçları ve sakalıyla, uzun boylu, ince bir adam duruyordu. Kemerli burnunun üzerinde yarım ay biçimli bir gözlük vardı, uzun siyah bir seyahat pelerini giymiş, sivri uçlu bir şapka takmıştı. Bıyığı her ne kadar siyah renkteyse de Dumbledore'unki kadar gür olan, üzerine kahverengimsi mor bir ropdöşambr giymiş Vernon Dursley, ziyaretçiye minicik gözlerine inanamıyormuş gibi bakıyordu.

"Afallamış ve inanamayan ifadenize bakılırsa, Harry buraya geleceğim konusunda sizi *uyarmamış*," dedi Dumbledore hoş bir edayla. "Yine de gelin, beni sıcakkanlılıkla evinize davet ettiğinizi varsayalım. Böylesi çetin dönemlerde kapı eşiklerinde uzun uzadıya durmak akıl kârı değil."

Zarif bir hareketle kapı eşiğini geçti ve ön kapıyı arkasından kapattı.

"Son ziyaretimden bu yana uzun zaman geçti," dedi Dumbledore, kemerli burnunun üzerinden Vernon Enişte'ye bakarak. "Şunu söylemeliyim ki zambaklarınız pek bir serpilmiş."

Vernon Dursley'nin ağzından tek kelime çıkmadı. Harry'nin onun konuşma yetisine yeniden kavuşacağına, hem de kısa sürede kavuşacağına hiç şüphesi yoktu –eniştesinin şakağında atan damar, tehlike noktasına ulaşmaktaydı– ama Dumbledore'daki bir şey onu geçici olarak soluksuz bırakmıştı. Bunun nedeni belki de onun şüpheye yer bırakmayan büyücü görünümüydü. Öte yandan, Vernon Enişte bile karşısındaki adamın öyle kolay kolay zorbalık edilemeyecek biri olduğunu hissetmiş olabilirdi.

"Ah, iyi akşamlar, Harry," dedi Dumbledore, yarım ay biçimli gözlüğünün arkasından ona hayli memnun bir ifadeyle bakarak. "Mükemmel, mükemmel."

Bu sözcükler Vernon Enişte'yi kendine getirmiş gibiydi. Besbelli ki onun gözünde, Harry'ye bakıp da "mükemmel" diyebilen biri, asla aynı fikirde olamayacağı biriydi.

"Kabalık etmek istemem ama –" diye girdi söze, her hecesi kabalık tehdidi taşıyan bir ses tonuyla.

"– ancak ne yazık ki, kaza eseri kabalık, kaygı verecek kadar sık gerçekleşiyor," diye bitirdi Dumbledore cümlesini ciddiyetle. "En iyisi hiçbir şey söylememek, azizim. Ah, bu da Petunia olmalı."

Mutfak kapısı açılmıştı ve orada Harry'nin teyzesi duruyordu. Elinde lastik eldivenler, geceliğinin üzerinde ise bir sabahlık vardı, belli ki her gece yaptığı gibi yatmadan önce bütün mutfak yüzeylerini temizleme işinin ortasındaydı. At gibi suratında şok dışında hiçbir ifade yoktu.

"Albus Dumbledore," dedi Dumbledore, Vernon Enişte onu tanıştırmaya kalkmayınca. "Daha önce haberleşmiştik, elbette." Harry bunun Petunia Teyze'ye ona bir keresinde patlayan bir mektup göndermiş olduğunu hatırlatmanın tuhaf bir yolu olduğunu düşündü, ama Petunia Teyze bu tanıma karşı çıkmadı. "Bu da oğlunuz Dudley olmalı, öyle mi?"

Dudley o anda oturma odasının kapısından kafasını uzatıp bakmıştı. Pijamasının çizgili yakasının içinden çıkan iri, sarışın kafası tuhaf bir şekilde bedensiz görünüyordu, ağzı hayret ve korku ile bir karış açıktı. Dumbledore, belli ki Dursley'lerden herhangi birinin bir şey söyleyip söylemeyeceğini görmek için biraz bekledi, ama sessizlik sürünce gülümsedi.

"Beni oturma odanıza davet ettiğinizi varsayalım mı?"

Dumbledore yanından geçerken Dudley telaşla onun önünden kaçtı. Hâlâ elinde teleskopunu ve spor ayakkabılarını tutan Harry, son birkaç basamağı atladı, ateşe en yakın koltuğa kurulmuş, etrafını müşfik bir ilgiyle izleyen Dumbledore'un arkasından gitti. Oraya hiç mi hiç ait değilmiş gibi görünüyordu.

"Git – gitmiyor muyuz, efendim?" diye sordu Harry kaygıyla.

"Evet, gerçekten de gidiyoruz, ama önce konuşmamız gereken birkaç mesele var," dedi Dumbledore. "Ve bu işi ortalıkta yapmamayı tercih ederim. Teyzen ve eniştenin misafirperverliğini sadece bir parça daha zorlayacağız."

"Demek zorlayacaksınız, öyle mi?"

Vernon Dursley odaya girmişti, Petunia yanındaydı, Dudley ise ikisinin arkasına saklanıyordu.

"Evet," dedi Dumbledore basitçe, "zorlayacağım."

Asasını öyle hızlı çekti ki Harry onu neredeyse göremedi bile; bileğinin rahat bir hareketiyle, kanepe ileri doğru fırlayıp üç Dursley'nin dizlerinin arkasına çarptı ve üçü bir yığın halinde onun üzerine devrildiler. Asanın diğer bir hareketiyle kanepe hızla eski yerine döndü.

"Bari rahat edelim," dedi Dumbledore tatlı tatlı.

Asasını yeniden cebine sokarken, Harry onun elinin kararmış ve pörsümüş olduğunu gördü; sanki üzerindeki et yanıp gitmişti.

"Efendim – ne oldu –?"

"Sonra konuşuruz, Harry," dedi Dumbledore. "Otur lütfen."

Harry geriye kalan koltuğa oturdu. Şaşkınlıktan dillerini yutmuş gibi görünen Dursley'lere bakmamayı tercih ediyordu.

"Bana içecek bir şeyler ikram edeceğinizi sanıyordum," dedi Dumbledore Vernon Enişte'ye, "ama anlaşıldığı kadarıyla böyle bir şey ummak budalalık derecesinde iyimserlik olacak."

Asanın üçüncü bir hareketiyle havada tozlu bir şişe ve beş kadeh belirdi. Şişe yan yattı ve kadehlerin her birine bal rengi bir sıvıdan bol miktarda döküldü, sonra da dolu kadehler odadaki her bir kişiye doğru süzüldü.

"Madam Rosmerta'nın en iyi içeceği, meşede bekletilmiş şekerli içki," dedi Dumbledore, kadehini Harry'ye doğru kaldırarak. Harry de kendi kadehini yakaladı ve bir yudum içti. Daha önce hiç böyle bir şey içmemişti ama tadını çok sevdi. Dursley'ler ise, birbirlerine çabuk, korku dolu bakışlar attıktan sonra, kadehlerini hepten görmezden gelmeye çalıştılar ama bu zor bir işti, çünkü kadehleri kafalarının yanını hafifçe dürtüp duruyordu.

Harry'nin içinde, Dumbledore'un olanlardan epey keyif aldığı yönünde bir şüphe vardı.

"Evet, Harry," dedi Dumbledore, ona dönerek, "bir sorun çıktı, bu sorunu bizim için çözebileceğini umuyoruz. Biz derken Zümrüdüanka Yoldaşlığı'nı kastediyorum. Ama öncelikle, bundan bir hafta önce Sirius'un vasiyetinin bulunduğunu, kendisinin her şeyi sana bıraktığını söylemeliyim."

Kanepede Vernon Enişte'nin kafası döndü, ama Harry ona bakmadı, sadece "Ha. Oldu," diyebildi.

"Genel olarak, hayli basit bir mesele," diye devam etti Dumbledore. "Gringotts'daki hesabına hatırı sayılır miktarda altın ekleniyor, ayrıca Sirius'un şahsına ait olan malların tamamı da sana kalıyor. Mirasın sorunlu bölümü –"

"Vaftiz babası öldü mü yani?" dedi kanepeden Vernon Enişte yüksek sesle. Dumbledore da, Harry de dönüp ona baktı. İçki kadehi epey ısrarcı bir şekilde Vernon'ın kafasının yanına çarpıp duruyordu; onu eliyle savuşturmaya çalıştı. "Öldü mü? Vaftiz babası?"

"Evet," dedi Dumbledore. Harry'ye Dursley'lere bunu neden anlatmadığını sormadı. Konuşması hiç bölünmemiş gibi, "Bizim sorunumuz şu ki," diye devam etti Harry'ye dönerek, "Sirius sana ayrıca Grimmauld Meydanı, on iki numarayı da bıraktı."

"Ona bir ev mi miras kaldı?" dedi Vernon Enişte açgözlü açgözlü, minik gözlerini kısarak. Kimse ona cevap vermedi.

"Onu Karargâh olarak kullanmaya devam edebilirsiniz," dedi Harry. "Umurumda değil. Sizin olsun, ben zaten istemiyorum." Eğer mümkünse bir daha asla Grimmauld Meydanı, on iki numaraya ayak basmak istemiyordu. Sirius'un ölesiye kurtulmak istediği o yerde tutsak oluşunun, karanlık rutubetli odalarında yalnız başına dolaşmasının anısı hiçbir zaman aklından çıkmayacaktı.

"Çok cömertçe," dedi Dumbledore. "Ancak, geçici olarak binayı boşaltmış bulunuyoruz."

"Neden?"

"Eh," dedi Dumbledore, şimdi inatçı içki kadehinin kafasının tepesine vurup durduğu Vernon Enişte'nin mırıldanmalarını duymazdan gelerek, "Black ailesi geleneğine göre evin soy çizgisini izlemesi, Black adını taşıyan bir sonraki erkeğe bırakılması gerekiyor. Kardeşi Regulus ondan önce öldüğü ve ikisinin de çocuğu olmadığı için, Sirius Black'lerin sonuncusuydu. Vasiyetinde evi senin almanı istediği son derece açık bir şekilde belirtilmiş olsa da, eve safkan olmayan kimse sahip olamasın diye bir tür büyüyle ya da sihirle korunuyor olabilir."

Hemen o anda Harry'nin aklına Sirius'un annesinin Grimmauld Meydanı, on iki numaranın koridorunda asılı, ciyak ciyak bağıran, tüküren portresi geldi. "Eminim öyledir," dedi.

"Aynı fikirdeyim," dedi Dumbledore. "Ve eğer böyle bir büyü varsa, o zaman evin mülkiyeti büyük ihtimalle Sirius'un halen hayatta olan en yaşlı akrabasına geçecektir, ki bu durumda söz konusu kişi, kuzeni Bellatrix Lestrange oluyor."

Harry ne yaptığının farkına bile varmadan ayağa fırladı; kucağındaki teleskop ve spor ayakkabılar yere düşüp yuvarlandı. Bellatrix Lestrange, Sirius'un katili, onun evini alacaktı ha?

"Hayır," dedi.

"Eh, tabii ki biz de evin ona kalmamasını tercih ederiz," dedi Dumbledore sakince. "Son derece karışık bir durum. Şimdi evin mülkiyeti Sirius'tan çıktığına göre, eve bizim yaptığımız büyülerin, mesela onu işaretlenemez hale getirmek için yaptığımız büyünün, kalıp kalmayacağını bilmiyoruz. Bellatrix her an evin kapısında belirebilir. Tabii ki bu konuyu açıklığa kavuşturana dek evi boşaltmamız gerekiyordu."

"Ama benim eve sahip olmama izin verilip verilmediğini nasıl anlayacaksınız?"

"Neyse ki," dedi Dumbledore, "bunu anlamanın basit bir yolu var."

Boş kadehini koltuğunun yanındaki küçük sehpanın üzerine

koydu, ama o daha bir şey yapamadan Vernon Enişte "*Şu lanet olası şeyleri başımızdan alacak mısın?*" diye bağırdı.

Harry dönüp baktı; Dursley'lerin üçü de kollarını başlarının üzerine siper etmişti, kadehler kafataslarının üzerinde zıplayıp duruyor, içindekiler etrafa saçılıyordu.

"Ah, çok özür dilerim," dedi Dumbledore kibarca. Bir kez daha asasını kaldırdı. Üç kadeh de ânında yok oldu. "Ama biliyorsunuz, içmeniz görgü kurallarına daha uygun olurdu."

Vernon Enişte dilinin ucuna gelen sayısız kaba cevaptan dolayı patlayacakmış gibi görünüyordu, ama Petunia Teyze ve Dudley ile birlikte arkasındaki yastıklara gömülmekle yetindi ve hiçbir şey demedi. Minik domuzcuk gözleri Dumbledore'un asasına kilitlenmişti.

"Anlıyorsun ya," dedi Dumbledore, sanki Vernon Enişte'nin ağzından tek bir sözcük bile çıkmamış gibi, "eğer ev gerçekten sana miras kaldıysa, onunla birlikte sana miras kalan bir şey daha var, o da –"

Beşinci kez asasını hareket ettirdi. Yüksek bir *şak* sesi çıktı ve geniş delikli bir burnu, devasa yarasa kulakları ve kocaman kanlı gözleri olan bir ev cini belirdi; kirli paçavralar içinde Dursley'lerin kaba tüylü halısının üzerinde çömelmiş duruyordu. Petunia Teyze tüyleri diken diken eden bir çığlık koyverdi: evinde daha önce bu kadar pis bir şey görmemişti; Dudley iri, pembe, çıplak ayaklarını yerden çekti ve neredeyse kafasının da üzerine kaldırdı, yaratığın pijama paçasından yukarı tırmanmasından korkarmış gibiydi; Vernon enişte ise "O *kahrolası şey* de ne?" diye böğürdü.

"Kreacher," diye cümlesini tamamladı Dumbledore.

"Kreacher yapmayacak, Kreacher yapmayacak, Kreacher yapmayacak!" diye cırtlak sesiyle bağırdı ev cini, Vernon Enişte kadar yüksek sesle. Bir yandan da yamru yumru ayaklarının üzerinde tepiniyor ve elleriyle kendi kulaklarını çekiyordu. "Kreacher Miss Bellatrix'e ait, ah, evet, Kreacher Black'lere ait, Kreacher yeni hanımını istiyor, Kreacher Potter veledine gitmeyecek, Kreacher yapmayacak, yapmayacak, yapmayacak –"

"Gördüğün gibi, Harry," dedi Dumbledore yüksek sesle, Kreacher'ın bitmek bilmez "yapmayacak, yapmayacak, yapmayacak"larının üzerinden sesini duyurabilmek için, "Kreacher senin mülkiyetine geçmeye biraz isteksiz görünüyor."

"Umurumda değil," dedi Harry yine, kıvranan, tepinen ev cinine tiksintiyle bakarak. "Onu istemiyorum."

"Yapmayacak, yapmayacak, yapmayacak, yapmayacak –"

"Bellatrix Lestrange'ın mülkiyetine geçmesini ister misin? Son bir yıldır Zümrüdüanka Yoldaşlığı'nın Karargâh'ında yaşadığını da unutma."

"Yapmayacak, yapmayacak, yapmayacak, yapmayacak –"

Harry dönüp Dumbledore'a baktı. Kreacher'ın gidip Bellatrix Lestrange ile yaşamasına izin verilemeyeceğini biliyordu, ama onun sahibi olma, Sirius'a ihanet etmiş olan yaratığın sorumluluğunu taşıma fikri ona iğrenç geliyordu.

"Ona bir emir ver," dedi Dumbledore. "Eğer senin mülkiyetine geçtiyse, uymak zorunda kalacaktır. Geçmediyse, onu meşru sahibesinden uzak tutmanın başka bir yolunu düşünmemiz gerekecek."

"Yapmayacak, yapmayacak, yapmayacak, YAPMAYACAK!"

Kreacher'ın sesi iyice yükselip feryada dönüşmüştü artık. Harry'nin aklına gelen tek söz, "Kreacher, kes sesini!" oldu.

Bir an Kreacher tıkanıp kalacakmış gibi göründü. Gırtlağını tuttu, ağzı hâlâ deli gibi oynuyordu, gözleri yuvalarından uğramıştı. Birkaç saniyelik çılgınca yutkunmanın ardından, kendini yüzükoyun halıya fırlattı (bunun üzerine, Petunia Teyze'den bir inilti yükseldi), elleri ve ayaklarıyla yeri dövmeye başladı, şiddetli ama tamamen sözsüz bir öfke nöbetine kapıldı.

"Eh, bu durum işleri basitleştiriyor," dedi Dumbledore neşeyle. "Anlaşılan Sirius ne yaptığını biliyormuş. Grimmauld Meydanı, on iki numaranın meşru sahibisin, Kreacher'ın da."

"Onu – onu yanımda tutmam gerekiyor mu?" diye sordu Harry, dehşet içinde. Kreacher ayağının dibinde debelenip duruyordu.

"İstemiyorsan, hayır," dedi Dumbledore. "Bir öneride bulunmama izin verirsen onu Hogwarts'a, mutfakta çalışmaya gönderebilirsin. Böylece öbür ev cinlerinin gözleri üstünde olur."

"Evet," dedi Harry rahatlayarak, "Evet, öyle yapayım. Şey – Kreacher – Hogwarts'a gitmeni ve öbür ev cinleriyle birlikte mutfakta çalışmanı istiyorum."

Şimdi yerde sırtüstü, kollarıyla bacaklarını havaya dikmiş halde yatan Kreacher, Harry'ye baş aşağı duran suratında müthiş bir tiksinti ifadesiyle baktı ve yine yüksek bir *şak* sesiyle kayboldu.

"Güzel," dedi Dumbledore. "Bir de Hipogrif meselesi var, Şahgaga. Sirius öldüğünden beri ona Hagrid bakıyor, ama Şahgaga artık senin, o yüzden farklı bir düzenleme yapmak istersen –"

"Hayır," dedi Harry hemen, "Hagrid'le birlikte kalabilir. Sanırım Şahgaga bunu tercih eder."

"Hagrid çok sevinecek," dedi Dumbledore gülümseyerek. "Şahgaga'yı yeniden gördüğü için çok heyecanlanmıştı. Bu arada, Şahgaga'nın kendi güvenliğini düşünerek, adını şimdilik Solgunkanat olarak değiştirmeye karar verdik. Gerçi Bakanlığın onun bir zamanlar ölüme mahkûm ettiği Hipogrif olduğunu tahmin edeceğini hiç sanmıyorum ya. Pekâlâ, Harry, sandığın hazır mı?"

"Şeyy..."

"Buraya geleceğim konusunda şüphelerin mi vardı?" diye sordu Dumbledore, zekice.

"Ben hemen gidip – şeyy – bitireyim," dedi Harry telaşla, teleskopunu ve spor ayakkabılarını çabucak yerden toplayarak.

İhtiyacı olan her şeyi bulması on dakika kadar sürdü; sonunda yatağın altından Görünmezlik Pelerini'ni çıkarmayı becermiş, Renkten-Renge Mürekkep'inin kapağını yeniden kapamış ve sandığını kazanının üstüne kapatmayı başarmıştı. Sonra, bir eliyle sandığını kaldırıp ötekinde Hedwig'in kafesini tutarak, yeniden aşağı indi.

İndiğinde Dumbledore'un antrede beklemediğini görüp hayal kırıklığına uğradı, çünkü bu yine oturma odasına gitmesi gerektiği anlamına geliyordu.

Kimse konuşmuyordu. Dumbledore usulca bir şarkı mırıldanıyordu, belli ki rahatı yerindeydi, ama ortam buz gibiydi ve Harry konuşurken Dursley'lere doğru bakmaya cesaret edemedi: "Profesör – ben hazırım."

"Güzel," dedi Dumbledore. "Sadece bir şey kaldı, öyleyse." Sonra bir kez daha konuşmak için Dursley'lere döndü. "Şüphesiz sizin de farkında olduğunuz gibi, Harry bir yıl içinde reşit oluyor –"

"Hayır," dedi Petunia Teyze, Dumbledore'un gelişinden beri ilk kez konuşmuştu.

"Affedersiniz?" dedi Dumbledore kibarca.

"Hayır, olmuyor. O Dudley'den bir ay küçük ve Dudd da önümüzdekinin ertesi yıla kadar on sekiz olmayacak."

"Ah," dedi Dumbledore tatlı tatlı, "ama büyücüler dünyasında biz on yedi yaşında reşit oluruz."

Vernon Enişte "Saçmalık" diye mırıldandı, ama Dumbledore onu duymazdan geldi.

"Şimdi, bildiğiniz gibi, Lord Voldemort denen büyücü bu ülkeye dönmüş bulunuyor. Büyücü toplumu şu anda sıcak savaş halinde. Lord Voldemort'un zaten birkaç kez öldürmeye kalkıştığı Harry, onu on beş yıl önce kapınıza bıraktığım günkünden de büyük bir tehlikede. O zaman size bir mektup da bırakmıştım, ailesinin öldürülüşünü anlatan ve ona kendi çocuğunuzmuş gibi bakacağınıza dair umudumu dile getiren bir mektup."

Dumbledore sustu, sesi her ne kadar tasasız ve sakin kaldıysa ve belirgin bir kızgınlık işareti vermediyse de, Harry ondan bir soğuk dalgasının yayıldığını hissetti ve Dursley'lerin birbirlerine birazcık daha sokulduklarını fark etti.

"Sizden ricamı yerine getirmediniz. Harry'ye hiçbir zaman oğlunuzmuş gibi davranmadınız. Sizden ihmal ve çoğunlukla gaddarlıktan başka bir şey görmedi. Bu konuda söylenebilecek iyi bir şey varsa o da en azından bu sayede Harry'nin, aranızda oturan talihsiz çocuğa verdiğiniz korkunç zararın aynını görmekten kurtulduğudur."

Hem Petunia Teyze, hem de Vernon Enişte, sanki aralarına sıkışmış Dudley'den başkasını görmeyi bekliyormuşçasına, içgüdüsel olarak dönüp baktılar.

"Biz – Dudd'a kötü davranmak ha? Sen ne –?" diye hiddetle lafa girdi Vernon Enişte, ama Dumbledore sussun diye parmağını kaldırdı ve sanki Vernon Enişte bir darbe yiyip de sersemlemişçesine bir anda ortalığa sessizlik çöktü.

"On beş yıl önce yaptığım sihir, buraya evim diyebildiği sürece Harry'nin üzerinde güçlü bir koruma bulunmasını sağlıyor. Burada ne kadar ıstırap çekmiş, ne kadar istenmemiş, ne kadar kötü muamele görmüş olursa olsun, gönülsüzce de olsa, ona en azından kalacak bir yer verdiniz. Bu sihir Harry on yedi yaşına bastığı anda, yani yetişkin bir erkek olduğu anda kalkacak. Sizden sadece şunu rica ediyorum: on yedinci doğum gününden önce, bir kere daha buraya dönmesine izin verin. Böylece koruma o zamana kadar devam etmiş olacak."

Dursley'lerin hiçbiri bir şey demedi. Dudley hafifçe kaşlarını çatmıştı, sanki ne zaman kötü muamele gördüğünü hatırlamaya çalışıyordu. Vernon Enişte'nin boğazına bir şey takılmış gibiydi; ama Petunia Teyze tuhaf bir şekilde kızarmıştı.

"Eh, Harry... gitme vakti geldi," dedi Dumbledore sonunda, ayağa kalkıp uzun siyah pelerinini düzelterek. "Tekrar görüşmek üzere," dedi Dursley'lere –onlar ise o ânın sonsuza dek gecikmesinde hiçbir mahzur olmadığını düşünüyor gibiydiler– şapkasını taktı ve hızla odadan dışarı çıktı.

Harry Dursley'lere çabucak "Hoşçakalın," dedi ve Dumbledore'u takip etti. Dumbledore Harry'nin sandığının yanında durdu, sandığın üzerinde Hedwig'in kafesi vardı.

"Şimdi bunlar bize yük olsun istemeyiz," dedi, yeniden asasını çıkararak. "Onları Kovuk'a göndereceğim, bizi orada beklesinler. Ancak, Görünmezlik Pelerini'ni yanına almanı istiyorum... ne olur ne olmaz diye."

Harry biraz güçlükle, Dumbledore'a sandığın içinin ne halde olduğunu göstermemeye çalışarak Pelerin'i çıkarmayı başardı. Onu cebine tıkıştırdığında, Dumbledore asasını salladı ve sandık, kafes ve Hedwig ortadan kayboldular. Sonra Dumbledore asasını bir kez daha salladı ve evin kapısı serin, puslu bir karanlığa açıldı.

"Ve şimdi, Harry, haydi gel geceye adım atalım ve macera denen o kaprisli, baştan çıkarıcı hanımın peşine düşelim."

DÖRDÜNCÜ BÖLÜM

Horace Slughorn

Son birkaç günün uyumadığı her ânını Dumbledore'un gerçekten de gelip onu alacağını delicesine ümit ederek geçirmiş olmasına rağmen, Harry birlikte Privet Drive'da yürürken kendini son derece garip hissediyordu. Daha önce müdürüyle Hogwarts dışında hiç doğru dürüst konuşmamıştı; genellikle aralarında bir masa olurdu. Dahası, son yüz yüze karşılaşmalarının anısı aklına gelip duruyor, bu da Harry'nin utancını daha da artırıyordu; o olayda çok bağırmış, üstüne üstlük Dumbledore'un en kıymetli birkaç eşyasını kırmak için elinden geleni yapmıştı.

Ancak Dumbledore, tamamen rahat görünüyordu.

"Asanı hazır tut, Harry," dedi neşeyle.

"Ama okul dışında sihir kullanmama izin yok sanıyordum, efendim?"

"Bir saldırı olursa," dedi Dumbledore, "aklına gelen herhangi bir karşı-büyü ya da karşı-laneti kullanmana izin veriyorum. Öte yandan, bence bu gece saldırıya uğrayacağımız şeklinde bir endişeye kapılmana gerek yok."

"Niye, efendim?"

"Benimle birliktesin," dedi Dumbledore sadece. "Burası uygun, Harry."

Privet Drive'ın sonunda birden durdu.

"Henüz Cisimlenme sınavını geçmedin, tabii, değil mi?" dedi.

"Hayır," dedi Harry. "On yedi yaşında olmak gerekmiyor mu?"

"Gerekiyor," dedi Dumbledore. "O yüzden koluma sıkı sıkı tutunman gerekecek. Bir mahzuru yoksa, sol koluma – fark etmiş olduğun üzere, asa tutan kolum şu anda biraz zayıf."

Harry, Dumbledore'un uzattığı kolunun alt tarafını sıkı sıkı tuttu.

"Çok güzel," dedi Dumbledore. "Evet, işte gidiyoruz."

Harry, Dumbledore'un kolunun kıvrılarak ondan uzaklaştığını hissetti ve daha sıkı kavradı: sonra birden her şey karardı; her yönden çok şiddetli bir şekilde üzerine bastırılıyordu; nefes alamıyordu, göğsünün çevresinde gittikçe sıkılaşan demir çemberler vardı; göz yuvarları kafasının içine doğru çekiliyordu; kulak zarları kafatasının derinliklerine doğru itiliyordu, ve sonra –

Telaşla nefes alarak ciğerlerini soğuk gece havası ile doldurdu ve şıpır şıpır akan gözlerini açtı. Az önce zorla çok dar bir lastik tüpün içinden geçirilmişti sanki. Ancak birkaç saniye sonra Privet Drive'ın kaybolmuş olduğunu fark etti. O ve Dumbledore şimdi, terk edilmiş bir köy meydanına benzeyen bir yerde duruyorlardı; meydanın ortasında bir anıt ve birkaç bank vardı. Sonra kavrayışı, algılarını yakalayan Harry, ömründe ilk kez Cisimlenmiş olduğunun farkına vardı.

"İyi misin?" diye sordu Dumbledore, başını eğip ona kaygıyla bakarak. "Bu hisse alışmak için biraz zaman gerekiyor."

"İyiyim," dedi Harry, Privet Drive'ı arkada bırakmakta bayağı isteksiz davranmışlar hissini veren kulaklarını ovarak. "Ama sanırım ben süpürgeyi tercih ederim."

Dumbledore gülümsedi, seyahat pelerinini boynuna daha sıkıca oturttu ve "Buradan," dedi.

Hızlı adımlarla yürümeye başladı, boş bir hanın ve birkaç evin önünden geçti. Yakındaki bir kilisenin saatine göre, vakit gece yarısını bulmak üzereydi.

"Söyle bakalım, Harry," dedi Dumbledore. "Yara izin... hiç acıdı mı son zamanlarda?"

Harry farkına varmadan elini alnına götürüp şimşek biçimindeki izi ovdu.

"Hayır," dedi, "ben de bunu merak ediyordum. Voldemort artık yeniden bu kadar güçlendiğine göre sürekli yanar diye düşünmüştüm."

Dönüp Dumbledore'a baktı ve onun yüzünde memnun bir ifade gördü.

"Oysa ben, farklı düşünmüştüm," dedi Dumbledore. "Lord Voldemort sonunda kendisi için büyük bir tehlikeyi, senin ne zamandır onun düşüncelerine ve duygularına ulaştığını fark etti. Görünen o ki artık sana karşı Zihinbend uyguluyor."

"Eh, hiç şikâyet etmeyeceğim," dedi Harry. Ne o rahatsız edici rüyaları, ne de Voldemort'un zihnine ışık tutan o sarsıcı anları özlemişti.

Bir telefon kulübesini ve otobüs durağını geçerek, bir köşeyi döndüler. Harry tekrar Dumbledore'a baktı.

"Profesör?"

"Harry?"

"Şeyy – tam olarak neredeyiz?"

"Burası, Harry, şirin köy Budleigh Babberton."

"Peki burada ne yapıyoruz?"

"Ah, tabii, henüz sana anlatmadım," dedi Dumbledore. "Eh, son yıllarda bunu kaç kere söylediğimi ben bile unuttum ama, bir kez daha, öğretmen kadromuz bir kişi eksik. Eski bir iş arkadaşımı emeklilikten vazgeçmeye ve gelip Hogwarts'da çalışmaya ikna etmek için buradayız."

"Ben buna nasıl yardım edebilirim ki, efendim?"

"Ah, sanırım seni bir şekilde işe yaratacağız," dedi Dumbledore belli belirsiz. "Buradan sola, Harry."

İki tarafında evler sıralı, dik, dar bir sokaktan yürüdüler. Bütün pencereler karanlıktı. İki haftadır Privet Drive'ın üzerine çöreklenmiş olan tuhaf soğuk burada da vardı. Harry, Ruh Emiciler'i düşünerek, omzunun üstünden arkaya baktı ve cebindeki asasını kendisine güven verecek şekilde sıkı sıkı kavradı.

"Profesör, niye doğruca eski iş arkadaşınızın evinin içinde Cisimlenmiyoruz?"

"Çünkü bu ön kapıyı tekmeleyip indirmek kadar büyük bir kabalık olurdu," dedi Dumbledore. "Diğer büyücülere bizi içeri almama fırsatı vermek, nezaket gereğidir. Dahası birçok büyücü meskeni, istenmeyen Cisimlenenlere karşı sihirle korunuyor zaten. Mesela Hogwarts'ta –"

"Binaların ya da okul arazisinin herhangi bir yerinde Cisimlenemiyorsun," dedi Harry çabucak. "Hermione Granger söylemişti."

"Çok da doğru söylemiş. Yine sola dönüyoruz."

Arkalarında, kilisenin saati gece yarısını vurdu. Harry Dumbledore'un niçin eski iş arkadaşını böyle geç bir saatte ziyaret etmeyi kabalık olarak görmediğini merak etti, ama hazır sohbete koyulmuşken, soracağı daha acil sorular vardı.

"Efendim, *Gelecek Postası*'nda Fudge'ın kovulduğunu gördüm..."

"Doğru," dedi Dumbledore, şimdi dik bir yan sokağa dönerek. "Eminim onun yerine eskiden Seherbaz Bürosu Başkanı olan Rufus Scrimgeour'un getirildiğini de görmüşsündür."

"O... sizce o iyi midir?" diye sordu Harry.

"İlginç bir soru," dedi Dumbledore. "Becerikli, orası kesin. Cornelius'dan daha kararlı ve güçlü bir kişilik."

"Evet ama benim kastettiğim –"

"Neyi kastettiğini biliyorum. Rufus bir eylem adamı ve iş hayatının büyük bölümü boyunca Karanlık büyücülere karşı savaşmış biri olarak, Lord Voldemort'u hafife almıyor."

Harry bekledi, ama Dumbledore, *Gelecek Postası*'nın Scrimgeour ile aralarında yaşandığını söylediği anlaşmazlık konusunda bir şey demedi. Harry de meselenin üzerine gitmeye cesaret edemediği için, konuyu değiştirdi.

"Efendim... peki ya... Madam Bones?"

"Evet," dedi Dumbledore sükûnetle. "Korkunç bir kayıp. Müthiş bir cadıydı. İşte hemen şuradan, sanırım – ahh."

İncinmiş eliyle işaret etmişti.

"Profesör elinize ne –?"

"Şu anda açıklayacak vaktim yok," dedi Dumbledore. "Çok heyecanlı bir öykü, hakkını vermek isterim."

Harry'ye bakıp gülümsedi. Harry baştan savılmadığını, soru sormaya devam etmesine izin verildiğini anladı.

"Efendim – baykuşla gelen Sihir Bakanlığı broşürü, hani hepimizin Ölüm Yiyen'lere karşı alması gereken önlemler hakkındaki..."

"Evet, bana da bir tane geldi," dedi Dumbledore, hâlâ gülümseyerek. "Faydalı buldun mu?"

"Pek değil."

"Evet, ben de öyle düşünmüştüm. Mesela, kılık değiştirmiş biri değil de sahiden Profesör Dumbledore muyum diye kontrol etmek için, en sevdiğim reçel hangisi diye sormadın bana."

"Sormadım..." diye başladı Harry, azarlanıp azarlanmadığından emin olamayarak.

"Gelecekte lazım olursa diye söylüyorum, Harry, ahududu reçeli... ama tabii ki bir Ölüm Yiyen olsam, benim kılığıma girmeden önce mutlaka reçel tercihlerim konusunda bir araştırma yapardım."

"Ee... evet," dedi Harry. "Şey, bir de o broşürde, İnferiuslardan söz ediyordu. Tam olarak nedir onlar? Broşür pek net bilgi vermemişti."

"Onlar cesettir," dedi Dumbledore sükûnetle. "Bir Karanlık büyücünün buyruklarını yerine getirecek şekilde büyülenmiş ölüler. Ancak İnferius'lar uzun süredir görülmediler, Voldemort geçen sefer güç sahibi olduğundan beri... onlardan bir ordu yaratacak kadar çok kişi öldürdü tabii. İşte burası, Harry, hemen şuradan..."

Kendine ait bir bahçesi olan, küçük, güzel bir taş eve yaklaşıyorlardı. Harry İnferius denen o korkunç fikri hazmetmekle o kadar meşguldü ki dikkatini başka bir şeye yöneltebilecek durumda değildi, ama ön kapıya vardıklarında Dumbledore birden durdu ve Harry ona çarptı.

"Hay aksi. Hay aksi, hay aksi, hay aksi."

Harry onun bakışlarını takip ederek gözlerini bakımlı bahçe yoluna, oradan da eve çevirdi ve yüreği sıkıştı. Ön kapı menteşelerinden sallanıyordu.

Dumbledore sokağın iki tarafına göz attı. Ortalık ıssız görünüyordu.

"Asanı çıkar ve beni takip et, Harry," dedi usulca.

Kapıyı açtı ve hemen arkasında Harry ile bahçe yolundan sessiz ama hızlı adımlarla ilerledi. Sonra, elinde asası hazır halde, yavaşça evin kapısını itti.

"*Lumos.*"

Dumbledore'un asasının ucu aydınlandı ve ışığı dar koridora vurdu. Sol tarafta, açık duran başka bir kapı vardı. Dumbledore ışık saçan asasını havada tutarak, hemen arkasında Harry ile oturma odasına girdi.

Gözlerinin önünde tam bir yıkım manzarası vardı. Bir dolaplı saat ayaklarının dibinde parçalanmış halde yatıyordu, kadranı çatlamıştı, sarkacı ise düşürülmüş bir kılıç gibi biraz ötede duruyordu. Bir piyano yan yatmış, tuşları yere saçılmıştı. Yakında bir yerde yere düşmüş bir avizenin kalıntıları parıldıyordu. Yastıklar paralanmış, yanlarındaki yarıklardan tüyler sızıyordu; cam ve porselen parçaları her şeyin üzerini bir pudra tabakası gibi kaplamıştı. Dumbledore asasını iyice yukarı kaldırdı, şimdi ışığı duvarları aydınlatıyordu. Duvar kâğıtlarının üzerine koyu kırmızı, yapış yapış bir şey saçılmıştı. Harry hafifçe soluğunu içine çekince, Dumbledore dönüp ona baktı.

"Hoş değil, değil mi?" dedi kasvetle. "Evet, burada korkunç bir şey olmuş."

Dumbledore dikkatle, ayaklarının dibindeki enkazı inceleyerek, odanın ortasına yürüdü. Harry de onu takip etti. Etrafına bakıyor, harap olmuş piyanonun ya da ters dönmüş kanepenin arkasında görebileceklerinden biraz korkuyordu, ama ortalıkta cesetten iz yoktu.

"Belki bir çatışma oldu ve – ve onu sürükleyip götürdüler, Profesör, olamaz mı?" diye fikir yürüttü Harry. O lekelerin duvarların yarı yüksekliğine kadar sıçramış olması için bir adamın ne kadar feci yaralanması gerektiğini hayal etmemeye çalıştı.

"Sanmıyorum," dedi Dumbledore usulca, yan yatmış, şişkin bir koltuğun arkasına göz atarak.

"Yani sizce o –"

"Hâlâ burada bir yerde mi? Evet."

Ve hiç uyarmaksızın, Dumbledore birden harekete geçip asasının ucunu şişkin koltuğun oturak yerine batırdı. Koltuk "Ah!" diye bağırdı.

"İyi akşamlar, Horace," dedi Dumbledore, tekrar doğrularak.

Harry'nin ağzı bir karış açık kaldı. Daha yarım saniye önce bir koltuğun durduğu yerde, şimdi son derece şişman, kel bir adam çömelmiş, karnına masaj yapıyor, kederli ve sulu gözlerini kısmış Dumbledore'a bakıyordu.

"Asayı o kadar sert batırmana hiç gerek yoktu," dedi ters ters, güçlükle ayaklarının üzerinde doğrulmaya çalışarak. "Acıdı."

Asanın ışığı onun tepesindeki parlak açıklığa, fırlak gözlerine, fokunkilere benzeyen gümüşi renkte kocaman bıyığına ve eflatun ipek pijamasının üstüne giydiği vişne çürüğü kadife ceketinin iyice parlatılmış düğmelerine vurdu. Kafasının üstü Dumbledore'un anca çenesine geliyordu.

"Nereden anladın?" diye homurdandı. Sendeleyerek doğruldu, bir yandan da hâlâ karnını ovuyordu. Az önce koltuk taklidi yaparken yakalanmış bir adam için hiç de utanıp sıkılmış gibi bir hali yoktu.

"Azizim Horace," dedi Dumbledore, neşeli bir edayla, "Ölüm Yiyen'ler gerçekten buraya gelmiş olsaydı, evin üzerinde Karanlık İşaret yükseliyor olurdu."

Büyücü tombul elini koca alnına şaklattı.

"Karanlık İşaret," diye mırıldandı. "Bir şeyi unuttuğumu biliyordum.... aman, neyse. Zaten vaktim kalmamıştı. Siz odaya girdiğinizde dekoruma son rötuşları yeni yapmıştım."

Bıyığının uçlarını titreterek derin derin içini çekti.

"Ortalığı temizlemek için yardımımı ister misin?" diye sordu Dumbledore kibarca.

"Lütfen," dedi öteki.

Uzun ince büyücü ile kısa şişman büyücü sırt sırta durdular ve asalarını birbirinin aynı şekilde, tek bir geniş hareketle salladılar.

Eşyalar uçarak yerlerine döndü; süslemeler havada yeniden oluştu; tüyler hızla yastıkların içine doldu; yırtık kitaplar raflardaki yerlerini alırken kendi kendilerine onarıldılar; gaz lambaları sehpalara konup yeniden yandılar; parçalanmış gümüş resim çerçevelerinden oluşan dev bir koleksiyon odada parıldayarak uçtu ve bir masanın üzerine, sağlam ve kararmamış halde kondu. Her taraftaki çatlaklar ve delikler düzeldi; duvarlar ise kendi kendilerine silinip temizlendi.

"Ne tür kandı o, bu arada?" dedi Dumbledore yüksek sesle, parçalanmışlıktan yeni çıkmış olan dolaplı saatin çalışını bastırıp kendini duyurabilmek için.

"Duvarlardaki mi? Ejderha," diye bağırdı Horace denen büyücü, sağır edici bir gıcırdama ve şıngırtı ile avize kendini yeniden tavana tuttururken.

Piyanodan son bir *ping* sesi çıktı ve sessizlik çöktü.

"Evet, ejderha," diye tekrar etti büyücü, sohbet havasında. "Son şişemdi, üstelik şu ara fiyatlar astronomik. Yine de belki yeniden kullanılabilir durumdadır."

Bir büfenin üzerinde duran küçük kristal bir şişenin yanına

paldır küldür yürüdü ve şişeyi eline alıp ışığa tutarak içindeki kıvamlı sıvıyı inceledi.

"Hım. Biraz tozlu."

Şişeyi yeniden büfenin üzerine bırakıp iç geçirdi. İşte bakışları o zaman Harry'ye döndü.

"Oho," dedi, iri gözleri hızla Harry'nin alnına ve üzerindeki şimşek biçimli yara izine kayarak. "*Oho!*"

"Bu," dedi Dumbledore, onları tanıştırmak amacıyla öne çıkarak, "Harry Potter. Harry, bu benim eski dostum ve iş arkadaşım, Horace Slughorn."

Slughorn Dumbledore'a döndü, yüzünde kurnaz bir ifade vardı.

"Demek beni böyle ikna edeceğini düşündün, öyle mi? Ama cevabım hayır, Albus."

Ayartılmaya kararlı bir şekilde direnen bir adamın edasıyla bakışlarını başka yöne çevirerek, Harry'nin yanından geçti.

"Ama hiç olmazsa bir içki içebiliriz, değil mi?" diye sordu Dumbledore. "Eski günlerin hatırına?"

Slughorn tereddüt etti.

"Peki, tek bir içki," dedi nezaketsizce.

Dumbledore Harry'ye gülümsedi ve onu az önce Slughorn'un kılığına girdiği koltuğa biraz benzeyen ve yeni yanmış ateşle ışıl ışıl parlayan bir gaz lambasının yanında duran bir koltuğa yönlendirdi. Harry otururken Dumbledore'un, bir sebepten ötürü, onu mümkün olduğu kadar görünür kılmayı istediği izlenimine kapıldı. Ve elbette, bir süredir sürahilerle ve kadehlerle meşgul olan Slughorn yeniden onlara doğru döner dönmez, bakışları ânında Harry'ye takıldı.

"Hım,"dedi, gözlerine zarar vermekten korkarmışçasına bakışlarını aniden başka yöne çevirerek. "Buyur –" Davet beklemeden oturmuş olan Dumbledore'a bir içki verdi, tepsiyi Harry'ye doğru iteledi, sonra da küskün bir sessizlik içinde, tamir edilmiş kanepenin yastıklarına gömüldü. Bacakları o kadar kısaydı ki yere değmiyorlardı.

"Ee, nasıl gidiyor, Horace?" diye sordu Dumbledore.

"Pek iyi değil," dedi Slughorn hemen. "Göğsüm kötü. Hırıldıyor. Romatizma da var. Eskisi gibi rahat hareket edemiyorum. Eh, beklenen bir durum. Yaşlılık. Yorgunluk."

"Oysa bu kadar kısa sürede bizim için böyle bir hazırlık yapabildiğine göre hayli hızlı hareket etmiş olmalısın," dedi Dumbledore. "Uyarı aldıktan sonra üç dakikadan fazla vaktin olmamıştır, değil mi?"

Slughorn yarı sinirle, yarı gururla, "İki," dedi. "Davetsiz Misafir Büyümün alarm verdiğini duymadım, banyo yapıyordum. Yine de," diye ekledi sert sert, kendini yeniden toparlayarak, "bütün bunlar benim yaşlı bir adam olduğum gerçeğini değiştirmiyor, Albus. Sakin bir hayatı ve biraz konforu hak ettim sanıyorum."

O açıdan pek bir eksiği olmadığı kesin, diye düşündü Harry, odaya göz gezdirerek. Kalabalık ve dağınıktı, ama kimse konforsuz olduğunu söyleyemezdi; yumuşak sandalyeler ve puflar, içkiler ve kitaplar, kutu kutu çikolata ve pofidik yastıklar vardı. Harry burada kimin yaşadığını bilmese, zengin, titiz bir yaşlı hanım tahmininde bulunurdu.

"Henüz benim kadar yaşlı değilsin, Horace," dedi Dumbledore.

"Eh, belki senin de artık emekliliği düşünmen gerekir," dedi Slughorn lafını sakınmadan. Açık bektaşiüzümü rengi gözleri Dumbledore'un yaralı eline çevrilmişti. "Görüyorum ki refleksler eskisi kadar hızlı değil."

"Çok haklısın," dedi Dumbledore sakin sakin, kolunun yenini sıyırıp o yanmış ve kararmış parmakları göstererek. Elinin görünüşü Harry'nin ensesinin nahoş bir şekilde ürpermesine neden oldu. "Şuna hiç şüphe yok ki eskisinden daha yavaşım. Öte yandan..."

Dumbledore sanki yaşın beraberinde getirdiği birtakım iyi şeyler de olduğunu söylermiş gibi omzunu silkip ellerini iki yana açtı ve Harry onun sağlam elinde daha önce taktığını hiç görmediği bir yüzük fark etti: yüzük büyüktü, altına benzeyen bir şeyden, hayli maharetsizce yapılmıştı ve üzerinde, tam orta yerinden çatlamış iri siyah bir taş vardı. Slughorn'un gözleri de bir an için yüzüğe takıldı, Harry onun alnında küçük bir kırışıklık oluşup kaybolduğunu gördü.

"Ee, Horace, davetsiz misafirlere karşı bunca önlem... Ölüm Yiyen'leri düşünerek mi aldın bu önlemleri, beni düşünerek mi?" diye sordu Dumbledore.

"Ölüm Yiyen'ler benim gibi zavallı bitkin bir ihtiyardan ne isteyebilir ki?" dedi Slughorn.

"Tahmin ediyorum senin o hatırı sayılır yeteneklerini, zorlama, işkence ve cinayet için kullanmanı isteyeceklerdir," dedi Dumbledore. "Yoksa bana henüz gelip seni aralarına katmaya çalışmadıklarını mı söyleyeceksin?"

Slughorn bir an Dumbledore'u garezle süzdü, sonra da fısıldayarak "Onlara bu fırsatı vermedim," dedi. "Bir yıldır sürekli yer değiştiriyorum. Aynı yerde bir haftadan fazla kalmıyorum. Bir Muggle evinden diğerine taşınıyorum – buranın sahipleri şu anda Kanarya Adaları'nda tatilde. Çok hoştu, ayrılacağım için üzülüyorum. Bir kere öğrenince çok kolay aslında, Sinsioskop yerine kullandıkları bu gülünç hırsız alarmlarına bir Dondurma Büyüsü yap, bir de komşuların piyanoyu getirirken seni görmesine dikkat et, yeter."

"Zekice," dedi Dumbledore. "Ama sakin bir hayatın peşindeki bitkin bir ihtiyar için oldukça yorucu bir yaşam şekli. Oysa Hogwarts'a dönsen –"

"Eğer bana o sıhhat düşmanı okulda hayatımın daha huzurlu olacağını söyleyeceksen, aman hiç nefesini yorma, Albus! Köşe bucak saklanıyor olabilirim ama Dolores Umbridge ayrıldığından beri kulağıma tuhaf söylentiler geldi! Eğer bu günlerde öğretmenlerine böyle davranıyorsan –"

"Profesör Umbridge at-adam sürümüzle bir sürtüşme yaşadı," dedi Dumbledore. "Sanırım sen olsan, Horace, Orman'a girip de bir sürü kızgın at-adam'a 'pis melezler' deme gafletinde bulunmazdın."

"Demek öyle yaptı?" dedi Slughorn. "Ahmak kadın. Onu hiç sevmemişimdir zaten."

Harry kıkırdayınca hem Dumbledore, hem de Slughorn dönüp ona baktılar.

"Affedersiniz," dedi Harry çabucak. "Sadece – ben de onu sevmezdim de."

Dumbledore aniden ayağa kalktı.

"Gidiyor musunuz?" dedi Slughorn hemen, yüzünde umut dolu bir ifadeyle.

"Hayır, acaba banyonu kullanabilir miyim diye soracaktım da," dedi Dumbledore.

"Ha," dedi Slughorn, gözle görülür bir hayal kırıklığıyla. "Koridorda soldan ikinci kapı."

Dumbledore odanın karşı tarafına yürüdü. Kapıyı arkasından kapadıktan sonra, odaya sessizlik hâkim oldu. Az sonra Slughorn ayağa kalktı, ama ne yapacağını bilemez bir hali vardı. Harry'ye kaçamak bir bakış attı, sonra şöminenin yanına gidip ateşe arkasını döndü ve geniş poposunu ısıtmaya başladı.

"Sanma ki seni niçin getirdiğini bilmiyorum," dedi birden.

Harry Slughorn'a bakmakla yetindi. Slughorn'un sulu gözleri Harry'nin yarasından aşağı kayıp bu defa bütün yüzünü taradı.

"Babana çok benziyorsun."

"Evet, öyle diyorlar," dedi Harry.

"Gözlerin hariç. Gözlerini –"

"Annemden almışım, evet." Harry bunu o kadar çok duymuştu ki artık biraz bıkkınlık verici buluyordu.

"Hım. Evet. Bir öğretmen olarak gözde öğrencilerin olmaması gerekir elbette, ama o benim gözdelerimdendi. Annen," diye ekledi Slughorn, Harry'nin sorgulayan bakışlarına cevap olarak. "Lily Evans. Ömrümde öğretmenlik yaptığım en parlak öğrencilerden biri. Hayat doluydu. Hoş bir kızdı. Ona hep benim binamda olması gerektiğini söylerdim. Çok da küstah cevaplar alırdım."

"Sizin binanız hangisiydi?"

"Ben Slytherin Başkanı'ydım," dedi Slughorn. "Aman ha," diye devam etti çabucak, Harry'nin suratındaki ifadeyi görüp ona kısa ve tombul parmağını doğrultarak, "sakın hakkımda kötü düşünme bu yüzden. Sen de onun gibi Gryffindor'dansındır herhalde? Evet, genellikle aile üyeleri aynı binalara girer. Ama her zaman da değil. Hiç Sirius Black'i duydun mu? Duymuş olmalısın –son iki yıldır gazetelerde çıkıyor– birkaç hafta önce öldü –"

Sanki görünmez bir el Harry'nin bağırsaklarını tutmuş büküyordu.

"Neyse, okulda babanın çok iyi arkadaşıydı. Bütün Black sülalesi benim binama girmiştir, ama Sirius Gryffindor'a girdi! Yazık – yetenekli çocuktu. Okul yaşı geldiğinde kardeşi Regulus'u aldım ben, ama bütün takım bende olsa daha çok hoşuma giderdi."

Açık arttırmada istediği şeyi başkasına kaptırmış hevesli bir koleksiyoncu gibiydi sesi. Belli ki anılara gömülmüş halde, karşı duvara bakıyor, arka tarafına ısı eşit yayılsın diye arada bir olduğu yerde dalgın dalgın dönüyordu.

"Annen Muggle'lardan doğmaydı, tabii. Duyduğumda inanamamıştım. Safkandır diye düşünmüştüm, o kadar iyiydi ki."

"Benim en iyi arkadaşlarımdan biri Muggle'lardan doğma," dedi Harry, "ve kendisi dönemimizin en iyisi."

"Bazen nasıl da öyle oluyor, tuhaf, değil mi?" dedi Slughorn.

"Aslında değil," dedi Harry soğuk soğuk.

Slughorn ona şaşkın gözlerle baktı.

"Önyargılı olduğumu düşünmemelisin!" dedi. "Yo, yo, yo! Daha az önce annenin ömrümde en beğendiğim öğrencilerden biri olduğunu söylemedim mi? Ayrıca ondan sonraki yılda da Dirk Cresswell vardı –tabii şimdi kendisi Cincüce İrtibat Bürosu Başkanı– o da Muggle'lardan doğmaydı. Çok yetenekli bir öğrenciydi, hâlâ bana Gringotts'da olup bitenler hakkında harika gizli bilgiler veriyor!"

Kendi kendine gülümseyerek ayaklarının üzerinde yaylandı ve şifoniyerin üzerindeki ışıldayan çok sayıda fotoğraf çerçevesini gösterdi; her birinin minicik, hareketli sakinleri vardı.

"Hepsi eski öğrencilerime ait, hepsi imzalı. Barnabas Cuffe'yi tanıyacaksındır, *Gelecek Postası*'nın editörü, günün haberleri hakkında benim yorumumu duymak ister hep. Ambrosius Flume da var, Balyumruk'tan – her doğum günümde bir sepet, hepsi de onu, ona ilk işini veren Ciceron Harkiss ile tanıştırmam sayesinde! Arkadaki de –biraz uzanırsan göreceksin– Gwenog Jones, Holyhead Harpileri'nin kaptanı... insanlar benim Harpiler'e adlarıyla hitap etmeme şaşırıyor, dahası istediğim zaman bedava bilet de bulabiliyorum!"

Bu düşünce onu epey neşelendirmişe benziyordu.

"Ve bütün bu insanlar sizi nerede bulacaklarını, bütün bunları nereye göndereceklerini biliyor mu yani?" diye sordu Harry. Şekerleme sepetleri, Quidditch biletleri ve fikirleri ve tavsiyeleri için yanıp tutuşan ziyaretçiler Slughorn'u bulabiliyorsa, Ölüm Yiyen'lerin onun izini nasıl süremediğini merak ediyordu.

Slughorn'un yüzündeki gülümseme, duvarlarındaki kan kadar çabuk yok oldu.

"Tabii ki hayır," dedi, Harry'ye tepeden bakarak. "Bir yıldır herkesle teması kesmiş durumdayım."

Harry bu sözlerin Slughorn'un kendisini şoke ettiği izlenimine kapıldı; Slughorn bir an hayli tedirgin göründü. Sonra omuz silkti.

"Öte yandan... tedbirli büyücü böyle dönemlerde göze batmaz. Dumbledore için söylemesi kolay tabii, ama şu anda Hogwarts'ta göreve başlamak, kamuoyu önünde Zümrüdüanka Yoldaşlığı'na bağlılığımı ilan etmekle aynı şey olur! Ve eminim çok takdire değerdirler, cesurdurlar, vesairedirler ama şahsen ölüm oranı bana hiç cazip –"

"Hogwarts'ta öğretmenlik yapmak için Yoldaşlık'a katılmak zorunda değilsiniz," dedi Harry, ses tonundan küçümsemeyi pek de uzak tutamayarak: Bir mağarada çömelmiş, farelerle beslenen Sirius'u hatırlarken, Slughorn'un şımarık yaşantısına anlayışla bakmak zordu. "Öğretmenlerden çoğu Yoldaşlık'ta değil ve hiçbiri de öldürülmedi – şey, tabii Quirrell'i saymazsanız, ama o da Voldemort'la çalıştığı için, başına geleni hak etmişti zaten."

Slughorn'un Voldemort'un adının söylenmesine dayanamayan o büyücülerden biri olacağından emindi. Yanılmadı da: Slughorn titredi ve hoşnutsuzluğunu belli eden ince bir ses koyverdi, ama Harry bunu duymazdan geldi.

"Bence Dumbledore müdürken öğretmen kadrosu çoğu insandan daha çok güvende; sonuçta o, Voldemort'un korktuğu tek kişi, öyle değil mi?" diye devam etti Harry.

"Eh, evet, Adı Anılmaması Gereken Kişi'nin Dumbledore ile kavga aramadığı doğru," diye mırıldandı Slughorn gönülsüzce. "Ayrıca sanırım insan, Ölüm Yiyen'lere katılmış olmadığım için, Adı Anılmaması Gereken Kişi'nin beni pek de dost saymayacağını söyleyebilir... ki bu durumda, Albus'un yakınında hakikaten de daha güvende olabilirim... Amelia Bones'un ölümünün beni sarstığını gizleyemem... eğer o, bütün Bakanlık bağlantılarıyla ve korumasıyla..."

Dumbledore yeniden odaya girdi ve Slughorn onun evde olduğunu unutmuşçasına sıçradı.

"Hah, işte döndün, Albus," dedi. "Çok uzun kaldın. Miden mi bozuk?"

"Hayır, sadece Muggle dergilerini okuyordum," dedi Dumbledore. "Örgü desenlerine gerçekten bayılıyorum. Eh, Harry, Horace'ın misafirperverliğini yeterince zorladık; sanırım artık gitmemizin vakti geldi."

Buna uymaya hiç de itirazı olmayan Harry, ayağa fırladı. Slughorn'un şaşırıp kalmış gibi bir hali vardı.

"Gidiyor musunuz?"

"Evet, gidiyoruz. Sanırım, kaybedilmiş bir davayı görünce tanırım."

"Kaybedilmiş?..."

Slughorn tedirgin görünüyordu. Dumbledore'un seyahat pelerinini bağlamasını ve Harry'nin ceketinin fermuarını çekmesini izlerken tombul parmaklarını çeviriyor, yerinde duramıyordu.

"Ee, işi istemediğine üzüldüm, Horace," dedi Dumbledore, sağlam elini veda etmek için kaldırarak. "Hogwarts seni yeniden iş başında görmekten memnun olurdu. Her ne kadar güvenliğimiz hayli artırılmış olsa da, ne zaman istersen gelip bizi ziyaret edebilirsin."

"Evet... şey... çok naziksin... dediğim gibi..."

"Hoşçakal, o zaman."

"Hoşçakalın," dedi Harry.

Kapıya varmışlardı ki arkalarından bir bağırış yükseldi.

"Pekâlâ, pekâlâ, kabul ediyorum!"

Dumbledore arkasını döndüğünde Slughorn oturma odasının kapısında duruyordu, nefes nefeseydi.

"Emeklilikten vazgeçecek misin?"

"Evet, evet," dedi Slughorn sabırsızca. "Aklımı kaçırmış olmalıyım, ama evet."

"Harika," dedi Dumbledore, gülümseyerek. "O halde, Horace, seninle Eylül'ün birinde görüşürüz."

"Evet, zannederim görüşürüz," diye homurdandı Slughorn.

Bahçedeki yoldan yürürlerken, arkalarından Slughorn'un sesi yetişti.

"Maaşıma zam istiyorum, Dumbledore!"

Dumbledore kıkırdadı. Bahçe kapısı arkalarından kapandı ve ikisi karanlığın ve bir girdap gibi dönen sisin içinde yokuş aşağı yürümeye koyuldular.

"Aferin, Harry," dedi Dumbledore.

"Ben bir şey yapmadım ki," dedi Harry şaşkınlıkla.

"Yapmaz olur musun, tabii ki yaptın. Horace'a Hogwarts'a

dönmekle tam olarak ne kadar çok şey kazanacağını gösterdin. Onu sevdin mi?"

"Şeyy..."

Harry, Slughorn'u sevip sevmediğine emin değildi. Kendine göre bir cana yakınlığı vardı galiba, ama aynı zamanda kibirli görünüyordu ve, her ne kadar aksini söylerse söylesin, Muggle'lardan doğma birinin iyi bir cadı olması fikrine fazlaca şaşırmış gibiydi.

"Horace," dedi Dumbledore, Harry'yi bunların herhangi bir kısmını söyleme sorumluluğundan kurtararak, "konforuna meraklıdır. Ayrıca ünlülerle, başarılılarla ve güçlülerle çevrili olmaya da meraklıdır. Bu insanlar üzerinde bir etkisi olduğu hissinden hoşlanıyor. Hiçbir zaman tahta kendisi çıkmak istemedi; o arka koltuğu tercih eder – yayılacak daha çok alan var ya, ondan. Hogwarts'ta gözdelerini birer birer seçerdi, bazen hırsları ya da zekâları için, bazen cazibeleri ya da yetenekleri için. Alanlarında çok başarılı olacak kişileri seçmekte esrarengiz bir beceriye sahipti. Horace gözdelerinden oluşan bir kulüp kurardı, merkezde de kendisi olurdu. İnsanları tanıştırır, üyeler arasında faydalı bağlantılar oluşturur ve her zaman bunlardan kendine bir çıkar sağlardı – bu ister bir kutu en sevdiği şeker kaplanmış ananaslardan olsun, ister Cincüce İrtibat Bürosu'nun yeni kıdemsiz üyesi konusunda bir öneride bulunma şansı."

Birden Harry'nin zihninde kocaman, tombul bir örümcek görüntüsü belirdi; etrafına bir ağ örüyor, iri ve iştah kabartıcı sineklerini biraz daha yakına getirebilmek için bir oraya bir buraya iplikler dokuyordu.

"Bütün bunları sana anlatmamın sebebi," diye devam etti Dumbledore, "seni Horace'a –ya da şimdi ona hitap etmemiz gereken şekliyle, Profesör Slughorn'a– düşman etmek değil, gardını almanı sağlamak. Şüphesiz seni de koleksiyonuna katmak isteyecektir, Harry. Onun koleksiyonunun mücevheri olurdun: Sağ Kalan Çocuk... ya da, sana bugünlerde dedikleri gibi, Seçilmiş Kişi."

Bu sözcükleri duyunca Harry, etraflarındaki sisle hiç ilgisi olmayan bir ürperti hissetti. Birkaç hafta önce duyduğu sözcükler aklına geldi, onun için korkunç ve özel bir anlamı olan sözcükler: *Diğeri varlığını sürdürürken ikisi de yaşayamaz...*

Dumbledore daha önce önünden geçtikleri kilisenin hizasında durmuştu.

"Burası iyi, Harry. Şimdi kolumu tutarsan."

Bu defa sıkı sıkı tutunan Harry, Cisimlenme'ye hazırdı, ama yine de hoşuna gitmedi. O baskı kaybolup da Harry tekrar nefes alabilir hale geldiğinde, Dumbledore'un yanında bir kır yolunda durmuş, dünyada en sevdiği ikinci binanın, Kovuk'un eğri büğrü siluetine bakıyordu. Az önce üstüne çökmüş dehşet hissine rağmen, Kovuk'u görünce ister istemez neşesi yerine geldi. Ron oradaydı... Tanıdığı herkesten daha güzel yemek yapan Mrs Weasley de...

"Eğer senin için bir mahzuru yoksa, Harry," dedi Dumbledore, kapıdan geçerlerken, "Ayrılmadan önce seninle biraz konuşmak istiyorum. Özel. Mesela şurada konuşsak?"

Dumbledore, Weasley'lerin süpürgelerinin durduğu, yıkık dökük taş bir müştemilatı işaret etti. Biraz şaşıran Harry, Dumbledore'un peşi sıra gacırdayan kapıdan geçip ortalama yüklükten birazcık geniş bir yere adım attı. Dumbledore asasının ucunu bir meşale gibi parlayacak şekilde ışıklandırdı ve Harry'ye bakıp gülümsedi.

"Umarım sana bu konuyu açtığım için beni affedersin, Harry, ama Bakanlık'ta olanlardan sonra bu kadar iyi göğüs geriyor görünmen beni memnun ediyor ve hatta biraz gururlandırıyor. İzin verirsen, Sirius olsa seninle gurur duyardı demek istiyorum."

Harry yutkundu; sesi onu terk etmiş gibiydi. Sirius hakkında konuşmaya dayanabileceğini sanmıyordu. Vernon Enişte'nin "Vaftiz babası öldü mü?" deyişini duymak yeterince acı verici, Slughorn'un Sirius'un adını öylesine ortaya atması ise daha da beter olmuştu zaten.

"Sirius'la," dedi Dumbledore usulca, "birlikte bu kadar az vakit geçirebilmiş olmanız çok acı. Uzun ve mutlu olması gereken bir ilişkiye, gaddarca bir son."

Harry evet anlamında başını salladı, gözleriyse kararlı bir şekilde, şimdi Dumbledore'un şapkasına tırmanmakta olan örümceğe kilitlenmişti. Dumbledore'un anladığı belliydi. Hatta onun mektubu gelene kadar bütün vaktini Dursley'lerde yatağında yatarak, yemek yemeyi reddederek, artık Ruh Emiciler'le ilişkilendirdiği o ürpertici boşlukla dolu sise bakan pencerelere dalıp giderek geçirdiğini bile tahmin ediyor olabilirdi.

"Çok zor," dedi sonunda Harry, alçak sesle, "onun bir daha bana yazmayacağını bilmek."

Birden yanmaya başlayan gözlerini kırpıştırdı. Bunu itiraf ettiği için kendini aptal gibi hissediyordu ama Hogwarts'ın dışında, tıpkı bir baba gibi onun başına neler geldiğiyle ilgilenen birinin bulunması, vaftiz babasını keşfetmenin en iyi taraflarından biri olmuştu... şimdiyse posta baykuşları bir daha ona hiç o avuntuyu getirmeyecekti...

"Sirius senin için daha önce hiç bilmediğin birçok şeyi temsil ediyordu," dedi Dumbledore şefkatle. "Doğal olarak, müthiş bir kayıp bu..."

"Ama ben Dursley'lerdeyken," diye araya girdi Harry, sesi gittikçe güçlenerek, "Kendi köşeme çekilemeyeceğimi anladım – yoksa çökerdim. Sirius bunu istemezdi, değil mi? Ayrıca, hayat çok kısa... Madam Bones'a bakın, Emmeline Vance'e bakın... sırada ben olabilirim, değil mi? Ama sıra bendeyse de," dedi ateşli bir şekilde, şimdi Dumbledore'un asa ışığında parlayan mavi gözlerinin içine bakarak, "benimle beraber elimden geldiğince çok Ölüm Yiyen'i ve becerebilirsem, Lord Voldemort'u da götüreceğim."

"Annenin ve babanın oğlu ve Sirius'un gerçek vaftiz oğlu gibi konuştun!" dedi Dumbledore, Harry'nin sırtını onaylar bir şekilde okşayarak. "Sana şapkamı çıkarıyorum – daha doğrusu, seni örümceklere boğmaktan çekinmesem çıkarırdım.

"Şimdi de, Harry, bununla yakından ilgili bir konu... Anladığım kadarıyla son iki haftadır *Gelecek Postası*'nı alıyordun, değil mi?"

"Evet," dedi Harry, kalp atışlarının hızlandığını hissetti.

"O halde Kehanet Salonu'ndaki maceranızın, basına sızmak ne kelime, düpedüz sular seller gibi aktığını görmüşsündür."

"Evet," dedi Harry yine. "Ve şimdi herkes biliyor benim –"

"Hayır, bilmiyorlar," diye kesti Dumbledore. "Dünyada sen ve Lord Voldemort hakkındaki kehanetin tam içeriğini bilen iki kişi var ve ikisi de şu anda bu pis kokulu, örümcekli süpürge kulübesinde duruyor. Ancak pek çok kişi, gayet doğru bir şekilde, Voldemort'un Ölüm Yiyen'lerini bir kehaneti çalmaları için gönderdiği ve o kehanetin de seninle ilgili olduğu tahmininde bulundu.

"Şimdi, yanılmıyorsam kehanetin ne dediğini kimseye söylemedin, değil mi?"

"Hayır," dedi Harry.

"Genel olarak, akıllıca bir karar," dedi Dumbledore. "Ama sanırım arkadaşların Mr Ronald Weasley ve Miss Hermione Granger söz konusu olduğunda, bu konuda tedbiri biraz elden bırakmalısın. Evet," diye devam etti, Harry'nin şaşırdığını görünce, "bence bilmeliler. Bu kadar önemli bir şeyi söylemeyerek, onlara haksızlık ediyorsun."

"Ama ben onları –"

"– endişelendirmek ya da korkutmak istemedin mi?" dedi Dumbledore, yarım ay biçimi gözlüğünün üzerinden Harry'yi süzerek. "Ya da belki kendinin de endişelendiğini ve korktuğunu itiraf etmek istemedin? Arkadaşlarına ihtiyacın var, Harry. Senin de çok doğru bir şekilde söylediğin gibi, Sirius senin kendi köşene çekilmeni istemezdi."

Harry hiçbir şey demedi, ama Dumbledore da bir cevap beklemiyor gibiydi zaten. Devam etti. "Yine başka, ama ilgili bir konuya gelirsek, senin bu yıl benden özel dersler almanı istiyorum."

"Özel – sizden mi?" dedi Harry, şaşkınlık sonucu sessiz dalgınlığından çıkarak.

"Evet. Bence eğitimine daha çok katkıda bulunmamın vakti geldi."

"Bana ne öğreteceksiniz, efendim?"

"Ah, biraz şundan, biraz bundan," dedi Dumbledore neşeyle.

Harry umutla bekledi ama Dumbledore ayrıntıya girmedi. O da son zamanlarda onu biraz rahatsız eden başka bir konuyu sordu.

"Eğer sizden ders alacaksam, Snape'ten Zihinbend dersi almam gerekmeyecek, değil mi?"

"*Profesör* Snape, Harry – ve hayır, gerekmeyecek."

"Güzel," dedi Harry, rahatlayarak, "çünkü zaten o dersler tam bir –"

Gerçekten ne düşündüğünü söylememeye dikkat ederek durdu.

"Sanırım 'fiyasko' sözcüğü buraya uygun olurdu," dedi Dumbledore baş sallayarak.

Harry güldü.

"Eh, demek ki bundan sonra Profesör Snape'i pek görmeyeceğim," dedi, "çünkü S.B.D.'lerimden 'Olağanüstü' almazsam İksir'e devam etmeme izin vermeyecek – ve ben 'Olağanüstü' almadığımı biliyorum."

"Baykuşlar görünmeden paçayı sıvama," dedi Dumbledore ciddiyetle. "Ki düşündüm de, bugün bir ara gelmeleri gerek. Şimdi, iki mesele daha var, Harry.

"İlk olarak, şu andan itibaren Görünmezlik Pelerini'ni her zaman yanında taşımanı istiyorum. Hogwarts'ın içindeyken bile. Ne olur ne olmaz diye, anladın mı?"

Harry evet anlamında başını salladı.

"Ve son olarak, burada kaldığın süre boyunca Kovuk, Sihir Bakanlığı'nın sağlayabildiği en üst düzey güvenlikle donatıldı. Bu önlemler Arthur ve Molly'ye bazı sıkıntılar veriyor – mesela bütün mektupları, gönderilmeden önce Bakanlık'ta taranıyor. Onlar için bunun en ufak mahzuru yok, çünkü tek düşündükleri senin güvenliğin. Bu yüzden, onlarla birlikte kaldığın süre içinde kelleni tehlikeye atarsan, biraz nankörlük olur."

"Anlıyorum," dedi Harry çabucak.

"Çok güzel öyleyse," dedi Dumbledore, süpürge kulübesinin kapısını açıp bahçeye adım atarak. "Mutfakta bir ışık görüyorum. Haydi Molly'yi senin ne kadar sıska olduğundan yakınma fırsatından daha fazla yoksun bırakmayalım."

BEŞİNCİ BÖLÜM

Aşırı Dozda Fitil

Harry ve Dumbledore, Kovuk'un eski lastik çizmeler ve paslı kazanlardan oluşan aşina bir çerçöp yığını ile çevrili olan arka kapısına yaklaştılar. Harry uzaklardaki bir kümeste, uykulu tavukların usulca gıdakladığını duyabiliyordu. Dumbledore kapıya üç kere vurdu ve Harry mutfak penceresinin arkasında ani bir hareket gördü.

Mrs Weasley'ye ait olduğunu bildiği endişeli ses, "Kim var orada?" diye sordu. "Kendinizi tanıtın!"

"Benim, Dumbledore, Harry'yi getirdim."

Kapı hemen açıldı. Kısa boylu, tombul, eski yeşil bir sabahlık giymiş olan Mrs Weasley orada duruyordu.

"Harry, canım! Aşk olsun, Albus, ödümü kopardın, bizi sabahtan önce beklemeyin demiştin!"

"Şanslıydık," dedi Dumbledore, Harry'ye eşikten geçsin diye yol vererek. "Slughorn sandığımdan çok daha kolay ikna oldu. Harry'nin marifeti, tabii. Ah, merhaba, Nymphadora!"

Harry etrafına bakındı ve saat geç olduğu halde Mrs Weasley'nin yalnız olmadığını gördü. Solgun, kalp biçimi bir yüzü ve açık kahverengi saçları olan genç bir cadı, ellerinin arasındaki koca maşrapayı sıkı sıkı tutmuş, masada oturuyordu.

"Merhaba, Profesör," dedi. "N'aber, Harry?"

"Selam, Tonks."

Harry onun bitkin, hatta hasta göründüğünü ve tebessümünün zorlama bir yanı olduğunu düşündü. Saçı her zamanki balonlu çiklet pembesi değilken, görünüşünün o kadar renkli olmadığı da kesindi.

Tonks hemencecik, "Gitsem iyi olur," dedi, ayağa kalkıp pelerinini omuzlarına örttü. "Çay ve sempati için teşekkürler, Molly."

"Lütfen ben geldim diye gitme," dedi Dumbledore nezaketle. "Ben kalamayacağım, Rufus Scrimgeour'la tartışacak acil konular var."

Dumbledore'la göz göze gelmeyen Tonks, "Hayır, hayır, benim gitmem gerek," dedi. "İyi –"

"Canım, niye hafta sonunda akşam yemeğine gelmiyorsun? Remus ve Deli-Göz geliyorlar –"

"Yok, hayır, Molly... gene de teşekkürler... herkese iyi geceler."

Tonks, Dumbledore ve Harry'nin yanından hızla geçerek, arka bahçeye çıktı; kapı eşiğinden birkaç adım ötede olduğu yerde döndü ve birden yok oldu. Harry, Mrs Weasley'nin endişeli bir hali olduğunu fark etti.

"Eh, Hogwarts'ta görüşürüz, Harry," dedi Dumbledore. "Kendine dikkat et. Molly, hizmetkârınım."

Mrs Weasley'ye eğilerek selam verdi ve Tonks'u izleyerek tamı tamına aynı yerde yok oldu. Mrs Weasley boş arka bahçeye bakan kapıyı kapadı, sonra da Harry'yi omuzlarından tuttu ve ne halde olduğuna bakabilmek için, masadaki fenerin ışığını tam olarak alacağı bir yere götürdü.

Onu baştan aşağı gözden geçirerek, "Sen de Ron gibisin," diye içini çekti. "İkinizin de sankı size Uzatma Büyüsü yapılmış gibi bir haliniz var. Ona en son okul cüppesi aldığımızdan bu yana Ron'un on santim uzadığına yemin ederim. Karnın aç mı, Harry?"

"Evet, aç," dedi Harry, birden ne kadar aç olduğunu fark ederek.

"Otur, canım, çabucak bir şeyler hazırlarım."

Harry otururken kabarık tüylü, ezik suratlı sarman bir kedi dizlerine zıpladı ve mırıldayarak kucağına yerleşti.

"Demek Hermione burada?" diye sevinçle sordu Harry, Crookshanks'in kulaklarının arkasını kaşırken.

"Aa, evet, önceki gün geldi," dedi Mrs Weasley, asasıyla koca demir bir tencereye dokunarak: tencere büyük bir tangırtıyla ocağın üstüne zıpladı ve derhal kaynamaya koyuldu. "Herkes yatakta, tabii, seni daha saatlerce beklemiyorduk. Al bakalım –"

Yeniden dokunduğu tencere havaya yükseldi, Harry'ye doğru uçtu ve yana eğildi; Mrs Weasley tencereden dökülen kıvamlı, buharı tüten soğan çorbasının altına ustaca, tam zamanında bir kâse kaydırdı.

"Ekmek ister misin, canım?"

"Teşekkürler, Mrs Weasley."

Asasını omzunun üstünde salladı, bir somun ekmek ve bir bıçak masanın tepesine zarafetle süzüldü. Somun kendini dilimler ve çorba tenceresi de ocağa geri dönerken, Mrs Weasley Harry'nin karşısına oturdu.

"Demek işi kabul etmesi için Horace Slughorn'u ikna ettin, öyle mi?"

Harry başını evet anlamına salladı, ağzı sıcak çorbayla öylesine doluydu ki, konuşamıyordu.

"Bana ve Arthur'a hocalık etti," dedi Mrs Weasley. "Çok, çok uzun süre Hogwarts'taydı, sanırım Dumbledore'la aynı zamanda başladı. Onu sevdin mi?"

Ağzı şimdi de ekmekle dolu olan Harry omzunu silkti ve başını çekimser bir şekilde salladı.

"Ne demek istediğini biliyorum," dedi Mrs Weasley, bilmiş bilmiş başını sallayarak. "Tabii ki istediği zaman cana yakın olabilir ama Arthur ondan öyle çok hoşlanmamıştır hiç. Bakanlık ağzına kadar Slughorn'un eski gözdeleriyle dolu, insanlara destek çıkmayı her zaman iyi becermiştir, ama asla Arthur'a ayıracak vakti olmadı – onun yeterince gelecek vaat ettiğini düşünmedi herhalde. Ee, bu da sana Slughorn'un bile hata yapabileceğini gösteriyor. Ron mektuplarından birinde sana yazdı mı, bilmiyorum –kısa süre önce oldu– ama Arthur terfi etti!"

Mrs Weasley'nin bu haberi vermek için yanıp tutuştuğu ancak bu kadar açık olabilirdi. Harry koca bir yudum sıcak çorba yutunca boğazı şişip kabardı sanki.

"Harika!" dedi, soluk soluğa.

"Ne tatlısın," diye ona gülümsedi Mrs Weasley, herhalde gözlerinin sulanmasını bu habere heyecanlanmasına yormuştu. "Evet, Rufus Scrimgeour şu anki duruma tepki olarak birçok yeni büro kurdu. Arthur da Sahte Savunma Büyüleri ve Koruyucu Nesneleri Bulma ve El Koyma Bürosu'nun başında. Büyük bir iş, şimdi ona rapor veren on adamı var!"

"Tam olarak ne –?"

"Eh, anlıyorsun işte, Kim-Olduğunu-Bilirsin-Sen'in yol açtığı panikle birlikte, her yerde tuhaf şeyler ortaya çıktı, sözde insanları Kim-Olduğunu-Bilirsin-Sen ve Ölüm Yiyen'lerden koruyan şeyler. Ne olduğunu tahmin edebilirsin. Aslında birazcık Bezeliyumru irini eklenmiş salçadan ibaret olan sözde koruyucu iksirler mi istersin, kulaklarının düşmesine yol açan koruyucu uğursuzluk büyüleri talimatları mı... yani, bu suçu işleyenlerin çoğu Mundungus Fletcher gibi hayatlarında bir gün namuslarıyla çalışmamış, herkesin bu kadar korkmasından yararlanan kişiler, ama arada bir de gerçekten feci bir şey çıkıyor. Geçen gün Arthur, bir Ölüm Yiyen tarafından yerleştirildiği neredeyse kesin olan bir kutu lanetli Sinsioskop'a el koydu. Görüyorsun işte, çok önemli bir iş ve ben de ona, bujileri ve tost makinelerini ve geri kalan bütün o Muggle süprüntüsünü özlemenin aptallıktan başka bir şey olmadığını söyleyip duruyorum." Mrs Weasley konuşmasını, sanki bujileri özlemenin doğal olduğunu ileri süren Harry imiş gibi, sert bir bakışla noktaladı.

"Mr Weasley hâlâ işte mi?" diye sordu Harry.

"Evet, işte. Aslına bakarsan, birazcık gecikti... gece yarısı civarında geleceğini söylemişti..."

Döndü ve masanın ucundaki çamaşır sepetinde duran bir çarşaf yığınının tepesine tuhaf bir şekilde tünemiş büyük saate baktı. Harry saati hemen tanıdı: her birinde aile üyelerinden birinin adı yazılı dokuz yelkovanı vardı. Genellikle Weasley'lerin oturma odası duvarında asılı dururdu ama anlaşılan Mrs Weasley onu evin içinde gittiği her yere taşımaya karar vermişti. Dokuz yelkovanın hepsi de şimdi *ölümcül tehlike*'ye işaret ediyordu.

Mrs Weasley, hiç inandırıcı olmayan kayıtsızlıkta bir sesle, "Bir süredir böyle," dedi, "Kim-Olduğunu-Bilirsin-Sen ortaya çıktığından beri. Şimdi herkes ölümcül tehlikededir herhalde... sadece bizim ailemiz olduğunu sanmıyorum... ama böyle saati olan başka birini tanımıyorum, onun için de kontrol edemem. Hah!"

Birden bağırarak saatin kadranını işaret etti. Mr Weasley'nin yelkovanı *yolda*'ya gelmişti.

"Geliyor!"

Ve hakikaten, bir dakika sonra arka kapı çalındı. Mrs Weasley sıçrayıp kapıya koştu; bir eli kapı tokmağında, yüzü tahtaya yapışmış, usulca, "Arthur," diye seslendi. "Sen misin?"

"Evet," dedi Mr Weasley'nin yorgun sesi. "Ama bir Ölüm Yiyen de olsam böyle derdim, canım. Soruyu sor!"

"Hadi ama..."

"Molly!"

"Peki, peki... hayatta en büyük emelin ne?"

"Uçakların nasıl havada kaldığını öğrenmek."

Mrs Weasley başını evet anlamında sallayıp kapı tokmağını çevirdi ama belli ki Mr Weasley öbür taraftan sıkı sıkı tutuyordu, çünkü kapı hiç kıpırdamadı, kapalı kaldı.

"Molly! Önce sana sorunu sormam gerek!"

"Arthur, cidden, bu çok aptalca..."

"İkimiz baş başayken sana ne dememi seversin?"

Harry fenerin solgun ışığında bile Mrs Weasley'nin parlak kırmızı bir renge büründüğünü fark etti; kendi de birden kulaklarıyla boynuna ateş bastığını hissetti ve kaşığını elinden geldiğince yüksek sesle kâsesine vurarak çabucak çorbasını yuttu.

Yerin dibine geçmiş gibi görünen Mrs Weasley, kapının kenarındaki çatlağa doğru, "Mollytombik," diye fısıldadı.

"Doğru," dedi Mr Weasley. "Şimdi beni içeri alabilirsin."

Mrs Weasley kapıyı açınca, bağa çerçeveli gözlüklü, uzun ve tozlu seyahat pelerinli, zayıf, tepesi açılmış bir büyücü olan kocası göründü.

Yüzü hâlâ pembe pembe, kocasının pelerinini çıkarmaya yardım eden Mrs Weasley, "Sen eve her geldiğinde bunları yapmanızın niye gerekli olduğunu gene de anlamıyorum," dedi. "Yani, bir Ölüm Yiyen senin kılığına girmeden önce pekâlâ cevabı senden zorla almış olabilirdi!"

"Biliyorum, canım, ama bu Bakanlık prosedürü ve ben de insanlara örnek olmak zorundayım. Mis gibi kokan ne – soğan çorbası mı?"

Mr Weasley umutla yüzünü masaya döndü.

"Harry! Seni sabahtan önce beklemiyorduk!"

El sıkıştılar, Mrs Weasley onun önüne de bir kâse çorba koyarken, Mr Weasley, Harry'nin yanındaki iskemleye çöktü.

"Sağol, Molly. Zor bir geceydi. Budalanın biri Metamorf-Madalyaları satmaya başlamış. Boynuna takar takmaz görünüşünü değiştirmek için. Yüz bin ayrı kılık, hepsi on Galleon'a!"

"Peki, takınca ne oluyor?"

"Genelde, hayli kötü bir turuncu renge bürünmekle kalıyorsun ama birkaç kişinin bütün vücudunda dokunaç gibi siğiller de çıkmış. St Mungo'dakilerin yeterince işi yoktu sanki!"

"Fred'le George'un komik bulacakları bir şeye benziyor," dedi Mrs Weasley, tereddütle. "Emin misin onların –?"

"Elbette eminim!" dedi Mr Weasley. "Çocuklar şimdi, herkesin umutsuzca korunma peşinde olduğu bir zamanda bunu yapmazlar!"

"Onun için mi geç kaldın, Metamorf-Madalyaları yüzünden mi?"

"Hayır, Elephant and Castle'da pis bir Geri Tepme Büyüsü olduğu kulağımıza çalındı ama neyse ki biz oraya varana kadar Sihirli Yasal Yaptırım Ekibi işi halletmişti bile..."

Harry esnemesini eliyle örttü.

Külyutmaz Mrs Weasley hemen, "Yatağa," dedi. "Fred'le George'un odasını sana hazırladım, tek başına kalacaksın."

"Niye, onlar nerede?"

"Ah, onlar Diagon Yolu'nda, öyle meşguller ki, şaka dükkânlarının üstündeki küçük dairede uyuyorlar," dedi Mrs Weasley. "Doğrusu, başta hiç onaylamamıştım ama işe biraz yetenekleri varmış gibi görünüyor sahiden! Gel, canım, sandığın yukarı çıktı bile."

"İyi geceler, Mr Weasley," dedi Harry, iskemlesini arkaya iterek. Crookshanks hafifçe kucağından aşağı sıçradı ve dışarı sıvıştı.

"İyi geceler, Harry," dedi Mr Weasley.

Harry mutfaktan çıkarlarken Mrs Weasley'nin çamaşır sepetindeki saate bir göz attığını gördü. Bütün yelkovanlar gene *ölümcül tehlike*'deydi.

Fred ve George'un yatak odası ikinci kattaydı. Mrs Weasley asasını komodinin üzerindeki lambaya doğrulttu ve lamba derhal yanarak odayı hoş bir altın ışıltıya boğdu. Küçük pencerenin önündeki bir yazı masasına büyük bir vazo dolusu çiçek konmuştu ama Harry'nin barut olduğunu sandığı bir şeyin kolay kolay geçmeyen kokusunu bastıramıyorlardı. Döşemenin hatırı sayılır bir kısmını işaretlenmemiş, kapalı karton kutular kaplıyordu, Harry'nin okul sandığı da aralarında duruyordu. Odanın, geçici bir depo olarak kullanılıyormuş gibi bir hali vardı.

Hedwig, büyük bir gardırobun üstündeki tüneğinden Harry'ye mutlulukla öttü, sonra da pencereden dışarı çıktı; Harry onun avlanmaya gitmeden önce kendisini görmek için beklediğini biliyordu. Mrs Weasley'ye iyi geceler diledi, pijamasını giydi ve yataklardan birine yattı. Yastık kılıfının içinde sert bir şey vardı. Elini sokup yapışkan, mor ve turuncu renkte bir şekerleme çıkardı ve bunun Kusturan Pastil olduğunu gördü. Kendi kendine gülümseyerek yatakta döndü, ânında uykuya daldı.

Harry'ye daha birkaç saniye geçmiş gibi gelmişti ki, kulağına top ateşi gibi gelen bir sesle uyandı. Kapı parçalanırcasına açılmıştı. Şimşek gibi doğrulup oturdu, geriye çekilen perdelerin hışırtısını duydu: göz kamaştırıcı güneş ışığı sanki her iki gözünü de oyuyordu. Bir elini gözlerine siper ederek, diğer eliyle umutsuzca gozlüğünü aradı.

"Noolyo?"

Yüksek ve heyecanlı bir ses, "Gelmişsin bile, bilmiyorduk!" dedi, başının tepesine sağlam bir darbe aldı.

"Ron, vurmasana çocuğa!" dedi bir kız sesi, suçlayıcı bir edayla.

Harry el yordamıyla gözlüklerini bulup taktı, ama ışık öyle parlaktı ki, zaten zar zor görüyordu. Bir an önünde uzun, heyula gibi bir şekil titreşti; Harry gözlerini kırptı ve Ron Weasley'nin tepesinden ona bakıp sırıtan görüntüsü netleşti.

"İyi misin?"

"Hiç bu kadar iyi olmamıştım," dedi Harry, kafasının tepesini ovuşturup yeniden yastıklara yığılarak. "Sen?"

"Fena sayılmaz," dedi Ron, karton bir kutu çekip üstüne oturdu. "Ne zaman geldin? Annem bize daha yeni söyledi!"

"Bu sabah birde falan."

"Muggle'lar iyi miydi? Sana iyi davrandılar mı?"

"Her zamanki gibi," dedi Harry, Hermione yatağının kenarına tünerken. "Benimle pek fazla konuşmadılar ama böylesi daha çok hoşuma gidiyor. Sen nasılsın, Hermione?"

"Aa, ben iyiyim," dedi Hermione, Harry'yi sanki o hastaymış gibi bir bakışla inceleyerek.

Harry bunun arkasındaki nedeni bildiğini sanıyordu ama o an Sirius'un ölümünü ya da başka herhangi bir üzüntü verici konuyu tartışmak istemiyordu. "Saat kaç?" dedi. "Kahvaltıyı kaçırdım mı?"

"Kahvaltı konusunda endişelenme, annem sana bir tepsi getiriyor. Yeterince beslenmemiş bir halin olduğunu söyledi," dedi Ron, gözlerini devirerek. "Ee, neler oluyor?"

"Pek bir şey yok, ne de olsa teyzemle eniştemin evine tıkılıp kalmıştım, değil mi?"

"Bırak şunu!" dedi Ron. "Dumbledore'la dolaştın!"

"Heyecanlı bir yanı yoktu ki. Benim yaşlı bir öğretmeni emeklilikten vazgeçsin diye ikna etmesine yardımcı olmamı istedi. Adı, Horace Slughorn."

"Ah," dedi Ron, hayal kırıklığına uğramış görünüyordu. "Biz de sandık ki –"

Hermione ona hemen uyaran bir bakış fırlattı, Ron da yıldırım hızıyla rota değiştirdi.

"– tam da öyle bir şeydir sandık."

"Öyle mi?" dedi Harry, eğlenerek.

"Evet... evet, şimdi Umbridge gittiğine göre, belli ki yeni bir Karanlık Sanatlara Karşı Savunma hocasına ihtiyacımız var, değil mi? Ee, peki, nasıl biri?"

"Birazcık foka benziyor, hem de Slytherin'in Başkanıymış," dedi Harry. "Bir şey mi var, Hermione?"

Sanki her an garip belirtilerin ortaya çıkmasını beklermiş gibi onu gözleyen Hermione, hiç de inandırıcı olmayan bir gülümsemeyle çabucak yüz ifadesini değiştirdi.

"Yo, hayır, elbette bir şey yok! Ee, şey, Slughorn iyi bir hoca olacakmış gibi görünüyor muydu bari?"

"Bilmem ki," dedi Harry. "Umbridge'den beter olamaz, değil mi?"

"Umbridge'den beter olan birini biliyorum ben," dedi kapıdan bir ses. Ron'un küçük kız kardeşi, kızgın ve keyifsiz bir halde odaya girdi. "Selam, Harry."

"Sana n'oldu?" diye sordu Ron.

"Hep onun yüzünden," dedi Ginny, Harry'nin yatağına pat diye oturarak. "Çıldırtıyor beni."

"Gene ne yaptı?" dedi Hermione, halden anlar bir tavırla.

"Benimle konuşma şekli yok mu – üç yaşındayım sanırsın!"

"Biliyorum," dedi Hermione, sesini alçaltarak. "Kendini pek bir beğeniyor."

Harry, Hermione'nin Mrs Weasley hakkında böyle konuşmasına şaşırmıştı, onun için de öfkeli öfkeli, "Siz ikiniz onu beş saniye olsun rahat bırakamaz mısınız?" diye soran Ron'a kabahat bulamadı.

"Aa, tabii ya, savun onu," diye cevabı yapıştırdı Ginny. "Hepimiz ona doyamadığını biliyoruz."

Doğrusu, Ron'un annesi için böyle bir yorum çok garip kaçıyordu; bir şeyleri yanlış anladığı hissine kapılan Harry, "Sen kimden –" diye söze başladı.

Ama sorusu, o daha tamamlamadan cevaplandı. Yatak odası kapısı gene savrularak açıldı. Harry içgüdüsel olarak yatak örtüsünü öyle şiddetle üstüne çekti ki, Hermione ve Ginny kayarak yere yuvarlandı.

Kapının eşiğinde genç bir kadın duruyordu, öylesine soluk kesici güzellikte bir kadındı ki oda garip bir şekilde havasız kalmıştı sanki. Uzun boyluydu, fidan gibiydi, uzun sarı saçları, soluk, gümüşi renkte bir ışıltı saçıyordu adeta. Elinde taşıdığı yüklü kahvaltı tepsisi, bu kusursuzluk görünümünü iyice pekiştiriyordu.

"'Arry," dedi kısık bir sesle. "Öyle uzun sü'e geçti kiy!"

Kapı eşiğini aşıp ona doğru yaklaşırken, arkasından debelene debelene gelen ve hayli kızgın görünen Mrs Weasley belirdi.

"Kahvaltı tepsisini getirmene gerek yoktu, ben kendim getirmek üzereydim zaten."

"Hiç zağmet olmadı," dedi Fleur Delacour, tepsiyi Harry'nin dizlerine koyup sonra da eğilip onu iki yanağından da öperek:

Harry onun ağzının değdiği yerlerin yandığını hissetti. "Onu gö'mek için sabırsıslanıyo'dum zaten. Kızka'deşim Gabrielle'i hatı'lıyoğ musun? Hiç du'madan 'Arry Potter'dan söz ediyoğ. Seni tekrağ gö'düğüne çok sevinecek."

"Ah... o da burda mı?" dedi Harry, boğuk gibi bir sesle.

"Hayığ, hayığ, seni aptal çoccuk," dedi Fleur, çınlayan bir kahkahayla, "yağni önümüsdeki yas, diyo'um, bis – bilmiyo' musun yoksa?"

Büyük mavi gözleri büsbütün büyüdü ve suçlarcasına Mrs Weasley'ye baktı. O da, "Henüz ona söyleme fırsatımız olmamıştı," dedi.

Fleur, Harry'ye döndü, gümüş rengi saçlarını öyle bir savurdu ki, saçlar Mrs Weasley'nin yüzüne çarptı.

"Bill ile ben evleniyo'us!"

"Ah," dedi Harry ifadesiz bir şekilde. Elinde olmadan, Mrs Weasley, Hermione ve Ginny'nin üçünün de nasıl kararlı bir şekilde birbirlerinden gözlerini kaçırmaya çalıştıklarını fark etti. "Vay. Şey – tebrikler!"

Fleur üstüne çullanıp onu gene öptü.

"Bill şu annda çok meşşgul, çok çalışıyoğ ve ben de İngilisce öğ'enmek için G'ingotts'da ya'ım gün çalışıyo'um. O da beni bu'aya geti'di kiy, ailesini iyice tanıyayım. Öyle sevindim kiy geleceğin duyunca – bu'da yapacak şey yok pek, yemek yapmak sevmessen, biğ de tavukla'ı sevmessen tabiy! Eh, hadiy – afiyet olsun, 'Arry!"

Bunları söyledi, zarif bir şekilde döndü ve odadan dışarı süzülerek kapıyı usulca arkasından kapattı.

Mrs Weasley, "hıh!"a benzer bir ses çıkardı.

Ginny yavaşça, "Annem ondan nefret ediyor," dedi.

"Nefret etmiyorum!" dedi Mrs Weasley, huysuz bir fısıltıyla. "Sadece nişanlanmakta acele ettiklerini düşünüyorum, o kadar!"

Nedense sarhoş gibi görünen, gözlerini dikmiş kapalı kapıya bakan Ron, "Birbirlerini bir yıldır tanıyorlar," dedi.

"Eh, bu da uzun süre sayılmaz! Niye olduğunu biliyorum,

tabii. Kim-Olduğunu-Bilirsin-Sen'in geri dönmesinden doğan bütün bu bilinmezlikten. İnsanlar yarın ölüvereceklerini düşünüyorlar, uzun uzun düşünecekleri yerde aceleyle karar alıyorlar. Geçen sefer güç kazandığında da öyleydi, dört bir yanda insanlar evlenmek için sevgilileriyle kaçıyordu –"

"Babamla sen de dahil," dedi Ginny sinsi sinsi.

"Evet ama babanızla ben birbirimiz için yaratılmıştık, beklemenin ne anlamı vardı ki?" dedi Mrs Weasley. "Oysa Bill ile Fleur... yani... gerçekte ne gibi ortak yanları var? O çok çalışan, iki ayağı yerde bir insan, Fleur ise –"

"Gıcık bir kadın," dedi Ginny, başıyla onaylayarak. "Ama Bill'in de iki ayağı o kadar yerde sayılmaz. Sonuçta o bir lanet-kırıcı, değil mi, birazcık maceradan hoşlanıyor, birazcık göz kamaştırıcı şeyleri seviyor... Sanırım onun için Fitil'e tutuldu."

Harry ve Hermione gülerken, Mrs Weasley sert sert, "Ona böyle demekten vazgeç, Ginny" dedi. "Eh, ben gitsem iyi olur... Yumurtalarını soğutmadan ye, e mi, Harry?"

Endişeden bitkin görünerek, odadan çıktı. Ron hâlâ biraz sersemlemiş görünüyordu; kulaklarındaki suları çıkarmak isteyen bir köpek gibi, bir umutla, başını iki yana sallıyordu.

"Aynı evde kalsa da ona alışamıyor musun?" diye sordu Harry.

"Eh, alışıyorsun," dedi Ron, "ama böyle birden karşına çıkarsa, işte o zaman..."

"Acınacak bir durum," dedi Hermione kızgın kızgın. Ron'dan olabildiğince uzağa gitti, duvara ulaşınca kollarını kavuşturup yüzünü ona döndü.

Ginny inanmazcasına, "Onu sahiden sonsuza kadar burada istemiyorsun, değil mi?" diye sordu. Ron omzunu silkmekle yetinince de, "Eh, annem, bu işi sona erdirmek için elinden geleni yapacak," dedi. "Ne iddiasına istersen girerim."

"Nasıl yapacakmış?" diye sordu Harry.

"Tonks'u yemeğe getirmeye çalışıp duruyor. Sanırım Bill, Fitil'in yerine Tonks'a tutulur diye umut ediyor. Umarım öyle olur, aileye Tonks'un girmesini çok daha fazla isterim."

"Ha, olur tabii, canım," dedi Ron, alaycı alaycı. "Dinle, aklı başında hiçbir erkek Fleur ortada dolaşırken Tonks'u tercih etmez. Yani, Tonks saçıyla burnuna aptalca şeyler yapmadığında fena görünmüyor, ama –"

"*Fitil*'den bin kere daha hoş olduğu kesin," dedi Ginny.

"Üstelik de daha zeki, bir Seherbaz," dedi Hermione köşeden.

"Fleur aptal değil ki, Üçbüyücü Turnuvası'na katılacak kadar iyiydi," dedi Harry.

"Ay, sen de başlama!" dedi Hermione, acı acı.

Ginny, hor görerek, "herhalde Fitil'in "Arry,' deyişi hoşuna gidiyor, ha?" dedi.

Ağzını açtığına açacağına pişman olan Harry, "Hayır," dedi, "ben sadece diyordum ki, Fitil – yani Fleur demek istiyorum –"

"Tonks'un aileye girmesini çok daha fazla isterim," dedi Ginny. "Hiç değilse, komik."

"Son zamanlarda pek de komik sayılmaz," dedi Ron. "Onu her gördüğümde Mızmız Myrtle'a daha da çok benziyor."

"Haksızlık ediyorsun," dedi Hermione. "Olup bitenleri atlatamadı hâlâ... biliyorsun... yani, onun kuzeniydi!"

Harry'nin kalbi sıkıştı. Sirius konusuna gelmişlerdi sonunda. Bir çatal alarak, konuşmanın bu bölümüne katılma yolundaki bir daveti peşinen savuşturma umuduyla, yağda pişmiş yumurtaları ağzına tıkmaya koyuldu.

"Tonks ile Sirius birbirlerini doğru dürüst tanımıyorlardı bile," dedi Ron. "Tonks'un ömrünün yarısında Sirius Azkaban'daydı, aileleri de daha önce bir araya gelmemişti hiç –"

"Mesele o değil ki," dedi Hermione. "Sirius'un ölmesinin kendi kabahati olduğunu düşünüyor!"

"Bu sonuca nasıl varıyormuş?" diye sordu Harry, kendine engel olamayarak.

"Eh, Bellatrix Lestrange ile o dövüşüyordu, değil mi? Sanırım kendisi işini bitirebilmiş olsa, Bellatrix'in Sirius'u öldüremeyeceği duygusuna kapılmış."

"Ama bu aptallık," dedi Ron.

"Sağ kalanların duyduğu cinsten bir suçluluk duygusu," dedi Hermione. "Lupin'in onun fikrini değiştirtmeye çalıştığını biliyorum, ama hâlâ morali çok bozuk. Hatta, Metamorfoz yeteneğiyle bile sorunu var."

"Nesiyle –"

"Eskisi gibi görünüşünü değiştiremiyor," diye açıkladı Hermione. "Sanırım gücü şoktan etkilendi, ya da öyle bir şey."

"Böyle bir şey olabildiğini bilmiyordum," dedi Harry.

"Ben de," dedi Hermione, "ama sanırım gerçekten çok üzüntülüysen –"

Kapı yeniden açıldı ve Mrs Weasley başını içeri uzattı.

"Ginny," diye fısıldadı, "aşağı gel de bana öğle yemeği için yardım et."

"Bunlarla konuşuyorum!" dedi Ginny, öfkeyle.

"Hemen!" dedi Mrs Weasley ve çekildi.

"Beni sadece Fitil'le yalnız başına kalmamak için istiyor!" dedi Ginny, ters ters. Uzun kızıl saçlarını Fleur'ü çok iyi taklit ederek savurdu ve kolları bir balerin gibi havada, seke seke odayı geçti.

"Millet, siz de çabuk gelseniz, iyi olur," dedi giderken.

Harry geçici sessizlikten yararlanarak biraz daha kahvaltı etti. Hermione, Fred ve George'un kutularına bakıyor, ama arada bir gözünün ucuyla Harry'yi de süzüyordu. Ron, şimdi Harry'nin kızarmış ekmeğini paylaşıyor, bir yandan da hulyalı hulyalı kapıya bakıyordu.

"Bu ne?" dedi Hermione sonunda, elinde ufak bir teleskopa benzeyen bir şey tutarak.

"Bilmem," dedi Ron, "ama eğer Fred ve George onu burada bıraktıysa, herhalde şaka dükkânı için hazır değildir, onun için dikkatli ol."

"Annen dükkânda işlerin yolunda gittiğini söyledi," dedi

Harry. "Fred ve George'un işe gerçek bir yetenekleri varmış."

"Az bile demiş," dedi Ron. "Galleon'ları çuvalla kazanıyorlar! Orayı görmek için sabırsızlanıyorum. Daha Diagon Yolu'na gitmedik, çünkü annem diyor ki ek güvenlik için babamın da orada olması gerekirmiş ve babam da Bakanlık'ta gerçekten çok meşgul. Ama kulağa harika geliyor."

"Peki ya Percy?" diye sordu Harry; Weasley'lerin üçüncü ağabeyleri ailenin geri kalanıyla bozuşmuştu. "Annen ve babanla konuşmaya başladı mı?"

"Hayır," dedi Ron.

"Ama artık Voldemort geri döndüğüne göre, babanın başından beri haklı olduğunu biliyor –"

"Dumbledore diyor ki insanlar haklı değil de haksız olanları çok daha kolay bağışlarmış," dedi Hermione. "Annene söylerken duydum, Ron."

"Tam Dumbledore'un söyleyeceği türden çatlak bir şeye benziyor," dedi Ron.

Harry, öylesine sohbet için söyler gibi, "Bu yıl bana özel ders verecek," dedi.

Ron, az daha kızarmış ekmeğini yutup boğuluyordu, Hermione'nin de soluğu kesildi.

"Niye söylemedin?" dedi Ron.

Harry dürüstlükle, "Şimdi aklıma geldi," dedi. "Dün gece bana süpürge kulübenizde söyledi."

"Vay canına... Dumbledore'la özel ders, ha!" dedi Ron, etkilenmiş görünüyordu. "Acaba neden..."

Sesi alçaldı, sustu. Harry onun ve Hermione'nin bakıştıklarını gördü. Bıçağıyla çatalını bıraktı. Tek yaptığı şeyin yatakta oturmak olduğu göz önüne alınırsa, kalbi biraz fazla hızlı çarpıyordu. Dumbledore, söyle demişti... neden şimdi olmasın? Gözlerini kucağına sel gibi akan güneş ışığında parıldayan çatalına dikti ve "Bana neden ders vereceğini tam olarak bilmiyorum, ama sanırım kehanet yüzünden," dedi.

Ne Ron konuştu, ne de Hermione. Harry ikisinin de donup kaldığı izlenimine kapıldı. Hâlâ çatalına hitap ederek, konuşmayı sürdürdü. "Hani şu Bakanlık'ta çalmaya çalıştıkları kehanet."

Hermione hemen, "Ama kimse kehanetin ne dediğini bilmiyor," dedi. "Parçalandı."

"Gerçi *Gelecek*'e göre –" diye başladı Ron, ama Hermione, "Şşşt!" dedi.

"*Gelecek* doğru yazıyor," dedi Harry, büyük bir gayretle başını kaldırıp ikisine de bakarak: Hermione korkmuş, Ron ise şaşırmış görünüyordu. "O parçalanan cam küre, kehanetin tek kaydı değildi. Hepsini Dumbledore'un bürosunda duydum, kehaneti ilk işiten kişi oymuş, o yüzden de bana anlatabildi. Kehanete göre," Harry derin bir nefes aldı, "anlaşılan Voldemort'un işini bitirmesi gereken kişi benim... hiç değilse, diğeri varlığını sürdürürken ikimizin de yaşayamayacağını söyledi."

Üçü bir an sessizlik içinde birbirine baktı. Sonra büyük bir patlama sesi duyuldu ve Hermione kara bir duman bulutunun ardında gözden kayboldu.

Harry ve Ron, "Hermione!" diye bağırdı; kahvaltı tepsisi kayıp gürültüyle yere düştü.

Hermione öksürerek dumanın içinden çıktı, teleskopu sıkı sıkı tutuyordu, gözlerinden biri parlak mor bir renge bürünmüştü.

"Onu sıktım ve o da – o da beni yumrukladı!" dedi soluk soluğa.

Ve sahiden de, teleskopun ucundan çıkan uzun bir yayın sonunda minik bir yumruk gördüler.

Gülmemeye çalıştığı her halinden belli olan Ron, "Üzülme," dedi, "Annem halleder, küçük yaralara şifa vermekte iyidir –"

"Boş ver şimdi onu!" dedi Hermione telaşla. "Harry, ah, Harry..."

Yeniden yatağın kenarına oturdu.

"Merak ettik, Bakanlık'tan döndükten sonra... Sana bir şey söylemek istemedik tabii, ama Lucius Malfoy'un kehanetle ilgili söyledikleri yüzünden, kehanetin senle ve Voldemort'la ilgili olduğunu söylediği için, eh, böyle bir şey olabileceğini düşündük... ah, Harry..." Gözlerini dikip ona baktı, sonra fısıldadı. "Korkuyor musun?"

"Eskiden korktuğum kadar korkmuyorum," dedi Harry. "İlk duyduğumda korkmuştum... ama şimdi, sanki sonunda onunla karşılaşmak zorunda kalacağımı her zaman bilmiştim gibi geliyor..."

"Dumbledore'un seni şahsen alacağını duyunca, sana kehanetle ilgili bir şey söyleyeceğini ya da göstereceğini düşündük," dedi Ron hevesle. "Bir anlamda da haklıymışız, değil mi? Senin gidici olduğunu düşünse ders vermezdi, vaktini ziyan etmezdi – bir şansın olduğunu düşünüyor olmalı!"

"Doğru," dedi Hermione. "Acaba sana ne öğretecek, Harry? Gerçekten ileri savunma sihri, belki de... güçlü karşı-lanetler... uğursuzluk büyülerine karşı bozma büyüleri..."

Harry aslında dinlemiyordu. İçini, güneş ışığıyla ilgisi olmayan bir sıcaklık kaplamaktaydı; göğsündeki yumruk eriyordu sanki. Ron ve Hermione'nin belli ettiklerinden daha fazla sarsıldıklarını biliyordu ama hâlâ orada, iki yanında olmaları, rahatlatıcı laflar söyleyerek onu desteklemeleri, sanki kirliymiş ya da tehlikeliymiş gibi ondan kaçmamaları, Harry'nin gözünde, onlara asla anlatamayacağı kadar değerliydi.

"... ve genelde kaçış büyüleri," diye tamamladı Hermione. "Eh, hiç değilse sen bu yıl alacağın bir dersi biliyorsun, bu da Ron ile benden bir ders fazlasını bildiğin anlamına geliyor. Merak ediyorum, acaba S.B.D. sonuçlarımız ne zaman gelecek?"

"Daha fazla gecikmez herhalde, bir ay oldu bile," dedi Ron.

"Bir dakika," dedi Harry, dün akşamki konuşmanın bir bölümü daha aklına gelmişti. "Sanırım Dumbledore S.B.D. sonuçlarımızın bugün geleceğini söyledi!"

"Bugün mü?" diye feryat etti Hermione. "*Bugün ha*? Ama sen niye – ah Tanrım – söylemeliydin –"

Zıplayıp ayağa kalktı.

"Gidip bakayım, hiç baykuş gelmiş mi..."

Ama Harry on dakika sonra, boş kahvaltı tepsisini taşıyarak, tamamen giyinmiş halde aşağı indiğinde, Hermione'yi büyük bir endişeyle mutfak masasında otururken buldu; Mrs Weasley ise o yarım bir pandaya daha az benzesin diye uğraşıyordu.

Hermione'nin başında, elinde asası ve "Çürükler, Kesikler ve Sıyrıklar" sayfası açılmış *Şifacının Yardımcısı* kitabıyla duran Mrs Weasley, kaygıyla, "Kıpırdamıyor bile," diyordu. "Bu daha önce hep işe yaramıştır. Anlamıyorum bir türlü."

"Bu Fred ile George'un çok komik buldukları türden bir şaka olmalı, çıkmamasını sağlamak," dedi Ginny.

"Ama çıkması gerek!" diye ciyakladı Hermione. "Sonsuza kadar bu halde dolaşamam!"

"Dolaşmayacaksın, canım, bir panzehir buluruz, üzülme," dedi Mrs Weasley, sakinleştirici bir edayla.

Fleur, sükûnetle gülümseyerek, "Bill bana F'ed ve Geo'ge'un ne kadağ eğğlenceli oldukla'ını söylediy," dedi.

"Evet," diye cevabı bastırdı Hermione, "öyle komik ki gülmekten katılacağım."

Zıplayıp kalktı, parmaklarını çevirerek mutfakta volta atmaya koyuldu.

"Mrs Weasley, bu sabah hiç baykuş gelmediğinden sahiden, ama sahiden emin misiniz?"

"Evet, canım, gelseler farkına varırdım," dedi Mrs Weasley sabırla. "Ama saat daha dokuz bile olmadı, hâlâ çok vakit var..."

"Eski Yazılar'ı yüzüme gözüme bulaştırdım, biliyorum," diye mırıldandı Hermione, hummalı bir halde, "çeviride en azından bir tane ciddi hata yaptım. Ve Karanlık Sanatlara Karşı Savunma uygulaması da hiç iyi değildi. O sıralar Biçim Değiştirme iyi geçti sanıyordum ama şimdi dönüp bakıyorum da –"

"Hermione, sesini keser misin, heyecanlı olan bir tek sen değilsin!" diye bağırdı Ron. "Ve sen on bir tane 'Olağanüstü' S.B.D.'ni aldıktan sonra..."

"Sakın, sakın, sakın!" dedi Hermione, ellerini isteri halinde, kanat gibi çırparak. "Biliyorum, her şeyden kaldım!"

Harry öyle ortadan, odaya doğru, "Kalırsak ne olur?" diye sordu ama cevabı gene Hermione verdi.

"Seçeneklerimizi Bina Başkanı ile tartışıyoruz, geçen sömestr sonunda Profesör McGonagall'a sordum."

Harry'nin midesi kasıldı. Keşke kahvaltıda daha az yeseydim diye düşündü.

"Beuxbatons'da," dedi Fleur, halinden memnun bir edayla, "bis işle'i başka tü'lü yapa'ız. Bence bisimki daha iyi. Sınava beş değğil altı yıl son'a giriyo'uz, son'a da – "

Birden yükselen çığlık, Fleur'ün sözlerini boğdu. Hermione mutfak penceresinin dışını gösteriyordu. Gökyüzünde açık seçik görülen ve gittikçe büyüyen üç siyah nokta vardı.

"Bunlar kesinlikle baykuş," dedi Ron, boğuk bir sesle. Sonra da sıçrayıp pencereye, Hermione'nin yanına gitti.

"Ve üç taneler," dedi, Hermione'nin öbür yanına koşan Harry.

"Her birimiz için bir tane," dedi Hermione, dehşet dolu bir fısıltıyla. "Ay hayır... ay hayır... ay hayır..."

Hem Harry, hem de Ron'u dirseklerinden sıkı sıkı kavradı.

Baykuşlar dosdoğru Kovuk'a uçuyorlardı, üçü de güzel kahverengi baykuşlardı, eve gelen patikanın üstünde alçalarak uçtuklarında, her birinin büyük kare bir zarf taşıdığı belli oldu.

"Ay *hayır*!" diye ciyakladı Hermione.

Mrs Weasley sıkışarak yanlarından geçti ve mutfak penceresini açtı. Bir, iki, üç... baykuşlar pencereden içeri süzüldü ve düzenli bir hat oluşturarak masaya kondular. Üçü de sağ ayaklarını havaya kaldırdı.

Harry öne doğru yürüdü. Üzerinde kendi adı yazan mektup, ortadaki baykuşun bacağına bağlanmıştı. Beceriksiz parmaklarla onu çözdü. Solunda Ron da kendi sonuçlarını sökmek için aynı şeyi yapıyordu; sağında ise Hermione'nin parmakları öyle titriyordu ki, bütün baykuşu sarsıyordu.

Mutfakta kimse konuşmuyordu. Sonunda Harry zarfını çözmeyi başardı. Çabucak yırttı ve içindeki katlanmış parşömeni açtı.

SIRADAN BÜYÜCÜLÜK DÜZEYİ SONUÇLARI

Geçer Notlar:	Olağanüstü (O)	Zayıf Notlar:	Zayıf (Z)
	Beklenenin Üstünde (B)		Felaket (F)
	Uygun (U)		İfrit (İ)

HARRY JAMES POTTER ŞU SONUÇLARI ALMIŞTIR:

Astronomi:	U
Sihirli Yaratıkların Bakımı:	B
Tılsım:	B
Karanlık Sanatlara Karşı Savunma:	O
Kehanet:	Z
Bitkibilim:	B
Sihir Tarihi:	F
İksir:	B
Biçim Değiştirme:	B

Harry parşömeni birkaç defa okudu, her okumada nefes alışı biraz daha rahatladı. Sorun yoktu: Kehanet'ten kalacağını biliyordu zaten; sınavın ortasında yere yıkıldığı düşünülecek olursa, Sihir Tarihi'nden geçme şansı da yoktu, ama başka her şeyden geçmişti! Parmağını notların üstünden kaydırdı... Değişim ve Bitkibilim'den iyi notlarla geçmişti, hatta İksir'den bile Beklenenin Üstünde almıştı! En iyisi de, Karanlık Sanatlara Karşı Savunma'dan "Olağanüstü" almıştı.

Etrafına baktı. Hermione'nin sırtı öbür tarafa dönük, başı da eğikti ama, Ron halinden çok memnun görünüyordu.

Mutlulukla Harry'ye, "Sadece Kehanet ile Sihir Tarihi'nden kalmışım, onlara da kim aldırır?" dedi. "Gel – değiş tokuş –"

Harry, Ron'un notlarına baktı: onda 'Olağanüstü' yoktu...

"Karanlık Sanatlara Karşı Savunma'da bir numara olacağını biliyordum," dedi Ron, Harry'nin omzunu yumruklayarak. "Başardık, değil mi?"

Mrs Weasley gururla, "Aferin!" dedi, Ron'un saçlarını karıştırarak. "Yedi tane S.B.D., Fred ile George'un toplam olarak aldığından daha fazla!"

"Hermione?" dedi Ginny ihtiyatla, çünkü Hermione hâlâ yüzünü dönmemişti. "Seninkiler nasıl?"

"Ben – fena değil," dedi Hermione, minik bir sesle.

"Hadi, bırak şunu," dedi Ron, onun yanına gidip sonuçları elinden kaparak. "Hah – on tane 'Olağanüstü' ve Karanlık Sanatlara Karşı Savunma'da bir tane 'Beklenenin Üstünde'. Başını eğip, yarı eğlenmiş, yarı kızmış halde ona baktı. "Yani resmen hayal kırıklığına uğradın, değil mi?"

Hermione başını iki yana salladı, ama Harry güldü.

"Eh, artık F.Y.B.S. öğrencileriyiz!" diye sırıttı Ron. "Anne, biraz daha sosis var mı?"

Harry yeniden sonuçlarına baktı. Bundan daha iyisini umamazdı zaten. Sadece küçük bir pişmanlık acısı vardı içinde... bu, onun Seherbaz olma emelinin sonu demekti. Gereken İksir notunu alamamıştı. Alamayacağını hep biliyordu zaten, ama o küçük siyah 'B'ye bir kez daha bakarken midesinin üzüntüyle büzüldüğünü hissetti.

Aslında, Harry'ye iyi bir Seherbaz olacağını ilk söyleyen kişinin kılık değiştirmiş bir Ölüm Yiyen olması tuhaftı ama bu fikir nasılsa onu etkisi altına almıştı ve artık olmak isteyeceği başka hiçbir şey düşünemiyordu. Üstelik, bir ay önce kehaneti duyduğundan beri de ona uygun olan kader bu gibi görünmüştü... *diğeri varlığını sürdürürken ikisi de yaşayamaz*... eğer işleri Voldemort'u bulup öldürmek olan bu çok iyi eğitilmiş büyücülerin arasına katılsa hem kehanete uygun yaşamış, hem de kendine hayatta kalmak için en iyi şansı tanımış olmaz mıydı?

ALTINCI BÖLÜM

Draco'nun Dolapları

Harry sonraki iki hafta boyunca Kovuk'un bahçesinin sınırları içinde kaldı. Zamanının çoğunu Weasley'lerin meyve bahçesinde ikiye iki Quidditch oynayarak (o ve Hermione, Ron'la Ginny'ye karşı takım oluyorlardı; Hermione felaketti, Ginny ise iyiydi, o yüzden takımlar gayet dengeliydi), akşamlarını ise Mrs Weasley'nin önüne koyduğu her şeyden üçer tabak yiyerek geçiriyordu.

Mutlu ve huzurlu bir tatil olabilirdi, tabii *Gelecek*'te artık hemen hemen her gün çıkan, kaybolmalara, tuhaf kazalara, hatta ölümlere dair haberler olmasaydı. Bill ve Mr Weasley bazı haberleri daha gazetede çıkmadan eve getiriyordu. Harry'nin on altıncı doğum günü, Mrs Weasley'nin hiç hoşuna gitmeyen bir şekilde, Remus Lupin'in partiye getirdiği tüyler ürpertici havadislerin gölgesinde kalmıştı. Lupin'in kendisi ise sıska ve asık suratlı görünüyordu, kahverengi saçı beyaz tellerle doluydu, giysileri ise her zamankinden de yırtık pırtık ve yamalıydı.

"İki tane daha Ruh Emici saldırısı gerçekleşti," diye ilan etti, Mrs Weasley ona koca bir dilim doğum günü pastası uzatırken. "Ve kuzeyde bir kulübede Igor Karkaroff'un cesedini buldular. Üzerinde Karanlık İşaret yükseliyordu – eh, doğrusu Ölüm Yiyen'leri terk ettikten sonra bir yıl bile hayatta kalabildiğine şaşırdım; hatırlayabildiğim kadarıyla Sirius'un kardeşi Regulus sadece birkaç gün dayanabilmişti."

"Şey, neyse," dedi Mrs Weasley, kaşlarını çatarak, "belki de başka bir şeyden söz –"

"Floran Fortescue'yu duydun mu, Remus?" diye sordu Bill, Fleur şarabını yenilerken. "Hani şu –"

"– Diagon Yolu'ndaki dondurmacıyı işleten adam mı?" diye araya girdi Harry, karnında nahoş bir çökme hissiyle. "Bana bedava dondurma verirdi. Ne olmuş ona?"

"Zorla alınıp götürülmüş, yerin durumuna bakılırsa."

"Niye?" diye sordu Ron, Mrs Weasley, Bill'e dik dik bakarken.

"Kim bilir? Bir şekilde onları kızdırmış olmalı. İyi adamdı Florean."

"Hazır Diagon Yolu'ndan bahsetmişken," dedi Mr Weasley, "Ollivander da gitmişe benziyor."

"Asa yapımcısı mı?" dedi Ginny, afallamış bir halde.

"Ta kendisi. Dükkânı boş. Mücadele olduğuna dair bir iz yok. Gönüllü mü gitti, yoksa kaçırıldı mı, kimse bilmiyor."

"Ama ya asalar – insanlar nereden asa bulacak?"

"Diğer asa yapımcılarından biriyle idare etmek zorunda kalacaklar," dedi Lupin. "Ama Ollivander en iyisiydi, ve eğer karşı taraftaysa bu bizim için pek hayırlı değil."

Bu hayli kasvetli doğum günü çayının ertesi günü, Hogwarts'tan mektuplar ve kitap listeleri geldi. Harry'ninki bir de sürpriz içeriyordu: Quidditch Takım Kaptanı seçilmişti.

"Bu sana Sınıf Başkanlarıyla aynı statüyü veriyor!" diye çığlık attı Hermione mutlulukla. "Artık bizim özel banyomuzu falan kullanabilirsin!"

"Vay be, Charlie'nin bunlardan birini taktığını hatırlıyorum," dedi Ron, rozeti neşeyle inceleyerek. "Harry, bu süper bir şey, benim takım kaptanımsın – beni yeniden takıma alırsan tabii, ha ha..."

"Eh, bunları aldığınıza göre herhalde Diagon Yolu'na gitmeyi çok da erteleyemeyiz," dedi Mrs Weasley, iç geçirip Ron'un kitap listesine bakarak. "Babanı gene işten istemezlerse, Cumartesi günü gideriz. Onsuz hayatta gitmem."

"Anne, cidden, Kim-Olduğunu-Bilirsin-Sen'in Flourish ve Blotts'ta bir kitaplığın arkasına saklanacağını falan mı sanıyorsun?" dedi Ron alaylı alaylı gülerek.

"Ya, evet, Fortescue ve Ollivander da tatile çıktı zaten, değil mi?" dedi Mrs Weasley, bir anda öfkelenerek. "Eğer güvenliğin gülünüp geçilecek bir mesele olduğunu düşünüyorsan, burada kalırsın, sana gereken şeyleri ben alırım –"

"Hayır, gelmek istiyorum, Fred'le George'un dükkânını görmek istiyorum!" dedi Ron hemen.

"O zaman fikirlerini kendine saklamalısın, delikanlı, yoksa bizimle gelecek kadar olgun olmadığına karar verebilirim!" dedi Mrs Weasley kızgın kızgın. Dokuz yelkovanı birden hâlâ *ölümcül tehlike*'yi gösteren saatini kapıp yeni yıkanmış havlulardan oluşan bir yığının üzerine yerleştirdi. "Bu söylediklerim Hogwarts'a dönmen konusunda da geçerli!"

Ron hayret içinde dönüp Harry'ye bakarken, annesi çamaşır sepetini ve sallanan saati kollarının arasına aldı ve hızla odadan çıktı.

"Vay canına... artık insan burada espri bile yapamıyor..."

Ama Ron sonraki birkaç gün Voldemort konusunda şaka yapmamaya özen gösterdi. Cumartesi günü geldiğinde Mrs Weasley o olaydan sonra bir kez daha patlamamıştı, ama yine de kahvaltıda çok gergin görünüyordu. Fleur ile birlikte evde kalacak olan Bill (ki bu durum Hermione ve Ginny'yi çok memnun ediyordu), masanın öbür tarafındaki Harry'ye bir para kesesi uzattı.

"Benimki nerede?" diye sordu Ron hemen, gözlerini fal taşı gibi açarak.

"O zaten Harry'nindi, sersem," dedi Bill. "Onu senin için kasandan aldım, Harry, çünkü cincüceler güvenliği o kadar sıkılaştırdılar ki, şu aralar insanların altınlarına ulaşması aşağı yukarı beş saatlerini alıyor. İki gün önce bir Dürüstlük Dürterölçer, Arkie Philpott'un tam... neyse, inan bana böylesi daha kolay."

"Teşekkürler, Bill," dedi Harry, altınını cebe atarak.

"'Ep böyle düşüncelidiğ," diye aşkla mırladı Fleur, Bill'in burnunu okşayarak. Ginny, Fleur'ün arkasında kahvaltı tabağının içine kusar gibi yaptı. Onu gören Harry mısır gevreğini çiğnerken az daha boğuluyordu, Ron sırtına vurdu.

Bulutlu, puslu bir gündü. Pelerinlerini üstlerine geçirerek evden dışarı adım attıklarında, Harry'nin daha önce de bir kere bindiği özel Sihir Bakanlığı arabalarından biri bekliyordu onları.

Araba, Bill ile Fleur'ün penceresinden el salladığı Kovuk'tan sarsılmadan uzaklaşırken, Ron "Babamın bize yine bunlardan ayarlayabilmesi iyi oldu," dedi takdirle, rahat rahat yayılarak. O, Harry, Hermione ve Ginny, geniş ve ferah arka koltuğa kurulmuşlardı.

"Alışmasan iyi olur, sadece Harry var diye böyle," dedi Mr Weasley omzunun üzerinden. O ve Mrs Weasley, Bakanlık şoförüyle birlikte ön koltukta oturuyordu; ön yolcu koltuğu nazikçe iki kişilik bir kanepeye dönüşmüştü. "Ona en üst düzey güvenlik konumu verildi. Ayrıca, Çatlak Kazan'da ek güvenlik karşılayacak bizi."

Harry hiçbir şey demedi; alışverişini etrafında bir tabur Seherbaz ile yapma fikri hoşuna gitmiyordu. Görünmezlik Pelerini'ni sırt çantasına koymuştu; Pelerin Dumbledore için yeterliyse, Bakanlık için de yeterli olmalıydı, ama sonra bir daha düşününce, Bakanlık'ın Pelerin'i bildiğinden emin olamadı.

"İşte geldik," dedi şoför şaşırtacak kadar kısa bir süre sonra, ilk kez konuşarak. Charing Cross Yolu'nda yavaşlayıp Çatlak Kazan'ın dışında durmuşlardı. "Sizi bekleyeceğim, ne kadar süreceği konusunda bir tahmininiz var mı?"

"İki saat kadar, sanırım," dedi Mr Weasley. "Hah, güzel, gelmiş!"

Mr Weasley gibi pencereden bakan Harry'nin yüreği ferahladı. Hanın dışında Seherbaz falan yoktu, kara sakallı devasa Hogwarts bekçisi Rubeus Hagrid vardı. Sırtında uzun bir köstebek derisi palto olan Hagrid, Harry'nin yüzünü görünce gülümsemeye başlamıştı, yanından geçen Muggle'ların şaşkın bakışlarının hiç mi hiç farkında değildi.

"Harry!" diye kükredi, Harry arabadan dışarı adım atar atmaz onu kemiklerini kıracak kadar sıkı kucaklayarak. "Şahgaga –yani Solgunkanat demek istiyorum– onu görmelisin, Harry, yeniden açık havaya çıktığı için o kadar mutlu ki –"

"Onun memnun olduğuna sevindim," dedi Harry, kaburgalarına masaj yaparak. "'Güvenlik' derken seni kastettiklerini bilmiyorduk!"

"Biliyorum, aynı eski günlerdeki gibi, değil mi? Aslında Bakanlık bir grup Seherbaz göndermek istiyordu, ama Dumbledore benim yeterli olacağımı söyledi," dedi Hagrid gururla, göğsünü gerip başparmaklarını ceplerine sokarak. "Yola koyulalım o zaman – önden buyrun, Molly, Arthur –"

Çatlak Kazan, Harry'nin hatırladığı kadarıyla ilk kez, tamamen boştu. Eski kalabalıktan, sadece yaşlılıktan derisi buruşmuş ve dişsiz hancı Tom kalmıştı. Onlar içeri girerken umutla başını kaldırıp baktı, ama daha o konuşamadan, Hagrid böbürlene böbürlene "Bugün sadece geçiyoruz, Tom, anlarsın herhalde. Hogwarts işleri, hani."

Tom kasvetle baş salladı ve yeniden bardaklarını silmeye koyuldu; Harry, Hermione, Hagrid ve Weasley'ler barın içinden yürüyüp arka tarafa, çöp kovalarının durduğu serin, küçük avluya çıktılar. Hagrid pembe şemsiyesini kaldırıp duvardaki belli bir tuğlaya vurdu ve bunun üzerine duvar açılıp bir kemere dönüştü. Şimdi karşılarında dolambaçlı, kaldırım taşı döşeli bir cadde vardı. Girişten geçip durdular ve etraflarına baktılar.

Diagon Yolu değişmişti. Büyü kitaplarının, iksir malzemelerinin ve kazanların durduğu ışıl ışıl vitrinler gözden kaybolmuş, üzerlerine yapıştırılan Sihir Bakanlığı posterlerinin arkasında saklı kalmıştı. Bu iç karartıcı mor posterlerin çoğu yazın gönderilmiş olan Bakanlık kitapçıklarındaki güvenlik önerilerinin büyütülmüş halleriydi, ama içlerinde yakalanmamış Ölüm Yiyen'lerin hareketli siyah-beyaz fotoğraflarını gösterenleri de vardı. En yakın aktarın cephesinden Bellatrix Lestrange küçümser bakışlarla bakıyordu. Florean Fortescue'nun Dondurma Dükkânı da dahil olmak üzere bazı yerlerin vitrinleri tahtayla kapanmıştı. Öte yandan, cadde boyunca bir dizi derme çatma tezgâh türemişti. En yakın olanı Flourish ve Blotts'un hemen dışına dikilmişti, çizgili ve lekeli bir tentesi vardı. Üzerindeki kartonda şunlar yazıyordu:

Muskalar: Kurtadamlara, Ruh Emiciler'e
Ve İnferius'lara karşı birebir

Pejmürde görünüşlü ufak tefek bir büyücü, sokaktan geçenlere kucak dolusu gümüş sembollerini şıngırdatıyordu.

Önünden geçerlerken Ginny'ye bakıp sırıtarak "Küçük kızınız için bir tane istemez misiniz, bayan?" diye seslendi Mrs Weasley'ye. "Onun o güzel boynunu korumak için?"

"Eğer görevde olsaydım..." dedi Mr Weasley, muska satıcısına öfkeyle bakarak.

"Evet, ama şimdi kalkıp da kimseyi tutuklama, hayatım, acelemiz var," dedi Mrs Weasley, elindeki listeye huzursuzca göz gezdirerek. "Sanırım ilk önce Madam Malkin'i halletsek iyi olacak, Hermione yeni resmi cüppe istiyor, Ron'un bilekleri de okul cüppesinden biraz fazlaca görünmeye başladı. Sana da yeni cüppe almak lazım, Harry, o kadar büyüdün ki – hadi bakalım, yürüyün –"

"Molly, hepimizin Madam Malkin'e gitmesinin anlamı yok," dedi Mr Weasley. "Niye o üçü Hagrid'le gitmiyor? Biz de Flourish ve Blotts'a gidip herkesin okul kitaplarını alırız."

"Bilmiyorum," dedi Mrs Weasley endişeli endişeli. Belli ki alışverişini çabucak bitirme arzusuyla tek bir grup halinde kalma isteği arasında kalmıştı. "Hagrid, sence –"

"Hiç tasalanma, benle emniyette olurlar, Molly," dedi Hagrid yatıştırırcasına, bir taraftan da çöp kovası kapağı büyüklüğündeki elini cakalı cakalı sallayarak. Mrs Weasley hepten ikna olmuş görünmese de, ayrılmaya izin verdi. O, kocası ve Ginny ile birlikte hızlı adımlarla Flourish ve Blotts'a yönelirken, Harry, Ron, Hermione ve Hagrid de Madam Malkin'in yolunu tuttular.

Harry yanlarından geçen kişilerin çoğunda Mrs Weasley'deki o tedirgin, kaygılı halin olduğunu ve artık kimsenin konuşmak için durmadığını fark etti; alışveriş yapanlar gruplar halinde birbirine yakın duruyor, gayet meşgul bir halde işleriyle ilgileniyorlardı. Kimse yalnız alışveriş etmiyor gibiydi.

"Hepimiz girersek içerisi sıkış tıkış olabilir," dedi Hagrid, Madam Malkin'in dışında durup, eğilip içeri bakarak. "Ben dışarıda nöbet tutarım, tamam mı?"

Böylece Harry, Ron ve Hermione küçük dükkâna beraber girdiler. İlk bakışta boş görünüyordu, ama kapı arkalarından yeni kapanmıştı ki, tanıdık bir sesin bir askılık dolusu pullu yeşil ve mavi resmi cüppenin arkasından emir yağdırdığını duydular.

"...fark etmediysen, çocuk değilim, anne. Alışverişimi *kendi başıma* yapabilirim."

Gıdaklamaya benzer bir ses duyuldu, arkasından da Harry'nin tanıdığı bir ses, Madam Malkin'in sesi geldi: "Ama canım, annen çok haklı, hiçbirimizin artık kendi başımıza dolaşmamamız gerekiyor, bunun çocuk olmakla ilgisi yok –"

"O iğneyi nereye batırdığına dikkat etsene!"

Askılığın arkasından solgun, sivri yüzlü ve sarı saçlı yeniyetme bir oğlan çocuğu belirdi. Baskılarında ve kol yenlerinde iğnelerin ışıldadığı koyu yeşil, şık bir cüppe giymişti. Aynaya gidip kendini inceledi, az sonra Harry, Ron ve Hermione'nin omzunun üstündeki yansımasını fark etti. Açık kurşuni gözleri kısıldı.

"O koku da ne diye merak ediyorsan, anne, az önce içeri bir Bulanık girdi," dedi Draco Malfoy.

"O tür lisana gerek olduğunu sanmıyorum!" dedi Madam Malkin, elinde bir mezura ve bir asayla giysi askılığının arkasından çıkarak. "Ayrıca dükkânımda asaların çekilmesini de istemiyorum!" diye ekledi çabucak, çünkü kapıya doğru şöyle bir göz atınca Harry ve Ron'un asalarını çekip Malfoy'a doğrultmuş olduklarını görmüştü.

Onların biraz arkasında duran Hermione, fısıldayarak, "Hayır, yapmayın, cidden, değmez..." dedi.

"Ya, tabii, sanki okul dışında sihir yapmaya cesaret edebileceksiniz de," dedi Malfoy pis pis sırıtarak. "Gözünü kim morarttı, Granger? Söyle de kimse ona çiçek göndereyim."

"Bu kadarı yeter!" dedi Madam Malkin sertçe, kendine destek bulmak için omzunun üstünden bakarak. "Madam – lütfen –"

Narcissa Malfoy giysi askılığının arkasından ağır adımlarla çıktı.

"Kaldırın onları," dedi soğuk bir sesle Harry ve Ron'a. "Bir daha oğluma saldırırsanız, emin olun, bu ömrünüzde yaptığınız son şey olur."

"Gerçekten mi?" dedi Harry, öne doğru bir adım atıp, bütün o solgunluğuna rağmen yine de kız kardeşininkini hatırlatan o yumuşak ama mağrur yüze gözlerini dikerek. Harry artık onunla aynı boydaydı. "Birkaç Ölüm Yiyen arkadaşına bizi hallettireceksin, öyle mi?"

Madam Malkin tiz bir çığlık koyverip kalbini tuttu.

"Gerçekten, böyle suçlamalara – çok tehlikeli sözler – asalarınızı kaldırın, lütfen!"

Ama Harry asasını indirmedi. Narcissa Malfoy tatsız tatsız gülümsedi.

"Görüyorum ki Dumbledore'un gözdesi olman sana yersiz bir güvenlik hissi vermiş, Harry Potter. Ama Dumbledore her zaman orada olup seni koruyamaz."

Harry alaylı alaylı dükkâna göz gezdirdi.

"Vay canına... işe bakın... şu anda burada değil! Öyleyse neden şansını denemiyorsun? Belki Azkaban'da iki kişilik bir hücre bulurlar da beceriksiz kocanla beraber kalırsın!"

Malfoy kızgınlıkla Harry'ye doğru hamle etti, ama fazlasıyla uzun cüppesinin eteğine basıp sendeledi. Ron kahkahayla güldü.

"Sakın annemle öyle konuşmaya cüret edeyim deme, Potter!" dedi Malfoy hırlayarak.

"Önemli değil, Draco," dedi Narcissa, omzuna koyduğu ince beyaz parmaklarıyla onu zaptederek. "Sanırım ben Lucius'a kavuşmadan önce Harry sevgili Sirius'una kavuşacak."

Harry asasını daha da kaldırdı.

"Harry, hayır!" diye inledi Hermione, kolunu yakalayıp aşağı bastırmaya çalışarak. "Düşün... bunu yapmamalısın... başın çok fena belaya girer..."

Madam Malkin bir an olduğu yerde kıpırdandı, sonra da hiçbir şey olmaması umuduyla, hiçbir şey yokmuş gibi yapmaya karar vermiş gibi göründü. Hâlâ öfkeli gözlerle Harry'ye bakan Malfoy'a doğru eğildi.

"Bence bu sol kolun yeni biraz daha yukarı alınabilir, canım, ben şimdi –"

"Ahh!" diye böğürdü Malfoy, onun elini tokatlayarak, "iğneyi nereye batırdığına dikkat etsene, kadın! Anne – artık bunları istediğimi hiç sanmıyorum –"

Cüppesini başının üstünden çekip çıkardı ve yere, Madam Malkin'in ayaklarının dibine fırlattı.

"Haklısın, Draco," dedi Narcissa, Hermione'ye küçümser gözlerle bakarak, "bu dükkândan alışveriş eden ayaktakımını gördükten sonra... bence Twilfitt ve Tatting'e gitsek daha iyi olur."

Ve bunun üzerine, ikisi dükkândan çıkıp gitti; Malfoy çıkarken Ron'a elinden geldiğince sert bir şekilde çarpmaya özen gösterdi.

"Yani, *gerçekten*!" dedi Madam Malkin, yere düşen cüppeyi eline alıp, tozunu alsın diye asasını bir elektrikli süpürge makinası gibi üzerinde gezdirerek.

Madam Malkin, Ron ve Harry yeni cüppelerini denerken çok dalgındı, Hermione'ye ise cadı resmi cüppesi yerine büyücü resmi cüppesi satmaya çalıştı. Onları eğilip selam vererek yolcu ederken de, gittiklerine çok memnunmuş gibi bir hali vardı.

"Hepsi tamam mı?" diye sordu Hagrid neşeyle, tekrar yanında belirdikleri zaman.

"Hemen hemen," dedi Harry. "Malfoy'ları gördün mü?"

"Evet," dedi Hagrid, umursamazca. "Ama Diagon Yolu'nun ortasında bela çıkarmaya cesaret edemezler, Harry, onlar konusunda hiç endişelenme sen."

Harry, Ron ve Hermione dönüp birbirlerine baktılar, ama Hagrid'i bu rahatlatıcı düşünceden uyandırmalarına fırsat kalmadan, Mr ve Mrs Weasley ile Ginny göründü. Hepsinin kucağında kocaman kitap paketleri vardı.

"Herkes tamam mı?" diye sordu Mrs Weasley. "Cüppelerinizi aldınız mı? Peki o zaman, Fred ve George'a giderken bir aktara, bir de Bin Bir Çeşit Baykuş Dükkânı'na uğrayacağız – yakın durun bakalım..."

Harry de, Ron da artık İksir'e devam etmeyecekleri için aktardan malzeme almadılar, ama Bin Bir Çeşit Baykuş Dükkânı'nda Hedwig ve Pigwidgeon için kocaman birer kutu baykuş fındığı aldılar. Sonra, Fred ile George'un işlettiği şaka dükkânı Weasley Büyücü Şakaları'nı arayarak caddede ilerlediler. Mrs Weasley dakika başı saatine bakıyordu.

"Gerçekten çok vaktimiz yok," dedi. "O yüzden şöyle çabucak bir bakıp arabaya döneceğiz. Yaklaşmış olmalıyız, şurası doksan iki numara... doksan dört..."

"*Vay be,*" dedi Ron, olduğu yere çakılarak.

Etraflarındaki sıkıcı, posterlere boğulmuş dükkân cephelerinin arasında, Fred ile George'un vitrini bir havai fişek gibi dikkati çekiyordu. Öylesine geçenler dönüp dönüp omuzlarının üzerinden vitrine bakıyordu, birkaç kişi ise resmen durmuş, oldukları yere çakılıp kalmışlardı. Sol taraftaki vitrin dönen, patlayan, parlayan, zıplayan, ciyaklayan şeylerle tepeleme doluydu; sadece bakmak bile Harry'nin gözlerini sulandırmıştı. Sağ taraftaki vitrin ise devasa bir posterle kaplıydı. Bakanlık'ın posterleri gibi mordu bu da, ama üzerinde parlayan sarı harflerle şöyle yazıyordu:

Niye Kim-Olduğunu-Bilirsin-Sen konusunda endişeleniyorsunuz?
ASIL endişelenmeniz gereken şey:
IKINMAK-NEYMİŞ-GÖRÜRSÜN-SEN
Ülkeyi Pençesine Alan Peklik Salgını!

Harry kahkahalarla gülmeye başladı. Yan tarafından halsiz bir inilti geldiğini duydu ve döndüğünde Mrs Weasley'nin afallamış halde postere bakmakta olduğunu gördü. Dudakları sessizce oynuyor, "Ikınmak-Neymiş-Görürsün-Sen"i tekrar ediyordu.

"Uykularında öldürülecekler!" dedi fısıltıyla.

"Hayır, hayır!" dedi Ron, o da Harry gibi gülüyordu. "Dâhice bu!"

Ve Ron ile Harry başı çekip içeri girdiler. Dükkân tıka basa müşteri doluydu; Harry rafların yanına yaklaşamıyordu. Etrafa göz gezdirdi, üst üste konmuş, tavana kadar yükselen kutulara baktı: işte ikizlerin Hogwarts'taki son ve yarım kalmış yıllarında mükemmelleştirdiği Kaytartan Çerezkutuları oradaydı; Harry en çok Burunkanatan Nugat'ın popüler olduğunu fark etti, rafta sadece bir kutu kalmış, o da epey hırpalanmıştı. Ağzına kadar hileli asalarla dolu kutular vardı, en ucuzları sallandığında lastik tavuğa ya da pantolona dönüşüyordu; en pahalıları ise kullananı gafil avlayıp kafasına kafasına, boynuna boynuna vuruyordu. Ayrıca kutu kutu tüy kalem de vardı, Kendini-Mürekkepleyenler, İmla-Denetimliler ve Kurnaz-Cevaplar. Kalabalıkta bir an bir açıklık olunca Harry itiş kakış tezgâha doğru ilerledi. Orada bir grup on yaşında çocuk, minicik tahta bir adamın gerçek bir darağacına giden basamakları çıkışını mest olmuş halde izliyordu. Adamla darağacının üzerinde durdukları kutuda, Tekrar Kullanılabilir Adam Asmaca - Kelimeyi Bulun, Yoksa Onu Sallandıracaklar! yazıyordu.

"'Patentli Gündüzdüşü Büyüleri...'"

Hermione itiş kakış tezgâhın yanındaki bir camekâna gitmeyi başarmış, bir kutunun üzerinde yazanları okuyordu. Kutuda, bir korsan gemisinin güvertesinde ayakta duran yakışıklı bir delikanlı ile baygın baygın bakan bir kızın çok renkli bir resmi de vardı.

"'*Tek bir basit büyülü sözü söyleyin ve ânında en yüksek kalite, son derece gerçekçi, otuz dakikalık bir gündüzdüşüne girin. Ortalama bir okul dersine sıkıştırılması kolaydır ve neredeyse tespit edilemez (yan etkileri arasında boş bir yüz ifadesi ve çok hafif salya akıtma vardır). On altı yaşından küçüklere satılamaz.*' Biliyor musun," dedi Hermione, başını kaldırıp Harry'ye bakarak, "gerçekten olağanüstü sihir bu!"

"İşte bu sözün için, Hermione," dedi arkalarından bir ses, "bir tane bedava alabilirsin."

Karşılarında ağzı kulaklarında bir Fred duruyordu, alev alev saçlarıyla göz kamaştırıcı bir tezat oluşturan morumsu kırmızı bir cüppe giymişti.

"Nasılsın, Harry?" El sıkıştılar. "Ve senin gözüne ne oldu, Hermione?"

"Sizin yumruk atan teleskop," dedi Hermione kederli kederli.

"Aa, hay aksi, onları unutmuştum," dedi Fred. "Al –"

Cebinden bir kap çıkarıp verdi; Hermione kabın kapağını dikkatli bir şekilde açtığında, içinden kıvamlı sarı bir macun çıktı.

"Üstüne sür, o çürük bir saat içinde geçer," dedi Fred. "Düzgün bir çürük geçirici bulmamız gerekti, ürünlerimizin çoğunu kendi üstümüzde deniyoruz."

Hermione tedirgin görünüyordu. "*Güvenlidir*, değil mi?"

"Tabii," dedi Fred cesaret verircesine. "Hadi gel, Harry, sana dükkânı gezdireyim."

Harry, mor gözünün üstüne macun süren Hermione'yi bıraktı ve Fred ile birlikte dükkânın arka tarafına doğru ilerledi. Orada bir kart ve ip numaraları tezgâhı vardı.

"Muggle sihirbazlık numaraları!" dedi Fred mutlu mutlu, onları işaret ederek. "Hani Babam gibi Muggle şeylerini seven kontaklar için. Çok kazandırmıyor, ama düzenli para getiriyor, harika özel ürünler... hah, işte George..."

Fred'in ikizi Harry'nin elini kuvvetle sıktı.

"Ona dükkânı mı gezdiriyorsun? Arka tarafa gel, Harry, asıl parayı orada kazanıyoruz – *hele cebe bir şey indirmeye bir kalk, senden Galleon'dan fazlasını alırım!*" diye uyarırcasına ekledi, bir çocuğa bakarak. Çocuk, üzerinde Yenebilir Karanlık İşaretler: Herkesin Midesini Bulandırırlar! yazan bir kaptan elini telaşla çekti.

George Muggle numaralarının yanındaki bir perdeyi açtı ve Harry karşısında daha karanlık, daha tenha bir oda gördü. Bu raflara dizilmiş ürünlerin ambalajları daha gösterişsizdi.

"Bu daha ciddi seriyi yeni geliştirdik," dedi Fred. "Komik bir hikâye..."

"Ne kadar çok insanın doğru dürüst bir Kalkan Büyüsü yapamadığını bilsen şaşırırsın, Bakanlık'ta çalışanların bile," dedi George. "Tabii onlara sen ders vermedin de ondan, Harry."

"Evet... şey, biz de Kalkan Şapka fikrinin komik olduğunu düşündük. Hani yani, arkadaşını kışkırtıp sana bir uğursuzluk büyüsü yapmasını sağla, sonra da büyü kalkandan sekip giderken yüzünün aldığı şekli izle. Ama sonra Bakanlık kalktı, destek kadrosunun tamamı için, tam beş yüz tane aldı bunlardan! Hâlâ da çok sayıda sipariş alıyoruz!"

"Biz de işi genişlettik: Kalkan Pelerinleri, Kalkan Eldivenleri..."

"...yani, Affedilmez Lanetler'e karşı pek bir faydaları olmaz, ama küçükten orta şiddete kadar uğursuzluk büyüleri ve nazarlar için..."

"Sonra dedik ki, bari bütün Karanlık Sanatlara Karşı Savunma alanına girelim, çünkü çok iyi para getiriyor," diye heyecanlı heyecanlı devam etti George. "Süper bir şey. Bak, Ânında Karanlık Tozu, Peru'dan ithal ediyoruz. Çabucak ortadan kaybolmak için çok kullanışlı."

"Dikkat Dağıtıcı Patlayıcılarımız ise kapış kapış gidiyor, bak," dedi Fred, hakikaten de gözden kaybolmaya çalışan, tuhaf görünüşlü siyah korna türü nesneleri göstererek. "Bunlardan bir tanesini gizlice atıyorsun, o da koşarak kaçıp gözden uzakta büyük gürültü çıkarıyor, ihtiyacın varsa sana bir şaşırtmaca sağlıyor."

"Çok faydalı," dedi Harry, etkilenerek.

"Al," dedi George, iki tane yakalayıp Harry'ye fırlattı.

Kısa sarı saçlı, genç bir cadı kafasını perdenin kenarından uzattı; Harry onun da morumsu kırmızı renkte çalışan cüppesi giydiğini gördü.

"Şaka kazanı bakan bir müşteri geldi, Mr Weasley ve Mr Weasley," dedi.

Fred ve George'a "Mr Weasley" diye hitap edilmesi Harry'ye tuhaf geldi, ama ikisi pek garip karşılamadılar.

"Pekâlâ, Verity, geliyorum," dedi George hemen. "Harry, sen ne istersen al, tamam mı? Bedava."

"Olmaz!" dedi Harry. Dikkat Dağıtıcı Patlayıcılar'ın parasını vermek için kesesini çıkarmıştı bile.

"Burada senin paran geçmez," dedi Fred kararlı bir sesle, Harry'nin altınını elinin tersiyle iterek.

"Ama –"

"Başlamamız için gereken krediyi bize sen verdin, bunu unutmadık," dedi George sert bir şekilde. "Ne istersen al, sorarlarsa nereden aldığını söylemeyi unutma, yeter."

George müşterilere yardımcı olmak için perdeyi açıp içeri geçti, Fred de Harry'yi dükkânın ana bölümüne geri götürdü. Hermione ve Ginny hâlâ Patentli Gündüzdüşü Büyüleri'nin başından ayrılmamıştı.

"Kızlar, siz hâlâ özel HarikaCadı ürünlerimizi bulamadınız mı?" dedi Fred. "Beni izleyin, bayanlar..."

Vitrinin yanında fena halde pembe bir dizi ürün vardı, etrafına heyecanlı kızlar üşüşmüş, hevesli hevesli kıkırdıyorlardı. Hermione ve Ginny biraz arkada durdular, ihtiyatlı bir halleri vardı.

"İşte buyrun," dedi Fred gururla. "Bulup bulabileceğiniz en iyi aşk iksiri çeşitleri."

Ginny şüpheyle kaşını kaldırdı. "İşe yarıyorlar mı?"

"Tabii ki işe yarıyorlar, bir kerede yirmi dört saate kadar bir süre boyunca – söz konusu oğlanın ağırlığına bağlı –"

"– bir de kızın çekiciliğine," dedi George, birden yanı başlarında belirerek. "Ama onları kendi kız kardeşimize satacak değiliz," diye ekledi, sesi birden sertleşerek, "hele ki duyduğumuz kadarıyla kendisinin zaten şimdiden beş çocukla takıldığı –"

"Ron'dan ne duyduysanız, koca bir yalan," dedi Ginny sakince, raftan küçük pembe bir kavanoz almak için uzanarak. "Bu nedir?"

"Garantili On Saniyede Sivilce Yokedici," dedi Fred. "Çıbanlardan kara noktalara kadar her şey için mükemmel, ama konuyu değiştirme. Şu anda Dean Thomas adında bir çocukla çıkmıyor musun?"

"Evet, çıkıyorum," dedi Ginny. "Ve son baktığımda kendisi tek bir çocuktu, beş değil. Şunlar nedir?"

Pembe ve mor tonlarında yumuşak tüylü toplara işaret ediyordu. Topların hepsi de bir kafesin zemininde yuvarlanıyor ve tiz çığlıklar atıyorlardı.

"Pigme Pofidik'ler," dedi George. "Minyatür pofyumaklar, onların yeterince çabuk üremesini sağlayamıyoruz. Peki ya Michael Corner?"

"Onu terk ettim, yenilmeyi kaldıramıyordu," dedi Ginny, bir parmağını kafesin parmaklıklarından içeri sokup Pigme Pofidiklerin etrafını sarmasını izleyerek. "Çok şirinler!"

"Evet, hayli sevimliler," diye kabul etti Fred. "Ama biraz fazla hızlı erkek arkadaş değiştiriyorsun, değil mi?"

Ginny, elleri kalçalarında, dönüp ona baktı. Yüzünde öylesine Mrs Weasleyimsi bir kızgınlık ifadesi vardı ki, Harry, Fred'in korkup sinmemesine şaşırdı.

"Seni hiç ilgilendirmez. *Sana* da teşekkür ederim," diye kızgın kızgın ekledi, kucağı ürünlerle dolu halde George'un dirseğinde belirmiş olan Ron'a, "bakıyorum bu ikisine hiç ötmemişsin!"

"Borcun üç Galleon, dokuz Sickle, bir Knut," dedi Fred, Ron'un kucağındaki kutuları inceleyerek. "Sökül bakalım."

"Ama ben sizin kardeşinizim!"

"O tırtıkladıkların da bizim malımız. Üç Galleon, dokuz Sickle. Bir Knut indirim yapıyorum."

"Ama benim üç Galleon, dokuz Sickle'ım yok ki!"

"O zaman hepsini geri koysan iyi olur, doğru raflara koymaya da dikkat et."

Ron birkaç kutuyu düşürdü, küfretti ve Fred'e kaba bir el işareti yaptı. Şanssızlığına, tam o anda ortaya çıkmaya karar veren Mrs Weasley onu gördü.

"Bir daha onu yaptığını görürsem bir uğursuzluk büyüsüyle parmaklarını birbirine yapıştırırım," dedi sert bir sesle.

"Anne, bir Pigme Pofidik alabilir miyim?" dedi Ginny hemen.

"Ne ne?" dedi Mrs Weasley, ihtiyatla.

"Bak, o kadar şekerler ki..."

Mrs Weasley Pigme Pofidik'lere bakmak için kenara çekilince Harry, Ron ve Hermione bir an önlerinde kimse olmadan dışarıyı görebildiler. Draco Malfoy caddede tek başına hızlı hızlı yürüyordu. Weasley Büyücü Şakaları'nın önünden geçerken, dönüp omzunun üstünden arkaya baktı. Birkaç saniye sonra, pencerenin çerçevesinden çıkıp gözden kayboldu.

"Acaba anneciği nerede?" dedi Harry, kaşlarını çatarak.

"Anlaşılan onu atlatmış," dedi Ron.

"Ama niye?" dedi Hermione.

Harry hiçbir şey demedi: kafası çok meşguldü. Narcissa Malfoy kendi rızasıyla çok kıymetli oğlunu gözünün önünden ayırmazdı; Malfoy ondan kurtulabilmek için epey uğraşmış olmalıydı. Malfoy'u tanıyan ve ondan nefret eden Harry, bunun masum bir sebepten dolayı olmadığına emindi.

Etrafına baktı. Mrs Weasley ve Ginny eğilmiş Pigme Pofidiklere bakıyorlardı. Mr Weasley coşkuyla, üzerinde Muggle yazan bir deste iskambil kâğıdını inceliyordu. Fred de, George da müşterilere yardım ediyorlardı. Vitrinin öbür tarafında ise, Hagrid sırtı onlara dönük durmuş, caddeye göz gezdiriyordu.

"Şunun altına girin, çabuk," dedi Harry, Görünmezlik Pelerini'ni çantasından çıkararak.

"Ay – bilmiyorum, Harry," dedi Hermione, kararsız gözlerle Mrs Weasley'ye doğru baktı.

"Hadi!" dedi Ron.

Hermione bir saniye daha tereddüt ettikten sonra Harry ve Ron ile birlikte Pelerin'in altına girdi. Kimse onların ortadan kaybolduğunu fark etmedi; herkes kendini Fred ile George'un ürünlerine kaptırmıştı. Harry, Ron ve Hermione ellerinden geldiği kadar çabuk bir şekilde kapıdan dışarı sıvıştılar, ama caddeye vardıklarında Malfoy da tıpkı onlar kadar başarılı şekilde ortalıktan kaybolmuştu.

"Şu tarafa doğru gidiyordu," diye fısıldadı Harry, kendi kendine bir şarkı mırıldanan Hagrid duymasın diye. "Hadi."

Sağa sola, dükkân kapılarından ve vitrinlerden içeri bakarak çabuk çabuk yürüdüler. Sonunda Hermione ileriyi işaret etti.

"Bu o, değil mi?" diye fısıldadı. "Sola dönen?"

"Aman ne sürpriz," diye fısıldadı Ron.

Çünkü Malfoy etrafına bakınıp Knockturn Yolu'na girmiş ve gözden kaybolmuştu.

"Çabuk, yoksa izini kaybedeceğiz," dedi Harry hızlanarak.

"Ayaklarımız görünecek!" dedi Hermione kaygıyla, Pelerin bileklerine çarpıp duruyordu; bu günlerde üçünün birden Pelerin'in altında saklanması çok daha zorlaşmıştı.

"Önemli değil," dedi Harry sabırsızca, "acele edin siz!"

Ama Karanlık Sanatlara ayrılmış bir yan sokak olan Knockturn Yolu, tamamen terk edilmiş görünüyordu. Geçerken vitrinlerden içeri baktılar ama dükkânların hiçbirinde tek bir müşteri yok gibi görünüyordu. Harry bu tehlikeli ve kuşkulu zamanlarda Karanlık nesneler almanın –ya da en azından, alıyorken görünmenin– biraz rengini belli etmek olacağını düşündü.

Hermione kolunu kuvvetle çimdikledi.

"Ahh!"

"Şşt! Bak! Orada!" diye fısıldadı Harry'nin kulağına.

Harry'nin Knockturn Yolu'nda girmiş olduğu tek dükkânın, çeşit çeşit tekinsiz nesne satan Borgin ve Burkes'in hizasına gelmişlerdi. Orada, kurukafalarla ve eski şişelerle dolu dolapların arasında, Draco Malfoy duruyordu. Onlara arkası dönüktü ve Harry'nin bir keresinde Malfoy ve babasına gözükmemek için içine saklandığı o çok büyük siyah dolabın hemen ötesinde zorlukla görülebiliyordu. Ellerinin hareketine bakılırsa, Malfoy hararetli hararetli konuşuyordu. Dükkânın sahibi, yağlı saçlı, hafif kambur bir adam olan Mr Borgin, Malfoy'un tam karşısında duruyordu. Yüzünde kızgınlık ile korku karışımı tuhaf bir ifade vardı.

"Ah, ne dediklerini bir duyabilseydik!" dedi Hermione.

"Duyabiliriz!" dedi Ron heyecanla. "Bir dakika – hay –"

En büyük kutunun içinde bir şey aramaya çalışırken, hâlâ taşıdığı öbür kutulardan bir ikisini daha düşürdü.

"Bakın, Uzayan Kulaklar!"

"Harika!" dedi Hermione, Ron uzun, ten rengi sicimleri açıp kapının altına doğru uzatırken. "Umarım kapı Sarsılmaz değildir –"

"Hayır!" dedi Ron neşeyle. "Dinleyin!"

Kafa kafaya verdiler ve dikkatle sicimlerin öteki ucundan gelen sesleri dinlediler. Bir radyo açılmış gibi, Malfoy'un sesi gayet net şekilde duyulabiliyordu.

"...nasıl tamir edeceğini biliyor musun?"

"Muhtemelen," dedi Borgin, çok da niyetli olmadığını gösteren bir ses tonuyla. "Bir bakmam gerekir ama. Neden dükkâna getirmiyorsun?"

"Getiremem," dedi Malfoy. "Nerede ise orada kalması gerekiyor. Senden sadece bana nasıl yapılacağını anlatmanı istiyorum."

Harry, Borgin'in tedirgin tedirgin dudağını ıslattığını gördü.

"Şey, görmeden bu işin çok zor olacağını söylemeliyim, hatta belki imkânsız. Hiçbir garanti veremem."

"Öyle mi?" dedi Malfoy, Harry sadece sesinin tonundan onun pis pis sırıttığını tahmin edebiliyordu. "Belki bu biraz güvenini artırır."

Borgin'e doğru adım attı, şimdi dolap önünü kapattığı için görünmüyordu. Harry, Ron ve Hermione onu gözden kaybetmemek için, güçlükle yana doğru hareketlendiler, ama tek görebildikleri, çok korkmuş gibi duran bir Borgin'di.

"Birine söylemeye kalkarsan," dedi Malfoy, "sonuçlarına katlanırsın. Fenrir Greyback'i biliyor musun? Bir aile dostumuzdur, kendisi arada bir uğrayıp konuyla gerektiği gibi ilgileniyor musun diye bakacak."

"Öyle bir şeye hiç gerek –"

"Ona ben karar veririm," dedi Malfoy. "Şimdi, gitmem gerek. *Şuradakine* bir şey olmamasına da dikkat et, ona daha sonra ihtiyacım olacak."

"Belki şimdi yanınıza almak istersiniz?"

"Hayır, tabii ki istemem, seni küçük aptal adam, sokakta onu taşımaya kalkarsam nasıl görünürüm sanıyorsun? Sen satma, yeter."

"Tabii ki satmam... efendim."

Borgin yerlere kadar eğilerek selam verdi, Harry daha önce bir kez onun Lucius Malfoy'a böyle selam verdiğini görmüştü.

"Kimseye tek kelime etme, Borgin. Buna annem de dahil. Anlaşıldı mı?"

"Elbette, elbette," diye mırıldandı Borgin, yine eğilerek.

Hemen sonra kapının üzerindeki çan çangır çungur çaldı ve Malfoy suratında çok memnun bir ifadeyle dükkândan dışarı adım attı. Harry, Ron ve Hermione'nin o kadar yakınından geçti ki Pelerin'in dizlerinin etrafında yeniden dalgalandığını hissettiler. Dükkânın içinde, Borgin olduğu yerde donup kalmış görünüyordu: kaypak gülümsemesi kaybolmuştu, kaygılı bir hali vardı.

"Bu da neydi böyle?" diye fısıldadı Ron, Uzayan Kulaklar'ı geri sararak.

"Bilmiyorum," dedi Harry, olayı kafasında evirip çevirerek. "Bir şeyin onarılmasını istiyor... bir de buradaki bir şeyin saklanmasını istiyor... 'şuradaki' derken neye işaret ettiğini görebildiniz mi?"

"Hayır, dolabın arkasındaydı –"

"Siz ikiniz burada bekleyin," diye fısıldadı Hermione.

"Sen ne –"

Ama Hermione çoktan Pelerin'in altından çıkmıştı bile. Camdaki yansımasında saçını kontrol etti, sonra dükkândan içeri girerek çanı yine çaldırdı. Ron çabucak Uzayan Kulaklar'ı yeniden kapının altından uzattı ve sicimlerden birini Harry'ye verdi.

"Merhaba, berbat bir sabah, değil mi?" dedi Hermione Borgin'e neşeyle. Borgin cevap vermedi ve ona kuşkulu gözlerle baktı. Hermione, neşeli bir şekilde kendi kendine bir melodi mırıldanarak, sergilenen yığınla nesnenin arasında dolaşmaya başladı.

"Bu gerdanlık satılık mı?" diye sordu, camekânlı bir dolabın önünde durarak.

"Bin beş yüz Galleon'un varsa," dedi Borgin soğuk soğuk.

"Ha – şey – hayır, o kadar yok," dedi Hermione, yürümeye devam ederek. "Peki... ya bu güzel – ee – kurukafa?"

"On altı Galleon."

"Satılık o zaman, değil mi? Yani... başka biri için ayırılmış falan değil?"

Borgin ona gözlerini kısarak baktı. Harry'nin içinde, onun Hermione'nin ne yaptığını çok iyi bildiği yönünde kötü bir his vardı. Belli ki Hermione de karşısındakinin kendisine kanmadığını hissetmişti, çünkü birden tedbiri iyice elden bıraktı.

"Aslına bakarsanız – şey – az önce burada olan çocuk, Draco Malfoy, şey, kendisi benim arkadaşım ve ona bir doğum günü hediyesi almak istiyorum, ama herhangi bir şey ayırttıysa tabii ki ona aynı şeyi almak istemem, o yüzden de... şey..."

Harry'ye göre bu çok cılız bir hikâyeydi. Belli ki Borgin de aynı kanıdaydı.

"Dışarı," dedi sert bir sesle. "Çık dışarı!"

Hermione onun tekrar etmesine fırsat bırakmadan kapıya doğru yöneldi, Borgin de hemen arkasından geldi. Çan yeniden çıngırdarken Borgin kapıyı onun arkasından çarparak kapattı ve kapıya "Kapalı" levhasını astı.

"Eh, neyse," dedi Ron, Pelerin'i yeniden Hermione'nin üzerine örterek. "Denemeye değerdi, ama biraz fazla çaktırdın –"

"İyi o zaman, bir dahaki sefere bana nasıl yapıldığını gösterirsin, Zehir Hafiye!" diye çıkıştı Hermione.

Ron ve Hermione, Weasley Büyücü Şakaları'na dönene kadar didişmeye devam ettiler. Oraya varınca ise, belli ki onların yokluğunu fark etmiş olan çok kaygılı bir Mrs Weasley ve Hagrid'e yakalanmamak için susmak zorunda kaldılar. Dükkâna girdiklerinde, Harry Görünmezlik Pelerini'ni hızla çıkardı, çantasına sakladı ve Mrs Weasley'nin suçlamalarına cevap olarak zaten baştan beri arkada oldukları, büyük ihtimalle onun doğru dürüst bakmadığı konusunda ısrar eden diğer ikisine katıldı.

YEDİNCİ BÖLÜM

Slug Kulübü

Harry tatilin son haftasının büyük kısmını, Malfoy'un Knockturn Yolun'daki davranışının anlamı üzerine kafa yormakla geçirdi. Onu en fazla rahatsız eden, dükkândan ayrıldığı sırada Malfoy'un yüzündeki memnun ifadeydi. Malfoy'u bu kadar mutlu eden hiçbir şey hayra alamet olamazdı. Ancak Ron da, Hermione de Malfoy'un neler çevirdiğini onun kadar merak etmeyerek biraz canını sıkıyorlardı; en azından, birkaç gün tartıştıktan sonra bu konudan bıkmış görünüyorlardı.

"Evet, Harry, bunda bir bit yeniği olduğunu kabul ettim zaten," dedi Hermione, biraz sabırsızca. Fred ve George'un odasında pencere pervazında oturuyordu, ayaklarını karton kutulardan birinin üzerine koymuş, yeni *İleri Eski Yazı Çevirisi* kitabından gönülsüzce başını kaldırmıştı. "Ama bunun birçok açıklaması olabileceği konusunda anlaşmamış mıydık?"

"Belki de Şanlı El'ini kırmıştır," dedi Ron kararsızca, bir yandan da süpürgesinin kıvrılmış kuyruk dallarını düzeltmeye çalışıyordu. "Elin o kurumuş halini hatırlıyor musun?"

"İyi ama '*Şuradakine* bir şey olmamasına dikkat et,' demesine ne diyeceksin?" diye sordu Harry, bilmem kaçıncı kere. "Sanki bana Borgin'de o bozuk olan şeyden bir tane daha varmış ve Malfoy ikisini de istiyormuş gibi geldi."

"Öyle mi dersin?" dedi Ron, şimdi de süpürgesinin sapındaki kiri kazımaya çalışıyordu.

"Evet, öyle geldi," dedi Harry. Ron da Hermione de cevap vermeyince, "Malfoy'un babası Azkaban'da," diye ekledi. "İntikam almak istemiyor mudur sanıyorsunuz?"

Ron, gözlerini kırpıştırarak başını kaldırdı.

"Malfoy mu, intikam mı? Bu konuda ne yapabilir ki?"

"Ben de onu anlatmaya çalışıyorum zaten, bilmiyorum!" dedi Harry, çaresizce. "Ama bir şeyler çeviriyor ve bence bunu ciddiye almalıyız. Babası bir Ölüm Yiyen ve –"

Sözünü yarıda kesti, gözleri Hermione'nin arkasındaki pencereye dikilmiş, ağzı açılmıştı. Az önce aklına hayret verici bir ihtimal gelmişti.

"Harry?" dedi Hermione, endişeli bir sesle. "Ne oldu?"

Ron tedirginlikle, "Yara izin yeniden acımıyor, değil mi?" diye sordu.

Harry ağır ağır, "O bir Ölüm Yiyen," dedi "Ölüm Yiyen olarak babasının yerini aldı!"

Önce bir sessizlik oldu, sonra Ron kahkahayı patlattı.

"*Malfoy* mu? Daha on altı yaşında, Harry! Sence Kim-Olduğunu-Bilirsin-Sen *Malfoy*'un katılmasına izin verir mi?"

"Hiç akla yakın bir şey değil, Harry," dedi Hermione, cesaret kırıcı bir sesle. "Nereden aklına geldi –?"

"Madame Malkin'in orada. Madam Malkin ona dokunmadı ama o kolunu sıvamaya kalktığında bağırdı ve kolunu hızla çekip ondan uzaklaştırdı. Sol koluydu. Ona Karanlık İşaret damgası vurulmuş."

Ron ve Hermione birbirlerine baktılar.

"Yani..." dedi Ron, hiç inanmış görünmüyordu.

"Bence oradan çıkmak istedi, o kadar, Harry," dedi Hermione.

"Borgin'e bizim göremediğimiz bir şey gösterdi," diye ısrar etti Harry inatla. "Borgin'i sahiden korkutan bir şey. İşaret'ti, biliyorum – ona karşısındakinin kim olduğunu anlatıyordu, Borgin'in de onu ne kadar ciddiye aldığını gördünüz!"

Ron ve Hermione yeniden bakıştılar.

"Emin değilim, Harry..."

"Evet, hâlâ Kim-Olduğunu-Bilirsin-Sen'in Malfoy'un katılmasına nasıl izin..."

Harry kızgın ama gene de haklı olduğundan emin halde, bir yığın kirli Quidditch cüppesini kucakladığı gibi odadan çıktı. Mrs Weasley onları günlerdir çamaşır ve sandık toplama işlerini son âna bırakmamaları için sıkıştırıyordu. Merdiven sahanlığında, yeni yıkanmış bir giysi yığınını taşıyarak odasına dönen Ginny'ye çarptı.

Kız, "Ben olsam şu anda mutfağa gitmezdim," diye uyardı onu. "Etrafta Fitil fazlalığı var."

"Bulaşmamasına dikkat ederim," diye gülümsedi Harry.

Ve elbette ki mutfağa girdiğinde Fleur'ü mutfak masasında oturmuş, Bill'le evlenme planlarını tam gaz anlatırken buldu. Kendi kendini soyan bir lahana yığınını gözleyen Mrs Weasley ise huysuz görünüyordu.

"...Bill ile ben ikiy nedime olsun diye ka'ağ ve'dik sayılığ, Ginny ve Gab'ielle be'abeğ çok tatlı olacak. Onla'ı soluk altın rengi giydi'sem diye düşünüyo'um – tabiy pembe Ginny'nin saçıyla ko'kunç oluğ -"

"Ah, Harry!" dedi Mrs Weasley, yüksek sesle, Fleur'ün monoloğunu yarıda keserek. "Güzel, ben de sana yarınki Hogwarts yolculuğu için güvenlik düzenlemelerini açıklamak istiyordum. Bize gene Bakanlık arabası yolluyorlar, istasyonda da Seherbaz'lar bekleyecek –"

"Tonks da orada olacak mı?" diye sordu Harry, Quidditch kılıklarını ona uzatarak.

"Hayır, sanmam, Arthur'un dediğine bakılırsa başka bir yerde görevlendirilmiş."

"Kendiniy ööle salmış ki, o Tonks," diye fikir yürüttü Fleur, bir çay kaşığının arkasına bakıp kendi fevkalade yansımasını inceleyerek. "Büyük biğ hata, eğer so'acak olu'sanıs –"

"Evet, teşekkürler," dedi Mrs Weasley, ters ters, gene Fleur'ün sözünü keserek. "Sen artık gitsen iyi olur, Harry, sandıkların mümkünse bu akşam hazır olmasını istiyorum ki her zamanki gibi son dakika telaşı olmasın."

Ve gerçekten de ertesi sabah yola çıkışları her zamankinden daha sorunsuz oldu. Bakanlık arabaları süzülerek Kovuk'un önüne geldiğinde onları bekler buldu: sandıklar toplanmış, Hermione'nin kedisi Crookshanks güven içinde seyahat sepetine yerleştirilmişti; Hedwig, Ron'un baykuşu Pigwidgeon ve Ginny'nin yeni mor renkteki Pigme Pofidik'i Arnold ise kafeslere konmuştu.

"Au revoir, 'Arry," dedi Fleur gırtlaktan gelen bir sesle, vedalaşırken onu öperek. Ron hemen yüzünde umutlu bir ifadeyle öne fırladı ama Ginny ayağını uzattı ve Ron düşerek Fleur'ün ayaklarının dibindeki tozlara serildi. Öfkeden köpürmüş, yüzü kıpkırmızı ve toz içinde, vedalaşmadan hızla arabaya bindi.

King's Cross İstasyonu'nda onları bu defa neşeli bir Hagrid beklemiyordu. Onun yerine koyu renk Muggle elbiseleri içinde iki suratsız, sakallı Seherbaz, arabalar durduğu an harekete geçti ve grubun iki yanına geçerek, konuşmadan onları istasyonun içine doğru yürüttü.

"Çabuk, çabuk, bölmeden geçin" dedi, bu kasvetli verimlilikten biraz sıkılmışa benzeyen Mrs Weasley. "Önce Harry geçse iyi olur, ya –"

Seherbaz'lardan birine sorarcasına baktı, o da başını evet anlamında şöyle bir salladı, sonra Harry'nin kolunun üst tarafını tutarak, dokuz ve onuncu platformlar arasındaki bölmeye yöneltmeye kalkıştı.

"Kendim yürüyebilirim, sağol," dedi Harry sinirli sinirli, kolunu çekip Seherbaz'ın elinden kurtardı. Arabasını doğruca katı bölmeye doğru sürdü, suskun refakatçisi yanında yokmuş gibi davrandı ve kendini bir saniye sonra, kırmızı Hogwarts Ekspresi'nin durmuş, kalabalığın üstüne buhar püskürttüğü Peron Dokuz Üç Çeyrek'te buldu.

Hermione ile Weasley'ler de birkaç saniye içinde ona katıldı. Suratsız Seherbaz'ına danışmak istemeyen Harry, Ron ve Hermione'ye peronda arkasından gelmelerini işaret ederek boş bir kompartıman aramaya koyuldu.

"Yapamayız, Harry," dedi Hermione, özür dilermiş gibi bir edayla. "Ron ile benim önce sınıf başkanları vagonuna gitmemiz, sonra da bir süre koridorlarda kol gezmemiz gerek."

"Aa, evet, unutmuştum," dedi Harry.

"Doğruca trene gitseniz iyi olur, hepiniz, kalkmasına sadece birkaç dakika kaldı," dedi Mrs Weasley, saatine bakarak. "Eh, iyi sömestrler, Ron..."

"Mr Weasley, size bir dakika bir şey söyleyebilir miyim?" dedi Harry, o anda karar vererek.

Mr Weasley, "Tabii," dedi. Gerçi biraz şaşkın görünüyordu ama gene de Harry'yi diğerlerinin onları duymayacağı bir yere kadar izledi.

Harry konu üzerinde dikkatle düşünüp, eğer birisine söyleyecekse doğru kişinin Mr Weasley olduğu sonucuna varmıştı; öncelikle, Bakanlık'ta çalıştığı ve bu yüzden de daha fazla soruşturma yapmaya en uygun durumda olduğu için ve ikinci olarak da, Mr Weasley'nin kızıp köpürme riski çok fazla olmadığı için.

Uzaklaşırlarken Mrs Weasley ile suratsız Seherbaz'ın ikisine kuşku dolu bakışlar attığını görebiliyordu.

"Biz Diagon Yolu'ndayken –" diye başladı Harry, ama Mr Weasley yüzünü ekşiterek ondan önce davrandı.

"Yoksa sen, Ron ve Hermione'nin sözde Fred ile George'un dükkânının arka odasında olmanız gerekirken yok olup nereye gittiğinizi keşfetmek üzere miyim?"

"Peki ama nasıl –"

"Harry, lütfen. Fred ile George'u büyütmüş olan adamla konuşuyorsun."

"Şey... evet, doğru, arka odada değildik."

"Pekâlâ, öyleyse kötü haberi duyalım."

"İşte, Draco Malfoy'u izledik. Benim Görünmezlik Pelerini'mi kullandık."

"Bunu yapmak için belli bir nedeniniz var mıydı, yoksa yalnızca aklınıza esti diye mi?"

"Malfoy'un bir şeyler çevirdiğini düşündüm," dedi Harry, Mr Weasley'nin yarı kızgın, yarı eğlenmiş bakışına aldırmayarak. "Annesini atlatmıştı, ben de niye olduğunu merak ediyordum."

"Tabii edersin," dedi Mr Weasley, kadere rıza göstermiş bir edayla. "Ee? Niye olduğunu öğrendiniz mi?"

"Borgin ve Burkes'e gitti," dedi Harry, "oradaki adama, Borgin'e zorbalık etmeye başladı, bir şeyi tamir etmesine yardımcı olsun diye. Ve Borgin'in onun için başka bir şeyi saklamasını istediğini de söyledi. Tamir edilmesi gereken şey de aynı türde bir şeymiş havası yarattı. Sanki çiftmiş gibi. Ve..."

Harry derin bir nefes aldı.

"Bir şey daha var. Madam Malkin sol koluna dokunmaya çalıştığında Malfoy'un bir kilometre havaya zıpladığını gördük. Sanırım Karanlık İşaret'le damgalanmış. Ölüm Yiyen olarak babasının yerini aldığını sanıyorum."

Mr Weasley afallamış görünüyordu. Bir an sonra dedi ki, "Harry, doğrusu kuşkularım var, sanmam ki Kim-Olduğunu-Bilirsin-Sen izin versin on altı yaşında bir –"

Harry hiddetle, "Kim-Olduğunu-Bilirsin-Sen'in ne yapıp yapmayacağını gerçekten bilen var mı?" diye sordu. "Mr Weasley, kusura bakmayın ama, araştırmaya değmez mi? Eğer Malfoy bir şeyi tamir ettirmek istiyorsa ve bunu yaptırmak için Borgin'i tehdit etmeye gerek duyuyorsa, herhalde Karanlık ya da tehlikeli bir şeydir, değil mi?"

"Doğrusunu söylemek gerekirse, kuşkularım var, Harry," dedi Mr Weasley ağır ağır. "Anlıyorsun ya, Lucius Malfoy tutuklandığında evine baskın düzenledik. Tehlikeli olabilecek her şeyi aldık."

Harry inatla, "Sanırım bir şey gözünüzden kaçmış," dedi.

"Eh, belki de," dedi Mr Weasley, ama Harry yalnızca onu hoş tutmaya çalıştığının farkındaydı.

Arkalarında bir düdük sesi duyuldu; hemen hemen herkes trene binmişti ve kapılar kapanıyordu.

"Acele etsen iyi olur," dedi Mr Weasley. Aynı anda Mrs Weasley bağırdı: "Harry, çabuk ol!"

Harry hızla ileri atıldı, Mr ve Mrs Weasley de sandığını trene yüklemesine yardım ettiler.

Harry kapıyı arkasından çarparak kapattı, tren harekete geçince Mrs Weasley camın arkasından, "Şimdi, canım, Noel'de bize geliyorsun," dedi. "Dumbledore'la hallettik, yani seni çok geçmeden göreceğiz demektir. Kendine mutlaka iyi bak ve –"

Tren hızlanıyordu.

" – uslu ol ve –"

Mrs Weasley trene yetişmek için koşuyordu artık.

"– güvende ol!"

Harry, tren bir köşeyi dönüp Mr ve Mrs Weasley gözden kaybolana kadar el salladı, sonra da ötekilerin nereye gittiğine bakmak için döndü. Ron ve Hermione'nin sınıf başkanları vagonuna kapandıklarını tahmin ediyordu, ama Ginny biraz ileride, koridordaydı, arkadaşlarıyla gevezelik ediyordu. Sandığını çekerek ona doğru yürüdü.

O yaklaşırken insanlar hiç utanmadan gözlerini dikip baktı. Hatta ona bakmak için yüzlerini kompartımanlarının camlarına bile yapıştırdılar. *Gelecek Postası*'ndaki bütün o "Seçilmiş Kişi" söylentilerinden sonra bu sömestr kendisine ağzı açık bakan kişi sayısında bir artışa katlanması gerekeceğini biliyordu zaten, ama yine de parlak sahne ışığında durma hissinden hoşlanmamıştı. Ginny'nin omzuna dokundu.

"Bir kompartıman bulmayı düşünüyor musun?"

"Yapamam, Harry, Dean'e onunla buluşacağımı söyledim," dedi Ginny neşeyle. "Sonra görüşürüz."

"Tamam," dedi Harry. O, kızıl saçı arkasında dans ederek

uzaklaşırken Harry içinde bir an tuhaf bir öfke hissetti. Yazın onun varlığına o kadar alışmıştı ki, Ginny'nin okulda o, Ron ve Hermione ile takılmadığını neredeyse unutmuştu. Sonra gözlerini kırpıştırdı ve etrafına bakındı: büyülenmiş gibi duran kızlarla çevriliydi.

"Selam, Harry!" dedi arkasından, tanıdık bir ses.

"Neville!" dedi Harry, başını çevirip, kendisine doğru gelmeye çalışan yuvarlak yüzlü çocuğu görünce rahatlayarak.

"Merhaba Harry," dedi Neville'in hemen arkasındaki uzun saçlı ve buğulu kocaman gözlü bir kız.

"Luna, selam, nasılsın?"

"Çok iyiyim, teşekkürler," dedi Luna. Göğsüne bir dergi bastırmıştı; ön kapakta kocaman harflerle içinde bedava bir Tayfgözlüğü olduğu ilan edilmişti.

"*Dırdırcı*'nın durumu hâlâ iyi, öyle mi?" diye sordu Harry. Bir yıl önce özel bir söyleşi verdiği dergiye belli bir yakınlık duyuyordu.

"Ah, evet, tiraj çok yükseldi," dedi Luna mutlulukla.

"Hadi, oturacak yer bulalım," dedi Harry ve üçü sessizce gözünü dikmiş bakan öğrenci sürüleri arasından geçerek tren boyunca yürüdüler. Sonunda boş bir kompartıman buldular ve Harry, minnetle çabucak içeri girdi.

"*Bize* bile gözlerini dikmiş bakıyorlardı," dedi Neville, kendisini ve Luna'yı göstererek, "sırf senin yanında olduğumuz için!"

"Size bakıyorlardı, çünkü siz de Bakanlık'taydınız," dedi Harry, sandığını bagaj rafına koyarken. "Oradaki küçük maceramız boydan boya *Gelecek Postası*'ndaydı, görmüş olmalısınız."

"Evet, Büyükannem adımın bu kadar duyulmasına kızar sandım," dedi Neville, "oysa sahiden memnun kaldı. Diyor ki, sonunda babama layık olmaya başlamışım. Bana yeni bir asa aldı, bak!"

Asasını çekip Harry'ye gösterdi.

Gururla, "Kiraz ve tekboynuzlu at kılı," dedi. "Ollivander'ın sattığı son asalardan biri olduğunu sanıyoruz, ertesi gün kayboldu – hey, buraya dön, Trevor!"

Sık sık olduğu gibi gene özgürlüğüne kavuşmaya çalışan kurbağasını yakalamak için koltuğun altına daldı.

Dırdırcı'nın ortasından rengârenk bir gözlük çıkartan Luna, "Bu yıl da DO toplantılarına devam edecek miyiz, Harry?" diye sordu.

"Artık Umbridge'den kurtulduğumuza göre pek anlamı yok, değil mi?" dedi, yerine oturan Harry. Neville, koltuğun altından çıkarken başını çarptı. Büyük bir hayal kırıklığına uğramış gibiydi.

"DO'yu seviyordum! Senin yanında bir sürü şey öğrendim!"

Luna sakin sakin, "Ben de toplantılardan hoşlanıyordum," dedi. "İnsanın arkadaşı olması gibi bir şeydi."

Bu da, Luna'nın sık sık söylediği ve Harry'nin içini burkan, acıma ile rahatsız olma karışımı bir duyguya kapılmasına yol açan o tedirgin edici şeylerden biriydi. Ancak, daha o cevap veremeden, kompartıman kapısı dışında bir patırtı koptu; dördüncü sınıftan bir grup kız, camın öbür yanında fısıldaşıp kıkırdıyorlardı.

"Sen sor ona!"

"Hayır sen!"

"Ben sorarım!"

Ve içlerinden biri, büyük koyu renk gözlü, çıkık çeneli, uzun siyah saçlı, girişken bir kız, kapıdan içeri daldı.

"Selam, Harry, Ben Romilda, Romilda Vane," dedi yüksek sesle ve kendinden emin bir edayla. "Neden bizim kompartımana gelmiyorsun? *Onlarla* oturmak zorunda değilsin," dedi, herkesin duyduğu bir fısıltıyla. Neville'in el yordamıyla Trevor'ı ararken gene koltuğun altından çıkan poposunu ve şimdi onu aklını kaçırmış rengârenk bir baykuşa benzeten bedava Tayfgözlüğü'nü takmış olan Luna'yı gösterdi.

"Onlar benim arkadaşım," dedi Harry, soğuk soğuk.

"Ya," dedi kız, çok şaşırmış görünerek. "Ya. Peki."

Ve geri çekilerek kapıyı arkasından kapattı.

Luna, rahatsız edici dürüstlük konusundaki ustalığını bir kez daha sergileyerek, "İnsanlar bizim gibi değil, süper arkadaşların olmasını bekliyor," dedi.

"Siz süpersiniz," diye kestirip attı Harry. "Hiçbiri Bakanlık'ta değildi. Benimle birlikte dövüşmediler."

"Bu söylediğin çok güzel bir şey," dedi Luna, ağzı kulaklarında. Sonra da Tayfgözlüğü'nü burnunun üstüne itip *Dırdırcı*'sını okumaya koyuldu.

"Ama biz *onun* karşısına çıkmadık," dedi Neville, saçlarında tüy ve tozla, elinde de kadere rıza göstermiş görünen Trevor ile koltuğun altından belirerek. "Sen çıktın. Bir duysan, büyükannem senin için neler diyor. *'O Harry Potter'da bütün Sihir Bakanlığı'ndan daha fazla yürek var!'* Senin gibi bir torunu olsun diye her şeyini verirdi..."

Harry mahcup mahcup güldü ve lafı, olabildiğince çabuk S.B.D. sonuçları konusuna getirdi. Neville notlarını söyleyip, sadece bir "Uygun"la Biçim Değiştirme F.Y.B.S.'si alıp alamayacağını yüksek sesle sorarken, Harry'nin gözleri onda ama aklı başka yerdeydi.

Voldemort, Neville'in çocukluğunu da Harry'ninki gibi mahvetmişti, ama Neville'in, Harry'nin kaderine sahip olmaya ne kadar yaklaştığı konusunda hiçbir fikri yoktu. Kehanet ikisinden de söz etmiş olabilirdi aslında, ama Voldemort, bir tek kendisince bilinen nedenlerle, kastedilenin Harry olduğuna inanmayı seçmişti.

Voldemort, Neville'i seçmiş olsaydı eğer, Harry'nin karşısında şimşek biçimi yara iziyle ve sırtında kehanetin ağırlığıyla oturan Neville olacaktı... ya da, olacak mıydı? Neville'in annesi, Lily'nin Harry uğruna öldüğü gibi, onu kurtarmak için ölür müydü? Elbette ölürdü... Ama ya oğlu ile Voldemort arasında durmayı başaramamış olsaydı? O zaman "Seçilmiş Kişi" diye bir şey olmaz mıydı? Neville'in şimdi oturduğu yerde boş bir koltuk olur ve yara izsiz bir Harry'yi vedalaşmak için Ron'un annesi değil de kendi annesi mi öperdi?

"İyi misin, Harry? Tuhaf görünüyorsun," dedi Neville.

Harry irkildi.

"Pardon – ben –"

"Mahfışt mı yoksa?" dedi Luna halden anlarcasına. Koskocaman, renkli gözlüklerinin arkasından Harry'yi süzüyordu.

"Ne, ne?"

"Mahfışt... görünmezdirler, kulaklarından içeri süzülür, beynini bulandırırlar," dedi. "Az önce birinin vınlayıp dolaştığını duydum gibi geldi."

Kocaman, görünmez güveleri kovalıyormuş gibi elleriyle havaya vurdu. Harry ile Neville göz göze geldi ve hemen Quidditch'ten konuşmaya başladılar.

Tren pencerelerinin dışındaki hava, bütün yaz olduğu gibi parçalı bulutluydu; bir dondurucu sis alanlarından geçiyor, bir zayıf, berrak güneş ışığına geliyorlardı. Bu berrak anlardan birinde, güneş neredeyse tam tepelerinde görülürken, Ron ve Hermione nihayet kompartımana girdiler.

"Keşke yemek arabası çabucak gelse, açlıktan ölüyorum," dedi Ron özlemle, Harry'nin yanındaki koltuğa çöküp karnını ovuşturdu. "Selam, Neville, selam, Luna. Bilin bakalım ne oldu?" diye ekledi, Harry'ye dönerek. "Malfoy sınıf başkanlığı görevini yerine getirmiyor. Kendi kompartımanında diğer Slytherin'lerle oturuyor, o kadar, geçerken gördük."

Harry yerinde doğruldu, bununla ilgilenmişti. Sınıf başkanı olarak gücünü gösterme şansından faydalanmamak Malfoy'a yakışmıyordu, bir önceki yıl bu gücü memnuniyetle kötüye kullanmıştı.

"Sizi görünce ne yaptı?"

"Her zamankini," dedi Ron kayıtsızca, eliyle kaba bir hareket yapıp gösterdi. "Ama ona hiç yakışmıyor, değil mi? Yani – *bu* yakışıyor –" yeniden el hareketini yaptı, "ama neden burada birinci sınıflara zorbalık etmiyor ki?"

"Bilmiyorum," dedi Harry, kafası son hızla çalışıyordu. Bütün bunlar sanki Malfoy'un aklında küçük öğrencilere zorbalık etmekten daha önemli şeyler varmış anlamına gelmiyor muydu?

"Belki de Teftiş Mangası'nı tercih ediyordu," dedi Hermione. "Belki de bunun ardından sınıf başkanı olmak ona biraz yavan geldi."

"Sanmam," dedi Harry, "bence o –"

Ama o daha teorisini açıklayamadan kompartıman kapısı kayarak açıldı ve üçüncü sınıftan soluk soluğa bir kız içeri girdi.

"Bunları Neville Longbottom ve Harry P-Potter'a vermem gerekiyor," diye kekeledi, Harry ile göz göze gelip kıpkırmızı olunca. Mor bir kurdeleyle bağlanmış iki parşömen tomarı vardı elinde. Şaşıran Harry ve Neville üzerinde kendi adları yazan tomarları aldılar ve kız sendeleyerek kompartımandan çıktı.

"Ne o?" diye sordu Ron, Harry kendi tomarını açarken.

"Bir davet," dedi Harry.

"Harry,

Kompartıman C'de bir lokma öğle yemeği yemek için bana katılırsan sevinirim.

İçtenlikle, Profesör H.E.F. Slughorn"

"Profesör Slughorn da kim?" diye sordu Neville, kafası karışmış bir halde kendi davetiyesine bakarak.

"Yeni öğretmen," dedi Harry. "Eh, herhalde gitmemiz gerekir, değil mi?"

Neville tedirgin tedirgin, "Ama beni niye istiyor ki?" diye sordu, ceza beklermiş gibi bir hali vardı.

"Hiçbir fikrim yok," dedi Harry. Aslında bu tam anlamıyla doğru sayılmazdı ama henüz önsezisini doğrulayacak kanıtı yoktu. "Dinle," diye ekledi, birden aklına bir şey gelerek, "Görünmezlik Pelerini'nin altında gidelim. O zaman yolda Malfoy'a iyice bakarız, neler çevirdiğini görürüz."

Ancak bu fikirden bir şey çıkmadı: öğle yemeği arabasını gözleyenlerle dolu koridorları Pelerin'i giyerek aşmak mümkün değildi. Harry onu üzüntüyle çantasına koydu ve aslında trende az önce yürüdüğünden beri daha da yoğunlaşmışa benzeyen bakışlardan kaçınmak için bile Pelerin'i giymenin hoş olabileceğini düşündü. Öğrenciler arada bir, ona daha iyi bakmak için kompartımanlardan fırlıyorlardı. Tek istisna, Harry'nin geldiğini görür görmez kompartımanına dalan Cho Chang'dı. Harry camın yanından geçerken onun arkadaşı Marietta ile kararlı bir şekilde koyu bir sohbete dalmış olduğunu gördü. Marietta, hâlâ yüzüne kazınmış olan tuhaf sivilce oluşumunu tamamen kapayamayan çok ağır bir makyaj yapmıştı. Harry, hafiften sırıtarak, yoluna devam etti.

Kompartıman C'ye geldiklerinde, Slughorn'un davetlilerinin onlardan ibaret olmadığını hemen gördüler, ancak, Slughorn'un coşkuyla karşılayışına bakılırsa, en hararetle beklenen Harry'ydi.

"Harry, oğlum!" dedi Slughorn, onu görünce sıçradı ve kadife kaplı koca karnı kompartımanda boş kalan her yeri dolduracak gibi göründü. Pırıl pırıl parlayan açık tepesi ve büyük gümüş rengi bıyığı, güneşte, yeleğinin altın düğmeleri kadar parlıyordu. "Seni görmek ne güzel, ne güzel! Siz de Mr Longbottom olmalısınız!"

Korkmuş görünen Neville, evet anlamına başını salladı. Slughorn eliyle bir hareket yapınca, kapıya en yakın olan geriye kalmış iki boş yere, karşılıklı oturdular. Harry diğer konuklara baktı. Kendi döneminden bir Slytherin'i tanıdı, çıkık elmacık kemikleri ve uzun, çekik gözleri olan uzun boylu, siyah bir çocuktu. Yedinci sınıftan Harry'nin tanımadığı iki çocuk da vardı. Bir de köşede Slughorn tarafından ezilmiş, niye orada olduğunu tam olarak anlamamış gibi duran Ginny.

"Şimdi, herkesi tanıyor musunuz?" diye sordu Slughorn, Harry ile Neville'e. "Blaise Zabini sizin döneminizden, tabii –"

Zabini tanıma ya da selam verme belirtisi göstermedi, Harry ile Neville de: Gryffindor ile Slytherin öğrencileri ilke olarak birbirlerinden nefret ederdi.

"Bu Cormac McLaggen, belki de karşılaşmışsınızdır –? Hayır mı?"

İriyarı, dik saçlı bir genç olan McLaggen elini kaldırdı, Harry ile Neville de ona bakıp başlarını salladılar.

"– ve bu da Marcus Belby, bilmiyorum acaba –"

Zayıf ve sinirli görünüşlü Belby, gergin gergin gülümsedi.

"– ve *bu* çekici küçük hanım seni tanıdığını söylüyor!" diye bitirdi Slughorn.

Ginny, Slughorn'un arkasından Harry ile Neville'e bakıp yüzünü buruşturdu.

"Eh işte, bu çok hoş," dedi Slughorn, samimiyetle. "Hepinizi biraz daha iyi tanımak için bir fırsat. Buyur, bir peçete al. Ben kendi yemeğimi yanımda getirdim çünkü arabadakiler, hatırladığım kadarıyla Meyankökü Asası ağırlıklıdır ve zavallı bir ihtiyarın sindirim sistemi de böyle şeylere uygun değildir... sülün ister misin, Belby?"

Belby irkildi ve yarım soğuk sülüne benzeyen şeyi kabul etti.

"Genç Marcus'a amcası Damocles'e ders verme mutluluğuna eriştiğimi söylüyordum," dedi Slughorn Harry ile Neville'e, bu sefer bir sepet dolusu börek ikram etti. "Kalburüstü bir büyücü, kalburüstü, ve Merlin Nişanı'na da gerçekten layık biri. Amcanı sık sık görüyor musun, Marcus?"

Ne yazık ki Belby az önce koca bir lokma sülünü ağzına atmıştı; Slughorn'a cevap verme telaşıyla fazla çabuk yuttu, mosmor kesildi, boğulur gibi oldu.

Slughorn asasını Belby'ye çevirerek sükûnetle, "*Anapneo,*" dedi. Belby'nin nefes borusu hemencecik açılmış gibiydi.

"Pek... pek fazla görmüyorum, hayır," dedi Belby soluk soluğa, gözlerinden yaşlar akıyordu.

"Eh, tabii, eminim ki meşguldür," dedi Slughorn, soru sorarcasına ona bakarak. "Hiç sanmıyorum ki Kurtboğan İksiri gibi bir iksir çok sıkı çalışılmadan icat edilebilsin!"

"Sanırım..." dedi Belby. Slughorn'un onunla işinin bittiğinden emin olana kadar sülünden bir ısırık daha almaya korkuyor gibiydi. "Şey... onunla babam pek iyi geçinmezler, anlarsınız ya, bu yüzden de gerçekten pek fazla şey..."

Sesi azalıp kesilirken Slughorn ona soğuk bir tebessümle baktı ve onu bırakıp McLaggen'e döndü.

"Peki, *sen*, Cormac," dedi, "senin amcan Tiberius'u sık sık gördüğünü biliyorum, çünkü onda ikinizin Odunkuyruk avlarken harika bir resminiz var. Norfolk'taydı, değil mi?"

"Ah, evet, o keyifliydi, gerçekten," dedi McLaggen. "Bertie Higgs ve Rufus Scrimgeour'la gittik – o Bakan olmadan önce, elbette –"

"Oo, demek Bertie ile Rufus'u da tanıyorsun," dedi Slughorn, ağzı kulaklarında. Şimdi herkese üstünde kekler olan küçük bir tepsiyi tutuyordu; bir şekilde Belby'yi es geçti. "Şimdi, anlat bakalım..."

Harry'nin şüphelendiği gibiydi. Buradaki herkes, tanınmış ya da nüfuz sahibi biriyle bağları olduğu için davet edilmişti – en azından Ginny hariç, herkes. McLaggen'dan sonra sorguya çekilen Zabini'nin güzelliğiyle nam salmış bir cadı annesi olduğu anlaşıldı (Harry'nin çıkartabildiği kadarıyla, yedi kere evlenmişti, kocalarının hepsi esrarengiz şekilde ölmüş ve ona yığınla altın bırakmıştı). Sıra Neville'deydi: çok rahatsız edici bir on dakika oldu, çünkü Neville'in tanınmış Seherbaz'lar olan annesiyle babası, Bellatrix Lestrange ve iki Ölüm Yiyen kafadarı tarafından işkenceyle çıldırtılmıştı. Neville'in mülakatının sonunda Harry, Slughorn'un, annesinin ya da babasının yeteneğine sahip olup olmadığını anlayana kadar onu yargılamayı ertelediği izlenimine kapıldı.

"Ve şimdi de," dedi Slughorn, yıldız sanatçısını takdim eden bir eğlence programı sunucusu havasıyla koca cüssesini koltuğunda kaydırarak, "Harry Potter! *Nereden* başlamalı? İçimde, geçen yaz karşılaştığımızda anca yüzeyi kazıdım gibi bir duygu var!"

Sanki büyük ve lezzetli bir sülün parçasıymış gibi bir an Harry'yi gözden geçirdikten sonra devam etti: "Şimdi sana 'Seçilmiş Kişi' diyorlar!"

Harry hiçbir şey demedi. Belby, McLaggen ve Zabini ona bakıyorlardı.

"Tabii," dedi Slughorn, Harry'yi daha yakından inceleyerek, "yıllardır söylentiler var... Hatırlıyorum – şey – o *korkunç* akşamın ardından – Lily – James – ve sen sağ kaldın – ve sıradan olanların ötesinde güçlerin olması gerekir şeklinde laflar yayıldı –"

Zabini, besbelli alaylı bir kuşkuculuk gösteren şekilde çok hafifçe öksürdü. Slughorn'un arkasından kızgın bir ses yükseldi.

"Evet, Zabini, çünkü *sen* çok yeteneklisindir ya... poz atmada..."

Slughorn rahat rahat, "Aman aman!" diye kıkırdadı; koca karnının kenarından, gözlerinden ateşler saçarak Zabini'ye bakan Ginny'ye döndü. "Dikkat et, Blaise! Vagonunun yanından geçerken bu küçük hanımın harikulade bir Yarasa-Umacı Büyüsü yaptığını gördüm! Ben olsam onu kızdırmam!"

Zabini, küçümseyerek bakmakla yetindi.

"Neyse," dedi Slughorn, yeniden Harry'ye dönerek. "Hele bu yaz *ne* söylentilerdi onlar. Tabii, insan neye inanacağını bilemiyor, *Gelecek*'in daha önce doğru olmayan şeyler yayımladığı, hatalar yaptığı görülmüştür – ama tanık sayısına bakılırsa Bakanlık'ta hayli patırtı koptuğu anlaşılıyor, sen de tam göbeğindeymişsin!"

Harry, düpedüz yalan söylemeden bundan nasıl kurtulacağını bilemedi, başını evet anlamında salladı ama yine bir şey demedi. Slughorn ona bakıp mutlulukla gülümsedi.

"Ne alçakgönüllü, ne alçakgönüllü, tevekkeli değil Dumbledore sana bu kadar düşkün – *sahiden* oradaydın demek, öyle mi? Ama hikâyelerin geri kalanı – tabii öyle sansasyonel ki, insan neye inanacağını bilemiyor – örneğin, şu meşhur kehanet –"

"Biz kehanet falan duymadık," dedi Neville, bunu söylerken de sardunya gibi pembeleşti.

"Doğru," dedi Ginny sadakatle. "Neville de, ben de oradaydık ve bütün bu 'Seçilmiş Kişi' saçmalığı, *Gelecek*'in her zamanki uydurmalarından biri."

"İkiniz de oradaydınız, öyle mi?" dedi Slughorn, çok ilgilenerek. Bir Ginny'ye, bir Neville'e baktı, ama ikisi de onun cesaret veren gülümsemesine rağmen istiridye gibi kapalı, orada öyle oturdular. "Evet... neyse.. *Gelecek*'in sık sık abarttığı doğru, tabii..." diye devam etti Slughorn, biraz hayal kırıklığına uğramış gibiydi. "Sevgili Gwenog'un bana söylediklerini hatırlıyorum da –Gwenog Jones demek istiyorum, elbette, Holyhead Harpileri'nin Kaptanı–"

Bitmez tükenmez bir anıyı lafı uzatarak anlatmaya başladı ama Harry, Slughorn'un kendisiyle işinin bitmediği, Neville ile Ginny'nin de onu ikna edemedikleri yolunda güçlü bir izlenim edinmişti.

Öğleden sonra, Slughorn'un ders verdiği ve hepsi de Hogwarts'taki "Slug Kulübü"ne katılmaktan sevinç duymuş olan şöhretli büyücülere ilişkin anekdotlarla, geçmek bilmedi. Harry bir an önce gitmek için sabırsızlanıyordu ama bunu kibar bir şekilde nasıl söyleyeceğini bilemiyordu. Sonunda tren yine uzun bir sis diliminden kırmızı günbatımına çıktı ve Slughorn alacakaranlıkta gözlerini kırpıştırarak etrafına baktı.

"Hayret, hava kararmaya başlamış bile! Lambaları yaktıklarını fark etmedim. Gidip de cüppelerinizi giyseniz iyi olur. McLaggen bir ara uğrayıp Odunkuyruklar hakkındaki o kitabı ödünç almalısın. Harry, Blaise, ne zaman yolunuz düşerse buyrun. Aynı şey sizin için de geçerli, küçük hanım," dedi Ginny'ye, göz kırparak. "Hadi bakalım, gidin şimdi!"

Zabini, Harry'yi itip karanlıklaşan koridora çıkarken ona pis bir bakış fırlattı, Harry de bu bakışı aynen iade etti. O, Ginny ve Neville, Zabini'nin arkasından gerisin geriye kompartımanlarına doğru yürüdüler.

"Çok şükür bitti," diye mırıldandı Neville. "Garip adam, değil mi?"

"Evet, garip biraz," dedi Harry, gözleri Zabini'nin üstünde. "Sen oraya nasıl geldin, Ginny?"

"Beni Zacharias Smith'e uğursuzluk büyüsü yaparken gördü," dedi Ginny, "DO'ya gelen o Hufflepuff'lı budalayı hatırlıyor musunuz? Bana boyuna Bakanlık'ta neler olup bittiğini soruyordu, sonunda beni öyle kızdırdı ki, ona büyü yaptım – Slughorn içeri girince ceza alacağım sandım, ama bunun gerçekten iyi bir uğursuzluk büyüsü olduğunu düşünüyormuş, beni yemeğe davet etti! Çılgınlık, değil mi?"

Harry, Zabini'nin başının arkasına bakıp kaşlarını çatarak, "Birisini annesi meşhur diye davet etmekten daha iyi bir gerekçe," dedi, "ya da amcaları yüzünden –"

Birden sustu. Az önce aklına bir fikir gelmişti, pervasızca ama harika olma potansiyeli taşıyan bir fikir... bir dakika içinde Zabini, Slytherin altıncı sınıf kompartımanına yeniden girecekti, Malfoy da, Slytherin'den arkadaşları dışında kimsenin onu duymadığını düşünerek, orada oturuyor olacaktı... Harry onun ardından görünmeden içeri girebilirse, neler görür ya da duyardı kim bilir? Evet, yolculuğun bitmesine çok az kalmıştı –camların yanından hızla geçen manzaranın yabanıllığına bakılırsa, Hogsmeade İstasyonu yarım saatten kısa mesafede olmalıydı– ama kendisinden başka kimse Harry'nin şüphelerini ciddiye almaya hazır değil gibiydi, öyleyse bu şüpheleri kanıtlamak da ona düşerdi.

"İkinizle sonra görüşürüz," dedi Harry, alçak sesle, Görünmezlik Pelerini'ni çıkartıp üzerine sardı.

"Ama sen ne –?" diye sordu Neville.

"Sonra!" diye fısıldadı Harry, Zabini'nin ardından mümkün olduğunca sessiz bir şekilde ok gibi atılarak. Oysa trenin zangırtısı, böylesi bir tedbiri adeta anlamsız kılıyordu.

Artık koridorlar neredeyse tümüyle boştu. Hemen hemen herkes okul cüppelerini giyip öteberilerini toplamak için vagonlarına dönmüştü. Zabini'ye, ona dokunmadan ne kadar yaklaşabilirse o kadar yaklaşan Harry, yine de Zabini kapıyı açınca süzülüp kompartımana girecek kadar süratli davranamadı. Zabini tam kapıyı kapatıyordu ki, Harry çabucak ayağını uzattı.

"Buna da ne oldu böyle?" dedi Zabini öfkeyle, bir yandan da kayan kapıyı arka arkaya Harry'nin ayağına vuruyordu.

Harry kapıyı tuttu, şiddetle itip açtı; hâlâ tokmağa sarılmış olan Zabini yanlamasına Gregory Goyle'un kucağına düştü ve bunu izleyen kargaşada Harry kompartımana daldı, Zabini'nin geçici olarak boş kalmış koltuğuna zıpladı, kendini bagaj rafına çekti. Neyse ki birbirlerine hırlayan Goyle ile Zabini, herkesin gözünü üstlerine çekmişti, çünkü Harry Pelerin dalgalandığında ayakları ile bileklerinin göründüğünden neredeyse emindi. Hatta, bir an Malfoy'un gözlerinin, hızla yukarı çıkıp gözden uzaklaşan spor ayakkabısını izlediğini sanarak dehşete kapılmıştı. Ama sonra Goyle kapıyı vurup kapattı, Zabini'yi de üstünden attı. Zabini, biraz hırpalanmış halde kendi koltuğuna yığıldı. Vincent Crabbe çizgi romanına döndü ve kıs kıs gülen Malfoy, başı Pansy Parkinson'un kucağında, sırtüstü iki koltuğa yattı. Harry, her santiminin örtülü kalmasını garantiye almak için rahatsız bir şekilde Pelerin'in altında kıvrıldı ve Pansy'nin, yüzünde sanki herkes onun yerinde olmak istermiş gibi aptalca bir gülümsemeyle, Malfoy'un ipek gibi parlak sarı saçlarını okşayarak alnından çektiğini gördü. Vagonun tavanından sallanan lambalar, bu sahneye parlak bir ışık düşürüyordu: Harry tam altındaki Crabbe'nin çizgi romanının her satırını okuyabiliyordu.

"Ee, Zabini," dedi Malfoy, "Slughorn ne istiyormuş?"

"Bütün istediği, iyi bağlantıları olan insanlara yaranmak," dedi Zabini, hâlâ gözlerinden ateşler saçıp Goyle'a bakarak. "Pek fazla bulamamış, o başka."

Bu bilgi Malfoy'u pek memnun etmişe benzemiyordu.

"Başka kimleri çağırmıştı?" diye sordu.

"Gryffindor'dan McLaggen'ı," dedi Zabini.

"Ha, evet, amcası Bakanlık'ta önemli biri," dedi Malfoy.

"– Belby diye başka biri, Ravenclaw'dan –"

"Yok canım, o gıcığın teki!" dedi Pansy.

"– ve Longbottom, Potter ve o Weasley denen kız," diye bitirdi Zabini.

Malfoy birden doğruldu, Pansy'nin elini kenara itti.

"*Longbottom*'ı mı davet etmiş?"

"Eh, öyle olsa gerek, Longbottom orada olduğuna göre," dedi Zabini kayıtsızca.

"Longbottom'ın nesi varmış Slughorn'un ilgisini çekecek?"

Zabini omzunu silkti.

"Potter, kıymetli Potter, belli ki *Seçilmiş Kişi*'ye bir göz atmak istedi," diye dudak büktü Malfoy, "ama Weasley denen o kız! *Onun* özel nesi var?"

"Ondan hoşlanan çok oğlan var," dedi Pansy, tepkisini görmek için göz ucuyla Malfoy'u süzerek. "Sen bile güzel olduğunu düşünüyorsun, değil mi, Blaise, ve senin ne kadar zor beğendiğini biliriz!"

"Nasıl olursa olsun, onun gibi pis bir kanı bozuğa elimi sürmem," dedi Zabini soğuk soğuk. Pansy bundan hoşnut göründü. Malfoy yeniden onun kucağına uzandı ve saçını okşamaya devam etmesine izin verdi.

"Eh, Slughorn'un zevkine acıdım. Belki de bunuyordur. Yazık, babam onun zamanında iyi bir büyücü olduğunu söylerdi. Babam da vaktiyle onun gözdelerinden biriymiş. Slughorn herhalde benim trende olduğumu duymadı, yoksa –"

"Ben olsam davet edilmeyi beklemem," dedi Zabini. "İlk gittiğimde bana Nott'un babasını sordu. Eski dostmuşlar, anlaşılan, ama onun Bakanlık'ta yakalandığını duyunca hiç memnun görünmedi ve Nott da davet edilmedi, değil mi? Slughorn'un Ölüm Yiyen'lerle ilgilendiğini sanmıyorum."

Malfoy öfkeli göründü ama pek keyifsiz, zoraki bir kahkaha attı.

"Eh, neyle ilgilendiğinden kime ne? Sonuçta düşünecek olursan, kim ki o? Sadece aptal bir öğretmen." Malfoy fiyakalı bir şekilde esnedi. "Yani, önümüzdeki yıl Hogwarts'ta olmayabilirim bile, onun gibi şişman, artık hükmü kalmamış bir ihtiyarın benden hoşlanıp hoşlanmaması umurumda mı?"

Malfoy'un saçlarını düzeltmeye hemen son veren Pansy, "Önümüzdeki yıl Hogwarts'ta olmayabilirim de ne demek?" diye sordu, öfkeyle.

"Eh, belli mi olur," dedi Malfoy, belli belirsiz yapmacık bir gülümsemeyle. "Belki de – ee – daha büyük ve iyi şeylere geçmiş olurum."

Pelerin'inin altında, bagaj rafında çömelmiş olan Harry'nin kalbi hızlı hızlı çarpmaya başladı. Ron ve Hermione buna ne diyeceklerdi bakalım? Crabbe ve Goyle, bön bön Malfoy'a bakıyorlardı; belli ki, daha büyük ve daha iyi şeylere geçme planından hiç haberleri yoktu. Zabini bile, mağrur çizgilerini bozacak meraklı bir ifade takınmıştı. Pansy, hayretler içinde, yeniden Malfoy'un saçını yavaş yavaş okşamaya girişti.

"Yani – *O* mu demek istiyorsun?"

Malfoy omzunu silkti.

"Annem eğitimimi tamamlamamı istiyor ama ben şahsen bu günlerde bu işin o kadar önemli olduğunu sanmıyorum. Yani, düşünün bir... Karanlık Lord yönetimi ele alınca herhangi birinin kaç tane S.B.D.'si ya da kaç F.Y.B.S.'si olduğuna aldıracak mı? Aldırmayacak tabii... önemli olan, aldığı hizmetin türü, ona gösterilen bağlılık düzeyi olacak."

"Ve sen onun için bir şey yapabileceğini düşünüyorsun, öyle mi?" diye sordu Zabini, lafını esirgemeden. "On altı yaşındayken ve henüz tam ehil olmadığın halde."

"Az önce söyledim, değil mi? Belki de ehil olup olmadığıma aldırmıyor. Belki de yapmamı istediği şey, insanın ehil olmasını gerektiren bir şey değil," dedi Malfoy usulca.

Crabbe ve Goyle, ağızları taş heykel gibi açılmış oturuyorlardı. Pansy ona, şimdiye kadar hiç bu kadar hayranlık verici bir şey görmemiş gibi bakıyordu.

"Hogwarts'ı görebiliyorum," dedi Malfoy. Kararmış pencereden dışarıya işaret ederken, yarattığı etkiden açıkça zevk almış görünüyordu. "Cüppelerimizi giysek iyi olur."

Harry Malfoy'a bakmakla öyle meşguldü ki, Goyle'un sandığını almaya uzandığını fark etmedi; Goyle sandığı aşağı savururken, sandık hızla Harry'nin başının kenarına çarptı. Harry elinde olmadan acıyla inledi ve Malfoy, kaşları çatık, başını kaldırarak bagaj rafına baktı.

Harry, Malfoy'dan korkmuyordu, ama düşman tavırlı bir grup Slytherin tarafından Görünmezlik Pelerini'nin altında saklanırken keşfedilme fikri gene de pek hoşuna gitmiyordu. Gözleri hâlâ sulanmış ve başı hâlâ zonklayarak, Pelerin'i açmamaya özen göstererek asasını çekti ve soluğunu tutarak bekledi. Neyse ki Malfoy, bu gürültüyü hayal ettiğine karar vermişe benziyordu; o da diğerleri gibi cüppesini giydi, sandığını kilitledi ve tren sarsılarak yavaşlarken boynuna yeni, kalın bir seyahat pelerini tutturdu.

Harry koridorların yeniden dolduğunu görebiliyordu, Hermione ve Ron'un onun eşyalarını da perona çıkaracaklarını ümit etti; kompartıman bütün bütün boşalana kadar, olduğu yerde takılıp kalacaktı besbelli. Nihayet, son bir sarsıntıyla tren tamamen durdu. Goyle kapıyı çekip açtı, kas marifetiyle bir ikinci sınıf kalabalığının arasına daldı, onları yumruklayarak yana savurmaya başladı; Crabbe ve Zabini de onu izledi.

Malfoy, sanki tutacağını umuyormuş gibi elini uzatmış bekleyen Pansy'ye, "Sen git," dedi. "Ben sadece bir şey kontrol etmek istiyorum."

Pansy çıktı. Şimdi Harry ve Malfoy kompartımanda yalnız kalmışlardı. İnsanlar sıralar halinde geçiyor, karanlık perona iniyorlardı. Malfoy kompartıman kapısına giderek, gerideki koridorda bulunan insanlar içeriyi gözleyemesin diye storları indirdi. Sonra sandığının üstüne eğilip onu yeniden açtı.

Harry kalbi biraz daha hızla çarparak bagaj rafının kenarından aşağıyı gözledi. Malfoy, Pansy'den ne saklamak istemişti? Tamir edilmesi o kadar önemli olan esrarengiz bozuk nesneyi görmek üzere miydi?

"Petrificus totalus!"

Harry neye uğradığını anlamadan, Malfoy asasını ona doğrulttu. Harry ânında felce uğradı. Ağır çekimle imiş gibi, bagaj rafından aşağı yuvarlandı ve ıstırap verici, döşemeyi sarsıcı bir çatırtıyla Malfoy'un ayaklarının dibine düştü. Görünmezlik Pelerini altına sıkıştı kaldı. Bütün bedeni ortaya çıkmıştı, bacakları diz çökme pozisyonunda gülünç şekilde kıvrılıp kalmış haldeydi. Tek bir kasını bile oynatamıyordu; sadece, gözlerini yukarı dikip ağzı kulaklarında gülümseyen Malfoy'a bakabiliyordu.

Malfoy, sevinçten uçarak, "Ben de öyle düşünmüştüm," dedi. "Goyle'un sandığının sana çarptığını duydum. Zabini geri döndükten sonra da beyaz bir şeyin havada uçtuğunu gördüm sanmıştım..." Gözleri bir an için Harry'nin spor ayakkabılarında durdu. "Sanırım Zabini geri döndüğünde kapıyı engelleyen de sendin, öyle mi?"

Bir an Harry'ye baktı.

"Önem verdiğim herhangi bir şey duymadın, Potter. Yine de hazır sen buradayken..."

Ve Harry'nin yüzüne kuvvetle bastı. Harry burnunun kırıldığını hissetti, her yere kan fışkırdı.

"Bu, babamdan. Şimdi, dur bakalım..."

Malfoy, Pelerin'i Harry'nin hareketsiz vücudunun altından çekip çıkardı ve üstüne attı.

"Tren Londra'ya dönene kadar seni bulacaklarını sanmıyorum," dedi usulca. "Görüşürüz, Potter.. ya da belki, görüşmeyiz."

Ve Malfoy, Harry'nin parmaklarını ezmeye özen göstererek, kompartımandan çıktı.

SEKİZİNCİ BÖLÜM

Snape'in Zaferi

Harry tek bir kasını bile oynatamıyordu. Orada, Görünmezlik Pelerini'nin altında öylece yatmış, kanın burnundan yüzüne sıcak sıcak, ıslak ıslak akışını hissediyor, az ötedeki koridordan gelen konuşmaları ve ayak seslerini dinliyordu. İlk aklına gelen, tren kalkmadan önce birisinin herhalde kompartımanları kontrol edeceği oldu. Ama hemen sonra, moral bozucu bir şeyi fark etti: biri kompartımana baksa bile, ne onu görebilir, ne de sesini duyabilirdi. En büyük umudu, birinin içeri girip onun üstüne basmasıydı.

Harry, Malfoy'dan hiç o an orada, sırt üstü dönmüş gülünç bir kaplumbağa gibi yatarken, burnundan akan kan mide bulandırıcı bir şekilde ağzına dolarken olduğu kadar nefret etmemişti. Kendini ne kadar aptalca bir duruma düşürmüştü... ve şimdi son ayak sesleri de giderek uzaklaşıyordu; herkes dışarıdaki karanlık peronda ilerliyordu; sandıkların yere sürtünüşünü ve konuşmaların uğultusunu duyabiliyordu.

Ron ve Hermione trenden onları beklemeden ayrıldığını düşüneceklerdi. Hogwarts'a varıp Büyük Salon'da yerlerini aldıkları, Gryffindor masasını birkaç kez gözleriyle taradıkları ve nihayet onun orada olmadığını anladıkları zaman ise, Harry şüphesiz Londra'ya dönüş yolunun yarısına varmış olacaktı.

Bir ses, bir homurtu çıkarmaya çalıştı, ama imkânsızdı. Sonra Dumbledore gibi bazı büyücülerin konuşmadan büyü yapabildiğini hatırlayıp, elinden düşmüş asasını Çağırmaya çalıştı, kafasının içinde tekrar tekrar *Accio asa!* dedi, ama hiçbir şey olmadı.

Gölün etrafındaki ağaçların hışırtısını duyabiliyordu sanki, uzaktaki bir baykuşun ötüşünü de, ama bir arama yürütüldüğüne dair ne bir işaret vardı, ne de (böyle bir şey umduğu için kendini birazcık küçümsüyordu ama) Harry Potter'ın nereye gittiğini merak eden, panik içinde sesler. Testral'lerin çektiği arabalardan oluşan konvoyun okula doğru ilerleyişini hayal edince üzerine bir ümitsizlik çöktü, şüphesiz Malfoy'un bulunduğu arabadan da kısık kahkahalar yükseliyor, Malfoy Slytherin'li arkadaşlarına Harry'ye saldırısını anlatıyor olurdu.

Tren sallanınca, Harry yuvarlanıp yan döndü. Şimdi tavan yerine koltukların tozlu altlarına bakıyordu. Lokomotif çalışınca yer titremeye başladı. Ekspres kalkıyordu ve kimsenin onun hâlâ orada olduğundan haberi yoktu...

Sonra birden Görünmezlik Pelerini'nin üzerinden uçtuğunu hissetti ve yukarıdan bir ses geldi: "N'aber Harry?"

Kırmızı bir ışık parladı ve Harry'nin bedeni donmuş halinden kurtuldu; iterek kendini daha saygın bir oturma pozisyonuna getirmeyi, yaralı yüzündeki kanı elinin tersiyle çabucak silmeyi ve başını kaldırmayı başardı. Tonks, az önce kaldırdığı Görünmezlik Pelerini ile tepesinde duruyordu.

"Buradan çabuk çıksak iyi olur," dedi, pencereleri buharla bulanıklaşan tren kalkarken. "Haydi, atlayacağız."

Harry aceleyle onun arkasından koridora çıktı. Tonks tren kapısını çekip açtı ve tren hızını artırırken altlarından kayıyor gibi görünen perona sıçradı. Harry de peşinden atladı, inişte biraz sendeledi, ama sonra toparlanıp doğruldu ve parlayan kırmızı lokomotifin giderek hızlanışını, virajı dönüşünü ve gözden kayboluşunu gördü.

Gece ayazı burnunun zonklamasını biraz dindirmişti. Tonks ona bakıyordu; Harry öyle gülünç bir durumda bulunduğu için kızgın ve utanç doluydu. Tonks sessizce ona Görünmezlik Peleri-ni'ni uzattı.

"Kim yaptı?"

"Draco Malfoy," dedi Harry acı acı. "Teşekkür ederim beni... şey..."

"Sorun değil," dedi Tonks, gülümsemeden. Harry'nin karanlıkta görebildiği kadarıyla, onunla Kovuk'ta karşılaştığı zamanki gibi açık kahverengi saçlı ve perişan görünümlüydü. "Hareket etmeden durursan burnunu düzeltebilirim."

Harry bu fikre pek de sıcak bakmıyordu; Şifa büyüleri konusunda daha fazla güvendiği revir görevlisi Madam Pomfrey'i ziyaret etmek niyetindeydi, ama bunu söylemek kabalık olacağından hiç kıpırdamadan durdu ve gözlerini yumdu.

"*Episkey*," dedi Tonks.

Harry'nin burnu önce çok ısındı, sonra çok soğudu. Elini kaldırıp burnunu dikkatle yokladı. Düzelmiş gibiydi.

"Çok teşekkürler!"

"O Pelerin'i yeniden üzerine geçir de beraber okula yürüyelim," dedi Tonks, hâlâ gülümsemeden. Harry Pelerin'i yeniden üzerine atarken, Tonks asasını salladı; asanın ucundan dört ayaklı gümüş rengi devasa bir yaratık fışkırdı ve hızla ilerleyerek karanlığa karıştı.

"O bir Patronus muydu?" diye sordu Harry. Daha önce Dumbledore'un bu şekilde mesaj gönderdiğini görmüştü.

"Evet, şatoya senin yanımda olduğunu haber veriyorum, yoksa endişelenirler. Haydi, oyalanmasak iyi olur."

Okula giden yola doğru yürümeye başladılar.

"Beni nasıl buldun?"

"Trenden çıkmadığını fark ettim, sende o Pelerin'in olduğunu da biliyordum. Bir sebepten dolayı saklanıyor olabileceğini düşündüm. O kompartımanda storların indirilmiş olduğunu görünce bir bakayım dedim."

"Bu arada, sen burada ne yapıyorsun?" diye sordu Harry.

"Artık Hogsmeade'de görevliyim, okula ek koruma sağlamak için," dedi Tonks.

"Sadece sen mi görevlisin, yoksa –"

"Hayır, Proudfoot, Savage ve Dawlish de buradalar."

"Dawlish, hani şu geçen yıl Dumbledore'un saldırdığı Seherbaz mı?"

"Evet, öyle."

Taze araba izlerini takip ederek, karanlık ve ıssız yoldan yukarı zar zor yürüdüler. Harry Pelerin'inin altından gözünün ucuyla Tonks'a baktı. Geçen yıl meraklı biriydi (hatta bazen bu yönü can sıkıcı bir hal alırdı), kolay gülerdi, espri yapardı. Şimdi ise daha yaşlı, çok daha ciddi ve kararlı görünüyordu. Bakanlık'taki olayın etkisiyle mi olmuştu bu? Hermione olsa ona Sirius konusunda teselli edici sözler etmeyi, onun suçu olmadığını söylemeyi önerirdi, diye düşündü huzursuzca ama bunu yapacak cesareti bulamadı. Sirius'un ölümünden onu suçladığı yoktu; Tonks'un bu konuda başkasından (hele ki ondan) daha fazla suçu yoktu, ama elinde olduğu sürece Sirius'tan bahsetmemeyi tercih ediyordu. Böylece ikisi gecenin içinde sessizce, Tonks'un uzun pelerininin arkalarında yere sürünerek çıkardığı fısıltı eşliğinde, ağır ağır yürüdüler.

Oraya hep arabayla gittiğinden, Harry daha önce hiç Hogwarts'ın Hogsmeade İstasyonu'ndan ne kadar uzak olduğunu fark etmemişti. Sonunda kapının iki yanında yükselen, tepelerinde kanatlı yabandomuzları bulunan yüksek sütunları gördüğünde çok rahatladı. Üşümüştü, acıkmıştı ve bu yeni, iç karartıcı Tonks'u arkada bırakmaya epey hevesliydi. Ama kapıyı itmek için elini uzattığında, kapalı olduğunu gördü.

"*Alohomora!*" dedi kendinden emin bir şekilde, asasını asma kilide doğrultarak, ama hiçbir şey olmadı.

"Bunlarda işe yaramaz o," dedi Tonks. "Dumbledore bunları bizzat büyüledi."

Harry etrafına bakındı.

"Duvara tırmanabilirim," dedi.

"Hayır, tırmanamazsın," dedi Tonks emin bir ses tonuyla. "Hepsinde davetsiz-misafir-savuşturucu büyüler var. Bu yaz güvenlik yüz kat sıkılaştırıldı."

"E iyi o zaman," dedi Harry, onun yardıma hiç yeltenmemesi üzerine hafiften kızmaya başlayarak, "herhalde burada uyuyup sabah olmasını bekleyeceğim öyleyse."

"Biri seni almaya geliyor," dedi Tonks. "Bak."

Uzakta, şatonun dibinde bir fener, bir aşağı bir yukarı sallanıyordu. Harry fenerin ışığını gördüğüne o kadar sevinmişti ki, Filch'in hırıltılı sesiyle geç kalma huyunu eleştirmesine de, birkaç başparmak sıkmasına izin verilse onu ne kadar dakikleştirebileceği yollu yakınmalarına da dayanabilirmiş gibi hissediyordu kendini. Ancak Harry görülebilsin diye Görünmezlik Pelerini'ni çıkarmış ve parlak sarı ışık ile aralarında üç metre kalmıştı ki, içinde kabaran katıksız bir nefret duygusuyla, Severus Snape'in ışık vuran kanca burnunu ve uzun, siyah, yağlı saçlarını tanıdı.

"Bak, bak, bak," dedi Snape pis pis gülümseyerek. Asasını çıkarıp asma kilide bir kere dokundu, kilidin zincirleri yılan gibi kayarak geri çekildi, kapının iki kanadı gıcırdayarak açıldı. "Lütfedip de geldin demek, Potter, ama anlaşılan okul cüppesi giymenin görünümüne kötü etkisi olacağına karar verdin."

"Üstümü değişemedim, yanımda –" diye başladı Harry, ama Snape araya girdi.

"Beklemene gerek yok, Nymphadora. Potter benim elimde gayet – hmm – güvende."

"Mesajı Hagrid'e göndermiştim aslında," dedi Tonks kaşlarını çatarak.

"Hagrid de Potter gibi ders yılı başlangıcı şölenine geç kaldı, o yüzden mesajı ben aldım. Bu arada," dedi Snape, Harry'nin yanından geçmesi için kenara çekilerek, "Yeni Patronus'unu gördüm, ilginç."

Kapıyı gürültüyle Tonks'un suratına kapattı ve tekrar asasıyla zincirlere dokundu. Zincirler kaydı, şakırdayarak eski halini aldı.

"Bence eskisi daha iyiydi," dedi Snape, sesinde apaçık bir hainlikle. "Yenisi zayıf görünüyor."

Snape'in elindeki fener sallanırken Harry bir an Tonks'un yüzünde bir şok ve kızgınlık ifadesi yakaladı. Sonra Tonks yeniden karanlığa gömüldü.

"İyi geceler," diye seslendi Harry ona omzunun üstünden, Snape ile birlikte okula doğru yürümeye başlayarak. "Teşekkürler... her şey için."

"Görüşürüz, Harry."

Snape aşağı yukarı bir dakika boyunca konuşmadı. Harry'ye vücudundan son derece güçlü nefret dalgaları yayılıyormuş gibi geliyordu, öyle ki Snape'in bu dalgaların sıcaklığını hissedip yanmaması ona inanılmaz görünüyordu. Harry zaten ilk karşılaşmalarından beri Snape'ten nefret etmişti, ama Snape asıl Sirius'a yönelik tavrıyla, sonsuza dek ve geri dönülmez biçimde Harry'nin bağışlayabileceği noktanın ötesine yerleştirmişti kendisini. Dumbledore ne derse desin, Harry'nin yazın düşünecek bol bol vakti olmuştu ve Sirius'un, öldüğü gece öyle fırlayıp Bakanlık'a gitmesinde Snape'in ettiği küçümseyici lafların, Zümrüdüanka Yoldaşlığı'nın diğer üyeleri Voldemort'la savaşırken onun güvenli bir yerde saklandığı sözlerinin önemli payı olduğuna kanaat getirmişti. Harry bu inanca sıkı sıkı tutunuyordu, bu sayede Snape'i suçlayabiliyordu, bu da ona tatmin edici geliyordu. Ayrıca eğer herhangi biri Sirius'un öldüğüne üzülmüyorsa, onun şu anda karanlıkta yanında yürüyen adam olduğunu da biliyordu.

"Geç kalma sebebiyle Gryffindor'dan elli puan, sanırım," dedi Snape. "Ve, dur bakayım, yirmi de Muggle kıyafetin için. Biliyor musun, yanılmıyorsam şimdiye kadar hiçbir bina ders yılının bu kadar başında eksiye düşmemişti – daha pudinge bile geçmedik. Bir rekor kırmış olabilirsin, Potter."

Harry'nin içinde kabaran öfke ve nefret akkor halini almıştı sanki, ama Snape'e neden geciktiğini söylemek yerine Londra'ya kadar hareketsiz yatmayı tercih ederdi.

"Herhalde görkemli bir giriş yapmak istedin, değil mi?" diye devam etti Snape. "Bu sefer elinin altında uçan bir araba da olmadığından, şölenin ortasında Büyük Salon'a dalmanın yeterince dramatik bir etki yaratacağına karar verdin."

Harry'nin patlamasına ramak kalmıştı ama, yine sesini çıkarmadı. Snape'in onu almaya bunun için, başka kimse dinlemiyorken Harry'yi didikleyip ona eziyet edebileceği birkaç dakika için geldiğini biliyordu.

Sonunda şatonun basamaklarına ulaştılar. Büyük meşe kapının kanatları bayraklarla bezeli muazzam Giriş Salonu'na doğru savrularak açılınca, Büyük Salon'un açık kapısından gelen konuşma ve kahkaha sesleri, tabak ve bardak çıngırtıları karşıladı onları. Harry Görünmezlik Pelerini'ni tekrar üstüne geçirip uzun Gryffindor masasındaki (talihsiz bir şekilde, Giriş Salonu'na en uzak masaydı bu) yerine fark edilmeden oturup oturamayacağını merak etti.

Ancak Snape, sanki Harry'nin zihnini okumuşçasına, "Pelerin yok," dedi. "İçeri yürü ki herkes seni görebilsin, zaten eminim istediğin de buydu."

Harry hemen oracıkta döndü ve doğruca açık kapıdan içeri yürüdü: Snape'ten uzaklaşmak için her şeye katlanabilirdi. Dört uzun bina masası ve odanın karşı tarafındaki öğretmenler masasıyla Büyük Salon, her zamanki gibi havada asılı mumlarla donatılmıştı; altlarındaki tabaklar mumların ışığında parlıyordu. Ancak bunların hepsi Harry için titrek titrek ışıldayan bulanık bir görüntüden ibaretti. O kadar hızlı yürüyordu ki insanlar dönüp ona bakmadan önce Hufflepuff masasını geçmişti bile; onu doğru dürüst görebilmek için ayağa kalkmaya başladıklarında ise Ron ile Hermione'yi görmüş, sıraların yanından hızla onlara doğru ilerlemiş ve aralarına sıkışmıştı.

"Sen nerede kal – vay canına, yüzüne ne yaptın öyle?" dedi Ron, civardaki herkes gibi kocaman açılmış gözlerle ona bakarak.

"Neden, nesi var ki?" dedi Harry. Eline bir kaşık aldı ve gözlerini kısarak eğri büğrü yansımasına baktı.

"Yüzün gözün kan olmuş!" dedi Hermione. "Gel buraya –"

Asasını kaldırdı ve "*Tergeo!*" deyip kurumuş kanı çekip aldı.

"Sağol," dedi Harry, şimdi temizlenmiş yüzüne dokunarak. "Burnum nasıl görünüyor?"

"Normal," dedi Hermione kaygıyla. "Niye normal olmasın ki? Harry, ne oldu, meraktan öldük!"

"Sonra anlatırım," diye kestirip attı Harry. Ginny, Neville, Dean ve Seamus'un kulak kabarttıklarının farkındaydı; Gryffindor hayaleti Neredeyse Kafasız Nick bile çaktırmadan dinlemek üzere sıranın üzerinde süzülerek yaklaşmıştı.

"Ama –" dedi Hermione.

"Şimdi olmaz, Hermione," dedi Harry, esrarlı bir sesle. Onun kahramanlık kabilinden bir şey, tercihen de bir iki Ölüm Yiyen ve bir Ruh Emici'nin dahil olduğu bir olay yaşamış olduğunu sanmalarını umuyordu. Tabii ki Malfoy hikâyeyi elinden geldiğince yayacaktı, ama yine de hikâyenin çok fazla Gryffindor'un kulağına gitmemesi ihtimali her zaman vardı.

İki tavuk budu ve bir avuç patates kızartması almak için Ron'un önünden uzandı, ama daha o alamadan kayboluverdiler ve yerlerine pudingler geldi.

"Bu arada Seçim'i kaçırdın," dedi Hermione, Ron büyük bir çikolatalı pastaya uzanırken.

"Şapka ilginç bir şey söyledi mi?" diye sordu Harry, bir parça meyveli pasta alarak.

"Yine aynı şeyler, aslına bakarsan... düşmanlarımızın karşısında birlik olmamızı falan öğütledi."

"Dumbledore Voldemort'tan hiç bahsetti mi?"

"Daha değil, ama zaten asıl konuşmasını hep şölenden sonrasına saklar, değil mi? Ona da çok kalmış olamaz."

"Snape dedi ki Hagrid şölene geç kalmış –"

"Snape'i mi gördün? Nasıl oldu bu?" dedi Ron, çılgıncasına ağzına tıktığı pastaların arasından.

"Yolda rastladım," diye geçiştirdi Harry.

"Hagrid sadece birkaç dakika gecikti," dedi Hermione. "Bak, sana el sallıyor, Harry."

Harry dönüp öğretmenler masasına baktı ve gerçekten de ona el sallamakta olan Hagrid'e sırıttı. Hagrid, Gryffindor Binası'nın Başkanı Profesör McGonagall gibi saygın hareket etmeyi hiçbir zaman tam olarak başaramamıştı; Hagrid'in yanında oturan ve başının tepesi anca onun dirseğiyle omzu arasında bir yere gelen McGonagall, bu heyecanlı selamlamayı onaylamayan bir ifadeyle izliyordu. Harry, Hagrid'in öbür yanında Kehanet öğretmeni Profesör Trelawney'nin oturduğunu görünce şaşırdı; kuledeki odasından nadiren çıkardı ve Harry daha önce onu ders yılı başlangıcı şöleninde hiç görmemişti. Her zamanki gibi tuhaf görünüyordu: ışıl ışıl boncuklar takmış, upuzun şallarla örtünmüştü; gözlüklerinin arkasında gözleri devasa görünüyordu. Onun her zaman hafiften sahtekâr olduğunu düşünmüş olan Harry, geçen ders yılının sonunda, Lord Voldemort'un annesiyle babasını öldürmesine ve kendisine saldırmasına yol açan öngörüyü onun yapmış olduğunu öğrenince şoke olmuştu. Bu bilgi Harry'nin onun yakınında bulunmayı daha da az istemesine yol açmıştı, ama neyse ki bu yıl Kehanet'i bırakıyordu. Profesör Trelawney'nin kocaman ikaz lambası gibi gözleri ona doğru dönünce Harry çabucak gözlerini Slytherin masasına doğru çevirdi. Draco Malfoy kulak tırmalayıcı kahkahalar ve alkışlar eşliğinde burun kırma hareketini canlandırıyordu. Harry yine kan beynine sıçramış halde, bakışlarını meyveli pastasına indirdi. Malfoy ile teke tek dövüşmek için neler vermezdi...

"Ee, Profesör Slughorn ne istiyormuş?" diye sordu Hermione.

"Bakanlık'ta aslında neler olduğunu öğrenmek," dedi Harry.

"Diğer herkes gibi," dedi Hermione burnunu çekerek. "İnsanlar bizi trende bu konuda sorguya çekip durdular, değil mi Ron?"

"Evet," dedi Ron. "Hepsi de senin gerçekten Seçilmiş Kişi olup olmadığını bilmek istiyor –"

"Bu mesele epey sohbet konusu oldu, hayaletler arasında bile," diye araya girdi Neredeyse Kafasız Nick, bedenine cılız bir bağlantıyla tutunan kafasını Harry'ye doğru eğip yakasının üstünde tehlikeli bir şekilde sallanmasına yol açarak. "Ben bir tür Potter otoritesi sayılıyorum; yakın olduğumuz çoğu tarafından biliniyor. Ancak ruhlar topluluğuna da söyledim, bilgi almak için senin başının etini yemeyeceğimi. 'Harry Potter bana sırlarını güvenle açabileceğini bilir,' dedim onlara. 'Onun güvenine ihanet edeceğime ölürüm daha iyi.'"

"E ne olmuş ki, sen zaten ölüsün," diye gözlemledi Ron.

"Her zamanki gibi, kör bir baltanın inceliğine sahipsin," dedi Neredeyse Kafasız Nick gücenmiş bir ses tonuyla, sonra da havalanıp Gryffindor masasının öbür ucuna doğru süzüldü. Tam o sırada öğretmenler masasında Dumbledore ayağa kalktı. Salon'da yankılanan konuşma ve kahkahalar anında kesildi.

"Hepinize çok çok iyi akşamlar!" dedi, kocaman gülümseyerek. Kollarını bütün odayı kucaklar gibi açmıştı.

"Eline ne olmuş öyle?" dedi Hermione, soluğunu tutarak.

Fark eden tek kişi o değildi. Dumbledore'un sağ eli, Harry'yi Dursley'lerden almaya geldiği geceki kadar kararmış ve ölü görünüyordu. Odada dolaşmaya başlayan fısıltıları doğru yorumlayan Dumbledore, gülümseyip kolunun mor ve altın rengi yenini elinin üzerine örtmekle yetindi.

"Endişelenecek bir şey yok," dedi ciddiye almaksızın. "Şimdi, yeni öğrencilerimize, hoş geldiniz; eski öğrencilerimize ise, tekrar hoş geldiniz! Sihir eğitimiyle dolu yeni bir yıl sizleri bekliyor..."

"Onu yazın gördüğümde de eli böyleydi," diye fısıldadı Harry, Hermione'ye. "Şimdiye kadar tedavi etmiş olur diye düşünmüştüm ama... ya da Madam Pomfrey tedavi etmiş olur diye."

"Ölmüş gibi görünüyor," dedi Hermione, midesi bulanmış gibi. "Ama tedavi edemeyeceğin bazı yaralar var... eski lanetler... ve panzehirleri olmayan zehirler..."

"...ve Mr Filch, hadememiz, Weasley Büyücü Şakaları adlı dükkândan alınmış şaka eşyalarının tamamının yasak olduğunu söylememi rica etti.

"Binalarının Quidditch takımında oynamayı isteyenler, her zamanki gibi Bina Başkanları'na isimlerini yazdırmalılar. Ayrıca yeni Quidditch anlatıcıları da arıyoruz ve onlar için de aynısı geçerli.

"Bu yıl aramıza yeni bir öğretmenin katılmasından memnuniyet duyuyoruz. Profesör Slughorn," Slughorn ayağa kalktı, kel kafası mum ışığında parlıyor, yelekli koca göbeği masaya gölge düşürüyordu, "benim eski bir iş arkadaşım, kendisi bu yıl eski görevi olan İksir hocalığına dönmeyi kabul etti."

"İksir mi?"

"*İksir* mi?"

İnsanlar doğru duyup duymadıklarını merak ederken, bu sözcük bütün Salon'da yankılandı.

"İksir mi?" dedi Ron ve Hermione aynı anda, dönüp Harry'ye bakarak. "Ama sen demiştin ki –"

"Bu arada, Profesör Snape de," dedi Dumbledore, bütün fısıldaşmaların üzerinden kendini duyurabilmek için sesini yükselterek, "Karanlık Sanatlara Karşı Savunma öğretmenliğini devralacak."

"Hayır!" Harry bunu o kadar yüksek sesle söylemişti ki bir sürü baş ona doğru döndü. Umurunda değildi; öfkeli öfkeli öğretmenler masasına bakıyordu. Bunca zaman sonra nasıl olur da Snape'e Karanlık Sanatlara Karşı Savunma hocalığı verilebilirdi? Dumbledore'un ona bu iş konusunda güvenmediği yıllardır bilinmiyor muydu?

"Ama Harry, Slughorn'un Karanlık Sanatlara Karşı Savunma dersini vereceğini söylemiştin!" dedi Hermione.

"Ben öyle sanıyordum!" dedi Harry, Dumbledore'un bunu

ona ne zaman söylediğini hatırlamak için hafızasını zorlayarak. Ama şimdi düşününce, Dumbledore'un ona Slughorn'un hangi dersi vereceğini söylediğini hatırlayamıyordu.

Dumbledore'un sağında oturan Snape, adı söylendiğinde ayağa kalkmadı, Slytherin masasından yükselen alkışa karşılık elini kaldırmakla yetindi sadece. Ancak Harry o çok nefret ettiği yüz hatlarında bir zafer ifadesi seçebildiğinden emindi.

"Eh, en azından bunun iyi bir tarafı da var," dedi hiddetle. "Snape yıl sonunda gitmiş olacak."

"Nasıl yani?" diye sordu Ron.

"O iş lanetli: Kimse bir yıldan fazla dayanamadı.... Hatta Quirrell o görevdeyken öldü. Bana sorarsanız, ikinci bir ölümü ümit ediyorum..."

"Harry!" dedi Hermione, şok içinde ve ayıplayarak.

"Yıl sonunda İksir öğretmeye de dönebilir sadece," dedi Ron mantıklı mantıklı. "Şu Slughorn uzun vadeli kalmak istemeyebilir. Moody istememişti."

Dumbledore boğazını temizledi. Konuşanlar sadece Harry, Ron ve Hermione değildi; Snape'in öteden beri yürekten arzuladığı şeye sonunda kavuştuğu haberi üzerine, bütün Salon'da bir uğultudur başlamıştı. Az önce verdiği haberin ne kadar sansasyonel olduğunun hiç farkında değilmiş gibi görünen Dumbledore, öğretmen atamalarıyla ilgili başka hiçbir şey söylemedi. Onun yerine, lafına devam etmeden önce tam sessizliğin sağlanması için birkaç saniye bekledi.

"Şimdi, bu Salon'daki herkesin bildiği üzere, Lord Voldemort ve müritleri yeniden serbestler ve giderek güçleniyorlar."

Dumbledore konuşurken sessizlik gerilmiş gerilmiş kopacak hale gelmişti sanki. Harry gözlerini Malfoy'a kaydırdı. Malfoy Dumbledore'a bakmıyor, Müdür'ün sözlerini dikkate değer bulmuyormuş gibi asasıyla çatalını havada gezdiriyordu.

"Şu anki durumun ne kadar tehlikeli olduğunu ve Hogwarts'ta güvenliğimizi sağlamak için hepimizin ne kadar dikkatli olmamız gerektiğini layıkıyla vurgulamama imkân yok. Şatonun sihirsel savunmaları yazın daha da güçlendirildi, artık yeni ve daha güçlü şekillerde korunuyoruz, yine de öğrenci ve öğretmen dikkatsizliğinden ihtimamla korunmalıyız. Bu yüzden hepinizi, ne kadar usandırıcı gelirse gelsin öğretmenlerinizin uygulatacağı güvenlik kısıtlamalarına uymaya davet ediyorum – özellikle de geç saatlerde yataktan çıkmamanız kuralına. Sizden rica ediyorum, şatonun içinde ya da dışında tuhaf ya da şüpheli bir şey fark ederseniz, derhal bir okul görevlisine bildirin. Her zamanki gibi, hem kendi güvenliğinize, hem de birbirinizin güvenliğine en büyük özeni gösterecek şekilde hareket edeceğiniz konusunda size güveniyorum."

Dumbledore, mavi gözleriyle öğrencileri taradıktan sonra bir kez daha gülümsedi.

"Ama şimdi, yataklarınız sizi bekliyor, hayal edebileceğiniz kadar sıcak ve rahat ve ben en büyük önceliğinizin yarınki derslerden önce yeterince dinlenmek olduğunu biliyorum. O sebeple de, haydi artık iyi geceler diyelim! Haydi yatağa!"

Her zamanki sağır edici gıcırtılarla, sıralar arkaya itildi ve yüzlerce öğrenci yatakhanelerine gitmek için Büyük Salon'dan çıkmaya başladılar. Ona ağızları bir karış açık bakan kalabalıkla birlikte dışarı çıkmaya ya da Malfoy'a burun-ezme öyküsünü bir daha anlatmasına sebep olacak kadar yaklaşmaya hiç de hevesli olmayan Harry, spor ayakkabısının bağcığını bağlıyormuş numarası yaparak arkada bekledi, bu arada Gryffindor'ların çoğu da yanından geçip gitti. Hermione birinci sınıflara rehberlik etme şeklindeki sınıf başkanlığı görevini yerine getirmek için fırlayıp gitmişti bile, ama Ron Harry ile kaldı.

"Gerçekten burnuna ne oldu, Harry?" diye sordu, itiş kakış Salon'dan dışarı çıkmaya çalışan kalabalığın en arkasında kaldıktan ve herkesin işitme mesafesinden çıktıktan sonra.

Harry anlattı. Ron'un gülmemesi, arkadaşlıklarının ne kadar güçlü olduğunun bir göstergesiydi.

"Malfoy'u bir burunla ilgili bir şeyler taklit ederken görmüştüm," dedi Ron, üzüntüyle.

"Evet, neyse, onu boş ver," dedi Harry acı acı. "Asıl benim orada olduğumu keşfetmeden önce söylediklerini dinle..."

Harry onun Malfoy'un böbürlenmelerini duyunca apışıp kalacağını düşünmüştü. Ancak ona su katılmamış dik kafalılık gibi görünen bir tavırla, Ron anlattıklarından pek etkilenmedi.

"Yapma, Harry, sadece Parkinson'a hava atıyormuş işte... Kim-Olduğunu-Bilirsin-Sen ona ne tür bir görev vermiş olabilir ki?"

"Voldemort'un Hogwarts'tan birine ihtiyacı olmadığını nereden biliyorsun? İlk olmazdı –"

"Keşke o adı söyleyip durmasan, Harry," dedi arkalarından bir ses, serzenişle. Harry dönüp arkasına baktığında Hagrid'in başını iki yana salladığını gördü.

"Dumbledore o adı kullanıyor ama," dedi Harry inatla.

"Ya, evet de, yani o Dumbledore, di mi?" dedi Hagrid gizemli bir edayla. "Ee, ne oldu da geç kaldın, Harry? Endişelendim."

"Trende işim çıktı," dedi Harry. "Peki *sen* niye geç kaldın?"

"Grawp'la beraberdim," dedi Hagrid mutlu mutlu. "Vaktin nasıl geçtiğini anlamamışım. Şimdi dağlarda yeni bir evi var, Dumbledore ayarladı – büyük güzel bir mağara. Orman'da olduğundan çok daha mutlu orada. Sohbeti ilerlettik."

"Gerçekten mi?" dedi Harry, Ron ile göz göze gelmemeye özen göstererek; Hagrid'in üvey kardeşiyle son karşılaştığında, ağaçları köklerinden sökme gibi bir beceriye sahip olan bu hırçın devin kelime haznesi beş sözcükten ibaretti – ki onların da ikisini doğru dürüst telaffuz edemiyordu.

"Ya, evet, cidden gelişme gösterdi," dedi Hagrid gururla. "Görsen hayret edersin. Onu asistanım olarak yetiştirmeyi düşünüyorum."

Ron bir kahkaha patlatır gibi oldu ama son anda bunu şiddetli bir hapşırık olarak yutturmayı başardı. Şimdi meşe ön kapının yanında duruyorlardı.

"Neyse, sizinle yarın görüşürüz, ilk ders öğle yemeğinden hemen sonra. Erken gelin de Şah– aman yani, Solgunkanat'a merhaba deyin!"

Kolunu kaldırıp neşeyle veda ettikten sonra, kapıdan çıkıp karanlığa doğru ilerledi.

Harry ve Ron birbirlerine baktılar. Harry, Ron'un içinin de kendisininki gibi burkulduğunu anlamıştı.

"Sihirli Yaratıkların Bakımı dersini almıyorsun, değil mi?"

Ron başını iki yana salladı.

"Sen de almıyorsun, değil mi?"

Harry de başını iki yana salladı.

"Ya Hermione," dedi Ron, "o da almıyor, değil mi?"

Harry yine başını hayır anlamına salladı. Hagrid en sevdiği üç öğrencisinin dersini bıraktığını fark ettiğinde ne diyecekti, düşünmek bile istemiyordu.

DOKUZUNCU BÖLÜM

Melez Prens

Harry ve Ron, ertesi sabah kahvaltıdan önce Hermione ile ortak salonda buluştular. Teorisi için biraz destek arayan Harry, Malfoy'un Hogwarts Ekspresi'nde söylediklerini Hermione'ye anlatmakta hiç vakit kaybetmedi.

Daha Hermione bir şey söyleyemeden, Ron, "Ama belli ki Parkinson'a gösteriş yapıyormuş, değil mi?" diye lafın arasına girdi.

"Eh," dedi Hermione kararsızca, "Bilmiyorum... Kendini olduğundan önemli göstermek, Malfoy'a yakışan bir şey... ama o da fazla büyük bir yalan olurmuş..."

"Aynen," dedi Harry, ama fikrini vurgulayamadı, çünkü bir sürü insan gözlerini dikip bakmak ve ellerini siper edip fısıldaşmak bir yana, düpedüz konuşulanlara kulak da kabartıyordu.

Portre deliğinden dışarı çıkmak için sıraya girdikleri sırada Ron minicik bir birinci sınıf öğrencisini, "Ayıp, ayıp, parmakla gösterilmez," diye tersledi. Elini ağzına siper etmiş, arkadaşına Harry hakkında bir şeyler mırıldanan oğlan ânında kıpkırmızı oldu ve o telaşla delikten dışarı yuvarlandı. Ron kıs kıs güldü.

"Altıncı sınıf olmayı seviyorum. Hem bu yıl boş vaktimiz de olacak. Burada oturup rahatlayabileceğimiz uzun uzun ders saatleri."

Koridordan aşağı inerlerken Hermione, "O boş vakte çalışmak için ihtiyacımız olacak, Ron," dedi.

"Evet, ama bugün değil," dedi Ron, "bugün gerçek bir uyku günü olacak diyorum."

"Dur bakalım!" dedi Hermione. Kolunu uzatıp yanından geçen ve elinde sıkı sıkıya tuttuğu bir limon yeşili diskle birlikte sıvışmaya çalışan bir dördüncü sınıf öğrencisini durdurdu. "Köpekdişli Frizbiler yasak, ver onu buraya," dedi çocuğa sert sert. Suratını asan oğlan, hırlayan Frizbi'yi uzattı, eğilip Hermione'nin kolunun altından geçti ve arkadaşlarının peşinden koşup gitti. Ron onun gözden kaybolmasını bekledi, sonra da Frizbi'yi Hermione'den çekip aldı.

"Mükemmel, hep bunlardan bir tane istemişimdir."

Hermione'nin protestosunu, gürültülü bir kıkırdama bastırdı. Belli ki Lavender Brown, Ron'un söylediğini son derece komik bulmuştu. Yanlarından geçerken gülmeye devam etti, omzunun üstünden Ron'a bakmayı da sürdürdü. Ron kendinden hayli hoşnut görünüyordu.

Büyük Salon'un tavanı berrak bir maviydi, üzerinde çizgi çizgi, narin, ince bulutlar vardı; tıpkı tirizli ve yüksek pencerenin karelerinden görülen gökyüzü gibi. Yulaf lapasını, yumurta ve pastırmayı iştahla yerlerken Harry ve Ron, Hermione'ye Hagrid'le bir akşam önce aralarında geçen iç daraltıcı konuşmayı anlattılar.

Üzgün görünen Hermione, "Ama bizim Sihirli Yaratıkların Bakımı'na devam edeceğimizi cidden düşünüyor olamaz herhalde!" dedi. "Yani, hangimiz ne zaman... hani... heves gösterdi ki?"

"Mesele de bu ama, değil mi?" dedi Ron, yağda pişmiş bütün bir yumurtayı tek lokmada yutarken. "Sınıfta en fazla çaba gösterenler bizdik, çünkü Hagrid'i seviyoruz. Ama o sanıyor ki o aptal *dersi* sevdik. Sizce F.Y.B.S.'de bu dersi alan olacak mı?"

Harry de cevap vermedi, Hermione de; gerek yoktu. Onların sınıfındaki kimsenin Sihirli Yaratıkların Bakımı'na devam etmek istemeyeceğini biliyorlardı. Hagrid'le göz göze gelmekten kaçınmışlar ve o on dakika sonra öğretmenler masasından kalktığında, neşeli el sallayışına gönülsüzce karşılık vermişlerdi.

Yemek yedikten sonra yerlerinde kaldılar, Profesör McGonagall'ın öğretmenler masasından inmesini beklediler. Çizelgelerin dağılımı, bu yıl her zamankinden daha karmaşıktı, çünkü Profesör McGonagall her şeyden önce herkesin seçtiği F.Y.B.S.'ler için gereken S.B.D. notlarına sahip olup olmadığını kontrol etmek istemişti.

Seçtiği Tılsım, Karanlık Sanatlara Karşı Savunma, Biçim Değiştirme, Bitkibilim, Aritmansi, Eski Yazılar ve İksir dersleri hemen onaylanan Hermione, hiç oyalanmaksızın birinci dersteki Eski Yazılar sınıfının yolunu tuttu. Neville'in işinin hallolması daha uzun sürdü; Profesör McGonagall onun başvurusuna bakıp sonra da S.B.D. sonuçlarını kontrol ederken, yuvarlak yüzü endişe içindeydi.

"Bitkibilim, tamam," dedi Profesör McGonagall. "Bir 'Olağanüstü' S.B.D.'n olduğuna göre, Profesör Sprout dönmene çok sevinecek. 'Beklenenin Üstünde' ile, Karanlık Sanatlara Karşı Savunma'ya da hak kazanıyorsun. Sorun, Biçim Değiştirme'de. Kusura bakma, Longbottom, ama F.Y.B.S. düzeyine geçmek için 'Uygun' sahiden de yeterli değil. Bu dersin yüküyle başa çıkabileceğini sanmıyorum."

Neville başını önüne eğdi. Profesör McGonagall kare biçimindeki gözlüklerinin arkasından onu süzdü.

"Hem Biçim Değiştirme'ye neden devam etmek istiyorsun ki? Bu dersi özel olarak sevdiğin gibi bir izlenime kapılmamıştım hiç."

Neville perişan görünüyordu, "büyükannem istiyor" gibilerden bir şey mırıldandı.

"Hıh," diye burnundan soludu Profesör McGonagall. "Büyükannenin, sahip olması gerektiğini sandığı torun yerine sahip olduğu torunla gurur duymasının vakti gelmiş de geçiyor bile – özellikle Bakanlık'ta olanlardan sonra."

Neville pespembe oldu ve kafası karışmış bir şekilde gözlerini kırpıştırdı; Profesör McGonagall daha önce ona hiç iltifat etmemişti.

"Üzgünüm, Longbottom ama seni F.Y.B.S. sınıfıma alamam. Ancak, görüyorum ki, Tılsım'da bir 'Beklenenin Üstünde'n varmış – neden Tılsım'da bir F.Y.B.S. denemiyorsun?"

"Ninem Tılsım'ın zayıf bir tercih olduğunu düşünüyor," diye mırıldandı Neville.

"Tılsım al," dedi Profesör McGonagall, "ben de Augusta'ya bir iki satır yazıp, sırf o Tılsım S.B.D.'sinden kaldı diye bu dersin ille de değersiz olması gerekmediğini hatırlatırım." Neville'in yüzündeki sevinçli hayret ifadesi karşısında hafifçe gülümseyen Profesör McGonagall, boş bir çizelgeye asasının ucuyla dokundu ve artık üzerinde yeni derslerine dair ayrıntıları taşıyan çizelgeyi Neville'e verdi.

Profesör McGonagall sonra Parvati Patil'e döndü. Patil'in ilk sorusu yakışıklı At-Adam Firenze'nin hâlâ Kehanet dersi verip vermediği oldu.

Profesör McGonagall, biraz onaylamaz bir ses tonuyla, "O ve Profesör Trelawney bu yıl dersleri aralarında bölüşüyorlar," dedi; Kehanet dersini küçük gördüğünü herkes bilirdi. "Altıncı sınıflara Profesör Trelawney ders veriyor."

Parvati beş dakika sonra, birazcık bozum olmuş halde, Kehanet'in yolunu tuttu.

"Eveet, Potter, Potter..." dedi Profesör McGonagall, Harry'ye dönerken notlarına bir göz atarak. "Tılsım, Karanlık Sanatlara Karşı Savunma, Bitkibilim, Biçim Değiştirme... hepsi tamam. Biçim Değiştirme notundan memnun kaldığımı söylemeliyim Potter, çok memnun kaldım. İyi de niye İksir'e devam etmek için başvurmadın? Ben senin amacın Seherbaz olmak sanıyordum."

"Öyleydi ama siz bana S.B.D.'mde 'Olağanüstü' almam gerektiğini söylediniz, Profesör."

"İksir dersini Profesör Snape verirken öyleydi. Ancak Profesör Slughorn, 'Beklenenin Üstünde' S.B.D.'leri olan F.Y.B.S. öğrencilerini de memnuniyetle kabul ediyor. İksir'e devam etmek ister misin?"

"Evet," dedi Harry, "ama kitap almadım, malzeme almadım, hiçbir şeyim yok –"

"Eminim ki Profesör Slughorn sana ödünç verebilir," dedi Profesör McGonagall. "Pekâlâ, Potter, işte çizelgen. Ha, unutmadan – yirmi aday şimdiden Gryffindor Quidditch takımı için adlarını yazdırdı. Sırası gelince listeyi veririm, senin için uygun bir zamanda seçmeleri yaparsın."

Birkaç dakika sonra Ron da Harry ile aynı dersler için onay almıştı, ikisi masayı birlikte terk ettiler.

"Bak," dedi Ron sevinçle, çizelgesine göz gezdirerek, "şimdi bir boş dersimiz var... teneffüsten sonra bir boş dersimiz daha... ve öğle yemeğinden sonra bir tane daha... *mükemmel*!"

Aralarında Katie Bell'in de bulunduğu beş altı tane yedinci sınıf öğrencisi dışında boş olan ortak salona döndüler. Katie, Harry'nin birinci sınıftayken katıldığı ilk Gryffindor Quidditch takımından kalan tek oyuncuydu.

"Onu sen alırsın diye düşünmüştüm, aferin," diye seslendi, Harry'nin göğsündeki Kaptan rozetini işaret ederek. "Seçme yapacağın zaman bana da söyle!"

"Saçmalama," dedi Harry, "senin seçmeye katılmana gerek yok. Beş yıldır senin oynayışını izliyorum..."

Katie, "Böyle başlamaman gerek," diye uyardı onu. "Nereden biliyorsun ki, orada benden iyi biri olabilir. Kaptanlar sadece eski yüzleri oynattığı ya da takıma arkadaşlarını aldıkları için daha önce de birçok iyi takım mahvolmuştur..."

Ron biraz tedirgin olmuş göründü ve Hermione'nin dördüncü sınıftaki çocuktan aldığı Köpekdişli Frizbi ile oynamaya başladı. Frizbi ortak salonda vınlayarak dolaştı, hırladı, goblenden ısırık almaya kalkıştı. Sarı gözleriyle onu izleyen Crookshanks, Frizbi fazla yakına geldiğinde tısladı.

Bir saat sonra dört kat aşağıdaki Karanlık Sanatlara Karşı Savunma dersine gitmek için güneşli ortak salonu istemeye istemeye terk ettiler. Kolu-kucağı kitaplarla dolu ve haddinden fazlasını yüklenmiş görünen Hermione kuyruğa girmişti bile.

Harry ve Ron yanına gelince, kaygıyla, "Eski Yazılar için öyle çok ev ödevimiz var ki," dedi, "neredeyse kırk santimlik bir deneme, iki çeviri var, üstelik bunları da Çarşamba'ya kadar okumam gerek!"

"Yazık," diye esnedi Ron.

"Dur sen," dedi Hermione gücenmiş bir edayla. "İddiaya girerim ki Snape de bize çok ödev verecek."

O konuşurken sınıf kapısı açıldı, soluk yüzü her zamanki gibi yağlı siyah saçlarının oluşturduğu iki perdeyle çerçevelenmiş olan Snape koridora adım attı. Kuyruğa hemen sessizlik çöktü.

"İçeri," dedi Snape.

"Kitaplarınızı çıkarın demedim," diye uyardı Snape, masasının arkasına gidip sınıfa dönmeden önce kapıyı kapatarak. Hermione, *Yüzsüz Olanla Yüzleşmek* kitabını telaşla çantasına attı, çantayı da iskemlesinin altına yerleştirdi. "Sizinle konuşmak istiyorum ve bütün dikkatinizi bana vermenizi istiyorum."

Kara gözleri, kendine çevrilmiş yüzlerinde dolaştı, Harry'ninkinde diğerlerinden bir an daha uzun kaldı.

"Bugüne kadar bu derste beş öğretmeniniz oldu, sanırım."

"Sanırsın ha... sanki bir sonraki öğretmen olmayı ümit ederek hepsinin gelip gidişini gözlememişsin gibi, Snape," diye düşündü Harry acı acı.

"Doğal olarak, bütün bu öğretmenlerin kendi yöntemleri ve öncelikleri vardı. Bu kargaşa içinde içinizden bu kadar çok kişinin bu dersten S.B.D. koparmanıza şaşıyorum. Çok daha ileri olacak F.Y.B.S. çalışmalarıyla hepiniz başa çıkabilirseniz, buna daha da fazla şaşıracağım."

Snape, daha alçak sesle konuşarak odanın çevresinde yürümeye koyuldu; çocuklar onu gözden kaybetmemek için boyunlarını uzattılar.

"Karanlık Sanatlar'ın," dedi Snape, "sayısı çoktur, çeşit çeşittirler, her an değişirler ve ebedidirler. Onlarla mücadele etmek, boyunlarından biri her koparıldığında öncekinden daha da vahşi ve akıllı yeni bir baş çıkaran çok başlı bir canavarla mücadele etmeye benzer. Sabit olmayan, değişime uğrayan ve yok edilmez bir şeyle mücadele ediyorsunuzdur."

Harry, Snape'e bakakaldı. Elbette Karanlık Sanatlar'a tehlikeli bir düşman olarak saygı duymakla, Snape'in yaptığı gibi onlardan sesinde sevecen bir okşama tınısı ile söz etmek arasında dağlar kadar fark vardı, değil mi?

"Bu yüzden savunmalarınız," dedi Snape, biraz daha yüksek bir sesle, "etkisini bozmak istediğiniz Sanat kadar esnek ve yaratıcı olmalı. Bu resimler," yanlarından geçerken birkaç tanesine işaret etti, "bunlardan kimilerine uğrayarak acı çekenlerin doğru birer tasviri: örneğin, Cruciatus Laneti yapılmış biri," (besbelli acı içinde feryat eden bir cadıya doğru elini salladı) "Ruh Emici Öpücüğü'nü hissetmiş biri," (bir duvarın dibine yığılmış, iki büklüm olmuş ve boş gözlerle yatan bir büyücü) "ya da İnferius saldırısına hedef olmuş biri" (yerde kanlı bir yığın).

"Bir İnferius görülmüş mü yani?" diye sordu Parvati Patil, tiz bir sesle. "Kesin mi, onlardan yararlanıyor mu?"

"Karanlık Lord geçmişte İnferiuslar'dan yararlanmıştır," dedi Snape, "bu ise yeniden kullanacağını varsaymanın akla yakın olduğu anlamına gelir. Şimdi..."

Bu sefer odanın öbür tarafından masasına doğru hareket etti ve sınıf gene onun karanlık cüppesi arkasında dalgalanarak yürüyüşünü izledi.

"... sözsüz büyü kullanımı konusunda tam anlamıyla toy olduğunuzu sanıyorum. Sözsüz bir büyünün avantajı nedir?"

Hermione'nin eli hemen havaya kalktı. Snape acele etmeden önce geri kalan herkese baktı, başka seçeneği olmadığından emin olunca, ters ters, "Pekâlâ – Miss Granger?" dedi.

"Düşmanınız ne tür bir büyü kullanmak üzere olduğunuz konusunda uyarılmamış olur," dedi Hermione, "bu da size anlık bir avantaj verir."

"*Temel Büyüler Kitabı, 6. Sınıf*'tan neredeyse kelimesi kelimesine kopya edilmiş bir cevap," dedi Snape, önemsemezcesine (köşede Malfoy kıs kıs güldü), "ama temel olarak doğru. Evet, büyülü sözleri haykırmadan sihir yapacak seviyeye gelenler, büyülerinde sürpriz avantajına sahip olurlar. Bütün büyücüler bunu yapamaz, tabii; bir dikkatini yoğunlaştırma ve zihin gücü meselesidir ki, bazıları" bakışı bir kez daha hain hain Harry'nin üzerinde durdu, "bundan yoksundur."

Harry, Snape'in bir yıl önceki feci Zihinbend derslerini düşündüğünü biliyordu. Bakışlarını kaçırmayı reddederek Snape'e dik dik baktı, ta ki Snape başka yere bakana kadar.

"Şimdi ikişer ikişer ayrılacaksınız," diye devam etti Snape. "Bir ortak, *konuşmaksızın* diğerine uğursuzluk büyüsü yapmaya çalışacak. Diğeri de *aynı sessizlikle* uğursuzluk büyüsünü savuşturmaya çalışacak. Başlayın."

Snape bilmese de Harry bir önceki yıl sınıfın en azından yarısına (DO üyesi olan herkese), Kalkan Büyüsü yapmayı öğretmişti. Ne var ki, hiçbiri bu Büyü'yü konuşmadan yapmamıştı. Makul miktarda hile yapıldı; çoğu kişi büyülü sözleri yüksek sesle söylemeseler de fısıldadılar. Her zamanki gibi, ders başladıktan on dakika sonra Hermione, Neville'in mırıldandığı Pelte-Bacak Büyüsü'nü tek bir kelime etmeden savuşturmayı başardı. Mantıklı her hocanın Gryffindor'a kesinlikle yirmi puan vermesine yol açacak bir başarı diye düşündü Harry acı acı, ama Snape bunu görmezden geldi. Onlar çalışırlarken, her zamanki gibi azman bir yarasa misali aralarında gezindi ve Harry ile Ron'un yanından geçerken onların bu işle nasıl başa çıkmaya çalıştıklarını görmek için oyalandı.

Harry'ye uğursuzluk buyusu yapıyor olması gereken Ron'un yüzü mosmor olmuştu, büyülü sözleri mırıldanmaya yönelik dayanılmaz istekten kendini kurtarmak için dudaklarını iyice büzmüştü. Harry, asasını kaldırmış, asla gelmeyecek gibi görünen bir uğursuzluk büyüsünü savuşturmak için sabırsızlıkla bekliyordu.

"Acınacak durumdasın, Weasley," dedi Snape, bir süre sonra. "İşte – sana göstereyim –"

Asasını Harry'ye öyle hızla çevirdi ki Harry içgüdüsel olarak tepki gösterdi; sözsüz büyüler kullanması gerektiğini unutarak "*Protego!*" diye haykırdı.

Kalkan Büyüsü öyle kuvvetliydi ki, Snape dengesini kaybetti ve bir sıraya çarptı. Bütün sınıf dönüp baktı ve Snape'i, kaşlar çatık, doğrulmaya çalışırken gördüler.

"Sana *sözsüz* büyülere çalıştığımızı söylediğimi hatırlıyor musun, Potter?"

"Evet," dedi Harry, kaskatı kesilmiş halde.

"Evet, *efendim*."

"Bana 'efendim' demenize gerek yok, Profesör."

Daha o ne söylediğini anlayamadan sözcükler ağzından dökülüvermişti. Hermione dahil, birçok kişi hızla soluğunu tuttu. Ancak Snape'in gerisinde Ron, Dean ve Seamus takdirle sırıttılar.

"Ceza, Cumartesi akşamı, benim büromda," dedi Snape. "Kimsenin bana küstahlık etmesine izin vermem, Potter. *Seçilmiş Kişi*'nin bile."

Az sonra sağ salim teneffüse çıkarlarken Ron, "Süperdi, Harry!" diye kıkırdadı.

"Cidden öyle söylememeliydin," dedi Hermione, Ron'a kaş çatarak. "Ne oldu sana öyle?"

"Bana uğursuzluk büyüsü yapmaya kalktı, fark etmediysen!" dedi Harry hiddetle. "O Zihinbend derslerinde bunu yeterince çekmiştim zaten! Neden değişiklik olsun diye başka bir kobay kullanmıyor? Hem ayrıca Dumbledore neler çeviriyor ki, onun Savunma dersi öğretmesine izin vererek? Karanlık Sanatlar'dan söz edişini duydunuz mu? Bayılıyor onlara! Bütün o *sabit olmayan, yok edilmez* lafları –"

"Doğrusu," dedi Hermione, "Ben biraz senin gibi konuştuğunu düşünmüştüm."

"*Benim* gibi mi?"

"Evet, bize Voldemort'la karşı karşıya gelmenin nasıl bir şey olduğunu anlattığın zamanlar. İşin sadece birkaç büyü ezberlemekten ibaret olmadığını söyledin, elinde sadece zekân ve cesaretin olduğunu söyledin – eh, Snape de bunu söylemiyor muydu? Sonuçta iş, cesaret sahibi olup çabuk düşünmede bitiyor demiştin hani?"

Onun kendi ağzından çıkmış sözcükleri *Temel Büyüler Kitabı* kadar ezberlemeye değer bulmasından dolayı Harry'nin eli-kolu öyle bağlanmıştı ki, hiç tartışmadı.

"Harry! Hey, Harry!"

Harry dönüp baktı; bir önceki yılın Gryffindor Quidditch takımının Vurucular'ından Jack Sloper, elinde bir parşömen tomarıyla ona doğru hızla geliyordu.

"Senin için," dedi Sloper, soluk soluğa. "Dinle, senin yeni Kaptan olduğunu duydum. Ne zaman seçme yapıyorsun?"

"Henüz emin değilim," dedi Harry, kendi kendine Sloper'ın takıma dönmek için epey şansa ihtiyacı olduğunu düşünerek. "Ben sana haber veririm."

"Ha, tamam. Bu hafta sonu olur diye umuyordum –"

Ama Harry dinlemiyordu; parşömenin üstündeki ince, eğik yazıyı tanımıştı. Sloper cümlesinin yarısındayken, Ron ve Hermione ile birlikte telaşla uzaklaştı, yürürken bir yandan da parşömeni açıyordu.

Sevgili Harry,

Özel derslerimize bu Cumartesi başlamak isterim. Lütfen akşam sekizde büroma gel. Umarım okula geri döndükten sonraki ilk gününün tadını çıkartıyorsundur.

İçtenlikle,
Albus Dumbledore
Not: Asit Pop severim.

Mesajı Harry'nin omzunun üstünden okumuş olan Ron, "Asit Pop mu seviyormuş?" diye sordu, şaşırmış görünüyordu.

Harry alçak sesle, "Çalışma odasının dışındaki taş heykellerin yanından geçmek için parola," dedi. "Hah! Snape bundan hiç hoşlanmayacak... Cezasına gidemeyeceğim!"

O, Ron ve Hermione teneffüsün geri kalanını Dumbledore'un Harry'ye ne öğreteceği hakkında fikir yürüterek geçirdiler. Ron büyük ihtimalle bunun, Ölüm Yiyen'lerin bilmediği türden olağanüstü uğursuzluk büyüleri ve nazarlar olacağını düşünüyordu. Hermione ise bunların yasadışı olduğunu söyledi, ona göre Dumbledore'un Harry'ye ileri savunma sihri öğretmek istemesi daha akla yakındı. Teneffüsten sonra Harry ile Ron istemeye istemeye Snape'in ev ödevini yapmaya başlamak için ortak salona dönerken, Hermione de Aritmansi dersine gitti. Ödev öyle karmaşık bir şey çıktı ki, Hermione yemekten sonraki boş derslerinde yanlarına geldiğinde bile bitmemişti (ama Hermione süreci hatırı sayılır ölçüde hızlandırdı). Tam bitirdiklerinde, öğleden sonraki çifte İksir dersinin zili çaldı ve uzun süre Snape'e ait olmuş mahzendeki sınıfa giden, o bildik yolu izlediler.

Koridora geldiklerinde, F.Y.B.S. düzeyine geçmiş sadece bir düzine kişi olduğunu gördüler. Crabbe ve Goyle belli ki gereken S.B.D. notunu alamamışlardı, ama aralarında Malfoy'un da bulunduğu dört Slytherin'in bunu başardığını gördüler. Ravenlaw'dan dört kişi, Hufflepuff'tan da hayli kendini beğenmiş olmasına rağmen Harry'nin sevdiği Ernie Macmillan vardı.

"Harry," dedi Ernie, o yaklaşırken elini uzatarak, azametle, "bu sabah Karanlık Sanatlara Karşı Savunma'da konuşma fırsatı bulamadım. İyi ders, diye düşündüm, ama tabii biz eski DO kuşları için Kalkan Büyüsü'nün modası geçti... Ya sen nasılsın Ron – Hermione?"

Onlar "iyi"den başka bir şey söyleyememişti ki, mahzenin kapısı açıldı ve Slughorn, karnı önde, kapıdan çıktı. Onlar sıra halinde sınıfa girerken, kocaman fok bıyığı gülümseyen ağzının üstünde kıvrılmış olan Slughorn, özellikle Harry ve Zabini'yi coşkuyla selamladı.

Mahzen, hiç alışılmadık şekilde, şimdiden buharlar ve tuhaf kokularla doluydu. Harry, Ron ve Hermione, büyük, fokurdayan kazanların yanından havayı ilgiyle koklayarak geçtiler. Dört Slytherin aynı masaya geçti, dört Ravenclaw da öyle. Bu durumda Harry, Ron ve Hermione de masalarını Ernie ile paylaştı. Harry'nin şimdiye kadar içine çektiği en baştan çıkarıcı kokulardan birini çıkartan altın rengi bir kazana en yakın olan masayı seçtiler: bu koku nasılsa ona aynı anda hem meyveli pastayı, hem süpürge sapının tahtamsı kokusunu, hem de Kovuk'ta koklamış olabileceğini düşündüğü çiçeğimsi bir şeyi hatırlatıyordu. Çok yavaş ve derinden nefes aldığını, iksirin buharlarının içine bir içecek gibi dolmakta olduğunu fark etti. Üstüne büyük bir hoşnutluk hissi çöktü; karşısındaki Ron'a sırıttı, o da tembel tembel sırıtarak karşılık verdi.

"Hadi bakalım, hadi bakalım, hadi bakalım," dedi Slughorn. Muazzam silueti, ışıldayan pek çok buhar arasında titreşiyordu. "Ölçekleri ve iksir setlerini çıkarın, hepiniz, ve *İleri İksir-Yapımı* kitaplarınızı da unutmayın..."

"Efendim?" dedi Harry, elini kaldırarak.

"Harry, oğlum?"

"Benim kitabım, ölçeğim yok, hiçbir şeyim yok – Ron'un da – F.Y.B.S.'ye devam edebileceğimizin farkında değildik çünkü –"

"Ah, evet, Profesör McGonagall sözünü etmişti... üzülecek bir şey yok, sevgili oğlum, üzülecek hiçbir şey yok. Bugün depo dolabındaki malzemeleri kullanabilirsiniz, size ödünç terazi verebileceğimizden eminim. Hem burada küçük bir eski kitaplar stoku da var, siz Flourish ve Blotts'a yazana kadar idare eder..."

Slughorn köşedeki bir dolaba gitti ve bir an arandıktan sonra, Libatius Borage'ın çok yıpranmış görünen iki tane *İleri İksir-Yapımı* kitabıyla döndü; bunları, iki takım kararmış ölçek ile birlikte, Harry ve Ron'a verdi.

"Hadi bakalım," dedi Slughorn, sınıfın ön tarafına dönerek ve zaten kabarmış göğsünü, yeleğinin düğmeleri patlayıp fırlama tehdidi oluşturana kadar şişirerek, "bakmanız için size birkaç iksir hazırladım, ilginizi çekerse diye. Bunlar, F.Y.B.S.'nizi tamamladıktan sonra yapabilmeniz gereken şeyler. Adlarını duymuş olmalısınız, henüz yapmasanız da. Bunun ne olduğunu bana söyleyebilecek kimse var mı?"

Slytherin masasına en yakın kazanı işaret etti. Harry hafifçe doğrulup kazanda kaynayan, saf suya benzeyen şeye baktı.

Hermione'nin idmanlı eli, diğer herkesinkinden önce havaya fırladı; Slughorn parmağıyla ona işaret etti.

"Veritaserum, içeni hakikati söylemeye zorlayan renksiz, kokusuz bir iksir," dedi Hermione.

"Çok iyi, çok iyi!" dedi Slughorn mutlulukla. "Şimdi," diye devam etti, Ravenclaw masasının en yakınındaki kazana işaret ederek, "buradaki iksir hayli iyi bilinir... son zamanlarda birkaç Bakanlık broşüründe yer almıştı... kim söyleyecek –"

Hermione'nin eli yine en hızlısıydı.

"Çok Özlü İksir, efendim," dedi.

İkinci kazandaki ağır ağır kaynayan, çamurumsu maddeyi Harry de tanımıştı ama Hermione soruya cevap vererek aferin aldı diye gücenmedi; ne de olsa, ikinci sınıftalarken bu iksiri yapmayı başaran oydu.

"Mükemmel, mükemmel! Şimdi, buradaki... evet, canım?" dedi Slughorn, Hermione'nin eli gene havaya kalkınca hafifçe şaşırmış görünerek.

"Amortentia!"

"Gerçekten de öyle. Sormak neredeyse budalaca görünüyor ama," dedi fevkalade etkilenmiş görünen Slughorn, "sanırım ne işe yaradığını da biliyorsundur?"

"Dünyadaki en güçlü aşk iksiri!" dedi Hermione.

"Doğrudur! Sanırım onu belirgin sedef parıltısından tanıdın, öyle mi?"

"Ve karakteristik helezonlar halinde yükselen buhardan," dedi Hermione hevesle, "ve bizi ne cezbediyorsa ona göre kokması, kokusunun her birimize farklı gelmesi gerekir ki ben yeni biçilmiş çimen, yeni parşömen ve –"

Ancak biraz pembeleşti ve cümleyi tamamlamadı.

"Adını sorabilir miyim, canım?" dedi Slughorn, Hermione'nin mahcubiyetini hiçe sayarak.

"Hermione Granger, efendim."

"Granger? Granger? Acaba, Pek Olağanüstü İksirciler Derneği'ni kuran Hector Dagworth-Granger'ın akrabası olabilir misin?"

"Hayır, sanmıyorum, efendim. Yani, ben Muggle'lardan doğmayım."

Harry, Malfoy'un Nott'a doğru eğildiğini ve kulağına bir şey söylediğini gördü; ikisi de pis pis güldü ama Slughorn hiç de canı sıkılmış gibi görünmedi; tersine, gülümseyerek önce Hermione'ye, sonra onun yanında oturan Harry'ye baktı.

"Oho! *'Benim en iyi arkadaşlarımdan biri Muggle'lardan doğma ve kendisi dönemimizin en iyisi!'* Sanırım sözünü ettiğin arkadaş bu arkadaş, öyle mi, Harry?"

"Evet, efendim," dedi Harry.

"Vay, vay, Gryffindor için hakkıyla kazanılmış yirmi puan, Miss Granger," dedi Slughorn, güler yüzle.

Malfoy, Hermione onun yüzüne yumruk attığı zamanki gibi görünüyordu biraz. Hermione yüzünde pırıl pırıl bir ifadeyle Harry'ye döndü ve fısıldadı: "Ona gerçekten benim dönemin en iyisi olduğumu mu söyledin? Ah, Harry!"

"Ee, bunda bu kadar etkilenecek ne var?" diye fısıldadı, nedense kızgın görünen Ron. "Sen *gerçekten* de sınıfın en iyisisin – bana sorsa ben de söylerdim!"

Hermione gülümsedi, ama Slughorn'un söylediklerini duyabilsinler diye "sus" işareti yaptı. Ron biraz küsmüş göründü.

"Amortentia gerçekte *aşkı* yaratmaz, tabii. Aşkı imal etmek de, taklit etmek de imkânsızdır. Hayır, bu iksir sadece güçlü bir tutkunluk ya da saplantıya yol açar. Herhalde bu odadaki en tehlikeli ve güçlü iksir olsa gerek – ah evet," dedi, ikisi de kuşkucu bir şekilde aptal aptal sırıtan Malfoy ile Nott'a ciddiyetle başını sallayarak. "Hayat konusunda benim kadar tecrübe sahibi olduğunuzda, saplantılı aşkın gücünü küçümsemezsiniz...

"Ve şimdi de," dedi Slughorn, "işe başlama vakti geldi."

"Efendim, bize bunda ne olduğunu söylemediniz," dedi Ernie Macmillan, Slughorn'un masasında duran küçük siyah bir kazana işaret ederek. İçindeki iksir, neşeli bir şekilde şıpırdayıp duruyordu; erimiş altın rengiydi, kocaman damlalar yüzeyin üstünde balık gibi sıçradığı halde, bir parçacık bile dökülmemişti.

"Oho," dedi Slughorn yeniden. Harry, onun iksiri hiç de unutmadığından, sadece dramatik etki yaratmak için sorulmasını beklediğinden emindi. "Evet. O. Eh, *o* iksir, hanımlar beyler, Felix Felicis denen çok tuhaf küçük bir iksirdir. Sanırım," dedi gülümseyerek, duyulacak şekilde soluğunu tutan Hermione'ye döndü, "siz Felix Felicis'in ne olduğunu biliyorsunuz, değil mi, Miss Granger?"

"Sıvı şans," dedi Hermione heyecanla. "İnsanı şanslı yapar!"

Bütün sınıf yerinde doğruldu sanki. Harry şimdi Malfoy'un sadece parlak sarışın başının arkasını görüyordu, çünkü Malfoy sonunda Slughorn'u eksiksiz ve kesintisiz bir dikkatle dinliyordu.

"Doğrudur, Gryffindor için on puan daha. Evet, komik küçük bir iksirdir, Felix Felicis," dedi Slughorn. "Yapması son derece zordur, yanlış yapmanın feci sonuçları vardır. Ancak eğer bu iksir gibi doğru hazırlanmışsa, bütün girişimlerinizin başarıya ulaşma eğilimi gösterdiğini göreceksiniz... en azından, etkisi geçene kadar."

"İnsanlar niye bunu hep içmiyorlar, efendim?" diye sordu Terry Boot, hevesle.

"Çünkü eğer fazla içilirse baş dönmesine, pervasızlığa ve tehlikeli bir aşırı güvene neden olur," dedi Slughorn. "Bilirsiniz işte, her şeyin çoğu zarar derler ya... büyük miktarlarda son derece zehirlidir. Ama idareli şekilde ve çok seyrek olarak alınırsa..."

"Siz hiç aldınız mı, efendim?" diye sordu Michael Corner, büyük ilgiyle.

"Hayatımda iki kez," dedi Slughorn. "Bir keresinde yirmi dört yaşındayken, bir kere de elli yedi yaşındayken. Kahvaltıda alınan iki yemek kaşığı. İki mükemmel gün."

Hulyalı hulyalı uzaklara baktı. Rol yapıyor olsa da, olmasa da, diye düşündü Harry, iyi bir etki yarattı.

"Ve işte bu derste," dedi Slughorn, besbelli yeniden dünyaya dönerek, "ödül olarak bunu sunacağım..."

Bir sessizlik oldu, onları çevreleyen iksirlerin fokurdayıp çağıldaması sanki on katına çıktı.

Slughorn, cebinden tıpalı minicik bir cam şişe çıkararak hepsine gösterirken, "küçük bir Felix Felicis şişesi," dedi. "On iki saatlik şans için yeterli. Şafaktan alacakaranlığa kadar, girişeceğiniz her şeyde şans yanınızda olacak.

"Şimdi, Felix Felicis'in örgütlü yarışmalarda yasaklı bir madde olduğu konusunda sizi uyarlamalıyım... örneğin, spor müsabakaları, sınavlar ya da seçimler. Bu yüzden de kazanan onu sadece olağan bir günde kullanmalı... ve olağan bir günün nasıl olağanüstü hale geldiğini gözlemeli!

"Peki," dedi Slughorn, birden canlanarak, "benim şahane ödülümü nasıl kazanacaksınız? Eh, *İleri İksir-Yapımı*'nın onuncu sayfasını açarak. Önümüzde bir saatten biraz fazla süre kaldı, bu da Yaşayan Ölüm İçkisi yapmanıza yeter de artar bile. Şimdiye kadar giriştiğiniz her şeyden daha karmaşık olduğunu biliyorum ve kimseden mükemmel bir iksir beklemiyorum. Ancak en iyisini yapan, şuradaki küçük Felix'i alır. Başlayın!"

Herkes kazanını kendine doğru çekerken gıcırtı sesleri yükseldi, sonra da insanlar ölçeklerine ağırlıklar eklerken birkaç tok gürültü, ama kimse konuşmadı. Odadaki konsantrasyon, neredeyse elle tutulacak gibiydi. Harry Malfoy'un hummalı bir şekilde kendi *İleri İksir-Yapımı* kitabının sayfalarını karıştırdığını gördü. Malfoy'un o şanslı günü gerçekten istediği bundan daha açıkça belli olamazdı. Harry hemen, Slughorn'un ona ödünç verdiği yıpranmış kitabın üstüne eğildi.

Öfke içinde, kitabın eski sahibinin bütün sayfalara bir şeyler çiziktirdiğini gördü, sonuçta sayfaların kenarları da basılı kısımlar kadar siyahtı. Malzemeleri çözebilmek için iyice eğilen Harry (kitabın eski sahibi burada bile çıkmalar yapmış ve kimi şeylerin üstünü çizmişti), gerekli şeyleri bulmak için telaşla depo dolabına gitti. Süratle kazanına dönerken, Malfoy'un elinden geldiği kadar hızla kediotu köklerini kestiğini gördü.

Herkes, sınıfın geri kalanı ne yapıyor diye dönüp dönüp bakıyordu; ne yaptığınızı saklayamamak, İksir dersinin hem avantajıydı, hem de dezavantajı. On dakika içinde her yer mavimsi bir buharla dolmuştu. Hermione tabii ki en fazla ilerleme kaydetmiş görünen kişiydi. İksiri şimdiden, ideal yarı aşamada sözü geçen "topaksız, siyah frenküzümü renginde sıvı"ya benziyordu.

Köklerini kesmeyi bitiren Harry, yeniden kitabına iyice eğildi. Kitabın eski sahibinin aptalca çiziktirmelerinin arasında talimatı çözmeye çalışmak sahiden çok sinir bozucuydu; nedense Sopoforlu Fasulye'nin kesilme sırasına kafayı takmış ve alternatif bir açıklama yazmıştı:

Gümüş hançerin yassı yanıyla ez. Suyunu, kesmekten çok daha iyi çıkarıyor.

"Efendim, büyükbabam Abraxas Malfoy'u tanıyor muydunuz?"

Harry başını kaldırıp baktı; Slughorn tam o sırada Slytherin masasının yanından geçiyordu.

"Evet," dedi Slughorn, Malfoy'a bakmadan, "öldüğünü duyunca üzüldüm, ama tabii beklenmeyen bir şey değildi, onun yaşında ejderhaçiçeği olmak..."

Ve yürüyüp gitti. Harry, tekrar kazanının üstüne eğilerek sırıttı. Malfoy'un kendisine Harry ya da Zabini gibi davranılmasını istediğini anlıyordu; hatta belki de Snape'ten beklemeye alıştığı türden ayrıcalıklı bir davranış ummuştu. Ama şimdi Malfoy'un, Felix Felicis şişesini kazanmak için sadece yeteneğine güvenmesi gerekiyor gibiydi.

Sopoforlu Fasulye'nin kesilmesi çok zordu. Harry, Hermione'ye döndü.

"Gümüş bıçağını ödünç alabilir miyim?"

Hermione gözlerini iksirinden ayırmadan başını sabırsızca evet anlamında salladı; iksiri, kitaba göre artık açık leylak rengine dönüşmesi gerekirken hâlâ koyu mor renkteydi.

Harry fasulyesini hançerin yassı yanıyla ezdi. Şaşkınlık içinde hemen, kuruyup büzülmüş fasulyeden hayret verecek kadar çok miktarda su çıktığını gördü. Hepsini kepçeyle kazana boşaltırken iksirin tam da ders kitabında tanımlanan leylak tonuna döndüğünü görerek bir kez daha şaşırdı.

Kitabın önceki sahibine duyduğu hiddet oracıkta geçen Harry, şimdi de gözlerini kısıp bir sonraki talimat satırına baktı. Kitaba göre, su gibi berrak bir hal alana kadar iksiri yelkovanın aksi yönde karıştırmak gerekiyordu. Kitabın eski sahibinin yaptığı eklemeye göre ise, yelkovanın aksi yönünde yedi kere karıştırdıktan sonra bir kere de yelkovan yönünde karıştırmalıydı. Acaba ikinci kez haklı olabilir miydi?

Harry, yelkovanın aksi yönünde karıştırdı, soluğunu tuttu ve bir kere de yelkovan yönünde karıştırdı. Etkisi hemen görüldü. İksir, soluk pembeye dönüşmüştü.

Yüzü kızarmış ve saçları, kazandan gelen buharlarla gittikçe daha gür bir hal almış olan Hermione, "Nasıl yaptın bunu?" diye sordu; onun iksiri hâlâ kararlı bir şekilde mordu.

"Bir kere de yelkovan yönünde karıştır –"

Hermione, "Hayır, hayır, kitap yelkovanın aksi yönünde diyor!" diye çıkıştı hemen.

Harry omzunu silkti ve yaptığı şeyi sürdürdü. Yedi kere yelkovanın aksi yönde, bir kere yelkovan yönünde, durakla... yedi kere yelkovanın aksi yönünde, bir kere yelkovan yönünde karıştır...

Masanın öbür yanında Ron alçak sesle durmaksızın küfrediyordu; iksiri, sıvı meyanköküne benziyordu. Harry etrafına baktı. Görebildiği kadarıyla kimsenin iksiri kendisininki kadar açık renk olmamıştı. İçinde bir coşku hissetti ki, bu da daha önce bu mahzende kesinlikle olmamış bir şeydi.

"Ve süre... doldu!" diye seslendi Slughorn. "Karıştırmayı bırakın, lütfen!"

Slughorn yavaş yavaş masalar arasında yürüyerek kazanlara göz attı. Hiçbir yorumda bulunmadı, ama ara sıra iksirleri karıştırdı, ya da kokladı. Sonunda Harry, Ron, Hermione ve Ernie'nin oturdukları masaya vardı. Ron'un kazanındaki katranımsı maddeye kederle gülümsedi. Ernie'nin deniz mavisi karışımını da geçti. Hermione'nin iksirine onaylayan bir şekilde başını salladı. Sonra Harry'ninkini gördü ve yüzüne inanılmaz bir sevinç ifadesi yerleşti.

Mahzene doğru, "Tartışmasız galip!" diye bağırdı. "Mükemmel, mükemmel, Harry! Tanrım, annenin yeteneğini miras aldığın belli, İksir'in erbabıydı Lily, erbabı! Al öyleyse, bakalım, al öyleyse – vaat ettiğim gibi bir şişe Felix Felicis, iyi kullan!"

Harry altın sıvıyla dolu minik şişeyi iç cebine yerleştirdi, Slytherin'lerin suratındaki öfkeden köpürmüş ifade karşısındaki sevinci ile, Hermione'nin hayal kırıklığına uğramış ifadesi karşısındaki suçluluk duygusu garip bir şekilde birbirine karışmıştı. Ron sadece afallamış görünüyordu.

Mahzenden çıkarlarken Harry'ye, "Nasıl yaptın bunu?" diye fısıldadı.

"Herhalde şansım yardım etti," dedi Harry, çünkü Malfoy onları duyacak mesafedeydi.

Ama onun işitme mesafesinden çıkıp Gryffindor masasına yerleştiklerinde, işin aslını onlara anlatacak kadar güvende hissetti kendini. Hermione'nin yüzü onun ağzından çıkan her sözcükle daha da taşlaşmış bir hal aldı.

"Sanırım kopya çektiğimi düşünüyorsun, öyle mi?" diye bitirdi sözünü. Hermione'nin ifadesi onu kızdırmıştı.

"Eh, tam olarak senin çalışman sayılmaz, değil mi?" dedi kız, kaskatı.

Ron, "Sadece bizim izlediğimizden farklı talimatları izlemiş," dedi. "Bir felaket de olabilirdi, değil mi? Ama bir risk aldı ve karşılığını gördü." İçini çekti. "Slughorn o kitabı bana verebilirdi, ama hayır, ben içine hiçbir şey yazılmamış olan kitabı alıyorum. *Üzerine kusulmuş* kitabı, elli ikinci sayfanın haline bakılırsa, ama –"

"Durun bir dakika," dedi, Harry'nin sol kulağının yakınında bir ses ve Slughorn'un mahzeninde burnuna gelen çiçeğimsi kokunun esintisi birden burnuna çarptı. Dönüp bakınca Ginny'nin yanlarına geldiğini gördü. "Doğru mu duydum? Birinin bir kitaba yazdığı şeylerden emir mi alıyorsun, Harry?"

Şaşırmış ve kızgın görünüyordu. Harry onun aklında ne olduğunu ânında anladı.

Sesini alçaltarak, "Önemli bir şey değil," dedi, onu rahatlatmak istercesine. "Yani, Riddle'ın güncesi gibi değil. Sadece birinin içine bir şeyler çiziktirdiği eski bir ders kitabı."

"Ama dediğini yapıyordun, öyle mi?"

"Kenarlarda yazılı tüyoların birkaçını denedim, o kadar. Gerçekten, Ginny, tuhaf bir yanı yok –"

"Ginny'nin hakkı var," dedi Hermione, hemen kulaklarını dikerek. "Tuhaf bir yanı olup olmadığını kontrol etmeliyiz. Demek istiyorum ki, bütün bu garip talimatlar, kim bilebilir?"

O Harry'nin *İleri İksir-Yapımı* kitabını çantasından çıkarıp asasını da kaldırırken Harry gücenmiş bir sesle, "Hey!" dedi.

"*Specialis revelio!*" dedi Hermione, asayı kitabın ön kapağına ustalıkla dokundurarak.

Hiçbir şey olmadı. Kitap o eski ve kirli, sayfa köşeleri kıvrık haliyle, orada öylece yattı.

"Bitti mi?" dedi Harry sinirli sinirli. "Yoksa birkaç ters takla atar mı diye beklemek mi istiyorsun?"

"Bir şey yok gibi görünüyor," dedi Hermione, kitaba hâlâ kuşkulu bakışlar atarak. "Yani, sanki sahiden de şeymiş gibi görünüyor... sadece bir ders kitabı."

"İyi. Öyleyse geri alayım," dedi Harry, onu masadan kaparak, ama kitap elinden kaydı, açılıp yere düştü.

Başka kimse bakmıyordu. Harry, kitabı almak için eğildi ve eğilirken de arka kapağın altına çiziktirilmiş bir şey gördü. Ona, şimdi yukarıda, sandığında bir çift çorabın içine emniyetle saklanmış olarak duran Felix Felicis şişesini kazandıran talimatlardaki kargacık burgacık el yazısıyla yazılmış bir şey:

Bu Kitap Melez Prens'in Malıdır

ONUNCU BÖLÜM

Gaunt Soyu

Haftanın geri kalan İksir dersleri boyunca, Harry, Libatius Borage'ın talimatlarından farklı olduğu yerlerde Melez Prens'in talimatlarına uymaya devam etti. Bunun sonucunda da, dördüncü ders geldiğinde Slughorn, Harry'nin yeteneğini öve öve bitiremiyor, ömründe bu kadar yetenekli çok az kişiye ders verdiğini söylüyordu. Ron da, Hermione de bundan pek sevinç duymuyorlardı. Harry ikisine de kitabı paylaşmayı teklif etmişti ama Ron el yazısını çözmede Harry'den daha fazla sorun yaşamıştı. Ne yazdığını ikide bir Harry'ye sormak da şüphe uyandırıcı olurdu. Hermione ise azimle "resmi" dediği talimatlara uymayı sürdürüyor, bu talimatlar Prens'inkinden daha kötü sonuçlar verdiğinde de giderek daha çok huysuzlaşıyordu.

Harry, Melez Prens'in kim olduğunu biraz merak ediyordu. Verilen ev ödevinin çokluğu elindeki *İleri İksir-Yapımı* kitabının tamamını okumasını önlemiş olsa da, kitaba şöyle bir göz atacak vakit bulmuş ve Prens'in üzerine çiziktirmediği neredeyse tek bir sayfa bile olmadığını görmüştü. Dahası bu çiziktirmelerin hepsi iksir-yapımıyla ilgili değildi. Şurada burada Prens denen oğlanın kendi icat ettiği büyüler de vardı.

"Ya da kızın," dedi Hermione, kızarak, Cumartesi akşamı ortak salonda Harry'yi Ron'a bunların bazılarını gösterirken duyduğunda. "Kız da olabilir. Bence el yazısı bir erkeğinkinden çok bir kızınkine benziyor."

"Melez *Prens*, diyor," dedi Harry. "Prens olmuş kaç kız biliyorsun?"

Hermione'nin buna bir cevabı yokmuş gibiydi. Sadece ters ters baktı ve "Tekrar-Bedenlenmenin İlkeleri" üzerine denemesini, onu baş aşağı tutmuş okumaya çalışan Ron'un elinden çekip aldı.

Harry saatine baktı ve eski *İleri İksir-Yapımı* kitabını aceleyle çantasına geri koydu.

"Saat sekize beş var, gitmem gerekiyor, yoksa Dumbledore'a geç kalacağım."

"Oooo!" dedi Hermione soluğunu tutarak. Hemen başını işinden kaldırmıştı. "İyi şanslar! Seni bekleriz, neler öğreteceğini merak ediyoruz!"

"Umarım iyi gider," dedi Ron. İkisi Harry'nin portre deliğinden çıkışını izlediler.

Harry ıssız koridorlarda yürümeye başladı. Ancak bir süre sonra Profesör Trelawney köşede belirince, aceleyle bir heykelin arkasına saklanmak zorunda kaldı. Profesör Trelawney, pis görünen bir deste kartı karıştırırken kendi kendine mırıldanıyor, bir taraftan yürüyüp bir taraftan kartları okuyordu.

"Maça ikilisi: çatışma," diye mırıldandı, Harry'nin çömelip saklandığı noktadan geçerken. "Maça yedilisi: kötü bir alamet. Maça onlusu: şiddet. Maça valesi: esmer bir genç adam, muhtemelen dertli, sorgucuyu sevmiyor –"

Tam Harry'nin heykelinin öbür tarafında, birden durdu.

"Ama bu doğru olamaz," dedi, sinirli sinirli. Harry onun kartları hızla yeniden karıştırmaya başladığını duydu. Sonra Profesör Trelawney yeniden yürümeye başlayıp, arkasında sadece bir yemek şarabı kokusu bırakarak uzaklaştı. Harry onun gittiğinden emin olana dek bekledi, sonra süratle yürümeye koyuldu. Sonunda, yedinci kattaki koridorda duvarın önünde tek başına duran bir heykelin önüne geldi.

"Asit Pop," dedi Harry. Heykel sıçrayarak yana çekildi; arkasındaki duvar kayarak açıldı ve ortaya, hareket eden, sarmal bir taş merdiven çıktı. Harry'nin üzerine adım attığı merdiven, düzgün daireler çizerek onu yukarı, Dumbledore'un bürosuna açılan pirinç tokmaklı kapıya taşıdı.

Harry kapıyı çaldı.

"Girin," dedi Dumbledore'un sesi.

"İyi akşamlar, efendim," dedi Harry, Müdür'ün odasına girerek.

"Ah, iyi akşamlar, Harry. Otur," dedi Dumbledore, gülümseyerek. "Umarım okula dönüşünün ilk haftası iyi geçmiştir."

"Evet, teşekkürler, efendim," dedi Harry.

"Epey meşguldün herhalde, şimdiden bir cezayı cebine koyduğuna göre!"

"Şeyy..." diye başladı Harry tedirgin tedirgin, ama Dumbledore çok da katı görünmüyordu.

"Profesör Snape'le konuşup cezaya bugün yerine önümüzdeki Cumartesi kalmanı ayarladım."

"Oldu," dedi Harry. Kafasında Snape'in cezasından daha acil konular vardı. Belli etmeden etrafına göz gezdirerek, Dumbledore'un o akşam onunla ne yapmayı planladığını gösterecek ipuçları aradı. Daire şeklindeki oda her zamanki gibiydi: narin gümüş aygıtlar ince bacaklı masaların üzerinde duruyor, etrafa duman salıyor, vınlıyorlardı; eski müdür ve müdirelerin portreleri çerçevelerinin içinde uyukluyordu; Dumbledore'un muhteşem ankası Fawkes ise kapının arkasındaki tüneğinde durmuş, Harry'yi büyük bir ilgiyle izliyordu. Dumbledore düello için yer açmış gibi bile görünmüyordu.

"Evet, Harry," dedi Dumbledore, sadede gelelim dermiş gibi bir sesle. "Eminim ki merak ediyordun sana bu –en iyi tabir bu olsa gerek– 'dersler'de ne öğreteceğimi."

"Evet, efendim."

"Eh, on beş yıl önce Lord Voldemort'u seni öldürmeye neyin ittiğini artık bildiğine göre, sana belli bilgileri verme vaktinin geldiğine karar verdim."

Bir sessizlik oldu.

"Geçen ders yılının sonunda, bana her şeyi anlatacağınızı söylemiştiniz," dedi Harry. Suçlar gibi konuşmamakta zorlanıyordu. "Efendim," diye ekledi.

"Öyle de yaptım zaten," dedi Dumbledore sükûnetle. "Sana bildiğim her şeyi anlattım. Bu noktadan itibaren, gerçeğin o katı zemininden ayrılıyoruz; beraberce belleğin o bulanık bataklığının içinden geçecek, vahşi varsayımın çalılığına seyahat edeceğiz. Buradan itibaren, Harry, peynirden yapılmış kazanların vaktinin geldiğini düşünen Humphrey Belcher kadar vahim şekilde yanılıyor olabilirim."

"Ama yanılmadığınızı düşünüyorsunuz, değil mi?" dedi Harry.

"Tabii ki, ama sana çoktan ispat ettiğim gibi, ben de herkes gibi hata yapıyorum. Aslında çoğu kişiden –kusuruma bakmazsan– epey zeki olduğum için, hatalarım da aynı ölçüde muazzam oluyor."

"Efendim," dedi Harry ihtiyatla, "bana anlatacağınız şeyin kehanetle ilgisi var mı? Benim... hayatta kalmama yardım edecek mi?"

"Kehanetle çok yakından ilgisi var," dedi Dumbledore, Harry ona ertesi günün hava durumunu sormuş gibi rahat bir edayla, "ve senin hayatta kalmana yardım edeceğini de elbette umuyorum."

Dumbledore ayağa kalktı ve masanın etrafını dolanıp Harry'nin yanından geçti. Harry sandalyesinde hevesle döndü ve Dumbledore'un kapının yanındaki dolabın üzerine eğildiğini gördü. Dumbledore yeniden doğrulduğunda elinde, kenarlarında tuhaf işaretler bulunan, tanıdık, sığ bir taş çanak vardı. Düşünseli'ni masanın üzerine, Harry'nin önüne yerleştirdi.

"Endişeli görünüyorsun."

Harry gerçekten de Düşünseli'ni hafif bir kaygıyla süzüyordu. Düşünceleri, anıları saklayan ve gösteren bu tuhaf aygıtla önceki deneyimleri, her ne kadar bilgilendiriciyse de, rahatsız edici olmuştu. İçindekileri son kurcaladığında, görmek isteyeceğinden çok daha fazlasını görmüştü. Ama Dumbledore gülümsüyordu.

"Bu sefer Düşünseli'ne benimle birlikte giriyorsun... ve, daha da alışılmadık şekilde, izinli olarak."

"Nereye gidiyoruz, efendim?"

"Bob Ogden'ın hafızasında gezintiye çıkıyoruz," dedi Dumbledore, cebinden içinde gümüşi-beyaz, girdap gibi dönen bir madde olan kristal bir şişe çıkararak.

"Bob Ogden kimdi?"

"Sihirli Yasal Yaptırım Dairesi'nin çalışanıydı," dedi Dumbledore. "Bir süre önce öldü, ama ölmeden önce onu bulup, bu anıları bana teslim etmeye ikna ettim. Ona görevi sırasında yaptığı bir ziyarette eşlik edeceğiz. Şimdi, kalkarsan, Harry..."

Ama Dumbledore kristal şişenin tıpasını açmakta zorluk çekiyordu: yaralı eli kaskatı ve acı veriyormuş gibiydi.

"Ben – ben yapayım mı efendim?"

"Mesele değil, Harry –"

Dumbledore asasını şişeye doğrulttu ve mantar uçup çıktı.

"Efendim – elinizi nasıl yaraladınız?" diye sordu Harry yeniden, kararmış parmaklara acıma ve iğrenme karışımı bir duyguyla bakarak.

"Şimdi o hikâyenin zamanı değil, Harry. Daha değil. Bob Ogden'la randevumuz var."

Dumbledore şişenin içindeki gümüşi maddeyi Düşünseli'nin içine boşalttı ve madde girdaplar çizip ışıldamaya başladı. Ne sıvı, ne de gaz gibiydi.

"Önden buyur," dedi Dumbledore, çanağa işaret ederek.

Harry öne eğildi, derin bir soluk aldı ve yüzünü gümüşi maddeye batırdı. Ayaklarının odadan ayrıldığını hissetti; fırıl fırıl dönen karanlığın içinde düşüyor, düşüyordu. Derken ansızın, göz kamaştırıcı güneş ışığında, gözlerini kırpıştırırken buldu kendini. Gözleri ışığa alışamadan, Dumbledore da yanında belirdi.

Unutmabeni çiçeği kadar parlak ve mavi bir gökyüzünün altında, iki yanında yüksek, karmakarışık çalı çitlerin uzandığı bir kır yolunda duruyorlardı. Üç metre kadar önlerinde kısa boylu ve tombul bir adam duruyordu, gözlerini küçültüp ben gibi birer nokta haline getirmiş olan kocaman camlı bir gözlük takmıştı. Yolun sol tarafında böğürtlen çalılarının arasından çıkmış tahta bir yön tabelasını okuyordu. Harry bunun Ogden olması gerektiğini biliyordu; ortalıktaki tek insan oydu ve Muggle'lara benzemeye çalışan deneyimsiz büyücülerin sıkça yaptığı gibi, çeşit çeşit alakasız giysiden oluşan bir kıyafet geçirmişti üzerine: tek parçalı çizgili bir mayonun üzerine bir frak ve bir çift tozluk. Ancak Harry onun garip görünüşünü algılamaktan öte bir şey yapmaya vakit bulamadan, Ogden çabuk adımlarla yolda yürümeye başladı.

Dumbledore ve Harry de onun peşinden gittiler. Harry, yanından geçtikleri yön tabelasının iki ok işaretine baktı. Geldikleri yönü göstereninde "Great Hangleton, 8 kilometre" yazıyordu. Ogden'ın yürüdüğü yönü göstereni ise, "Little Hangleton, 1,6 kilometre" diyordu.

Çalı çit, yukarıdaki mavi gökyüzü ve önlerindeki etekleri hışırdayan fraklı siluetten başka bir şey görmeden kısa bir mesafe gittiler. Sonra yol sola kıvrılıp bir yamaçtan aşağı inen dik bir yokuş halini aldı ve bir anda, beklenmedik bir şekilde karşılarında koca bir vadi manzarası buldular. Harry iki sarp tepe arasına oturmuş, kilisesi ve mezarlığı açıkça seçilebilen küçük bir köy gördü. Şüphesiz Little Hangleton'dı bu. Vadinin öte yanında, karşıdaki yamaçta, etrafı geniş kadifemsi bir çimenlikle çevrili güzel bir malikâne vardı.

Ogden, aşağı uzanan yamacın dikliğinden dolayı ister istemez hızlı bir tempo tutturmuştu. Dumbledore da hızlandı, Harry arkada kalmamaya çalıştı. Gidecekleri yerin Little Hangleton olduğuna kanaat getirdi ve Slughorn'u buldukları geceki gibi, buraya niye bu kadar uzaktan yaklaşmaları gerektiğini merak etti. Ancak az sonra, köye gittikleri konusunda yanıldığını anladı. Yol sağa kıvrıldı ve köşeyi döndüklerinde Ogden'ın frakının çalıdaki bir açıklıkta kaybolduğunu gördüler.

Dumbledore ile Harry de onun peşinden, iki yanında, arkada bıraktıklarından daha yüksek ve karmaşık çalı çitlerin uzandığı dar bir toprak yola çıktılar. Yol eğri büğrü, taşlık ve çukurluydu. Önceki yol gibi yokuş aşağı uzanıyordu ve görünüşe bakılırsa biraz aşağılarındaki bir grup karanlık ağaca gidiyordu. Gerçekten de, yol az sonra ağaçlıkta genişledi ve Dumbledore ile Harry, yürümeyi bırakıp asasını çekmiş olan Ogden'ın arkasında durdular.

Bulutsuz gökyüzüne rağmen ilerideki yaşlı ağaçlardan etrafa derin, karanlık ve serin gölgeler vuruyordu. Harry'nin ağaç gövdelerinin karmaşası arasında yarı-saklanmış binayı seçebilmesi için birkaç saniye geçmesi gerekti. Harry'ye göre burası ev yapmak için çok garip bir yerdi, en azından yakındaki ağaçları hiç dokunmadan öylece, bütün ışığı ve aşağıdaki vadi manzarasını kapatır halde bırakmak tuhaf bir karardı. Evde kimsenin yaşayıp yaşamadığını merak etti; duvarları yosun tutmuştu ve çatısından o kadar çok kiremit düşmüştü ki, yer yer çatı kirişleri görülebiliyordu. Her tarafını ısırganlar bürümüş, bu ısırganların uçları kalın bir kir tabakasıyla kaplı küçücük pencerelere ulaşmıştı. Ancak tam orada kimsenin yaşıyor olamayacağına karar vermişti ki, pencerelerden biri bir takırtı ile savrulup açıldı ve dışarı ince bir buhar ya da duman şeridi süzülmeye başladı. Sanki biri içeride yemek pişiriyordu.

Ogden sessizce ve Harry'ye göründüğü kadarıyla, epey ihtiyatla ilerledi. Ağaçların karanlık gölgeleri üzerine düşerken, tekrar durdu ve kapıya baktı. Birisi kapının üzerine ölü bir yılan çivilemişti.

Sonra bir hışırtı ve bir çatırtı duyuldu ve en yakındaki ağaçtan paçavralara bürünmüş bir adam düştü, tam Ogden'ın önüne, ayaklarının üstüne indi. Ogden öyle çabuk geri sıçradı ki frakının kuyruğuna basıp sendeledi.

"Burada istenmiyorsun."

Önlerinde duran adamın kabarık saçları kirden öylesine keçeleşmişti ki, herhangi bir renk olabilirdi. Birkaç dişi noksandı. Gözleri küçük ve kopkoyuydu ve zıt yönlere bakıyorlardı. Adam komik görünebilirdi belki, ama hiç de öyle değildi; korku verici bir etkiye sahipti ve Harry, konuşmaya başlamadan önce birkaç adım geriledi diye Ogden'ı suçlayamadı.

"Şey – günaydın. Ben Sihir Bakanlığı'ndan –"

"Burada istenmiyorsun."

"Şey – özür dilerim – sizi anlamıyorum," dedi Ogden tedirgin tedirgin.

Harry, Ogden'ın fena halde kalın kafalılık ettiğini düşünüyordu; ona göre yabancı kendisini gayet net bir şekilde ifade etmişti, özellikle de bir elinde asa, öbüründe ise küçük ama hayli kanlı bir bıçak tuttuğu hesaba katılınca.

"Eminim sen onu anlıyorsundur, değil mi Harry?" dedi Dumbledore usulca.

"Evet, tabii," dedi Harry biraz hayretle. "Ogden niye –"

Ama gözleri bir kez daha kapıdaki yılana kaydığında, birden anladı.

"Çataldili mi konuşuyor?"

"Çok iyi," dedi Dumbledore, başını onaylarcasına sallayıp gülümseyerek.

Paçavraların içindeki adam şimdi bir elinde bıçak, öbüründe asa, Ogden'ın üzerine doğru yürüyordu.

"Şimdi, bakın –" diye başladı Ogden, ama artık çok geçti: bir patlama oldu ve Ogden kendini yerde buldu. Burnunu tutuyor, parmaklarının arasından sarımsı bir yapışkan sıvı akıyordu.

"Morfin!" dedi biri yüksek sesle.

Kulübeden ihtiyar bir adam fırlamıştı. Kapıyı arkasından öyle sert çarptı ki ölü yılan acınası bir şekilde sağa sola savruldu. Bu adam öbüründen daha kısa boyluydu, bedeni de orantısızdı: omuzları çok geniş, kolları ise fazlasıyla uzundu. Parlak kahverengi gözleri, kısa, fırça gibi saçı ve kırışık yüzüyle birlikte bu özellikler ona güçlü ve yaşlı bir maymun görünümü veriyordu.

Yerde yatan Ogden'a bakıp gevrek bir kahkaha atmaya başlamış olan bıçaklı adamın yanına gelince durdu.

"Bakanlık, ha?" dedi ihtiyar adam, yerdeki Ogden'a bakarak.

"Doğru!" dedi Ogden kızgın kızgın, yüzünü kurulayarak. "Ve anladığım kadarıyla siz de Mr Gaunt'sunuz, öyle mi?"

"Evet,"dedi Gaunt. "Surattan avladı seni, ha?"

"Evet, öyle!" diye çıkıştı Ogden.

"Geldiğini haber vermeliydin, öyle değil mi?" dedi Gaunt saldırgan bir tavırla. "Burası özel mülk. Sen öyle elini kolunu sallaya sallaya gir, oğlum kendini korumasın, yok öyle yağma!"

"Neye karşı korumaktan bahsediyorsun, kuzum?" dedi Ogden, güçlükle doğrularak.

"İşgüzarlar. Davetsiz misafirler. Muggle'lar ve pislikler."

Ogden asasını, hâlâ bol miktarda sarı irine benzeyen bir şeyin aktığı burnuna doğrulttu. Akıntı ânında durdu. Mr Gaunt ağzının içinde Morfin'e bir şeyler söyledi.

"Eve gir. Tartışma."

Bu defa hazırlıklı olan Harry, Çataldili'ni tanıdı; ne dendiğini anlamakla birlikte, Ogden'ın duyduğu tek şey olan o acayip tıslamayı da ayırt edebiliyordu. Morfin itirazın eşiğindeymiş gibi göründü, ama babası ona tehditkâr bir bakış atınca fikrini değiştirdi ve sallana sallana kulübeye doğru yürüdü. Ön kapıyı arkasından hızla çarpınca, yılan yine acıklı bir şekilde sağa sola savruldu.

"Buraya oğlunuzla görüşmek için geldim," dedi Ogden, irinin son kısmını da frakının önünden silerken. "Morfin'di o, değil mi?"

"Haa, Morfin'di," dedi ihtiyar adam kayıtsızca. "Safkan mısın sen?" diye sordu, birden saldırgan bir tavır takınarak

"Bunun konuyla hiç alakası yok," dedi Ogden soğuk bir sesle. Harry, Ogden'a karşı içinde bir saygı duygusunun kabardığını hissetti.

Belli ki Gaunt onunla aynı hisleri paylaşmıyordu. Gözlerini kısarak Ogden'ın yüzüne baktı ve apaçık hakaret kokan bir ses tonuyla mırıldandı: "Şimdi düşünüyorum da, aşağıdaki köyde seninki gibi burunlar görmüştüm."

"O konuda hiç şüphem yok, oğlunuz onların üzerine de böyle salıverildiyse," dedi Ogden. "Belki de bu konuşmayı içeride sürdürebiliriz, ne dersiniz?"

"İçeride mi?"

"Evet, Mr Gaunt. Size söyledim, buraya Morfin için geldim. Bir baykuş göndermiştik –"

"Baykuş kullanmam ben," dedi Gaunt. "Mektupları açmam."

"O halde ziyaretçiler haber verilmiyor diye şikâyet etmeye de pek hakkınız yok," dedi Ogden ters ters. "Buraya ciddi bir büyücülük kanunu ihlali nedeniyle geldim, söz konusu ihlal bu sabahın erken saatlerinde burada gerçekleşti –"

"Tamam, tamam, tamam!" diye böğürdü Gaunt. "Gel o zaman kahrolası eve, sanki çok da işine yarayacak ya!"

Göründüğü kadarıyla evin üç tane küçücük odası vardı. Hem mutfak, hem oturma odası işlevi gören ana odadan iki kapı açılıyordu. Morfin dumanı tüten ateşin yanında leş gibi bir koltukta oturmuş, kalın parmaklarının arasında canlı bir engereği evirip çeviriyor, bir taraftan da Çataldili'nde usul usul mırıldanıyordu:

"Tıs tıs, yılancık,
Yerde kayar gider,
İyi davran Morfin'e
Yoksa seni kapıya çiviler."

Açık pencerenin yanındaki köşeden bir sürtünme sesi geldi ve Harry evde birinin daha olduğunu fark etti: yırtık pırtık gri elbisesi arkasındaki kirli taş duvarla aynı renkte olan bir kız. Siyah, pis bir ocağın üzerindeki dumanı tüten bir yemek kabının yanında durmuş, hemen onun üzerindeki bakımsız kap kacağın durduğu rafta bir şeyler aranıyordu. Saçı ince ve cansızdı; düz, solgun ve bayağı çökmüş bir suratı vardı. Gözleri, tıpkı kardeşinin gözleri gibi, zıt yönlere bakıyordu. İki erkekten biraz daha temiz görünüyordu ama Harry ömründe daha mağlup duran bir insan görmediğini düşündü.

"Kızım, Merope," dedi Gaunt gönülsüzce, Ogden kıza doğru sorgulayan gözlerle bakınca.

"Günaydın," dedi Ogden.

Kız cevap vermedi, onun yerine babasına korku dolu bir bakış attı ve odaya sırtını dönüp, arkasındaki rafta duran kapların yerini değiştirmeye devam etti.

"Evet, Mr Gaunt," dedi Ogden, "hemen konuya girmek gerekirse, oğlunuz Morfin'in dün gece geç saatlerde bir Muggle'ın önünde sihir yaptığına inanmak için geçerli sebeplerimiz var."

Sağır edici bir tangırtı geldi. Merope kaplardan birini düşürmüştü.

"*Kaldırsana şunu!*" diye böğürdü Gaunt ona. "Tabii ya, pis bir Muggle gibi öyle yerlerde sürün, asan neye yarıyor seni beş para etmez pislik çuvalı?"

"Mr Gaunt, lütfen!" dedi Ogden, sarsılmış bir sesle. Yemek kabını çoktan eline almış olan Merope'nin yüzü parça parça kızardı, kabı yeniden yere düşürdü, titreyen ellerle asasını cebinden çıkardı, kaba doğrulttu ve telaşla, duyulamayan bir büyü mırıldandı. Yemek kabı yerde ondan uzağa doğru kaydı, karşı duvara çarptı ve ikiye ayrıldı.

Morfin çılgınca gülmeye başladı. Gaunt ise bas bas bağırıyordu: "Onar şunu, seni işe yaramaz ahmak, onar!"

Merope sendeleyerek odanın öbür tarafına gitti ama o daha asasını kaldıramadan, Ogden kendisininkini kaldırdı ve güçlü bir sesle "*Reparo*," dedi. Kap ânında kendi kendini onardı.

Gaunt bir an Ogden'a bağıracakmış gibi göründü, ama sonra bunu yapmamaya karar verdi anlaşılan. Onun yerine kızıyla alay etti: "Şanslısın ki Bakanlık'tan bu iyi adam burada, değil mi? Belki o seni başımdan alır da beni kurtarır, belki onun pis Kofti'lerle sorunu yoktur..."

Kimseye bakmaksızın ya da Ogden'a teşekkür etmeksizin, Merope yemek kabını aldı ve titreyen ellerle, rafına geri koydu. Sonra sırtı pis pencereyle ocak arasındaki duvara yaslı, son derece hareketsiz halde, öylece durdu; tek isteği taşın içine karışıp yok olmakmış gibi görünüyordu.

"Mr Gaunt," diye başladı Ogden yeniden, "az önce söylediğim gibi, ziyaretimin nedeni –"

"İlk söylediğinde duyduk!" diye çıkıştı Gaunt. "Ee, n'olmuş? Morfin bir Muggle'a hak ettiği cezayı verdi – n'olmuş yani?"

"Morfin büyücülük kanunlarını çiğnedi," dedi Ogden sert sert.

"Morfin büyücülük kanunlarını çiğnedi." Gaunt Ogden'ın sesini, azametli ve tekdüze hale getirerek taklit etti. Morfin yine gevrek bir kahkaha attı. "Pis bir Muggle'a haddini bildirmiş, bu da yasadışı artık, öyle mi?"

"Evet," dedi Ogden. "Korkarım öyle."

İç cebinden küçük bir parşömen tomarı çıkarıp açtı.

"O ne peki, cezası mı?" dedi Gaunt, sesi öfkeyle yükselerek.

"Bakanlık'a çağrı, bir duruşma –"

"Çağrıymış! *Çağrı* ha? Sen kim olduğunu sanıyorsun ki, kalkıp benim oğlumu herhangi bir yere çağırabiliyorsun?"

"Ben Sihirli Yasal Yaptırım Ekibi'nin Başkanı'yım," dedi Ogden.

"Ve bizim süprüntüden farksız olduğumuzu düşünüyorsun, öyle mi?" diye haykırdı Gaunt. Kirli sarı tırnaklı bir parmağını Ogden'ın göğsüne doğrultmuş, onun üzerine yürüyordu şimdi. "Bakanlık gel dedi diye koşa koşa gidecek süprüntüler, ha? Sen kiminle konuştuğunu biliyor musun, ha, seni pis küçük Bulanık, biliyor musun?"

"Mr Gaunt'la konuştuğumu sanıyordum," dedi Ogden ihtiyatla ama pes etmeden.

"Doğru!" diye kükredi Gaunt. Harry bir an Gaunt'un edepsizce bir el hareketi yaptığını sandı ama sonra Ogden'a, orta parmağına takmış olduğu çirkin, siyah taşlı yüzüğü gösterdiğini, onu Ogden'ın gözünün önünde salladığını fark etti. "Bunu görüyor musun? Görüyor musun? Ne olduğunu biliyor musun bunun? Nereden geldiğini biliyor musun? Asırlardır bizim ailemizde bu, işte o kadar köklü bir aileyiz, tamamen de safkan! Taşında Peverell armasıyla bunun için ne kadar teklif ettiler, biliyor musun?"

"Gerçekten hiç fikrim yok," dedi Ogden, yüzük burnunun bir iki santim ötesinde sallanırken, "ayrıca bunun konuyla pek ilgisi yok, Mr Gaunt. Oğlunuz –"

Gaunt öfkeden uluyarak kızına doğru koştu. Eli onun gırtlağına doğru uzanırken, bir an için Harry onun kızını boğacağını düşündü, ama az sonra Gaunt kızını boynundaki altın bir zincirden tutmuş, Ogden'a doğru sürüklüyordu.

"Bunu görüyor musun?" diye böğürdü Ogden'a. Kocaman altın bir madalyonu ona doğru sallıyor, bu arada Merope de panikle kekeliyor ve nefes almaya çalışıyordu.

"Görüyorum, görüyorum!" dedi Ogden çabucak.

"*Slytherin'in!*" diye haykırdı Gaunt. "Salazar Slytherin'in! Biz onun soyunun yaşayan son temsilcileriyiz, buna ne diyorsun, ha?"

"Mr Gaunt, kızınız!" dedi Ogden telaşla, ama Gaunt Merope'yi bırakmıştı bile. Kız sendeleyerek ondan uzaklaştı ve köşesine dönüp boynunu ovmaya, derin derin nefes almaya başladı.

"Evet!" dedi Gaunt muzaffer bir edayla, sanki az önce karmaşık bir fikri hiç tartışmaya yer bırakmayacak şekilde kanıtlamış gibi. "O yüzden bize pabucunun kiriymişiz gibi davranma! Nesillerce safkan, hepsi de büyücü – oysa *sen* böyle bir iddiada bulunamazsın, eminim!"

Ve yere, Ogden'ın ayağının dibine tükürdü. Morfin yine kahkaha attı. Pencerenin kenarına sinmiş, başını önüne eğmiş, yüzü düz saçlarının arkasında saklı Merope, hiçbir şey söylemedi.

"Mr Gaunt," dedi Ogden azimle, "korkarım konumuzla ne sizin atalarınızın ilgisi var, ne de benimkilerin. Ben Morfin yüzünden buradayım, Morfin ve dün gece taciz ettiği Muggle yüzünden. Elimizdeki bilgiye göre," parşömen tomarına göz attı, "Morfin söz konusu Muggle'a, son derece acılı bir şekilde kurdeşen dökmesine sebep olan bir uğursuzluk büyüsü ya da nazar uygulamış."

Morfin kıkırdadı.

"Sessiz ol, çocuk," diye hırladı Gaunt Çataldili'nde. Morfin tekrar sustu.

Gaunt "Ee, yaptıysa n'olmuş?" dedi Ogden'a, meydan okurcasına. "Herhalde Muggle'ın pis suratını onun için temizlemişsinizdir, hafızasını da –"

"Mesele bu değil, öyle değil mi, Mr Gaunt?" dedi Ogden. "Bu, savunmasız bir –"

"Yaa, zaten gördüğüm anda notunu vermiştim, Muggle âşığısın sen," dedi Gaunt küçümsemeyle. Tekrar yere tükürdü.

"Bu tartışma bir yere varmıyor," dedi Ogden katı bir sesle. "Oğlunuzun tavrından apaçık ortada ki yaptıklarından dolayı hiçbir pişmanlık duymuyor." Yeniden elindeki parşömen tomarına göz attı. "Morfin, Eylül'ün on dördündeki duruşmaya gelip suçlamalara cevap verecek. Bu suçlamalar bir Muggle'ın önünde sihre başvurmak ve söz konusu Muggle'a zarar ve ıstırap –"

Ogden sustu. Açık pencereden atların çan ve nal sesleri ve insan kahkahaları geliyordu. Belli ki köye giden dolambaçlı yol, evin olduğu ağaçlığın çok yakınından geçiyordu. Gaunt donakaldı, dinliyordu, gözleri iri iri açılmıştı. Morfin tısladı ve yüzünü seslerin geldiği yere doğru çevirdi, suratında aç bir ifade vardı. Merope başını kaldırdı. Harry onun yüzünün bembeyaz olduğunu gördü.

"Tanrım, ne kadar çirkin!" diye çınladı bir kız sesi. Açık pencereden gelen ses sanki kız yanlarındaymış gibi net duyuluyordu. "Baban bu harabeyi kaldırtamıyor mu, Tom?"

"Bizim değil," dedi genç bir adamın sesi. "Vadinin öbür tarafındaki her şey bize ait, ama o kulübe Gaunt adında yaşlı bir serseriyle çocuklarının. Oğlu basbayağı deli, köyde anlattıkları bazı hikâyeleri duymalısın –"

Kız güldü. Çan ve nal sesleri giderek yükseliyordu. Morfin koltuğundan kalkmaya hamle etti.

"Otur oturduğun yerde," diye ikaz etti babası Çataldili'nde.

"Tom," dedi kızın sesi yine, şimdi öyle yakından geliyordu ki besbelli evin hemen yanındaydılar, "Yanılıyor muyum – yoksa birisi o kapıya bir yılan mı çivilemiş?"

"Aman Tanrım, haklısın!" dedi adamın sesi. "Adamın oğlu yapmıştır, birkaç tahtası eksik demiştim sana. Bakma Cecilia, bakma sevgilim."

Çan ve nal sesleri tekrar uzaklaşmaya başlamıştı.

"'Sevgilim'," diye fısıldadı Morfin Çataldili'nde, kız kardeşine bakarak. *"'Sevgilim' dedi ona. Yani zaten seni istemezmiş."*

Merope'nin beti benzi öyle bir attı ki Harry onun bayılacağını düşündü.

"Ne dedin?" dedi Gaunt sert bir sesle, oğlundan kızına bakarak. O da Çataldili'nde konuşmuştu. *"Sen ne dedin, Morfin?"*

"O Muggle'a bakmaktan hoşlanıyor," dedi Morfin, kız kardeşine bakan yüzünde haince bir ifadeyle. Kız kardeşi ise şimdi dehşet içinde görünüyordu. *"O ne zaman geçse hep bahçede, çalıların arasından ona bakıyor, değil mi? Ve dün gece –"*

Merope titrek titrek, yalvarırcasına başını iki yana salladı ama Morfin amansızca devam etti, *"Pencereden sarkmış, onun eve geri dönmesini bekliyordu, değil mi?"*

"Bir Muggle'a bakmak için pencereden mi sarkıyor?" dedi Gaunt alçak sesle.

Üç Gaunt da Ogden'ın varlığını unutmuş gibiydi. Ogden ise birdenbire yeniden patlak vermiş bu anlaşılmaz tıslayıp fıslamadan dolayı son derece şaşırmış ve sinirlenmiş görünüyordu.

"Doğru mu?" dedi Gaunt ölümcül bir sesle, dehşet içindeki kıza bir iki adım yaklaşarak. *"Benim kızım –Salazar Slytherin'in soyunun safkan temsilcisi– aşağılık, damarları pislik dolu bir Muggle'ı mı arzuluyor?"*

Merope duvara iyice yaslandı ve belli ki konuşamayacak halde başını çılgınca iki yana salladı.

"Ama ben onun hakkından geldim, Baba!" dedi Morfin, gevrek

kahkahasını atarak. *"Buradan geçerken onun hakkından geldim, her tarafında kurdeşenle o kadar yakışıklı görünmüyordu, değil mi Merope?"*

"Seni iğrenç küçük Kofti, seni iğrenç küçük kanı bozuk!" diye kükredi Gaunt. Kontrolünü kaybedip ellerini kızının boğazına kenetledi.

Harry ile Ogden aynı anda "Hayır!" diye bağırdılar; Ogden asasını kaldırıp haykırdı: *"Relashio!"* Gaunt arkaya doğru, kızından uzağa savruldu; bir sandalyeye takılıp sırtüstü yere düştü. Morfin öfkeyle kükreyerek sandalyesinden sıçradı ve Ogden'a doğru koştu. Bir taraftan kanlı bıçağını sallıyor, bir taraftan da asasından gelişigüzel uğursuzluk büyüleri yolluyordu.

Ogden canını kurtarmak için kaçtı. Dumbledore takip etmeleri gerektiğini belirtince, Harry onun dediğini yaptı. Merope'nin çığlıkları kulaklarında yankılanıyordu.

Ogden patikadan yukarı doğru koşarak, elleri başının üzerinde, kendini anayola attı, atar atmaz da çok yakışıklı, siyah saçlı genç bir adamın bindiği parlak kestane rengi bir ata tosladı. Hem genç adam, hem de onun yanında gri bir ata binmiş olan güzel kız Ogden'ı görünce kahkahaya boğuldu. Atın yan tarafından seken Ogden, frakı arkasında uçuşarak, tepeden tırnağa toz içinde, yoldan yukarı paldır küldür koştu.

"Sanırım bu kadarı yeterli, Harry," dedi Dumbledore. Harry'yi dirseğinden tuttu, çekti. Az sonra ikisi karanlığın içinde ağırlıksızca uçuyorlardı. Sonunda ayaklarının üzerine inip kendilerini tekrar Dumbledore'un odasında buldular. Oda şimdi alacakaranlığa gömülmüştü.

"Kulübedeki kıza ne oldu?" diye sordu Harry hemen, Dumbledore asasının küçük bir hareketiyle birkaç lamba daha yakarken. "Merope miydi neydi adı hani?"

"Ah, hayatta kaldı," dedi Dumbledore, masasının arkasındaki sandalyeye geçip Harry'ye de oturmasını işaret ederek. "Ogden Bakanlık'a geri Cisimlendi ve on beş dakika sonra yanında destek güçle döndü. Morfin ve babası mücadele etmeye kalktılar ama yenildiler, kulübeden çıkarıldılar ve sonra da Büyüceşûra tarafından suçlu bulundular. Zaten sicilinde bir dizi Muggle saldırısı bulunan Morfin, Azkaban'da üç yıla mahkûm oldu. Ogden'a ek olarak birkaç tane daha Bakanlık çalışanını yaralayan Marvoldo ise, altı ay ceza aldı."

"Marvoldo mu?" diye tekrar etti Harry, şaşkın şaşkın.

"Evet, öyle," dedi Dumbledore, onaylarcasına gülümseyerek. "Güzel, görüyorum ki takip ediyorsun."

"O zaman o yaşlı adam –"

"Voldemort'un büyükbabası, evet," dedi Dumbledore. "Marvoldo, oğlu Morfin ve kızı Merope, kendi kuzenleriyle evlenme alışkanlıkları sebebiyle baş göstermiş dengesizlik ve şiddet eğilimiyle ünlü, kadim bir büyücü ailesi olan Gaunt'ların son temsilcileriydi. Sağduyu yoksunluğu, ihtişam meraklarıyla birleşince, sülalenin altınlarının tamamı Marvoldo doğmadan nesiller önce çarçur edilmişti. Az önce gördüğün gibi, ona ise kala kala sefalet ve yoksulluk, feci bir mizaç, inanılmaz ölçüde bir kibir ve gurur ve oğlu kadar –kızından epey fazla– değer verdiği iki aile yadigârı kalmıştı."

"Yani Merope," dedi Harry, sandalyesinde öne doğru eğilip Dumbledore'a bakarak, "yani Merope... efendim yani o... *Voldemort'un annesi* miydi?"

"Evet, öyle," dedi Dumbledore. "Ayrıca Voldemort'un babasını da gördük bir an için. Fark ettin mi acaba, merak ediyorum?"

"Morfin'in saldırdığı Muggle mı? Hani attaki adam?"

"Çok güzel," dedi Dumbledore, gülümseyerek. "Evet, o Büyük Tom Riddle'dı, atıyla hep Gaunt kulübesinin yanından geçen ve Merope Gaunt'un gizli, ateşli bir tutku beslediği yakışıklı Muggle."

"Peki sonunda evlendiler mi yani?" dedi Harry inanamayarak; birbirine âşık olması ihtimali bu kadar düşük iki insan daha hayal edemiyordu.

"Sanırım unutuyorsun," dedi Dumbledore, "Merope bir cadıydı. Babası tarafından yıldırılmış haldeyken sihirsel güçlerini tam olarak gösterebildiğini sanmıyorum. Marvoldo ve Morfin ondan uzağa Azkaban'a kapatıldıklarında, hayatında ilk kez yalnız ve özgür kaldığında, işte o zaman yeteneklerini ortaya dökmesi ve on sekiz yıldır sürdüğü korkunç hayattan kaçışın planlarını yapması mümkün olmuştur, eminim.

"Merope'nin Tom Riddle'a Muggle arkadaşını unutturup, onun yerine kendisine âşık olmasını sağlayacak herhangi bir yöntem gelmiyor mu aklına?"

"İmperius Laneti mi?" diye sordu Harry. "Ya da bir aşk iksiri?"

"Çok güzel. Benim şahsi kanaatim, bir aşk iksiri kullandığı yönünde. Eminim ona daha romantik görünmüştür. Ayrıca sıcak bir günde, Riddle tek başına ata binerken, onu biraz su içmeye ikna etmenin pek zor olacağını sanmıyorum. Öyle ya da böyle, az önce tanık olduğumuz sahneden birkaç ay sonra, Little Hangleton köyü müthiş bir skandalın tadını çıkardı. Bey'in oğlu serserinin kızı Merope ile kaçınca çıkan söylentileri hayal edebilirsin.

"Ama köylülerin yaşadığı şok, Marvoldo'nunki yanında hiç kalırdı. Azkaban'dan çıktığında kızını masanın üzerinde sıcak bir yemeği hazır etmiş, itaatkâr bir şekilde dönüşünü bekler halde bulacağını sanıyordu. Onun yerine bir parmak toz ve kızının bıraktığı, ne yaptığını açıklayan bir veda notu buldu.

"Keşfedebildiklerimden çıkardığım kadarıyla, o andan sonra bir daha asla onun adını anmadı, varlığından habersizmiş gibi davrandı. Kızının gidişinin şoku, onun erken ölümünde pay sahibi olabilir – ya da belki kendini beslemeyi öğrenmemişti hiç. Azkaban Marvoldo'yu çok zayıflatmıştı, Morfin'in kulübeye dönüşünü görecek kadar yaşamadı."

"Peki ya Merope? O... o öldü, değil mi? Voldemort bir yetimhanede büyümemiş miydi?"

"Evet, öyle," dedi Dumbledore. "Bu noktada biraz tahminde bulunmamız gerekiyor, ama neler olduğunu çıkarmanın pek de zor olduğunu düşünmüyorum. Kaçıp evlenmelerinden birkaç ay sonra, Tom Riddle tekrar Little Hangleton'daki malikânede belirdi, yanında karısı yoktu. Çevrede onun 'oyuna getirildiğini' ve 'dolandırıldığını' söylediğine dair söylentiler dolaşmaya başladı. Eminim ki kastettiği, artık kalkmış olan bir efsunun etkisi altında olduğuydu, ama muhtemelen deli zannedilmekten korktuğu için tam olarak bu kelimeleri kullanmamıştır. Öte yandan köylüler Tom Riddle'ın dediklerini duyunca, Merope'nin Tom Riddle'a yalan söylediğini, ondan çocuğu olacakmış gibi yaptığını, Tom Riddle'ın da onunla bu yüzden evlendiğini düşündüler."

"Ama *gerçekten de* ondan çocuğu oldu."

"Evet ama ancak evlendikten bir yıl sonra. Tom Riddle onu hâlâ hamileyken bırakıp gitti."

"Peki ters giden neydi?" diye sordu Harry. "Aşk iksiri neden işe yaramamaya başladı?"

"Yine bir tahminden ibaret bu," dedi Dumbledore, "ama bence, kocasına sırılsıklam âşık olan Merope onu sihir yordamıyla esir etmeyi sürdürmeye dayanamadı. Bir noktada ona iksiri vermeyi kestiğine inanıyorum. Belki, kendisi öyle delicesine âşık olduğu için, artık Tom Riddle'ın da ona âşık olduğuna kendini ikna etmişti. Belki bebek için kalacağını düşünmüştü. Eğer böyle olduysa, her iki konuda da yanılmıştı. Tom Riddle onu terk etti, bir daha onu asla görmedi, oğlunun başına ne geldiğini öğrenme zahmetine de asla katlanmadı."

Dışarıdaki gökyüzü mürekkep siyahıydı ve Dumbledore'un odasındaki lambalar öncekinden daha çok parlıyor gibiydi.

"Sanırım bu gecelik bu kadar yeter, Harry," dedi Dumbledore az sonra.

"Peki, efendim," dedi Harry.

Ayağa kalktı, ama çıkmadı.

"Efendim... Voldemort'un geçmişi konusunda bütün bunları bilmenin bir önemi var mı?"

"Çok önemi var bence," dedi Dumbledore.

"Peki bunların... bunların kehanetle bir ilgisi var mı?"

"Kehanetle çok ilgisi var."

"Peki," dedi Harry, biraz kafası karışmış ama aynı zamanda da güveni yerine gelmiş halde.

Çıkmak için arkasını döndü, ama tam o anda aklına bir soru daha gelince geri döndü.

"Efendim, bana söylediğiniz her şeyi Ron'la Hermione'ye anlatabilir miyim?"

Dumbledore bir an durup onu süzdü, sonra konuştu: "Evet, sanırım Mr Weasley ve Miss Granger güvenilir olduklarını ispat ettiler. Ama, Harry, bunların hiçbirinden başka hiç kimseye söz etmemelerini söylemeni isteyeceğim senden. Lord Voldemort'un sırlarının ne kadarını bildiğim, ya da ne kadarından şüphelendiğim konusunda ortalıkta laf dolaşmaya başlarsa iyi olmaz."

"Hayır, efendim, Ron'la Hermione'den başka kimse duymaz. İyi geceler."

Yeniden arkasını döndü, ama neredeyse kapıya varmışken, onu gördü. Onca narin görünümlü gümüş aygıtı taşıyan o ince bacaklı masalardan birinin üzerinde, iri ve çatlak siyah taşlı bir yüzük duruyordu.

"Efendim," dedi Harry, ona bakarak. "O yüzük –"

"Evet?" dedi Dumbledore.

"O gece Profesör Slughorn'u ziyaret ettiğimizde takmıştınız onu."

"Evet, takmıştım," diye doğruladı Dumbledore.

"Ama o... efendim, o Marvoldo Gaunt'un Ogden'a gösterdiği yüzük değil mi?"

Dumbledore başını eğdi.

"Ta kendisi."

"Ama nasıl –? Hep sizde miydi?"

"Hayır, geçenlerde elime geçti," dedi Dumbledore. "Seni teyzenle eniştenin evinden almaya gelmeden birkaç gün önce, aslına bakarsan."

"Peki bu, elinizi yaraladığınız sıralarda mı oluyor?"

"Evet, o sıralarda, Harry."

Harry duraksadı. Dumbledore gülümsüyordu.

"Efendim nasıl –"

"Çok geç oldu, Harry! Hikâyeyi başka zaman dinlersin. İyi geceler."

"İyi geceler, efendim."

ON BİRİNCİ BÖLÜM

Hermione'nin Desteği

Altıncı sınıfın boş dersleri Ron'un umduğu gibi mutluluk dolu dinlenme saatleri değil, Hermione'nin tahmin ettiği gibi onlara verilen muazzam miktarda ev ödevini yetiştirmeye çalıştıkları saatler oldu. Sanki her gün sınavları varmış gibi çalışmaları bir yana, dersler de her zamankinden zorlaşmıştı. Harry bugünlerde Profesör McGonagall'ın onlara söylediklerinin yarısını bile zar zor anlıyordu; hatta Hermione bile bir iki kez, ondan talimatları tekrarlamasını istemek zorunda kalmıştı. İnanılmayacak olan ve Hermione'yi gittikçe daha fazla kızdıran şey ise, Melez Prens sayesinde, İksir'in bir anda Harry'nin en iyi dersi haline gelmiş olmasıydı.

Onlardan artık sözsüz büyüler bekleniyordu. Üstelik yalnızca Karanlık Sanatlara Karşı Savunma dersinde değil, Tılsım ve Biçim Değiştirme derslerinde de. Harry ortak salonda ya da yemek saatinde ne zaman dönüp sınıf arkadaşlarına baksa onları yüzleri mosmor, aşırı dozda Ikınmak-Neymiş-Görürsün-Sen almış gibi gergin görüyordu. Oysa biliyordu ki, büyülü sözleri yüksek sesle söylemeksizin büyülerin etki göstermesine çabalıyorlardı, o kadar. Dışarı, seralara çıkmak büyük rahatlıktı; Bitkibilim'de her zaman olduğundan çok daha tehlikeli bitkilerle uğraşıyorlardı ama hiç değilse Zehirli Dokunakula hiç beklenmedik bir anda arkadan onları kavrarsa yüksek sesle küfretmelerine hâlâ izin vardı.

Muazzam miktardaki ödevleri ve deli gibi sözsüz büyü çalıştıkları saatler yüzünden Harry, Ron ve Hermione o zamana kadar gidip Hagrid'i ziyaret etmeye vakit bulamamışlardı. O da yemeklerde öğretmenler masasına gelmeyi bırakmıştı ki, bu tekinsiz bir işaretti. Koridorlarda ya da arazide ona ender olarak rastladıklarında da, esrarengiz bir şekilde, onları görmemiş ya da selamlarını duymamıştı.

Ertesi Cumartesi günü kahvaltıda, Hagrid'in öğretmenler masasındaki kocaman boş iskemlesine bakan Hermione, "Gidip açıklamamız lazım," dedi.

"Bu sabah Quidditch seçmeleri var!" dedi Ron. "*Ve* Flitwick için o *Aguamenti* tılsımını çalışıyor olmamız gerek! Hem zaten ne açıklayacağız ki? Ona aptal dersinden nefret ettiğimizi nasıl söyleyeceğiz?"

"Nefret etmiyorduk ki!" dedi Hermione.

"Kendi adına konuş, ben Keleker'leri henüz unutmadım," dedi Ron asık suratla. "Ve söylüyorum sana, canımızı zor kurtardık. Sen onun aptal kardeşi hakkında söylediklerini duymadın – kalsaydık eğer, şimdi Grawp'a ayakkabılarını bağlamayı öğretiyorduk."

Üzgün görünen Hermione, "Hagrid'le konuşmamaktan nefret ediyorum," dedi.

Harry, "Quidditch'ten sonra gideriz," diye onun içini rahatlattı. Hagrid'i özlüyordu ama Ron gibi o da hayatlarında Grawp yokken daha iyi durumda olduklarını düşünüyordu. "Ancak, seçmeler bütün sabah sürebilir, öyle çok insan başvurdu ki." Kaptanlığının ilk sorunuyla karşılaşmak biraz sinirini bozmuştu. "Takım birden niye böyle popüler oldu, bilmiyorum."

"Hadi ama, Harry," dedi, birden sabrı tükenen Hermione. "Popüler olan *Quidditch değil*, sensin! Hiç bu kadar ilginç olmamıştın, ve doğruyu söylemek gerekirse, hiç bu kadar beğenilen biri de olmamıştın."

Büyük bir parça füme ringa balığı yiyen Ron az kalsın boğuluyordu. Hermione, yeniden Harry'ye dönmeden önce ona hor gören bir bakış attı.

"Artık herkes doğruyu söylediğini biliyor, değil mi? Bütün büyücülük dünyası Voldemort'un geri dönüşü konusunda haklı olduğunu ve son iki yılda onunla gerçekten iki kere dövüşüp ikisinde de canını kurtardığını kabul etmek zorunda kaldı. Ve şimdi de sana 'Seçilmiş Kişi' diyorlar – eh, hadi ama, insanların niye seninle bu kadar ilgilendiklerini anlayamıyor musun?"

Gerçi tavan hâlâ soğuk ve yağmurlu görünüyordu ama Büyük Salon birden Harry'ye çok sıcak gelmeye başlamıştı.

"*Ve* senin dengesiz biri olduğunu, yalancı olduğunu göstermeye çalışırlarken Bakanlık'ın onca eziyetine de katlandın. O kötü kalpli kadının sana kendi kanınla yazdırdığı yerdeki işaretler hâlâ görünüyor, ama gene de söylediklerinden vazgeçmedin..."

"Bakanlık'ta o beyinlerin beni neremden yakaladığını hâlâ görebilirsin, bak," dedi Ron, kollarını sıvayarak.

"Yazın neredeyse otuz santim uzamış olmanın da bu duruma bir zararı olmamış tabii," diye bitirdi Hermione, Ron'a aldırmayarak.

"Benim boyum uzun," dedi Ron, durduk yerde.

Derken posta baykuşları geldi, yağmurun benek benek yaptığı pencerelerden aniden içeri dalarak, herkesin üzerine su damlacıkları saçtılar. Çoğu kişi her zamankinden fazla mektup alıyordu: endişeli annelerle babalar çocuklarından haber almaya ve onları evde her şeyin yolunda olduğu konusunda rahatlatmaya hevesliydi. Harry sömestr başından beri hiç posta almamıştı; ona düzenli olarak mektup yazan tek kişi ölmüştü ve her ne kadar Lupin'in arada bir yazacağını ummuş olsa da bu konuda hayal kırıklığına uğramıştı. Onun için de kar beyazı Hedwig'i, bütün o kahverengi ve gri baykuşlar arasında daire çizerken gördüğünde çok şaşırdı. Hedwig, büyük, kare şeklinde bir paket taşıyarak onun önüne kondu. Bir an sonra Harry'ninkinin tıpatıp aynı bir paket de Ron'un önüne kondu; minimini, bitkin baykuşu Pigwidgeon da paketin altında kaldı.

"Hah!" dedi Harry, paketi açıp da ortaya, Flourish ve Blotts'tan henüz gelmiş yeni bir *İleri İksir-Yapımı* kitabı çıkınca.

"Ah, iyi," dedi Hermione, sevinçle. "Şimdi o içi yazılı kitabı iade edebilirsin."

"Sen aklını mı kaçırdın?" dedi Harry. "Onu vermiyorum! Bak, düşündüm de –"

Eski *İleri İksir-Yapımı* kitabını çantasından çıkardı ve kapağına asasıyla dokunarak, "*Diffindo!*" diye mırıldandı. Kapak düştü. Aynı şeyi yepyeni kitabıyla da yaptı (Hermione şok geçiriyor gibiydi). Sonra kapakları değiştirdi, ikisine de dokunarak "*Reparo!*" dedi.

Prens'in kitabı, yeni bir kitap kılığında orada duruyordu, Flourish ve Blotts'tan gelen yeni kitap da, tam anlamıyla elden düşme bir kitap gibi görünüyordu.

"Slughorn'a yenisini vereceğim. Şikâyet edemez, dokuz Galleon'a mal oldu."

Hermione dudaklarını büzdü, kızgın ve onaylamaz görünüyordu ama *Gelecek Postası*'nın o günkü sayısını taşıyarak önüne konan üçüncü bir baykuş dikkatini dağıttı. Hemen gazeteyi açarak, birinci sayfayı taradı.

"Tanıdıklarımızdan ölen var mı?" dedi Ron, kararlı bir kayıtsızlıkla; Hermione gazeteyi her açışında aynı soruyu soruyordu.

"Hayır ama, gene Ruh Emici saldırıları var," dedi Hermione. "Bir de tutuklama."

"Mükemmel, kimmiş?" dedi Harry, Bellatrix Lestrange'ı düşünerek.

"Stan Shunpike," dedi Hermione.

"Ne?" dedi Harry, hayretle.

"*Sevilen büyücülük vasıtası Hızır Otobüs'ün biletçisi Stanley Shunpike, Ölüm Yiyen faaliyeti şüphesiyle tutuklandı. 21 yaşındaki Mr Shunpike, Clapham'daki evine dün gece geç saatlerde yapılan bir baskının ardından gözaltına alındı...*"

"Stan Shunpike, Ölüm Yiyen ha?" dedi Harry, ilk kez üç yıl önce karşılaştığı sivilceli genci hatırlayarak. "Hayatta olmaz!"

Ron, mantıklı mantıklı, "Ona İmperius Laneti yapmış olabilirler," dedi. "Hiç belli olmaz."

Hâlâ okumakta olan Hermione, "Öyle görünmüyor," dedi. "Burada onun, bir pub'da Ölüm Yiyen'lerin gizli planlarından söz ettiği duyulunca tutuklandığı yazıyor." Yüzünde tedirgin bir ifadeyle başını kaldırıp baktı. "İmperius Laneti'nin etkisi altında olsa, orada durup da planları hakkında dedikodu ediyor olmazdı herhalde, değil mi?"

"Bildiklerinden fazlasını biliyor numarası yapıyormuş anlaşılan," dedi Ron. "Hani şu Veela'lara asılırken ileride Sihir Bakanı olacağını iddia eden çocuk değil miydi bu?"

"Evet, oydu," dedi Harry. "Stan'i ciddiye alarak ne yapmaya çalışıyorlar, bilmem."

"Belki de bir şeyler yapıyormuş gibi görünmek istiyorlar," dedi Hermione, kaşlarını çatarak. "İnsanlar dehşet içinde – Patil ikizlerinin anneleriyle babalarının onların eve dönmesini istediklerini biliyor musunuz? Eloise Midgeon ise okuldan alındı bile. Dün gece babası gelip götürdü."

"Ne!" dedi Ron, Hermione'ye fal taşı gibi gözlerle bakarak. "Ama Hogwarts onların evlerinden daha güvenli, öyle olmalı! Seherbaz'lar var, sonra bütün o ekstra koruyucu büyüler. Ayrıca Dumbledore'umuz da var!"

"Onun her an burada olduğunu sanmıyorum," dedi Hermione usulca, *Gelecek*'in üstünden öğretmenler masasına bir göz atarak. "Farkına varmadın mı? Geçen hafta onun iskemlesi de Hagrid'inki kadar boş durdu."

Harry ve Ron öğretmenler masasına baktılar. Müdür'ün iskemlesi sahiden de boştu. Şimdi Harry düşünüyordu da, bir hafta önceki özel derslerinden beri Dumbledore'u görmemişti.

"Sanırım Yoldaşlık'la ilgili bir şey yapmak için okuldan ayrıldı," dedi Hermione, alçak sesle. "Yani... durum ciddi görünüyor, değil mi?"

Harry ve Ron cevap vermedi, ama Harry hepsinin aynı şeyi

düşündüklerini biliyordu. Bir önceki gün korkunç bir olay olmuş, Hannah Abbott Bitkibilim'den çıkarılmış ve ona annesinin ölü bulunduğu söylenmişti. Ondan sonra Hannah'ı görmemişlerdi.

Beş dakika sonra Quidditch sahasına gitmek için Gryffindor masasından ayrıldıklarında, Lavender Brown ile Parvati Patil'in yanından geçtiler. Hermione'nin Patil ikizlerinin anneleriyle babalarının onları okuldan almak istemesine ilişkin söylediklerini hatırlayan Harry, bu iki iyi arkadaşın, üzüntülü ifadelerle bir şeyler fısıldaşmalarına şaşırmadı. Onu şaşırtan, Ron kızlarla aynı hizaya gelince Parvati'nin birden Lavender'ı dirseğiyle hafifçe dürtmesi, onun da dönerek Ron'a ağzı kulaklarında gülümsemesi oldu. Ron ona gözlerini kırparak baktı ve gülümsemesini güvensizce iade etti. Yürüyüşü birden değişti, sanki daha bir cakalı yürümeye başladı. Malfoy burnunu kırdıktan sonra Ron'un nasıl kendini tutup gülmediğini hatırlayan Harry, gülme arzusunu bastırdı. Ancak Hermione, çiseleyen serin, sisli yağmur altında stadyuma giderlerken soğuk ve mesafeli durdu, oraya gidince de Ron'a iyi şanslar dilemeden tribünde yer bulmak için yanlarından ayrıldı.

Harry'nin beklediği gibi, seçmeler sabahın büyük kısmını aldı. Gryffindor binasının yarısı gelmişti sanki: birtakım berbat eski okul süpürgelerine ürkek ürkek yapışmış birinci sınıflardan, sakin bir göz korkutuculukla herkesin tepesinden bakan yedinci sınıflara kadar. Bu sonuncuların arasında Harry'nin Hogwarts Ekspresi'nden hemen tanıdığı iriyarı, dik saçlı çocuk da vardı.

Kendinden emin bir şekilde, "Trende tanışmıştık, ihtiyar Sluggy'nin kompartımanında," dedi, kalabalıktan öne çıkıp, Harry'nin elini sıkarak. "Cormac McLaggen, Tutucu."

"Geçen yıl seçmeye katılmadın, değil mi?" diye sordu Harry, McLaggen'ın genişliğine bakıp, bir ihtimalle hiç kımıldamasa bile üç çemberi de kapatacağını düşünerek.

"Seçme yaptıklarında, hastane kanadındaydım," dedi McLaggen, hafiften horozlanarak. "İddiaya girip yarım kilo Doksi yumurtası yemiştim de."

"Tamam," dedi Harry. "Şey... şurada beklersen..."

Sahanın kenarını, Hermione'nin oturduğu yerin yakınında bir noktayı işaret etti. Harry bir an McLaggen'ın yüzünde bir kızgınlık ifadesi belirdiğini sandı ve ikisi de "ihtiyar Sluggy'nin" gözdeleri oldukları için McLaggen'ın ayrıcalıklı muamele bekleyip beklemediğini merak etti.

Harry basit bir denemeyle başlamaya karar vererek, takıma başvuranların hepsinden onlu gruplara bölünüp bir kez sahanın çevresinde uçmalarını istedi. Yerinde bir karardı: ilk onlu grup, birinci sınıflardan oluşuyordu ve daha önce pek uçmadıkları ancak bu kadar açık olabilirdi. Sadece bir oğlan birkaç saniyeden uzun süreyle havada kalmayı başardı; üstelik o da buna öylesine şaşırdı ki, ânında kale direklerinden birine bindirdi.

İkinci grupta Harry'nin hayat boyu rastladığı en zevzek on kız vardı; o düdüğünü çalınca kıkırdamaya başladılar ve birbirlerine sarılarak gülmekten yerlere yuvarlandılar. Romilda Vane de aralarındaydı. Harry onlara sahadan ayrılmalarını söyleyince hayli neşeli bir şekilde dediğini yaptılar ve başka herkese laf atmak için tribünde oturmaya gittiler.

Üçüncü grup sahanın etrafında attığı turun ortasında zincirleme kaza yaptı. Dördüncü grubun büyük kısmı süpürgesiz gelmişti. Beşinci grup, Hufflepuff'tandı.

Artık iyice kızmaya başlayan Harry, "Eğer burada Gryffindor'dan olmayan başka kimse varsa," diye kükredi, "lütfen gitsin."

Bir duraklama oldu, sonra iki küçük Ravenclaw kahkahalarla gülüp tabana kuvvet koşarak sahadan ayrıldılar.

İki saatin, bol bol şikâyetin ve birkaç sinir krizinin ardından (ki bunlardan birinde yere çakılan bir Kuyrukluyıldız İki Yüz Altmış ve kırılmış birkaç diş vardı), Harry kendine üç Kovalayıcı buldu: kusursuz bir seçme performansının ardından takıma dönen Katie Bell, özellikle Bludger'lardan kaçmakta çok iyi olan Demelza Robins diye yeni bir keşif ve katılanların hepsinden iyi uçmakla kalmayıp on yedi tane de gol atan Ginny Weasley. Harry tercihlerinden memnundu ama şikâyet edenlere bağırmaktan sesi kısılmıştı ve şimdi de reddedilen Vurucular'la benzer bir mücadeleye katlanmak zorunda kalmıştı.

"Bu son kararım ve Tutucular'ın yolundan çekilmeyene uğursuzluk büyüsü yaparım," diye böğürdü.

Seçtiği Vurucular'ın hiçbirinde Fred ile George'un eski pırıltısı yoktu ama, onlardan memnun sayılırdı: vahşice vurulmuş bir Bludger ile Harry'nin başının arkasında yumurta büyüklüğünde bir yumru yaratmayı başaran kısa boylu ama geniş göğüslü üçüncü sınıf öğrencisi Jimmy Peakes ve çiroz gibi görünen ama iyi nişan alan Ritchie Coote. Şimdi onlar da, takımın son üyesinin seçilmesini izlemek üzere tribünde Katie, Demelza ve Ginny'ye katılmışlardı.

Harry Tutucu seçmesini kasıtlı olarak sona bırakmış, stadyumun daha boş olacağını, ilgili herkesin daha az baskı altında kalacağını ummuştu. Ne yazık ki, reddedilen bütün oyuncular ve uzun bir kahvaltının ardından izlemeye gelen insanlar da şimdi seyircilerin arasına katılmış olduğu için kalabalık daha da büyümüştü. Her Tutucu sayı çemberlerine uçarken seyircilerin yarısı kükrüyor, yarısı yuhalıyordu. Harry, hep sinirleriyle sorunu olan Ron'a bir bakış attı; geçen sömestr final maçını kazanmanın bunu geçireceğini ummuştu ama belli ki geçirmemişti: Ron'un benzi açık yeşil bir renk almıştı.

İlk beş adayın hiçbiri adam başı iki golden fazlasını kurtaramadı. Cormac McLaggen ise, Harry'de büyük hayal kırıklığı yaratarak, beş penaltıdan dördünü kurtardı. Ancak sonuncusunda tam ters yöne doğru fırladı; kalabalık kahkahalarla güldü ve yuhaladı, McLaggen da dişlerini gıcırdatarak yere indi.

Ron, Silsüpür On Bir'ine binerken bayılmanın eşiğindeymiş gibi duruyordu.

Tribünlerden bir ses, "İyi şanslar!" diye bağırdı. Harry, Hermione'yi görmeyi bekleyerek etrafa baktı ama bağıran Lavender Brown'dı. Az sonra Lavender'ın yaptığı gibi Harry de yüzünü ellerinin içine gömmek isterdi ama Kaptan olarak biraz daha metanet göstermeliydi, bu yüzden de dönüp Ron'un seçmesini izlemeye koyuldu.

Oysa boş yere üzülmüştü: Ron arka arkaya bir, iki, üç, dört, beş penaltı kurtardı. Sevinen, kalabalığın coşkulu çığlıklarına katılmamak için kendini zor tutan Harry, Ron'un maalesef onu yenilgiye uğrattığını söylemek için McLaggen'a döndü ve döndüğünde onun kırmızı yüzünü kendininkinden birkaç santim ötede buldu. Çabucak geri adım attı.

McLaggen, tehdit edici bir edayla, "Kız kardeşi elinden geleni yapmadı," dedi. Alnındaki bir damar, Harry'nin Vernon Enişte'nin alnında görüp sık sık hayretle seyrettiği damar gibi atıyordu. "Kolay kurtaracağı bir atış yaptı."

"Saçma," dedi Harry soğuk soğuk. "Az daha yiyordu onu."

McLaggen Harry'ye doğru bir adım daha yaklaştı, ama Harry bu sefer gerilemedi.

"Bana bir şans daha tanı."

"Hayır," dedi Harry. "Sen şansını kullandın. Dört gol kurtardın. Ron beş tane kurtardı. Tutucu Ron, bunu hakkıyla kazandı. Çekil önümden."

Bir an McLaggen'ın ona yumruk atabileceğini düşündü, ama McLaggen suratını çirkin çirkin buruşturmakla yetindi ve öfkeyle ortaya tehdide benzer bir şeyler homurdanarak, çekip gitti.

Harry dönünce yeni takımının ona ışıl ışıl gözlerle baktığını gördü.

"Tebrikler," dedi çatlak bir sesle. "Gerçekten iyi uçtunuz –"

"Harikaydın, Ron!"

Bu sefer onlara doğru tribünlerden koşarak gelen, Hermione'ydi; Harry, Lavender'ın Parvati ile kol kola ve yüzünde hayli aksi bir ifadeyle sahadan çıktığını gördü. Ron, sırıtarak takıma ve Hermione'ye bakarken, kendinden fevkalade memnun ve her zamankinden de uzun boylu görünüyordu.

Bir sonraki Perşembe için ilk gerçek idmanlarının saatini

saptadıktan sonra Harry, Ron ve Hermione takımın geri kalanına veda edip Hagrid'in kulübesine doğru yola koyuldular. Solgun bir güneş bulutların arasından sıyrılmaya çalışıyordu, çiseleyen yağmur da nihayet durmuştu. Harry'nin karnı fena halde acıkmıştı; Hagrid'de yiyecek bir şeyler olduğunu ümit etti.

Ron memnuniyetle, "O dördüncü penaltıyı yiyeceğim sandım," diyordu. "Demelza'dan aldatıcı bir atış, gördün mü, biraz falso verdi –"

"Evet, evet, şahaneydin," dedi Hermione, neşeli neşeli.

"Hiç değilse o McLaggen'dan iyiydim," dedi Ron, kendinden pek memnun bir sesle. "Beşincide nasıl ters yöne atladığını gördünüz mü? Hani neredeyse Şaşırtma Büyüsü yapılmış gibi..."

Harry, bu sözler üzerine Hermione'nin pespembe kesildiğini görünce şaşırdı. Ron hiçbir şeyin farkına varmadı; muhabbetle ve epey ayrıntılı bir şekilde diğer penaltılarını teker teker tasvir etmekle meşguldü.

Büyük kurşuni Hipogrif Şahgaga, Hagrid'in kulübesinin önüne bağlanmıştı. Onlar yaklaşınca ustura gibi keskin gagasını takırdattı, kocaman başını onlara doğru çevirdi.

"Ayy," dedi Hermione kaygıyla. "Hâlâ biraz korkutucu, değil mi?"

"Hadi ama," dedi Ron, "onun sırtına binmiştin, değil mi?"

Harry öne çıktı ve göz temasını kesmeden, gözlerini de kırpıştırmadan Higpogrif'in karşısında eğildi. Birkaç saniye sonra Şahgaga da aynı şekilde eğildi.

"Nasılsın?" diye sordu ona alçak sesle, ilerleyerek onun tüylü kafasını okşadı. "Onu özlüyor musun? Ama burada Hagrid'le iyisin, değil mi?"

"Hey!" dedi yüksek bir ses.

Hagrid, üzerinde büyük çiçekli bir önlükle ve bir çuval patates taşıyarak kulübesinin köşesini dönmüştü. Muazzam zağarı Fang, hemen ardından geliyordu; Fang gürültüyle havladıktan sonra ileri atıldı.

"Uzaklaşın yanından! Yoksa parmaklarınızı kapar – aa. Sizsiniz demek."

Fang Hermione ile Ron'un yanında zıplıyor, onların kulaklarını yalamaya çalışıyordu. Hagrid durdu ve hepsine bir an baktı, sonra da kulübesine girerek kapıyı arkasından çarpıp kapattı.

"Eyvah!" dedi Hermione, çok üzülmüş görünüyordu.

"Merak etme," dedi Harry, suratını asarak. Kapıya yürüdü ve gürültüyle vurdu.

"Hagrid! Aç şunu, seninle konuşmak istiyoruz!"

İçeriden hiç ses gelmedi.

"Eğer kapıyı açmazsan, onu havaya uçururuz," dedi Harry. Asasını çıkardı.

"Harry!" dedi Hermione, şok geçirmiş gibi. "Bunu yapamazsın –"

"Hayır, yaparım!" dedi Harry. "Geriye çekilin –"

Ama daha o bir şey diyemeden, kapı, tam da tahmin ettiği gibi savrulup açıldı; Hagrid orada durmuş, gözlerinden ateşler saçarak ona bakıyor ve çiçekli önlüğüne rağmen cidden korkutucu görünüyordu.

"Ben bir öğretmenim!" diye kükredi Harry'ye. "Bir öğretmen, Potter! Ne cesaretle beni kapımı kırmakla tehdit edersin!"

"Özür dilerim, *efendim,*" dedi Harry, asasını cüppesinin içine sokarken son kelimeyi vurgulayarak.

Hagrid sersemlemiş göründü.

"*Sen* ne zamandan beri bana 'efendim' diyorsun?"

"Peki sen ne zamandır bana 'Potter' demeye başladın?"

"Ha, çok akıllıca," diye homurdandı Hagrid. "Çok komik. Yani şimdi beni mat ettin, ha? Peki, gelin öyleyse, sizi nankör küçük..."

Somurtkan bir suratla mırıldanarak, onlar geçsinler diye geriye çekildi. Hermione, hayli korkmuş görünerek, Harry'nin arkasından seğirtti.

"Eee?" dedi Hagrid huysuzca. Harry, Ron ve Hermione onun muazzam tahta masasının çevresine oturmuşlardı, Fang başını hemen Harry'nin dizine koymuş, cüppesinin üstüne salyalarını akıtıyordu. "Bu neyin nesi? Benim için üzülüyor musunuz? Yalnızım falan mı sanıyorsunuz?"

"Hayır," dedi Harry hemen. "Seni görmek istedik."

"Seni özledik!" dedi Hermione, sesi titreyerek.

"Özlediniz, ha?" diye burnundan soludu Hagrid. "Tabii. Oldu."

Langır lungur dolaştı, muazzam bakır çaydanlıkta çay demledi, bütün bunları yaparken de mırıldanıp durdu. Sonunda, içinde kırmızıya çalan kahverengi bir çayın olduğu, kova boyunda üç maşrapayı ve bir kurabiye tabağını güm diye önlerine koydu. Harry, Hagrid'in yaptığı kurabiyeleri bile yiyecek kadar açtı, hemen bir tane aldı.

"Hagrid," dedi Hermione ürkek ürkek. Hagrid de masaya oturmuş, her bir yumru kendisine karşı büyük bir hata işlemiş gibi şiddetle patates soymaya başlamıştı. "Biz aslında Sihirli Hayvanların Bakımı'na devam etmek istiyorduk."

Hagrid bir kez daha yüksek sesle burnundan soludu. Harry'ye sanki patateslerin üstüne birkaç pislik konmuş gibi geldi ve içten içe, akşam yemeğine kalmadıkları için şükretti.

"İstiyorduk!" dedi Hermione. "Ama hiçbirimiz çizelgemize sıkıştıramadık!"

"Tabii. Oldu," dedi Hagrid yeniden.

Garip, vıcık vıcık bir ses duyuldu ve hepsi etraflarına baktılar. Hermione minik bir çığlık koyverdi, Ron iskemlesinden fırlayarak masanın çevresinde hızla döndü; köşede duran, o anda fark ettikleri büyük fıçıdan uzaklaştı. Fıçı, otuz santim boyunda, kurda benzer bir şeylerle doluydu; kaygan ve beyazdılar, kıvrım kıvrım kıvrılıyorlardı.

"Onlar ne, Hagrid?" diye sordu Harry, iğrenmişten çok ilgilenmiş bir tonla konuşmaya çalışıyordu ama gene de kurabiyesini bıraktı.

"Sadece dev larvalar," dedi Hagrid.

"Büyüyünce ne olacaklar?..." dedi Ron, kaygılı görünüyordu.

"Büyüyünce bir şey olmayacaklar," dedi Hagrid.. "Onları, Aragog'u beslemek için aldım."

Ve âniden, gözyaşı dökmeye başladı.

"Hagrid!" diye bağırdı Hermione. Fırlayıp kalktı, kurt fıçısının yakınından geçmemek için yolu uzatıp masanın çevresini dolandı ve onun titreyen omuzlarına kolunu doladı. "Sorun ne?"

"Sorun... o..." diye yutkundu Hagrid, yüzünü önlüğüyle silerken böcek karası gözlerinden oluk oluk yaş akıyordu. "Sorun... Aragog.... Sanırım ölüyor... yazın hastalandı, bir daha da iyileşmedi... bilmiyorum ne yaparım, eğer o... eğer o... öyle uzun süredir birlikteydik ki..."

Hermione Hagrid'in omzunu okşuyor, ne diyeceği konusunda en ufak bir fikri yokmuş gibi görünüyordu. Harry onun neler hissettiğini anladı. Hagrid'in hırçın küçük bir ejderhaya oyuncak ayı verdiğini biliyordu; vantuzları ve iğneleri olan dev akreplerle muhabbetle konuştuğunu; vahşi bir dev olan üvey kardeşini mantığa davet etmeye çalıştığını görmüştü ama belki de bütün canavar fantezilerinin arasında en anlaşılmaz olanı buydu: Yasak Orman'ın derinliklerinde yaşayan ve kendisi ile Ron'un dört yıl önce kıl payı elinden kaçtıkları, konuşan dev örümcek Aragog.

"Bizim – bizim yapabileceğimiz bir şey var mı?" diye sordu Hermione, Ron'un çılgınca yüzünü buruşturup kafasını iki yana sallamasına aldırmadan.

"Sanmıyorum, Hermione," diye hıçkırdı Hagrid, sel gibi akan yaşlarını durdurmaya çalışarak. "Anlarsın ya, kabilenin geri kalanı... Aragog'un ailesi... o hastalandı diye biraz garipleştiler... biraz aksileştiler..."

"Evet, onların o yanına tanık olduk sayılır," dedi Ron, alçak sesle.

"...Bence şimdi benden başkasının koloninin yakınına gitmesi emniyetli olmaz," diye bitirdi Hagrid, burnunu iyice önlüğüne sümkürüp başını kaldırdı. "Ama teklif ettiğin için sağol, Hermione... benim için anlamı çok büyük..."

Ondan sonra hava iyice yumuşadı. Ne Harry ne de Ron gidip katil ruhlu, obur bir örümceği dev larvalarla besleme eğilimi göstermemişse de Hagrid onların bunu yapmak isteyeceklerini varsaymışa benziyordu. Bir kez daha normal haline dönmüştü.

"Aman, hep biliyordum, beni çizelgelerinize sıkıştırmakta zorlanacağınızı," dedi boğuk bir sesle, onlara biraz daha çay koydu. "Zaman Döndürücü'ye başvursanız bile –"

"Onu yapamazdık zaten," dedi Hermione. "Yazın ordayken Bakanlık'ın bütün Zaman Döndürücü stoğunu tuzla buz ettik. *Gelecek Postası* yazmıştı."

"Eh, öyleyse," dedi Hagrid. "Yapmanızın yolu yokmuş demek... Kusura bakmayın – yani – sadece Aragog'a üzülüyordum... bir de merak etmedim değil, eğer size Profesör Grubbly-Plank ders veriyor olsaydı –"

Üçü de buna karşılık, kısa süreyle Hagrid'in yerini almış olan Pofesör Grubbly-Plank'in berbat bir öğretmen olduğunu gayet net ve asılsız bir şekilde dile getirdi; bu sözler sonucunda Hagrid, alacakaranlıkta evinin kapısından onları el sallayarak uğurlarken hayli neşeli görünüyordu.

"Açlıktan ölüyorum," dedi Harry, kapı arkalarından kapandıktan ve üçü karanlık, ıssız arazide hızla ilerlemeye başladıktan sonra; arka dişlerinden birinden gelen tekinsiz çatırtının ardından kurabiyeleri bırakmıştı. "Bir de bu akşam Snape'le cezam var, yemek yiyecek pek vaktim yok..."

Şatoya geldiklerinde, Cormac McLaggen'ı Büyük Salon'a girerken gördüler. Kapıların arasından geçmeyi ancak iki seferde becerdi; ilkinde, kapının çerçevesinden geri sekti. Ron sadece onun başına gelene sevinerek bir kahkaha atıp hemen arkasından Salon'a girdi ama Harry, Hermione'nin kolunu yakalayıp içeri girmesini engelledi.

"Ne?" dedi Hermione, savunmaya çekilmişçesine.

"Bana sorarsan," dedi Harry usulca, "McLaggen *sahiden* de Şaşırtılmış'a benziyor. Ve tam senin oturduğun yerin önünde duruyordu."

Hermione kızardı.

"Öf, tamam, ben yaptım," diye fısıldadı. "Ama Ron ile Ginny'den nasıl söz ettiğini duymalıydın! Zaten birden parlayıveriyor, takıma giremeyince nasıl tepki verdiğini gördün – böyle birini takımda istemezdin ki."

"Evet," dedi Harry. "Evet, bu doğru sanırım. Ama pek dürüstçe sayılmaz, değil mi, Hermione? Yani, sen sınıf başkanısın, değil mi?"

"Öf, kes sesini," diye tersledi Hermione, o sırıtırken.

"Siz ikiniz ne yapıyorsunuz?" dedi Ron, yeniden Büyük Salon'un kapısında görünerek; şüpheli bir hali vardı.

Harry ve Hermione bir ağızdan "Hiç," dediler ve telaşla Ron'u izlediler. Kızarmış etin kokusu Harry'nin midesinin açlıktan ağrımasına yol açtı ama daha Gryffindor masasına doğru üç adım atmışlardı ki, Profesör Slughorn önlerinde belirerek yollarını kesti.

"Harry, Harry, tam da görmeyi umduğum adam!" diye gürledi şen bir edayla. Fok bıyığına benzeyen bıyığının uçlarını kıvırdı ve koca karnını dışarı çıkardı. "Seni yemekten önce yakalamayı umuyordum! Onun yerine bu akşam benim dairemde bir lokma yemeye ne dersin? Küçük bir parti veriyoruz, sadece birkaç tane yükselen yıldız. McLaggen geliyor ve Zabini, büyüleyici Melinda Bobbin –bilmiyorum onu tanıyor musun? Ailesinin büyük bir aktar dükkânı zinciri var– ve elbette Miss Granger'ın da gelerek bana onur vereceğini bütün kalbimle ümit ediyorum."

Slughorn sözlerini bitirirken Hermione'ye küçük bir reverans yaptı. Ron orada yoktu sanki; Slughorn ona bakmadı bile.

"Gelemem, Profesör," dedi Harry hemen. "Profesör Snape'le cezam var."

"Vah vah!" dedi Slughorn, suratı komik bir şekilde asıldı. "Vah ki vah, sana güveniyordum, Harry! Eh o zaman Severus'la konuşup durumu açıklamam gerekecek demektir. Eminim ki onu cezanı ertelemeye ikna ederim. Eh, ikinizle de daha sonra görüşürüz!"

Telaşla Salon'dan çıktı.

O işitme mesafesi dışına çıkar çıkmaz, "Snape'i ikna etme şansı sıfır," dedi Harry. "Ceza zaten bir kez ertelendi; Snape bunu Dumbledore'un hatırı için yaptı ama başka hiç kimse için yapmaz."

"Ay, keşke gelebilsen, tek başıma gitmek istemiyorum!" dedi Hermione, endişeyle. Harry onun McLaggen'ı düşündüğünü biliyordu.

"Yalnız kalacağını sanmam, Ginny de herhalde davet edilmiştir," diye ters ters söylendi Ron; Slughorn'un onu yok saymasını hiç de hoş karşılamamış görünüyordu.

Yemekten sonra Gryffindor Kulesi'ne döndüler. Çoğu kişinin yemeği bu vakte kadar bittiği için ortak salon çok kalabalıktı, ama boş bir masa bulup oturmayı becerdiler. Slughorn'la karşılaştığından beri huysuzluğu üstünde olan Ron, kollarını kavuşturup kaşlarını çatarak tavana baktı. Hermione uzanıp, birinin bir iskemlenin üstünde unuttuğu *Akşam Postası*'nı aldı.

"Yeni bir şey var mı?" dedi Harry.

"Pek sayılmaz..." Hermione gazeteyi açmıştı, iç sayfaları gözden geçiriyordu. "Aa, bak, baban burda, Ron – bir şeysi yok!" diye hemen ekledi, çünkü Ron korku içinde dönmüştü. "Sadece, Malfoy'ların evini ziyaret ettiği yazılı. *'Ölüm Yiyen'in evinde yapılan bu ikinci arama herhangi bir sonuç vermemişe benziyor. Sahte Savunma Büyüleri ve Koruyucu Nesnelerin Bulunması ve Onlara El Konulması Bürosu'ndan Arthur Weasley, ekibinin gizli tutulması gereken bir ihbar üzerine harekete geçtiğini söyledi.'*"

"Evet, benimki!" dedi Harry, "King's Cross'da ona Malfoy'dan ve Borgin'e tamir ettirtmeye çalıştığı şeyden söz etmiştim! Eh, eğer evde değilse, her neyse, onu yanında Hogwarts'a getirmiş –"

"Ama nasıl olur, Harry?" dedi Hermione, gazeteyi yüzünde şaşkın bir ifadeyle bırakarak. "Hepimiz geldiğimizde arandık, değil mi?"

"Arandınız mı?" dedi Harry, afallayarak. "Ben aranmadım!"

"Ah, hayır, tabii aranmadın, geç kaldığını unuttum... eh, Giriş Salonu'na girerken, Filch, Sır Sezici'lerini hepimizin üstünde gezdirdi. Herhangi bir Karanlık nesne olsa, bulunurdu; Crabbe'nin kurutulmuş bir kafasına el konduğunu kesinlikle biliyorum. Anlıyorsun ya, Malfoy buraya tehlikeli hiçbir şey getirmiş olamaz!"

Geçici olarak hızı kesilen Harry, bir süre Ginny Weasley'nin Pigme Pofidik Arnold'la oynamasını izledi, sonra da bu itirazı nasıl bertaraf edeceğini fark etti.

"Öyleyse biri ona baykuşla yollamıştır," dedi. "Annesi ya da başka biri."

"Bütün baykuşlar da kontrol ediliyor," dedi Hermione. "Filch, erişebildiği her yeri o Sır Sezici'lerle dürtüklerken söyledi bize."

Bu sefer gerçekten de zor duruma düşen Harry, söyleyecek başka şey bulamadı. Malfoy'un tehlikeli ya da Karanlık bir nesneyi okula sokmasının hiçbir yolu yokmuş gibi görünüyordu. Kollarını kavuşturmuş, Lavender Brown'a gözlerini dikmiş olan Ron'a umut dolu bir bakış attı.

"Senin aklına bir şey geliyor mu, Malfoy'un nasıl –"

"Öf, bırak artık Harry," dedi Ron.

"Bak, Slughorn'un aptal partisine Hermione ile beni davet etmesi benim kabahatim değil, tamam mı? İkimiz de gitmek istemiyorduk!" dedi Harry, alevlenerek.

"Eh, ben hiçbir partiye davet edilmediğime göre," dedi Ron, yeniden ayağa kalkarak, "sanırım yatmaya gidiyorum."

Erkeklerin yatakhanelerine giden merdivene doğru ayaklarını yere vura vura yürüdü. Harry ile Hermione onun arkasından bakakaldılar.

"Harry?" dedi yeni Kovalayıcı Demelza Robbins, birden yanı başında belirerek. "Sana bir mesaj getirdim."

"Profesör Slughorn'dan mı?" diye sordu Harry, umutla doğrularak.

"Hayır... Profesör Snape'ten," dedi Demelza. Harry'nin umutları yıkıldı. "Diyor ki bu akşam saat sekiz buçukta cezanı çekmek için onun odasına gidecekmişsin – şey – kaç parti daveti almış olursan ol. Ceza olarak, İksir derslerinde kullanılmak üzere çürük Pıtırkurt'ları sağlam olanlarından ayıracağını bilmeni istiyor ve – ve diyor ki koruyucu eldiven getirmene gerek yokmuş."

"Tamam," dedi Harry asık suratla. "Çok teşekkürler, Demelza."

ON İKİNCİ BÖLÜM

Gümüş ve Opaller

Dumbledore neredeydi ve ne yapıyordu? Müdür, sonraki birkaç hafta boyunca ancak iki kez Harry'nin gözüne çarptı. Artık yemeklere de ender olarak geliyordu ve Harry, onun okulu bazen günlerce terk ettiğini düşünen Hermione'nin haklı olduğundan emindi. Dumbledore Harry'ye vermesi gereken dersleri unutmuş muydu? Bu derslerin kehanetle ilgili bir şeye varacağını söylemişti; Harry o zaman desteklendiğini, rahatladığını hissetmişti, şimdi ise kendini biraz terk edilmiş gibi hissediyordu.

Ekim'in ortasında, sömestrin ilk Hogsmeade gezisinin vakti geldi. Harry, okul çevresindeki gittikçe sıkılaşan güvenlik önlemlerini göz önüne alınca, acaba bu gezilere gene de izin verilecek mi diye merak etmişti. Verileceğini öğrenince sevindi; birkaç saatliğine şato arazisinden uzaklaşmak her zaman iyi bir şeydi.

Harry gezi sabahı erkenden uyandı, hava fırtınalıydı. Kahvaltıya kadar *İleri İksir-Yapımı* kitabını okuyarak vakit geçirdi. Genelde yatağında yatıp ders kitabı okumazdı; Ron'un haklı olarak söylediği gibi bu tür davranışlar, böyle bir acayipliği olan Hermione hariç herkes için yakışıksız davranışlardı. Ancak Harry, Melez Prens'in *İleri İksir-Yapımı* kitabının pek ders kitabı sayılmayacağı duygusunu taşıyordu. Harry kitabı inceledikçe, içinde ne çok şey olduğunun daha çok farkına varıyordu; yalnızca Slughorn'un gözünde ona büyük bir itibar kazandıran iksirlere ilişkin kullanışlı ipuçları ve kestirme yöntemler değil, sayfaların kenarlarına çiziktirilmiş, yaratıcılıkla dolu küçük uğursuzluk büyüleri ile nazarlar da buna dahildi. Harry, üzeri çizilmiş ve düzeltilmiş sözcükler sebebiyle, Prens'in bunları kendisinin icat ettiğinden de emindi.

Harry daha şimdiden Prens'in kendisinin icat ettiği büyülerden birkaçını denemişti. Ayak parmağı tırnaklarının korkutucu bir hızla büyümesine yol açan bir büyü vardı (bunu koridorda Crabbe'de denemiş, çok eğlenceli sonuçlar elde etmişti); dili damağa yapıştıran bir uğursuzluk büyüsü (bunu iki sefer, hiçbir şeyden şüphelenmeyen Argus Filch üzerinde denemiş ve herkesten alkış almıştı); bir de, belki hepsinden daha fazla işe yarayan *Muffliato* vardı – yakındaki herkesin kulaklarını hiçbir şeyin anlaşılmadığı bir uğultuyla doldurarak sınıfta kimse tarafından duyulmadan uzun konuşmalar yapılmasını sağlıyordu. Bu büyüleri komik bulmayan tek kişi ise, baştan sona ısrarla onaylamaz bir ifade takınan ve Harry yakınlarındaki herhangi birinde *Muffliato* büyüsünü kullandıysa konuşmayı reddeden Hermione'ydi.

Harry yatağında doğrularak, Prens'in başına biraz iş açmışa benzeyen bir büyü için çiziktirilmiş talimatı daha yakından inceleyebilmek amacıyla kitabı yan çevirdi. Birçok kelime çizilmiş ve değiştirilmişti, ama sonunda, sayfanın bir köşesindeki küçücük bir boşluğa şu yazılmıştı:

Levicorpus (s-sz)

Rüzgâr ve sulu kar camları amansızca döver ve Neville yüksek sesle horlarken, Harry parantez içindeki harflere baktı. S-sz... sözsüz anlamına geliyor olmalıydı. Harry bu büyüyü yapıp yapamayacağından kuşkuluydu; henüz sözsüz büyülerde zorluk çekiyordu – ki Snape de her KSKS sınıfında bu konuda hemen yorumda bulunmaktan geri kalmıyordu. Öte yandan, Prens şimdiye kadar Snape'ten çok daha etkin bir öğretmen olduğunu kanıtlamıştı.

Asasını belli bir şeye doğrultmayarak, yukarı doğru kaldırdı ve kafasının içinde *Levicorpus!* dedi.

"Aaaaahhhh!"

Bir ışık parladı, oda seslerle doldu: Ron feryadı basar basmaz herkes uyanmıştı. Harry paniğe kapılınca *İleri İksir-Yapımı* elinden uçtu gitti; Ron, sanki görünmez bir kanca onu ayak bileğinden tutup kaldırmış gibi, tepesi üstü havada sallanıyordu.

"Özür dilerim!" diye bağırdı Harry. Dean ve Seamus kahkahalarla sarsılıyordu, yatağından düşen Neville de yerden kalkmakla meşguldü. "Dayan – seni indireceğim –"

El yordamıyla iksir kitabını aradı ve panik içinde, doğru yeri bulmaya çalışarak, sayfalarını karıştırdı; sonunda buldu ve büyünün altında kargacık burgacık yazılı bir kelimeyi çözdü: Harry, bunun uğursuzluk büyüsünü bozacak karşı-büyü olduğunu ümit ederek, tüm gücüyle *Liberacorpus!* diye düşündü.

Yeniden bir ışık parladı ve Ron şiltesinin üzerine yığıldı.

"Özür dilerim," diye tekrarladı Harry, halsiz halsiz. Bu arada Dean ile Seamus kahkahalarla sarsılmaya devam ediyordu.

"Yarın," dedi Ron, boğuk bir sesle, "çalar saat kurmanı tercih ederim."

Mrs Weasley'nin el örgüsü kazaklarından birkaç tanesini üst üste giyip pelerinlerini, atkılarını ve eldivenlerini ellerine aldıklarında Ron'un şok duygusu azalmıştı ve Harry'nin yeni büyüsünün son derece eğlenceli olduğuna karar vermişti; hatta öyle eğlenceliydi ki, kahvaltıya oturduklarında Hermione'yi de bu hikâyeyle eğlendirmekte hiç vakit kaybetmedi.

"...ve sonra yeniden ışık parladı ve yeniden yatağa indim!" diye sırıttı Ron, sosis atıştırarak.

Hermione bu anekdot nakledilirken hiç mi hiç gülümsememişti. Buz gibi bir kınama ifadesiyle Harry'ye döndü.

"Sakın bu büyü o senin iksir kitabındaki büyülerden biri olmasın?" diye sordu.

Harry kaşlarını çattı.

"Hep en berbat sonuca varırsın, değil mi?"

"Öyle miydi?"

"Şey... evet, öyleydi, ne olacak?"

"Demek ki hiç bilinmeyen, elle yazılmış bir büyülü sözü deneyip ne olacağını göreyim dedin, öyle mi?"

"Elle yazılmışsa ne olacak?" dedi Harry, sorunun geri kalanına cevap vermemeyi tercih ederek.

"Çünkü herhalde Sihir Bakanlığı'nın onayına sahip değildir o zaman," dedi Hermione. "Ve ayrıca," diye ekledi, Harry ve Ron gözlerini devirirken, "bu Prens denen karakterin biraz tehlikeli olduğunu düşünmeye başlıyorum."

Hem Harry, hem de Ron, ânında bağırarak onu susturdular.

"Komikti!" dedi Ron, bir şişe ketçapı sosislerinin üzerine boca ederek. "Komikti, o kadar, Hermione!"

"İnsanları ayak bileklerinden tepe üstü sarkıtmak mı?" dedi Hermione. "Kim böyle büyüler yapmak için zamanını ve enerjisini harcar?"

"Fred ve George," dedi Ron, omzunu silkerek. "Tam onlara göre bir şey. Ve, ee –"

"Babam," dedi Harry. Bunu yeni hatırlamıştı.

"Ne?" dediler Ron ve Hermione, bir ağızdan.

"Babam bu büyüyü kullanıyordu," dedi Harry. "Ben – bana Lupin söyledi."

Son kısmı doğru değildi; aslında Harry babasının bu büyüyü Snape'e yaptığını görmüştü ama Ron'a da, Hermione'ye de Düşünseli'ne yaptığı o yolculuktan asla söz etmemişti. Şimdi, harika bir olasılık gelmişti aklına. Acaba Melez Prens –"

"Belki baban kullanıyordur, Harry," dedi Hermione, "ama kullanan tek kişi o değil. Bir sürü insanın bunu yaptığını gördük, unuttunsa eğer. İnsanları havada sallandırmak. Onların uykudayken, çaresizken, havada süzülmelerine yol açmak."

Harry ona bakakaldı. İçinde bir endişe hissiyle, o da Ölüm Yiyen'lerin Quidditch Dünya Kupası'ndaki davranışlarını hatırlamıştı. Ron yardımına koştu.

"O farklıydı," dedi, inançla. "Büyüyü kötüye kullanıyorlardı.

Harry ve babası ise sadece eğleniyorlardı. Prens'i sevmiyorsun, Hermione," diye ekledi, sosisini sert bir hareketle ona doğrultarak, "çünkü İksir'de senden iyi –"

"Bununla hiç ilgisi yok!" dedi Hermione, yanakları kızarmıştı. "Neye yaradıklarını bile bilmeden büyü yapmaya kalkmanın son derece sorumsuzca bir şey olduğunu düşünüyorum, o kadar. Hem 'Prens'ten de sanki unvanıymış gibi söz etmekten vazgeç. Bahse girerim ki, sadece aptal bir lakaptır, hem zaten bana çok hoş bir insanmış gibi de görünmüyor!"

"Bunu nereden çıkarıyorsun, bilmem," dedi Harry, ateşli ateşli. "Yeni yetişen bir Ölüm Yiyen olsa, 'Melez' olmakla övünmezdi, değil mi?"

Harry, daha bunu söylerken babasının safkan olduğunu hatırladı ama bu fikri zihninden itti; daha sonra düşünürdü bunu...

Hermione inatla, "Ölüm Yiyen'lerin hepsi safkan olamaz, o kadar çok safkan büyücü kalmadı," dedi. "Çoğunun kendilerine saf süsü veren melezler olduğunu sanıyorum. Onlar sadece Muggle'lardan doğanlardan nefret ediyorlar, senin ve Ron'un aralarına katılmanıza memnuniyetle izin verirlerdi."

"Benim Ölüm Yiyen olmama asla izin vermezler!" dedi Ron, kızgınlıkla. Hermione'ye doğru salladığı çatalının ucundan bir parça sosis uçup Ernie Macmillan'ın kafasına çarptı. "Bütün ailem kanıbozuklardan oluşuyor! Ölüm Yiyen'ler için bu da Muggle'lardan doğma olmak kadar kötü!"

"Hele beni aralarına almaya bayılırlardı," dedi Harry alaycı alaycı. "Beni öldürmeye çalışıyor olmasalar, çok iyi arkadaş olurduk."

Bu Ron'u güldürdü; hatta Hermione bile istemeye istemeye gülümsedi, sonra da Ginny'nin gelişiyle konu dağıldı.

"Hey, Harry, sana bunu vermem gerekiyormuş."

Elinde aşina, ince ve eğik bir yazıyla üzerine Harry'nin adı yazılmış bir parşömen tomarı tutuyordu.

"Sağol Ginny... Dumbledore'un bir sonraki dersi!" dedi

Harry, Ron ve Hermione'ye, parşömeni açıp içindekileri çabucak okuyarak. "Pazartesi akşamı!" Birden kendini hafiflemiş ve mutlu hissetti. "Hogsmeade'de bize katılmak ister misin, Ginny?" diye sordu.

"Dean'le gidiyorum – belki orada karşılaşırız," diye cevap verdi Ginny, giderken onlara el sallayarak.

Filch, her zamanki gibi meşe ön kapıda durmuş, Hogsmeade'e gitme izni olanların adlarını kontrol ediyordu. Bu süreç normalden de uzun sürdü, çünkü Filch, Sır Sezici'siyle herkesi üç kere kontrol ediyordu.

"DIŞARI Karanlık şeyler çıkarıyor olsak ne olur?" diye sordu Ron, uzun ince Sır Sezici'yi kaygıyla gözleyerek. "İÇERİ ne getirdiğimizi kontrol etmen gerekmiyor mu asıl?"

Bu küstahlık, Sezici ile fazladan birkaç kez dürtülmesine sebep oldu, rüzgârla sulu kara çıktıklarında hâlâ yüzünü buruşturuyordu.

Hogsmeade'e yürüyüş hiç de keyifli değildi. Harry atkısını yüzünün alt tarafına sardı; yüzünün açıkta kalan kısmı çok geçmeden hem açık yara gibi hassaslaştı, hem de uyuştu. Köy yolu yakan rüzgâra karşı iki büklüm yürüyen öğrencilerle doluydu. Harry, acaba sıcak ortak salonda daha iyi vakit geçirmez miydik diye kendi kendine merak etti birkaç kere. Sonunda Hogsmeade'e varıp da Zonko'nun Şaka Dükkânı'nın tahtalarla kaplandığını gördüklerinde ise, gezinin eğlenceli olmayacağının daha baştan belli olduğunu düşündü. Ron kalın eldivenli eliyle, neyse ki açık olan Balyumruk'u işaret etti; Harry ile Hermione onun arkasından, sendeleyerek kalabalık dükkâna girdiler.

Sıcak, şekerleme kokan hava onları sardığında Ron titreyerek, "Tanrı'ya şükür," dedi. "Bütün öğleden sonra burada kalalım."

Arkalarından top gibi gürleyen bir ses, "Harry, oğlum!" dedi.

"Ay, hayır," diye mırıldandı Harry. Üçü arkalarına döndüklerinde Profesör Slughorn'u gördüler. Muazzam büyüklükte kürklü bir şapka ile ona uyan kürk yakalı bir palto giymiş, koca bir şeker kaplanmış ananas torbasına sıkı sıkı sarılmıştı ve dükkânın en az dörtte birini kaplıyordu.

"Harry," dedi Slughorn, yavaşça onun göğsünü dürterek, "şimdiye kadar kaçırdığın mütevazı yemeklerimin sayısı üç oldu. Olmaz ama, oğlum, seni yemeğimde görmeye kararlıyım! Miss Granger onlara bayılıyor, değil mi?"

"Evet," dedi Hermione çaresizce, "gerçekten de –"

"O halde niye sen de gelmiyorsun Harry?" diye sordu Slughorn.

"Şey, Quidditch antrenmanım vardı, Profesör," dedi Harry. Sahiden de, ne zaman Slughorn ona mor kurdeleyle süslü küçük davetiyelerinden birini gönderse, Harry bir antrenman koyuyordu. Bu strateji, Ron'un yalnız kalmadığı anlamına geliyordu ve Ginny ile birlikte, McLaggen ve Zabini ile tıkılıp kalmış Hermione'yi hayal ederek gülüyorlardı.

"Eh, bunca sıkı çalışmadan sonra ilk maçını kesinlikle kazanmanı bekliyorum!" dedi Slughorn. "Ama küçük bir eğlencenin de kimseye zararı olmamıştır. Şimdi, Pazartesi gecesine ne dersin, bu havada antrenman yapmak istemeyeceğine göre –"

"Olmaz, Profesör, o gece – şey – Profesör Dumbledore'la randevum var."

"Gene şansım tutmadı!" diye bağırdı Slughorn, dramatik bir edayla. "Eh, ne yapalım... benden sonsuza dek kaçamazsın, Harry!"

Gösterişli bir şekilde el salladı ve Ron'a karşı sanki numune niyetine oraya konmuş bir Karafatma Sürüsü'ymüş gibi ilgisiz kalarak, badi badi yürüyüp dükkândan çıktı.

Hermione başını sallayarak, "Bundan da yırttığına inanamıyorum," dedi. "*O kadar* da kötü değiller, aslında... hatta bazen epey eğlenceli bile oluyorlar..." Derken Ron'un yüzündeki ifadeyi fark etti. "Aa, bak – Delüks Şeker Tüy Kalem de var – bunlar saatlerce dayanır!"

Hermione'nin konuyu değiştirdiğine sevinen Harry, yeni, büyük Tüy Kalemler'e normalde göstereceğinden çok daha fazla ilgi gösterdi ama Ron'un keyifsizliği geçmedi. Hermione nereye gitmek istediğini sorunca da, omzunu silkmekle yetindi.

"Üç Süpürge'ye gidelim hadi," dedi Harry. "Sıcak olur."

Atkılarıyla yeniden yüzlerini örttüler ve şekerci dükkânından çıktılar. Balyumruk'un tatlı sıcaklığından sonra iliklere işleyen rüzgâr yüzlerini bıçak gibi kesiyordu. Sokak pek kalabalık değildi; kimse gevezelik etmek için oyalanmıyor, sadece hızla gidecekleri yere gidiyorlardı. Biraz ilerilerinde, tam Üç Süpürge'nin dışında duran iki adam ise bir istisna oluşturuyordu. Biri çok uzun boylu ve zayıftı; yağmurun yıkadığı gözlüğünün ardında gözlerini kısarak bakan Harry, Hogsmeade'in diğer pub'ı Domuz Kafası'nda çalışan barmeni tanıdı. Harry, Ron ve Hermione yakına gelirlerken barmen pelerinini boynuna daha sıkı sararak yürüyüp gitti; daha kısa boylu adam ise arkada kalmış, kollarında bir şeyi tutmaya çalışıyordu. Bir iki metre yakınına gelmişlerdi ki, Harry adamı tanıdı.

"Mundungus!"

Uzun ve dağınık kızıl-sarı saçları olan, bodur, çarpık bacaklı adam sıçradı ve çok eski bir bavulu elinden düşürdü; bavul ânında açıldı, bir elden düşme eşya dükkânının vitrinini doldurmaya yetecek kadar eşya ortalığa saçıldı.

"Aa, meraba, 'Arry," dedi Mundungus Fletcher, hiç inandırıcı olmayan uçarı bir havayla. "Eh, ben size engel olmayayım."

Ve bavuldan dökülenleri geri koymak için yerdekileri aceleyle toplamaya başladı. Bir an önce gitmek istediği her halinden belliydi.

"Bunları satıyor musun?" diye sordu Harry, Mundungus'un yerden çeşit çeşit kirli görünüşlü nesneyi kapıp almasını izlerken.

"Ee, n'aparsın, hayatımızı kazanmak zorundayız," dedi Mundungus. "Ver onu bana!"

Ron eğilip yerden gümüş bir şey almıştı.

"Dur bir dakika," dedi Ron, yavaşça. "Ben bunu bir yerden hatırlıyorum –"

"Sağ ol!" dedi Mundungus, kadehi Ron'un elinden kapıp yeniden bavulun içine tıkarak. "Eh, hepinizle görüşürüz – AH!"

Harry, Mundungus'u boğazından kavradığı gibi pub'ın duvarına yapıştırmıştı. Bir eliyle onu sıkı sıkı tutarken, diğeriyle asasını çekti.

"Harry!" diye ciyakladı Hermione.

Mundungus ile neredeyse burun buruna olan ve ondan gelen nahoş eski tütün ve alkol kokusunu soluyan Harry, "Bunu Sirius'un evinden aldın," dedi. "Üzerinde Black ailesinin arması var."

"Ben – hayır – ne?" diye kekeledi Mundungus, rengi yavaş yavaş mora dönüyordu.

"Ne yaptın, onun öldüğü gece geri dönüp evi mi soydun?" diye hırladı Harry.

"Ben – hayır –"

"Ver onu bana!"

"Harry, yapma sakın!" diye bağırdı Hermione, Mundungus'un rengi maviye dönerken.

Bir çat sesi duyuldu ve Harry ellerinin Mundungus'un gırtlağından uçtuğunu hissetti. Nefes nefese kalmış Mundungus, yere düşmüş bavulunu kaptı, sonra da – ŞAK – Buharlaştı.

Harry, Mundungus'un nereye gittiğini görmek için olduğu yerde dönerek, avaz avaz küfretti.

"GERİ DÖN, SENİ HIRSIZ –!"

"Boşuna nefes tüketme, Harry."

Tonks, birden orada belirmişti. Açık kahverengi saçları sulu karla ıslanmış haldeydi.

"Mundungus herhalde çoktan Londra'ya varmıştır. Haykırmak boşuna."

"Sirius'un eşyalarını aşırmış! Aşırmış!"

"Evet ama gene de," dedi, bu bilgiden hiç rahatsız olmamış gibi görünen Tonks, "soğukta durmamalısınız."

Onlar Üç Süpürge'nin kapısından girene kadar Tonks gözlerini üstlerinden ayırmadı. İçeri girdikleri anda Harry, *"Sirius'un eşyalarını aşırıyordu!"* diye patladı.

"Biliyorum, Harry, ama lütfen bağırma, insanlar bize bakıyor," diye fısıldadı Hermione. "Git otur. Sana içecek bir şey getireyim."

Hermione birkaç dakika sonra elinde üç şişe Kaymak Birası ile masalarına döndüğünde Harry hâlâ köpürüyordu.

"Yoldaşlık Mundungus'u kontrol edemiyor mu?" diye sordu diğer ikisine, kızgın bir fısıltıyla. "Hiç değilse Karargâh'ta olduğu zaman bir yere sabitlenmemiş her şeyi çalmasına engel olamazlar mı?"

"Hişşt!" dedi Hermione çaresizce, dinleyen var mı diye etrafa bakınarak; yakında oturan iki sihirbaz Harry'yi büyük bir ilgiyle süzüyorlardı, Zabini ise uzakta olmayan bir sütuna yaslanmış sallanıyordu. "Harry, ben olsam ben de kızardım, çaldıklarının senin eşyaların olduğunu biliyorum –"

Harry Kaymak Birası'nı içerken boğulacakmış gibi oldu; bir an için Grimmauld Meydanı, on iki numara'nın sahibi olduğunu unutmuştu.

"Evet, benim eşyalarım!" dedi. "Beni gördüğüne memnun olmaz tabii! Eh, Dumbledore'a neler olup bittiğini anlatacağım, Mundungus bir tek ondan korkuyor."

"İyi fikir," diye fısıldadı, Harry'nin nihayet yatışmakta oluşuna açıkça sevinen Hermione. "Ron, sen gözünü dikmiş neye bakıyorsun öyle?"

"Hiç," dedi Ron. Bakışlarını hemen bardan kaçırdı ama Harry onun, uzun süredir düşkün olduğu, biçimli vücutlu çekici Madam Rosmerta ile göz göze gelmeye çalıştığını biliyordu.

"Sanırım 'Hiç', arkada biraz daha Ateşviskisi alıyor," dedi Hermione huysuz huysuz.

Ron bu alayı duymazdan gelerek, belli ki kendisinin vakur bulduğu bir sessizlikle içkisini yudumladı. Harry, Sirius'u ve onun aslında o gümüş kadehlerden ne kadar nefret ettiğini düşünüyordu. Hermione, gözleri Ron ile bar arasında gidip gelerek, parmaklarıyla masada trampet çalıyordu.

Harry şişesindeki son yudumu da içince, Hermione, "Bugünlük bu kadar deyip okula dönelim mi, ne dersiniz?" dedi.

Diğer ikisi, başlarını evet anlamında salladılar; eğlenceli bir gezi olmamıştı, onlar kaldığı sürece de hava giderek daha beter bir hal alıyordu. Bir kez daha pelerinlerine sıkıca sarındılar, atkılarını yeniden düzelttiler, eldivenlerini giydiler ve Katie Bell ile bir arkadaşının ardına düşüp, pub'dan geri High Street'e çıktılar. Buza dönmüş çamurlu karların arasından Hogwarts'a giden yola doğru zahmetle yürürken, Harry'nin aklı Ginny'ye gitti. Onunla karşılaşmamışlardı; kuşkusuz, diye düşündü Harry, o ve Dean, Madam Puddifoot'un çayhanesine, mutlu çiftlerin uğrak yeri olan o sıcacık, rahat yere kapanmışlardır. Harry suratını buruşturup başını döne döne yağan sulu karın karşısında eğdi ve ayaklarını sürüyerek yürümeye devam etti.

Harry, Katie Bell ve arkadaşının, rüzgârın kendisine taşıdığı seslerinin daha tiz ve yüksek bir hal almış olduğunu az sonra fark etti. Onların belirsiz şekillerini görmek için gözlerini kıstı. İki kız, Katie'nin elinde tuttuğu bir şey üzerine tartışıyorlardı.

Harry onun, "Seninle bir ilgisi yok, Leanne!" dediğini duydu.

Dar yolda bir köşeyi döndüler, sulu kar sık ve hızlı yağıyor, Harry'nin gözlüğünü flulaştırıyordu. Tam onu silmek için eldivenli elini kaldırmıştı ki, Leanne, Katie'nin tuttuğu paketi yakalamak için hamle etti; Katie geri çekince paket yere düştü.

Katie bir anda havaya yükseldi; Ron'un başına geldiği gibi komik bir şekilde ayak bileğinden asılarak değil, sanki uçmak üzereymiş gibi kolları iki yana açılmış olarak, zarafetle. Ama gene de yanlış olan, tekinsiz olan bir şey vardı... sert rüzgâr saçını dağıtıyordu ama gözleri yumuluydu, yüzünde de neredeyse hiçbir ifade yoktu. Harry, Ron, Hermione ve Leanne, dördü de, oldukları yerde durmuş, bakıyordu.

Sonra, yerin iki metre üstünde, Katie müthiş bir çığlık kopardı. Gözleri bir anda açıldı ama görebildiği şey, ya da hissettiği her neyse o, belli ki Katie'ye korkunç bir ıstırap veriyordu. Haykırdı,

haykırdı; Leanne de haykırmaya başladı ve Katie'nin ayak bileklerini yakalayarak onu yeniden yere indirmeye çalıştı. Harry, Ron ve Hermione de yardıma koştular, ama daha Katie'nin bacaklarından tutmuşlardı ki, o üstlerine düştü; Harry ve Ron onu yakalamayı başardı ama öyle bir kıvranıyordu ki, zaptetmekte zorluk çekiyorlardı. Bunun yerine onu yere indirdiler; kız, besbelli hiçbirini tanımadan, orada çırpındı ve haykırdı.

Harry çevreye baktı; civarda kimse yok gibi görünüyordu.

"Orada kalın!" diye bağırdı diğerlerine, uluyan rüzgârın üzerinden sesini duyurarak. "Yardım bulmaya gidiyorum!"

Okula doğru koşmaya başladı: daha önce kimsenin Katie'nin az önce davrandığı gibi davrandığını görmemişti ve buna neyin sebep olduğunu çıkaramıyordu; yoldaki bir kavisi ok gibi döndü ve arka ayaklarının üzerine kalkmış muazzam bir ayıya benzeyen bir şeye çarptı.

"Hagrid!" dedi, soluk soluğa, kendini içine düşmüş olduğu çalı çitten kurtararak.

"Harry!" dedi, kaşlarıyla sakalına sulu kar sıkışmış, büyük, taraz taraz kunduzderisi paltosunu giyen Hagrid. "Grawp'u ziyaret ettim, öyle hızla ilerliyor ki, hayatta tahmin –"

"Hagrid, orada geride biri incindi, ya da lanetlendi ya da –"

"Ne?" dedi Hagrid, kükreyen rüzgârda Harry'nin ne dediğini duymak için iyice eğilerek.

"Biri lanetlendi!" diye böğürdü Harry.

"Lanetlenmek mi? Kim lanetlendi – Ron değil, değil mi? Ya da Hermione?"

"Hayır, onlar değil, Katie Bell – buradan..."

Birlikte yoldan geriye koştular. Hâlâ yerde kıvranan ve haykıran Katie'nin etrafındaki küçük grubu bulmak hiç vakitlerini almadı; Ron, Hermione ve Leanne, üçü de, onu susturmaya çalışıyordu.

"Geri çekilin!" diye bağırdı Hagrid. "Bırakın, göreyim onu!"

"Bir şey oldu ona!" diye hıçkırdı Leanne. "Nedir, bilmiyorum ama –"

Hagrid bir an gözlerini dikip Katie'ye baktı, sonra, tek kelime etmeden eğildi, kızı kollarına aldı ve onunla birlikte şatoya doğru koşmaya koyuldu. Birkaç saniye içinde Katie'nin acı çığlıkları uzaklaşıp kesilmişti ve sadece rüzgârın kükremesi duyuluyordu.

Hermione telaşla Katie'nin ağlayan arkadaşının yanına gitti ve kolunu ona doladı.

"Adın Leanne, değil mi?" Kız evet anlamına başını salladı.

"Birden mi oldu, yoksa –"

"O paket yırtılınca oldu," diye hıçkırdı Leanne, yerdeki artık sırılsıklam olmuş ambalaj kâğıtlı paketi işaret ederek; paket yırtılıp açılmış, ortaya yeşilimsi bir ışıltı çıkmıştı. Ron, eli ileri uzanmış halde eğildi, ama Harry onu kolundan yakalayıp geri çekti.

"Dokunma ona!"

Yere çömeldi. Kâğıdın yırtık yerinden süslü opal bir gerdanlık görünüyordu.

Harry ona bakarak, "Bunu daha önce gördüm," dedi. "Çok, çok önce Borgin ve Burkes'te sergileniyordu. Etiketinde, lanetli olduğu yazılıydı. Katie ona dokunmuş olmalı." Başını kaldırıp, elinde olmadan titremeye başlamış olan Leanne'e baktı. "Bu Katie'nin eline nasıl geçti?"

"Biz de onun için tartışıyorduk zaten. Üç Süpürge'de tuvaletten elinde onunla geldi, Hogwarts'taki birisi için bir sürpriz olduğunu ve kendisinin bunu götürmek zorunda olduğunu söyledi. Ama bunu derken çok tuhaf görünüyordu.... Ah hayır, ah hayır, bahse girerim ki ona İmperius laneti yapmışlardı ve ben fark etmedim!"

Leanne yine hıçkırıklarla sarsılmaya koyuldu. Hermione şefkatle onun sırtını okşadı.

"Ona paketi kimin verdiğini söylemedi mi, Leanne?"

"Hayır... bana söylemedi... ben de ona aptallık ettiğini, onu okula götürmemesini söyledim ama dinlemedi işte... ve ben elinden kapmaya kalkınca da ... ve – ve –" Leanne umutsuzluk dolu bir feryat kopardı.

"Okula gitsek iyi olur," dedi, kolu hâlâ Leanne'e dolanmış olan Hermione, "Katie'nin durumunu öğrenebiliriz. Hadi..."

Harry bir an tereddüt etti, yüzünden atkısını çözüp, Ron'un hızla soluğunu tutmasına aldırış etmeden onunla gerdanlığı özenle örttü, sonra da yerden aldı.

"Bunu Madam Pomfrey'e göstermemiz gerek," dedi.

Yolda Hermione ve Leanne'i izlerlerken, Harry her şeyi kafasında evirip çevirdi. Tam okul arazisine girmişlerdi ki, düşüncelerini artık kendisine saklayamayarak, konuştu.

"Malfoy bu gerdanlığı biliyor. Dört yıl önce Borgin ve Burkes'te bir mücevher kasasındaydı, ondan ve babasından saklanırken, gerdanlığa uzun uzun baktığını görmüştüm. Onu izlediğimiz gün *bunu* alıyordu işte! Onu unutmadı ve vakti geldiğinde gidip aldı!"

"Ben – ben bilmiyorum, Harry," dedi Ron, tereddütle. "Bir sürü insan Borgin ve Burkes'e gider... hem o kız Katie'nin bunu kızlar tuvaletinde aldığını söylemedi mi?"

"Tuvaletten onunla geldi dedi, ille de tuvalette almış olması gerekmez ki –"

"McGonagall!" dedi Ron, onu uyararak.

Harry başını kaldırıp baktı. Gerçekten de Profesör McGonagall döne döne yağan sulu karda, taş basamaklardan aşağı telaşla iniyordu.

"Hagrid dördünüzün Katie Bell'e olanları gördüğünüzü söylüyor – lütfen derhal yukarı, benim odama! O elindeki ne, Potter?"

"Onun dokunduğu şey," dedi Harry.

"Aman Tanrım," dedi, gerdanlığı Harry'den alırken kaygılı görünen Profesör McGonagall. "Hayır, hayır, Filch, benimle birlikteler!" diye ekledi aceleyle, Filch Giriş Salonu'nu ayaklarını sürüyerek aşıp, elinde Sır Sezici, hevesle yanlarına gelince. "Bu gerdanlığı derhal Profesör Snape'e götür, ama dikkat et, sakın dokunma, atkıda sarılı tut."

Harry ve diğerleri Profesör McGonagall'ın peşinden yukarı,

onun odasına çıktılar. Sulu karın dövdüğü camlar, çerçevelerinde zangırdıyordu, oda da şöminede çatırdayan ateşe rağmen soğuktu. Profesör McGonagall kapıyı kapattı ve masasının arkasına geçerek yüzünü Harry, Ron, Hermione ve hâlâ hıçkıran Leanne'e döndü.

"Ee?" dedi, sert bir sesle. "Ne oldu?"

Leanne, tereddüt ederek, ağlamasını kontrol altına almaya çalışırken zaman zaman duraklayarak, Profesör McGonagall'a Katie'nin Üç Süpürge'de tuvalete nasıl gittiğini ve üzerinde hiçbir işaret olmayan paketi elinde tutarak nasıl geri döndüğünü, Katie'nin nasıl biraz tuhaf göründüğünü, bilinmeyen nesneleri teslim etmenin uygunluğu konusunda tartıştıklarını, bu tartışmanın paketi almak için bir itişip kakışmayla sonuçlandığını, paketin de yırtılıp açıldığını anlattı. Leanne bu noktada öylesine zayıf düşmüştü ki, artık ağzından tek kelime almak mümkün olmadı.

"Pekâlâ!" dedi Profesör McGonagall, şefkatsiz olmayan bir edayla, "hastane kanadına git, lütfen, Leanne ve Madam Pomfrey'den sana şok için bir şeyler vermesini iste."

O odadan çıkınca, Profesör McGonagall Harry, Ron ve Hermione'ye döndü.

"Katie gerdanlığa dokunduğunda ne oldu?"

"Havaya yükseldi," dedi Harry, daha Ron ya da Hermione bir şey söyleyemeden. "Sonra haykırmaya başladı ve yere yığıldı. Profesör, Profesör Dumbledore'u görebilir miyim, lütfen?"

"Müdür, Pazartesi'ye kadar yok, Potter," dedi Profesör McGonagall, şaşırmış görünerek.

"Yok mu?" diye öfkeyle tekrarladı Harry.

"Evet, Potter, yok," dedi Profesör ters ters. "Ama bu korkunç iş hakkında söylemek istediğin ne varsa bana da söylenebilir, elbette!"

Harry bir an durakladı. Profesör McGonagall insanı içini açmaya teşvik eden türden biri değildi; Dumbledore ise, birçok yönden daha göz korkutucu olduğu halde, bir teoriyi küçük görmeye daha az meyilli gibiydi – bu teori ne kadar çılgınca olursa olsun. Öte yandan bu bir ölüm kalım meselesiydi, ya bana gülerlerse diye kaygılanmanın sırası değildi.

"Bence Katie'ye o gerdanlığı Draco Malfoy verdi, Profesör."

Bir yanında Ron, apaçık bir sıkıntıyla burnunu ovuşturdu; öbür yanında Hermione ise sanki kendisi ile Harry arasına biraz mesafe koymak istiyormuşçasına ayaklarını sürüdü.

"Bu çok ciddi bir suçlama, Potter," dedi Profesör McGonagall, şokun yol açtığı şaşkın bir sessizliğin ardından. "Kanıtın var mı?"

"Hayır," dedi Harry, "ama..." ve ona Malfoy'u Borgin ve Burkes'e kadar izlemelerini, onunla Borgin arasında geçen, kulak misafiri oldukları konuşmayı anlattı.

Konuşmayı bitirdiğinde Profesör McGonagall, biraz kafası karışmış görünüyordu.

"Malfoy bir şeyi tamir ettirmek için Borgin ve Burkes'e mi götürdü?"

"Hayır, Profesör, sadece Borgin'in ona bir şeyin nasıl tamir edilebileceğini söylemesini istiyordu, o şey yanında yoktu. Ama konu bu değil, konu şu ki aynı zamanda bir şey de satın aldı ve ben bunun o gerdanlık olduğunu sanıyorum –"

"Malfoy'u dükkândan benzer bir paketle çıkarken mi gördün?"

"Hayır, Profesör, Borgin'den dükkânda onu kendisi için saklamasını istedi –"

"Ama, Harry," diye lafa karıştı Hermione, "Borgin ona yanında götürmek ister mi diye sordu, Malfoy 'hayır' dedi –"

"Ona dokunmak istemiyordu da ondan, besbelli!" dedi Harry öfkeyle.

"Aslında söylediği şuydu," dedi Hermione, "'Sokakta onu taşımaya kalkarsam nasıl görünürüm?'"

"Eh, bir gerdanlık taşırken de bayağı salak gibi görünürsün," diye araya girdi Ron.

"Ay, Ron," dedi Hermione, umutsuzca, "paketlenmiş olacaktı, bu yüzden de ona dokunması gerekmeyecekti, bir pelerin içine saklamak da hayli kolay, onun için kimse görmeyecekti! Bence Borgin ve Burkes'te her ne sakladıysa gürültülü ya da büyük bir şeydi; sokakta taşırsa dikkati üzerine çekeceğini bildiği bir şey – ve zaten," diye yüksek sesle devam etti, Harry araya giremeden, "Borgin'e gerdanlığı sormuştum, hatırlamıyor musun? Malfoy'un ondan neyi saklamasını istediğini anlamak için içeri girdiğimde, gerdanlığı orada gördüm. Ve Borgin de bana sadece fiyatını söyledi, çoktan satıldı falan demedi –"

"Eh, öyle belliydi ki numara yaptığın, beş saniyede neler çevirdiğini anladı, elbette sana söylemez – neyse, Malfoy o günden sonra onu istetmiş olabilir –"

Hermione cevap vermek için ağzını açarken, hayli kızgın görünen Profesör McGonagall, "Bu kadarı yeter!" dedi. "Potter, bana bunu anlatmanı takdir ediyorum ama sırf bu gerdanlığın satın alınmış olabileceği dükkânı ziyaret etti diye Mr Malfoy'u suçlayamayız. Herhalde aynı şey yüzlerce insan için geçerlidir –"

"– ben de öyle dedim –" diye mırıldandı Ron.

"– zaten bu yıl çok zorlu güvenlik önlemleri koyduk, bizim haberimiz olmadan o gerdanlığın bu okula girmiş olabileceğine inanmıyorum –"

"– ama –"

"– ve üstelik," dedi Profesör McGonagall, son sözü söylercesine heybetli bir tavırla, "Mr Malfoy bugün Hogsmeade'de değildi."

Harry, ağzı açık, süngüsü düşmüş, ona bakakaldı.

"Nereden biliyorsunuz, Profesör?"

"Çünkü benimle cezadaydı. Arka arkaya iki kez Biçim Değiştirme ev ödevini tamamlamadı. Bu yüzden de, şüphelerini bana söylediğin için teşekkürler, Potter," dedi yanlarından yürüyüp geçerken, "ama şimdi Katie Bell'in durumunu kontrol etmek için hastane kanadına gitmem gerekiyor. Hepinize iyi günler."

Odasının kapısını açık tuttu. Tek kelime etmeden sıra halinde yanından geçmek dışında bir seçenekleri kalmamıştı.

Harry, McGonagall'ın tarafını tuttular diye diğer ikisine kızgındı; ama gene de, olup bitenleri tartışmaya başladıklarında kendini lafa karışmak zorunda hissetti.

"Peki, sizce Katie gerdanlığı kime verecekti?" diye sordu Ron, ortak salona giden merdivenleri tırmanırlarken.

"Kim bilir," dedi Hermione. "Ama her kimse, kıl payı kurtuldu. Kimse gerdanlığa dokunmadan o paketi açamazdı."

"Bir sürü kişi için olabilir," dedi Harry. "Dumbledore - Ölüm Yiyen'ler ondan kurtulmaya bayılırdı, baş hedeflerinden biri olmalı. Ya da Slughorn - Dumbledore, Voldemort'un onu gerçekten istediğini düşünüyor, öyleyse Dumbledore'un tarafına geçmesi de hoşlarına gitmiş olamaz. Ya da –"

"Ya da, sen," dedi Hermione, kaygılı görünerek.

"Olamaz," dedi Harry, "yoksa Katie yolda geri dönüp onu bana verirdi, olup biterdi, değil mi? Üç Süpürge'den çıktıktan sonra hep onun arkasındaydım. Filch'in gelen-giden herkesi aradığını düşünürseniz, bana paketi Hogwarts dışında vermesi çok daha akla yakın olurdu. Acaba Malfoy niye ona paketi şatoya getirmesini söyledi?"

"Harry, Malfoy Hogsmeade'de değildi!" dedi Hermione, sinirden resmen tepinerek.

"Demek ki, bir yardakçısı vardı," dedi Harry. "Crabbe ya da Goyle – ya da, şimdi düşündüm de, bir başka Ölüm Yiyen, artık onlara katıldığına göre, Crabbe ve Goyle'dan çok daha iyi arkadaşları vardır –"

Ron ve Hermione, açık bir şekilde, "onunla tartışmanın hiç anlamı yok," diyen bakışlarla birbirlerini süzdüler.

"Nefisharç," dedi Hermione kendinden emin bir sesle, Şişman Hanım'ın yanına vardıklarında.

Portre, onları ortak salona buyur etmek için savrularak açıldı. Salon hayli doluydu, ıslak giysi kokuyordu: çoğu kişi, kötü hava nedeniyle Hogsmeade'den erken dönmüş görünüyordu. Korkunun ve her kafadan çıkan tahminlerin yarattığı o uğultu da yoktu: anlaşılan, Katie'nin başına gelen felaketin haberi henüz yayılmamıştı.

"Aslında, şöyle bir durup düşünecek olursan, ustaca bir saldırı değildi," dedi Ron, kendi oturmak için ateşin başındaki iyi bir koltukta oturan birinci sınıf öğrencisini kayıtsızca kovalayarak. "Lanet, şatoya giremedi bile. Pek de kusursuz denemez."

"Haklısın," dedi Hermione, ayağıyla Ron'u dürterek koltuktan kaldırıp, burayı gene birinci sınıf öğrencisine sunarken. "Hiç de iyi planlanmamıştı."

"İyi ama," diye sordu Harry, "Malfoy ne zaman dünyanın büyük düşünürlerinden biri oldu ki zaten?"

Ron da, Hermione de ona cevap vermedi.

ON ÜÇÜNCÜ BÖLÜM

Gizli Riddlle

Ertesi gün Katie, St Mungo Sihirsel Hastalıklar ve Rahatsızlıklar Hastanesi'ne kaldırıldığında, lanetlenmiş olduğu haberi bütün okula yayılmıştı. Ancak ayrıntılar konusunda bir belirsizlik vardı ve Harry, Ron, Hermione ile Leanne hariç kimse, Katie'nin lanetin asıl hedefi olmadığını bilmiyordu.

"Haa, bir de Malfoy biliyor, tabii," dedi Harry, Ron ile Hermione'ye, ama ikisi, Harry ne zaman Malfoy-Bir-Ölüm-Yiyen teorisinden söz açsa takındıkları yeni tutuma sadık kalıp sağır numarası yaptılar.

Harry, Dumbledore'un, son zamanlarda her neredeyse oradan Pazartesi akşamki derse vaktinde dönüp dönemeyeceğini merak etmişti, ama aksi yönde herhangi bir işaret olmadığı için saat sekizde onun odasına geldi ve kapıyı vurdu; içeri girmesi söylendi. Dumbledore orada oturuyordu, yorgun bir hali vardı; eli önceki kadar siyah ve yanmış görünüyordu, yine de gülümsedi ve Harry'ye oturmasını işaret etti. Düşünseli yine masanın üzerinde duruyor, tavana gümüşi ışık benekleri yansıtıyordu.

"Ben yokken hayli meşgulmüşsün," dedi Dumbledore. "Sanırım Katie'nin kazasına tanık olmuşsun?"

"Evet, efendim. O nasıl?"

"Hâlâ çok hasta, ama nispeten şanslıymış. Gerdanlığa cildinin çok küçük bir bölümü temas etmiş: eldiveninde minicik bir delik varmış. Gerdanlığı takmış olsaydı, hatta eldivensiz elinde tutmuş olsaydı, ölürdü. Belki de hemen oracıkta. Neyse ki Profesör Snape lanetin hızla yayılmasını önleyebildi –"

"Neden o?" diye sordu Harry çabucak. "Neden Madam Pomfrey değil?"

"Terbiyesiz," dedi duvardaki portrelerden birinden gelen yumuşak bir ses ve başını kollarına koymuş uyuyor gibi görünen Phineas Nigellus Black, Sirius'un dedesinin dedesi, başını kaldırdı. "Ben kendi zamanımda bir öğrencinin Hogwarts'ın nasıl işlediğini sorgulamasına izin vermezdim."

"Evet, teşekkür ederim, Phineas," dedi Dumbledore sustururcasına. "Profesör Snape Karanlık Sanatlar hakkında Madam Pomfrey'den çok daha fazla şey biliyor, Harry. Neyse, zaten St Mungo personeli bana saat başı bilgi veriyor, ben de Katie'nin zamanla tamamen iyileşeceği konusunda umutluyum."

"Bu hafta sonu neredeydiniz, efendim?" diye sordu Harry, içinde şansını zorladığı yönünde bir his olmasına rağmen. Belli ki Phineas Nigellus da onunla aynı hissi paylaşıyordu ki, usulca tısladı.

"Şu an söylememeyi tercih ederim," dedi Dumbledore. "Öte yandan, zamanı gelince anlatacağım."

"Anlatacak mısınız?" dedi Harry, şaşırarak.

"Evet, öyle sanıyorum," dedi Dumbledore, cüppesinin içinden bir şişe dolusu taze gümüşi anı çıkarıp mantarı asasıyla dürterek.

"Efendim," dedi Harry çekinerek, "Hogsmede'de Mundungus'la karşılaştım."

"Ah, evet, Mundungus'un senin mirasına eli uzun bir saygısızlıkla yaklaştığından haberdarım," dedi Dumbledore, hafifçe kaşlarını çatarak. "Sen onu Üç Süpürge'nin önünde sıkıştırdıktan sonra kayıplara karıştı; bence benimle karşılaşır diye ödü kopuyor. Ancak seni temin ederim, bundan sonra Sirius'un eski eşyalarını alıp sıvışamayacak."

"O pis ihtiyar melez, Black aile yadigârlarını mı çalıyor?" dedi Phineas Nigellus, öfkelenerek. Yürüyerek çerçevesinden çıktı;

şüphesiz Grimmauld Meydanı, on iki numaradaki portresini ziyaret etmeye gidiyordu.

"Profesör," dedi Harry kısa bir sessizlikten sonra, "Profesör McGonagall size Katie'nin başına gelenlerden sonra ona söylediklerimi anlattı mı? Hani Draco Malfoy hakkında."

"Bana şüphelerini anlattı, evet," dedi Dumbledore.

"Peki siz –?"

"Katie'nin kazasında parmağı olabilecek herkesi araştırmak için gereken tüm tedbirleri alacağım," dedi Dumbledore. "Ama şu anda beni ilgilendiren şey, Harry, seninle yapacağımız ders."

Harry bunun üzerine biraz gücenir gibi oldu: madem dersleri o kadar önemliydi, niye ilkiyle ikincisinin arasında bu kadar uzun bir süre geçmişti? Yine de Draco Malfoy hakkında başka bir şey söylemedi, Dumbledore'un Düşünseli'ne taze anıları boşaltmasını ve uzun parmaklı ellerinin arasında tuttuğu sığ çanağı bir kez daha döndürmeye başlamasını izledi.

"Eminim hatırlıyorsundur, Lord Voldemort'un macerasının başlangıcında son olarak yakışıklı Muggle Tom Riddle, karısı cadı Merope'yi terk edip Little Hangleton'daki aile evine dönmüştü. Merope Londra'da tek başına kalmıştı ve büyüyüp bir gün Lord Voldemort olacak bebeğe hamileydi."

"Onun Londra'da olduğunu nereden biliyorsunuz, efendim?"

"Caractacus Burke'den alınan ifade sayesinde," dedi Dumbledore. "Kendisi az önce bahsettiğimiz gerdanlığın geldiği dükkânın kurucularından."

Tıpkı daha önce yaptığı gibi, bir altın arayıcısının altın ayıklamasına benzer şekilde, Düşünseli'nin içindekileri suda çevirdi. Girdap gibi dönen gümüşi yığının içinden ufak tefek ihtiyar bir adam yükseldi, Düşünseli'nde daireler çizerek yavaş yavaş dolanmaya başladı. Bir hayalet gibi gümüşi, ama çok daha somuttu, gözlerini tamamen kapatan salkım saçak saçları vardı.

"Evet, alışılmamış şekilde ele geçirmiştik bunu. Bundan yıllar önce, Noel arifesinde genç bir cadı tarafından getirilmişti. Altına ciddi şekilde ihtiyacı olduğunu söylemişti, eh, o kadarı apaçık ortadaydı zaten. Paçavralar içindeydi ve karnı burnundaydı... bebeği olacaktı, anlarsınız ya. Madalyonun Slytherin'e ait olduğunu söyledi. Doğrusu böyle şeyleri sık sık duyarız, 'Ah, bu Merlin'e aitti, en sevdiği çaydanlıktı onun,' diye, ama sonra bakınca, üzerinde hakikaten de onun işareti olduğunu gördüm ve birkaç basit büyü gerçeği ortaya çıkarttı. Elbette bu, madalyonu paha biçilmez kılıyordu. Kadının ise onun ne kadar para ettiği hakkında en ufak fikri yokmuş gibiydi. On Galleon aldığına sevindi. Ömrümde yaptığım en kârlı alışverişti!"

Dumbledore Düşünseli'ni her zamankinden daha kuvvetlice salladı ve Caractacus Burke, içinden çıktığı girdap gibi devinen anı yığınına geri döndü.

"Ona sadece on Galleon mu vermiş?" dedi Harry hiddetle.

"Caractacus Burke cömertliğiyle nam salmış biri değildi," dedi Dumbledore. "Demek şimdi şunları biliyoruz: hamileliğinin sonlarına doğru, Merope Londra'da tek başınaymış ve altına fena halde ihtiyacı varmış, hem de elindeki tek değerli şeyi, Marvolo'nun kıymetli aile yadigârı madalyonunu satacak kadar."

"Ama sihir yapabiliyordu!" dedi Harry sabırsızca. "Sihirle kendine yiyecek falan yaratabilirdi, değil mi?"

"Ah," dedi Dumbledore, "belki bunu yapabilirdi. Ama benim inancım –yine tahminde bulunuyorum ama haklı olduğuma eminim– kocası onu terk ettiğinde Merope'nin sihir kullanmayı bıraktığı yönünde. Artık cadı olmak istemediğini sanıyorum. Karşılıksız aşkının ve bunun sonucunda gelen ümitsizliğin, güçlerini tüketmiş olması da mümkün tabii; böyle şeyler olabiliyor. Öyle ya da böyle, Merope kendi hayatını kurtarmak için dahi olsa asasını kaldırmaya yanaşmadı bir daha."

"Oğlu için bile hayatta kalmaz mıydı?"

Dumbledore kaşını kaldırdı.

"Lord Voldemort için üzülüyor olabilir misin acaba?"

"Hayır," dedi Harry hemen, "ama onun bir seçeneği varmış, değil mi, annem gibi değil –"

"Annenin de seçeneği vardı," dedi Dumbledore usulca. "Evet, Merope Riddle ona ihtiyacı olan bir çocuğa rağmen ölümü seçti, ama onu çok acımasızca yargılama, Harry. Uzun ıstırabından dolayı çok zayıflamıştı ve hiçbir zaman senin annenin cesaretine sahip olmamıştı. Şimdi, ayağa kalkarsan..."

"Nereye gidiyoruz?" diye sordu Harry, Dumbledore masanın önüne, onun yanına gelince.

"Bu defa," dedi Dumbledore, "*benim* hafızama gireceğiz. Sanırım hem çok ayrıntılı, hem de tatmin edici bir şekilde gerçeklere sadık bulacaksın bunları. Önden buyur, Harry."

Harry Düşünseli'nin üzerine eğildi; yüzü anıların serin yüzeyini delip geçti ve bir kez daha karanlıkta düşmeye başladı... Birkaç saniye sonra ayakları katı zemine değdi, gözlerini açtı ve Dumbledore ile beraber hareketli, eski moda bir Londra caddesinde olduğunu gördü.

"İşte oradayım," dedi Dumbledore neşeyle, atlı bir sütçü arabasının önünden karşıdan karşıya geçen uzun boylu birini işaret ederek.

Bu daha genç Albus Dumbledore'un uzun saçı ve sakalı kestane rengiydi. Caddenin onların bulunduğu tarafına geçtikten sonra kaldırımda yürümeye başladı. Üzerine giymiş olduğu, göz alıcı bir kesime sahip mor kadife takım elbiseden dolayı meraklı bakışlara hedef oluyordu.

"Güzel takım elbise, efendim," dedi Harry, kendine hâkim olamadan, ama Dumbledore kıkır kıkır gülmekle yetindi. Onun gençlik halinin peşinden kısa bir mesafe yürüdüler, çift kanatlı demir bir bahçe kapısından geçip, yüksek parmaklıklarla çevrili hayli iç karartıcı, kare biçiminde bir binanın önündeki boş bahçeye geldiler. Dumbledore ön kapıya giden birkaç basamağı çıktı ve kapıya bir kez vurdu. Az sonra önlüklü, eski püskü kıyafetli bir kız kapıyı açtı.

"İyi günler. Mrs Cole ile bir randevum vardı, sanırım kendisi buranın müdiresi, değil mi?"

"Ah," dedi kız hayret içinde, Dumbledore'un acayip görünüşünü süzerek. "Şey... bir dakika... MRS COLE!" diye bağırdı omzunun üzerinden.

Harry buna cevaben uzaktan bir sesin bağırarak bir şey söylediğini duydu. Kız Dumbledore'a döndü.

"Girin, geliyor."

Dumbledore, siyah ve beyaz karolu antreye adım attı; bütün mekân sefalet içindeydi, ama o kadar temizdi ki tek bir lekeye bile rastlayamazdınız. Harry ve yaşlı Dumbledore da girdiler. Daha kapı arkalarından kapanmamıştı ki, ince, canından bezmiş görünen bir kadın hızlı adımlarla onlara doğru geldi. Dumbledore'a doğru yürürken omzunun üstünden bir başka önlüklü yardımcıyla konuşuyordu; sert olmaktan çok kaygılı görünen bir yüzü vardı.

"...iyodu da yukarı götür, Martha, Billy Stubbs kabuklarını yolmuş yine, Eric Whalley de çarşafını sırılsıklam etmiş – her şey yetmiyormuş gibi bir de suçiçeği çıktı şimdi," dedi belli birine hitap etmeksizin. Sonra dönüp Dumbledore'u fark edince kalakaldı, kapısından içeri bir zürafa girmişçesine afallamış görünüyordu.

"İyi günler," dedi Dumbledore, elini uzatarak.

Mrs Cole ağzı bir karış açık baktı sadece.

"Adım Albus Dumbledore. Size bir mektup yazıp randevu istemiştim, siz de nezaket gösterip beni bugün buraya davet etmiştiniz."

Mrs Cole gözlerini kırpıştırdı. Sonra da besbelli Dumbledore'un bir halüsinasyon olmadığına karar vererek, halsiz bir sesle "Ah, evet," dedi. "Şey – şey, o halde – odama gelseniz iyi olur. Evet."

Böylece kadın, Dumbledore'u biraz oturma odasına, biraz büroya benzeyen küçük bir odaya götürdü. Burası da antre kadar sefalet içindeydi, mobilyalar da eski ve birbirleriyle uyumsuzdu. Dumbledore'un oturması için dengesiz bir iskemleyi işaret etti, kendi de dağınık bir masanın arkasına geçip tedirgin bakışlarla onu süzmeye başladı.

"Mektubumda da size söylediğim gibi, buraya Tom Riddle

ve onun geleceğine yönelik düzenlemeler için geldim," dedi Dumbledore.

"Aileden misiniz?" diye sordu Mrs Cole.

"Hayır, öğretmenim," dedi Dumbledore. "Tom'u okuluma davet etmeye geldim."

"Hangi okulmuş bu peki?"

"Adı Hogwarts," dedi Dumbledore.

"Peki niçin Tom'la ilgileniyorsunuz?"

"Aradığımız özelliklere sahip olduğunu düşünüyoruz."

"Yani bir burs mu kazandı? Bu nasıl olabilir? Hiç böyle bir şey için başvurulmadı ki."

"Şöyle diyelim: doğumundan beri okulumuzda adı var –"

"Kim kaydettirmiş onu? Annesiyle babası mı?"

Mrs Cole'un sorun çıkaracak kadar keskin bir zekâya sahip olduğuna şüphe yoktu. Belli ki Dumbledore da öyle düşünüyordu; Harry onun kadife takım elbisesinin cebinden asasını çıkardığını, bir taraftan da Mrs Cole'un masasından bomboş bir kâğıt aldığını gördü.

"Buyrun," dedi Dumbledore, ona kağıdı uzatırken asasını tek bir kez sallayarak, "sanırım bu her şeyi netleştirecektir."

Boş kâğıda dikkatle bakarken Mrs Cole'un gözleri bir an odağını kaybedip sonra yine normale döndü.

"Usule uygun görünüyor," dedi sakin bir sesle, kâğıdı geri vererek. Sonra aniden, birkaç saniye önce orada olmayan bir cin şişesiyle iki bardak gözüne ilişti.

"Şey – size bir bardak cin ikram edebilir miyim?" dedi, son derece kibar bir sesle.

"Çok teşekkür ederim," dedi Dumbledore, gözleri ışıldayarak.

Az sonra Mrs Cole'un cin içme konusunda hiç acemi olmadığı ortaya çıktı. İki bardağa da bol miktarda cin koyduktan sonra, kendininkini bir dikişte bitirdi. Samimi bir şekilde dudaklarını şapırdattıktan sonra, ilk kez Dumbledore'a gülümsedi. Dumbledore da yakaladığı bu avantajdan faydalanmakta tereddüt etmedi.

"Acaba bana Tom Riddle'ın geçmişiyle ilgili bir şeyler anlatabilir misiniz diye merak ediyordum. Sanırım burada, yetimhanede doğmuştu, değil mi?"

"Doğru," dedi Mrs Cole, kendine biraz daha cin koyarak. "Gayet iyi hatırlıyorum, çünkü ben de burada çalışmaya yeni başlamıştım. Yılbaşıydı ve insanın iliklerine işleyen bir soğuk vardı, kar yağıyordu. Feci bir geceydi. Ve bu kız, benim o zamanki yaşımdan daha büyük olmayan bu kız, sendeleye sendeleye merdivenden çıkıp geldi.. Eh, bir ilk değildi doğrusu. Onu içeri aldık, bir saat içinde bebeği doğurdu. Ve sonraki bir saat içinde de öldü."

Mrs Cole etkileyici bir şekilde başını yukarı aşağı salladı ve cininden bir yudum daha aldı.

"Ölmeden önce bir şey söyledi mi?" diye sordu Dumbledore. "Çocuğun babasıyla ilgili, mesela?"

"Evet, aslına bakarsanız, söyledi," dedi Mrs Cole. Elinde cini, karşısında hikâyesini işitmeye hevesli dinleyicisiyle, şimdi keyfi yerinde görünüyordu.

"Hatırlıyorum, 'Umarım babasına benzer,' demişti bana; ve ne yalan söyleyeyim, öyle ummakta da haklıydı, çünkü kendisi pek de güzel değildi – sonra bana çocuğun, babasından Tom, *kendi* babasından ise Marvoldo adlarını alacağını söyledi – evet, biliyorum, komik isim, değil mi? Sirkten falan mı geldi acaba dedik – ayrıca çocuğun soyadının da Riddle olacağını söyledi. Ondan kısa süre sonra da tek bir kelime daha edemeden öldü.

"Evet, çocuğa onun söylediği adları verdik, çünkü zavallı kız için çok önemliymiş gibi görünüyordu bu. Ama sonra ne bir Tom geldi çocuğu arayıp sormaya, ne bir Marvoldo, ne herhangi bir Riddle, ne de bir aile ferdi. Böylece yetimhanede kaldı, o zamandan beri de burada."

Mrs Cole, neredeyse dalgın dalgın, kendine dolu dolu bir bardak cin daha koydu. Elmacık kemiklerinde iki pembe nokta belirmişti. Sonra devam etti. "Tuhaf bir çocuk."

"Evet," dedi Dumbledore. "Öyle olabileceğini düşünmüştüm zaten."

"Tuhaf da bir bebekti, zaten. Hemen hemen hiç ağlamazdı, biliyor musunuz? Sonra, biraz daha büyüdüğünde... garipleşti."

"Ne açıdan garip?" diye sordu Dumbledore usulca.

"Şey, o –"

Ama Mrs Cole birden durdu. Şimdi cin bardağının üzerinden Dumbledore'a yönelttiği sorgulayan bakışların bulanık ya da belirsiz bir tarafı yoktu.

"Yani şimdi kesinlikle sizin okulunuzdaki yeri hazır diyorsunuz, öyle mi?"

"Kesinlikle," dedi Dumbledore.

"Ve benim söyleyeceğim hiçbir şey bunu değiştiremez, öyle mi?"

"Hiçbir şey," dedi Dumbledore.

"Yani ne olursa olsun onu alıp götüreceksiniz, değil mi?"

"Ne olursa olsun," diye tekrar etti Dumbledore, ciddiyetle.

Mrs Cole ona gözlerini kısarak, güvenip güvenemeyeceğini tartarmışçasına, baktı. Besbelli güvenebileceğine karar vermiş olacak ki, birden aceleyle, "Öteki çocukları korkutuyor," dedi.

"Yani zorbalık mı ediyor?" diye sordu Dumbledore.

"Herhalde öyle olmalı," dedi Mrs Cole, hafifçe kaşlarını çatarak, "ama onu böyle bir şey yaparken yakalamak çok zor. Birtakım olaylar oldu... fena şeyler..."

Dumbledore üzerine gitmedi, ama Harry onun ilgilendiğini görebiliyordu. Kadın cinden bir yudum daha aldı, al yanakları daha da allaştı.

"Billy Stubbs'ın tavşanı.... şey, Tom ben yapmadım *dedi*, doğrusu ben de nasıl yapmış olabilir hiç bilmiyorum, ama yine de herhalde hayvan kirişe kendi kendini asmış olamaz, değil mi?"

"Hayır, sanmıyorum," dedi Dumbledore usulca.

"Ama nasıl oraya çıktı da yaptı, hiç bilmiyorum. Tek bildiğim Tom'la Billy'nin bir önceki gün tartıştıkları. Sonra –" Mrs Cole bir yudum daha cin aldı, bu sefer birazını çenesine döktü, "yaz gezisinde –yılda bir onları dışarı çıkarıyoruz, kıra ya da deniz kenarına– şey, bu geziden sonra Amy Benson ve Dennis Bishop bir daha hiçbir zaman eskisi gibi olmadılar; ağızlarından tek alabildiğimiz de Tom Riddle ile birlikte bir mağaraya girdikleri. Çocuk yemin etti sadece araştırmaya girmiştik diye, ama orada *bir şey* oldu, eminim. İşte, daha birçok şey oldu, tuhaf şeyler..."

Bir kez daha Dumbledore'a baktı, yanakları kıpkırmızı olsa da bakışları sabitti.

"Sanırım onun gidişine üzülen pek olmayacak."

"O sürekli bizimle kalmayacak, anlıyorsunuzdur eminim?" dedi Dumbledore. "En azından her yaz buraya dönmesi gerekecek."

"Eh, hiç yoktan iyidir," dedi Mrs Cole, sessiz bir hıçkırıkla. Ayağa kalktı. Harry onun cinin üçte ikisini bitirmiş olmasına rağmen dengesinin yerinde olduğunu görerek etkilendi. "Herhalde onu görmek istiyorsunuzdur?"

"Kesinlikle," dedi Dumbledore, kendi de ayağa kalkarak.

Mrs Cole onu odasından dışarı, taş merdivenden yukarı çıkardı, geçerken bir taraftan da yardımcılarına ve çocuklara seslenerek emirler ve tembihler yağdırdı. Harry, yetimlerin hepsinin aynı grimsi tüniği giydiğini gördü. İyi bakılmış gibi görünüyorlardı, ama buranın büyümek için tatsız bir yer olduğuna de şüphe yoktu.

"İşte burası," dedi Mrs Cole. İkinci merdiveni çıkıp uzun bir koridordaki ilk kapının önünde durmuşlardı. Kapıya iki kere vurup girdi.

"Tom? Bir ziyaretçin var. Bu Mr Dumberton – pardon, Dunderbore. Buraya geliş nedeni, sana – şey, neyse, bırakayım da kendi anlatsın."

Harry ve iki Dumbledore içeri girdiler, Mrs Cole kapıyı üzerlerine kapatarak çıktı. İçinde eski bir gardırop ve demir bir karyola hariç hiçbir şey olmayan, küçük ve sade bir odaydı. Gri battaniyenin üstünde bir erkek çocuğu bacaklarını öne doğru uzatmış oturuyor, elinde bir kitap tutuyordu.

Tom Riddle'ın yüzünde Gaunt'lardan eser yoktu. Merope'nin ölmeden önceki son dileği gerçekleşmişti: çocuk yakışıklı babasının minyatürüydü, on bir yaş için uzun boylu, koyu renk saçlı ve açık tenliydi. Gözlerini biraz kısarak, Dumbledore'un acayip görünüşünü süzdü. Bir anlık sessizlik oldu.

"Nasılsın, Tom?" dedi Dumbledore, ona doğru yürüyüp elini uzattı.

Çocuk önce tereddüt etti, sonra o da elini uzattı ve el sıkıştılar. Dumbledore sert tahta iskemleyi Riddle'ın yanına çekti, şimdi ikisi hastanede yatan bir hastayla ziyaretçisine benziyordu.

"Ben Profesör Dumbledore'um."

"'Profesör' mü?" dedi Riddle. İhtiyatlı görünüyordu. "'Doktor' gibi bir şey mi o? Niçin buradasın? Bana bakman için *o* mu getirdi seni buraya?"

Az önce Mrs Cole'un çıktığı kapıyı işaret ediyordu.

"Hayır, hayır," dedi Dumbledore, gülümseyerek.

"Sana inanmıyorum," dedi Riddle. "Bana baktırmak istiyor, değil mi? Doğru söyle!"

Son iki kelimeyi yüksek sesle, neredeyse sarsıcı bir güçle söylemişti. Bu bir emirdi ve sesinden anlaşıldığı kadarıyla daha önce bu emri defalarca vermişti. Gözlerini iyice açmış, Dumbledore'a dik dik bakıyordu. Dumbledore ise hoş bir gülümsemeden başka bir yanıt vermedi. Birkaç saniye sonra Riddle dik dik bakmayı bıraktı. Şimdi daha da ihtiyatlı görünüyordu.

"Kimsin sen?"

"Sana söyledim, benim adım Profesör Dumbledore ve Hogwarts adında bir okulda çalışıyorum. Seni okuluma davet etmeye geldim – gelirsen, orası senin de yeni okulun olacak."

Riddle'ın buna tepkisi çok şaşırtıcıydı. Yatağından sıçradı ve geri geri Dumbledore'dan uzaklaştı.

"Beni kandıramazsın! Tımarhane, oradan geliyorsun, değil mi? 'Profesör', tabii ya – ama ben gitmiyorum, tamam mı? Asıl orada olması gereken kişi o ihtiyar keçi. Küçük Amy Benson'a ya da Dennis Bishop'a hiçbir şey yapmadım ben, istersen onlara sor, anlatsınlar!"

"Tımarhaneden değilim ben," dedi Dumbledore sabırlı sabırlı. "Ben bir öğretmenim ve, sakince yerine oturursan, sana Hogwarts'tan bahsedeceğim. Tabii, okula gelmek istemiyorsan, kimse seni zorlamayacak –"

"Hele bir denesinler," dedi Riddle küçümseyen bir bakışla.

"Hogwarts," diye devam etti Dumbledore, Riddle'ın son sözlerini duymamış gibi, "özel yetenekleri olanlar için bir okul –"

"Ben deli değilim!"

"Deli olmadığını biliyorum. Hogwarts deliler için bir okul değil. Bir sihir okulu."

Bir sessizlik oldu. Riddle donakalmıştı, yüzü ifadesizdi, ama gözleri Dumbledore'un gözleri arasında gidip geliyor, sanki onlardan birini yalan söylerken yakalamaya çalışıyordu.

"Sihir mi?" diye sordu fısıltıyla.

"Evet," dedi Dumbledore.

"Yani... yani sihir mi, benim yaptığım şey?"

"Neymiş yaptığın şey?"

"Bir sürü şey," diye fısıldadı Riddle. Heyecanla boynundan yukarı, çukur yanaklarına doğru kızarmaya başladı; ateşi çıkmış gibi görünüyordu. "Eşyaları dokunmadan hareket ettirebiliyorum. Hayvanlara istediğim şeyi yaptırtabiliyorum, hem de onları eğitmeden. Beni kızdıran insanların başına kötü şeyler getirtebiliyorum. İstersem canlarını yakabiliyorum."

Bacakları titriyordu. Sendeleyerek öne doğru yürüdü ve yine yatağın üzerine oturdu. Gözlerini ellerine dikmişti, başı dua okuyormuş gibi öndeydi.

"Farklı olduğumu biliyordum," diye fısıldadı kendi titreyen parmaklarına. "Özel olduğumu biliyordum. Her zaman biliyordum bir şey olduğunu."

"Eh, haklıydın da," dedi Dumbledore. Şimdi gülümsemiyor, dikkatle Riddle'ı gözlüyordu. "Sen bir büyücüsün."

Riddle başını kaldırdı. Yüzü adeta biçim değiştirmişti: şimdi orada vahşi bir mutluluk vardı, ama bir sebepten dolayı bu mutluluk onu güzelleştirmemişti; tam tersi, düzgün yüz hatları sertleşmiş, ifadesi neredeyse hayvansılaşmıştı.

"Sen de mi büyücüsün?"

"Evet, öyleyim."

"Kanıtla," dedi Riddle hemen, "doğru söyle" derken kullandığı o buyurgan ses tonuyla.

Dumbledore kaşını kaldırdı.

"Eğer doğru anladıysam ve Hogwarts'ta okumayı kabul ediyorsan –"

"Tabii ki ediyorum!"

"O zaman bana 'Profesör' ya da 'efendim' şeklinde hitap edeceksin."

Riddle'ın ifadesi çok kısa bir an için sertleşti, sonra tanınmayacak kadar kibar bir sesle, "Özür dilerim, efendim," dedi. "Demek istemiştim ki – lütfen, Profesör, gösterebilir misiniz –?"

Harry Dumbledore'un reddedeceğinden; Hogwarts'ta uygulamalı örnekler için çok vakitleri olacağını, o an Muggle'larla dolu bir binada bulunduklarını ve bu yüzden tedbirli davranmaları gerektiğini söyleyeceğinden emindi. Ancak Dumbledore onu çok şaşırtarak takım elbisesinin cebinden asasını çıkardı, köşedeki eski püskü gardıroba doğrulttu ve hafif bir hareketle salladı.

Gardırop alev aldı.

Riddle ayağa sıçradı. Harry onu şok ve öfke içinde bağırdığı için pek suçlayamıyordu; bütün malı mülkü orada olmalıydı; ama daha Riddle dönüp Dumbledore'un üzerine yürürken alevler kayboldu. Arkalarında bıraktıkları gardırop ise hiç zarar görmemiş haldeydi.

Riddle bir gardıroba, bir Dumbledore'a baktı, sonra da yüzünde açgözlü bir ifadeyle asayı işaret etti.

"Nereden alabilirim onlardan bir tane?"

"Hepsi sırası gelince olacak," dedi Dumbledore. "Sanırım gardırobundan çıkmaya çalışan bir şey var."

Gerçekten de, gardırobun içinden hafif bir tıkırtı geliyordu. İlk defa, Riddle korkmuş göründü.

"Kapağı aç," dedi Dumbledore.

Riddle tereddüt etti, sonra gidip gardırobun kapağını açtı. En üst rafta, bir dizi yırtık pırtık kıyafetin üzerinde, küçük bir karton kutu, içine zıvanadan çıkmış fareler kapatılmış gibi titreyip tıkırdıyordu.

"Çıkar onu," dedi Dumbledore.

Riddle sallanan kutuyu eline aldı. Süngüsü düşmüş görünüyordu.

"O kutuda sende olmaması gereken herhangi bir şey var mı?"

Riddle Dumbledore'a uzun uzun, ölçüp biçen gözlerle baktı.

"Evet, sanırım var, efendim," dedi sonunda, ifadesiz bir sesle.

"Aç," dedi Dumbledore.

Riddle kapağı açtı ve kutunun içindekileri onlara bakmaksızın yatağının üzerine boşalttı. Çok daha heyecan verici bir şey bekleyen Harry, küçük, gündelik nesnelerden oluşmuş bir yığın gördü; aralarında bir yoyo, gümüş bir yüksük ve kararmış bir mızıka da vardı. Kutudan çıktıktan sonra titremeyi bırakmış, ince battaniyelerin üzerinde gayet hareketsiz bir şekilde duruyorlardı.

"Onları özürlerinle birlikte sahiplerine iade edeceksin," dedi Dumbledore sakince, asasını yeniden ceketinin içine koyarak. "Yaptın mı yapmadın mı, bilirim. Ve seni uyarıyorum: Hogwarts'ta hırsızlığa müsamaha edilmez."

Riddle hiç de utanmışa benzemiyordu; hâlâ soğuk ve tartan gözlerle Dumbledore'a bakıyordu. Sonunda renksiz bir sesle, "Evet, efendim," dedi.

"Hogwarts'ta," diye devam etti Dumbledore, "sihri sadece kullanmayı değil, kontrol etmeyi de öğretiyoruz. Sen güçlerini –eminim ki istemeyerek– okulumuzda ne öğretilen, ne de müsamaha edilen bir şekilde kullanıyordun. Sihrine hâkim olamamış ne ilk kişisin, ne de son olacaksın. Ama şunu bil ki Hogwarts, öğrencileri okuldan atabilir, Sihir Bakanlığı ise –evet, bir Bakanlık var– kanunları çiğneyenleri çok daha ciddi bir şekilde cezalandırır. Bütün yeni büyücüler dünyamıza adım atarken, kanunlarımıza uyacaklarını kabul etmelidirler."

"Evet, efendim," dedi Riddle yine.

Ne düşündüğünü anlamak imkânsızdı; saklamış olduğu çalıntı nesneleri tekrar karton kutuya koyarken yüzü tamamen ifadesiz kaldı. İşi bitirdiğinde Dumbledore'a döndü ve dobra dobra, "Hiç param yok," dedi.

"Bunun çözümü kolay," dedi Dumbledore, cebinden deri bir para kesesi çıkararak. "Kitap ve cüppe almada yardıma ihtiyacı olanlar için Hogwarts'ta bir fon var. Bazı büyü kitaplarını ve diğer şeyleri elden düşme almak zorunda kalabilirsin ama –"

"Büyü kitapları nereden alınıyor?" diye sözünü kesti Riddle. Dumbledore'a teşekkür etmeksizin ağır para kesesini almış, büyük bir altın Galleon'u inceliyordu şimdi.

"Diagon Yolu'ndan," dedi Dumbledore. "Yanımda ihtiyacın olan kitapların ve büyü gereçlerinin listesi var. Her şeyi bulmana yardım edebilirim –"

"Benimle mi geliyorsunuz?" diye sordu Riddle, başını kaldırarak.

"Elbette, eğer sen –"

"Size ihtiyacım yok," dedi Riddle. "Her şeyi tek başıma yapmaya alışkınım, Londra'da hep kendi başıma gezerim. Şu Diagon Yolu'na nasıl gidiliyor – efendim?" diye ekledi, Dumbledore'un bakışını yakalayarak.

Harry, Dumbledore'un Riddle'a eşlik etme konusunda ısrarcı olacağını düşünmüştü, ama bir kez daha şaşırdı. Dumbledore Riddle'a içinde gerekli gereç listesinin bulunduğu zarfı verdi ve yetimhaneden Çatlak Kazan'a tam olarak nasıl gidileceğini tarif ettikten sonra, şöyle devam etti: "Sen orayı görebileceksin, ama etrafındaki Muggle'lar –yani sihirle uğraşmayan insanlar– göremeyecek. Barmen Tom'u sor –hatırlaması kolay, ne de olsa adı seninle aynı–"

Riddle bıkkınlık verici bir sineği kovmaya çalışıyormuş gibi, huzursuzca kıpırdandı.

"'Tom' adını sevmiyor musun?"

"Bir sürü Tom var," diye mırıldandı Riddle. Sonra, sanki bu soruyu bastıramıyormuş, sanki içinde zapt edemiyormuş gibi, sordu: "Babam da büyücü müydü? Onun da adı Tom Riddle'mış, bana öyle dediler."

"Korkarım bilmiyorum," dedi Dumbledore, yumuşak bir sesle.

"Annem sihirli olamaz, yoksa ölmezdi," dedi Riddle, Dumbledore'dan çok kendi kendine. "O yüzden babam olmalı. Ee – gerekli her şeyi aldıktan sonra – bu Hogwarts'a ne zaman geliyorum?"

"Bütün detaylar zarfındaki ikinci parşömen parçasında yazılı," dedi Dumbledore. "Eylül'ün birinde King's Cross İstasyonu'ndan yola çıkacaksın. Orada bir tren bileti de var."

Riddle başını evet anlamına salladı. Dumbledore ayağa kalktı ve tekrar elini uzattı. Riddle onun elini sıkıp, "Yılanlarla konuşabiliyorum," dedi. "Kır gezilerine çıktığımızda keşfettim – beni buluyorlar, bana fısıldıyorlar. Bir büyücü için bu normal midir?"

Harry onun bu en tuhaf gücünü, etkilemeye kararlı bir şekilde, en sona sakladığını anlamıştı.

"Ender bir durum," dedi Dumbledore, bir an duraklakdıktan sonra, "ama duyulmamış değil."

Ses tonu rahattı ama gözleri merakla Riddle'ın yüzünde gezindi. Çocuk ve adam, bir an orada öylece durup, birbirlerine baktılar. Sonra el sıkışma faslı sona erdi, Dumbledore kapıdaydı.

"Hoşçakal, Tom. Hogwarts'ta görüşüz."

"Sanırım bu kadar yeter," dedi Harry'nin yanındaki beyaz saçlı Dumbledore. Saniyeler sonra, bir kez daha karanlıkta uçuyorlardı. Ve günümüze, Dumbledore'un odasına indiler.

"Otur," dedi Dumbledore, Harry'nin yanına inerek.

Harry söyleneni yaptı, kafası hâlâ az önce gördükleriyle doluydu.

"Benden çok daha çabuk inandı – yani, ona kendisinin bir büyücü olduğunu söylediğinizde," dedi Harry. "Hagrid bana söylediğinde ben ilk başta inanmamıştım."

"Evet, Riddle –kendi deyişiyle– 'özel' olduğuna inanmaya fevkalade hazırdı," dedi Dumbledore.

"Anlamış mıydınız – o zaman?" diye sordu Harry.

"Gelmiş geçmiş en tehlikeli Karanlık büyücü ile karşılaştığımı mı?" dedi Dumbledore. "Hayır, büyüyüp de bugün olduğu şey haline geleceğine dair en ufak bir fikrim yoktu. Ancak, kesinlikle merakımı uyandırmıştı. Hogwarts'a döndüğümde gözümü üzerinden ayırmamaya karar vermiştim. Yalnız ve arkadaşsız olduğu için bunu zaten yapmalıydım ama bunun kendi iyiliği kadar, başkalarının da iyiliği için olduğu düşüncesine kapılmıştım bile.

"Duyduğun gibi, güçleri o kadar küçük bir büyücü için şaşırtıcı derecede gelişkindi ve –en ilginç ve tekinsiz yanı da– onlar üzerinde belli bir ölçüde kontrole sahip olduğunu keşfetmiş ve onları bilinçli olarak kullanmaya başlamıştı bile. Ve gördüğün gibi, genellikle küçük büyücülerin yaptığı türden gelişigüzel deneyler değildi bunlar: başka insanlar üzerinde sihir kullanmaya çoktan başlamıştı, korkutmak için, cezalandırmak için, hâkim olmak için. Boğulan tavşan ve bir mağaraya çektiği oğlanla kızın öyküsü çok önemli ipuçları... *İstersem canlarını yakabiliyorum...*"

"Ayrıca bir Çatalağızdı," diye araya girdi Harry.

"Evet, doğru; ender bir yetenek, Karanlık Sanatlar'la bağlantılı olduğu varsayılır, ancak bildiğimiz gibi büyüklerin ve iyilerin arasında da Çatalağızlar var. Açıkçası, yılanlarla konuşma yeteneği beni gözle görülür zalimlik, gizlilik ve hâkimiyet içgüdülerine kıyasla pek de rahatsız etmedi.

"Zaman yine bizimle alay ediyor," dedi Dumbledore, pencerenin dışındaki karanlık gökyüzünü işaret ederek. "Ama ayrılmadan önce, az önce tanık olduğumuz sahnenin belli özelliklerine dikkatini çekmek istiyorum, çünkü bunlar ilerideki toplantılarımızda konuşacağımız meselelerle çok yakından bağlantılı.

"İlk olarak, umarım başka birinin daha adının 'Tom' olduğundan söz ettiğimde Riddle'ın tepkisini fark etmişsindir."

Harry başını evet anlamında salladı.

"Orada onu başka insanlara bağlayan, sıradanlaştıran şeylere karşı nefretini gösterdi. O zaman bile farklı, ayrı, nam salmış olmayı istiyordu. Bildiğin gibi o konuşmadan birkaç yıl sonra adını bıraktı ve artık çok uzun süredir ardında saklandığı 'Lord Voldemort' maskesini yarattı.

"Sanırım Tom Riddle'ın kendi kendine yeten, gizliliğe meraklı ve belli ki arkadaşsız olduğunu da fark etmişsindir herhalde. Diagon Yolu'na yolculuğunda yardım ya da refakat istemedi. İşlerini kendi başına halletmeyi yeğledi. Yetişkin Voldemort da aynı böyle. Ölüm Yiyen'lerinin birçoğu onun sırdaşı olduğunu, ona yakın, hatta onu anlayan tek kişi olduğunu söyler. Aldanıyorlar. Lord Voldemort'un asla arkadaşı olmadı, herhangi bir zamanda böyle bir şey istediğini de sanmıyorum.

"Son olarak da –umarım bunu dikkatle dinleyemeyecek kadar uykun gelmemiştir, Harry– genç Tom Riddle ganimet toplamayı seviyordu. Odasına sakladığı çalıntı nesneler kutusunu gördün. Zorbaca davranışlarının kurbanlarından alınmıştı onlar, son derece nahoş sihirlerin yadigârlarıydı, tabir caizse. Bu istifçilik eğilimini aklında tut, çünkü özellikle bu, daha sonra önemli olacak.

"Şimdi, gerçekten yatma vakti geldi."

Harry ayağa kalktı. Odanın öbür tarafına doğru yürürken, gözleri geçen sefer Marvoldo Gaunt'un yüzüğünün durduğu masaya kaydı. Yüzük artık orada değildi.

"Evet, Harry?" dedi Dumbledore, çünkü Harry durmuştu.

"Yüzük gitmiş," dedi Harry, etrafa bakınarak. "Ama mızıka falan burada olur sanmıştım."

Dumbledore gülümseyerek, yarım ay biçimli gözlüklerinin üzerinden ona baktı.

"Çok zekice, Harry, ama mızıka yalnızca bir mızıkaydı."

Ve bu esrarlı sözün ardından, Harry'ye el salladı. Harry, işareti anlayıp odadan çıktı.

ON DÖRDÜNCÜ BÖLÜM

Felix Felicis

Ertesi sabah Harry'nin ilk dersi Bitkibilim'di. Kahvaltıda başkaları duyar korkusuyla Ron ve Hermione'ye Dumbledore'la yaptığı dersten söz etmemişti ama, seralara doğru sebze tarhlarının arasından giderken bu eksikliği telafi etti. Hafta sonunun sert ruzgârı nihayet dinmişti; tuhaf sis geri dönmüştü, bu yüzden de doğru serayı bulmaları her zamankinden biraz daha fazla vakit aldı.

"Vay be, amma korkutucu, Kim-Olduğunu-Bilirsin-Sen'in çocuk hali," dedi Ron usulca. O sömestrin projesini oluşturan boğum boğum Kılçırpı kütüklerinin çevresinde yerlerini almış, koruyucu eldivenlerini giyiyorlardı. "Ama yine de anlamıyorum, Dumbledore bütün bunları sana niye gösteriyor? Yani, tamam, gerçekten ilginç falan ama, ne anlamı var?"

"Bilmem," dedi Harry, dişliğini takarak. "Ama diyor ki çok önemliymiş ve hayatta kalmama yardımcı olacakmış."

"Bence büyüleyici," dedi Hermione samimiyetle. "Voldemort hakkında mümkün olduğu kadar çok şey öğrenmek çok mantıklı. Yoksa zayıf yanlarını nasıl keşfedeceksin?"

"Peki, Slughorn'un son partisi nasıldı?" diye sordu Harry ona, dişliği yüzünden boğuk boğuk çıkan bir sesle.

"Aa, aslında hayli eğlenceliydi, ciddi söylüyorum," dedi Hermione, şimdi o da koruyucu gözlüğünü takıyordu. "Yani, eski meşhur öğrencileri konusunda konuşup duruyor ve önemli kişileri tanıdığı için McLaggen'a resmen *yaltaklanıyor* ama, bize gerçekten çok güzel yiyecekler verdi ve Gwenog Jones'la tanıştırdı."

"Gwenog Jones mu?" dedi Ron, gözlüğünün arkasında fal taşı gibi açılmış gözlerle. "*Meşhur* Gwenog Jones mu? Holyhead Harpileri'nin Kaptanı?"

"Ta kendisi," dedi Hermione. "Ben şahsen, biraz burnu büyük bir kadın olduğunu düşündüm, ama –"

"Orada yeterince konuştunuz artık!" dedi Profesör Sprout enerjik bir edayla; telaşla yanlarına geldi, hayli sert bir hali vardı. "Geride kalıyorsunuz, diğerlerinin hepsi başladı, hatta Neville şimdiden ilk tohum zarfını elde etti bile!"

Dönüp baktılar; sahiden de Neville kanayan bir dudak ve yüzünün yanında birkaç ciddi tırmıkla orada oturmuş, greyfrut boyunda, sinir bozucu bir şekilde nabız gibi atan yeşil bir nesneyi sıkıca tutuyordu.

"Tamam, Profesör, şimdi başlıyoruz!" dedi Ron ve o arkasını dönünce yavaşça ekledi: "*Muffliato*'dan yararlanmalıydık, Harry."

Hermione hemen, "Hayır, yararlanmayacağız!" dedi, her zaman olduğu gibi Melez Prens ve büyüleri fikrine fena halde kızmış görünerek. "Ee, hadi bakalım... başlasak iyi olur..."

Diğer ikisine endişeli bir bakış attı; hepsi derin birer nefes aldılar ve aralarında duran boğum boğum kütüğe doğru hamle ettiler.

Kütük derhal canlandı; tepesinden uzun, dikenli, çalımsı sarmaşıklar fışkırıp havayı kamçılamaya başladı. Bir tanesi Hermione'nin saçına dolaştı, Ron onu bir budama makasıyla püskürttü. Harry iki sarmaşığı yakalayarak düğümlemeyi başardı; bütün o dokunaç gibi dalların ortasında bir delik açıldı; Hermione kolunu cesurca, dirseğinin çevresinde kapan gibi kapanan bu deliğe soktu. Harry ve Ron sarmaşıkları çekiştirip kıvırarak deliği zorla yine açtılar ve Hermione kolunu çıkardı, parmaklarının arasında tıpkı Neville'inki gibi bir tohum zarfı tutuyordu. Bir anda dikenli sarmaşıklar gene içeri çekildi. Boğum boğum kütük, cansız bir tahta parçasıymış gibi masum, orada öylece duruyordu.

"Biliyor musunuz, kendi yerim olduğu zaman bahçemde bunlardan isteyeceğimi hiç sanmıyorum," dedi Ron, gözlüğünü alnına kaldırıp yüzünün terini sildi.

"Bana bir kâse uzatın," dedi Hermione, nabız gibi atan tohum zarfını kol mesafesinde tutarak. Harry ona bir kâse verdi, o da yüzünde bir tiksinme ifadesiyle tohum zarfını kâsenin içine bıraktı.

"Sakın iğrenmeyin, sıkın da çıksın, en iyi sonucu tazeyken alırsınız!" diye seslendi Profesör Sprout.

"Her neyse," dedi Hermione, sanki az önce bir tahta parçası onlara saldırmamış gibi yarıda kalan konuşmalarına devam ederek. "Slughorn bir Noel partisi verecek, Harry, ve bu sefer kaytarmanın imkânı yok çünkü partiyi senin gelebileceğin bir akşamda vermek için benden boş akşamlarını kontrol etmemi istedi."

Harry inledi. Bu arada iki elini de üstüne koyup, ayağa kalkarak var gücuyle abanıp, tohum zarfını patlatmaya çalışan Ron öfkeyle, "Bu da sadece Slughorn'un gözdeleri için bir parti, öyle mi?" diye sordu.

"Sadece Slug Kulübü için, evet," dedi Hermione.

Tohum zarfı Ron'un parmaklarının arasından uçtu ve seranın camına çarptı, oradan sekerek Profesör Sprout'un başına çarptı ve eski yamalı şapkasını düşürdü. Harry tohum zarfını almaya gitti; geri döndüğünde, Hermione, "Bak, 'Slug Kulübü' adını *ben* icat etmedim –" diyordu.

"*'Slug Kulübü'*," diye tekrarladı Ron, Malfoy'u aratmayacak bir hor görmeyle. "İçler acısı. Eh, umarım partinizde eğlenirsiniz. Niye McLaggen'la gitmeyi denemiyorsun, o zaman Slughorn sizi Kral ve Kraliçe Slug yapabilir –"

"Konuk getirmemize izin var," dedi, nedense parlak, kızgın kırmızı bir renge dönüşen Hermione, "ve ben de seni *çağıracaktım*, ama bu kadar aptalca olduğunu düşünüyorsan, hiç zahmet etmem!"

Harry birden keşke tohum zarfı biraz daha ileri uçsaydı da burada, bu ikisinin yanında oturması gerekmeseydi diye düşündü. İkisi de onun farkında değildi. Tohum zarfının içinde olduğu kabı aldı ve aklına gelen en gürültülü ve enerjik şekilde onu açmaya koyuldu; ne yazık ki, hâlâ onların konuşmasının her kelimesini duyabiliyordu.

"Beni mi çağıracaktın?" diye sordu Ron, bambaşka bir sesle.

"Evet," dedi Hermione kızgınlıkla. "Ama McLaggen'la *gitmemi* istiyorsun, belli ki..."

Bir sessizlik oldu, bu arada Harry kısa saplı bir bahçe küreğiyle esnek tohum zarfına vurmaya devam etti.

"Hayır, istemiyorum," dedi Ron, çok alçak sesle.

Harry tohum zarfına isabet ettiremedi, kâseye vurup onu parçaladı.

"*Reparo*!" dedi hemen, parçalara asasıyla dokunarak, kâse bir anda yeniden tek parça haline geldi. Ancak şangırtı Ron ve Hermione'yi kendilerine getirip Harry'nin varlığından haberdar etmiş gibiydi. Hermione, bozulmuş görünerek, Kılçırpı tohum zarflarının suyunu çıkarmanın doğru yolunu bulmak için hemen *Dünyanın Et Yiyen Ağaçları* kitabıyla ilgilenmeye koyuldu. Öte yandan Ron ise, mahcup ama kendinden hayli hoşnut görünüyordu.

"Onu bana ver, Harry," dedi Hermione telaşla, "diyor ki, onları keskin bir şeyle delmemiz gerekiyormuş..."

Harry, kâsedeki tohum zarfını ona uzattı, Ron'la birlikte gözlüklerini yeniden takarak bir kez daha kütüğe daldılar.

Harry, onu boğmaya kararlı dikenli bir sarmaşıkla güreşirken kendi kendine, o kadar da şaşırmadığını düşündü; bunun er geç olabileceğini sezmişti. Ama bu konudaki hislerinden emin değildi... O ve Cho şimdi değil birbirleriyle konuşmak, birbirlerine bakmaya bile utanıyorlardı; ya Ron ile Hermione çıkmaya başlar, sonra da ayrılırlarsa? Arkadaşlıkları buna dayanabilir miydi? Harry üçüncü sınıfta birbirleriyle konuşmadıkları o birkaç haftayı hatırladı; aralarındaki uçuruma köprü kurmak hiç hoşuna gitmemişti. Peki ya ayrılmazlarsa? Ya Bill ile Fleur gibi olurlarsa ve onların yanında bulunmak acı verecek kadar utandırıcı bir hal alır, kendini bütün bütün dışlanmış hissederse?

"Yakaladım!" diye haykırdı Ron, kütükten ikinci bir tohum zarfı çıkararak; tam o sırada Hermione ilkini patlatıp açmayı becermiş, kâse, soluk yeşil solucanlar gibi kıvranan yumru köklerle dolmuştu.

Dersin geri kalanı, Slughorn'un partisinden söz edilmeden geçti. Harry ondan sonraki birkaç günde iki arkadaşını daha yakından izlese de, Ron ve Hermione, birbirlerine her zamankinden daha kibar davranmak dışında, farklı görünmediler. Harry bekleyip, Slughorn'un loş odasında, parti akşamı Kaymak Birası'nın etkisi altında neler olacağını görmekten başka çaresi olmadığını düşündü. Ancak bu arada daha acil kaygıları vardı.

Katie Bell halen St Mungo Hastanesi'nde yatıyordu, yakında çıkma ihtimali de yoktu, yani Harry'nin Eylül'den beri onca özenle çalıştırdığı, umut veren Gryffindor takımının bir Kovalayıcı'sı eksikti şimdi. Katie döner umuduyla onun yerine birini koymayı erteleyip duruyordu, ama Slytherin ile açılış maçları iyice yaklaşmıştı ve sonunda Katie'nin maça yetişmeyeceğini kabul etmek zorunda kaldı.

Harry, bütün binayı kapsayan bir seçmeye daha dayanabileceğini sanmıyordu. İçinde Quidditch'le çok az ilgisi olan bir yürek sıkıntısıyla, bir gün Biçim Değiştirme dersinin ardından Dean Thomas'ı bir köşeye sıkıştırdı. Sınıfın çoğu gitmişti, ama birkaç sarı kuş hâlâ odada cıvıl cıvıl uçuşuyorlardı – hepsi de Hermione'nin eseriydi, başka kimse havadan bir tüy bile yaratmayı başaramamıştı.

"Kovalayıcı oynamakla ilgileniyor musun hâlâ?"

"Ne –? Evet, tabii!" dedi Dean heyecanlı heyecanlı. Harry onun omzunun üstünden, yüzünde ekşi bir ifadeyle kitaplarını çantasına atan Seamus Finnigan'ı görebiliyordu. Harry'nin Dean'den oynamasını istemese kendini daha iyi hissedecek olmasının nedenlerinden biri de, Seamus'un bundan hoşlanmayacağını bilmesiydi. Öte yandan, takım için en iyi olanı yapmak zorundaydı ve seçmelerde Dean, Seamus'tan iyi uçmuştu.

"İyi öyleyse, takımdasın," dedi Harry. "Bu akşam yedide antrenman var."

"Tamam," dedi Dean. "Sağol, Harry! Vay be, Ginny'ye söylemek için sabırsızlanıyorum!"

Odadan fırlayıp çıktı, Harry ve Seamus'u yalnız başlarına bıraktı; bu tedirgin edici an, Hermione'nin kanaryaları tepelerinde vınlayıp dururken bir kuş pisliğinin Seamus'un başına konmasıyla hiç de daha kolaylaşmadı.

Katie'nin yerine alınan yeni oyuncuya canı sıkılan tek kişi Seamus değildi. Ortak salonda, Harry'nin şimdi takıma iki sınıf arkadaşını seçmiş olması konusunda hayli mırıltı dolaşıyordu. Harry okul hayatı boyunca bundan çok daha kötü mırıltılara tahammül ettiği için, o kadar da rahatsız olmamıştı ama gene de, yaklaşan Slytherin maçını kazanma yolundaki baskı giderek artıyordu. Harry biliyordu ki, eğer Gryffindor kazanırsa, bütün bina onu eleştirdiğini unutacak ve zaten bunun çok iyi bir takım olduğunu baştan beri bildikleri konusunda yeminler edeceklerdi. Eğer kaybederlerse... eh, diye düşündü Harry acı acı, gene de çok daha beter mırıltılara tahammül etmişti...

Harry o akşam Dean'in nasıl uçtuğunu görünce seçiminden pişmanlık duymadı; Ginny ve Demelza ile uyumluydu. Vurucular, Peakes ve Coote, gün geçtikçe daha da iyi oluyordu. Tek sorun, Ron'du.

Harry başından beri Ron'un özgüven eksikliği ve heyecan çeken, istikrarsız bir oyuncu olduğunu biliyordu ve ne yazık ki yılın ilk maçının çok yaklaşmış olması onun eski güvensizliğini ortaya çıkarmış gibi görünüyordu. Çoğunu Ginny'nin attığı altı gol yedikten sonra tekniği gitgide dağıldı ve sonunda üstüne gelen Demelza Robins'in ağzına bir yumruk attı.

"Kazaydı, özür dilerim, Demelza, gerçekten üzgünüm!" diye

bağırdı Ron onun arkasından, kız her yere kanlar saçıp zikzaklar çizerek geri dönerken. "Ben sadece –"

"Paniğe kapıldın," dedi Ginny öfkeyle, Demelza'nın yanına inip onun şişmiş dudağını inceledi. "Ahmağın tekisin, Ron, kızın haline baksana!"

"Ben bunu halledebilirim," dedi iki kızın yanına inen Harry; asasını Demelza'nın ağzına doğrultup *"Episkey"* dedi. "Hem Ginny, Ron'a ahmak deme, bu takımın kaptanı sen değilsin –"

"Eh, sen ona ahmak diyemeyecek kadar meşgul görünüyordun, ben de birinin söylemesi gerek diye düşündüm –"

Harry gülmesini zor tuttu.

"Herkes havaya, hadi bakalım..."

Genel olarak, bütün sömestr boyunca yaptıkları en kötü antrenmanlardan biriydi ama Harry maça bunca az süre kalmışken dürüstlüğün en iyi yöntem olacağı kanısında değildi.

"İyi çalıştınız hepiniz, bence Slytherin'i ezeceğiz," dedi destek verircesine. Bunun sonucunda Kovalayıcılar ile Vurucular, soyunma odasından kendilerinden oldukça memnun halde çıktılar.

Kapı Ginny'nin arkasından çarparak kapanınca Ron, boğuk bir sesle, "Bir çuval ejderha pisliği gibi oynadım," dedi.

"Hayır, oynamadın," dedi Harry, kararlı bir sesle. "Denediklerimin içinde en iyi Tutucu sendin, Ron. Senin tek sorunun heyecan."

Harry, şatoya dönene kadar cesaret verici konuşmalarına bir an bile ara vermedi, sonunda ikinci kata vardıklarında Ron biraz daha neşeli görünüyordu. Ancak, Gryffindor Kulesi'ne her zamanki kestirme yollarından gitmek için gobleni itip açtıklarında, kendilerini birbirlerine sımsıkı sarılmış ve zamkla yapıştırılmış gibi ateşle öpüşen Dean ve Ginny'ye bakar buldular.

Harry'nin karnında kocaman, pullu bir şey can bulmuş, içini tırmalıyordu sanki: sıcak kan beynine hücum etmiş gibiydi, her türlü düşünce silinip gitti, onların yerini bir uğursuzluk büyüsü ile Dean'i pelteye çevirme yolunda vahşi bir arzu aldı. Bu ani delilikle boğuşurken, hayal meyal Ron'un sesini duydu.

"Hey!"

Dean ve Ginny ayrıldılar, dönüp baktılar.

"Ne var?" dedi Ginny.

"Kız kardeşimi insanların içinde birilerine sarılmış öperken bulmak istemiyorum!"

"Siz paldır küldür dalana kadar burası ıssız bir koridordu!" dedi Ginny.

Dean sıkılmış görünüyordu. Harry'ye yapmacık bir şekilde gülümsedi, Harry karşılık vermedi; içindeki yeni doğmuş canavar kükreyerek Dean'in derhal takımdan atılmasını istiyordu.

"Şey... hadi, Ginny," dedi Dean, "gel, ortak salona dönelim..."

"Sen git!" dedi Ginny. "Ben sevgili ağabeyimle iki çift laf etmek istiyorum!"

Dean gitti, oradan ayrıldığına üzgün görünmüyordu.

"Tamam," dedi Ginny, uzun kızıl saçlarını bir savuruşla yüzünden çekip gözlerinden ateşler saçarak Ron'a baktı. "Sana ilk ve son kez söylüyorum. Kiminle çıktığım ya da onlarla ne yaptığım seni ilgilendirmez, Ron –"

"İlgilendirir!" dedi, aynı derecede kızgın olan Ron. "Sonra laf çıksın, değil mi, kardeşim bir –"

"Bir ne?" diye bağırdı Ginny, asasını çekerek. Bir *ne*, açık söyle?"

"Hiçbir şey kastetmedi, Ginny –" dedi Harry düşünmeden, oysa canavar, kükreyerek Ron'un dediklerini onaylıyordu.

"Ah evet, kastetti!" dedi Ginny, Harry'ye parlayarak. "Sırf *o* hayatında kimseye sarılıp öpmedi diye, sırf *onun* görüp göreceği en iyi öpücük, Teyzemiz Muriel'den geldi diye –"

"Kes sesini!" diye böğürdü Ron, arada kırmızı rengi atlayıp doğrudan vişne çürüğü olmuştu.

"Hayır, kesmeyeceğim!" diye bağırdı, kendini kaybetmiş olan Ginny. "Fitil ortalıktayken ne hale geliyorsun gördüm, onu her gördüğünde seni yanağından öpeceğini umuyorsun, acınacak bir durum! Eğer gidip kendin de biraz öpüşüp koklaşsan, başka herkes yapıyor diye bu kadar bozulmazsın!"

Ron da asasını çekmişti; Harry hemen ikisinin arasına geçti.

"Neden söz ettiğini bilmiyorsun sen!" diye kükredi Ron, şimdi kızın önünde kolları iki yana açılmış olarak duran Harry'nin etrafından Ginny'ye serbest atış yapacak bir yer arıyordu. "Sırf herkesin içinde yapmıyorum diye –!"

Ginny, Harry'yi itip önünden çekmeye çalışarak, alaylı bir kahkaha attı.

"Ne o, Pigwidgeon'ı mı öpmeye başladın? Yoksa Muriel Teyze'nin bir resmini yastığının altına mı sakladın?"

"Sen –"

Harry'nin kolunun altından turuncu bir ışık şeridi uçtu ve Ginny'yi birkaç santimle ıskaladı. Harry Ron'u itip duvara yapıştırdı.

"Aptallık etme –"

"Harry, Cho Chang'ı öptü!" diye haykırdı, artık ağlamanın eşiğindeymiş gibi görünen Ginny. "Ve Hermione de Viktor Krum'u öptü, sanki öpüşüp koklaşmak iğrenç bir şeymiş gibi davranan tek sen kaldın, Ron, çünkü sadece on iki yaşında bir çocuk kadar tecrüben var!"

Ve bunları söyledikten sonra fırtına gibi uzaklaştı. Harry, yüzünde cinayet işlemeye hazırmış gibi bir ifade olan Ron'u hemen bıraktı. İkisi de, Filch'in kedisi Mrs Norris köşede görünüp gerilimi ortadan kaldırana kadar, hızlı hızlı soluk alarak, oldukları yerde durdular.

"Hadi," dedi Harry, Filch'in ayaklarını sürüyerek yürümesi kulaklarına çalınınca.

Hızla merdivenden çıkıp yedinci kattaki koridordan geçtiler. Ron küçük bir kıza, "Hey, çekil yoldan!" diye bağırdı, kız korkuyla zıpladı ve elindeki kurbağa yumurtası şişesini düşürdü.

Harry kırılan cam sesini doğru dürüst duymadı bile; sersemlemiş gibiydi, başı dönüyordu; insanın üstüne yıldırım düşmesi böyle bir şey olmalıydı işte. *Sadece Ron'un kız kardeşi olduğu için,* dedi kendi kendine. *Onu Dean'i öperken görmekten hoşlanmadın, çünkü Ron'un kız kardeşi...*

Ama aklına birdenbire aynı ıssız koridorun, bu sefer kendisi Ginny'yi öperkenki görüntüsü geldi... göğsündeki canavar kedi gibi mırıldandı... ama sonra Ron'u goblen perdeyi parçalayarak açıp "güveni kötüye kullanmak", "bir de arkadaşım olacaksın" gibi laflar söyleyerek asasını Harry'ye çekerken gördü...

Şişman Hanım'a doğru yaklaşırlarken Ron birden, "Sence Hermione Krum'la gerçekten öpüşmüş müdür?" diye sordu. Harry suçlu suçlu irkildi ve hayal gücünü, hiçbir Ron'un zorla girmediği, kendisiyle Ginny'nin baş başa oldukları bir koridordan koparıp aldı –

"Ne?" dedi, şaşkınlık içinde. "Ah... şey..."

Dürüst cevap, "evet," olurdu ama bu cevabı vermek istemiyordu. Ne var ki, Ron Harry'nin yüzündeki ifadeden en kötüsünü çıkarmış gibi görünüyordu.

"Nefisharç," dedi Şişman Hanım'a sıkkın bir sesle ve portre deliğinden ortak salona tırmandılar.

İkisi de ondan sonra bir daha Ginny'nin ya da Hermione'nin lafını etmedi; hatta o akşam birbirleriyle pek fazla konuşmadılar bile. Sessizlik içinde yataklarına yattıklarında, kendi düşüncelerine gömüldüler.

Harry uzun süre uyanık kalarak dört direkli karyolasının üstündeki tenteye baktı ve kendini, Ginny için duygularının tam anlamıyla bir ağabeyin duyguları olduğu konusunda ikna etmeye çalıştı. Bütün yaz ağabey-kardeş gibi yaşamışlardı, değil mi, Quidditch oynamışlar, Ron'u kızdırmışlar, Bill ve Fitil'le dalga geçmemişler miydi? Ginny'yi yıllardır tanıyordu... onu koruma isteği duyması doğaldı... onu kollaması doğaldı... onu öptüğü için Dean'i paramparça etmek istemesi... hayır... işte bu ağabeyce duyguyu kontrol altında tutması gerekecekti...

Ron kocaman, hırıltılı bir horultu koyverdi.

O Ron'un kız kardeşi, dedi Harry kendi kendine katiyetle.

Ron'un kız kardeşi. O, yasak. Ron'la arkadaşlığını hiçbir şey için riske atmazdı. Yastığını yumruklayarak daha rahat bir şekle getirdi ve düşüncelerinin Ginny'nin civarına yaklaşmaması için elinden gelen gayreti göstererek, uykuya dalmayı bekledi.

Harry ertesi sabah, Ron'un onu bir Vurucu sopasıyla kovaladığı bir dizi rüyadan biraz sersemlemiş ve kafası karışmış halde uyandı. Ama öğle vakti geldiğinde, rüyadaki Ron'u gerçek Ron'la değiş tokuş etmeye razıydı, çünkü gerçek Ron yalnızca Ginny ve Dean'e yüz vermemekle kalmıyor, şaşkın ve incinmiş görünen Hermione'ye de buz gibi, küçümser bir kayıtsızlıkla davranıyordu. Dahası Ron bir gecede, bir Patlar-Uçlu Keleker kadar parlamaya hazır, alıngan biri olup çıkmış gibiydi. Harry bütün gün Ron ile Hermione arasında barışı muhafaza etmeye çalıştıysa da başarıya ulaşamadı; sonunda, Hermione büyük bir hiddetle yatmaya gitti ve Ron da, birkaç tane korkmuş birinci sınıf öğrencisine ona baktıkları için küfrettikten sonra, azametle yürüyerek erkeklerin yatakhanesine yollandı.

Harry'yi umutsuzluğa sürükleyen bir şekilde, Ron'un bu yeni saldırganlığı ondan sonraki birkaç günde de ortadan kalkmadı. Daha da beteri, bu durum Ron'un Tutuculuk becerilerinde büyük bir düşüşe denk geldi ve adamakıllı saldırganlaştı. Sonuçta Cumartesi günü yapılacak maçtan önceki son Quidditch antrenmanında, Vurucular'ın ona yönelttiği hiçbir golü kurtarmayı başaramadığı gibi herkese öyle bir böğürdü ki, Demelza Robins gözyaşlarına boğuldu.

"Sesini kes ve onu rahat bırak!" diye bağırdı Peakes. Boyu Ron'un boyunun üçte ikisi kadardı ama doğrusu elinde ağır bir sopa taşıyordu.

"YETER!" diye böğürdü Harry. Ginny'nin Ron'a dik dik baktığını görmüş ve onun Yarasa-Umacı Büyüsü'nü başarıyla yapma konusundaki şöhretini hatırladığı için, işler iyice rayından çıkmadan müdahale etmek için oraya doğru uçmuştu. "Peakes, git de

Bludger'ları yerlerine koy. Demelza, sen de kendini toparla, bugün gerçekten iyi oynadın. Ron..." sözünü bitirmeden önce diğer oyuncular onları duymayacak mesafeye gelsin diye bekledi, "en iyi arkadaşımsın, ama ötekilere böyle davranmaya devam edersen seni takımdan atarım."

Bir an Ron'un ona vurabileceğini düşündü, ama sonra daha beteri oldu: Ron süpürgesinin üstüne yığılıp kaldı sanki; bütün mücadele duygusu silinip gitti ve, "Ayrılıyorum," dedi. "Acınacak durumdayım."

"Acınacak durumda değilsin, ve ayrılmıyorsun!" dedi Harry sert sert, Ron'u cüppesinin önünden yakalayarak. "Formda olduğun zaman her şeyi kurtarabilirsin, senin sorunun kafanda!"

"Sen bana kafadan çatlak mı diyorsun?"

"Evet, belki de diyorumdur!"

Bir an düşmanca birbirlerine baktılar, sonra Ron bitkin bitkin başını iki yana salladı.

"Başka bir Tutucu bulacak vaktin olmadığını biliyorum, bu yüzden de yarın oynarım; ama kaybedersek, ki kaybedeceğiz, ben takımdan çıkıyorum."

Harry'nin dediği hiçbir şey durumu değiştirmedi. Akşam yemeği boyunca Ron'un kendine güvenini arttırmaya çalıştı ama Ron Hermione'ye karşı huysuzluk edip surat asmakla öyle meşguldü ki, fark etmedi bile. Harry o akşam ortak salonda da ısrarlarını sürdürdü; ancak uzak bir köşede kafa kafaya vermiş oturan diğer oyuncuların besbelli Ron hakkında bir şeyler mırıldanarak ona pis bakışlar atması, Ron ayrılırsa bütün takımın harap olacağı iddiasını biraz sarstı. Sonunda Harry tekrar ona kızmayı denedi; bunun Ron'u direnen ve gol kurtaran bir tavır takınmaya teşvik edeceğini umuyordu, ne var ki bu strateji de teşvik etme stratejisinden daha faydalı olmadı; Ron yatmaya giderken her zamanki kadar mahzun ve umutsuzdu.

Harry karanlıkta uzun süre uyanık yattı. Önlerindeki maçı kaybetmek istemiyordu; bu yalnızca onun Kaptan olarak ilk maçı olmakla kalmıyordu; Draco Malfoy'a ilişkin kuşkularını henüz kanıtlayamasa da, onu Quidditch'te yenmeye de kararlıydı. Ama eğer Ron son birkaç antrenmanda oynadığı gibi oynarsa, kazanma şansları çok azdı...

Ron'un kendini toparlamasına yol açacak bir şey yapabilseydi keşke... onu en formda haliyle oynatacak bir şey... Ron'un gerçekten iyi bir gün geçirmesini garantiye alacak bir şey...

Ve Harry aniden, muhteşem bir ilhamla, cevabı buldu.

Ertesi sabah kahvaltı her zamanki gibi heyecanlı geçti; Slytherin'ler, Gryffindor takımının her üyesi Büyük Salon'a girince ıslıklayıp yuha çektiler. Harry tavana baktı ve berrak, açık mavi bir gökyüzü gördü: iyiye işaret.

Baştan aşağı kırmızı ve altın rengindeki Gryffindor masası, Harry ve Ron yaklaşınca alkış tuttu. Harry gülümsedi ve el salladı; Ron bitkin bitkin yüzünü ekşitti ve başını iki yana salladı.

"Neşelen, Ron!" diye seslendi Lavender. "Eminim harika oynayacaksın!"

Ron onu duymazdan geldi.

"Çay?" diye sordu Harry ona. "Kahve? Balkabağı suyu?"

"Ne olursa," dedi Ron asık suratla, kızarmış ekmeğinden aksi aksi bir ısırık aldı.

Birkaç dakika sonra, Ron'un son zamanlardaki nahoş davranışlarından bezdiği için onlarla birlikte kahvaltıya inmemiş olan Hermione, masaya doğru gelirken durakladı.

"Siz ikiniz kendinizi nasıl hissediyorsunuz?" diye çekinerek sordu, gözleri Ron'un başının arkasındaydı.

"İyi," dedi, dikkatini Ron'a bir bardak balkabağı suyu vermek üzerinde toplamış olan Harry. "Hadi bakalım, Ron. İç şunu."

Ron tam bardağı dudaklarına kaldırmıştı ki, Hermione sert bir sesle konuştu.

"Onu içme, Ron!"

Hem Harry, hem Ron ona baktılar.

"Niye içmeyeyim?" dedi Ron.

Hermione şimdi, sanki gözlerine inanamıyormuş gibi Harry'ye bakıyordu.

"Az önce o içeceğin içine bir şey koydun."

"Pardon?" dedi Harry.

"Ne dediğimi duydun. Seni gördüm. Ron'un içeceğinin içine bir şey boşalttın. Şişe de şu anda elinde!"

"Ne demek istediğini anlamıyorum," dedi Harry, küçük şişeyi çabucak cebine saklayarak.

"Ron, seni uyarıyorum, onu içme!" dedi korkuya kapılan Hermione yeniden, ama Ron bardağı aldı, kafasına dikip bitirdi ve "Bana patronluk taslamaktan vazgeç, Hermione," dedi.

Hermione şok geçiriyor gibiydi. Sadece Harry'nin onu duyabileceği şekilde iyice eğildi ve tıslarcasına, "Bunun için okuldan atılsan yeridir," dedi. "Bunu senden hiç beklemezdim, Harry!"

"Bak şu konuşana!" diye fısıltıyla ona cevap verdi Harry. "Son zamanlarda birilerini Şaşırtmış olabilir misin acaba?"

Hermione fırtına gibi yanlarından uzaklaşıp masanın uzak tarafına doğru yürüdü. Harry, pişmanlık duymadan gidişini izledi. Hermione Quidditch'in ne kadar ciddi bir iş olduğunu hiçbir zaman tam olarak anlamamıştı. Sonra dudaklarını şapırdatmakla meşgul olan Ron'a döndü.

"Vakit geldi sayılır," dedi Harry tasasızca.

Stadyuma doğru giderlerken kırağı düşmüş çimenler ayaklarının altında çatırdadı.

"Hava bu kadar iyi olduğu için bayağı şanslı sayılırız, ha?" diye sordu Harry Ron'a.

Solgun ve hasta görünüşlü Ron, "Evet," dedi.

Ginny ve Demelza çoktan Quidditch cüppelerini giymişler, soyunma odasında bekliyorlardı.

"Koşullar ideal görünüyor," dedi Ginny, Ron'u görmezden gelerek. "Ve tahmin et bakalım, ne oldu? O Slytherin Kovalayıcısı Vaisey – dün antrenmanda kafasına bir Bludger gelmiş, oynayamayacak kadar ağrıyormuş başı. Ve daha da iyisi – Malfoy da hastalanmış!"

"Ne?" dedi Harry, olduğu yerde hızla dönüp ona bakarak. "Hasta mı? Nesi varmış peki?"

"Hiçbir fikrim yok, ama bizim için harika bir şey," dedi Ginny neşeyle. "Onun yerine Harper'ı oynatıyorlar; benim dönemimden, budalanın tekidir."

Harry ona zoraki gülümsedi ama kırmızı cüppesini giyerken aklı Quidditch'ten çok uzaktaydı. Malfoy daha önce de bir kere sakatlandığı için oynamayacağını söylemişti ama o zaman maçın tamamının Slytherin'lere daha fazla uyan bir başka tarihte oynanmasını sağlamıştı. Şimdi niye yerine bir yedeğin oynamasına izin veriyordu? Sahiden hasta mıydı, yoksa numara mı yapıyordu?

"Bu işte bir iş var, değil mi?" dedi alçak sesle Ron'a. "Malfoy'un oynamamasında?"

Birazcık daha canlanmış olan Ron, "Ben buna şans derim," dedi. "Hem Vaisey de yok, en iyi golcüleri odur, doğrusu beklemiyordum – hey!" dedi birden, Tutucu eldivenlerini giyerken kalakaldı, gözlerini dikip Harry'ye baktı.

"Ne var?"

"Ben... sen..." Ron alçak sesle konuşmaya başlamıştı; hem korkmuş, hem de heyecanlanmış görünüyordu. "Benim içeceğim... balkabağı suyum... öyle bir şey yapmış olamazsın, ha?..."

Harry kaşlarını kaldırdı ama, "Beş dakika içinde başlıyoruz, çizmelerini giysen iyi olur," dışında bir şey söylemedi.

Ortalığı inleten bir gürleme ve yuhalar arasında yürüyerek sahaya çıktılar. Stadyumun bir ucu baştan aşağı kırmızı ve altın rengiydi; diğeri ise, bir yeşil ve gümüşi renk deniziydi adeta. Birçok Hufflepuff ve Ravenclaw da takım tutuyordu: Bütün o haykırışlar ve el çırpmaları arasında Harry, Luna Lovegood'un meşhur aslan kafalı şapkasının kükremesini açıkça duyabiliyordu.

Harry, sandıktan topları bırakmaya hazır bekleyen hakem Madam Hooch'un yanına gitti.

"Kaptanlar, el sıkışın," dedi Madam Hooch ve Harry'nin eli,

yeni Slytherin Kaptanı Urquhart tarafından ezildi. "Süpürgelerinize binin. Ben düdük çalınca... üç... iki... bir..."

Düdük çaldı, Harry ve diğerleri donmuş toprağa tekmeyi vurup havalandılar.

Harry, sahanın çevresinde uçarak Snitch'i arıyor, bu arada gözünü de çok aşağılarında zikzaklar çizen Harper'dan ayırmıyordu. Sonra her zamanki spikerinkinden sarsıcı biçimde farklı bir ses yükseldi.

"Eh, işte başladılar ve sanırım hepimiz Potter'ın bu yıl bir araya getirdiği takımı görünce şaşırdık. Ronald Weasley'nin geçen yıl Tutucu olarak istikrarsız performansını göz önüne alarak, çoğu kişi onun takımda olmayacağını düşünüyordu ama tabii Kaptan'la yakın arkadaşlığın yararı inkâr edilemez..."

Bu sözler sahanın Slytherin tarafında alayla ve alkışlarla karşılandı. Harry spiker platformunu görmek için süpürgesinin yanından boynunu uzattı. Uzun boylu, sıska, kalkık burunlu sarışın bir oğlan orada durmuş, daha önce Lee Jordan'a ait olan sihirli megafona konuşuyordu. Harry, hiç hoşlanmadığı bir Hufflepuff oyuncusu olan Zacharias Smith'i tanıdı.

"Oo ve işte Slytherin'in ilk gol girişimi, Urquhart yıldırım gibi geliyor ve –"

Harry'nin midesi altüst oldu.

"– Weasley kurtarıyor, eh, arada bir şansı tutacaktır, sanırım..."

"Doğru, Smith, tutacaktır," diye mırıldandı Harry, gözleri uçucu-kaçıcı Snitch'ten bir belirti arayarak Kovalayıcılar arasına dalarken kendi kendine sırıtarak.

Maçın yarım saati geride kaldığında Gryffindor altmışa sıfır öndeydi. Ron, kimisi eldivenlerinin ucuyla olmak üzere gerçekten harika kurtarışlar yapmış, Ginny de Gryffindor'un altı golünden dördünü atmıştı. Bu durum Zacharias'ın, acaba iki Weasley, Harry onları sevdiği için mi takımdalar şeklinde yüksek sesle fikir yürütmesini durdurdu; bunun üzerine o da Peakes ve Coote'a geçti.

"Tabii, Coote normal Vurucu cüssesine sahip değil," dedi Zacharias mağrur bir edayla, "onlar genelde biraz daha kaslı olur –"

Coote hızla yanından geçerken Harry, "Ona bir Bludger at!" diye bağırdı, ama ağzı kulaklarında sırıtan Coote, bir sonraki Buldger'ı ters yönden gelip Harry'nin yanından geçen Harper'a nişanlamayı tercih etti. Harry büyük bir memnuniyetle, Bludger'ın hedefini bulduğu anlamına gelen tok *küt* sesini duydu.

Gryffindor'un hata yapması mümkün değilmiş gibi görünüyordu. Arka arkaya sayı yaptılar ve sahanın öbür ucunda Ron bariz bir rahatlıkla art arda golleri kurtardı. Şimdi resmen gülümsüyordu ve çok iyi bir kurtarışının ardından, geçen yılın gözde şarkısı *Kralımızsın Weasley*'yi söyleyen coşkun koro onu selamlarken, yukarıdan onları yönetiyormuş gibi yaptı.

"Bugün kendini pek de bir şey sanıyor, değil mi?" diye küçümseyen bir ses duyuldu; Harper hızla, kasten ona çarptığında Harry az daha süpürgesinden düşüyordu. "Kanı bozuk arkadaşın..."

Madam Hooch'un sırtı dönüktü ve aşağıda Gryffindor'lar kızgınlıkla bağırdığı halde, arkasını döndüğünde Harper çoktan hızlanıp gitmişti. Harry, omzu ağrıyarak, kendisi de ona toslamaya kararlı bir şekilde, Harper'ın peşine düştü...

"Ve sanırım Slytherin'den Harper, Snitch'i gördü!" dedi Zacharias Smith, megafonuyla. "Evet, kesinlikle Potter'ın görmediği bir şey gördü!"

Bu Smith sahiden de budala, diye düşündü Harry, çarpıştıklarını görmemiş miydi? Ama bir an sonra, karnı gökten düşüp yere yapıştı sanki – Smith haklıydı, Harry ise haksız. Harper yukarı doğru rastgele hızlanmamıştı; Harry'nin görmediği bir şeyi görmüştü: Snitch tepelerinde, yüksekte süratle gidiyor, berrak mavi göğün önünde ışıl ışıl ışıldıyordu.

Harry hızını arttırdı; kulaklarında uğuldayan rüzgâr, Smith'in yorum yapan sesini de, kalabalığınkini de bastırıyordu, ama Harper hâlâ ilerisindeydi ve Gryffindor da sadece yüz sayı öndeydi; eğer Harper topa ondan önce erişirse, Gryffindor kaybedecekti...

ve şimdi Harper ona yarım metre uzaklıktaydı, elini uzatmıştı...

"Hey, Harper!" diye bağırdı Harry, umutsuzluk içinde. "Malfoy sana onun yerine geçesin diye kaç para verdi?"

Bunu neden söylediğini bilmiyordu ama Harper bir an duraksladı; Snitch'i tutamadı, parmaklarının arasından kaçırıp yanından ok gibi geçti. Harry minik, kanat çırpan topa doğru hızla hamle etti ve onu yakaladı.

"EVET!" diye haykırdı Harry, gerisin geri dönerek, Snitch'i elinde, yukarıda tutarak yere doğru savruldu. Kalabalık neler olup bittiğini fark edince, oyunun sonunu işaret eden düdüğün sesini neredeyse boğan büyük bir bağırış duyuldu.

Takımın geri kalanıyla havada toplu bir kucaklaşmanın ortasında kalmış olan Harry, "Ginny, nereye gidiyorsun?" diye haykırdı, ama Ginny onun yanından hızla geçti ve müthiş bir hızla, spikerin podyumuna çarptı. Kalabalık bağırır ve gülerken, Gryffindor takımı, Zacharias'ın altında dermansız bir halde kıpırdandığı tahta enkazın yanına indi. Harry Ginny'nin, kızgın bir Profesör McGonagall'a neşeyle, "Fren yapmayı unuttum, Profesör, özür dilerim," dediğini duydu.

Harry gülerek takımın geri kalanından ayrıldı ve Ginny'yi kucakladı, ama çabucak salıverdi. Onunla göz göze gelmekten kaçınarak, sevinçle bağıran Ron'un sırtına bir şaplak attı; bütün düşmanlıkları unutmuş Gryffindor takımı sahadan kol kola, havayı yumruklayarak ve taraftarlarına el sallayarak ayrılıyordu.

Soyunma odasına büyük bir neşe havası hâkimdi.

Dean coşkuyla, "Seamus ortak salonda parti var dedi!" diye bağırdı. "Hadi gelin, Ginny, Demelza!"

Odada en son Ron ve Harry kalmışlardı. Tam çıkacaklardı ki, Hermione girdi. Gryffindor atkısını ellerinde büküyor, üzgün ama kararlı görünüyordu.

"Seninle biraz konuşmak istiyorum, Harry," dedi. Derin bir nefes aldı. "Bunu yapmamalıydın. Slughorn'u duydun, yasadışı bir şey."

"Ne yapacaksın, bizi ispiyonlayacak mısın?" diye sordu Ron.

"Siz ikiniz neden söz ediyorsunuz?" dedi Harry, ikisi de sırıttığını görmesin diye, cüppesini asmak için sırtını döndü.

"Neden söz ettiğimizi pekâlâ biliyorsun!" dedi Hermione, tiz bir sesle. "Kahvaltıda Ron'un meyve suyuna şans iksiri koydun! Felix Felicis!"

"Hayır, koymadım," dedi Harry, dönüp ikisine de bakarak.

"Evet, koydun, Harry, her şey bu yüzden yolunda gitti, bazı Slytherin oyuncuları oynamadı, Ron da her geleni kurtardı!"

"Koymadım!" dedi Harry, şimdi ağzı kulaklarında sırıtıyordu. Elini ceketinin cebine soktu ve Hermione'nin o sabah elinde gördüğü minik şişeyi çıkardı. Şişe, altın rengi iksirle doluydu, tıpası da hâlâ mumla sıkı sıkı mühürlüydü. "Ron böyle yaptığımı sansın istedim, onun için de sen bakarken koymuş gibi yaptım." Ron'a baktı. "Her geleni kurtardın, çünkü kendini şanslı hissediyordun. Aslında hepsini sen, kendin yaptın."

İksiri yeniden cebine koydu.

"Yani balkabağı suyumda hiçbir şey yok muydu gerçekten?" dedi Ron, hayretle. "Ama hava iyi... ve Vaisey oynayamadı... Bana cidden şans iksiri verilmedi mi?"

Harry başını iki yana salladı. Ron bir süre ağzı açık ona baktı, sonra aniden Hermione'ye döndü, onun sesini taklit ederek çıkıştı.

"Bu sabah Ron'un meyve suyuna Felix Felicis koydun, onun için her geleni kurtardı! Gördün mü! Yardım olmaksızın da golleri kurtarabilirim, Hermione!"

"Ben hiçbir zaman yapamazsın demedim ki – Ron, *sen de* verildi sanmıştın!"

Ama Ron, süpürgesi omzunda, çoktan onun yanından geçip odadan dışarı çıkmıştı bile.

"Şey," dedi Harry, ani sessizlik içinde; planının böyle geri tepeceği hiç aklına gelmemişti; "biz... biz de yukarı, partiye çıkalım mı, ne dersin?"

"Sen git!" dedi Hermione, gözlerini kırpıştırarak yaşlara engel olmaya çalışırken. "Şu an Ron'dan *bıkmış* durumdayım, kabahatim neydi, bilmiyorum ama..."

Ve o da soyunma odasından fırtına gibi çıktı.

Harry, büyük kısmı bağıra bağıra onu tebrik eden kalabalığın arasında araziden yukarı, şatoya doğru ağır ağır çıkıyordu ama büyük bir hayal kırıklığı da hissediyordu; Ron maçı kazanırsa, onunla Hermione'nin hemen yeniden arkadaş olacağını varsaymıştı. Hermione'ye, Ron'u gücendiren şeyin Vicktor Krum'u öpmesi olduğunu nasıl açıklayacağını bilemiyordu, hele bu gücenmeye yol açan olay o kadar eskiden yaşanmışken.

Harry, oraya vardığında büyük bir coşkuyla devam eden Gryffindor kutlama partisinde Hermione'yi göremedi. Harry görününce yeniden sevinç çığlıkları ve alkışlar yükseldi, çok geçmeden etrafını onu tebrik eden bir sürü insan çevirmişti. Maçın vuruş vuruş analizini isteyen Creevey kardeşleri ve etrafını çevirmiş, kirpiklerini kırpıştırarak en komik olmayan laflarına bile gülen büyük kız grubunu başından atmaya çalışırken, Ron'u aramaya başlaması biraz vakit aldı. Sonunda, onunla birlikte Slughorn'un Noel partisine gitmek istediğini ciddi şekilde ima eden Romilda Vane'den kurtuldu. Kendini sakınarak içki masasına gidiyordu ki, dosdoğru Ginny'ye çarptı; Pigme Pofidik Arnold omzuna binmişti, Crookshanks de ayaklarının dibinde umutla miyavlıyordu.

"Ron'u mu arıyorsun?" dedi alaylı alaylı gülerek. "Orada, pis ikiyüzlü."

Harry onun gösterdiği köşeye baktı. Orada, bütün odanın gözünün önünde, Lavender Brown'a hangi elin kime ait olduğu anlaşılmayacak kadar sıkıca dolanmış halde, Ron duruyordu.

"Yüzünü yiyormuş gibi duruyor, değil mi?" dedi Ginny sakin sakin. "Ama sanırım tekniğini birazcık geliştirmesi gerekiyor. İyi oyundu, Harry."

Koluna hafif hafif vurdu; Harry kendini midesi birden baş aşağı dönmüş gibi hissetti, ama sonra Ginny biraz daha Kaymak

Birası almaya gitti. Crookshanks, sarı gözleri Arnold'a dikili, hızla arkasından yürüdü.

Harry, kısa süre içinde ortalığa çıkacakmış gibi görünmeyen Ron'a tam arkasını dönmüştü ki, portre deliğinin kapandığını ucu ucuna fark etti. Endişe içinde, yele gibi gür kahverengi saçların dalgalandığını görür gibi oldu.

Fırladı, yana çekilerek Romilda Vane'i bir kez daha atlattı ve Şişman Hanım'ın portresini itip açtı. Dışarıdaki koridor boş görünüyordu.

"Hermione?"

Onu, yokladıklarının içinde kapısı kilitli olmayan ilk derslikte buldu. Hermione öğretmenin masasında oturuyordu, belli ki havadan yarattığı, başının çevresinde cıvıl cıvıl dönen küçük sarı kuşlardan oluşan halka dışında yalnızdı. Harry onun böyle bir anda bile büyüdeki başarısına hayran kalmaktan kendini alamadı.

"Ah, merhaba, Harry," dedi, kırılgan bir sesle. "Alıştırma yapıyordum."

"Evet... onlar – şey – gerçekten iyi..." dedi Harry.

Ona ne diyeceği hakkında en ufak bir fikri yoktu. Acaba Ron'u fark etmemiş olma ihtimali var mı, odayı sadece parti biraz fazla gürültülü olduğu için mi terk etti, diye düşünüyordu ki Hermione, doğal olmaktan uzak tiz bir sesle, "Görünüşe bakılırsa Ron kutlamaları seviyor," dedi.

"Şey... öyle mi?" dedi Harry.

"Onu görmemiş numarası yapma," dedi Hermione. "Pek saklanmıyordu, hatta –"

Arkalarındaki kapı hızla açıldı. Harry'nin dehşet dolu bakışları arasında, içeri Ron girdi; gülüyor ve Lavender'ı elinden çekiyordu.

"Ah," dedi, Harry ve Hermione'yi görünce olduğu yerde kalarak.

"Ay!" dedi Lavender, kıkırdayarak odadan geri geri çıktı. Kapı arkasından çarpıp kapandı.

Odaya adeta gittikçe genişleyen, dalgalanıp kabaran korkunç

bir sessizlik çöktü. Hermione, Ron'a bakıyordu; Ron ona bakmayı reddetti ama cesaretle sıkılganlık karışımı tuhaf bir edayla, "Selam, Harry!" dedi. "Nereye gittin diye merak etmiştim!"

Hermione masadan kayıp indi. Küçük altın renkli kuş sürüsü daireler çizerek başının etrafında cıvıldamayı sürdürdüğü için, güneş sisteminin garip, tüylü bir modeline benzemişti.

"Lavender'ı dışarıda bekletmemelisin," dedi usulca. "Nerede kaldığını merak eder."

Ağır ağır ve dimdik, kapıya doğru yürüdü. Harry, daha kötü bir şey olmadığı için rahatlamış görünen Ron'a bir göz attı.

Kapının oradan, "*Oppugno!*" diye bir çığlık geldi.

Harry hızla dönünce Hermione'nin, yüzünde çılgın bir ifadeyle, asasını Ron'a doğrulttuğunu gördü: küçük kuş sürüsü, tombul altın kurşunlardan oluşan dolu taneleri gibi Ron'a doğru hızlanıyordu; Ron ciyak ciyak bağırdı, yüzünü elleriyle örttü ama kuşlar saldırıyor, ulaşabildikleri her et parçasını gagalayıp pençeliyorlardı.

Ron, "Çekşunnarüstümden!" diye haykırdı ama, Hermione, kin ve öfkeyle dolu son bir bakış attıktan sonra kapıyı hızla çekip açtı ve dışarı çıkıp gözden kayboldu. Harry'ye, kapı çarpılarak kapanmadan önce bir hıçkırık duymuş gibi geldi.

ON BEŞİNCİ BÖLÜM

Bozulmaz Yemin

Kar gene anafor gibi dönerek buzlu pencereleri dövüyordu; Noel hızla yaklaşıyordu. Hagrid Büyük Salon için her zamanki on iki Noel ağacını tek başına yüklendiği gibi getirmişti şimdiden; çobanpüskülü ve gelin tellerinden çelenkler bükülüp merdivenlerin tırabzanlarına sarılmıştı; zırhların miğferleri içinde sönmeyen mumlar yanıyordu, kocaman ökseotu demetleri koridorlara aralıklı olarak asılmıştı. Ne zaman Harry geçse kızlardan oluşan büyük gruplar ökseotu demetleri altında toplanma eğilimi gösteriyordu, bu da koridorlarda tıkanmaya yol açıyordu; neyse ki Harry'nin sık sık gerçekleştirdiği gece gezmeleri onun şatodaki gizli geçitler hakkında olağanüstü bir bilgiye sahip olmasını sağlamıştı; bu sayede de fazla zorluk çekmeden sınıflar arasında ökseotsuz güzergâhlardan gidebiliyordu.

Önceleri onun böyle dolambaçlı yollara sapmak zorunda kalmasını gülme değil de kıskanma nedeni sayacak olan Ron, şimdi bütün bunlara kahkahalarla gülüyordu. Harry bu kahkaha atan, şakalaşan yeni Ron'u son birkaç haftanın huysuz, saldırgan modeline kat kat tercih etse de, gelişmiş Ron'un da ağır bir bedeli vardı. Her şeyden önce, Harry, anlaşıldığı kadarıyla Ron'u öpmediği her ânı ziyan olmuş sayan Lavender Brown'ın sık sık yanlarında olmasına katlanmak zorunda kalıyordu. İkincisi ise, bir kez daha, birbirleriyle asla konuşmayacak gibi görünen iki kişinin en iyi arkadaşı konumunda kalmış olmasıydı.

Ellerinde ve kollarının alt kısmında hâlâ Hermione'nin kuş saldırısından kalma tırmıklar ve kesikler olan Ron, savunmaya çekilmişti, gücenmiş bir edayla konuşuyordu.

"Şikâyet etmeye hakkı yok," dedi Harry'ye. "O Krum'la öpüşüp koklaştı. Şimdi birinin de benimle öpüşüp koklaşmak istediğini fark etti. Eh, burası özgür bir ülke. Yanlış bir şey yapmadım."

Harry cevap vermedi, ertesi sabahki Tılsım dersinden önce okumaları gereken kitaba (*Cevher: Bir Arayış*) gömülmüş gibi yaptı. Hem Ron, hem de Hermione ile arkadaş kalmaya kararlı olduğu için, vaktinin büyük bir kısmını ağzı sımsıkı kapalı olarak geçiriyordu.

"Ben Hermione'ye asla söz vermedim," diye mırıldandı Ron. "Yani, tamam, onunla Slughorn'un Noel partisine gidecektim ama asla demedi... sadece dost olarak... ben istediğimi yapmakta özgürüm..."

Ron'un onu gözlediğinin farkında olan Harry, *Cevher*'in bir sayfasını çevirdi. Ron'un sesi, giderek azalıp ateşin çatırdamasında güçlükle duyulan mırıldanmalara dönüştü ama Harry'ye sanki kulağına yine "Krum" ve "şikâyet edemez" sözcükleri çalınmış gibi geldi.

Hermione'nin çizelgesi öyle doluydu ki, Harry onunla sadece akşamları konuşabiliyordu, o sırada da Ron, Harry'nin ne yaptığını fark edemeyecek kadar sıkıca Lavender'a dolanmış oluyordu zaten. Hermione, Ron oradaysa ortak salonda oturmayı reddettiği için Harry genellikle kütüphanedeyken onun yanına gidiyordu; bu da fısıltıyla konuşmaları gerektiği anlamına geliyordu.

Kütüphaneci Madam Pince, arkalarındaki rafları kolaçan ederken, Hermione, "Kimi isterse onu öpmekte tamamen özgür," dedi. "Hiç umurumda değil, gerçekten."

Tüy kalemini kaldırdı ve bir "i" harfinin noktasını öyle şiddetle koydu ki, parşömeninde bir delik açtı. Harry hiçbir şey söylemedi. Kullanmaya kullanmaya, sesinin çok geçmeden yok olabileceğini düşünüyordu. *"İleri İksir-Yapımı"*nın üstüne biraz daha eğildi ve zaman zaman Prens'in, Libatius Borage'ın metnine yaptığı yararlı ekleri çözmek için duraklayarak, Tükenmeyen Hayatsuları konusunda notlar almayı sürdürdü.

"Ve bu arada," dedi Hermione birkaç dakika sonra, "dikkatli olmak zorundasın."

"Son defa söylüyorum," dedi Harry, kırk beş dakikadır konuşmadığı için biraz kısık olan bir fısıltıyla, "kitabı geri vermiyorum. Snape'in de, Slughorn'un da öğrettiğinden çok daha fazlasını öğrendim Melez Prens'ten –"

Hermione, onun kitabına, sanki kitap ona kaba davranmış gibi pis bir bakış atarak, "Ben senin o aptal sözde prensinden söz etmiyorum," dedi, "az önce olan bir şeyden söz ediyorum. Buraya gelmeden hemen önce kızların tuvaletine gitmiştim, orada içlerinde şu Romilda Vane'in de bulunduğu bir düzine kız vardı, sana nasıl denk düşürüp da gizlice bir aşk iksiri vereceklerini kararlaştırmaya çalışıyorlardı. Hepsi de sana kendilerini Slughorn'un partisine götürtmeyi umuyorlar ve hepsi de Fred ile George'un iksirlerinden almışa benziyor, ki korkarım işe yarayabilirler –"

"Öyleyse niye onlara el koymadın?" diye sordu Harry. Hermione'nin kuralları uygulama saplantısının onu bu hayati durumda terk etmiş olması gözüne sıra dışı bir şey gibi görünüyordu.

"İksirler tuvalette, yanlarında değildi de ondan," dedi Hermione küçümsemeyle. "Sadece taktikleri tartışıyorlardı. Ve doğrusu *Melez Prens*'in bile", kitaba pis bir bakış daha attı, "aynı anda kullanılan bir düzine farklı aşk iksirine karşı işe yarayacak bir panzehir icat edebileceğinden kuşkuluyum. Ben olsam, benimle gelsin diye birini davet ederim, olur biter – diğerlerinin hâlâ bir şansları olduğunu düşünmelerini önler. Parti yarın gece, artık ne yapacaklarını şaşırdılar."

"Davet etmek istediğim kimse yok," diye ağzında geveledi Harry, hâlâ mecbur kalmadıkça Ginny'yi düşünmemeye çalışıyordu; hem de Ginny, Ron'un Zihnefend yapamıyor olmasına gerçekten şükran duyacak kadar sık rüyalarına girdiği halde.

"Eh, ne içtiğine dikkat et, çünkü Romilda Vane şaka ediyor gibi görünmüyordu," dedi Hermione ciddi bir edayla.

Üzerine Aritmansi ödevini yazdığı uzun parşömen tomarını yukarı çekti ve tüy kalemiyle çiziktirmeye devam etti. Harry, kafası çok uzaklarda, onu izledi.

"Bir dakika," dedi ağır ağır. "Ben Filch'in, Weasley Büyücü Şakaları'ndan alınmış her şeyi yasakladığını sanıyordum, öyle değil mi?"

Dikkati hâlâ ödevinin üstünde olan Hermione, "Şimdiye kadar Filch'in yasaklarına kim kulak asmış ki?" dedi.

"Ama bütün baykuşların arandığını sanıyordum. Peki, bu kızlar aşk iksirlerini okula nasıl sokuyor?"

"Fred ve George onları parfüm ya da öksürük iksiri süsü vererek yolluyor," dedi Hermione. "Bu da Baykuşla Sipariş Hizmetleri'nin bir parçası."

"Bu konuda biraz fazla şey biliyorsun."

Hermione ona, tıpkı az önce *İleri İksir-Yapımı* kitabına attığı gibi pis bir bakış attı.

"Yazın Ginny ile bana gösterdikleri şişelerin arkasında hepsi yazılıydı," dedi soğuk soğuk. "Ben insanların içecekleri şeye iksir koymam... ya da koymuş gibi yapmam, ki bu da aynı derecede kötü..."

"Tamam, tamam, bırak şimdi bunu," dedi Harry çabucak. "Mesele şu ki, Filch aldatılabiliyor, değil mi? Bu kızlar okula başka şey süsü verilmiş bir şeyler sokuyorlar! Öyleyse neden Malfoy da gerdanlığı okula –"

"Öf, Harry... gene mi?"

"Hadi ama, neden olmasın?" diye sordu Harry.

"Bak," diye içini çekti Hermione. "Sır Seziciler uğursuzluk

büyülerini, lanetleri ve saklama büyülerini ortaya çıkarıyorlar, değil mi? Karanlık büyüyü ve Karanlık nesneleri bulmada kullanılıyorlar. Gerdanlıktaki gibi güçlü bir laneti birkaç saniyede saptarlardı. Ama yanlış şişeye konmuş bir şey görünmez – hem zaten aşk iksirleri de Karanlık ya da tehlikeli sayılmaz –"

"Senin için söylemesi kolay," diye mırıldandı Harry, Romilda Vane'i düşünerek.

"– o yüzden de öksürük iksiri olmadığını anlamak Filch'e düşüyor, o da pek iyi bir büyücü değil; sanmıyorum ki bir iksiri diğerinden ayırt –"

Hermione aniden sustu; Harry de duymuştu. Karanlık kitap raflarının arasında, arkada, yakınlarında biri hareket etmişti. Beklediler ve bir an sonra köşeden Madam Pince'in akbaba misali yüzü göründü; taşıdığı lamba çökük yanaklarını, parşömen gibi tenini ve uzun, kanca burnunu, hiç de iltifat etmeyen bir şekilde aydınlatıyordu.

"Kütüphane kapandı," dedi. "Ödünç aldığınız her şeyi yerlerine – *o kitaba ne yapmışsın öyle, seni ahlaksız çocuk?*"

"Kütüphanenin değil, benim o!" dedi Harry hemen, Madam Pince pençe gibi bir elle kitaba hamle ederken *İleri İksir-Yapımı* kitabını masadan kaptı.

"Yağmalanmış!" diye tısladı. "Kötü kullanılmış! Kirletilmiş!"

"Sadece içine yazı yazılmış bir kitap!" dedi Harry, onu Madam Pince'in pençesinden kurtarmak için çekiştirerek.

Madam Pince nöbet geçirmek üzereymiş gibi görünüyordu; öteberisini çabucak toplamış olan Hermione, Harry'yi kolundan tuttuğu gibi yaka paça oradan uzaklaştırdı.

"Dikkat etmezsen kütüphaneye girmeni yasaklar. Neden o aptal kitabı getirdin sanki?"

"İyice üşütmüş olması benim kabahatim değil, Hermione. Yoksa senin Filch hakkında kaba şeyler söylediğini mi duydu dersin? Ben hep o ikisinin arasında bir şeyler olabilir diye düşünmüştüm..."

"Aa, ha, ha..."

Yeniden normal bir sesle konuşabilmekten memnun, Filch ile Madam Pince'in birbirlerine gizlice âşık olup olmadıklarını tartışarak ıssız, lambalarla aydınlatılmış koridorlardan geçtiler ve ortak salona döndüler.

"Süspüs," dedi Harry Şişman Hanım'a, çünkü Noel için konan yeni ve hayli şenlikli şifre buydu.

"Sana da," dedi Şişman Hanım, muzipçe sırıtarak ve içeri girsinler diye ileri doğru savruldu.

Harry portre deliğinden içeri tırmandığı anda Romilda Vane, "Selam, Harry!" dedi. "Solungaçsuyu ister miydin?"

Hermione omzunun üstünden Harry'ye "Ben-sana-demedim-mi?" bakışı attı.

"Hayır, teşekkürler," dedi Harry hemen. "Solungaçsuyunu pek sevmem."

"Eh, gene de bunları al," dedi Romilda, eline bir kutu tutuşturarak. "Çikolata Kazanlar, içlerinde Ateşviskisi var. Büyükannem yolladı ama, ben sevmiyorum."

"Ah – oldu– çok teşekkürler," dedi Harry, başka ne diyeceğini bilemiyordu. "Şey – ben şimdi şuraya..."

Hermione'nin arkasından sesi zayıflayıp kesilerek koştu.

"Sana söylemiştim," dedi Hermione kısa ve öz bir şekilde. "Birini ne kadar erken davet edersen seni o kadar erken yalnız bırakırlar ve sen de –"

Ama birden yüzü boş bir ifadeye büründü; aynı koltukta birbirlerine dolanmış oturan Ron ve Lavender'ı görmüştü.

"Eh, iyi geceler, Harry," dedi Hermione, saat henüz akşamın yedisi olduğu halde. Başka tek kelime etmeden kızların yatakhanesine doğru gitti.

Harry, sadece bir gün daha derslerle uğraştıktan ve bir de Slughorn'un partisine katıldıktan sonra Ron'la birlikte Kovuk'a doğru yola çıkacakları düşüncesiyle kendini teselli ederek yatmaya gitti. Ron ile Hermione'nin tatil başlamadan önce birbirleriyle barışmaları artık imkânsız görünüyordu, ama belki de bu mola ikisine de sakinleşecek, davranışlarını daha iyi gözden geçirecek zaman verirdi...

Ne var ki pek de fazla umudu yoktu, üstelik ertesi gün ikisiyle birlikte Biçim Değiştirme dersine katlandıktan sonra bu umut büsbütün azaldı. Fevkalade zor olan insan biçim değişimi konusuna başlamışlardı; aynaların önünde çalışarak kendi kaşlarının rengini değiştirmeleri gerekiyordu. Hermione, Ron'un, kendine nasıl olduysa gösterişli bir palabıyık vermeyi başardığı felaketle sonuçlanan ilk denemesine insafsızca güldü; Ron ise, Profesör McGonagall her soru sorduğunda Hermione'nin yerinde zıp zıp zıplamasının zalimce ama isabetli bir taklidini yaptı. Lavender ve Parvati bunu son derece komik bulurken, Hermione bir kez daha ağlamanın eşiğine geldi. Zil çalınca koşarak sınıftan çıktı, öteberisinin yarısını geride bıraktı. Onun şu anda kendisine Ron'dan daha fazla ihtiyacı olduğuna karar veren Harry, Hermione'nin kalan eşyalarını toparladığı gibi, peşine düştü.

Sonunda onu bir kat aşağıdaki bir kızlar tuvaletinden çıkarken yakaladı. Yanında, sırtına dalgınca hafif hafif vuran Luna Lovegood vardı.

"Aa, merhaba, Harry," dedi Luna. "Kaşlarından birinin parlak sarı olduğunu biliyor musun?"

"Selam, Luna. Hermione, eşyalarını bırakmışsın..."

Ona kitaplarını uzattı.

"Ah, evet," dedi Hermione, boğuk bir sesle. Öteberisini aldı ve gözlerini kalem kutusuna sildiğini gizlemek için hemen arkasını döndü. "Teşekkür ederim, Harry. Eh, ben artık gideyim..."

Ve Harry'ye onu rahatlatacak birkaç şey söyleme imkânı tanımadan, telaşla uzaklaştı; gerçi Harry de ne diyeceğini bilemiyordu.

"Biraz üzgün," dedi Luna. "Önce içerideki Mızmız Myrtle sandım, meğer Hermione'ymiş. Ron Weasley hakkında bir şeyler söyledi..."

"Evet, kavga ettiler," dedi Harry.

"Ron bazen çok komik şeyler söylüyor, değil mi?" dedi Luna, birlikte koridordan aşağı doğru giderlerken. "Ama bazen biraz kırıcı da olabiliyor. Bunu geçen yıl fark ettim."

"Öyledir herhalde," dedi Harry. Luna her zamanki gibi rahatsız edici gerçekleri dile getirme hünerini sergiliyordu; Harry ona benzeyen kimseyle karşılaşmamıştı hiç. "Sömestrin iyi geçti mi bari?"

"Aa, iyi sayılır," dedi Luna. "DO olmayınca biraz yalnızlık çektim ama. Yine de, Ginny iyiydi. Geçen gün Biçim Değiştirme dersimizde iki çocuğun bana 'Laklak' demesini engelledi –"

"Bu gece benimle Slughorn'un partisine gelmek ister miydin?"

Harry kendine engel olamadan kelimeler ağzından çıkmıştı bile: bir yabancının konuşmasını dinlermiş gibi, onları söylediğini duydu sadece.

Luna patlak gözlerini hayretle ona çevirdi.

"Slughorn'un partisi mi? Seninle mi?"

"Evet," dedi Harry. "Konuk getirmemiz bekleniyor, ben de belki hoşuna gider dedim... yani..." Meramını apaçık bir şekilde anlatmak istiyordu. "Yani, sadece arkadaş olarak diyorum. Ama gitmek istemiyorsan..."

Daha şimdiden onun gitmek istemeyeceğini ummaya başlamıştı bile.

"Aa, hayır, seninle arkadaş olarak gitmeyi çok isterim!" dedi Luna, Harry'nin daha önce hiç görmediği bir şekilde ışıl ışıl gülümseyerek. "Daha önce hiç kimse beni partiye davet etmemişti, arkadaş olarak! Kaşını onun için mi boyadın, parti için mi? Ben de benimkini boyayayım mı?"

"Hayır," dedi Harry kararlı bir sesle, "o bir hataydı, Hermione'den benim için düzeltmesini rica edeceğim. Öyleyse, saat sekizde Giriş Salonu'nda buluşuruz."

"AHHA!" diye haykırdı yukarıdan bir ses ve ikisi de havaya sıçradılar; az önce, farkına varmadan, bir avizeden tepe üstü sarkmış halde onlara kötü kötü sırıtan Peeves'in tam altından geçmişlerdi.

"Potur Laklak'ı partiye davet etti! Potur Laklak'ı seviyo! Potur Laaaklaaak'ı seeeviiiyooo!"

Ve, gıdaklar gibi sesler çıkarıp çığlık atarak yıldırım gibi uzaklaştı: "Potur Laklak'ı seviyor!"

"İyi oldu aramızda kaldığı," dedi Harry. Gerçekten de bütün okul Harry Potter'ın Slughorn'un partisine Luna Lovegood'u götürdüğünü ânında öğrenmiş gibiydi.

Ron akşam yemeğinde, inanamıyormuş gibi bir edayla, "*Kimi istesen* götürebilirdin!" dedi. "*Kimi istesen!* Ve sen Laklak Lovegood'u seçtin, ha?"

"Ona öyle deme, Ron," diye çıkıştı Ginny, arkadaşlarına katılmaya giderken Harry'nin arkasında duraklayarak. "Onu götürmene gerçekten sevindim, Harry, öyle heyecanlı ki."

Ve Dean'in yanına oturmak için masaya gitti. Harry, Ginny, Luna'yı partiye götüreceğine sevindi diye memnun olmaya çalıştı, ama pek beceremedi. Masanın çok ötesinde Hermione tek başına oturmuş, yahnisiyle oynuyordu. Harry, Ron'un çaktırmadan ona baktığını fark etti.

"Özür dilerim diyebilirsin," diye önerdi lafı dolaştırmadan.

"Ya, diyeyim de yine bir kanarya sürüsü bana hücum etsin, öyle mi?" diye mırıldandı Ron.

"Niye taklidini yaptın ki sanki?"

"Bıyığıma güldü!"

"Ben de güldüm, gördüğüm en aptalca şeydi."

Ama Ron duymuyor gibiydi; az önce Lavender, Parvati ile birlikte gelmişti. Harry ile Ron'un arasına sıkışarak, kollarını Ron'un boynuna doladı.

"Selam, Harry," dedi, ikisinin davranışlarından, tıpkı Harry gibi, biraz utanmış ve sıkılmış görünen Parvati.

"Selam," dedi Harry. "Nasılsın? Hogwarts'ta kaldın demek, ha? Annenle baban bırakmanı istiyor diye duymuştum."

"Konuşup onları şimdilik vazgeçirmeyi başardım," dedi Parvati. "Katie meselesi onların cidden ödünü koparmıştı, ama ondan bu yana bir şey olmadı... aa, selam, Hermione!"

Parvati ışıklar saçarak gülümsedi. Harry, onun Biçim Değiştirme dersinde Hermione'ye güldüğü için kendini suçlu hissettiğini anlamıştı. Dönüp baktığında Hermione'nin de aynı şekilde ışık saçarak gülümsediğini gördü. Kızlar bazen çok garip olabiliyordu.

"Selam, Parvati!" dedi Hermione, Ron ile Lavender'ı tamamen yok sayarak. "Bu akşam Slughorn'un partisine gidiyor musun?"

"Kimse çağırmadı," dedi Parvati, sıkıntıyla. "Oysa gitmeyi çok isterdim, çok iyi olacakmış gibi görünüyor... sen gidiyorsun, değil mi?"

"Evet, sekizde Cormac'la buluşuyorum ve biz –"

Tıkanık bir lavabonun pompayla açılmasına benzer bir ses duyuldu ve Ron ortaya çıktı. Hermione, hiçbir şey görmemiş ya da duymamış gibi davrandı.

"– partiye birlikte gideceğiz."

"Cormac?" dedi Parvati. "Cormac McLaggen'ı mı söylüyorsun?"

"Evet, onu," dedi Hermione tatlı bir edayla. "Hani şu *neredeyse*," kelimeyi iyice vurguladı, "Gryffindor Tutucusu olan çocuğu söylüyorum."

"Onunla çıkıyor musun yani?" diye sordu Parvati, gözleri fal taşı gibi açılarak.

"Aa – evet – haberin yok muydu?" dedi Hermione, ona hiç yakışmayan bir kıkırdamayla.

"Hayır!" dedi Parvati, bu dedikodu karşısında büyük bir heyecana kapılmış gibi görünerek. "Vay canına, Quidditch oyuncularını seviyorsun, değil mi? Önce Krum, sonra McLaggen..."

"*Gerçekten iyi* Quidditch oyuncularını seviyorum," diye düzeltti onun dediklerini Hermione, hâlâ gülümseyerek. "Eh, görüşürüz... gidip parti için hazırlanmam gerek..."

Gitti. Lavender ile Parvati bu yeni gelişme ile birlikte McLaggen hakkında duymuş oldukları her şeyi ve Hermione hakkında tahmin ettikleri her şeyi tartışmak üzere kafa kafaya verdiler. Ron tuhaf bir şekilde ifadesiz görünüyordu hiçbir şey söylemedi. Harry'ye de kızların intikam almak için ne kadar alçalacaklarını sessizce düşünmek kaldı.

O akşam saat sekizde Giriş Salonu'na geldiğinde, alışılmış olandan çok daha fazla sayıda kız orada pusuya yatmıştı; hepsi de, o Luna'ya yaklaşırken içerlemiş şekilde Harry'ye bakıyor gibiydi. Luna bakanların bir kısmının biraz kikirdemesine yol açan payetlerle süslü, gümüş rengi bir cüppe giymişti, ama onun dışında hayli hoş görünüyordu. Harry onun turp küpelerini, Kaymak Birası tıpalarından gerdanlığını ve Tayfgözlüğü'nü takmadığına memnun oldu.

"Selam," dedi. "Gidelim mi, ne dersin?"

"Ah, evet," dedi kız mutlu mutlu. "Parti nerede?"

"Slughorn'un odasında," dedi Harry, önüne düşüp onu mermer merdivenden yukarı, bütün o bakışlar ve mırıldanmalardan uzağa götürürken. "Duydun mu, bir vampir geliyormuş?"

"Rufus Scrimgeour mu?" diye sordu Luna.

"Ben – ne?" dedi Harry, şaşkın şaşkın. "Sihir Bakanı'nı mı söylüyorsun?"

"Evet, o bir vampir," dedi Luna, sıradan bir şeyden söz edermiş gibi. "Scrimgeour görevi Cornelius Fudge'dan ilk devraldığında, babam bu konuda çok uzun bir yazı yazdı ama, Bakanlık'taki biri onu yazıyı yayımlamasın diye zorladı. Besbelli, hakikatin duyulmasını istemiyorlar!"

Rufus Scrimgeour'un vampir olduğuna hiç ihtimal vermeyen, buna karşılık Luna'nın, babasının acayip görüşlerini sanki gerçekmişler gibi tekrarlamasına alışkın olan Harry, cevap vermedi; zaten Slughorn'un odasına yaklaşıyorlardı ve attıkları her adımla birlikte, kahkahaların, müziğin ve gürültülü konuşmaların da sesi yükseliyordu.

Slughorn'un odası, ya o şekilde inşa edildiği için, ya da bu hale getirmek için sihir hilelerine başvurduğundan, normal öğretmen odalarından çok daha büyüktü. Tavan ile duvarlara zümrüt rengi, koyu kırmızı ve altın rengi perdeler asılmıştı, bu yüzden de insan kendini muazzam bir çadırın içindeymiş gibi hissediyordu. Oda kalabalıktı, havasızdı ve tavandan sarkan süslü bir altın lambanın kırmızı ışığıyla yıkanmıştı; lambanın içinde her biri parlak bir ışık beneği olan gerçek periler kanat çırpıyordu. Uzak bir köşeden mandoline benzeyen şeylerin refakat ettiği, yüksek sesle söylenen şarkılar yükseliyordu; pipo dumanından oluşan bir sis, derin derin konuşmaya dalmış birkaç yaşlı büyücünün üzerinde asılı duruyordu; ve birkaç ev cini tiz sesler çıkararak insanların dizlerinden oluşan ormanın içinden geçmeye çalışıyorlardı. Taşıdıkları, yemek tabaklarıyla dolu ağır gümüş tepsilerin altında görünmüyorlar, bu yüzden de avare avare dolaşan küçük masaları andırıyorlardı.

"Harry, oğlum!" diye gürledi Slughorn, neredeyse Harry ile Luna itiş kakış kapıdan girdikleri anda. "Gel içeri, gel içeri, tanışmanı istediğim öyle çok insan var ki!"

Slughorn, üzerindeki ev ceketine uyacak püsküllü bir kadife şapka takmıştı. Harry'nin kolunu, sanki birlikte Buharlaşmak istiyormuş gibi sıkı sıkı tutarak onu kararlı bir şekilde partinin göbeğine götürdü; Harry Luna'nın elini yakaladı, onu da yanında sürükledi.

"Harry, eski bir öğrencim olan, *Kan Kardeşler: Vampirler Arasında Hayatım*'ın yazarı Eldred Worple'la tanışmanı istiyorum – ve, elbette, arkadaşı Sanguini ile."

Ufak tefek, gözlüklü bir adam olan Worple, Harry'nin elini yakaladı ve coşkuyla sıktı; gözlerinin altında karanlık gölgeler olan uzun boylu ve bir deri bir kemik kalmış vampir Sanguini, sadece başını sallamakla yetindi. Hayli sıkılmış görünüyordu. Hemen yakınında meraklı ve heyecanlı görünen bir kız sürüsü vardı.

Harry'nin yüzüne miyop miyop bakan Worple, "Harry Potter, çok sevindim!" dedi. "Daha geçen gün Profesör Slughorn'a, *Hepimizin beklediği Harry Potter biyografisi nerede?* diyordum."

"Eee," dedi Harry, "öyle mi?"

"Tıpkı Horace'ın anlattığı kadar mütevazı!" dedi Worple. "Ama cidden –" tavrı değişti; birden iş konuşuyormuş gibi bir havaya büründü, "Ben büyük bir memnuniyetle kendim yazardım – insanlar senin hakkında daha fazlasını bilmek için yanıp tutuşuyor, sevgili oğlum, yanıp tutuşuyor! Bana birkaç söyleşi vermeyi kabul edersen eğer, diyelim dört ya da beş saatlik seanslarla, eh, kitabı birkaç ayda bitiririz. Ve senin de çok az gayret harcaman gerekir, seni temin ederim – işte Sanguini'ye sor bakalım dediklerim aynen – *Sanguini, burada kal!*" diye ekledi birden sertleşen Worple, çünkü vampir gözlerinde hayli aç bir bakışla yakındaki kız grubuna doğru ufak ufak ilerliyordu. "Al, hamur ye," dedi Worple. Geçen bir ev cininden bir parça hamur alıp Sanguini'nin eline tutuşturduktan sonra dikkatini yeniden Harry'ye çevirdi.

"Sevgili oğlum, öyle çok altın kazanabilirsin ki, tahmin bile edemezsin –"

"Kesinlikle ilgilenmiyorum," dedi Harry, kararlı bir şekilde, "ve bir arkadaşımı gördüm, kusura bakmayın."

Luna'yı da çekerek kalabalığa daldı; gerçekten de Acayip Kızkardeşler'in üyelerine benzeyen iki kişi arasında kaybolan yele gibi uzun kahverengi saçlar gözüne çarpmıştı.

"Hermione! *Hermione!*"

"Harry! Buradasın işte, çok şükür! Selam, Luna!"

"N'oldu sana böyle?" diye sordu Harry, çünkü Hermione'nin saçları tamamen darmadağınık olmuş görünüyordu, sanki bir Şeytan Kapanı çalılığından güç bela kurtulmuş gibiydi.

"Ah, az önce kaçtım da – yani, az önce Cormac'ı bıraktım demek istiyorum," dedi. Harry ona sorgulayan bakışlarla bakarken, açıklama mahiyetinde, "ökseotunun altında," diye ekledi.

"Onunla geldiğin için hak ettin bunu!" dedi Harry, ters ters.

"Ron'u en çok o kızdırır diye düşündüm," dedi Hermione, sakin sakin. "Bir süre Zacharias Smith'i de ölçüp biçtim ama, dedim ki, genele bakınca –"

"Smith'i mi düşündün?" dedi Harry, tiksintiyle.

"Evet, düşündüm, ve keşke onu seçseydim demeye başlıyorum şimdi. McLaggen'ın yanında Grawp centilmen kalır. Hadi, şu tarafa gidelim, geldiğini görürüz, öyle uzun boylu ki..."

Üçü, yolda şekerli içki de alarak odanın öbür tarafına geçtiler. Profesör Trelawney'nin tek başına orada durduğunu çok geç fark ettiler.

"Merhaba," dedi Luna Profesör Trelawney'ye kibar kibar.

"İyi akşamlar, canım," dedi Profesör Trelawney, Luna üzerinde hayli zahmetle odaklanarak. Harry gene yemek şarabı kokusunu alıyordu. "Seni son zamanlarda derslerimde görmedim..."

"Evet, bu yıl Firenze'den ders alıyorum," dedi Luna.

"Ah, tabii," dedi Profesör Trelawney kızgın, içkili bir kıkırtıyla. "Ya da Beygir, ben ona öyle demeyi tercih ediyorum. Artık okula döndüğüme göre Profesör Dumbledore attan kurtulur diye düşünürsünüz, değil mi? Ama hayır... sınıfları paylaşıyoruz... bir hakaret, düpedüz hakaret. Biliyor musunuz..."

Profesör Trelawney, Harry'yi tanımayacak kadar çakırkeyif görünüyordu. Onun Firenze'ye yönelik şiddetli eleştirilerini fırsat bilen Harry, Hermione'ye daha da yaklaştı ve, "Bir konuyu açıklığa kavuşturalım,"dedi. "Ron'a Tutucu seçmelerine müdahale ettiğini söylemeyi planlıyor musun?"

Hermione kaşlarını kaldırdı.

"O kadar alçalacağımı düşünüyor musun gerçekten?"

Harry ona kurnaz bir bakış attı.

"Hermione, eğer McLaggen'a çıkma teklif edebiliyorsan –"

"Arada fark var," dedi Hermione vakur bir şekilde. "Tutucu seçmelerinde olmuş olabilecek ya da olmamış olabilecek şeyler hakkında Ron'a herhangi bir şey söylemek gibi bir planım yok."

"İyi," dedi Harry, ateşli ateşli. "Çünkü yeniden perişan olur, biz de önümüzdeki maçı kaybederiz –"

"Quidditch!" dedi Hermione hiddetle. "Erkekler başka bir

şeye önem vermez mi? Cormac bana hakkımda tek bir soru sormadı, hayır, sadece dur durak bilmeksizin Cormac McLaggen Tarafından Yapılmış Yüz Büyük Kurtarış anlatıldı bana, ta ki – ah hayır, buraya geliyor!"

Öyle hızlı hareket etti ki, Buharlaşmıştı sanki; bir an oradaydı, bir sonraki an ise kahkahalar atan iki cadının arasına sıkışmış ve yok olmuştu.

"Hermione'yi gördün mü?" diye sordu McLaggen, bir dakika sonra kalabalığı yarıp gelerek.

"Hayır, kusura bakma," dedi Harry ve hemen Luna'nın konuşmasına katılmak için döndü, bir an onun kiminle konuştuğunu unutmuştu.

"Harry Potter!" dedi onu ilk defa fark eden Profesör Trelawney, kalın, coşkulu bir sesle.

"Ah, merhaba," dedi Harry, coşkudan uzak bir şekilde.

"Sevgili yavrum!" dedi Profesör, etrafa yayılan bir fısıltıyla. "Söylentiler! Hikâyeler! Seçilmiş Kişi! Elbette uzun süredir biliyordum... Alametler asla iyi değildi, Harry... ama niye Kehanet'e dönmedin? O ders herkesten çok senin için önem taşıyor, hem de çok büyük önem!"

"Ah, Sybill, hepimiz kendi dersimizin çok önemli olduğunu düşünürüz!" dedi yüksek bir ses, ve Slughorn yüzü kıpkırmızı, kadife şapkası biraz yan yatmış, bir elinde şekerli içki, diğerinde de koskoca bir tartla Profesör Trelawney'nin öbür yanında belirdi. "Ama ben İksir'de böylesine doğal yetenek sahibi birini görmedim!" dedi Slughorn, Harry'ye kan çanağı gibi ama sevecen bir gözle bakarak. "İçgüdüsel, biliyor musun – annesi gibi! Böylesine yeteneği olan pek az kişiye ders vermişimdir, sana bu kadarını söyleyeyim, Sybill – hatta Severus bile –"

Ve Slughorn, Harry'yi dehşet içinde bırakarak kolunu uzattı, Snape'i sanki havadan yakalayıp çekerek yanlarına getirdi.

"Surat asmayı bırak da gel bize katıl, Severus!" diye mutlu mutlu hıçkırdı. "Ben de tam Harry'nin olağanüstü iksir yapışından söz ediyordum! Tabii senin de hakkını yememek gerek, ne de olsa ona beş yıl ders vermişsin!"

Slughorn'un omuzlarına dolanmış kolunun içinde kısılıp kalan Snape, kara gözlerini kısarak, kanca burnundan aşağı, Harry'ye baktı.

"Tuhaf, ben Harry'ye asla herhangi bir şey öğretebildiğim izlenimine kapılmadım."

"Öyleyse doğal yetenek!" diye bağırdı Slughorn. "İlk derste bana ne verdiğini görecektin, Yaşayan Ölüm İçkisi – ilk seferinde bundan iyisini yapan öğrencim olmamıştı hiç, hatta sanırım sen bile, Severus –"

"Sahi mi?" dedi Snape alçak bir sesle, gözleriyle hâlâ, hafif kaygıya kapılmış Harry'ye delercesine bakıyordu. Harry'nin son isteyeceği şey, Snape'in İksir'deki bu yeni başarısının kaynağını soruşturmaya başlamasıydı.

"Bana başka hangi dersleri aldığını hatırlatır mısın, Harry?" diye sordu Slughorn.

"Karanlık Sanatlara Karşı Savunma, Tılsım, Biçim Değiştirme, Bitkibilim..."

"Kısacası, bir Seherbaz için gerekli olan bütün dersler," dedi Snape, çok hafif bir alaycılıkla.

"Evet, zaten olmak istediğim de o," dedi Harry meydan okurcasına.

"Ve çok da iyi bir Seherbaz olurdun!" diye gürledi Slughorn.

"Bence Seherbaz olmamalısın, Harry," dedi Luna, beklenmedik bir şekilde. Herkes ona baktı. "Seherbaz'lar Çürükdiş Komplosu'nun bir parçası. Herkes bunu biliyor sanıyordum. Karanlık büyü ve dişeti hastalığının bir bileşimiyle, Sihir Bakanlığı'nı içten yıkmaya çalışıyorlar."

Harry gülmeye başlayınca şekerli içkisinin yarısı burnuna kaçtı. Gerçekten de, bir tek bunun için bile Luna'yı getirmeye değmişti. Sırılsıklam, öksürerek ama hâlâ sırıtarak kafasını kadehinden kaldırmıştı ki, moralini daha da fazla yükseltmek üzere hesaplanmış bir şey daha gördü: Draco Malfoy, Argus Filch tarafından bir kulağından yakalanmış, sürüklenerek onlara doğru getiriliyordu.

"Profesör Slughorn," diye hırıltılı bir sesle konuştu Filch, çenesi titriyordu, patlak gözlerinde muzırlık saptadığı zaman yanan o manyakça ışık vardı. "Bu çocuğu üst kat koridorlarından birinde gizlice dolaşırken buldum. Partinize çağrıldığını ve yola çıkmakta geciktiğini iddia ediyor. Ona davetiye gönderdiniz mi?"

Malfoy kendini Filch'in pençesinden kurtardı, çok öfkeli görünüyordu.

"Tamam, davet edilmemiştim!" dedi kızgın kızgın. "Davetsiz girmeye çalışıyordum, şimdi memnun oldun mu?"

"Hayır, olmadım!" dedi Filch, ama ağzından çıkan sözcükler yüzündeki coşkun neşe ile taban tabana zıttı. "Başın dertte senin, dertte! Müdür, eğer iznin yoksa gece vakti sinsi sinsi gezinmek yasak demedi mi, ha, demedi mi?"

"Tamam, Argus, tamam," diye elini salladı Slughorn. "Bu gece Noel gecesi, partiye gelmek istemek de suç değil. Bu seferlik, cezayı mezayı unutalım; kalabilirsin, Draco."

Filch'in yüzündeki bozulma ve hayal kırıklığı ifadesi tamı tamına tahmin edilecek bir ifadeydi; ama niye, diye merak etti Harry, onu gözleyerek, Malfoy da hemen hemen aynı derecede mutsuz görünüyor? Ve neden Snape Malfoy'a sanki hem kızgın, hem de... mümkün müydü acaba?... biraz korkmuş gibi bakıyor?

Ama daha Harry gördüklerini hazmedemeden Filch dönüp, alçak sesle mırıldanarak, ayağını sürüyerek gitmişti. Malfoy ise yüzünde bir tebessümle durmuş, Slughorn'a cömertliği için teşekkür ediyordu. Snape'in yüzü yeniden durgun ve anlaşılmaz bir hal almıştı.

"Bir şey değil, bir şey değil," dedi Slughorn, Malfoy'un teşekkürlerini elinin tersiyle kenara iterek. "Büyükbabanı tanırdım, ne de olsa..."

"Sizden hep çok övgüyle söz ederdi, efendim," dedi Malfoy hemen. "Sizin tanıdığı en iyi iksir yapan kişi olduğunuzu söylerdi..."

Harry, Malfoy'a bakakaldı. Kafasını karıştıran, işin yağcılık faslı değildi; Malfoy'u uzun süre aynı şeyi Snape'e yaparken izlemişti. Mesele Malfoy'un, her şeye rağmen, biraz hasta gibi görünmesiydi. Nice zamandır Malfoy'u ilk kez bu kadar yakından görüyordu; gözlerinin altında gölgeler olduğunu ve teninin belirgin bir grimsi renk aldığını fark etti.

Snape birden, "Seninle biraz konuşmak istiyorum, Draco," dedi.

"Haydi ama, Severus," dedi Slughorn, yeniden hıçkırarak, "Noel'deyiz, çok sert davranma –"

"Ben onun Bina Başkanı'yım ve ne kadar sert ya da nasıl davranacağıma kendim karar veririm," dedi Snape, ters ters. "Arkamdan gel, Draco."

Snape önde, Malfoy ise küskün bir halde arkada, gittiler. Harry bir an kararsız halde kalakaldı, sonra, "Birazdan gelirim, Luna – şey – tuvalet," dedi.

"Peki," dedi kız neşeyle. Harry hızla kalabalığa daldığı sırada onun, sahiden ilgilenmiş görünen Profesör Trelawney'ye yeniden Çürükdiş Komplosu konusunu açtığını duyar gibi oldu.

Bir kez partiden ayrıldıktan sonra Görünmezlik Pelerini'ni cebinden çıkarıp üzerine atmak kolaydı, çünkü koridor hayli ıssızdı. Daha zor olanı, Snape ile Malfoy'u bulmaktı. Harry koridordan aşağı koştu, müzik ve Slughorn'un geride kalmış odasından hâlâ gelen yüksek sesle konuşmalar, ayaklarının sesini bastırıyordu. Belki de Snape Malfoy'u zindandaki kendi odasına götürmüştü... ya da Slytherin ortak salonuna kadar ona refakat ediyordu... Harry koridordan koşarken her kapıya kulağını dayadı; sonunda, büyük bir heyecanla sarsılarak, koridordaki son sınıfın anahtar deliğine eğildi ve sesler duydu.

"...hata yapmaya hakkın yok, Draco, çünkü eğer okuldan atılırsan –"

"Benim hiç ilgim yoktu, tamam mı?"

"Umarım doğruyu söylüyorsundur, çünkü hem acemice, hem de budalacaydı. Senin bu işte parmağın olduğundan şimdiden şüpheleniyorlar."

"Kim şüpheleniyormuş benden?" dedi Malfoy öfkeyle. "Son defa söylüyorum, ben yapmadım, tamam mı? O Bell denen kızın kimsenin bilmediği bir düşmanı olmalı – bana öyle bakma! Senin ne yaptığını biliyorum, aptal değilim, ama yürümeyecek – seni durdurabilirim!"

Bir duraklamanın ardından Snape usulca, "Ah... görüyorum ki Bellatrix Teyze sana Zihinbend öğretiyor," dedi. "Efendinden hangi düşüncelerini saklıyorsun, Draco?" dedi.

"*Ondan* hiçbir şey saklamaya çalışmıyorum, sadece *senin* burnunu sokmanı istemiyorum!"

Harry kulağını anahtar deliğine daha da fazla bastırdı... ne olmuştu da Malfoy Snape'le böyle konuşmaya başlamıştı; hep saygı, hatta sevgi gösterdiği Snape'le?

"Demek bu sömestr bunun için benden kaçıyorsun? Müdahale edeceğimden korktun, öyle mi? Farkındasın herhalde, Draco, defalarca gelmesini söylediğim halde odama gelmeyen başka biri olsaydı eğer –"

"Öyleyse ceza ver bana! Dumbledore'a ihbar et!" diye alay etti Malfoy.

Bir duraklama daha oldu. Sonra Snape, "Bunların ikisini de yapmak istemediğimi gayet iyi biliyorsun," dedi.

"Öyleyse bana odana gelmemi söylemekten vazgeç!"

"Dinle beni," dedi Snape, sesini öyle alçaltmıştı ki, Harry duyabilmek için kulağını anahtar deliğine iyice bastırmak zorunda kaldı. "Sana yardımcı olmaya çalışıyorum. Annene seni koruyacağıma yemin ettim. Bozulmaz Yemin'i ettim, Draco –"

"Öyleyse bozmak zorunda kalacaksın demektir, çünkü senin korumana ihtiyacım yok! Bu benim işim, onu bana verdi ve ben yapıyorum. Bir planım var ve o plan yürüyecek, sadece sandığımdan daha fazla vakit alıyor!"

"Planın nedir?"

"Seni ilgilendirmez!"

"Eğer bana ne yapmaya çalıştığını söylersen, sana yardımcı olabilirim –"

"Başka yardıma ihtiyacım yok, teşekkürler, yalnız değilim!"

"Bu akşam kesinlikle yalnızdın, ki son derece budalaca bir şey, gözcü ya da destek olmadan koridorlarda avare avare dolaşmak. Bunlar temel hatalar –"

"Crabbe ve Goyle'a ceza vermeseydin, onlar yanımda olurdu!"

"Alçak sesle konuş!" diye payladı Snape öfkeyle, çünkü Malfoy'un sesi heyecanla yükselmişti. "Eğer arkadaşların Crabbe ve Goyle bu sefer Karanlık Sanatlara Karşı Savunma S.B.D.'lerinden geçmek istiyorlarsa, şimdi çalıştıklarından biraz daha fazla çalışmaları ger –"

"Ne fark eder ki?" dedi Malfoy. "Karanlık Sanatlara Karşı Savunma – bu sadece bir şaka, değil mi, bir oyun? Sanki herhangi birimizin Karanlık Sanatlardan korunmaya ihtiyacı varmış gibi –"

"Başarı için hayati önemi olan bir oyun, Draco!" dedi Snape. "Ben nasıl oyun oynayacağımı bilmesem bunca yıldır nerede olurdum sanıyorsun? Şimdi beni dinle! Geceleri dolaşarak ihtiyatsız davranıyorsun, kendini yakalatıyorsun ve eğer Crabbe ve Goyle gibi yardımcılara güveniyorsan –"

"Sadece onlar değil. Benim yanımda başka insanlar da var, daha iyi insanlar!"

"Öyleyse niye bana sırlarını açmıyorsun ki ben de –"

"Ben senin ne yapmaya çalıştığını biliyorum! Benim zaferime göz koydun!"

Bir duraklama daha oldu, sonra Snape soğuk soğuk, "Çocuk gibi konuşuyorsun," dedi. "babanın yakalanıp hapse atılması seni üzmüş, bunu anlıyorum, ama –"

Harry'nin bir saniye kadar bir sürede harekete geçmesi gerekti: Malfoy'un ayak seslerini kapının öbür yanında duydu ve kapı hızla açılırken kendini onun yolunun dışına savurdu; Malfoy koridordan aşağı gidiyordu, Slughorn'un odasının açık kapısını geçti, uzaktaki köşeyi döndü ve gözden kayboldu.

Soluk almaya bile anca cesaret eden Harry, Snape sınıftan yavaşça çıkarken çömelmiş halde bekledi. Snape, yüzünde okunamaz bir ifadeyle partiye döndü. Harry, Pelerin'inin altında saklı, kafası son derece meşgul, yerde öylece kaldı.

ON ALTINCI BÖLÜM

Buz Gibi Soğuk Bir Noel

"Demek Snape ona yardım teklif ediyordu? Düpedüz *ona yardım mı teklif ediyordu?*"

"Bunu bir daha sorarsan," dedi Harry, "bu lahanayı tuttuğum gibi –"

"Sadece kontrol ediyorum!" dedi Ron. Kovuk'taki mutfak lavabosunun önünde durmuş, Mrs Weasley için dağ gibi yığılmış lahanaları soyuyorlardı. Önlerindeki pencerenin öbür tarafında karlar savrularak geçiyordu.

"Evet, Snape ona yardım teklif ediyordu!" dedi Harry. "Malfoy'un annesine onu koruma sözü verdiğini söyledi, Dönülmez Yemin mi ne, öyle bir şey ettiğini söylüyordu –"

"Bozulmaz Yemin mi?" dedi ağzı açık kalan Ron. "Yoo, yapmış olamaz... emin misin?"

"Evet, eminim," dedi Harry. "Niye, ne demek ki?"

"Eh, Bozulmaz Yemin'i bozamazsın..."

"Tuhaf gelecek ama, o kadarını ben de anlamıştım. Bozarsan ne olur, peki?"

"Ölürsün," dedi Ron. "Fred ve George, beş yaşındayken bana böyle bir yemin ettirmeye çalıştılar. Az daha ediyordum da. Babam bizi bulduğunda Fred'le el ele tutuşuyorduk bile. Aklını kaçırdı," dedi Ron, gözlerinde bir hatırlama ışıltısıyla. "Babamı yalnızca o zaman annem kadar öfkeli gördüm. Fred diyor ki, sol kalçası o gün bugün eskisi gibi olmamış."

"Ee, peki, Fred'in sol kalçasını bir kenara bırakırsak –"

"Affedersin, anlayamadım?" dedi Fred'in sesi, ikizler mutfağa girerken.

"Ah, George, şuna bak. Bıçak falan kullanıyorlar. Eksik olmasınlar."

Ron aksi aksi, "İki aydan biraz fazla kaldı on yedi yaşında olmama," dedi, "ondan sonra bunu sihirle yapabileceğim!"

"Ama bu arada," dedi George, mutfak masasına oturup ayaklarını da üstüne koyarak, "göster bize bakalım nasıl kullanılırmış bir – hay aksi."

"Sen yaptırdın bunu bana!" dedi Ron hiddetle, kesilmiş başparmağını emerek. "Görürsün sen, ben bir on yedi yaşında olayım –"

"Eminim ki şimdiye kadar var olduğunu hiç çaktırmadığın sihirsel becerilerle gözlerimizi kamaştıracaksın," diye esnedi Fred.

"Şimdiye kadar var olduğunu hiç çaktırmadığın becerilerden söz açıldı da, Ronald," dedi George, "Ginny'den seninle bir genç hanım hakkında duyduklarımız da ne oluyor; adı –bize verilen bilgi yanlış değilse eğer– Lavender Brown'mış, ha?"

Ron biraz pembeleşti ama tekrar lahanalara dönerken kızgın görünmüyordu.

"Siz kendi işinize bakın."

"Nasıl da hazırcevap," dedi Fred. "Bu cevapları nereden bulursun, bilmem. Hayır, bizim bilmek istediğimiz... nasıl oldu?"

"Ne demek istiyorsun?"

"Kız kaza falan mı geçirdi?"

"Ne?"

"Ee, nasıl böyle büyük bir beyin hasarı geçirdi? Dikkat et, ama!"

Mrs Weasley tam da Ron lahana bıçağını Fred'e fırlatır, Fred de asasının tembel bir hareketiyle onu kâğıt bir uçağa çevirirken içeri girdi.

"Ron!" dedi büyük bir öfkeyle. "Bir daha seni bıçak atarken görmeyeyim!"

"Atmam," dedi Ron, "sen bakarken," diye de alçak sesle ekledi, lahana dağına geri dönerek.

"Fred, George, özür dilerim, canlarım, ama bu gece Remus geliyor, onun için Bill de ikinizin yanına sıkışacak!"

"Sorun değil," dedi George.

"O zaman, Charlie gelmediğine göre, tavan arasında sadece Harry ile Ron var demektir, ve eğer Fleur de Ginny ile odasını paylaşırsa –"

"– Ginny'ye ne güzel bir Noel hediyesi olur –" diye mırıldandı Fred.

"– herkes rahat edecek demektir. Eh, hiç değilse, yatakları olacak," dedi Mrs Weasley, sesi biraz sıkkın çıkarak.

"Demek Percy sahiden de gelip çirkin yüzünü göstermeyecek, öyle mi?" diye sordu Fred.

Mrs Weasley, cevap vermeden önce ona arkasını döndü.

"Hayır, sanırım Bakanlık'ta meşgul."

Mrs Weasley mutfaktan çıktıktan sonra, Fred, "Ya da dünyanın en büyük gıcığı," dedi. "İkisinden biri. Eh, biz yola koyulalım öyleyse, George."

"Siz ikiniz şimdi ne yapıyorsunuz?" dedi Ron. "Bu lahanaları soymamıza yardım edemez misiniz? Sadece asanızı kullanırsınız, biz de serbest oluruz!"

"Hayır, bunu yapabileceğimizi sanmıyorum," dedi Fred ciddi ciddi. "Lahanaları sihirsiz soymayı öğrenmek, insanın karakterini sağlamlaştırır, Muggle'lar ile Koftiler'in işi ne kadar zormuş anlarsın –"

"– ve eğer insanların sana yardım etmesini istiyorsan, Ron," diye ekledi George, kâğıt uçağı ona atarak, "senin yerinde olsam onlara bıçak savurmazdım. Küçük bir tavsiye. Biz köye gidiyoruz, orada gazete bayiinde çalışan çok güzel bir kız var, iskambil numaralarımın harika olduğunu düşünüyor... sanki gerçek sihir gibiymiş..."

"Reziller," dedi Ron, asık suratla, Fred ve George'un karlı

bahçeyi geçip yola koyulmalarını izledi. "Onların sadece on saniyesini alırdı, biz de gidebilirdik."

"Ben gidemezdim," dedi Harry. "Buradayken alıp başımı oraya buraya gitmeyeceğim diye Dumbledore'a söz verdim."

"Yaa, evet," dedi Ron. Birkaç lahana daha soydu, sonra, "Dumbledore'a Snape ile Malfoy'un birbirlerine ne dediklerini söyleyecek misin?" dedi.

"Evet," dedi Harry. "Bunu durdurabilecek herkese söyleyeceğim, Dumbledore da listenin tepesinde. Belki babanla da bir kez daha konuşurum."

"Malfoy'un gerçekte ne yaptığını duymaman yazık olmuş ama."

"Duyamazdım, değil mi? Bütün mesele buydu zaten, Snape'e söylemeyi reddediyordu."

Bir süre sessizlik oldu, sonra Ron, "Tabii, ne diyecekler biliyorsun, değil mi?" dedi. "Babam, Dumbledore ve diğer herkes yani? Snape'in aslında Malfoy'a yardım etmeye çalışmadığını, sadece Malfoy'un ne işler karıştırdığını öğrenmeye çalıştığını söyleyecekler."

"Onu duymadılar," dedi Harry kendinden emin bir edayla. "Hiç kimse o kadar iyi aktör değildir, Snape bile."

"Evet... Gene de söylüyorum, ama," dedi Ron.

Harry, kaşları çatık, ona döndü.

"Bana inanıyorsun ama, değil mi?"

"Evet, inanıyorum!" dedi Ron hemen. "Ciddi söylüyorum, inanıyorum! Ama hepsi Snape'in Yoldaşlık'ta olduğundan emin, değil mi?"

Harry hiçbir şey söylemedi. Yeni kanıtına karşı ileri sürülme ihtimali en yüksek itirazın bu olacağını düşünmüştü zaten; Hermione'yi duyar gibiydi:

"Harry, belli ki yardım teklif eder gibi yapıyormuş, ne yapacağını ona söylesin diye Malfoy'u kandırmak için..."

Ama bu bir hayalden ibaretti, çünkü Hermione'ye duyduklarını söyleme fırsatı bulamamıştı. O Slughorn'un partisine döndüğünde Hermione ortadan kaybolmuştu, en azından kızgın bir McLaggen ona böyle demişti ve Harry ortak salona döndüğünde de Hermione çoktan yatmaya gitmişti bile. Ertesi sabah Ron'la ikisi erken saatlerde Kovuk'a gitmek üzere yola çıkarken, Harry'nin ancak Hermione'ye Mutlu Noeller dileme ve tatilden döndüğünde ona bazı çok önemli haberler vereceğini söyleme fırsatı olmuştu. Ancak Hermione'nin onu duyup duymadığından bile pek emin değildi, çünkü o sırada tam arkasında Ron ile Lavender tamamen sözsüz bir şekilde vedalaşıyorlardı.

Gene de, Hermione bile şunu inkâr edemezdi: Malfoy kesinlikle bir şeyler karıştırıyordu ve Snape de bunu biliyordu, bu yüzden Harry, şimdiye kadar Ron'a birkaç kez yaptığı gibi Hermione'ye de "sana söylemiştim" demekte kendini tümüyle haklı hissediyordu.

Harry, Noel arifesine kadar, Bakanlık'ta geç saatlere kadar çalışan Mr Weasley ile konuşma fırsatı bulamadı. Weasley'ler ile konukları, Ginny'nin insanda bir kedi merdiveni patlamasının ortasındalarmış duygusu uyandıracak kadar savurganca süslediği oturma odasında oturuyorlardı. Ağacın tepesindeki meleğin aslında Noel yemeği için havuç toplarken Fred'in ayak bileğini ısıran bir bahçe yercücesi olduğunu sadece Fred, George, Harry ve Ron biliyordu. Sersemletilmiş, altın rengine boyanmış, bir minyatür tutu içine tıkıştırılmış ve sırtına küçük kanatlar zamklanmış olan yercücesi, gözlerinden ateşler saçarak aşağı, onlara bakıyordu. Patatese benzeyen kocaman kel kafasıyla, epeyce kıllı ayaklarıyla, Harry'nin o âna kadar gördüğü en çirkin melekti.

Hepsi, büyük tahta radyodan sesi titreyerek çıkan, Mrs Weasley'nin en sevdiği şarkıcı Celestina Warbeck'in bir Noel yayınını dinliyordu sözde. Celestina'yı çok sıkıcı bulan Fleur, bir köşede öyle yüksek sesle konuşuyordu ki, kaşlarını çatan Mrs Weasley asasını boyuna ses ayarına tutuyor, böylece de Celestina'nın sesi yükseldikçe yükseliyordu. Caz tınıları taşıyan "Sıcak, Güçlü Aşkla Dolu bir Kazan" adlı parçayı fırsat bilen Fred ve George,

Ginny ile bir Patlamalı Pişti oyunu başlattı. Ron, sanki birkaç püf noktası öğrenmeyi umarmış gibi, Bill ile Fleur'e gizli bakışlar atıp duruyordu. Bu arada, her zamankinden daha zayıf ve pejmürde görünen Remus Lupin ise ateşin yanına oturmuş, sanki Celestina'nın sesini duyamıyormuş gibi ateşin derinliklerine bakıyordu.

"Ah, gel de karıştır kazanımı,
Ve eğer doğru yaparsan bunu
Sana sıcak, güçlü bir aşk kaynatırım,
Isıtsın diye bu gece seni."

Mrs Weasley, gözlerini ördüğü yünle kurulayarak, "On sekiz yaşındayken bununla dans ederdik!" dedi.

"Hımpf?" dedi, başı soyduğu çekirdeksiz mandalinalar üstünde aşağı-yukarı sallanıp duran Mr Weasley. "Ah evet... harika bir melodi..."

Bir gayretle biraz daha doğruldu ve yanında oturan Harry'ye baktı.

"Bunun için kusura bakma," dedi, Celestina nakarat bölümüne geçerken başıyla radyoyu işaret ederek. "Birazdan biter."

Harry sırıtarak, "Önemi yok," dedi. "Bakanlık'ta bugün işler yoğun mu?"

"Hem de nasıl," dedi Mr Weasley. "Bir yere ulaşıyor olsak içim yanmaz, ama son iki ayda yaptığımız üç tutuklamadan bir tanesinin bile hakiki bir Ölüm Yiyen olduğundan şüphedeyim – ama sakın bunu başkasına söyleme, Harry," diye ekledi çabucak, birden çok daha fazla uyanmış görünüyordu.

"Stan Shunpike'ı hâlâ hapiste tutmuyorlar, değil mi?" diye sordu Harry.

"Korkarım, tutuyorlar," dedi Mr. Weasley. "Stan hakkında Dumbledore'un doğrudan Scrimgeour'a başvurmayı denediğini biliyorum... Yani, onunla yüz yüze konuşmuş olan herkes, bu mandalina ne kadar Ölüm Yiyen ise, onun da o kadar Ölüm Yiyen olduğunu kabul edecektir... ne var ki, üst düzeydekiler, bir ilerleme kaydediyormuş gibi görünmek istiyorlar ve 'üç tutuklama' sözleri de kulağa 'yanlışlıkla yapılmış üç tutuklama ve tahliye'den daha iyi geliyor... ama bak, bu da çok gizli..."

"Hiçbir şey söylemem," dedi Harry. Bir an, istediği konuyu en iyi nasıl açabileceğini düşünerek duraksadı; o kafasındakileri düzenlerken Celestina Warbeck "Kalbimi Büyüledin, Kopardın Götürdün" diye bir aşk şarkısı söylemeye başladı.

"Mr Weasley, okula gitmek için yola çıkarken size istasyonda ne söylediğimi hatırlıyorsunuz, değil mi?"

"Kontrol ettim, Harry," dedi Mr Weasley hemen. "Gidip Malfoy'ların evini aradım. Orada olmaması gereken hiçbir şey yoktu, ister kırık, ister sağlam olsun."

"Evet, biliyorum, *Gelecek*'te okudum aradığınızı... ama bu farklı bir şey... yani, başka şeyler de var..."

Ve Mr Weasley'ye Malfoy ile Snape'in arasında geçen konuşmanın ne kadarını duyduysa anlattı. Harry konuşurken Lupin'in başının, söylediği her kelimeyi duyarak, biraz ona doğru döndüğünü gördü. Bitirdiğinde bir sessizlik oldu, Celestina'nın içli sesi hariç.

"Ah, zavallı kalbim, nereye gitti?
Bir büyü için beni terk etti..."

"Hiç aklına geldi mi, Harry," dedi Mr Weasley, "Snape belki de sadece –"

"Sadece yardım teklif edip, aslında Malfoy'un ne işler çevirdiğini öğrenmeye çalışıyordu mu diyorsunuz?" dedi Harry hemen. "Evet, bunu söyleyeceğinizi tahmin etmiştim. Ama nasıl bilebiliriz?"

"Bunu bilmek bizim işimiz değil," dedi Lupin, beklenmedik bir şekilde. Şimdi sırtını ateşe dönmüştü ve Mr Weasley'nin öteki tarafından, Harry'ye bakıyordu. "Dumbledore'un işi. Dumbledore, Severus'a güveniyor, bu da hepimiz için yeterli olmalı."

"Ama," dedi Harry, "diyelim ki – diyelim ki Dumbledore, Snape hakkında yanılıyor –"

"İnsanlar söyledi bunu, hem de defalarca. Sonuçta mesele Dumbledore'un yargısına güvenip güvenmemek. Ben güveniyorum; bu nedenle de, Severus'a güveniyorum."

"Ama Dumbledore hata yapabilir," diye karşı çıktı Harry. "Kendisi de böyle diyor ve siz –"

Dosdoğru Lupin'in gözlerine baktı.

"– samimi olarak, Snape'i seviyor musunuz?"

"Severus'u ne seviyorum, ne sevmiyorum," dedi Lupin. "Hayır, Harry, hakikati söylüyorum," diye de ekledi, Harry'nin yüzüne kuşkucu bir ifade gelince. "Hiçbir zaman yakın dost olmayacağım, belki de; James ve Sirius ile Severus arasında bütün o olup bitenlerden sonra, arada çok fazla husumet var. Ama Hogwarts'ta ders verdiğim yılda Severus'un benim için her ay Kurtboğan İksiri'ni yaptığını unutmadım, hem de kusursuz olarak yaptığını. O sayede genelde olduğu gibi dolunayda ıstırap çekmedim."

"Ama kurtadam olduğunuzu da 'kazayla' ağzından kaçırdı, okuldan ayrılmak zorunda kaldınız!" dedi Harry kızgınlıkla.

Lupin omzunu silkti.

"Haber nasılsa yayılırdı. İkimiz de benim işimi istediğini biliyoruz ama İksir'le oynayarak bana çok daha fazla zarar verebilirdi. Beni sağlıklı tuttu. Minnettar olmam gerekir."

"Belki de Dumbledore'un gözü üzerinde olduğu için İksir'i kurcalamaya cesaret edememiştir!" dedi Harry.

"Ondan nefret etmeye kararlısın, Harry," dedi Lupin, solgun bir gülümsemeyle. "Ve bunu anlıyorum; baban James, vaftiz baban da Sirius olduğu için eski bir önyargı sana miras kaldı. Arthur'a ve bana anlattıklarını elbette Dumbledore'a da söyle, ama onun bu konuda senin görüşlerini paylaşmasını bekleme, hatta ona anlattıklarına şaşırmasını da bekleme. Severus, Draco'yu Dumbledore'un talimatı üzerine sorgulamış olabilir."

"..ve iyice parçaladın onu şimdi
Sevinirim geri verirsen kalbimi!"

Celestina şarkısını çok uzun, tiz bir notayla bitirdi ve radyodan, Mrs Weasley'nin coşkuyla katıldığı gürültülü alkış sesleri yükseldi.

"Bitti miy?" dedi Fleur yüksek sesle. "Çok şüküğ, ne ko'kunç –"

"Ne dersiniz, yatmadan son bir şey içelim mi?" diye sordu Mr Weasley yüksek sesle. "Kim yumurtalı, sütlü viski ister?"

Mr Weasley telaşla yumurtalı, sütlü viskiyi almaya gider, herkes de gerinerek konuşmaya başlarken, Harry Lupin'e, "Son zamanlarda ne yapıyorsunuz?" diye sordu.

"Aa, yeraltındaydım," dedi Lupin. "Neredeyse kelimenin tam anlamıyla. Onun için sana yazamadım, Harry, sana mektup yollamak kendimi ele vermek gibi bir şey olurdu."

"Ne demek istiyorsunuz?"

"Hemcinslerimin arasında yaşıyorum, eşitlerimin," dedi Lupin. Harry'nin anlamadan bakması üzerine de, "Kurtadamların," diye ekledi. "Hemen hemen hepsi Voldemort'un tarafında. Dumbledore bir casus istiyordu ve işte ben de buradaydım... kullanıma hazır."

Sesinde biraz acı bir ifade vardı ve herhalde bunu fark etti, çünkü sözüne devam ederken daha sıcak bir şekilde gülümsedi. "Şikâyet etmiyorum; yapılması gereken bir iş ve kim benden daha iyi yapabilir ki? Neyse, güvenlerini kazanmak zor oldu. Ben büyücüler arasında yaşamaya çalışmış olmanın bariz izlerini taşıyorum çünkü, onlar ise normal toplumdan uzak duruyorlar, kıyılarında yaşıyorlar, yemek için çalıyor – ve bazen öldürüyorlar."

"Voldemort'u niye seviyorlar?"

"Onun yönetimi altında daha iyi bir hayatları olacağını düşünüyorlar," dedi Lupin. "Buna itiraz etmek de zor, Greyback'in orada olduğunu düşünürsen..."

"Greyback de kim?"

"Adını duymadın mı?" Lupin'in elleri kucağında kasılmaya benzer bir hareketle birleşti. "Fenrir Greyback belki de bugün yaşayan en vahşi kurtadamdır. Mümkün olduğu kadar çok sayıda kişiyi ısırıp kirletmeyi hayattaki görevi olarak görüyor; büyücüleri alt edecek kadar çok sayıda kurtadam yaratmak istiyor. Voldemort ona hizmetleri karşılığında av vaat etmişti. Greyback'in uzmanlık alanı çocuklardır... Küçükken ısırın, der, ve onları anneleriyle babalarından uzakta büyütün, normal büyücülerden nefret edecek şekilde yetiştirin. Voldemort onu insanların kızlarıyla oğulları üzerine salma tehdidinde bulunmuştu; genelde iyi sonuçlar veren bir tehdittir."

Lupin durakladı ve sonra, "Beni ısıran Greyback'ti," dedi.

"Ne?" dedi Harry, hayretler içinde. "Yani – yani siz çocukken mı demek istiyorsunuz?"

"Evet. Babam onu kızdırmış. Uzun süre bana saldıran kurtadamın kimliğini bilmedim. Hatta, kendini kontrol edemediğini düşünerek ona acıdım bile, çünkü artık değişimin insanda nasıl hisler uyandırdığını öğrenmiştim. Ama Greyback öyle biri değil. Dolunayda kurbanlarının yakınında bekler, saldıracak kadar yakın olmayı garantiye alır. Hepsini planlar. İşte Voldemort'un kurtadamları idare etmekte kullandığı kişi bu. Greyback'in kurtadamların kanı hak ettiği, normal insanlardan intikamımızı almamız gerektiği yolundaki ısrarına karşı benim o mantıklı tartışma şeklimin pek bir ilerleme kaydettiğini iddia edemeyeceğim."

"Ama siz normalsiniz!" dedi Harry şiddetle. "Sizin sadece – bir sorununuz var –"

Lupin kahkahayı patlattı.

"Bazen bana James'i çok hatırlatıyorsun. Başkalarının yanındayken bundan benim 'tüylü küçük sorunum' olarak söz ederdi. Pek çok insan, huysuz bir tavşanım olduğu izlenimini edinmişti."

Mr Weasley'ye teşekkür edip bir bardak yumurtalı, sütlü viski alırken, biraz daha neşeli görünüyordu. Bu arada Harry büyük bir heyecana kapılmıştı: babasının sözünün geçmesi ona, Lupin'e sormak istediği bir şey olduğunu hatırlatmıştı.

"Melez Prens diye birini duydunuz mu hiç?"

"Melez ne?"

"Prens," dedi Harry, tanıma belirtisi bekleyip, onu yakından gözleyerek.

"Büyücülerde prens yoktur," dedi Lupin, şimdi gülümseyerek. "Bu senin benimsemeye niyetlendiğin bir unvan mı? 'Seçilmiş Kişi' yeterli olur sanmıştım."

"Benimle ilgisi yok!" dedi Harry, gücenmiş bir şekilde. "Melez Prens, Hogwarts'a gitmiş olan biri. Bende onun eski İksir kitabı var. Her yerine büyüler yazmış, kendisinin icat ettiği büyüler. Bir tanesi de *Levicorpus*'tu –"

"Aa, o büyü ben Hogwarts'tayken çok modaydı," dedi Lupin, hafızasını yoklayarak. "Ben beşinci sınıftayken birkaç ay, ayak bileğinden havaya kaldırılmadan yerinden kıpırdayamaz olmuştun."

"Babam kullanıyormuş," dedi Harry. "Onu Düşünseli'nde gördüm, Snape'e uyguladı."

Sanki bu hiç önemi olmayan, öylesine bir sözmüş gibi, kayıtsız görünmeye çalışıyordu ama doğru etkiyi yakaladığından emin değildi; Lupin'in gülümsemesi, biraz fazla anlayışlıydı.

"Evet," dedi, "ama bir tek o değildi yapan. Dedim ya, çok popülerdi... bilirsin, bu büyüler bir ortaya çıkar, bir kaybolur..."

"Ama sanki siz okuldayken icat edilmiş bir şeye benziyor," diye ısrar etti Harry.

"İlle de öyle olması gerekmez," dedi Lupin. "Büyüler de her şey gibi moda olur, modaları geçer." Harry'nin yüzüne baktı ve sonra alçak sesle, "James safkandı, Harry," dedi, "ve emin ol, asla kendisine 'Prens' dememizi istemedi."

Harry yapmacık davranışları bir yana bırakarak, "Peki, Sirius da değil miydi?" diye sordu. "Ya siz?"

"Kesinlikle hayır."

"Demek öyle." Harry gözlerini dikip ateşe baktı. "Ben sanmıştım ki – eh, bana İksir derslerinde çok yardımı oldu, Prens'in."

"Kitap ne kadar eski, Harry?"

"Bilmiyorum, hiç bakmadım."

"Belki de bu sana Prens'in ne zaman Hogwarts'ta olduğu hakkında bir ipucu verir," dedi Lupin.

Bundan kısa süre sonra Fleur, Celestina'nın "Sıcak, Güçlü Aşkla Dolu bir Kazan"ı söyleyişini taklit etmeye karar verince, Mrs Weasley'nin ifadesine bir göz atan herkes, bunu yatmaya gitme işareti olarak kabul etti. Harry ve Ron yukarı çıktılar; Ron'un tavan arasındaki yatak odasına Harry için bir kamp yatağı eklenmişti.

Ron hemen uykuya daldı ama Harry elini sandığına daldırdı ve yatmadan önce *İleri İksir-Yapımı* kitabını çekip çıkarttı. Sayfalarını çevirdi, karıştırdı, sonunda kitabın önünde, basıldığı tarihi buldu. Neredeyse elli yıl önceydi. Babası da, babasının arkadaşları da elli yıl önce Hogwarts'ta değildi. Hayal kırıklığına uğrayan Harry kitabı gerisin geri sandığına attı, ışığı kapattı ve yatakta dönerek kurtadamları, Snape'i, Stan Shunpike'ı ve Melez Prens'i düşündü; sonunda da insana gizlice sokulan gölgelerin ve ısırılmış çocukların çığlıklarıyla dolu huzursuz bir uykuya daldı.

"Şaka ediyor olmalı..."

Harry zıplayarak uyanınca yatağının kenarında, şişkin bir çorap buldu. Gözlüğünü takıp etrafa baktı; minik pencerenin hemen hemen tamamı karla kaplıydı, önünde de Ron yatağında dimdik oturmuş, kalın altın zincire benzeyen bir şeyi inceliyordu.

"O da ne?" diye sordu Harry.

"Lavender'dan," dedi, sesinde tiksinmiş bir eda olan Ron. "Bunu takacağımı gerçekten düşünüyor olamaz..."

Harry biraz daha yakından baktı ve kahkahayı koyuverdi. Zincirden büyük altın harflerle 'Sevgilim' kelimesi sarkıyordu.

"Güzel," dedi. "Şık. Bunu kesinlikle Fred ile George'un yanında takmalısın."

"Eğer onlara söylersen," dedi Ron, gerdanlığı yastığının altına tıkıştırıp gözden uzaklaştırırken, "Ben – ben – ben –"

"Ne yaparsın, bana kekeler misin?" dedi Harry, sırıtarak. "Hadi ama, yapar mıyım hiç?"

"Peki ama nasıl böyle bir şeyin hoşuma gidebileceğini düşündü?" diye ortaya sordu Ron, hafif bir şok geçirmiş gibi.

"Eh, düşün bakalım," dedi Harry, "İnsanların ortasında boynunda 'Sevgilim' yazılı halde dolaşmak isteyeceğini hiç ağzından kaçırdın mı?"

"Şey... aslında biz pek konuşmuyoruz," dedi Ron. "Daha çok..."

"Öpüşüp koklaşıyorsunuz," dedi Harry.

"Şey, evet," dedi Ron. Bir an tereddüt etti, sonra, "Hermione gerçekten McLaggen'la çıkıyor mu?" dedi.

"Bilmem," dedi Harry. "Slughorn'un partisinde beraberdiler ama bence işler pek yolunda gitmedi."

Ron, elini çorabının daha da derinlerine sokarken biraz neşelenmiş göründü.

Harry'nin armağanları arasında Mrs Weasley'nin yaptığı, önüne kocaman bir Altın Snitch işlenmiş el örgüsü bir kazak, ikizlerden gelen kocaman bir Weasley Büyücü Şakaları ürünleri kutusu ve üzerinde "Efendi'ye, Kreacher'dan" yazan, hafiften nemli, küf kokan bir paket vardı.

Harry ona bakakaldı. "Sence bunu açmak güvenli mi?" diye sordu Ron'a.

"Tehlikeli bir şey olamaz, hâlâ bütün postamız Bakanlık'ta elden geçiriliyor," diye cevap verdi Ron, ama bir yandan da paketi kuşkulu bakışlarla süzüyordu.

"Kreacher'a bir şey vermek aklıma gelmedi! İnsanlar genelde ev cinlerine Noel armağanı verir mi?" diye sordu Harry, paketi temkinli bir şekilde dürterek.

"Hermione olsa verirdi," dedi Ron. "En iyisi, sen kendini suçlu hissetmeden önce, ne olduğunu görelim bir."

Bir an sonra Harry feryadı basmış ve kamp yatağından sıçrayıp kalkmıştı; pakette çok sayıda kurt vardı.

"Güzel," dedi Ron, gürler gibi bir kahkahayla. "Çok düşünceli bir hareket."

"O gerdanlıktansa bunları tercih ederim," dedi Harry, bu da Ron'un gülmesini hemen kesti.

Hepsi Noel öğle yemeğine oturduklarında, Fleur hariç herkes yeni kazaklarını giyiyordu (anlaşılan Mrs Weasley ona kazak örme zahmetine katlanmamıştı). Mrs Weasley de minik yıldız misali, elmaslara benzeyen şeylerin ışıldadığı yepyeni gece mavisi bir cadı şapkası ve harika bir altın gerdanlıkla gösteriş yapıyordu.

"Onları bana Fred ve George verdi! Ne güzeller, değil mi?"

"Eh, anne, şimdi kendi çoraplarımızı kendimiz yıkadığımız için seni gün geçtikçe daha fazla takdir ediyoruz," dedi George, elini havalı havalı sallayarak. "Yabani havuç ister misin, Remus?"

"Harry, saçında bir kurt var," dedi Ginny neşeyle, kurdu almak için masanın üstünden eğilerek; Harry, ensesinde bir ürperti hissetti ki bunun kurtla hiç ilgisi yoktu.

"Ne ko'kunç!" dedi Fleur, sarsılmış gibi küçük bir titremeyle.

"Evet, değil mi?" dedi Ron. "Et suyu sosu ister misin, Fleur?"

Ona yardımcı olmaya o kadar hevesliydi ki, et suyu sosunun içinde olduğu kayık tabağına çarpıp uçurdu; Bill asasını salladı, sos havaya yükseldi ve uslu uslu kayık tabağına döndü.

Fleur, teşekkür için Bill'i öpmesi bitince Ron'a, "Sen de o Tonks kadağ feciysin," dedi. "Hep biğ şeyle'i devi'iyoğ –"

"*Sevgili* Tonks'u bugün gelsin diye davet ettim," dedi Mrs Weasley, havuçları masaya gereksiz bir şiddetle koyup gözlerinden Fleur'e ateşler saçarak. "Ama gelmedi. Son zamanlarda onunla konuştun mu, Remus?"

"Hayır, kimseyle fazla temasım olmadı," dedi Lupin. "Ama Tonks'un gidecek kendi ailesi var, değil mi?"

"Hımmm," dedi Mrs Weasley. "Belki. Aslında bana Noel'i tek başına geçirmeyi planlıyor gibi geldi."

Lupin'e, sanki gelininin Tonks yerine Fleur olması onun kabahatiymiş gibi öfkeyle baktı ama o anda Bill'i kendi çatalından hindi parçacıklarıyla besleyen Fleur'e bir göz atan Harry, Mrs Weasley'nin çoktan kaybedilmiş bir savaşı sürdürdüğünü düşündü. Gene de bu ona Tonks'a ilişkin bir soruyu hatırlattı: böyle bir soruyu sormak için de Patronuslar hakkında her şeyi bilen Lupin'den iyisi olur muydu?

"Tonks'un Patronus'u biçimini değiştirdi," dedi ona. "En azından, Snape öyle dedi. Böyle bir şeyin olabileceğini bilmiyordum. Patronus'un niye değişir ki?"

Lupin acele etmeden hindisini çiğnedi ve yuttu, sonra da yavaşça, "Bazen..." dedi, "büyük bir şok... duygusal bir karışıklık..."

"Kocamandı ve dört bacağı vardı," dedi Harry, birden aklına bir şey gelince sesini alçaltarak. "Hey... şey olamaz, değil –"

"Arthur!" dedi Mrs Weasley aniden. İskemlesinden kalkmıştı; elini kalbine bastırmış, mutfak penceresinden dışarı bakıyordu. "Arthur – Percy geldi!"

"Ne?"

Mr Weasley dönüp baktı. Herkes hemen bakışlarını pencereye çevirdi. Ginny daha iyi görmek için ayağa kalktı. Gerçekten de, Percy Weasley oradaydı, bağa çerçeveli gözlüğü güneşte parlayarak, karla kaplı avluda uzun adımlarla yürüyordu. Ne var ki, yalnız değildi.

"Arthur, yanında – yanında Bakan var!"

Ve hakikaten de, Harry'nin *Gelecek Postası*'nda gördüğü adam, hafifçe topallayarak, kırlaşmış yele gibi saçları ve siyah cüppesi karla beneklenmiş halde, Percy'nin arkasından geliyordu. Daha hiçbiri bir şey söyleyememiş, Mr ve Mrs Weasley birbirlerine şaşkınlık dolu bakışlar atmaktan başka bir şey yapamamıştı ki, arka kapı açıldı ve Percy girişte belirdi.

Bir an ortalığa rahatsız edici bir sessizlik hâkim oldu. Sonra Percy, hayli soğuk bir edayla, "İyi Noeller, Anne," dedi.

"Ah, *Percy*!" dedi Mrs Weasley ve kendini onun kollarına attı.

Rufus Scrimgeour, bastonuna dayanıp bu etkileyici sahneyi izleyerek, yüzünde bir gülümsemeyle, kapı eşiğinde bekledi.

Mrs Weasley dönüp, ışıl ışıl gülümseyerek ve gözlerini silerek ona bakınca, "Böyle davetsiz gelmemizi bağışlayın," dedi. "Percy ve ben bu civardaydık –çalışıyorduk da– o da bir uğrayıp hepinizi görmeden edemedi."

Ama Percy ailenin geri kalanını selamlamaya hiç de niyetli görünmüyordu. Orada öylece kazık gibi, rahatsız rahatsız durmuş, herkesin başının üstünden gözlerini karşıya dikmişti. Mr Weasley, Fred ve George, taş gibi yüzlerle onu gözlüyorlardı.

"Lütfen içeri buyurun, oturun Bakan Bey!" dedi Mrs Weasley telaşla, şapkasını düzelterek. "Biraz pindi alın, ya da huding... Ay, yani –"

"Hayır, hayır, sevgili Molly," dedi Scrimgeour. Harry onun eve girmeden önce Mrs Weasley'nin adını Percy'den öğrendiğini tahmin etti. "Rahatsız etmek istemem, eğer Percy hepinizi görmeyi bu kadar çok istemeseydi, burada olmazdık..."

"Ah, Perce!" dedi Mrs Weasley ağlamaklı halde, onu öpmek için uzandı.

"...sadece beş dakikalığına uğradık, onun için de siz Percy ile hasret giderirken ben bahçede bir dolaşayım. Hayır, hayır, sizi temin ederim, keyfinizi kaçırmak istemem! Ee, eğer birisi bana güzel bahçenizi göstermek lütfunda bulunursa... ah, o delikanlının yemeği bitmiş, niye benimle şöyle bir dolaşmıyor?"

Masanın çevresindeki hava hissedilir bir şekilde değişti. Herkes önce Scrimgeour'a, sonra Harry'ye baktı. Kimse Scrimgeour'un Harry'nin adını bilmiyormuş gibi yapmasını inandırıcı bulmamıştı; Ginny, Fleur ve George'un önünde de boş tabaklar olduğuna göre, Bakan'la bahçede yürümek için onun seçilmesi kimseye doğal gelmemişti.

"Peki, tamam," dedi Harry, sessizliğin içinde.

Kanmamıştı; Scrimgeour o bölgede olduklarını ve Percy'nin ailesine uğramak istediğini söylemesine rağmen, gelişinin esas nedeni bu olmalıydı: Scrimgeour'un Harry ile baş başa konuşması.

"Mesele yok," dedi alçak sesle, iskemlesinden yarı yarıya kalkmış olan Lupin'in yanından geçerken. Mr Weasley konuşmak için ağzını açınca da, "Gerçekten," diye ekledi.

"Harika!" dedi Scrimgeour, Harry önden çıksın diye geriye çekildi. "Bahçede bir tur atarız, sonra da Percy ile ben gideriz. Sizler keyfinize bakın!"

Harry avludan geçerek Weasley'lerin fazla boy atmış otlarla ve karla kaplı bahçesine yürüdü, Scrimgeour da hafifçe topallayarak yanında yürüyordu. Harry onun Seherbaz Bürosu Başkanı olduğunu biliyordu, dayanıklı görünüyordu, savaş yaraları taşıyordu; melon şapkalı, şişman Fudge'dan çok farklıydı.

"Çok hoş," dedi Scrimgeour, bahçe parmaklığının yanında durup ileri, karlı çimenlere ve ne olduğu anlaşılmayan bitkilere bakarken. "Çok hoş."

Harry hiçbir şey söylemedi. Scrimgeour'un onu gözlediğini hissediyordu.

"Uzun zamandır seninle tanışmak istiyordum," dedi Scrimgeour, birkaç dakika sonra. "Bunu biliyor muydun?"

"Hayır," dedi Harry, gerçeği söyleyerek.

"Ah evet, çok uzun zamandır. Ama Dumbledore sen söz konusu olduğunda fazla korumacı davranıyor. Doğal tabii, doğal, çektiklerinden sonra... özellikle Bakanlık'ta olanlardan sonra..."

Harry'nin bir şeyler söylemesini bekledi, ama Harry bunu yapmayınca devam etti. "Göreve geldiğimden beri seninle konuşmak için bir fırsat çıkar diye umuyordum, ama Dumbledore –demin de dediğim gibi, gayet anlaşılır bir şekilde tabii– bunu engelledi."

Harry gene bir şey söylemeyerek bekledi.

"Çıkan bütün o söylentiler!" dedi Scrimgeour. "Eh, tabii, ikimiz de bu hikâyelerin nasıl çarpıtıldığını biliyoruz... bütün bu kehanet fısıltıları... senin 'Seçilmiş Kişi' olduğuna dair fısıltılar..."

Harry artık Scrimgeour'un burada oluş nedenine yaklaştıklarını düşündü.

"...Herhalde Dumbledore bu konuları seninle konuşmuştur, değil mi?"

Harry düşünüp taşındı, yalan söylese mi, söylemese mi diye merak etti. Çiçek tarhlarının her yerindeki küçük yercücesi ayak izlerine ve Fred'in şimdi Noel ağacının tepesinde, tutu giymiş olarak duran yercücesini yakaladığı noktaya işaret eden bozulmuş tarha baktı. Sonunda doğruyu söylemeye karar verdi... en azından birazını.

"Evet, konuştuk."

"Öyle mi, öyle mi..." dedi Scrimgeour. Harry, göz ucuyla onun gözlerini kısmış kendisine baktığını görebiliyordu; bu yüzden de, kafasını az önce donmuş bir açalyanın altından çıkarmış olan bir yercücesiyle çok ilgilenmiş gibi yaptı. "Peki Dumbledore sana ne anlattı Harry?"

"Kusura bakmayın, ama bu ikimizin arasında," dedi Harry.

Sesine mümkün olduğu kadar hoş bir ton verdi. Ona cevap verdiğinde Scrimgeour'un tonu da neşeli ve dostaneydi. "Ah, elbette, eğer gizli tutulan bir şey söz konusuysa, açığa vurmanı istemezdim... hayır, hayır... ve zaten ne olursa olsun, senin Seçilmiş Kişi olup olmadığın önemli mi?"

Harry cevap vermeden önce bunu birkaç saniye düşünmek zorunda kaldı.

"Tam olarak ne demek istediğinizi anlamıyorum, Bakan Bey."

"Eh, tabii, *senin* için son derece önemli," dedi Scrimgeour gülerek. "Ama genel olarak büyücü topluluğu için... sadece algıdan ibaret, değil mi? Önemli olan, insanların neye inandıkları."

Harry hiçbir şey söylemedi. Hayal meyal, nereye yöneldiklerini görebiliyordu, ama oraya varması için Scrimgeour'a yardım edecek değildi. Açalyanın altındaki yercücesi şimdi kökleri kazarak solucan arıyordu, Harry gözlerini ona sabitledi.

"İnsanlar senin *gerçekten* Seçilmiş Kişi olduğuna inanıyor, sonuçta," dedi Scrimgeour. "Senin bir kahraman olduğunu düşünüyorlar – ki, elbette öylesin Harry, ister seçilmiş ol, ister olma! Şimdiye kadar kaç kere Adı Anılmaması Gereken Kişi ile karşı karşıya geldin? Eh, her neyse," diye devam etti, cevap beklemeyerek, "mesele şu ki, sen çoğu kişi için bir ümit simgesisin, Harry. Adı Anılmaması Gereken Kişi'yi yok edebilecek, hatta belki de *kaderinde onu yok etmek olan* birinin varolduğu fikri – eh, doğal olarak, insanların moralini yükseltiyor. Ve bana da öyle geliyor ki, bunu fark ettiğin anda Bakanlık'ın yanında durup herkese destek olmayı bir görev sayabilirsin."

Yercücesi az önce bir solucan yakalamayı başarmıştı. Şimdi var gücüyle çekiyor, onu donmuş topraktan kurtarmaya çalışıyordu. Harry o kadar uzun süre sessiz kaldı ki Scrimgeour önce ona, sonra yercücesine bakarak, "Tuhaf küçük tipler, değil mi?" dedi. "Peki, ne diyorsun, Harry?"

"Tam olarak ne istediğinizi anlamıyorum," dedi Harry ağır ağır. "'Bakanlık'ın yanında durmak'... ne demek ki bu?"

"Ee, şey, zahmetli bir iş değil, seni temin ederim," dedi Scrimgeour. "Eğer zaman zaman Bakanlık'a girip çıkarken görülürsen, örneğin, bu iyi bir izlenim yaratır. Ve tabii hazır oradayken, Seherbaz Bürosu Başkanı sıfatıyla halefim olan Gawain Robards'la konuşmaya da bol bol fırsat bulursun. Dolores Umbridge bana senin Seherbaz olmayı çok istediğini söyledi. Eh, bu çok kolay bir şekilde ayarlanabilir..."

Harry, midesinin dibinde öfkenin fokurdamaya başladığını hissetti: demek Dolores Umbridge hâlâ Bakanlık'taydı, öyle mi?

"Yani esas olarak," dedi, sanki sadece birkaç noktayı açıklığa kavuşturmak istermiş gibi, "benim Bakanlık için çalıştığım izlenimini mi vermek istiyorsunuz?"

"Senin Bakanlık'la ilişkin olduğunu düşünmek herkesin moralini yükseltecektir, Harry," dedi Scrimgeour; Harry meseleyi bu kadar çabuk anladığı için rahatlamışa benziyordu. "'Seçilmiş Kişi', hani... bütün mesele insanlara umut vermek, heyecanlı şeyler olup bittiği duygusu..."

"Ama, eğer Bakanlık'a böyle girip çıkarsam," dedi, sesini hâlâ dostça tutmaya çabalayan Harry, "bundan benim Bakanlık'ın yaptıklarını onayladığım sonucu çıkmaz mı?"

"Eh," dedi Scrimgeour, hafifçe kaş çatarak, "eh, evet, bu da kısmen bizim istediğimiz –"

"Hayır, bunun yürüyeceğini sanmıyorum," dedi Harry tatlı tatlı. "Çünkü Bakanlık'ın yaptığı kimi şeylerden hoşlanmıyorum. Örneğin, Stan Shunpike'ı hapse atmak."

Scrimgeour bir an konuşmadı, ama ifadesi ânında sertleşti.

"Senin anlamanı beklemiyorum," dedi, sesinden öfkeyi uzak tutmakta Harry kadar başarılı olamamıştı. "Tehlikeli bir dönemdeyiz ve kimi önlemlerin alınması gerekiyor. Sen on altı yaşındasın –"

"Dumbledore'un yaşı on altıdan çok daha fazla ve o da Stan'in Azkaban'da olması gerektiğini düşünmüyor," dedi Harry. "Stan'i günah keçisi yapıyorsunuz, tıpkı beni maskot yapmak istediğiniz gibi."

Uzun uzun ve sert sert, birbirlerine baktılar. Sonunda Scrimgeour, bu defa samimi numarası yapmadan, "Anlıyorum," dedi. "Sen de –kahramanın Dumbledore gibi– kendini Bakanlık'tan ayrı tutmayı tercih ediyorsun, öyle mi?"

"Kullanılmak istemiyorum," dedi Harry.

"Bazıları Bakanlık tarafından kullanılmanın görevin olduğunu söyler!"

Öfkelenmeye başlayan Harry, "Evet ve başkaları da, insanları hapse atmadan önce onların gerçekten Ölüm Yiyen olup olmadığını kontrol etmenin sizin göreviniz olduğunu söyleyebilir," dedi. "Siz Barty Crouch'un yaptığını yapıyorsunuz. Sizler hiçbir zaman doğru olanı yapamayacaksınız, değil mi? Başımızda ya insanlar burnunun dibinde öldürülürken her şey çok güzelmiş gibi davranan Fudge oluyor, ya da yanlış insanları hapse tıkıp Seçilmiş Kişi kendisi için çalışıyormuş gibi yapan siz!"

"Demek Seçilmiş Kişi değilsin, öyle mi?" dedi Scrimgeour.

"Olsam da olmasam da fark etmediğini söylediniz sanmıştım," dedi Harry, acı bir gülüşle. "En azından, sizin için."

"Bunu söylememeliydim," dedi Scrimgeour hemen. "Patavatsızca oldu –"

"Hayır, dürüstçe oldu," dedi Harry. "Bana söylediğiniz şeyler içinde tek dürüstçe olanıydı. Yaşayıp ölmem umurunuzda değil, ama herkesi Voldemort'a karşı savaşı kazanıyor olduğunuza ikna etmeye yardımcı olmam umurunuzda. Unutmadım, Bakan Bey..."

Sağ yumruğunu kaldırdı. Orada, soğuk elinin tersinde, Dolores Umbridge'in ona kendi etine oydurttuğu yara izleri beyaz beyaz parlıyordu: *Yalan söylememeliyim.*

"Herkese Voldemort'un geri döndüğünü anlatmaya çalışırken sizin beni savunmaya koştuğunuzu hatırlamıyorum. Bakanlık geçen yıl benimle arkadaş olmaya bu kadar hevesli değildi."

Ayaklarının altındaki toprak kadar buz gibi, orada öyle suskun suskun durdular. Yercücesi nihayet solucanı topraktan çıkarmayı başarmıştı ve şimdi, açalya çalısının en alt dallarına yaslanmış, mutlu bir şekilde onu emiyordu.

"Dumbledore ne işler çeviriyor?" dedi Scrimgeour ters ters. "Hogswart'ta olmadığı zaman nereye gidiyor?"

"Hiçbir fikrim yok," dedi Harry.

"Bilsen de bana söylemezdin," dedi Scrimgeour, "değil mi?"

"Hayır, söylemezdim," dedi Harry.

"Eh, öyleyse, başka yollarla öğrenip öğrenemeyeceğime bakmam gerek."

"Deneyebilirsiniz," dedi Harry kayıtsızca. "Ama Fudge'dan daha akıllı görünüyorsunuz, bu yüzden de onun hatalarından ders alırsınız diye düşünmüştüm. O Hogwarts'a müdahale etmeye çalıştı. Artık Bakan olmadığının farkındasınızdır herhalde, oysa Dumbledore hâlâ Müdür. Sizin yerinizde olsam, Dumbledore'la uğraşmazdım."

Uzun bir sessizlik oldu.

"Eh, görüyorum ki senin üzerinde iyi çalışmış," dedi Scrimgeour; gözleri, tel çerçeveli gözlüklerinin arkasında soğuk ve sertti. "Tepeden tırnağa Dumbledore'un adamısın, öyle değil mi, Potter?"

"Evet, öyleyim," dedi Harry. "Bunu açıklığa kavuşturduğumuza sevindim."

Ve sırtını Sihir Bakanı'na dönerek, eve doğru yürüdü.

ON YEDİNCİ BÖLÜM

Aksak Bir Anı

Yılbaşı'ndan birkaç gün sonra, akşamüstü, Harry, Ron ve Ginny Hogwarts'a dönmek için mutfak ateşinin yanında sıraya girdiler. Bakanlık, öğrencileri okula mümkün olduğunca çabuk ve emniyetli bir şekilde döndürebilmek amacıyla Uçuç Şebekesi'yle bu bir kerelik bağlantıyı ayarlamıştı. Onları geçirmeye yalnızca Mrs Weasley gelmişti; Mr Weasley, Fred, George, Bill ve Fleur işteydi. Mrs Weasley ayrılık vakti geldiğinde gözyaşlarına boğuldu. Doğrusu, son zamanlarda onu ağlatmak için en küçük şey yetiyordu; Noel günü Percy gözlüğünde yabani havuç püresiyle (hem Fred, hem George, hem de Ginny bunun kendi marifetleri olduğunu iddia ediyorlardı) hınçla evden dışarı fırladığından beri, durup durup ağlıyordu.

"Ağlama, Anne," dedi Ginny, Mrs Weasley omzunda ağlarken onun sırtını sıvazlayarak. "Her şey yolunda..."

"Evet, bizi merak etme," dedi Ron, annesinin yanağına ıpıslak bir öpücük kondurmasına izin vererek, "Percy'yi de merak etme. Öyle gıcık ki, gitmesi bir kayıp sayılmaz, değil mi?"

Mrs Weasley, Harry'yi kollarıyla sararken daha da beter ağlamaya başladı.

"Söz ver bana kendine iyi bakacaksın... başını derde sokmayacaksın..."

"Hep öyle yapıyorum zaten, Mrs Weasley," dedi Harry. "Beni bilirsiniz, sakin bir hayatı severim."

Mrs Weasley gözü yaşlı kıkırdadı ve geri adım attı.

"Uslu olun, hepiniz..."

Harry zümrüt rengi ateşe adım attı ve "Hogwarts!" diye bağırdı. Weasley'lerin mutfağının ve Mrs Weasley'nin gözyaşıyla ıslanmış yüzünü son bir kez gördükten sonra alevler onu sardı; büyük bir hızla dönerken, başka büyücü odaları gözüne çarpıyor, ama hepsi de onlara doğru dürüst bakamadan kaybolup gidiyordu; sonra yavaşladı ve sonunda Profesör McGonagall'ın odasındaki şöminede durdu. Harry ızgaranın üzerinden geçip çıkarken, Profesör McGonagall ona neredeyse bakmadı bile.

"İyi akşamlar, Potter. Halıya çok fazla kül dökmemeye çalış."

"Dökmem, Profesör."

Harry gözlüğünü ve saçını düzeltirken, Ron dönerek arkasında belirdi. Ginny de gelince, üçü McGonagall'ın odasından çıkıp Gryffindor Kulesi'ne doğru yürümeye başladılar. Harry, geçerken koridor pencerelerinden dışarı göz attı; Kovuk'un bahçesinden de daha çok karla kaplı olan okul arazisinin üzerinde güneş batıyordu. Uzakta Hagrid'in, kulübesinin önünde Şahgaga'yı beslediğini görebiliyordu.

Şişman Hanım'ın portresine vardıklarında, Ron kendinden emin bir şekilde "Süspüs," dedi. Genelde olduğundan daha solgun görünen Şişman Hanım, Ron'un sesinin yüksekliğinden rahatsız olmuş gibi irkildi.

"Hayır," dedi.

"Nasıl yani, 'hayır'?"

"Yeni bir parola var," dedi Şişman Hanım. "Ve lütfen bağırma."

"Ama burada değildik, nasıl –"

"Harry! Ginny!"

Hermione, pespembe bir suratla, sırtında bir pelerin, başında bir şapka, elinde ise bir çift eldiven, aceleyle onlara doğru geliyordu.

"Ben de iki saat önce geldim, az önce Hagrid ve Şah– yani,

Solgunkanat'ı ziyarete gitmiştim," dedi nefes nefese. "İyi bir Noel geçirdiniz mi?"

"Evet," dedi Ron hemen, "bayağı olaylı geçti, Rufus Scrim–"

"Sana bir şey vereceğim, Harry", dedi Hermione, Ron'a bakmadan, ya da onu duyduğuna yönelik herhangi bir işaret vermeden. "Ah, bekle – parola. *Perhiz*."

"Kesinlikle," dedi Şişman Hanım cılız bir sesle. Öne doğru savrulup portre deliğini açtı.

"Nesi var bunun?" diye sordu Harry.

"Noel'de fazla kaçırmış besbelli," dedi Hermione gözlerini devirerek, en önden kalabalık ortak salona doğru yürürken. "Arkadaşı Violet'le birlikte, Tılsım koridorunda duran, o sarhoş keşişlerin olduğu resimdeki şarabın hepsini içmişler. Neyse..."

Biraz cebini karıştırdıktan sonra, üzerinde Dumbledore'un el yazısının olduğu bir parşömen çıkardı.

"Çok iyi," dedi Harry, parşömeni hemen açıp Dumbledore ile bir dahaki dersinin ertesi gece olduğunu görerek. "Ona anlatacak bir dolu şeyim var – sana da. Hadi oturalım –"

Ama tam o anda "Von-Von!" diye kulakları yırtan bir ciyaklama duyuldu ve birden orada beliren Lavender Brown koşarak kendini Ron'un kollarına attı. Görenlerden birkaçı kıs kıs güldü; Hermione çınlayan bir kahkaha attı ve "Şurada bir masa var..." dedi, "geliyor musun, Ginny?"

"Hayır, teşekkürler, Dean'e buluşuruz diye söz vermiştim," dedi Ginny. Harry onun sesinin pek de hevesli çıkmadığının farkına varmadan edemedi. Ron ile Lavender'ı dikine bir güreş karşılaşmasındaymış gibi birbirlerine kenetlenmiş halde bırakan Harry ve Hermione, boş masaya geçtiler.

"Ee, Noel'in nasıl geçti?"

"Ah, iyi," dedi Hermione, omuz silkerek. "Özel bir şey yoktu. Von-Von'larda nasıldı?"

"Birazdan anlatacağım," dedi Harry. "Baksana, Hermione, acaba ona biraz –"

"Hayır, olmaz," dedi kararlı bir şekilde. "Hiç sorma o yüzden."

"Demiştim ki, hani belki Noel'de, aradan vakit geçince –"

"Bir fıçı dolusu beş yüz yıllık şarabı ben içmedim, Harry, Şişman Hanım içti. Ee, şu bana vermek istediğin önemli haber neymiş peki?"

O an tartışılamayacak kadar hiddetli görünüyordu, Harry de Ron konusunu kapattı ve Malfoy ile Snape arasında geçen, kulak misafiri olduğu konuşmayı baştan sona anlattı.

Lafını bitirdiğinde, Hermione biraz düşündü. "Sana da şey gibi gelmiyor mu –?"

"– Malfoy'a yardım teklif ediyormuş numarası yapıp, ona aslında neler çevirdiğini anlattırmaya çalışıyormuş gibi mi?"

"Şey, evet," dedi Hermione.

"Ron'un babasıyla Lupin de öyle düşünüyor," dedi Harry biraz gönülsüzce. "Ama bu, Malfoy'un kesinlikle bir şeyler planladığını kanıtlıyor, o kadarını inkâr edemezsin."

"Hayır, edemem," diye cevap verdi Hermione usulca.

"Ve Voldemort'un emriyle hareket ediyor, aynı benim dediğim gibi!"

"Hımm... ikisinden biri gerçekten Voldemort'un adını andı mı?"

Harry hatırlamaya çalışarak, kaşlarını çattı.

"Emin değilim... Ama Snape kesinlikle 'efendin' dedi, başka kim olacak ki?"

"Bilmiyorum," dedi Hermione, dudağını ısırarak. "Belki babası?"

Odanın karşı tarafına doğru bakarak, düşüncelere dalıp gitti, Lavender'ın Ron'u gıdıkladığını bile fark etmedi. "Lupin nasıl?"

"Çok iyi değil," dedi Harry ve ona Lupin'in kurtadamların arasındaki görevini ve karşılaştığı tehlikeleri anlattı. "Şu Fenrir Greyback'i duydun mu hiç?"

"Evet, duydum!" dedi Hermione, şaşırmış bir edayla. "Sen de duydun, Harry!"

"Ne zaman, Sihir Tarihi'nde mi? Sen de gayet iyi biliyorsun ki pek dinlemiyordum..."

"Hayır, hayır, Sihir Tarihi değil – Malfoy, Borgin'i onunla tehdit etmişti!" dedi Hermione. "Knockturn Yolu'nda, hatırlamıyor musun? Borgin'e Greyback'in eski bir aile dostu olduğunu ve gelip onun ne kadar gelişme kaydettiğini kontrol edeceğini söylemişti!"

Harry, ağzı bir karış açık, ona bakakaldı. "Unutmuşum! Ama bu, Malfoy'un bir Ölüm Yiyen olduğunu *kanıtlıyor*, başka türlü nasıl Greyback'le temas kursun da ona ne yapacağını söylesin?"

"Bayağı şüphe uyandırıcı," diye fısıldadı Hermione. "Tabii eğer..."

"Hadi, yapma," dedi Harry sinirle, "artık buna da kulp bulamazsın!"

"Şey... boş bir tehdit olması ihtimali var."

"Sen var ya, inanılmazsın," dedi Harry, başını iki yana sallayarak. "Kim haklı, görürüz... söylediklerini yiyeceksin, Hermione, tıpkı Bakanlık gibi. Ya, evet, Rufus Scrimgeour'la da tartıştım..."

Ve akşamın geri kalanı ikisinin de Sihir Bakanı'na verip veriştirmesiyle, dostane bir havada geçti; Hermione de tıpkı Ron gibi, önceki yıl Bakanlık'ın Harry'ye yaşattıklarından sonra şimdi ondan yardım istemelerinin düpedüz yüzsüzlük olduğunu düşünüyordu.

Ertesi sabah yeni sömestr altıncı sınıflara hoş bir sürprizle başladı: geceleyin, ortak salon ilan tahtalarına büyük bir duyuru iğnelenmişti.

CİSİMLENME DERSLERİ

Eğer on yedi yaşındaysanız, ya da 31 Ağustos'ta veya daha önce on yedi yaşını dolduracaksanız, bir Sihir Bakanlığı Cisimlenme Eğitmeninin vereceği on iki haftalık Cisimlenme Kursuna katılma hakkına sahipsiniz.
Katılmak istiyorsanız lütfen aşağıyı imzalayın.
Ücret: 12 Galleon.

Harry ve Ron, duyurunun etrafında itişip kakışan ve sırayla altına adlarını yazan kalabalığa katıldılar. Ron tam Hermione'nin ardından imzalamak için tüy kalemini çıkarıyordu ki, Lavender arkasından sessizce yaklaştı, ellerini onun gözlerinin üstüne kapadı ve "Bil bakalım ben kimim, Von-Von?" dedi. Harry dönüp baktığında Hermione'nin azametle uzaklaştığını gördü; Harry de Ron ve Lavender ile kalmak istemediğinden, yürüyüp ona yetişti, ama az sonra şaşırtıcı bir şey oldu: portre deliğinin az ötesinde, kulaklarına kadar kızarmış ve yüzünde sıkkın bir ifade olan Ron da onlara yetişti. Hermione tek kelime bile etmeden. Neville ile birlikte yürümek için hızlandı.

"Ee – demek Cisimlenme," dedi Ron, Harry'nin az önce olanlardan söz etmesini istemediğini apaçık gösteren bir ses tonuyla. "Eğlenceli olur herhalde."

"Bilmiyorum," dedi Harry. "Belki kendi başına yaptığında daha iyi oluyordur, Dumbledore beni yanında götürdüğünde hoşuma gitmemişti."

"Senin çoktan yaptığını unutmuştum... Sınavdan ilk defasında geçsem iyi olur," dedi Ron, kaygılı görünerek. "Fred'le George geçmişti."

"Charlie geçememişti ama, değil mi?"

"Evet, ama Charlie benden daha iri," Ron kollarını bir gorilmiş gibi iki yana doğru açtı, "o yüzden de Fred'le George bu konuda fazla konuşmadılar... en azından yüzüne karşı, yani..."

"Sınava ne zaman giriyoruz?"

"On yedi yaşımızı doldurur doldurmaz. Benimki hemen Mart'ta!"

"Evet, ama burada, şatoda Cisimlenemezsin..."

"Mesele o değil ama, değil mi? Herkes istesem *Cisimlenebileceğimi* bilir o zaman."

Cisimlenme beklentisinden dolayı heyecanlanan bir tek Ron değildi. Bütün gün, yaklaşan dersler konusunda epey konuşuldu; istendiği gibi kaybolup ortaya çıkmaya çok değer veriliyordu.

"Ne kadar süper olacak, öyle birden –" Seamus ortadan kaybolmayı göstermek için parmağını şıklattı. "Kuzenim Fergus sırf beni gıcık etmek için yapıyor sürekli, dur bakalım, bir de ben yapmaya başlayayım.... bir daha rahat yüzü görmek yok ona..."

Bu mutlu gelecek tablosunun içinde kendini kaybetmiş halde, asasını biraz fazla hevesle sallayınca, o günün Tılsım dersinin konusu olan saf su çeşmesi yerine, tavandan sıçrayıp Profesör Flitwick'i suratüstü yere yapıştıran, yangın musluğu gibi basınçlı bir su fıskiyesi yarattı.

"Harry çoktan Cisimlendi," dedi Ron, hafif utanmış bir Seamus'a – Profesör Flitwick asasının küçük bir hareketiyle kendini kurulamış ve Seamus'a bir cümleyi tekrar tekrar yazma cezası vermişti (*"Ben bir büyücüyüm, elinde sopa tutan bir babun değil"*). "Dum–ee – birisi yanında götürmüş onu. Yanısıra-Cisimlenme, hani."

"Vaay!" diye fısıldadı Seamus. O, Dean ve Neville, Cisimlenme'nin nasıl bir his olduğunu iyice duyabilmek için yakına sokuldular. Harry günün geri kalanını, diğer altıncı sınıflardan gelen Cisimlenme hissini tarif etme ricalarıyla kuşatılmış olarak geçirdi. Ne kadar rahatsız edici bir şey olduğunu anlattığında hepsi de hayal kırıklığına uğramak yerine iyice heyecanlanıyorlardı. O akşam saat sekize on kala hâlâ ayrıntılı sorulara cevap vermekle meşguldü ki, Dumbledore ile dersine vaktinde yetişebilmek için kütüphaneye bir kitabı iade etmesi gerektiği şeklinde bir yalan söyledi.

Dumbledore'un odasındaki lambalar yanıyor, önceki müdürlerin portreleri çerçevelerinde hafifçe horluyorlardı ve Düşünseli bir kez daha masanın üzerinde hazır bekliyordu. Dumbledore'un elleri Düşünseli'nin iki yanında duruyordu, sağ eli önceki kadar kararmış ve yanık görünümlüydü. Hiç iyileşmemiş gibi bir hali vardı ve Harry belki yüzüncü kez, neyin böyle özel bir yaralanmaya yol açtığını merak etti, ama sormadı; Dumbledore ona eninde sonunda öğreneceğini söylemişti, ayrıca zaten konuşmak istediği başka bir konu vardı. Ama Harry, Snape ile Malfoy konusunda hiçbir şey söyleyemeden, Dumbledore konuştu.

"Noel'de Sihir Bakanı ile tanıştığını duydum?"

"Evet," dedi Harry. "Benden pek memnun kalmadı."

"Hayır," dedi Dumbledore içini çekerek. "Benden de pek memnun değil. Ancak kederimizin içine gömülmemeye, savaşa devam etmeye çalışmalıyız, Harry."

Harry sırıttı.

"Benim büyücü topluluğuna, Bakanlık'ın harika bir iş çıkardığını söylememi istedi."

Dumbledore gülümsedi.

"Biliyor musun, fikir aslında Fudge'ın fikriydi. Görevdeki son günlerinde, çaresizce makamına tutunmaya çalıştığı sırada, seninle bir görüşme yapmak istedi, ona destek verirsin umuduyla –"

"Geçen yıl yaptığı onca şeyden sonra mı?" dedi Harry kızgın bir sesle. "*Umbridge*'den sonra mı?"

"Cornelius'a böyle bir şeyin söz konusu bile olamayacağını söyledim, ama o görevden ayrıldığında fikir ölmedi. Scrimgeour'un atanmasından sonraki birkaç saat içinde kendisiyle buluştum, benden seninle bir görüşme ayarlamamı istedi –"

"Demek o yüzden tartıştınız!" dedi heyecanla Harry. "*Gelecek Postası*'nda çıktı."

"*Gelecek* de arada sırada gerçeği haber verecek tabii," dedi Dumbledore, "tamamen tesadüf eseri olsa da. Evet, o yüzden tartıştık. Eh, demek Rufus sonunda seni kıstırmayı başardı."

"Beni 'tepeden tırnağa Dumbledore'un adamı' olmakla suçladı."

"Ne büyük kabalık."

"Ben de öyleyim dedim."

Dumbledore konuşmak için ağzını açtı, sonra yine kapadı. Harry'nin arkasında, anka Fawkes usulca, yumuşak, müzikal bir çığlık koyverdi. Harry birden Dumbledore'un parlak mavi gözlerinin hayli sulandığını görüp, fena halde mahcup bir şekilde derhal bakışlarını dizlerine kaydırdı. Ancak Dumbledore konuştuğunda sesi titremiyordu.

"Çok duygulandım, Harry."

"Scrimgeour Hogwarts'ta olmadığınız zaman nereye gittiğinizi öğrenmek istedi," dedi Harry, bakışlarını dizlerinden ayırmadan.

"Evet, o konuda çok meraklı," dedi Dumbledore. Şimdi sesi neşeli çıkıyordu, bu yüzden Harry yeniden başını kaldırabileceğine karar verdi. "Hatta beni takip ettirmeye bile kalkıştı. Eğlenceli, aslına bakarsan. Beni takip etsin diye Dawlish'i peşime taktı. Nazik bir hareket değildi. Dawlish'e zaten daha önce bir kez büyü yapmıştım; büyük bir üzüntüyle, bir kez daha yapmak zorunda kaldım."

"Yani hâlâ nereye gittiğinizi bilmiyorlar?" diye sordu Harry, bu merak uyandırıcı konuda daha fazla bilgi edinmeyi umarak, ama Dumbledore yarım ay biçimli gözlüğünün üzerinden bakıp gülümsemekle yetindi.

"Hayır, bilmiyorlar ve henüz senin bilmenin vakti de gelmiş değil. Şimdi, devam edelim diyorum, tabii başka bir şey yoksa –?"

"Aslında var, efendim," dedi Harry. "Malfoy ve Snape hakkında."

"*Profesör* Snape, Harry."

"Evet, efendim. Profesör Slughorn'un partisinde konuştuklarına kulak misafiri oldum... şey, aslında onları takip ettim..."

Dumbledore Harry'nin öyküsünü ifadesiz bir yüzle dinledi. Harry anlatmayı bitirdikten sonra da bir süre konuşmadı ve sonunda, "Bana bunları anlattığın için teşekkür ederim, Harry, ama bence aklından çıkar bunu," dedi. "Çok önemli olduğunu düşünmüyorum."

"Çok önemli olduğunu düşünmüyor musunuz?" diye tekrar etti Harry, inanamayarak. "Profesör, anlıyorsunuz, değil mi –?"

"Evet, Harry, olağanüstü bir beyin gücüyle donanmış talihli biri olarak, bana anlattığın her şeyi anladım," dedi Dumbledore, biraz sert bir şekilde. "Hatta bence senin anladığından daha fazlasını anlamış olmam ihtimalini bile göz önüne alabilirsin. Tekrar söylüyorum, konuyu bana açtığına memnunum, ama seni temin ederim, bana huzursuzluk veren hiçbir şey anlatmadın."

Harry orada sessizce, içten içe köpürerek oturdu ve Dumbledore'a öfkeli gözlerle baktı. Neler oluyordu? Dumbledore gerçekten de Snape'e Malfoy'un neler çevirdiğini öğrenme emri vermiş, dolayısıyla Harry'nin az önce anlattıklarını zaten Snape'ten duymuş muydu? Yoksa duyduklarından gerçekten endişelenmişti de belli mi etmiyordu?

"Yani, efendim," dedi Harry, kibar, sakin olduğunu umduğu bir sesle, "hâlâ kesinlikle güveniyorsunuz –?"

"Bu soruya zaten cevap verecek kadar müsamaha gösterdim," dedi Dumbledore, ama sesi artık müsamahalı çıkmıyordu. "Cevabım değişmedi."

"Elbette değişmeyecek," dedi küçümser bir ses; belli ki Phi neas Nigellus sadece uyuyormuş numarası yapmıştı. Dumbledore onu duymazdan geldi.

"Ve şimdi, Harry, devam etmemiz konusunda ısrar etmek zorundayım. Seninle bu akşam konuşmam gereken daha önemli şeyler var."

Harry orada, içten içe isyan ederek oturdu. Konunun değiştirilmesine izin vermeyi reddetse, Malfoy aleyhindeki savında ısrar etse ne olurdu acaba? Dumbledore onun zihnini okumuş gibi başını salladı.

"Ah, Harry, ne kadar sık olur bu, en iyi arkadaşlar arasında bile! Her birimiz kendi söyleyeceğinin karşı tarafın katkısından çok daha önemli olduğuna inanır!"

"Sizin söyleyeceğinizin önemsiz olduğunu düşünmüyorum, efendim," dedi Harry gergin gergin.

"Eh, çok da haklısın, çünkü değil," dedi Dumbledore güçlü bir sesle. "Bu akşam sana göstereceğim iki anı daha var, ikisi de muazzam güçlüklerle ele geçirildi ve bence ikincisi topladıklarım arasında en önemlisi."

Harry buna hiçbir şey demedi, hâlâ anlattıklarının karşılanma biçimi konusunda kızgındı, ama daha fazla tartışmakta bir anlam göremiyordu.

"Evet," dedi Dumbledore, çınlayan bir sesle, "bu akşam, geçen dersin sonunda Hogwarts'ta geçireceği yılların eşiğinde bıraktığımız Tom Riddle'ın öyküsüne devam ediyoruz. Bir büyücü olduğunu duyunca ne kadar heyecanlandığını, Diagon Yolu'na giderken benim ona eşlik etmemi istemediğini, benimse onu okula geldikten sonra hırsızlığa devam etmemesi konusunda uyardığımı hatırlayacaksın.

"Evet, ders yılının başlangıcı gelip çattı ve bununla birlikte, elden düşme cüppesinin içinde sessiz bir çocuk olan Tom Riddle da geldi, seçilmek için diğer birinci sınıflarla birlikte sıraya girdi. Seçmen Şapka neredeyse kafasına değer değmez onu Slytherin binasına yerleştirdi," diye devam etti Dumbledore, kararmış eliyle Seçmen Şapka'nın kadim ve kıpırtısız bir şekilde durduğu, başının üzerindeki rafa doğru işaret etti. "Riddle binanın ünlü kurucusunun yılanlarla konuşabildiğini ne kadar çabuk öğrendi, bilmiyorum – belki de hemen o akşam. Bu bilgi ancak onu heyecanlandırmış ve kendi önemine inancını artırmış olabilir.

"Ancak, ortak salonlarında diğer Slytherin'leri Çataldili'nde konuşarak korkuttu ya da etkilediyse, bununla ilgili herhangi bir duyum gelmedi öğretmenlere. Gözle görülür hiçbir kibir ya da saldırganlık belirtisi göstermedi. Sıra dışı yeteneğe sahip ve çok yakışıklı bir yetim olarak, neredeyse okula ayak bastığı andan itibaren öğretmenlerden ilgi ve anlayış gördü. Kibar, sessiz ve bilgiye aç görünüyordu. Neredeyse herkes ondan çok etkilenmişti ve hakkında iyi şeyler düşünüyordu."

"Onlara yetimhanede karşılaştığınızda nasıl davrandığını anlatmadınız mı, efendim?" diye sordu Harry.

"Hayır, anlatmadım. Pişmanlık emaresi göstermemesine rağmen, önceki davranışları için üzgün ve temiz bir sayfa açmaya kararlı olması mümkündü. Ona bu fırsatı sunmaya karar verdim."

Dumbledore durdu ve konuşmak için ağzını açmış olan

Harry'ye soru sorarcasına baktı. İşte yine, bunu hak etmedikleri yönünde muazzam miktarda delil olmasına rağmen Dumbledore'un insanlara güvenme eğiliminin bir örneği vardı karşılarında! Sonra Harry bir şeyi hatırladı...

"Ama ona aslında *güvenmediniz*, değil mi? Bana demişti ki... Günceden çıkan Riddle demişti ki, 'Dumbledore beni öbür öğretmenler kadar seviyora benzemiyordu hiç'."

"Onun güvenilir olduğuna peşin peşin inanmadığımı söylemekle yetinelim," dedi Dumbledore. "Daha önce de belirttiğim gibi, gözümü ondan ayırmamaya karar vermiştim ve öyle de yaptım. İlk başlarda gözlemlerimden pek bir şey elde ettiğimi söyleyemem. Bana karşı hep tetikteydi; eminim ki gerçek kimliğini keşfetmenin heyecanıyla bana çok fazla şey anlattığını düşünüyordu. Bir daha asla bu kadar çok şeyi açığa vurmamaya dikkat etti, ama o heyecanla ağzından kaçırdıklarını geri alamazdı, Mrs Cole'un bana anlattıklarını da. Ancak, birçok meslektaşımı cezbettiği gibi beni cezbetmeye kalkışmayacak kadar basiret gösterdi.

"Okulda yükselirken etrafına ona sadık bir grup arkadaş topladı; onlara arkadaş dememin sebebi daha iyi bir tabir bulamamam, yoksa zaten daha önce söylediğim gibi, Riddle hiç şüphesiz onlara pek sevgi duymuyordu. Grubun şatonun içinde bir tür karanlık parıltısı vardı. Karışık bir topluluktular; koruma arayan zayıflar, paylaşılmış bir zaferin peşindeki hırslılar ve onlara daha incelikli zulüm biçimleri gösterebilecek bir lidere yönelen haydutların bir karışımı. Diğer bir deyişle, Ölüm Yiyen'lerin ilk öncüleriydiler ve gerçekten de aralarından bazıları, Hogwarts'tan ayrıldıktan sonra ilk Ölüm Yiyen'leri oluşturdu.

"Riddle'ın katı kontrolünde, hiçbir zaman apaçık bir şekilde kuralları çiğnerken yakalanmadılar, ancak Hogwarts'taki yedi yılları, asla tatmin edici bir şekilde onlarla ilişkilendirilememiş bir dizi feci olaya sahne oldu. Bunlardan en ciddi olanı elbette, bir kızın ölümüyle sonuçlanan, Sırlar Odası'nın açılmasıydı. Bildiğin gibi, Hagrid o suç yüzünden haksız yere suçlandı.

"Riddle'ın Hogwarts'taki dönemine dair pek fazla anı bulamadım," dedi Dumbledore, kararmış elini Düşünseli'nin üzerine koyarak. "Onu tanıyanlardan pek azı onun hakkında konuşmaya yanaşıyor; çok korkuyorlar. Ne biliyorsam, o Hogwarts'tan ayrıldıktan sonra öğrendim, epey zorlu çabadan sonra, konuşmaya ikna edilebilecek birkaç kişinin izini sürdükten sonra, eski kayıtları taradıktan ve gerek Muggle, gerekse büyücü tanıkları sorguladıktan sonra.

"Konuşmaya ikna edebildiklerim, bana Riddle'ın ebeveyniyle takıntılı olduğunu söyledi. Bu anlaşılabilir bir şey, elbette; bir yetimhanede büyümüştü ve doğal olarak nasıl olup da oraya gittiğini bilmek istiyordu. Göründüğü kadarıyla kupa salonundaki şiltlerde, eski okul kayıtlarındaki sınıf başkanları listelerinde, hatta büyücülük tarihiyle ilgili kitaplarda bile baba Tom Riddle'ın izini aramış ama nafile. Sonunda babasının Hogwarts'a hiç ayak basmadığını kabul etmek zorunda kalmış. Bence gerçek ismini kullanmayı o zaman bıraktı, Lord Voldemort kimliğine büründü ve daha önce hor gördüğü annesinin ailesini araştırmaya koyuldu – hatırlayacaksın, ölüm denen o utanç verici insan zaafına boyun eğdiğinden, onun cadı olamayacağına kanaat getirmişti.

"Elindeki tek bilgi, yetimhaneyi yönetenlerden annesinin babasının adı olduğunu öğrendiği 'Marvoldo' idi. Sonunda, büyücü aileleri üzerine eski kitaplarda yürüttüğü kılı kırk yaran araştırmaların ardından, Slytherin'in soyunun hâlâ hayatta olan temsilcilerinin varlığını keşfetti. On altıncı yaşının yazında, her yıl döndüğü yetimhaneden ayrıldı ve Gaunt akrabalarını bulmak için yola koyuldu. Ve şimdi Harry, kalkarsan..."

Dumbledore ayağa kalktı, Harry onun elinde, içi girdap gibi dönen inci beyazı anılarla dolu küçük kristal bir şişe tuttuğunu gördü.

"Bunu alabildiğim için çok şanslıyım," dedi, ışıl ışıl kütleyi Düşünseli'ne boşaltırken. "Görünce sen de bunu anlayacaksın. Gidelim mi?"

Harry kalkıp taş çanağa doğru bir adım attı ve itaatkâr bir şekilde eğilip suratını anının yüzeyinden içeri batırdı; hiçliğin içinden düşme şeklindeki o tanıdık duyguyu hissetti, sonra neredeyse tamamen karanlığın içinde, kirli taş bir zemine indi.

Harry'nin bu yeri tanıması birkaç saniyesini aldı; bu sırada Dumbledore da yanına inmişti. Gaunt'ların evi şimdi Harry'nin ömründe gördüğü her yerden tarif edilmez bir şekilde daha pisti. Tavanda kapkalın bir örümcek ağı tabakası vardı, yer kirle kaplıydı; kabuk bağlamış kap kacak yığınının arasında küflenmiş ve çürümüş yiyecekler duruyordu. Yegâne ışık kaynağı, bir adamın ayağının dibinde duran, eriyip akan tek bir mumdu. Adamın saçıyla sakalı o kadar uzamıştı ki Harry onun ağzını ya da gözlerini göremiyordu. Ateşin yanındaki bir koltuğa yığılmıştı, Harry bir an onun ölü olup olmadığını merak etti. Ama sonra kapı yüksek sesle vuruldu ve adam irkilerek uyandı, sağ elinde bir asa, öbüründe ise kısa bir bıçak kaldırdı.

Kapı gacırdayarak açıldı. Girişte, elinde eski moda bir lambayla, Harry'nin ânında tanıdığı bir çocuk duruyordu: uzun boylu, soluk tenli, koyu renk saçlı ve yakışıklı – yeniyetmelik çağında Voldemort.

Voldemort'un gözleri yavaş yavaş harap kulübede gezindikten sonra koltuktaki adama sabitlendi. Birkaç saniye öylece birbirlerine baktılar, sonra adam güçlükle doğruldu, ayağının dibindeki çok sayıda şişe yerde şangırdayıp tıngırdadı.

"SEN!" diye böğürdü. "SEN!"

Sonra sarhoş halde, asasını ve bıçağını kaldırarak Riddle'a hamle etti.

"Dur."

Riddle Çataldili'nde konuşmuştu. Adam masaya yaslandı, masanın üzerindeki küflü kaplar gürültüyle yere düştü. Gözlerini dikip Riddle'a baktı. Birbirlerini tarttıkları uzun bir sessizlik oldu. Sessizliği adam bozdu.

"Dili konuşuyorsun, ha?"

"Evet, konuşuyorum," dedi Riddle. Odanın içine doğru yürüdü, kapı arkasından kapandı. Harry elinde olmadan, Voldemort'un katıksız korkusuzluğuna yönelik, kızgınlıkla karışık bir takdir duygusu hissetti içinde. Voldemort'un suratındaki ifadede sadece iğrenme ve belki de hayal kırıklığı vardı.

"Marvoldo nerede?" diye sordu.

"Öldü," dedi öbürü. *"Yıllar önce öldü, değil mi?"*

Riddle kaşlarını çattı.

"Sen kimsin, peki?"

"Ben Morfin'im, değil mi?"

"Marvoldo'nun oğlu mu?"

"Tabii ki öyle, o zaman..."

Morfin Riddle'ı daha iyi görebilmek için saçını pis yüzünün önünden çekti ve Harry onun sağ elinde Marvoldo'nun siyah taşlı yüzüğünü gördü.

"Seni o Muggle sandım," diye fısıldadı Morfin. *"O Muggle'a felaket benziyorsun."*

"Ne Muggle'ı?" dedi Riddle sert bir sesle.

"Kız kardeşimin abayı yaktığı o Muggle, karşıdaki büyük evde yaşayan o Muggle," dedi Morfin ve beklenmedik bir şekilde yere, tam ortalarına tükürdü. *"Tam ona benziyorsun. Riddle. Ama şimdi o daha yaşlı, değil mi? Senden daha yaşlı, şimdi düşünüyorum da..."*

Morfin'in biraz başı dönmüş gibi göründü, biraz sallandı, hâlâ destek için masanın kenarına tutunuyordu.

"Geri döndü işte," dedi ifadesiz bir sesle.

Voldemort Morfin'e bakıyor, sanki olasılıklarını gözden geçiriyordu. Sonra biraz daha yaklaştı ve *"Riddle geri mi döndü?"* dedi.

"Ya, onu terk etti, iyi de oldu ona, gidip pislikle evlenmeseydi!" dedi Morfin, yine yere tükürerek. *"Bizi soydu bir de, kaçmadan önce! Madalyon nerede, ha, Slytherin'in madalyonu nerede?"*

Voldemort cevap vermedi. Morfin yine kendini doldurup giderek öfkeleniyordu; bıçağını sallayıp bağırdı: *"Onurumuzu leke-*

ledi, ya, o küçük sürtük! Peki sen de kimsin, buraya gelip bunlar hakkında soru soruyorsun? Bitti gitti, değil mi... Bitti..."

Gözlerini başka bir yere çevirdi, hafifçe sendeledi ve Voldemort ona doğru hareket etti. O hareket ederken de, ortalığa doğal olmayan bir karanlık çöktü, Voldemort'un lambasını ve Morfin'in mumunu söndürdü, her şeyi söndürdü...

Dumbledore'un parmakları Harry'nin kolunu sıkı sıkı tuttu ve birden yine şimdiki zamana doğru uçmaya başladılar. Zifiri karanlığın ardından Dumbledore'un odasındaki yumuşak altın rengi ışık Harry'nin gözlerini kamaştırdı.

"Hepsi bu mu?" dedi Harry hemen. "Niye karanlık çöktü, ne oldu?"

"Çünkü Morfin o noktadan sonrasını hatırlayamıyordu," dedi Dumbledore, Harry'ye yerine oturmasını işaret ederek. "Ertesi sabah uyandığında, yerde yatıyordu, yalnızdı. Marvoldo'nun yüzüğü gitmişti.

"Bu arada, Little Hangleton köyünde, bir hizmetçi ana yolda koşuyor, çığlık çığlığa büyük evin oturma odasında üç ceset olduğunu söylüyordu: Büyük Tom Riddle ve annesi ile babası.

"Muggle yetkililerinin kafası karışmıştı. Bildiğim kadarıyla, bugün bile Riddle'ların nasıl öldüğünü bilmiyorlar, çünkü Avada Kedavra Laneti genellikle arkasında bir hasar izi bırakmaz... bunun istisnası ise karşımda oturuyor," diye ekledi Dumbledore, Harry'nin yara izine bakıp başını sallayarak. "Öte yandan, Bakanlık bunun bir büyücü tarafından işlenmiş bir cinayet olduğunu ânında anladı. Ayrıca Riddle evinin karşı tarafında sicili bozuk bir Muggle düşmanının, daha önce bu öldürülmüş kişilerden birine saldırdığı için hapse atılmış bir Muggle düşmanının oturduğunu da biliyorlardı.

"Bu yüzden Bakanlık Morfin'i çağırdı. Onu sorgulamaları, Veritaserum ya da Zihnefend kullanmaları gerekmedi. Cinayeti oracıkta itiraf etti ve sadece katilin bilebileceği ayrıntılar verdi. Muggle'ları öldürmekten gurur duyduğunu, onca yıl boyunca zaten bu fırsatı kolladığını söyledi. Asasını teslim ettiğinde, Riddle'ları öldürmede kullanılanın o asa olduğu hemen kanıtlandı. Ve hiç mücadele etmeden, onu Azkaban'a götürmelerine izin verdi. Onu tek rahatsız eden, babasının yüzüğünün kaybolmuş olmasıydı. "Kaybettiğim için beni öldürecek," diyordu kendisini ele geçirenlere tekrar tekrar. "Yüzüğünü kaybettiğim için beni öldürecek." Ve anlaşıldığı kadarıyla, daha sonra da söylediği tek şey bu oldu. Ömrünün geri kalanını Azkaban'da, Marvoldo'nun son aile yadigârının kayboluşuna yas tutarak geçirdi. O duvarların arasında ölüp giden diğer zavallılarla birlikte, hapishanenin yanına gömülü."

"Yani Voldemort Morfin'in asasını çalıp onu mu kullandı?" dedi Harry, daha dik oturarak.

"Doğru," dedi Dumbledore. "Bize bunu gösterecek hiç anımız yok, ama sanırım neler olduğundan hayli emin olabiliriz. Voldemort dayısını Sersemletti, asasını aldı ve vadinin öbür tarafına geçip, 'karşıdaki büyük ev'e gitti. Orada cadı annesini terk etmiş olan Muggle adamı öldürmekle kalmadı, Muggle büyükannesiyle büyükbabasını da öldürdü ve böylece hem değersiz Riddle soyunun son temsilcilerini yok etmiş, hem de onu hiçbir zaman istememiş babadan intikam almış oldu. Sonra harap Gaunt kulübesine döndü, dayısının zihnine sahte bir anı yerleştirecek olan karmaşık büyüyü yaptı, Morfin'in asasını baygın sahibinin yanı başına bıraktı, parmağındaki kadim yüzüğü çıkarıp cebine attı ve oradan ayrıldı."

"Ve Morfin suçu kendi işlemediğini hiç fark etmedi mi?"

"Hiç," dedi Dumbledore. "Dediğim gibi, eksiksiz ve övünç dolu bir itirafta bulundu."

"Ama bütün o süre boyunca bu gerçek anı da kafasındaydı!"

"Evet, ama bunu oradan çıkarmak için hayli maharetli Zihnefend seansları gerekti," dedi Dumbledore, "ve Morfin zaten suçunu itiraf etmişken niye onun zihninin derinliklerine dalmaya kalksınlar ki? Ancak ben, ömrünün son haftalarında Morfin'e bir ziyaret ayarlamayı başardım, o sırada Voldemort'un geçmişi konusunda elimden geldiğince çok şey keşfetmeye çalışıyordum. Güçlükle bu anıyı çıkardım. İçindekileri gördüğümde, Morfin'in Azkaban'dan salınmasını sağlamaya çalıştım. Ancak Bakanlık karara varmadan, Morfin öldü."

"Ama nasıl oldu da Bakanlık Voldemort'un Morfin'e bütün bunları yaptığını anlamadı?" diye sordu Harry öfkeyle. "O sırada reşit değildi, değil mi? Yaşça küçük büyücülerin yaptığı sihri saptayabiliyorlar sanıyordum!"

"Çok haklısın – sihri saptayabiliyorlar, ama yapanı değil: Yükseltme Büyüsü için Bakanlık seni suçlamıştı, biliyorsun, oysa aslında büyüyü yapan –"

"Dobby idi," diye homurdandı Harry; hâlâ bu adaletsizliğin acısını unutmamıştı. "Yani yaşın küçükse ve yetişkin bir büyücü ya da cadının evinde sihir yaparsan, Bakanlık anlamaz mı?"

"Sihri kimin yaptığını anlayamayacakları kesin," dedi Dumbledore, Harry'nin yüzündeki kızgın ifadeye gülümseyerek. "Kendi duvarları arasındayken cadı ve büyücü ebeveynlerin çocuklarına bu kuralı uygulatacaklarına güveniyorlar."

"Ama saçmalık bu," diye parladı Harry. "Burada ne olduğuna bakın, Morfin'e ne olduğuna bakın."

"Katılıyorum," dedi Dumbledore. "Morfin nasıl biri olursa olsun, işlemediği cinayetler için suçlanmış halde, öyle ölmeyi hak etmemişti. Ama vakit artık geç oluyor, ve ayrılmadan önce bu diğer anıyı görmeni istiyorum..."

Dumbledore iç cebinden başka bir küçük kristal şişe çıkardı ve Harry, Dumbledore'un bunun şimdiye dek topladıklarının en önemlisi olduğunu söylediğini hatırlayarak ânında sustu. Harry şişenin içeriğinin Düşünseli'ne güçlükle boşaltıldığını gördü, sanki pıhtılaşmış gibi; anılar yok olur muydu?

"Bu uzun sürmeyecek," dedi Dumbledore, nihayet şişeyi boşaltınca. "Göz açıp kapamadan dönmüş olacağız. Bir kez daha Düşünseli'ne, öyleyse..."

Ve Harry yine gümüşi yüzeyin içinden düşmeye başladı ve bu defa hemen tanıdığı bir adamın karşısına indi.

Çok daha genç bir Horace Slughorn'du bu. Harry kel haline öyle alışmıştı ki onu kafasında gür, ışıl ışıl, saman rengi saçlarla görmek hayli şaşırtıcı oldu; sanki kafasına hasır ördürmüş gibi görünüyordu, ama yine de tepesinde parlak, Galleon boyunda kel bir bölge vardı. Bu günlerdekinden daha az heybetli olan bıyığı, kızıl-sarıydı. Harry'nin bildiği Slughorn kadar toparlak değildi tam olarak, ancak bol işlemeli yeleğinin altın düğmeleri hayli zorlanıyordu. Küçük ayaklarını kadife bir pufa uzatmış, rahat bir berjerde iyice arkasına yaslanmış oturuyordu; bir eli küçük bir şarap kadehini tutmuş, öbürü ise bir şeker kaplanmış ananas kutusunu karıştırıyordu.

Dumbledore yanında belirdiğinde Harry etrafına baktı ve Slughorn'un okuldaki odasında olduklarını gördü. Slughorn'un etrafında, onunkinden daha sert ve daha alçak koltuklara oturmuş altı erkek çocuk vardı, hepsi de ergenlik çağındaydılar. Harry Riddle'ı hemen tanıdı. En yakışıklı yüz onunkiydi ve çocukların arasında en rahat o görünüyordu. Sağ eli koltuğunun kolçağı üzerinde kayıtsızca duruyordu; Harry onun Marvoldo'nun altın ve siyah yüzüğünü taktığını görüp irkildi; babasını öldürmüştü bile.

"Efendim, Profesör Merrythought'un emekliye ayrılacağı doğru mu?" diye sordu Riddle.

"Tom, Tom, bilsem de sana söyleyemem," dedi Slughorn, Riddle'a azarlar şekilde, şekerlenmiş bir parmak uzatarak, ama göz kırpması hareketin etkisini biraz azalttı. "Şunu söylemeliyim ki bu bilgileri nereden aldığını bilmek isterdim, oğlum; öğretmenlerin yarısından daha bilgilisin sen."

Riddle gülümsedi; öteki çocuklar kahkaha atıp ona hayran gözlerle baktılar.

"Bilmemen gereken şeyleri bilme konusundaki o tekinsiz yeteneğin, önemli kişileri özenle pohpohlaman –bu arada ananas için teşekkür ederim, çok haklısın, en sevdiğim bu– bu gidişle –"

Çocuklardan birkaçı kıkır kıkır gülüşürken, çok tuhaf bir şey oldu. Bütün oda birden kapkalın beyaz bir sisle kaplandı, öyle ki Harry hemen yanı başında duran Dumbledore dışında kimseyi göremiyordu. Sonra Slughorn'un sesi sisin içinden, hiç doğal olmayan bir şekilde gümbür gümbür çınladı: "– *başına iş açacaksın, oğlum, şuraya yazıyorum.*"

Sis ortaya çıktığı kadar ani bir şekilde kayboldu ama kimse ondan söz etmedi, kimse sıra dışı bir şey olmuş gibi davranmadı. Harry, dumura uğramış halde etrafına bakarken, Slughorn'un masasının üzerinde duran küçük altın saat on biri vurdu.

"İnanılır gibi değil, saat o kadar oldu mu?" dedi Slughorn. "Ufak ufak gitseniz iyi olacak, çocuklar, yoksa hepimizin başı derde girer. Lestrange, yarına ödevini yazmanı istiyorum, yoksa cezaya kalırsın. Aynısı senin için de geçerli, Avery."

Çocuklar dışarı çıkarken Slughorn koltuğundan güçlükle kalktı ve boş kadehini masaya taşıdı. Riddle arkada kalmıştı. Harry onun odada Slughorn'la baş başa kalabilmek için ağırdan aldığını görebiliyordu.

"Hadi bakalım, Tom" dedi Slughorn, arkasını dönüp onun hâlâ orada olduğunu görünce. "Geç saatte yatağının dışında yakalanmak istemezsin, bir de sınıf başkanısın üstelik..."

"Efendim, size bir şey sormak istiyordum."

"Sor bakalım o zaman, oğlum, sor bakalım..."

"Efendim, merak ediyordum acaba... Hortkuluklar hakkında bir şey biliyor musunuz?"

Ve birden aynı şey yeniden oldu: odayı öyle kalın bir sis kapladı ki Harry Slughorn'u ya da Riddle'ı hiç göremiyordu; sadece yanında sakin sakin gülümseyen Dumbledore'u görebiliyordu. Sonra Slughorn'un sesi tıpkı önceki gibi gürledi.

"Hortkuluklar hakkında hiçbir şey bilmiyorum, zaten bilsem de sana söylemem! Şimdi hemen buradan çık, bir daha da onlardan bahsettiğini duymayayım!"

"Evet, bu da bu kadar," dedi Dumbledore Harry'nin yanında sükûnetle. "Gitme vakti."

Ve Harry'nin ayakları yerden ayrılıp saniyeler sonra Dumbledore'un masasının önündeki halının üzerine bastı.

"Hepsi bu mu?" dedi Harry şaşkın şaşkın.

Dumbledore bunun en önemli anı olduğunu söylemişti, ama o nesinin bu kadar anlamlı olduğunu göremiyordu. Evet, sisin kendisi ve görüldüğü kadarıyla kimse tarafından fark edilmemesi tuhaftı, ama bunun dışında hiçbir şey olmamış gibi görünüyordu; Riddle bir soru sormuş ve cevap almayı başaramamıştı, o kadar.

"Sanırım fark etmişsindir," dedi Dumbledore, masasının arkasına geçip oturarak, "bu anı kurcalanmış."

"Kurcalanmış mı?" dedi Harry, o da oturdu.

"Kesinlikle," dedi Profesör Dumbledore. "Profesör Slughorn kendi hatıralarıyla oynamış."

"Niye böyle bir şey yapsın ki?"

"Çünkü, bence hatırladığı şeyden utanıyor," dedi Dumbledore. "Kendini daha iyi göstermek için anıyı yeniden şekillendirmiş, benim görmemi istemediği bölümleri gizlemiş. Fark etmişsindir, çok ham bir iş – ki bu da bizim hayrımıza, çünkü orada, o değişikliklerin altında gerçek anının hâlâ yerli yerinde durduğunu gösteriyor.

"Ve bu yüzden, ilk kez, sana ödev veriyorum, Harry. Profesör Slughorn'u gerçek anıyı açığa vurmaya ikna etmek senin işin; o anı, eminim ki elimizdeki en hayati bilgi olacak."

Harry ona bakakaldı.

"Ama efendim, herhalde," dedi, sesinin elinden geldiğince saygılı çıkmasına çaba göstererek, "bana ihtiyacınız yoktur – Zihnefend kullanabilirsiniz – ya da Veritaserum..."

"Profesör Slughorn son derece yetenekli bir büyücüdür, her ikisine karşı da hazırlıklı olacaktır," dedi Dumbledore. "Zihinbend'de zavallı Morfin Gaunt'tan çok daha başarılıdır, ayrıca bana bu sözümona hatırayı verdiğinden bu yana üzerinde sürekli Veritaserum panzehiri taşımıyorsa çok şaşırırım.

"Hayır, bence gerçeği Profesör Slughorn'dan zorla koparmaya çalışmak akılsızca bir uğraş olur, dahası yararından çok zararı dokunabilir; onun Hogwarts'tan ayrılmasını istemiyorum. Öte yandan, onun da hepimiz gibi bazı zaafları var ve bence sen onun savunmasını aşabilecek tek kişisin. Gerçek anıyı ele geçirmemiz çok önemli, Harry... tam olarak ne kadar önemli olduğunu ancak anının aslını gördüğümüzde anlayabileceğiz. Evet, iyi şanslar... ve iyi geceler."

Kendisine aniden kapının gösterilmesine biraz şaşıran Harry, çabucak ayağa kalktı.

"İyi geceler, efendim."

Arkasından odanın kapısı kapanırken, Phineas Nigellus'un "Neden çocuk senden daha iyi yapabilirmiş, anlamadım, Dumbledore," dediğini duydu.

"Anlamanı da beklemezdim zaten, Phineas," dedi Dumbledore ve Fawkes bir kez daha usulca, müzikal bir çığlık koyverdi.

ON SEKİZİNCİ BÖLÜM

Doğum Günü Sürprizleri

Ertesi gün Harry Dumbledore'un ona verdiği görevi hem Ron'a, hem de Hermione'ye açıkladı ama ayrı ayrı; Hermione Ron'un yanında, ona küçümseyen bir bakış atmak için gereken-den daha uzun bir süre kalmayı hâlâ reddediyordu.

Ron, Slughorn'un Harry'ye hiç sorun çıkarmayacağı görü-şündeydi.

Bir çatal dolusu yumurtayı havalı havalı sallayarak, "Seni seviyor," dedi. "İstediğin hiçbir şeye hayır demez, değil mi? Küçük İksir Prensi'ne. Bugün öğleden sonra ders bitince kal ve ona sor."

Ancak Hermione meseleye daha karamsar bakıyordu.

Alçak sesle, "Eğer Dumbledore gerçekte olup bitenleri onun ağzından alamıyorsa, saklamaya kararlı demektir," dedi, tenef-füste ıssız ve karlı avluda dururlarken. "Hortkuluklar... *Hortku-luklar*... Onları duymadım bile..."

"Duymadın mı?"

Harry hayal kırıklığına uğramıştı; Hermione'nin ona Hort-kuluklar'ın ne olduğu hakkında bir ipucu verebileceğini ümit ediyordu.

"Çok ileri Karanlık büyü olmalılar, yoksa Voldemort neden onlar hakkında bilgi edinmek istesin? Bence bu bilgiyi almak zor olacak, Harry, Slughorn'a yaklaşımın konusunda çok dikkatli ol-man gerekecek, bir strateji düşün..."

"Ron bu öğleden sonra İksir dersi bitince çıkmayıp sınıfta beklemem gerektiğini söylüyor..."

"Aa, güzel, eğer *Von-Von* öyle düşünüyorsa, öyle yapsan iyi olur," dedi Hermione, hemen alevlenerek. "Zaten *Von-Von'un* yanlış karar verdiği ne zaman görülmüş ki?"

"Hermione, acaba –?"

"Hayır!" dedi kız öfkeyle ve fırtına gibi uzaklaşarak Harry'yi yalnız başına ve ayak bileklerine kadar kara batmış halde bıraktı.

Harry, Ron ve Hermione aynı masayı paylaştıkları için İksir dersleri bugünlerde oldukça rahatsız geçiyordu. Bugün Hermione kazanını, Ernie'ye yakın olacağı şekilde masanın öbür yanına çekmiş, Harry'yi de, Ron'u da görmezden geliyordu.

"*Sana* niye kızdı?" diye fısıldadı Ron Harry'ye, bir yandan da Hermione'nin azametli profiline bakıyordu.

Ama daha Harry cevap veremeden, Slughorn odanın önünde durmuş, sessiz olmalarını istiyordu.

"Oturun, oturun lütfen yerlerinize! Çabuk haydi, bugün yapacak çok işimiz var! Golpalott'un Üçüncü Yasası... kim bana söyleyebilir –? Ama Miss Granger söyleyebilir, tabii!"

Hermione son hızla ezberden söyledi: "Golpalott'un-Üçüncü-Yasası-karıştırılmış-bir-zehrin-panzehirinin-zehri-oluşturan-parçaların-her-birinin-panzehirlerinin-toplamından-fazlasına-eşit-olacağını-söyler"

"Tamı tamına böyle!" diye gülümsedi Slughorn. "Gryffindor'a on puan! Şimdi, eğer Golpalott'un Üçüncü Yasası'nı doğru olarak kabul edersek..."

Harry, Golpalott'un Üçüncü Yasası'nın doğru olduğu konusunda Slughorn'un sözüne güvenmek durumundaydı, çünkü hiçbir şey anlamamıştı. Zaten Hermione'den başka kimse de, Slughorn'un onun ardından söylediğini takip ediyora benzemiyordu.

"...ki elbette bu da, Scarpin'in İfşabüyüsü vasıtasıyla iksirin bileşimindeki maddeleri doğru bir şekilde belirlediğimizi varsayarsak, birinci amacımız, bu maddelerin panzehirlerini seçmek gibi nispeten basit bir amaç olmayacak; onun yerine, neredeyse bir simya süreciyle bu tamamen farklı unsurları dönüştürecek olan o ek bileşeni bulmak anlamına –"

Ron ağzı yarı açık Harry'nin yanında oturmuş, yeni *İleri İksir-Yapımı* kitabına dalgın dalgın bir şeyler çiziktirmekle meşguldü. Anlatılanları kavrayamadığında bu dertten başını kurtarması için artık Hermione'ye güvenemeyeceğini sürekli unutuyordu.

"...ve şimdi," diye bitirdi Slughorn, "her birinizin gelip masamdan bu küçük şişeleri almasını istiyorum. Ders sona ermeden onun içindeki zehir için panzehir yaratacaksınız. İyi şanslar, koruyucu eldivenlerinizi de unutmayın!"

Sınıfın geri kalanı harekete geçme zamanı geldiğinin daha farkına varamadan, Hermione taburesinden kalkmış, Slughorn'un masasına giden yolu yarılamıştı; ve Harry, Ron ile Ernie masaya döndüklerinde, o şişesinin içindekileri kazanına dökmüş, altında bir ateş yakıyordu bile.

Doğrulurken neşeyle, "Prens'in sana bunda pek yardım edemeyecek olması ne yazık, Harry," dedi. "Bu sefer işin ilkelerini anlaman gerekiyor. Kestirme de yok, hile de!"

Öfkelenen Harry, Slughorn'un masasından aldığı, çok parlak pembe renkli zehrin tıpasını çıkardı, eğip kazanına döktü, altında bir ateş yaktı. Bundan sonra ne yapması gerektiği hakkında en ufak bir fikri yoktu. Dönüp Ron'a bir göz attı, ama o da Harry'nin yaptığı her şeyi taklit ettiği için, hayli sersem görünerek orada duruyordu.

Ron, Harry'ye, "Prens'in hiç tüyo vermediğinden emin misin?" diye mırıldandı.

Harry güvenilir *İleri İksir-Yapımı* kitabını çıkardı, Panzehirler bölümünü açtı. Golpalott'un Üçüncü Yasası, tıpkı Hermione'nin okuduğu gibi kelimesi kelimesine yazılmıştı, ama Prens'in el yazısıyla, ne anlama geldiğini anlatan tek bir aydınlatıcı not yoktu. Besbelli Prens de, Hermione gibi, onu anlamakta güçlük çekmemişti.

"Hiç," dedi Harry, kasvetle.

Hermione şimdi kazanının üstünde asasını coşkuyla sallıyordu. Ne yazık ki yaptığı büyüyü kopya çekemiyorlardı, çünkü artık sözsüz büyülerde o kadar iyileşmişti ki, kelimeleri yüksek sesle söylemeye ihtiyacı yoktu. Ne var ki, Ernie Macmillan kazanının üstünde *"Specialis revelio!"* diye mırıldanıyordu; kulağa etkileyici geliyor diye, Harry de, Ron da telaşla onu taklit ettiler.

Harry'nin, sınıfın en iyi iksir yapanı şöhretinin yerle bir olmak üzere olduğunu fark etmesi beş dakika aldı. Slughorn zindanda ilk turunu atarken, genellikle yaptığı gibi sevinçle bağırmaya hazır, umutla onun kazanına bakmış ve çürük yumurta kokusu onu bunaltınca sevinç çığlığı atmak yerine öksürerek başını çabucak geri çekmişti. Hermione'nin yüzündeki ifade ise, ancak bu kadar hoşnut olabilirdi; her İksir dersinde ikinci planda kalmaktan nefret etmişti. Şimdi ise zehrinin bileşiminde bulunan, esrarengiz bir şekilde ayrılmış maddeleri on ayrı kristal şişeye özenle boşaltıyordu. Harry, daha ziyade bu sinir bozucu manzaradan kaçınmak için, Melez Prens'in kitabının üzerine eğildi ve gereksiz bir şiddetle birkaç sayfa çevirdi.

Ve oradaydı işte, uzun bir panzehir listesinin tam üzerine karalanmıştı.

Boğazlarından aşağı bir bezir tık, olsun bitsin.

Harry bir an bu kelimelere baktı. Bir keresinde, çok uzun zaman önce, bezirleri duymamış mıydı? Snape ilk İksir derslerinde onlardan bahsetmemiş miydi? *"Bir keçinin karnından çıkarılan bir taş ki, insanı çoğu zehirden korur."*

Golpalott probleminin cevabı bu değildi ve Snape hâlâ öğretmenleri olsaydı, Harry bunu yapmaya cüret edemezdi; ama bu an, umutsuz önlemlere başvurma ânıydı. Telaşla depo dolabına gitti, tekboynuzlu at boynuzlarıyla düğüm düğüm kurumuş şifalı otları kenara itti ve en arkada, üzerine "Bezirler" kelimesi yazılı küçük bir mukavva kutu buldu.

Kutuyu tam Slughorn, "İki dakika kaldı, millet!" dediği anda açtı. İçinde, gerçek bir taştan çok, kurumuş böbreğe benzeyen yarım düzine büzülmüş kahverengi nesne vardı. Harry birini aldı, kutuyu yeniden dolaba koydu ve aceleyle kazanının başına döndü.

"Vaktiniz... DOLDU!" diye bağırdı Slughorn, güler yüzle. "Bakalım yapabilmiş misiniz! Blaise... bana gösterecek neyin var?"

Slughorn ağır ağır odanın çevresinde dolaştı, çeşitli panzehirleri inceledi. Kimse ödevi bitirmemişti ama, Hermione Slughorn yanına gelmeden önce şişesine birkaç bileşen daha tıkıştırmaya çalışıyordu. Ron tümüyle pes etmişti ve sadece, kazanından çıkan iğrenç buharı solumaktan kaçınmaya çabalıyordu. Harry, beziri hafifçe terli bir elle kavrayarak, orada durup bekledi.

Slughorn en son onların masasına geldi. Ernie'nin iksirini kokladı ve yüzünü buruşturarak Ron'unkine geçti. Ron'un kazanı üzerinde oyalanmadı, hafiften öğürerek, derhal geri çekildi.

"Ya sen, Harry," dedi. "Sende bana gösterecek ne var?"

Harry, avucunun içinde duran bezirle, elini öne uzattı.

Slughorn bezire tam on saniye baktı. Harry bir an acaba ona bağıracak mı diye merak etti. Sonra Slughorn başını geriye attı ve kahkahayla sarsıldı.

"Sende ne cesaret varmış, oğlum!" diye kükredi, beziri alıp sınıf görebilsin diye yukarı kaldırarak. "Ah, annen gibisin... sana kabahat bulamam... bir bezir, kesinlikle bütün bu iksirlerin panzehiri etkisi gösterir!"

Yüzü terlemiş, burnu kurum olmuş Hermione, sinirden mosmor kesilmişti. Kendi saçından bir tutam da dahil, elli iki bileşenden oluşan yarı bitmiş panzehiri, gözü Harry'den başkasını görmeyen Slughorn'un arkasında ağır ağır fokurduyordu.

Dişlerini sıkarak, "Ve beziri kendi başına düşündün, öyle mi, Harry?" diye sordu.

Daha Harry cevap veremeden Slughorn mutlulukla, "Gerçek bir iksir yapımcısına gereken bağımsız ruh budur işte!" dedi. "Tıpkı annesi gibi; o da iksir yapımını aynı şekilde, sezgisel olarak kavramıştı, kuşkusuz Lily'den almış bunu... evet, Harry, evet, eğer elinin altında bir bezir varsa, bu işi halleder... ama her şeyde etkili olmadıkları ve oldukça ender bulundukları için, panzehirleri nasıl karıştıracağını bilmeye gene de değer..."

Odada Hermione'den daha kızgın görünen tek kişi Malfoy'du. Üstelik, Harry'nin memnuniyetle gördüğü gibi, üzerine kedi kusmuğuna benzeyen bir şey dökmüştü. Ancak ikisi de Harry'nin hiçbir iş yapmadan sınıfın önüne geçmesi konusundaki öfkelerini ifade edemeden, zil çaldı.

"Toplanma vakti!" dedi Slughorn. "Ve, sırf katıksız alaycılıktan dolayı, Gryffindor'a on ekstra puan!"

Hâlâ kıkırdayarak, zindanın önündeki masasına doğru badi badi gitti.

Harry, çantasını toplamak için fazlasıyla oyalanarak, zindanda bekledi. Ne Ron, ne de Hermione giderken ona şans diledi; ikisi de hayli hiddetlenmiş görünüyordu. Sonunda odada sadece Harry ile Slughorn kaldı.

"Haydi, Harry, bir sonraki dersine geç kalacaksın," dedi Slughorn nezaketle. Ejderha derisi evrak çantasının altın tokalarını kapattı.

"Efendim," dedi Harry, kendine kaçınılmaz olarak Voldemort'u hatırlatarak, "size bir şey sormak istiyordum."

"Sor bakalım öyleyse, sevgili oğlum, sor bakalım..."

"Efendim, acaba dedim şey hakkında bilginiz var mı... Hortkuluklar hakkında?"

Slughorn dondu kaldı. Yuvarlak yüzü içe göçmüştü sanki. Dudaklarını yaladı ve boğuk bir sesle, "Ne dedin sen?" diye sordu.

"Hortkuluklar hakkında bir şey biliyor musunuz diye sordum, efendim. Mesele şu..."

"Seni bu işe Dumbledore koştu," diye fısıldadı Slughorn.

Sesi tamamen değişmişti. Artık sıcak değildi, şok ve dehşet doluydu. Eliyle göğüs cebinde beceriksizce arandı, bir mendil çıkarıp terleyen alnını kuruladı.

"Dumbledore sana o – o anıyı gösterdi," dedi Slughorn. "Ee? Göstermedi mi?"

"Evet," dedi Harry, yalan söylememenin en iyisi olduğuna oracıkta karar vererek.

"Evet, tabii," dedi Slughorn usulca, hâlâ beyaz yüzünü kuruluyordu. "Tabii... eh, o anıyı gördünse, Harry, sen de anlamışsındır ki hiçbir şey – *hiçbir şey* –" diye kelimeleri şiddetle tekrarladı "– bilmiyorum Hortkuluklar hakkında."

Ejderha derisinden evrak çantasını eline aldı, mendilini yeniden cebine tıktı ve zindan kapısına doğru yürüdü.

"Efendim," dedi Harry umutsuzca, "Ben sadece bu anıda belki bir şeyler daha vardır diye düşünmüştüm –"

"Öyle mi?" dedi Slughorn. "Öyleyse yanılmışsın, değil mi? YANILMIŞSIN!"

Son kelimeyi böğürerek söyledi ve Harry daha ağzını açamadan, zindan kapısını arkasından vurup kapattı.

Harry bu berbat konuşmayı anlatınca ne Ron, ne de Hermione ona anlayış gösterdi. Hermione, Harry'nin işi doğru dürüst yapmadan zafere ulaşma yöntemine hâlâ köpürüyordu. Ron ise, Harry onun eline de bir bezir sıkıştırmadı diye gücenmişti.

Harry sinirli sinirli, "İkimiz de yapsak aptalca bir şey olurdu!" dedi. "Bak, onu yumuşatmaya çalışmam gerekiyordu ki, Voldemort hakkında soru sorayım, tamam mı?" Ron bu adı duyup yüzünü buruşturunca da, "Of, *kendine gelir misin*!" diye ekledi hiddetle.

Başarısızlığı ve Ron ile Hermione'nin tavırları yüzünden çileden çıkan Harry, Slughorn konusunda bundan sonra ne yapması gerektiğini birkaç gün kara kara düşündü. Şimdilik Slughorn'un, Hortkuluklar'ı tamamen unuttuğunu sanmasına izin vermekte karar kıldı; yeniden hücuma geçmeden önce onu sahte bir güvenlik duygusuyla uyuşturmak, kesinlikle en iyisiydi.

Harry Slughorn'u tekrar sorgulamayınca, İksir hocası ona gene her zamanki gibi muhabbetle davranmaya başladı ve bu konuyu kafasından çıkarmış göründü. Harry, onun küçük akşam partilerinden birine bir davet bekliyordu, Quidditch antrenmanını başka bir tarihe atması gerekse de, bu sefer kabul etmeye azimliydi. Ne yazık ki böyle bir davet gelmedi. Harry, Hermione ile Ginny'ye de sordu: ikisi de davet almamışlardı ve bildikleri kadarıyla, kimse almamıştı. Harry ister istemez bunun, Slughorn'un göründüğü kadar unutkan değil de, sadece Harry'ye kendisini sorgulamak için bir fırsat daha yaratmamaya kararlı olduğu anlamına gelebileceğini düşündü.

Bu arada Hogwarts kütüphanesi de hatırladıkları kadarıyla ilk kez Hermione'yi yüzüstü bırakmıştı. Hermione öyle bir şok geçirdi ki, Harry'nin bezir numarasına kızdığını bile unuttu.

"Hortkuluklar'ın ne işe yaradığı konusunda tek bir açıklama bulamadım!" dedi ona. "Tek bir tane bile! Kısıtlı bölümü baştan aşağı aradım, en *tüyler ürpertici* iksirleri nasıl yapacağını anlattıkları en *korkunç* kitaplara bile baktım – hiçbir şey yok! Bulabildiğim tek şey şu, *En Habis Sihirler*'in önsözünde – dinle – "sihirsel icatların en melunu olan Hortkuluk hakkında ise ne konuşacağız, ne de yol göstereceğiz"... İyi de, niye sözünü ediyor o zaman?" dedi sabırsızlıkla, eski kitabı çarpıp kapatarak; kitap hayaletlere yakışır bir feryat kopardı. "Öf, kes sesini!" diye payladı Hermione onu, çantasına tıkarak.

Şubat gelince okulun çevresinde kar eridi ve yerini soğuk, iç karartıcı bir rutubet aldı. Morumsu-gri bulutlar şatonun üstüne indi, sürekli yağan buz gibi bir yağmur çimenleri kaygan, çamurlu hale getirdi. Bunun bir sonucu olarak da altıncı sınıfların, normal dersler kaçırılmasın diye bir Cumartesi sabahına konmuş olan ilk Cisimlenme dersi, okul arazisi yerine Büyük Salon'da yapıldı.

Harry ve Hermione salona geldiklerinde (Ron, Lavender'la birlikte inmişti), masaların gitmiş olduğunu gördüler. Onlar Profesör McGonagall, Snape, Flitwick ve Sprout –Bina Başkanları– ile Harry'nin Bakanlık'tan gelen Cisimlenme Eğitmeni olduğunu tahmin ettiği ufak tefek büyücünün karşısında toplanırken, yağmur yüksek pencerelere vuruyordu; sihirli tavan ise tepelerinde karanlık bir şekilde girdap gibi dönüyordu. Ufak tefek büyücü tuhaf bir şekilde renksizdi, şeffaf kirpikleri, çok ince telli saçları ve cisimsizmiş gibi bir hali vardı, sanki tek bir şiddetli esinti onu savurup götürebilirmiş gibi. Harry acaba sürekli yok olmalar ve yeniden belirmeler mi bir şekilde onun maddesini azaltıyor, yoksa bu narin yapı yok olmak isteyen herkes için ideal mi diye merak etti.

Bütün öğrenciler gelip, Bina Başkanları onları susturduktan sonra, "Günaydın," dedi Bakanlık büyücüsü. "Benim adım Wilkie Twycross ve önümüzdeki on iki haftada sizin Bakanlık Cisimlenme Eğitmeniniz olacağım. Bu süre içinde sizi Cisimlenme sınavınıza hazırlayabileceğimi umarım –"

"Malfoy, sesini kes ve dinle!" diye bağırdı Profesör McGonagall.

Herkes dönüp baktı. Malfoy'un rengi koyu pembeye döndü; fısıldayarak tartışıyor göründüğü Crabbe'den uzaklaşırken çok kızgın görünüyordu. Harry çabucak Snape'e baktı, o da hiddetlenmiş gibiydi; ama Harry bu öfkenin Malfoy'un kabalığından çok, McGonagall'ın onun binasından birini azarlamasından kaynaklandığından fena halde şüpheleniyordu.

"– ki o zamana kadar da çoğunuz sınava girmeye hazır olabilir," diye devam etti Twycross, sanki hiç ara verilmemiş gibi.

"Herhalde biliyorsunuz, genelde Hogwarts içinde Cisimlenmek ya da Buharlaşmak imkânsızdır. Müdür bu sihri, siz çalışabilesiniz diye bir saatliğine, sadece Büyük Salon'da kaldırdı. Bu Salon'un duvarları dışında Cisimlenemeyeceğinizi ve bunu denemenin hiç akıllıca bir şey olmayacağını da vurgulayayım.

"Şimdi tek tek hepinizin, önünüzde net bir buçuk metrelik bir boşluk bırakacak şekilde durmanızı istiyorum."

İnsanlar ayrılır, tekrar birbirine çarpar ve başkalarına kendi boşluklarından çıkmalarını emrederken, büyük bir itişip kakışma ve çekişme oldu. Bina Başkanları öğrenciler arasında dolaşıp, onları hizaya sokarak tartışmaları kestiler.

"Harry, nereye gidiyorsun?" diye sordu Hermione.

Ama Harry ona cevap vermedi; kalabalığın içinde hızla hareket ediyordu: Profesör Flitwick'in, hepsi önde olmak isteyen birkaç Ravenclaw'u hizaya sokmak için tiz sesler çıkararak çabaladığı yeri geçti; Profesör Sprout'un Hufflepuff'ları sıraya girmeye zorladığı yeri de geçti ve sonunda, Ernie Macmillan'dan kaçarak, Malfoy'un tam arkasında kendine yer bulmayı becerdi. Malfoy kalabalığın gerisinde durmuş, genel karışıklıktan yararlanarak, ondan bir buçuk metre uzakta duran ve isyan halindeymiş gibi görünen Crabbe ile tartışmasını sürdürüyordu.

"Daha ne kadar süreceğini bilmiyorum, tamam mı?" diye bağırdı, tam arkasında duran Harry'nin farkında olmayan Malfoy. "Sandığımdan daha uzun sürüyor."

Crabbe ağzını açtı ama Malfoy onun ne söyleyeceğini tahmin ediyor göründü.

"Bak, Crabbe, benim ne yaptığım seni ilgilendirmez, sen ve Goyle sadece size söyleneni yapıp gözcülük yapın!"

"Ben arkadaşlarımın benim için gözcülük yapmalarını istediğimde, onlara ne işler çevirdiğimi söylerim," dedi Harry, ancak Malfoy'un onu duymasına yetecek kadar bir sesle.

Malfoy, eli uçarcasına asasına giderek, olduğu yerde döndü ama tam o anda dört Bina Başkanı, "Susun!" diye bağırdı ve ortalığa yeniden sessizlik çöktü. Malfoy yavaşça dönüp öne baktı.

"Teşekkür ederim," dedi Twycross. "Peki öyleyse..."

Asasını salladı. Bir anda her öğrencinin önünde, yerde, eski moda tahta çemberler belirdi.

"Cisimlenirken, hatırlanacak önemli şeyler üç K'dır!" dedi Twycross. "Konum, Kararlılık, Kontrol!"

"Birinci adım: zihninizi gitmeyi arzu ettiğiniz yer, yani *konum* üzerine şaşmaz şekilde odaklayın," dedi Twycross. "Bu durumda bu yer, çemberinizin içi oluyor. Lütfen şimdi konum üzerinde yoğunlaşın."

Herkes, başkalarının da gözlerini dikmiş çemberine bakıp bakmadığını kontrol etmek için gizlice etrafa baktı, sonra da hemen kendilerine söyleneni yaptılar. Harry, çemberinin içinde kalan daire biçimindeki tozlu zemin parçasına bakarak var gücüyle başka hiçbir şey düşünmemeye çalıştı. Bunun imkânsız olduğu anlaşıldı, çünkü Malfoy'un gözcü gerektirecek ne yaptığını merak etmekten kendini alamıyordu.

"İkinci adım," dedi Twycross, "*kararlılıkla* gördüğünüz boşluğu işgal etmeye odaklanın! Ona girme özleminiz, zihninizden bedeninizin her zerreciğine aksın!"

Harry etrafa gizli gizli göz attı. Biraz sağında Ernie Macmillan çemberini öyle bir azimle süzüyordu ki, yüzü pembeleşmişti, Quaffle boyunda bir yumurta yumurtlamaya çalışıyormuş gibi bir hali vardı. Harry gülmesini zor tuttu ve hemen gözlerini kendi çemberine çevirdi.

"Üçüncü adım," diye seslendi Twycross, "ve ancak ben emir verdiğimde yapılacak... olduğunuz yerde dönerken hiçliğe gidişinizi hissedin, *kontrolle* hareket edin. Şimdi, ben emir verince... bir –"

Harry yeniden etrafa baktı: birçok insan bu kadar çabuk şekilde Cisimlenme'leri istendiği için resmen dehşete kapılmış görünüyordu.

"– iki –"

Harry düşüncelerini yeniden çemberi üzerinde toplamaya çalıştı; üç K'nın ne anlama geldiğini unutmuştu bile.

"- ÜÇ!"

Harry olduğu yerde döndü, dengesini kaybetti, az daha yere kapaklanıyordu. Bu durumdaki tek kişi de o değildi. Bütün Salon, sendeleyen insanlarla dolmuştu birden; Neville sırtüstü yere yapışmıştı; öte yandan, Ernie Macmillan parmak uçlarında dönerek çemberinin içine atlamıştı ve bir an heyecanlanmış göründü; ta ki Dean Thomas'ın ona bakıp kahkahalar attığını fark edene kadar.

"Önemi yok, önemi yok," dedi, daha iyisini beklemediği anlaşılan Twycross, duygusuzca. "Çemberlerinizi düzeltin lütfen ve ilk baştaki konumunuza dönün..."

İkinci deneme, birincisinden iyi sonuç vermedi. Üçüncüsü de aynı derecede kötüydü. Dördüncüye kadar heyecan verici bir şey olmadı. Ama dördüncü kez denediklerinde müthiş bir ıstırap çığlığı duyuldu ve herkes dehşet içinde dönüp baktı: Hufflepuff'tan Susan Bones, çemberinin içinde sağa sola sallanıyordu, sol bacağı hâlâ bir buçuk metre uzakta, başladığı yerdeydi.

Bina Başkanları hemen yanına gitti; bir gümleme duyuldu, mor bir duman görüldü; duman ortadan kalktığında Susan ortaya çıktı. Ağlayan Susan, bacağıyla yeniden bir araya gelmişti ama dehşete kapılmış görünüyordu.

Wilkie Twycross, sakin sakin, "Septirme, ya da gelişigüzel vücut parçalarının ayrılması," dedi, "zihin yeterince *kararlı* olmayınca meydana gelir. Sürekli olarak gideceğiniz *konum* üzerinde yoğunlaşmalı ve telaşla değil ama *kontrollü* hareket etmelisiniz... işte böyle."

Twycross ileri bir adım attı, kolları iki yana açık oracıkta zarafetle döndü ve bir cüppe anaforu içinde gözden kaybolup, Salon'un arkasında yeniden ortaya çıktı.

"Üç K'yı unutmayın," dedi, "ve yeniden deneyin... bir – iki – üç –"

Ama bir saat sonra Susan'ın Septirme'si hâlâ meydana gelmiş en ilginç olaydı. Twycross cesaretini kaybetmiş görünmedi. Pelerinini boynunda tutturarak, sadece, "Önümüzdeki Cumartesi'ye görüşürüz, ve unutmayın: *Konum. Kararlılık. Kontrol.*"

Bunu söyleyince asasını salladı, çemberleri Kaybetti ve yanında Profesör McGonagall ile birlikte yürüyerek Salon'dan çıktı. Giriş Salonu'na doğru giderken, herkes birden konuşmaya başladı.

"Senin nasıl gitti?" diye sordu Ron, telaşla Harry'nin yanına gelerek. "Sanırım son denediğimde bir şey hissettim – ayaklarımda bir tür karıncalanma."

"Herhalde spor ayakkabıların çok küçük, Von-Von," dedi arkalarında bir ses ve Hermione, pis pis gülerek yanlarından geçti.

"Ben hiçbir şey hissetmedim," dedi Harry, onun araya girmesine aldırmayarak. "Ama artık aldırmıyorum, çünkü –"

"Ne demek aldırmıyorum?... Cisimlenmeyi öğrenmek istemiyor musun?" dedi Ron, kulaklarına inanmazcasına.

"Doğrusu, kaygılanmıyorum. Uçmayı tercih ederim," dedi Harry, omzunun üstünden Malfoy'un nerede olduğuna bakıp, Giriş Salonu'na geldiklerinde hızlanarak. "Bak, acele et, tamam mı, yapmak istediğim bir şey var..."

Şaşıran Ron, koşarak Gryffindor Kulesi'ne giden Harry'yi izledi. Dördüncü katta bir kapıyı sıkıştırıp kapatmış ve kendi pantolonunu ateşe vermeyen kimseyi geçirmeyeceğini söyleyen Peeves bir süre onları yollarından alıkoydu ama Harry ve Ron, geri dönüp güvenilir kestirmelerinden birine dalarak bu sorunu hallettiler. Beş dakika sonra, portre deliğinden içeri tırmanıyorlardı.

"Bize ne yaptığımızı söyleyecek misin sen?" diye sordu, biraz soluk soluğa kalmış olan Ron.

"Yukarı," dedi Harry ve önden gidip orta salonu aşarak, erkeklerin merdivenine giden kapıyı açtı.

Yatakhane, Harry'nin umduğu gibi, boştu. Sandığının kapağını bir hamlede açıp, Ron sabırsızlıkla onu izlerken, içini karıştırmaya koyuldu.

"Harry..."

"Malfoy, Crabbe ile Goyle'u gözcü olarak kullanıyor. Az önce Crabbe ile tartışıyordu. Bilmek istediğim... hah."

Bulmuştu, kare şeklinde katlanmış, boş görünen bir parşömendi bu; açtı ve asasının ucuyla ona dokundu.

"*Bütün ciddiyetimle yemin ederim ki, hayırlı bir şey düşünmüyorum*... ya da, en azından, Malfoy düşünmüyor."

Birden, parşömenin yüzeyinde Çapulcu Haritası belirdi. Şatonun her bir katının detaylı bir planıydı bu; üzerinde de şatonun her bir sakinini gösteren etiketli minicik siyah noktalar geziniyordu.

"Malfoy'u bulmama yardım et," dedi Harry, aceleyle.

Harry haritayı yatağının üstüne koydu, Ron'la ikisi eğilip aramaya başladılar.

"İşte!" dedi Ron, bir dakika kadar sonra. "Slytherin ortak salonunda, bak... Parkinson, Zabini, Crabbe ve Goyle'la..."

Harry, hayal kırıklığına uğramış halde, eğilip haritaya baktı, ama hemen hemen aynı anda toparlandı.

"Eh, bundan sonra gözüm onun üstünde," dedi, kararlı bir şekilde. "Ve onu bir yere sinmiş, Crabbe ve Goyle'u da dışarıda gözcülük yaparken gördüğümde, benim Görünmezlik Pelerini'ni taktığım gibi ne iş çeviriyor diye –"

Neville yatakhaneye girince sustu; beraberinde kuvvetli bir yanık kokusu getiren Neville, sandığını karıştırarak yeni bir pantolon aramaya başladı.

Malfoy'u yakalama konusundaki azmine rağmen, Harry'nin sonraki iki hafta boyunca şansı yaver gitmedi. Haritaya mümkün olduğu kadar sık sık baktığı ve Malfoy nerede diye aramak için ders aralarında gereksiz yere tuvalete gittiği halde, onu bir kez bile şüpheli bir yerde görmedi. Gerçi Crabbe ve Goyle'u şatoda her zamankinden sık kendi başlarına gezinirken ve bazen de boş koridorlarda dururken gördü ama, bu sıralarda Malfoy yalnızca onların yakınında bir yerde olmamakla kalmıyordu, haritada yerini saptamak da imkânsız oluyordu. Çok esrarengiz bir durumdu bu. Harry onun okul arazisi dışına çıkma ihtimalini ölçüp biçti, ama şimdi şatodaki son derece yüksek güvenlik düzeyi göz önüne alınınca, bunu nasıl yapabileceğini kestiremedi. Sadece, haritanın üstündeki yüzlerce minik siyah leke arasında Malfoy'u gözden kaçırdığını tahmin edebiliyordu. Genelde birbirinden ayrılmaz olan Malfoy ile Crabbe ve Goyle'un ayrı ayrı dolaşmalarına gelince, insanlar büyüdükçe böyle şeyler oluyordu – Ron ve Hermione, diye hüzünle duşundü Harry, bunun canlı kanıtıydı.

Şubat sonuna yaklaşıp Mart gelirken havada bir değişiklik görülmedi, sadece rutubetin yanına rüzgâr da eklenmişti. Bütün ortak salonların ilan tahtalarına asılan ve Hogsmeade'e yapılacak bir sonraki gezinin iptal edildiğini bildiren bir duyuru, herkesin öfkelenmesine yol açtı. Ron çok kızmıştı.

"Doğum günümdeydi!" dedi. "Büyük bir hevesle bekliyordum!"

"Ama büyük bir sürpriz değil, ha?" dedi Harry. "Katie'nin başına gelenlerden sonra."

Katie, hâlâ St. Mungo'dan dönmemişti. Üstelik, *Gelecek Postası* başka kaybolma olayları da olduğunu bildiriyordu ve aralarında Hogwarts'taki bazı öğrencilerin akrabaları da vardı.

"Şimdiyse tek bekleyeceğim şey, aptal Cisimlenme!" dedi Ron, huysuz huysuz. "Ne doğum günü hediyesi ama..."

Cisimlenme, üç ders sonra da hâlâ her zamanki kadar zordu, birkaç kişi daha kendilerini Septirmeyi başarmıştı, o kadar. Hayalkırıklığı almış yürümüştü ve Wilkie Twycross ile üç K'sına karşı bir miktar hınç da duyuluyordu; hatta bu hınç ona uygun görülen ve en kibarı Köpek-nefesli ve Kalın-kafalı olan birkaç lakaba esin kaynağı da olmuştu.

Mart'ın birinde, kahvaltıya gitmek için yatakhaneden gürültüyle çıkan Seamus ve Dean tarafından uyandırılınca Harry, "Mutlu yıllar, Ron," dedi. "Al sana bir hediye."

Paketi Ron'un yatağına, Harry'nin gece ev cinleri tarafından getirildiğini sandığı küçük bir paket yığınının yanına fırlattı.

"Sağol," dedi Ron uykulu uykulu. O ambalaj kâğıdını yırtarken, Harry de yatağından kalkıp kendi sandığını açtı, her kullanımdan sonra sakladığı Çapulcu Haritası'nı bulmak için karıştırmaya başladı. Sandığın içindekilerin yarısını dışarı çıkardıktan sonra onu, hâlâ şans iksiri Felix Felicis'i muhafaza ettiği top yapılmış çorapların altında saklanmış buldu.

"Pekâlâ," dedi, onu beraberinde yatağa götürüp üzerine yavaşça dokundu ve "Bütün ciddiyetimle yemin ederim ki, hayırlı bir şey düşünmüyorum," diye öyle alçak sesle mırıldandı ki o sırada yatağının ayak ucundan geçen Neville onun ne dediğini duymadı.

"Çok güzel, Harry!" dedi Ron coşkuyla, Harry'nin ona verdiği bir çift yeni Quidditch Tutucu eldivenini sallıyordu.

"Bir şey değil," dedi Harry dalgın dalgın, Slytherin yatakhanesini Malfoy'u bulmak için iyice ararken. "Hey... Sanırım yatakta değil..."

Ron cevap vermedi; harıl harıl hediye paketlerini açıyor, arada bir keyiften çığlık atıyordu.

"Bu yıl iyi mal kaldırdık!" diye ilan etti, kenarında tuhaf sembolleri ve yelkovan ile akrep yerine minicik hareket eden yıldızları olan, ağır altın bir saati göstererek. "Annemle babamın bana ne aldığını gördün mü? Vay canına, sanırım gelecek yıl da rüştümü ispat ediyorum..."

"Süper," diye mırıldandı Harry, haritaya daha yakından bakmadan önce saate bir göz attı. Malfoy neredeydi? Büyük Salon'da, Slytherin masasında kahvaltı ediyor gibi görünmüyordu... odasında oturan Snape'in de yakınlarında değildi... tuvaletlerden birinde ya da hastane kanadında da...

"Bir tane ister misin?" dedi Ron, kısık bir sesle, ona bir kutu Çikolata Kazan uzatarak.

"Yok, teşekkürler," dedi Harry, başını kaldırarak. "Malfoy gene gitmiş!"

"Gidemez," dedi Ron, giyinmek için yataktan tembelce kalkarken ağzına bir Kazan daha tıktı. "Gel hadi, acele etmezsen boş mideyle Cisimlenmek zorunda kalacaksın... gerçi daha kolaylaştırabilir, sanırım..."

Ron Çikolata Kazan kutusuna düşünceli düşünceli baktı, sonra omzunu silkti ve üçüncü bir tane daha yedi.

Harry haritaya asasıyla dokundu, doğru olmasa da "Muziplik tamamlandı" diye mırıldandı ve ciddi ciddi düşünerek giyindi. Malfoy'un dönem dönem ortadan kaybolmasının bir açıklaması olmalıydı, ama ne yazık ki bunun ne olabileceği aklına gelmiyordu. Onu izlemenin en iyi yolu peşine takılmaktı ama Görünmezlik Pelerini olsa bile uygulanamaz bir fikirdi bu; dersleri vardı, sonra Quidditch antrenmanı, ev ödevleri ve Cisimlenme; yokluğu dikkat çekmeksizin bütün gün okulda Malfoy'u takip edemezdi.

"Hazır mısın?" dedi Ron'a.

Yatakhane kapısının yarı yoluna varmıştı ki, Ron'un yerinden kıpırdamadığını fark etti; karyolasının direğine yaslanmış, yüzünde tuhaf, odaklanmamış bir bakışla yağmurun dövdüğü camdan dışarı bakıyordu.

"Ron? Kahvaltı."

"Karnım aç değil."

Harry ona bakakaldı.

"Ama sanıyordum ki sen az önce –"

"Eh, tamam, seninle aşağı inerim," diye içini çekti Ron, "ama yemek istemiyorum."

Harry şüpheyle onu inceledi.

"Az önce yarım kutu Çikolata Kazan yedin, değil mi?"

"Ondan değil," diye Ron yeniden içini çekti. "Sen... sen anlamazsın."

Harry şaşırmış olsa da, "Madem öyle diyorsun," dedi, kapıyı açmak için dönerken.

"Harry!" dedi Ron birden.

"Ne?"

"Harry, dayanamıyorum!"

"Neye dayanamıyorsun?" dedi Harry, şimdi gerçekten endişelenmeye başlamıştı. Ron hayli solgundu ve sanki kusacakmış gibi görünüyordu.

"Onu düşünmeden duramıyorum!" dedi, boğuk bir sesle.

Harry ağzı açık ona bakakaldı. Bunu beklemiyordu, duymak istediğinden de emin değildi. Evet, arkadaş olabilirlerdi ama eğer Ron, Lavender'a "Lav-Lav" demeye başlarsa, Harry masaya yumruğunu vurmak zorunda kalacaktı.

"Bu neden kahvaltı etmene engel oluyor ki?" diye sordu Harry, olup bitenlere bir nebze sağduyu katmaya çalışarak.

"Benim varlığımdan bile haberi olduğunu sanmıyorum," dedi Ron, umutsuzca bir hareketle.

"Senin varlığından kesinlikle haberi var," dedi Harry, şaşkınlıkla. "Boyuna seni öpüyor, değil mi?"

Ron gözlerini kırptı.

"Sen kimden söz ediyorsun?"

"*Sen* kimden söz ediyorsun?" dedi Harry, konuşmanın gitgide mantıksız bir hal aldığı hissiyle.

"Romilda Vane," dedi Ron usulca. Bunu söylerken, sanki en saf güneş ışını vurmuş gibi, bütün yüzü aydınlandı.

Birbirlerine neredeyse tam bir dakika gözlerini dikip baktılar, sonra Harry, "Bu bir şaka, değil mi?" dedi. "Şaka ediyorsun."

"Sanırım... Harry, sanırım onu seviyorum," dedi Ron, boğazlanıyormuş gibi bir sesle.

"Peki," dedi Harry, o camlaşmış gözlerle soluk tene daha iyi bakabilmek için Ron'un yanına gitti. "Peki... bir kere daha gülmeden söyle aynı şeyi bakayım."

"Onu seviyorum," diye tekrarladı Ron, soluk soluğa. "Saçını gördün mü, öyle siyah ve parlak ve ipeksi ki... ya gözleri? Kocaman siyah gözleri? Ve –"

"Gerçekten komik falan, ama," dedi Harry sabırsızca, "şaka bitti, tamam mı? Kes şunu."

Gitmek üzere döndü; daha kapıya doğru iki adım atmıştı ki sağ kulağına sağlam bir darbe aldı. Sendeleyerek dönüp baktı. Ron yumruğunu geri çekmişti, yüzü öfkeyle kasılmıştı; gene vurmak üzereydi.

Harry içgüdüsel bir tepki gösterdi; bilinçli bir şekilde düşünmeden asası cebinden çıktı ve büyülü sözler aklına geldi: *Levicorpus!*

Ayak bileği bir kez daha yukarı kıvrılırken Ron çığlığı bastı; çaresiz bir şekilde, tepe üstü, cüppesi aşağı sarkarak havada asılı kaldı.

"O da niyeydi ki?" diye böğürdü Harry.

"Ona hakaret ettin, Harry! Şaka olduğunu söyledin!" diye bağırdı, kan başına hücum ettiğinden yüzünün rengi yavaş yavaş mora dönen Ron.

"Bu çılgınlık!" dedi Harry. "Sana ne ol–"

Sonra Ron'un yatağında açık duran kutuyu gördü ve hakikat, hızla koşan bir ifritin gücüyle onu çarptı.

"Bu Çikolata Kazanları nereden aldın?"

"Doğum günü armağanıydı!" diye haykırdı Ron, kurtulmaya çalışırken yavaş yavaş havada dönüyordu. "Sana da bir tane ikram ettim, değil mi?"

"Onları yerden topladın, değil mi?"

"Yatağımdan düşmüşlerdi, tamam mı? Bırak beni!"

"Yatağından düşmediler, seni salak, anlamıyor musun? Onlar benimdi, haritayı ararken sandığımdan atmışım. Bunlar Romilda'nın bana Noel'den önce verdiği Çikolata Kazanlar ve hepsine aşk iksiri konmuş!"

Ama Ron bunların içinde bir tek kelimeyi anlamış göründü.

"Romilda?" diye tekrarladı. "Romilda mı dedin? Harry – onu tanıyor musun? Beni tanıştırabilir misin?"

Harry şimdi yüzünde fevkalade umutlu bir ifadeyle havada asılı duran Ron'a baktı ve güçlü bir kahkaha atma arzusuyla boğuştu. Bir yanı –nabız gibi atan sağ kulağına en yakın olan yan– Ron'u indirip iksirin etkisi geçene kadar zıvanadan çıkmasını izle diyordu... ama sonuçta arkadaştılar, Ron ona saldırdığında kendinde değildi ve Harry, eğer kendisi Ron'un Romilda Vane'e olan ebedi aşkını ilan etmesine izin verirse bir yumruğu daha hak edeceğini düşünüyordu.

"Evet, seni tanıştıracağım," dedi Harry, hızla düşünerek. "Şimdi seni indireceğim, tamam mı?"

Ron'u hızla yere çakılmak üzere bıraktı (sonuçta Harry'nin kulağı epeyce acıyordu) ama Ron sırıtarak tekrar ayağa kalkmakla yetindi.

"Slughorn'un odasında olacak," dedi Harry, tereddüt etmeden. Öne düşüp kapıya doğru gitti.

"Niye orada olacak ki?" diye sordu Ron merakla, ona yetişmek için acele ederek.

"Aa, onunla ek İksir dersi yapıyor," dedi, alabildiğine uyduran Harry.

"Belki ben de onunla ders alabilir miyim diye sorarım, ha?" dedi Ron, hevesle.

"Harika fikir," dedi Harry

Lavender portre deliğinin yanında bekliyordu, Harry'nin tahmin etmediği bir sorundu bu.

"Geç kaldın, Von-Von!" dedi, dudağını sarkıtarak. "Sana bir doğum gün–"

"Rahat bırak beni," dedi Ron sabırsızca. "Harry beni Romilda Vane'le tanıştıracak."

Ve ona başka tek kelime etmeden portre deliğinden dışarı çıktı. Harry, Lavender'a özür dileyen bir yüzle bakmaya çalıştı ama belki de sadece eğlenen bir ifade takınmıştı, çünkü Şişman Hanım arkalarından çarpıp kapanırken, kız ona daha da incinmiş şekilde bakıyordu.

Harry, Slughorn kahvaltıda olabilir diye biraz endişelenmişti, neyse ki üzerinde yeşil kadife bir ropdöşambr ve ona uygun bir gece takkesiyle, gözleri hayli kızarmış halde, ilk vuruşunda odasının kapısını açtı.

"Harry," diye mırıldandı, "ziyaret için çok erken... Cumartesileri genelde geç saatlere kadar uyurum..."

"Profesör, sizi rahatsız ettiğim için gerçekten üzgünüm," dedi Harry, mümkün olduğu kadar usulca; bu arada Ron parmaklarının üzerinde kalkmış, Slughorn'un yanından odasına bakmaya çalışıyordu, "ama arkadaşım Ron yanlışlıkla bir aşk iksiri yuttu. Ona bir panzehir yapamaz mıydınız acaba? Madam Pomfrey'ye götürürdüm ama Weasley Büyücü Şakaları'ndan hiçbir şey almamamız gerekiyor ve, bilirsiniz... tatsız sorular..."

"Ben de sen ona hemencecik bir deva hazırlarsın sanırdım, Harry, senin gibi usta bir iksirci, neden yapmasın?" diye sordu Slughorn.

"Şey," dedi Harry, zorla içeri girmek isteyen Ron'un şu anda dirsekleriyle onun kaburgalarına vuruyor olması biraz kafasını karıştırıyordu, "yani, bir aşk iksiri için hiç panzehir hazırlamamıştım, efendim, ve ben onu doğru bir şekilde hazırlayana kadar Ron ciddi bir şeyler yapabilirdi –"

Neyse ki Ron da, "Onu göremiyorum, Harry – yoksa onu saklıyor mu?" diye inlemek için tam da o ânı seçti.

"Bu iksirin tarihi geçmemişti, değil mi?" diye sordu Slughorn, şimdi Ron'a mesleki bir ilgiyle bakıyordu. "Biliyorsun, ne kadar uzun süre saklanırlarsa o kadar kuvvetleniyorlar."

"Bu birçok şeyi açıklıyor," diye soludu Harry, artık Slughorn'u yere yapıştırmasın diye Ron ile resmen güreşiyordu. "Bugün doğum günü, Profesör," diye ekledi, yalvarırcasına.

"Ee, peki, gelin bakalım içeri, gelin," dedi Slughorn, merhamet göstererek. "Gerekli şeyler şurada çantamda olmalı, zor bir panzehir değildir..."

Ron, Slughorn'un haddinden sıcak, dopdolu odasına kapıdan hızla daldı, püsküllü bir tabureye takıldı, Harry'yi boyun civarından yakalayarak yeniden dengesini buldu ve mırıldandı: "Bunu görmemiştir, değil mi?"

"Henüz gelmemiş," dedi Harry. Slughorn'un İksir setini açıp küçük kristal bir şişeye bir tutam ondan, bir tutam bundan katmasını izleyerek.

"İyi," dedi Ron, ateşli bir şekilde. "Nasıl görünüyorum?"

"Çok yakışıklı," dedi Slughorn, kibarca, Ron'a bir bardak berrak sıvı uzattı. "İç bakalım şunu, heyecanını yatıştırmak için bir tonik, o geldiğinde sakin olmanı sağlar, anlıyorsun ya."

"Harika" dedi Ron hevesle ve panzehiri gürültüyle yuttu.

Harry ve Slughorn onu gözlediler. Ron bir an onlara sırıtarak baktı. Sonra, çok yavaşça, sırıtması azaldı ve yok oldu, yerini müthiş bir dehşet ifadesi aldı.

"Normale döndün, ha?" dedi Harry, sırıtarak. Slughorn kıkırdadı. "Çok teşekkürler, Profesör."

"Bir şey değil, oğlum, bir şey değil," dedi Slughorn, Ron

perişan halde yakındaki bir koltuğa yığılırken. "Canlandırıcı bir içkiye ihtiyacı var bunun," diye devam etti Slughorn, şimdi içkilerle dolu bir masaya doğru telaşla gidiyordu. "Kaymak Biram var, şarabım var, şu meşede-dinlenmiş şekerli içkinin son şişesi var... hımm... bunu Noel'de Dumbledore'a vermeyi düşünüyordum... ah neyse..." omzunu silkti "...hiç sahip olmadığı bir şeyin eksikliğini çekemez! Niye şimdi şişeyi açıp Mr Weasley'nin doğum gününü kutlamıyoruz? Hayal kırıklığıyla sonuçlanmış aşkın sancılarını kovalamak için iyi bir içkiden iyisi yoktur..."

Yeniden kıkırdadı, Harry de ona katıldı. Gerçek anıyı ondan almaya yönelik, felaketle sonuçlanan ilk denemesinin ardından Slughorn'la ilk kez bu kadar, neredeyse yalnız kalıyordu. Belki de Slughorn'u keyifli halde tutarsa... belki de meşede-dinlenmiş şekerli içkiden yeterince içerlerse...

"Alın bakalım," dedi Slughorn, Harry ve Ron'a birer bardak şekerli içki verip, kendininkini de havaya kaldırırken. "Eh, çok mutlu yıllar, Ralph –"

"– Ron –" diye fısıldadı Harry.

Ama şerefine söylenenleri dinlemiyormuş gibi görünen Ron, şekerli içkiyi ağzına döküp yutmuştu bile.

Harry'nin bir şeylerin korkunç şekilde ters gittiğini anlaması için bir saniye geçti, bir kalp çarpışından az süre. Slughorn ise besbelli ki anlamamıştı.

"– ve daha nice –"

"Ron!"

Ron bardağını düşürmüştü; koltuğundan yarım kalktı ve sonra çöktü, kollarıyla bacakları kontrol dışı şekilde sarsılıyordu. Ağzından köpükler akıyordu, gözleri dışarı uğramıştı.

"Profesör!" diye böğürdü Harry. "Bir şeyler yapın!"

Ama Slughorn şoktan felç olmuş gibiydi. Ron'un her yanı seğiriyordu, nefesi tıkanmıştı, boğuluyor gibiydi: Teninin rengi maviye dönüyordu.

"Ne – ama –" dedi Slughorn, tükürür gibi.

Harry, alçak bir masanın üstünden sıçrayarak Slughorn'un açık olan iksir setine doğru gidip, kavanozlarla torbaları çekip çıkarırken, Ron'un gargara yapar gibi solumasının korkunç sesi odayı dolduruyordu. Derken aradığını buldu – Slughorn'un İksir dersinde ondan aldığı büzülmüş böbrek biçimindeki taş.

Ron'un yanına koştu, çenesini çekip zorla açtı ve beziri ağzına attı. Ron adamakıllı titredi, sarsılarak bir soluk aldı ve vücudu gevşedi, hareketsizleşti.

ON DOKUZUNCU BÖLÜM

Ev Cinleri Takipte

"Yani, genel olarak, Ron'un iyi doğum günlerinden biri denemez, değil mi?" dedi Fred.

Akşam olmuştu; hastane kanadı sakindi, pencerelerin perdeleri çekilmişti, lambalar ise yanıyordu. Tek dolu yatak, Ron'unkiydi. Harry, Hermione ve Ginny, yatağın çevresinde oturuyorlardı; bütün günü çift kapının dışında durup, biri girdikçe ya da çıktıkça içeriyi görmeye çalışarak geçirmişlerdi. Madam Pomfrey onları ancak saat sekizde içeri almıştı. Fred ve George, sekizi on geçe gelmişlerdi.

George, büyük bir armağan paketini Ron'un komodinine bırakıp Ginny'nin yanına oturarak, "Armağanımızı bu şekilde vermeyi hayal etmemiştik," dedi, asık suratla.

"Evet, gözümüzün önüne getirdiğimiz sahnede, bilinci yerindeydi," dedi Fred.

"Biz orada Hogsmeade'de, ona sürpriz yapmak için beklerken –" dedi George.

"Hogsmeade'de miydiniz?" diye sordu Ginny, başını kaldırarak.

Fred kasvetle, "Zonko'nun yerini almayı düşünüyorduk," dedi. "Hani bir Hogsmeade şubesi olsun diye, ama eğer artık sizlere hafta sonlarında izin verilmeyecekse de bizim mallarımızı alamayacaksanız ne faydası var ki... neyse, şimdi bunu boş verin."

Bir iskemle çekip Harry'nin yanına oturdu ve Ron'un solgun yüzüne baktı.

"Tam olarak nasıl oldu, Harry?"

Harry şimdiye kadar Dumbledore'a, McGonagall'a, Madam Pomfrey'ye, Hermione'ye ve Ginny'ye yüz kere anlattığı hissine kapıldığı hikâyeyi bir kez daha anlattı.

"..ve sonra ben de beziri boğazına soktum, nefes alması biraz rahatladı, Slughorn yardım getirmeye koştu. McGonagall ve Madam Pomfrey geldiler ve Ron'u buraya getirdiler. İyileşeceğini düşünüyorlar. Madam Pomfrey diyor ki, burada bir iki hafta kalması gerekiyormuş... ve Sedefotu Özü almayı sürdürmesi..."

"Vay canına, beziri düşünmen büyük şansmış," dedi George, alçak sesle.

"Odada bir tane olması da büyük şanstı," dedi Harry; küçük taşı bulamasa neler olabileceğini düşündükçe içi ürperiyordu.

Hermione neredeyse duyulamayacak kadar hafif bir şekilde burnunu çekti. Gün boyunca olağanüstü suskun kalmıştı. Hastane kanadının dışında, bembeyaz bir yüzle Harry'nin üstüne atılıp neler olduğunu öğrenmek istemiş; sonra da Harry ile Ginny'nin, Ron'un nasıl zehirlendiği konusundaki saplantılı tartışmalarına hemen hemen hiç katılmamıştı. Ron'u görmelerine izin verilene kadar, sadece çenesi kilitlenmiş, korkmuş bir halde yanlarında durmuştu.

"Annemle babam biliyor mu?" diye Fred sordu Ginny'ye.

"Onu gördüler bile, bir saat önce geldiler – şu anda Dumbledore'un odasındalar ama, geri dönecekler..."

Ron'un uykusunda biraz mırıldanmasını izlerlerken, bir sessizlik oldu.

"Demek zehir içkideymiş?" dedi Fred, usulca.

Harry hemen, "Evet," dedi; başka hiçbir şey düşünemiyordu ve bunu tekrar konuşma fırsatı çıktı diye sevinmişti. "Slughorn boşalttı –"

"Sen görmeden Ron'un bardağına bir şey atmış olabilir mi?"

"Belki de," dedi Harry, "ama Slughorn niye Ron'u zehirlemek istesin ki?"

"Hiçbir fikrim yok," dedi Fred, kaşlarını çatarak. "Bardakları yanlışlıkla karıştırmış olabilir mi dersin? Hani, seninki diye?"

"Slughorn Harry'yi niye zehirlemek istesin?" diye sordu Ginny.

"Bilmiyorum," dedi Fred, "ama Harry'yi zehirlemek isteyen bir sürü insan olmalı, değil mi? 'Seçilmiş Kişi', diye yani?"

"Yani sence Slughorn bir Ölüm Yiyen mi?" dedi Ginny.

"Her şey mümkün," dedi Fred, kasvetle.

"İmperius Laneti'nin etkisi altında olabilir," dedi George.

"Ya da masum olabilir," dedi Ginny. "Zehir şişedeydi belki, öyleyse de hedef Slughorn demektir."

"Slughorn'u kim öldürmek ister ki?"

Harry, "Dumbledore'a göre Voldemort, Slughorn'u kendi tarafında istiyor," dedi. "Slughorn Hogwarts'a gelmeden önce bir yıl boyunca saklanmış. Ve..." Dumbledore'un henüz Slughorn'dan çıkartamadığı anıyı düşündü, "ve belki de Voldemort onun ortalıktan çekilmesini istiyordur," dedi, "belki Dumbledore için kıymetli olduğunu düşünüyordur."

"Ama sen Slughorn şişeyi Noel'de Dumbledore'a vermeyi planlıyormuş dedin," diye hatırlattı Ginny. "Öyleyse zehri koyanın hedefi, bal gibi Dumbledore da olabilir."

"Öyleyse zehri koyan kişi Slughorn'u iyi tanımıyormuş," dedi, saatlerdir ilk kez konuşan ve sesi fena halde üşütmüş gibi çıkan Hermione. "Slughorn'u tanıyan herkes, bu kadar lezzetli bir şeyi büyük ihtimalle kendine saklayacağını bilirdi."

"Ör-may-ni," diye hiç beklenmedik bir anda ortalarında çatlak bir sesle konuştu Ron.

Hepsi susup endişeyle ona baktı, ama Ron, bir an anlaşılmaz şeyler mırıldandıktan sonra horlamaya başladı.

Yatakhanenin kapıları ardına kadar açılınca hepsi yerinden zıpladı: Hagrid uzun adımlarla onlara doğru geliyordu, saçları yağmurdan ıslanmıştı, ayıderisi paltosu arkasında pat pat çarpıyordu, elinde bir arbalet vardı, yerde boydan boya yunus boyunda çamurlu ayak izleri bırakıyordu.

"Bütün gün ormandaydım," dedi soluk soluğa. "Aragog daha da kötüledi, ona bir şeyler okuyordum – akşam yemeği için daha ancak şimdi ayağa kalktı, sonra da Profesör Sprout bana Ron'un durumunu söyledi! Nasıl o?"

"Kötü değil," dedi Harry. "İyileşeceğini söylüyorlar."

Telaşla odasından çıkan Madam Pomfrey, "Bir seferde altı ziyaretçiden fazlası yok!" dedi.

George, "Hagrid'le birlikte altı kişi olduk," diye belirtti.

"Ah... evet..." dedi Madam Pomfrey, iri cüssesi yüzünden Hagrid'i birkaç kişi niyetine saymış gibi görünüyordu. Şaşkınlığını örtmek için asasıyla alelacele onun çamurlu ayak izlerini temizlemeye koştu.

"Buna inanmıyorum," dedi Hagrid kısık sesle, Ron'a doğru bakarken kocaman, taraz taraz saçlı başını sallayarak. "İnanmıyorum yahu... şurda yatışına bak... kim ona zarar vermek ister ki, ha?"

"Biz de tam onu konuşuyorduk," dedi Harry. "Bilmiyoruz."

"Birinin Gryffindor Quidditch takımına karşı garezi olamaz, di mi?" dedi Hagrid endişeyle. "Önce Katie, şimdi de Ron..."

"Birinin bir Quidditch takımını temizlemeye kalkacağını hiç sanmıyorum," dedi George.

Fred, adil davranarak, "Wood bu işten sıyrılabileceğini bilse, Slytherin'leri temizlerdi," dedi.

"Eh, Quidditch olduğunu sanmıyorum, ama saldırılar arasında bir bağ var," dedi Hermione usulca.

"Bunu nereden çıkardın?" diye sordu Fred.

"Her şeyden önce, öldürücü olmaları gerekiyordu, oysa olmadılar, ama bu sırf şanstan. İkincisiyse, göründüğü kadarıyla ne zehir, ne de gerdanlık ölmesi planlanan kişiye ulaştı. Tabii," diye ekledi, kara kara düşünerek, "bu durum bütün bunların arkasındaki kişiyi bir anlamda daha da tehlikeli kılıyor, çünkü kurbanlarına ulaşmadan önce kaç kişiyi ortadan kaldırdıklarına aldırmıyor görünüyorlar."

Kimse bu korkutucu beyana cevap veremeden, yatakhane kapıları yeniden açıldı, Mr ve Mrs Weasley telaşla koğuşta ilerledi. Koğuşa son geldiklerinde sadece Ron'un tamamen iyileşeceğini öğrenecek kadar kalmışlardı; bu sefer Mrs Weasley Harry'yi yakaladı ve ona sıkı, sıkı sarıldı.

"Dumbledore bize onu bezirle nasıl kurtardığını söyledi," diye hıçkırdı. "Ah, Harry, ne diyebiliriz ki? Ginny'yi kurtardın... Arthur'u kurtardın... şimdi de Ron'u kurtardın..."

"Yapmayın... yapmadım..." diye mırıldandı Harry beceriksizce.

"Şimdi durup düşünüyorum da, ailemizin yarısı hayatlarını sana borçlu görünüyor," dedi Mr Weasley boğuk bir sesle. "Eh, söyleyebileceğim tek şey şu: Ron'un Hogwarts Ekspresi'nde senin kompartımanında oturmaya karar verdiği gün, Weasley'ler için şanslı bir günmüş, Harry."

Harry buna verecek cevap bulamadı ve Madam Pomfrey onları bir kez daha Ron'un yatağı etrafında sadece altı ziyaretçi olması gerektiği konusunda uyarınca, neredeyse sevindi. Hermione ile ikisi hemen kalktılar. Hagrid de, Ron'u ailesiyle bırakarak, onlarla gitmeye karar verdi.

Üçü koridordan mermer merdivene doğru yürürken, "Korkunç bir şey," diye homurdandı Hagrid sakalına doğru. "Bunca güvenlik önlemi var ve çocuklar gene de inciniyor... Dumbledore acayip üzüldü... fazla bir şey söylemiyor ama, ben anlıyorum..."

"Hiçbir fikri yok mu, Hagrid?" diye sordu Hermione çaresizce.

"Herhalde yüzlerce fikri vardır, onunki gibi bir beyin," dedi Hagrid vefalı bir şekilde. "Ama o gerdanlığı kimin gönderdiğini bilmiyor, şaraba zehri kimin koyduğunu da, yoksa yakalanmış olurlardı, di mi? Beni asıl kaygılandıran," dedi Hagrid, sesini alçaltıp omzunun üzerinden arkaya bir göz atarak (Harry, her ihtimale karşı, Peeves var mı diye tavanı da kontrol etti), "çocuklar saldırıya uğrayıp durursa Hogwarts'ın ne kadar açık kalacağı. Yeniden Sırlar Odası gibi, di mi? Paniğe kapılanlar olacak, giderek daha çok sayıda anneyle baba çocuklarını okuldan alacak, bir de bakacaksın ki yönetim kurulu..."

Uzun saçlı bir kadının hayaleti sakin sakin yanlarından süzülüp geçerken Hagrid konuşmayı kesti, sonra da kısık sesle fısıldayarak sürdürdü: "...yönetim kurulu okulu tamamen kapatmaktan söz etmeye başlayacak."

"Yok canım!" dedi Hermione, kaygılı görünerek.

"Onların bakış açısından görmek gerek," dedi Hagrid üzgün üzgün. "Yani bir çocuğu Hogwarts'a göndermek hep bir parça riskli olmuştur, di mi? Kaza olmasını beklersin, di mi, yüzlerce küçük yaşta büyücü bir araya kapatılmış ne de olsa... ama cinayete kalkışmak, bu başka işte. O yüzden de Dumbledore kızdı diye hiç şaşmamalı Sn–"

Hagrid bir anda kalakaldı, keçeleşmiş siyah sakalından görüldüğü kadarıyla, yüzünde tanıdık, suçlu bir ifade belirdi.

"Ne?" dedi Harry çabucak. "Dumbledore Snape'e kızdı mı?"

"Ben böyle şey demedim hiç," dedi Hagrid, oysa paniğe kapılmış hali, foyasını çoktan ortaya çıkarmıştı. "Saate bak, kaç olmuş, gece yarısına yaklaşıyor, ben artık –"

"Hagrid, Dumbledore niye Snape'e kızdı?" diye sordu Harry, yüksek sesle.

"Hişşt!" dedi Hagrid, hem tedirgin, hem öfkeli görünüyordu. "Böyle bağırma Harry, işimi kaybedeyim mi istiyorsun? Ama, sana ne, di mi, umrunda olmaz, zaten bıraktın da Sihirli Hay–"

"Bana duygu sömürüsü yapma, faydası olmaz!" dedi Harry şiddetle. "Snape ne yapmış?"

"Bilmiyorum, Harry, aslında hiç duymamalıydım! Ben – şey, geçen akşam Orman'dan çıkıyordum, onların konuştuğunu duydum – şey, tartıştığını yani. Dikkati kendime çekmek istemedim, onun için de dinlemeyeyim diye gizlendim, ama – şey, hararetli bir tartışmaydı, ve duymamak zordu."

"Ee," diye teşvik etti onu Harry, Hagrid kocaman ayaklarını rahatsız rahatsız sürürken.

"Eh işte – sadece Snape'i Dumbledore'a, birçok şeyi cepte saymakla hata ettiğini ve belki de onun –Snape'in– artık bunu yapmak istemediğini söylerken duydum –"

"Neyi?"

"Bilmiyorum, Harry, Snape kendisinin fazlaca çalıştırıldığını düşünüyordu sanki, hepsi bu – neyse, Dumbledore da ona dobra dobra yapmaya söz verdin, işte o kadar, dedi. Çok kararlı konuştu. Sonra da Snape'in kendi binasında, Slytherin'de soruşturma yapması hakkında bir şeyler söyledi. Eh, bunun şaşılacak yanı yok!" diye ekledi Hagrid aceleyle; Harry ve Hermione birbirlerine anlamlı anlamlı bakarken. "Bütün Bina Başkanları'ndan o gerdanlık işini araştırmaları istendi –"

"Evet, ama Dumbledore öbürleriyle kavga etmiyor, değil mi?" dedi Harry.

"Bak," dedi Hagrid, arbaletini elinde rahatsız rahatsız büktü; gürültülü bir gacırtı duyuldu ve arbalet orta yerinden ikiye ayrıldı. "Snape konusunda nasılsındır, bilirim Harry, bundan aşırı bir anlam falan çıkarmanı istemiyorum."

"Dikkat edin," dedi Hermione telaşla.

Tam vaktinde dönüp Argus Filch'in arkalarındaki duvarda heyula gibi yükselen gölgesini gördüler; sonra da adamın kendisi kambur kambur yürüyerek, çenesi titreyerek köşeyi döndü.

"Oho!" dedi hırıltılı sesiyle. "Bu kadar geç saatte yatakta değilseniz, ceza geliyor demektir."

"Hayır, değildir Filch," diye kestirip attı Hagrid. "Benimle birlikteler, değil mi?"

"Öyleyse ne fark edermiş?" diye sordu Filch sevimsiz sevimsiz.

"Öğretmeniz herhalde, di mi, seni sinsi Kofti!" dedi Hagrid, derhal alevlenerek.

Filch derin bir öfkeyle şişerken nahoş bir tıslama duyuldu;

Mrs Norris görülmeden gelmiş, kendini yılan gibi Filch'in sıska ayak bileklerine doluyordu.

"Yürüyün bakalım," dedi Hagrid, ağzının kenarından.

Harry iki kere söyletmedi; Hermione'yle birlikte koşarlarken Hagrid ve Filch'in yükselen sesleri arkalarından yankılanarak aceleyle uzaklaştılar. Gryffindor Kulesi'ne giden dönemecin yakınında Peeves'in yanından geçtiler ama, gevrek kahkahalar atarak ve seslenerek, halinden memnun şekilde, bağırışların kaynağına doğru hızla gidiyordu.

"Çekişme-didişme varsa, dert varsa eğer
Peevesciği çağır, daha da beter eder!"

Şişman Hanım şekerleme yapıyordu, uyandırılmaktan hiç hoşnut kalmadı ama yine de, aksi aksi, ortak salona tırmansınlar diye öne doğru savruldu. Neyse ki ortak salon boş ve huzurluydu. İnsanlar henüz Ron'dan haberdar değil gibiydi; Harry çok rahatladı, o gün yeterince sorguya çekilmişti. Hermione ona iyi geceler diledi ve kızların yatakhanesine doğru yola koyuldu. Harry ise geride kaldı, ateşin yanındaki bir koltuğa oturup gözlerini sönmekte olan korlara dikti.

Demek Dumbledore, Snape ile tartışmıştı. Harry'ye bütün söylediklerine rağmen, Snape'e tamamıyla güvendiği konusundaki ısrarına rağmen, ona sinirlenmişti... Snape'in, Slytherin'leri araştırırken yeterince gayret göstermediğini düşünüyordu... ya da belki tek bir Slytherin'i: Malfoy'u araştırırken mi?

Dumbledore Harry'nin budalaca bir şey yapmasını, işi kendi halletmeye çalışmasını istemediği için mi onun şüpheleri boşmuş gibi davranmıştı? Mümkündü bu. Hatta Dumbledore hiçbir şeyin Harry'nin dikkatini derslerinden, ya da Slughorn'dan o anıyı edinmekten uzaklaştırmasını istemiyor olabilirdi. Belki de Dumbledore öğretmen kadrosu hakkındaki şüphelerini on altı yaşındaki çocuklara açmayı doğru bulmuyordu...

"İşte buradasın, Potter!"

Harry şok içinde ayağa fırladı, asasını hazır tutuyordu. Ortak salonun boş olduğundan neredeyse emindi; iriyarı birinin birdenbire uzaklardaki bir iskemleden kalkması onu şaşırttı. Daha dikkatle bakınca, onun Cormac McLaggen olduğunu gördü.

"Senin gelmeni bekliyordum," dedi McLaggen, Harry'nin çekilmiş asasına aldırmayarak. "Uyuyakalmışım demek. Bak, bu sabah Weasley'yi yukarı, hastane kanadına çıkardıklarını gördüm. Önümüzdeki hafta maçta oynayabilecek gibi görünmüyordu."

McLaggen'in neden bahsettiğini anlamak Harry'nin birkaç saniyesini aldı.

"Ah... evet... Quidditch," dedi. Asasını yeniden blucinin beline koyup, elini yorgun yorgun saçlarından geçirdi. "Evet... oynayamayabilir."

"Eh, öyleyse, ben Tutucu oynayacağım, değil mi?" dedi McLaggen.

"Evet," dedi Harry. "Evet, sanırım öyle..."

Hayır demek için bir neden aklına gelmiyordu; ne de olsa, McLaggen kesinlikle seçmelerdeki ikinci en iyi Tutucu'ydu.

"Mükemmel," dedi McLaggen, durumdan hoşnut bir sesle. "Ee, antrenman ne zaman?"

"Ne? Ha... yarın akşam bir tane var."

"İyi. Dinle, Potter, önce bir konuşmalıyız. Strateji konusunda, yararlı bulabileceğin bazı fikirlerim var."

"Tamam," dedi Harry, hiç de hevesli görünmeyerek. "Onları da yarın dinlerim. Şimdi bayağı yorgunum... görüşürüz..."

Ron'un zehirlendiği haberi ertesi gün çabucak yayıldı ama Katie'ye yönelik saldırı kadar heyecan yaratmadı. İnsanlar, o sırada İksir hocasının odasında olduğu için bunun bir kaza olabileceğini düşünmüş gibiydi ve hemen ardından da ona panzehir verildiği için, gerçek bir hasar söz konusu değildi. Aslında Gryffindor'lar, Hufflepuff'la yapılacak Quidditch maçıyla genelde daha fazla ilgiliydi, çünkü çoğu, Hufflepuff takımında Kovalayıcı oynayan Zacharias Smith'in, Gryffindor'un Slytherin'le yaptığı açılış maçındaki anlatımının bedelini ödediğini görmek istiyordu.

Öte yandan Harry Quidditch'le hiç bu kadar az ilgilenmemişti; Draco Malfoy onda hızla saplantı halini alıyordu. Hâlâ fırsat buldu mu Çapulcu Haritası'nı kontrol edip bazen yolunu değiştirerek Malfoy'un olduğu yere gidiyordu, ama henüz onu sıradışı bir şey yaparken yakalamamıştı. Ancak, bir de Malfoy'un haritadan resmen kaybolduğu o açıklanamaz anlar vardı...

Ancak Harry'nin, Quidditch antrenmanı, ev ödevi derken bu sorunu ele alacak pek vakti yoktu; üstelik şu sıralar nereye gitse Cormac McLaggen ve Lavender Brown'dan kurtulamıyordu.

Hangisinin daha sinir bozucu olduğuna karar verememişti. McLaggen takım için Ron'dan daha iyi bir Tutucu olacağına ilişkin imalarda bulunup duruyor; şimdi onu düzenli olarak oynarken görünce, elbette Harry'nin de onun gibi düşünmeye başlayacağını söylüyordu. Diğer oyuncuları eleştirmeye ve Harry'ye ayrıntılı idman şemaları vermeye de meraklıydı, öyle ki Harry ona kimin Kaptan olduğunu defalarca hatırlatmak zorunda kalmıştı.

Bu arada Lavender da Ron hakkında konuşmak için boyuna Harry'nin yanına geliyordu ve Harry bunu, McLaggen'ın Quidditch nutuklarından da yıpratıcı buluyordu. Önceleri Lavender, kimsenin ona Ron'un hastane kanadında olduğunu söylemeyi akıl etmemesine çok kızmıştı –"Yani, ben onun *kız arkadaşıyım*!"– ama ne yazık ki şimdi Harry'yi bu unutkanlığı için affetmeye karar vermişti ve onunla Ron'un duyguları hakkında derin derin konuşmalar yapmaya hevesliydi ki, bu da Harry'nin memnuniyetle vazgeçeceği, son derece rahatsız edici bir deneyimdi.

"Baksana, niye bunları Ron'la konuşmuyorsun?" diye sordu Harry, hayli uzun bir soruşturmanın ardından; Lavender, Ron'un onun yeni resmi cüppesi hakkında kelimesi kelimesine ne dediğinden başlayıp, Ron'un kendisi ile olan ilişkisine "ciddi" gözüyle bakıp bakmadığı hakkında Harry'nin ne düşündüğüne varana kadar her şeyi sormuştu.

"Sorardım, ama onu görmeye ne zaman gitsem uyuyor oluyor!" dedi Lavender huysuz huysuz.

"Öyle mi?" dedi Harry şaşkınlıkla, çünkü o hastane kanadına her gittiğinde Ron'u fevkalade uyanık bulmuştu, üstelik hem Dumbledore ile Snape'in kavgasına ilişkin haberlerle çok ilgiliydi, hem de McLaggen'a mümkün olduğu kadar sövüp saymaya can atıyordu.

"Hermione Granger hâlâ onu ziyaret ediyor mu?" diye sordu Lavender birden.

"Evet, ediyor sanırım. Eh, ne de olsa arkadaşlar, değil mi?" dedi Harry rahatsız rahatsız.

"Arkadaş ha, güldürme beni," dedi Lavender küçümser bir edayla. "Ron benimle çıkmaya başladıktan sonra Hermione onunla haftalarca konuşmadı. Ama sanırım şimdi bu kadar *ilginç* olduğu için onunla barışmak istiyor..."

"Sen zehirlenmeye ilginç olmak mı dersin?" diye sordu Harry. "Her neyse – pardon, gitmem gerek – McLaggen Quidditch hakkında konuşmak için geliyor," dedi Harry aceleyle ve kendine katı bir duvar süsü veren bir kapıdan çabucak yan yan çıktı; onu, çok şükür ki ne Lavender ne de McLaggen'ın izleyebilecekleri, İksir sınıfına götürecek kestirmeden aşağı doğru koşmaya başladı.

Hufflepuff'a karşı oynayacakları Quidditch maçının sabahında, Harry sahaya gitmeden önce hastane kanadına uğradı. Ron altüst olmuştu; Madam Pomfrey, onu fazla heyecanlandıracağını hissettiği için, maçı izlemeye gitmesine izin vermiyordu.

"Peki McLaggen'ın durumu nasıl?" diye tedirgince sordu Harry'ye, belli ki aynı soruyu daha önce iki kez sorduğunu unutmuştu.

"Sana söyledim," dedi Harry sabırla, "dünya çapında olsa bile gene onu takımda tutmak istemem. Herkese ne yapılması gerektiğini söylemeye çalışıp duruyor, her mevkide hepimizden iyi oynayacağını sanıyor. Ondan bir an önce kurtulmak istiyorum.

Ve hazır insanlardan kurtulmaktan laf açmışken," diye ekledi Harry, ayağa kalkıp Ateşoku'nu alarak, "Lavender seni görmeye geldiğinde uyuyormuş numarası yapmaktan vazgeçer misin? Beni de çıldırtıyor."

"Ah," dedi Ron, mahcup görünerek. "Tamam. Peki."

"Artık onunla çıkmak istemiyorsan, kendisine söyle, olsun bitsin," dedi Harry.

"Evet... şey... o kadar da kolay değil ama, değil mi?" dedi Ron. Durakladı. "Hermione maçtan önce uğrayacak mı?" diye sordu önemsiz bir şeyden bahsedermiş gibi.

"Hayır, Ginny ile sahaya gitti bile."

"Ah," dedi Ron, hayli kederli görünerek. "Tamam. Eh, iyi şanslar. Umarım yenersin dümdüz edersin McLag– Smith'i demek istedim."

"Denerim," dedi Harry, süpürgesini omzuna attı. "Maçtan sonra görüşürüz."

Boş koridorlardan hızla yürüdü; bütün okul dışarıdaydı, ya stadyumda yerlerine oturmuşlardı bile, ya da oraya gidiyorlardı. Geçerken pencerelerden dışarı bakıyor, ne kadar rüzgâr olduğunu hesaplamaya çalışıyordu ki ileriden gelen bir gürültü başını kaldırmasına yol açtı ve Malfoy'u gördü; her ikisi de somurtkan ve dargın görünen iki kızla birlikte ona doğru yürüyordu.

Malfoy, Harry'yi görünce durdu, sonra da kısa, keyifsiz bir kahkaha atıp yürümeye devam etti.

"Nereye gidiyorsun?" diye sordu Harry.

"Tabii tabii, işim yok da sana söyleyeceğim, Potter, üstüne vazife ya çünkü," dedi Malfoy alay ederek. "Çabuk ol, Seçilmiş Kaptanları'nı bekliyorlardır –Sayı Yapan Çocuk– ya da bugünlerde sana ne diyorlarsa."

Kızlardan biri istemeden kıkırdadı. Harry ona baktı. Kızın yüzü kızardı. Malfoy Harry'nin yanından itip geçti, kızla arkadaşı da onu hızlı hızlı yürüyerek izledi, bir köşeyi döndüler ve gözden kayboldular.

Harry olduğu yere çakılmış gibi durup onların kaybolmasını izledi. Bu çıldırtıcı bir şeydi; maça ancak ucu ucuna yetişecekti, ama Malfoy da, okuldaki öğrencilerin hiçbiri yokken tilki gibi dolaşıyordu ortalıkta: onun ne işler çevirdiğini keşfetmek için Harry'nin en iyi şansıydı bu. Sessiz saniyeler yavaş yavaş geçti, Harry, Malfoy'un gözden kaybolduğu yere bakarak, donmuş gibi olduğu yerde kaldı...

Harry koşarak soyunma odasına daldığında, "Neredeydin?" diye sordu Ginny. Bütün takım üstünü değişmiş ve hazırdı; iki Vurucu, Coote ile Peakes, sopalarını sinirli sinirli bacaklarına vuruyorlardı.

"Malfoy'la karşılaştım," dedi Harry ona alçak sesle, kırmızı cüppesini başından geçirirken.

"Ee?"

"Ee'si o işte: herkes aşağı, buraya inmişken neden iki kız arkadaşıyla şatoda kaldığını öğrenmek istedim..."

"Şimdi bir önemi var mı?"

"Eh, pek öğrenecek gibi görünmüyorum, değil mi?" dedi Harry, Ateşoku'nu yakalayıp gözlüklerini düzelterek. "Hadi bakalım!"

Ve tek kelime etmeden, sağır edici alkışlar ve yuhalar arasında sahaya çıktı. Rüzgâr azdı; bulutlar parça parçaydı; zaman zaman göz kamaştırıcı güneş ışınları alıyordu insanın gözünü.

"Zor koşullar!" dedi McLaggen takıma, destek verircesine. "Coote, Peakes, güneşe arkanızı verip uçun ki geldiğinizi görmesinler –"

"Kaptan benim, McLaggen, onlara talimat vermekten vazgeç," dedi Harry kızgın kızgın. "Sen kaleye git, yeter!"

McLaggen dönüp gidince Harry, Coote ve Peakes'e döndü.

"Gerçekten de güneşe arkanızı verip uçun," dedi onlara, isteme isteme.

Hufflepuff kaptanı ile el sıkıştı ve sonra, Madam Hooch düdük çalınca, yere tekmeyi vurup havaya yükseldi, takımından daha yükseğe çıkarak Snitch'in peşinde sahanın çevresinde hızla uçmaya başladı. Eğer şöyle erkenden yakalarsa, şatoya dönüp Çapulcu Haritası'nı çıkarır ve Malfoy'un neler çevirdiğini öğrenebilirdi...

Hulyalı bir ses, arazide yankılanarak, "Ve işte Quaffle, Hufflepuff'tan Smith'te," dedi. "Tabii, geçen sefer spiker oydu, Ginny Weasley de üstüne uçmuştu, sanırım kasıtlı olsa gerek – öyle görünüyordu. Smith Gryffindor'a karşı hayli kaba davranmıştı, şimdi onlara karşı oynadığına göre herhalde pişmandır – aa, bakın, Quaffle'ı kaybetti, Ginny ondan aldı. Ginny'yi seviyorum, çok iyi..."

Harry spiker platformuna baktı. Aklı başında olan hiç kimse kalkıp da Luna Lovegood'un maç anlatmasına izin vermezdi herhalde, değil mi? Ama bu kadar yukarıdan bile o uzun, kirlisarı saçları ya da Kaymak Birası tıpalarından oluşan gerdanlığı başkasıyla karıştırmaya imkân yoktu... Luna'nın yanındaki Profesör McGonagall'ın, sanki sonradan düşünmüş de sahiden bu seçimden caymış gibi, biraz rahatsız bir hali vardı.

"...ama şimdi o iriyarı Hufflepuff oyuncusu Quaffle'ı ondan aldı, adını hatırlamıyorum, Bibble gibi bir şeydi – hayır, Buggins –"

"Adı Cadwallader!" dedi Profesör McGonagall yüksek sesle, Luna'nın yanından. Kalabalık güldü.

Harry, Snitch'e bakındı; ortalarda görünmüyordu. Biraz sonra Cadwallader sayı yaptı. McLaggen Ginny'yi Quaffle'ı elinden kaçırdı diye bağıra bağıra eleştirmekle o kadar meşguldü ki kendi sağ kulağının yanından süzülen koca kırmızı topu fark etmemişti.

Harry, Tutucu'su ile yüz yüze gelmek için hızla dönerek, "McLaggen, dikkatini yapman gereken işe verip herkesi rahat bırakır mısın!" diye böğürdü.

"Sen de çok parlak bir örnek oluşturmuyorsun!" diye bağırdı Mclaggen, yüzü kızarmış ve çok öfkeli halde.

"Ve Harry Potter şimdi Tutucu'su ile tartışıyor," dedi Luna sakin sakin, kalabalıktaki Hufflepuff ve Slytherin'ler alkışlayıp dalga geçerken. "Bence bu onun Snitch'i bulmasına yardımcı olmaz ama kim bilir, belki de zekice bir hiledir..."

Harry, hiddetle küfrederek olduğu yerde döndü ve yeniden, göklere bakıp minik, kanatlı altın topu arayarak, sahanın etrafında dönmeye koyuldu.

Ginny ve Demelza birer sayı kaydederek aşağıdaki kırmızı ve altın rengi giyinmiş taraftarlara tezahürat yapmak için sebep verdiler. Sonra Cadwallader yeniden sayı yaptı ve beraberliği sağladı ama Luna bunun farkında değil gibiydi; sayı durumu gibi sıradan şeylerle hiç mi hiç ilgilenmiyormuşa benziyordu ve kalabalığın dikkatini ilginç biçimli bulutlara, şimdiye kadar Quaffle'a bir dakikadan fazla sahip olmayı becerememiş olan Zacharias Smith'in "Mağlubiyet Marazı" denen bir şeyden mustarip olabileceği gibi şeylere çekmeye çalışıp duruyordu.

"Yetmişe kırk Hufflepuff önde!" diye yüksek sesle bağırdı Profesör McGonagall, Luna'nın megafonuna.

"O kadar oldu mu şimdiden?" dedi Luna dalgın dalgın. "Aa, bakın! Gryffindor Tutucusu, Vurucular'dan birinin sopasını yakalamış."

Harry havada topaç gibi geri döndü. Gerçekten de McLaggen, bir tek kendisinin bildiği nedenlerle, Peakes'in sopasını elinden çekip almıştı ve bir Bludger'a yaklaşan Cadwallader'e doğru nasıl vurulacağını gösteriyormuş gibiydi.

"Ona sopasını geri verip kaleye doğru döner misin sen!" diye kükredi Harry, üzerine atılarak; tam o sırada McLaggen sopayı Bludger'a doğru şiddetle savurup ıskaladı.

Kör edici, mide bulandırıcı bir acı... çakan bir ışık... uzaklardan gelen çığlıklar... ve uzun bir tunelden aşağı düşme hissi...

Ve Harry gözlerini açtığında, fevkalade sıcak ve rahat bir yatakta yatmış yukarı, gölgeli bir tavana altın renkli ışığı yansıyan bir lambaya bakıyordu. Başını zorlukla kaldırdı. Solunda, göze aşina gelen, çilli, kırmızı saçlı biri vardı.

"Uğraman ne hoş," dedi Ron, sırıtarak.

Harry gözlerini kırpıştırdı ve etrafına bakındı. Tabii: hastane kanadındaydı. Dışarıdaki gökyüzü, kırmızı şeritlerle bezeli bir çivit rengiydi. Maç saatler önce bitmiş olmalıydı... Malfoy'a ilişkin bütün umutlar da. Harry'nin başı tuhaf bir şekilde ağır geldi ona; elini kaldırdı ve sargılardan oluşan sert bir sarığı hissetti.

"Ne oldu?"

"Çatlamış kafatası," dedi Madam Pomfrey, hızla gelip onu yastıklarına doğru iterek. "Üzülecek bir şey yok, hemen tamir ettim, ama seni gece burada yatırıyorum. Birkaç saat süreyle fazla çaba harcamamalısın."

"Gece burada kalmak istemiyorum," dedi Harry kızgın kızgın, doğrulup oturdu ve örtülerini açtı. "McLaggen'ı bulup onu öldürmek istiyorum."

"Korkarım bu da 'fazla çaba harcamak' sayılır," dedi Madam Pomfrey. Onu kararlılıkla yatağa itti ve asasını tehdit edici şekilde kaldırdı. "Ben seni taburcu edene kadar burada kalacaksın, Potter, yoksa Müdürü çağırırım."

Aynı telaşla odasına döndü, Harry de burnundan soluyarak yeniden yastıklarına gömüldü.

"Kaça kaç yenildiğimizi biliyor musun?" diye sordu Ron'a, sıkılı dişler arasından.

"Ha, evet, biliyorum," dedi Ron, özür dilercesine. "Son sayı durumu, üç yüz yirmiye altmıştı."

"Harika," dedi Harry hiddetle. "Gerçekten harika! O McLaggen'ı elime geçirirsem –"

"Onu eline geçirmek istemezsin, ifrit boyunda," dedi Ron mantıklı mantıklı. "Bana kalırsa, Prens'in o ayak tırnağı davasıyla ona uğursuzluk büyüsü yapmak konuşmaya değer bir konu. Hem zaten takımın geri kalanı sen buradan çıkmadan onun hakkından gelmiş olur, pek mutlu oldukları söylenemez..."

Ron'un sesinde başarısızca bastırılmış bir neşe vardı; Harry onun, McLaggen böylesine çuvalladığı için adeta heyecan duyduğunun farkındaydı. Orada yatıp, tavandaki ışıklı alana baktı;

yeni tamir edilmiş kafatası tam olarak acımıyordu ama bütün o sargıların altında biraz hassas gibiydi.

Sesi şimdi bir kahkahayla titreyen Ron, "Maç anlatımını buradan duydum," dedi Ron. "Umarım bundan sonra hep Luna anlatır... *Mağlubiyet Marazı...*"

Ama Harry hâlâ, durumda pek mizah göremeyecek kadar kızgındı, bir süre sonra da Ron'un kahkahaları hafifledi.

Uzun bir duraklamanın ardından, "Sen baygınken Ginny ziyarete geldi," dedi. Bunun üzerine Harry'nin hayal gücü aşırı hızlandı; hareketsiz bedeninin üstünde ağlayan Ginny ona karşı derin bağlılık duygularını itiraf ederken Ron'un onların ilişkisini onayladığı bir sahne yarattı hemen... "Senin maça ucu ucuna yetiştiğini söylüyor. Nasıl oldu? Buradan yeterince erken ayrılmıştın."

"Ah..." dedi Harry, zihnindeki sahne tuzla buz olurken. "Evet... Malfoy'u, onunla birlikte olmak istemiyormuş gibi görünen iki kızla sıvışırken gördüm, bu da demektir ki ikinci keredir okulun geri kalanı Quidditch sahasındayken o yok. Geçen maça da gelmemişti, hatırlıyor musun?" Harry içini çekti. "Şimdi keşke onun peşine takılsaydım diyorum, maç böyle bir fiyaskoyla sonuçlanınca..."

"Aptallık etme," dedi Ron sert sert. "Sadece Malfoy'un peşinden gideceğim diye bir Quidditch maçını kaçıramazdın, sen Kaptan'sın!"

"Ne işler çevirdiğini bilmek istiyorum," dedi Harry. "Ve bana hepsi senin kafanda deme, onunla Snape arasında duyduğum o konuşmadan sonra –"

"Ben hiçbir zaman hepsi kafanda demedim ki," dedi Ron, bir dirseğinin üstünde yükselip, kaşlarını çatarak Harry'ye bakarken, "ama burada bir seferinde sadece tek kişinin komplo kurabileceğini söyleyen bir kural yok! Malfoy'u biraz saplantı haline getiriyorsun, Harry. Yani, sadece onun peşinden gitmek için bir maçı kaçırmayı düşünmek..."

"Onu suçüstü yakalamak istiyorum!" dedi Harry, hayal kırıklığı içinde. "Yani, haritadan kaybolduğu zaman nereye gidiyor?"

"Bilmem... Hogsmeade mi?" diye fikir yürüttü Ron, esneyerek.

"Onu asla haritadaki gizli geçitlerden geçerken görmüyorum. Zaten onların artık gözlendiğini sanıyordum, öyle değil mi?"

"Eh, bilmiyorum o zaman," dedi Ron.

Aralarında bir sessizlik oldu. Harry lamba ışığının tepede oluşturduğu daireye bakarak düşündü...

Onda Rufus Scrimgeour'un gücü olsaydı, Malfoy'un peşine birini takardı, ama ne yazık ki Harry'nin emrinde Seherbaz'larla dolu bir büro yoktu... DO ile bir şeyler ayarlamaya çalışmayı düşündü bir an, ama bu durumda da insanlar gene derslere giremeyecekti; ne de olsa çoğunun hâlâ dopdolu ders programları vardı...

Ron'un yatağından pes perdeden, gürleyen bir horultu geldi. Bir süre sonra Madam Pomfrey, bu sefer sırtında kalın bir sabahlıkla odasından çıktı. En kolayı, uyuyormuş gibi yapmaktı; Harry öbür yana döndü ve o asasını sallayınca bütün perdelerin kendi kendine kapanmasını dinledi. Lambaların ışığı azaldı ve Madam Pomfrey odasına döndü; Harry kapının arkasından tık diye kapandığını duyunca onun yatmaya gittiğini anladı.

Karanlıkta, bu Quidditch'te sakatlandığım için hastane kanadına üçüncü gelişim, diye düşündü. Son defasında sahanın çevresinde Ruh Emiciler olduğu için süpürgesinden düşmüştü ve ondan önce de iflah olmaz şekilde beceriksiz Profesör Lockhart kolundaki bütün kemikleri yok etmişti... bu, en fazla acı veren sakatlanması olmuştu... bir gecede bir kol dolusu kemiği yeniden büyütmenin ıstırabını hatırladı, bu rahatsızlığın üstüne bir de beklenmedik bir misafir gelince –

Harry birden dimdik oturdu, kalbi hızla çarpıyordu, kafasındaki sarık yamulmuştu. Sonunda çözümü bulmuştu: Malfoy'u izletmenin bir yolu *vardı* – nasıl unutabilmişti, neden daha önce düşünmemişti?

Ama mesele, onu nasıl çağıracağıydı. Nasıl yapılırdı?

Harry yavaşça, tereddütle, karanlığa doğru konuştu.

"Kreacher?"

Çok gürültülü bir *çat* sesi duyuldu ve sessiz odayı itişip kakışma sesleriyle ciyaklamalar doldurdu. Ron bağırarak uyandı.

"N'oluyo –?"

Harry, Madam Pomfrey koşarak gelmesin diye asasını hemen onun odasının kapısına doğrulttu ve *"Muffliato!"* diye mırıldandı. Sonra neler olduğunu görmek için emekleyerek yatağının ucuna gitti.

Yatakhanenin ortasında, yerde iki ev cini yuvarlanıp duruyordu; biri vişneçürüğü rengi çekmiş bir kazak giymiş, birkaç yün şapka takmıştı, diğerinin ise kalçalarının üstünde peştamal gibi sarılmış eski, pis bir paçavra vardı. Sonra gürültülü bir patlama daha duyuldu ve hortlak Peeves, güreşen ev cinlerinin üstünde, havada belirdi.

Aşağıdaki dövüşe işaret ederek, "Bunu izlıyordum, Potur," dedi Harry'ye içerlemiş bir edayla, sonra da yüksek sesle gıdaklar gibi güldü. "Bastıbacak yaratıkların hırgürüne bak hele, ısırık mısırık, yumruk mumruk –"

"Kreacher Dobby'nin önünde Harry Potter'a hakaret etmeyecek, hayır etmeyecek, yoksa Dobby Kreacher'ın ağzını onun adına kapatır!" diye bağırdı Dobby, tiz bir sesle.

"– tekmik, tırmık!" diye mutlulukla çığlığı bastı Peeves, şimdi ev cinlerini daha da fazla kızdırmak için onlara tebeşir parçaları atıyordu. "Çimdir, oydur!"

"Kreacher efendisi hakkında istediğini söyleyecek, ah evet, hem de ne efendi, Bulanıkların pis arkadaşı, ah, zavallı Kreacher'ın hanımı olsa ne derdi –?"

Kreacher'ın hanımının tam olarak ne söyleyeceğini duyamadılar, çünkü tam o anda Dobby boğum boğum küçük yumruğunu Kreacher'ın ağzına gömdü ve dişlerinin yarısını döktü. Harry ve Ron yataklarından fırlayıp iki ev cinini ayırdılar ama onlar hâlâ lambanın etrafında "Parmaklarını buruncuğuna sok, mantarını çıkar, kulacıklarını çek –" diye ciyaklayarak dönüp duran Peeves'in kışkırtmasıyla, birbirlerini tekmeleyip yumruklamaya çalışıyorlardı.

Harry asasını Peeves'e doğrulttu ve *"Dilkilit!"* dedi. Peeves boğazını kavradı, yutkundu, sonra da müstehcen işaretler yaparak ama konuşamadan odadan çıkıp gitti; çünkü dili az önce damağına yapışmıştı.

"İyiydi," dedi Ron takdirle, harman döver gibi sallanan kollarıyla bacakları Kreacher'a değmesin diye Dobby'yi havaya kaldırdı. "Bu da Prens'e ait bir uğursuzluk büyüsüydü, değil mi?"

"Evet," dedi Harry, Kreacher'ı boyunduruğa alıp pörsümüş kolunu kıvırarak. "Tamam – birbirinizle dövüşmenizi yasaklıyorum! Daha doğrusu Kreacher, senin Dobby ile dövüşmen yasak. Dobby, sana emir vermeme izin yok biliyorum –"

"Dobby özgür bir ev cini ve istediğinin sözünü dinleyebilir ve Dobby, Harry Potter ona ne yap derse yapar!" dedi Dobby, şimdi gözyaşları, kuruyup büzülmüş küçük yüzünden kazağına akıyordu.

"Peki öyleyse," dedi Harry ve Ron'la ikisi ev cinlerini bıraktılar; ev cinleri yere düştüler ama kavgayı sürdürmediler.

"Efendi beni mi çağırdı?" dedi Kreacher karga gibi bir sesle ve eğildi, oysa Harry'ye yönelttiği bakıştan ona kesinlikle acılı bir ölüm dilediği okunuyordu.

"Evet, çağırdım," dedi Harry, *Muffliato* büyüsü hâlâ etkisini sürdürüyor mu diye Madam Pomfrey'nin odasının kapısına bir bakış attı; onun bu patırtıyı duyduğuna dair hiçbir işaret yoktu. "Sana bir iş vereceğim."

"Kreacher, Efendi ne isterse yapar," dedi Kreacher, öyle aşağı eğildi ki dudakları neredeyse kendi boğum boğum ayak parmaklarına değdi, "çünkü Kreacher'ın seçeneği yok, ama Kreacher böyle bir Efendi'ye sahip olduğu için utanıyor, evet –"

"Dobby yapar, Harry Potter!" diye cikledi Dobby, tenis topu boyundaki gözleri yaşlarla dolmuştu. "Dobby, Harry Potter'a yardım etmekten onur duyar!"

"Aslında düşündüm de, ikinize de yaptırmak iyi olur," dedi Harry. "Peki, öyleyse... Draco Malfoy'u izlemenizi istiyorum."

Ron'un yüzündeki şaşkınlık ve kızgınlık karışımı ifadeyi görmezden gelen Harry devam etti: "Nereye gittiğini, kiminle buluştuğunu ve ne yaptığını bilmek istiyorum. Onu yirmi dört saat izlemenizi istiyorum."

"Evet, Harry Potter!" dedi Dobby hemen, kocaman gözleri heyecanla parlıyordu. "Ve Dobby eğer hata yaparsa, Dobby kendini en yüksek kuleden atacak, Harry Potter!"

"Buna gerek yok," dedi Harry telaşla.

"Efendi benim Malfoy'ların en gencini izlememi mi istiyor?" diye gakladı Kreacher. "Efendi benim eski hanımımın safkan kardeşinin torununun torununu gizlice gözlememi mi istiyor?"

"Evet, onu," dedi Harry, büyük bir tehlikeyi önceden fark edip ânında önüne geçmeye karar verdi. "Ve onu uyarmak yok, Kreacher, neler yaptığını göstermek yok, hatta onunla konuşmak ya da mesaj yazmak, ya da... ya da onunla herhangi bir şekilde temasa geçmek yok. Anladın mı?"

Kreacher'ın ona az önce verdiği talimatta herhangi bir kaçamak bulmaya çalıştığını görebiliyormuş gibiydi; bekledi. Biraz sonra Kreacher, Harry'yi pek memnun ederek, yeniden yerlere kadar eğilip reverans yaptı ve şiddetli bir kinle, "Efendi her şeyi düşünüyor," dedi, "ve Kreacher ona itaat etmeli, oysa Kreacher Malfoy'ların oğlunun hizmetkârı olmayı tercih ederdi, ah evet..."

"Öyleyse anlaştık," dedi Harry. "Düzenli olarak rapor istiyorum ama etrafım insanlarla çevriliyken gelmemeye özen gösterin. Ron ve Hermione varken mesele yok. Ve kimseye ne yaptığınızı söylemeyin. Malfoy'a bir çift siğil plasteri gibi yapışın, yeter."

YİRMİNCİ BÖLÜM

Lord Voldemort'un Talebi

Harry ve Ron Pazartesi sabahı ilk iş hastane kanadından ayrıldılar. Madam Pomfrey'nin hizmetleri sonucu sağlıklarına kavuşmuşlardı, artık bayılmış ve zehirlenmiş olmanın getirdiği tüm ayrıcalıkların tadını çıkarabilirlerdi – ki bunların en güzeli de Hermione'nin Ron ile yeniden arkadaş olmasıydı. Hermione onlara kahvaltıya kadar eşlik bile etti, yolda da Ginny'nin Dean ile kavga ettiğini haber verdi. Harry'nin göğsündeki uyuklayan yaratık birden başını kaldırıp umutla havayı kokladı.

"Niçin kavga ettiler?" diye sordu, havadan sudan bahsediyormuş gibi bir edayla. Tutu giymiş ifritlerin olduğu bir gobleni inceleyen çok küçük bir kız hariç tamamen boş bir yedinci kat koridoruna döndüler. Kız, kendisine doğru gelen altıncı sınıfları görünce ödü kopmuş gibi göründü ve elindeki ağır pirinç ölçeği yere düşürdü.

"Sorun yok!" dedi Hermione şefkatle, ona yardım etmek için hemen yanına giderek. "Al bakalım..." Kırık ölçeğe asasıyla dokundu ve "*Reparo*" dedi.

Kız teşekkür ederim demedi, olduğu yerde öylece kaldı ve onlar geçerken uzaklaşıp gözden kaybolmalarını izledi; Ron dönüp ona şöyle bir baktı.

"Yemin ederim giderek küçülüyor bunlar," dedi.

"Boş ver onu," dedi Harry, biraz sabırsızca. "Ginny ve Dean niçin kavga etti, Hermione?"

"Ay, Dean, McLaggen'ın sana o Bludger'ı yollamasına gülüyordu," dedi Hermione.

"Komik görünmüş olmalı," dedi Ron anlayışla.

"Hiç de komik görünmüyordu!" dedi Hermione ateşli bir şekilde. "Feci görünüyordu ve eğer Coote ile Peakes yakalamasaydı, Harry çok fena yaralanabilirdi!"

"Eh, yine de Ginny ile Dean'in bu yüzden ayrılmalarına gerek yoktu," dedi Harry, hâlâ önemsemiyormuş gibi bir havayla konuşmaya çalışarak. "Ya da hâlâ beraberler mi yoksa?"

"Evet, beraberler – ama sen niye bu kadar ilgileniyorsun bununla?" diye sordu Hermione, Harry'ye keskin bir bakış atarak.

"Quidditch takımımın bir kere daha altüst olmasını istemiyorum, o kadar!" dedi Harry çabucak, ama Hermione hâlâ şüpheleniyormuş gibi görünüyordu. O yüzden, arkalarından biri "Harry!" diye seslenip ona Hermione'ye arkasını donme fırsatı verince çok sevindi.

"Aa, merhaba Luna."

"Seni bulmak için hastane kanadına gittim," dedi Luna, çantasını karıştırarak. "Ama çıktığını söylediler..."

Yeşil soğana benzer bir şeyi, iri benekli bir şapkalı mantarı ve kedi kumuna benzer bol miktarda bir şeyleri Ron'un ellerine tıkıştırdıktan sonra, nihayet hayli kirli bir parşömen tomarı çıkardı ve Harry'ye uzattı.

"...Sana bunu vermem söylendi."

Küçük bir parşömen rulosuydu, Harry bunun Dumbledore'la yeni bir derse davet olduğunu anladı.

"Bu gece," dedi Ron ile Hermione'ye, ruloyu açınca.

"Geçen maçtaki anlatımın iyiydi!" dedi Ron, elindeki yeşil soğanı, şapkalı mantarı ve kedi kumunu geri alan Luna'ya. Luna belli belirsiz gülümsedi.

"Benimle dalga geçiyorsun, değil mi?" dedi. "Herkes berbattın diyor."

"Hayır, ciddiyim!" dedi Ron dürüstçe. "Ömrümde bir maç

anlatımından daha çok keyif aldığımı hatırlamıyorum! Bu da ne, bu arada?" diye ekledi, soğanımsı nesneyi göz hizasına getirerek.

"Ah, bir Gürelekökü," dedi Luna, kedi kumunu ve şapkalı mantarı yine çantasına tıkarak. "İstersen sende kalabilir. Bende onlardan birkaç tane var. Hamhum Sepelek'leri uzak tutmak için cidden mükemmeller." Ve yürüyerek uzaklaştı; Ron ise elinde hâlâ Gürelekökü'yle, kıkırdıyordu.

"Biliyor musunuz, giderek ısındım ben bu Luna'ya," dedi, yine Büyük Salon'a gitmek üzere yola çıkarlarken. "Deli olduğunu biliyorum, ama iyi bir şekilde –"

Birden konuşmayı kesti. Mermer merdivenin dibinde Lavender Brown duruyordu, patladı patlayacak gibi bir hali vardı.

"Selam," dedi Ron tedirgin tedirgin.

"Hadi gel," diye mırıldandı Harry Hermione'ye ve ikisi hızla uzaklaştılar, ama uzaklaşmadan önce Lavender'ın "Niye bana bugün çıkacağını söylemedin? Ve *o* niye seninle birlikte?" dediğini duydular.

Ron yarım saat sonra kahvaltıda göründüğünde hem somurtkan hem de kızgın bir hali vardı ve Lavender ile oturmasına rağmen, Harry onların birlikte oldukları süre boyunca aralarında tek kelime bile konuşmadıklarını fark etti. Hermione bütün bunların hiç farkında değilmiş gibi davranıyordu, ama Harry bir ya da iki kez onun yüzünde açıklanamaz bir sırıtma belirdiğini gördü. Gün boyunca keyfi gayet yerinde göründü, hatta o akşam ortak salonda Harry'nin Bitkibilim ödevini gözden geçirmeye (ya da başka bir deyişle, yeniden yazmaya) bile razı oldu – bunu o zamana kadar inatla reddetmişti, çünkü Harry'nin daha sonra Ron'un kendi ödevini kopya etmesine izin vereceğini biliyordu.

"Çok teşekkürler, Hermione," dedi Harry, saatine bakıp neredeyse sekiz olduğunu görünce onun sırtını aceleyle sıvazlayarak. "Dinle, acele etmem gerekiyor, yoksa Dumbledore'a geç kalırım..."

Hermione cevap vermedi, sadece onun birkaç cılız cümlesinin üzerini bezgin bir şekilde çizmekle yetindi. Harry sırıtarak, aceleyle portre deliğinden dışarı fırladı ve müdürün odasının yolunu tuttu. Heykel karamelalı pastanın lafını duyduğunda yana doğru sıçradı ve Harry dönen merdiveni ikişer ikişer çıkıp, içerideki saat tam sekizi vururken kapıyı çaldı.

"Girin," dedi Dumbledore, ama Harry tam kapıyı açmak için elini uzatmıştı ki, kapı içeriden çekilip açıldı. Profesör Trelawney orada duruyordu.

"Aha!" diye bağırdı, büyüteç gibi gözlüklerinin arkasından Harry'ye bakıp gözlerini kırpıştırarak, parmağıyla dramatik bir şekilde ona işaret etti. "Demek odandan nezaketsizce atılmamın nedeni bu, Dumbledore!"

"Sevgili Sybill," dedi Dumbledore sabrı taşmak üzereymiş gibi bir sesle, "herhangi bir yerden nezaketsizce atılman gibi bir şey söz konusu değil, ama Harry ile gerçekten randevumuz vardı, ayrıca bu konuda başka söylenebilecek bir şey olmadığı –"

"İyi, tamam," dedi Profesör Trelawney, derinden yaralanmış gibi bir sesle. "İşimi gasp eden atı kovmayacaksın madem, öyle olsun... belki yeteneklerimin daha çok takdir edildiği bir okul bulurum ben de..."

Harry'nin yanından hızla çıktı ve sarmal merdivenden aşağı inerek gözden kayboldu; yarı yolda tökezlediğini duydular, Harry onun arkasından sarkan upuzun şallarından birinin üzerine basmış olduğunu tahmin etti.

"Lütfen kapıyı kapat ve otur, Harry," dedi Dumbledore, hayli yorgun bir sesle.

Harry söyleneni yaptı. Dumbledore'un masasının önündeki her zamanki yerine otururken, bir kez daha Düşünseli'nin aralarında durduğunu gördü; ayrıca içi girdap gibi dönen anılarla dolu iki küçücük kristal şişe de duruyordu orada.

"Profesör Trelawney Firenze'nin ders veriyor olmasından hâlâ memnun değil galiba?" diye sordu Harry.

"Hayır," dedi Dumbledore. "Kehanet'in bu kadar dert olacağını tahmin etmemiştim, ne de olsa almadığım bir ders. Firenze'den Orman'a dönmesini isteyemem, oradan kovuldu artık. Sybill Trelawney'den de gitmesini isteyemem. Aramızda kalsın ama, şatonun dışında onu ne tür bir tehlikenin beklediğinden hiç haberi yok. Çünkü, sen ve Voldemort ile ilgili kehanette bulunanın kendisi olduğunu bilmiyor – ki onu bu konuda aydınlatmak da hiç akıllıca olmaz."

Dumbledore derin derin iç geçirdi, sonra da "Ama benim öğretmen kadrosuyla ilgili sorunlarıma kafanı takma," dedi. "Konuşacak çok daha önemli meselelerimiz var. Öncelikle – önceki dersimizin sonuna doğru sana verdiğim görevi yerine getirdin mi?"

"Ah," dedi Harry, gafil avlanarak. Cisimlenme dersleri, Quidditch, Ron'un zehirlenmesi, kendi kafatasının çatlaması, Draco Malfoy'un ne işler çevirdiğini öğrenme konusundaki kararlılığı derken, Harry, Dumbledore'un Profesör Slughorn'dan çıkartmasını istediği anıyı neredeyse unutmuştu... "Şey İksir'in sonunda Profesör Slughorn'a sordum, efendim, ama, ee, vermiyor."

Küçük bir sessizlik oldu.

"Anlıyorum," dedi Dumbledore sonunda, yarım ay biçimli gözlüğünün üzerinden gözlerini Harry'ye dikip, onun yine röntgeni çekiliyormuş hissine kapılmasına yol açarak. "Peki bu konuda elinden geleni yaptığını düşünüyor musun? Akla gelebilecek bütün maharetini kullandığını? Anıyı ele geçirmek için derinlikleri araştırılmamış hiçbir marifet bırakmadığını?"

"Şey," diye duraksadı Harry, ne diyeceğini bilemeden. Anıyı ele geçirme yolundaki tek girişimi, birden gözüne utanç verici şekilde cılız görünmüştü. "Şey... Ron'un yanlışlıkla aşk iksiri yuttuğu gün onu Profesör Slughorn'a götürdüm. Düşündüm ki Profesör Slughorn'u keyifli halinde yakalarsam –"

"Peki bu işe yaradı mı?"

"Şey, hayır efendim, çünkü Ron zehirlendi –"

"– ve bu da, doğal olarak, sana anıyı ele geçirmeye çalışma konusunu tamamen unutturdu; ben de en iyi arkadaşın tehlikedeyken, başka bir şey beklemezdim zaten. Ancak Mr Weasley'nin tamamen iyileşeceği açıkça belli olduktan sonra, sana verdiğim göreve dönmeni umardım. Sana o anının ne kadar önemli olduğunu gayet iyi açıkladım sanıyordum. Hatta, onun en önemli anı olduğunu, onsuz vakit kaybettiğimizi sana izah edebilmek için elimden geleni yaptım."

Alev alev, iğne gibi batan bir utanç duygusu Harry'nin başından bedeninin en altına kadar yayıldı. Dumbledore sesini yükseltmemişti, kızgın gibi bile değildi sesi, ama Harry onun bağırıp çağırmasını tercih ederdi; bu soğuk hayal kırıklığı hepsinden daha kötüydü.

"Efendim," dedi biraz çaresizce, "Zahmet etmedim falan diye değil, sadece – başka şeyler vardı..."

"Başka şeyler vardı aklında," diye onun cümlesini tamamladı Dumbledore. "Anlıyorum."

Yine aralarına bir sessizlik çöktü, Harry'nin Dumbledore ile yaşadığı en rahatsız edici sessizlikti bu. Uzuyor da uzuyor gibiydi sanki, arada sadece Dumbledore'un kafasının üzerindeki Amando Dippet portresinin küçük hırıltılı horlamalarıyla bölünüyordu. Harry garip bir şekilde küçülmüş hissetti kendini, sanki odaya girdiğinden beri biraz çekmiş gibi.

Artık daha fazla dayanamaz hale gelince, "Profesör Dumbledore, gerçekten özür dilerim," dedi. "Daha fazlasını yapmalıydım... Gerçekten önemli olmasa benden istemeyeceğinizin farkına varmalıydım."

"Bunu söylediğin için sana teşekkür ederim, Harry," dedi Dumbledore sessizce. "O halde bundan böyle bu konuya daha fazla öncelik vereceğini umabilir miyim? O anıyı ele geçirmediğimiz sürece, bu geceden sonra bir daha görüşmemizin anlamı olmaz."

"Bunu yapacağım, efendim, anıyı ondan alacağım," dedi Harry içtenlikle.

"O zaman şimdilik bu konuda başka bir şey konuşmayacağız," dedi Dumbledore daha şefkatli bir edayla, "onun yerine, öykümüze kaldığımız yerden devam edeceğiz. Nerede kaldığımızı hatırlıyor musun?"

"Evet, efendim," dedi Harry hemen. "Voldemort babasını, büyükannesini ve büyükbabasını öldürmüş ve bunu dayısı Morfin yaptı süsü vermişti. Sonra Hogwarts'a geri dönmüştü ve... Profesör Slughorn'a Hortkuluklar hakkında soru sormuştu," diye ağzında geveledi, utançtan kızararak.

"Çok güzel," dedi Dumbledore. "Şimdi, yaptığımız bu görüşmelerin başlangıcında tahmin ve varsayımın alanına gireceğimizi söylemiştim, hatırlıyorsundur umarım?"

"Evet, efendim."

"Şimdiye kadar sana Voldemort'un on yedi yaşına kadar neler yaptığı konusunda vardığım neticeler için oldukça somut gerçekler gösterdim, umarım sen de aynı fikirdesindir?"

Harry başını evet anlamında salladı.

"Ama şimdi, Harry," dedi Dumbledore, "şimdi işler bulanıklaşıyor, garipleşiyor. Çocukluk çağındaki Riddle konusunda tanıklık bulmak zorsa, yetişkin yaştaki Voldemort'u hatırlamak isteyecek birini bulmak neredeyse imkânsızdı. Öyle ki kendisi dışında, şu anda hayatta olan ve onun Hogwarts'tan ayrıldıktan sonraki hayatının öyküsünü tam olarak anlatabilecek tek bir kişi bile olduğundan şüpheliyim. Ancak, seninle paylaşmak istediğim son iki tane anı var." Dumbledore, Düşünseli'nin yanında ışıldayan iki küçük kristal şişeyi gösterdi. "Sonra, çıkardığım sonuçların muhtemel olup olmadığı konusundaki görüşlerini duymak beni memnun eder."

Dumbledore'un onun görüşüne bu kadar önem verdiği fikri, Harry'nin Hortkuluk anısını ele geçiremediği için daha da beter utanç duymasına sebep oldu. Harry sandalyesinde suçlu suçlu kıpırdanırken, Dumbledore iki şişeden birini ışığa doğru tutup inceledi.

"Umarım başkalarının anılarına dalmaktan usanmamışsındır, çünkü bu ikisi enteresan hatıralar," dedi. "Bu ilki, Hokey adında çok yaşlı bir ev cininden geldi. Hokey'nin neye tanık olduğunu görmeden önce, sana çabucak Lord Voldemort'un Hogwarts'tan nasıl ayrıldığını anlatmalıyım.

"Eğitiminin yedinci yılına geldiğinde, tahmin etmiş olacağın gibi, girdiği her sınavdan en yüksek notları almıştı. Etrafında arkadaşları Hogwarts'tan ayrılınca hangi mesleğe adım atacaklarına karar veriyordu. Neredeyse herkes Tom Riddle'dan görkemli şeyler bekliyordu, ne de olsa o sınıf başkanı ve Öğrenci Başı'ydı, Okula Hizmetler Özel Ödülü'nü kazanmıştı. Biliyorum ki Profesör Slughorn'un da aralarında bulunduğu birçok öğretmen, onun Sihir Bakanlığı'na katılmasını önerdi, görüşme ayarlamayı ve onu faydalı bağlantılarla temasa geçirmeyi teklif etti. O ise bütün teklifleri reddetti. Sonra, öğretmenler ne olduğunu bile anlamadan, Voldemort, Borgin ve Burkes'te çalışmaya başlamıştı."

"Borgin ve Burkes'te mi?" dedi Harry, afallayarak.

"Borgin ve Burkes'te," diye tekrar etti Dumbledore sakin sakin. "Sanırım Hokey'nin anısına girdiğimizde oranın onun için ne gibi bir cazibesi olduğunu anlayacaksındır. Ama bu, Voldemort'un iş konusundaki ilk tercihi değildi. O zamanlar hemen hemen hiç kimse bilmiyordu –ben, o zamanki Müdür'ün bunu söylediği pek az kişiden biriydim– ama Voldemort ilk olarak Profesör Dippet'a gidip Hogwarts'ta öğretmen olarak kalıp kalamayacağını sormuş.

"Burada mı kalmak istemiş? Niye?" diye sordu Harry, iyice hayrete düşerek.

"Sanırım birçok nedeni vardı, ama Profesör Dippet'a hiçbirini söylemedi," dedi Dumbledore. "Bence, bunların ilki ve en önemlisi, Voldemort'un bu okula, ömründe herhangi bir insana bağlandığından daha çok bağlanmış olmasıydı. Hogwarts en mutlu olduğu yerdi; hayatında kendini evinde hissettiği ilk ve tek yer."

Harry bu sözcükleri duymaktan biraz rahatsız oldu, çünkü kendisi de Hogwarts hakkında bunların aynısını hissediyordu.

"İkincisiyse, şatonun bir kadim büyü kalesi olması. Şüphesiz, Voldemort bu yerden gelip geçen birçok öğrenciden çok daha fazla sırrına vakıf olmuştu şatonun, ama hâlâ ortaya çıkarılacak gizemler, yudumlanacak sihirler olduğunu düşünmüş olabilir.

"Üçüncüsüyse, bir öğretmen olarak, genç cadılar ve büyücüler üzerinde muazzam bir güce ve nüfuza sahip olacak olması. Belki bu fikri, ona bir öğretmenin nasıl nüfuzlu bir rol oynayabileceğini gösteren, arasının en iyi olduğu öğretmenden, Profesör Slughorn'dan almıştır. Voldemort'un ömrünün geri kalanını Hogwarts'ta geçirmeyi düşündüğünü bir an bile aklıma getirmedim, burayı faydalı bir adam toplama merkezi, kendine bir ordu kurma işine başlayabileceği yer olarak gördüğünü düşünüyorum."

"Ama işi alamadı, değil mi, efendim?"

"Hayır, alamadı. Profesör Dippet ona on sekiz yaşın fazla küçük olduğunu söyledi, ama onu birkaç yıl sonra, eğer hâlâ öğretmenlik yapmayı isterse, yeniden başvurmaya davet etti."

"Siz bu konuda ne düşünmüştünüz, efendim?" diye sordu Harry, tereddütle.

"Hayli rahatsız olmuştum," dedi Dumbledore. "Armando'ya görüşmeyi yapmamasını salık vermiştim – ona sana söylediğim gerekçeleri söylememiştim, çünkü Profesör Dippet, Voldemort'a çok düşkündü ve onun dürüstlüğüne inanıyordu – ama Lord Voldemort'un bu okula dönmesini istemiyordum, özellikle de güç sahibi olacağı bir konumda."

"Hangi işi istiyordu, efendim? Hangi dersi vermek istiyordu?"

Bir şekilde, daha Dumbledore yanıtlamadan Harry cevabı biliyordu.

"Karanlık Sanatlara Karşı Savunma. O sırada bu ders Galatea Merrythought adında, neredeyse elli yıldır Hogwarts'ta olan bir Profesör tarafından okutuluyordu.

"Böylece Voldemort, Borgin ve Burkes'e gitti. Ona hayran olan bütün öğretmenler çok yazık ettiğini söylediler, öylesine parlak genç bir büyücünün bir dükkânda çalışması. Ancak, Voldemort sıradan bir asistan değildi. Kibar, yakışıklı ve akıllı biri olarak, sadece Borgin ve Burkes'te var olabilecek türden işler almaya başladı – ki senin de bildiğin gibi, Harry, orası alışılmadık ve güçlü özelliklere sahip nesneler üzerine uzmanlaşmış bir yer. Voldemort ortaklar tarafından, insanları satılmak üzere hazinelerinden ayrılmaya ikna etmek için yollanıyordu. Anlaşıldığı kadarıyla da bu konuda sıra dışı bir yeteneği vardı."

"Eminim öyledir," dedi Harry, kendine hâkim olamayarak.

"Hem de nasıl,"dedi Dumbledore, belli belirsiz bir gülümsemeyle. "Ve şimdi ev cini Hokey'yi dinleme vakti. Kendisi Hepzibah Smith adlı çok yaşlı, çok zengin bir cadıya hizmet ediyordu."

Dumbledore asasıyla bir şişeye dokundu ve tıpa uçarak çıktı. Sonra girdap gibi dönen anıyı Düşünseli'nin içine boşaltmaya başladı ve "Önden buyur, Harry," dedi.

Harry ayağa kalktı ve bir kez daha, yüzü oraya değene kadar taş çanağın hafifçe dalgalanan gümüşi içeriğinin üzerine eğildi. Sonra birden kendini karanlık bir hiçliğin içinde yuvarlanırken buldu ve bir oturma odasına, son derece şişman bir yaşlı hanımın önüne indi. Kadın özenle hazırlanmış kızıl-sarı bir peruk takmıştı, üzerinde de her tarafına doğru dökülen çok parlak pembe bir cüppe vardı; erimekte olan bir pasta gibi görünüyordu. Mücevherli küçük bir aynaya bakıyor ve zaten kızıl suratına, büyük bir pudra ponponuyla daha da allık sürüyordu. Harry'nin hayatında gördüğü en minik, en yaşlı ev cini ise onun tombul ayaklarına giydiği saten terliklerin bağcıklarını bağlıyordu.

"Acele et, Hokey!" dedi Hepzibah buyurgan bir edayla. "Saat dörtte geleceğini söylemişti, sadece iki dakika var. Şimdiye kadar hiç geç kalmadı!"

Ev cini doğrulurken kadın pudra ponponunu kaldırdı. Cinin başının tepesi Hepzibah'nın iskemlesinin oturağına anca erişiyordu, kâğıdımsı derisi ise aynı üzerine toga gibi örtülmüş buruşuk keten çarşaf gibi sarkıyordu.

"Nasıl görünüyorum?" dedi Hepzibah, aynada yüzüne çeşitli açılardan hayran hayran bakabilmek için başını döndürerek.

"Çok güzel, madam," diye cikledi Hokey.

Harry, bu soru sorulduğunda göz göre göre yalan söylemenin Hokey'nin kontratında yazdığına karar verdi, çünkü ona göre Hepzibah Smith çok güzel olmaktan fersah fersah uzaktı.

Bir kapı zili çınladı ve hem ev cini hem de hanımı sıçradı.

"Çabuk, çabuk, Hokey, geldi!" diye bağırdı Hepzibah ve cin odadan dışarı koşturdu. Oda çeşit çeşit nesneyle öylesine tıka basa doluydu ki, en azından yarım düzine şeyi devirmeden içinde nasıl dolaşılabileceğini anlamak zordu. Küçük cilalı kutularla dolu dolaplar, altın kakmalı kitaplarla dolu muhafazalar, üzerinde kürelerin ve göksel yuvarlakların durduğu raflar ve pirinç kaplarda serpilmekte olan çok sayıda saksı bitkisi vardı: öyle ki, oda sihirli bir antika dükkânıyla bir seranın karışımı gibi görünüyordu.

Ev cini birkaç dakika içinde döndü, arkasında uzun boylu genç bir adam vardı. Harry onu tanımakta en ufak güçlük çekmedi: Voldemort'tu bu. Sade giyinmişti, üzerinde siyah bir takım elbise vardı; saçları okulda olduğundan biraz daha uzundu ve yanakları çökükleşmişti, ama bütün bunlar ona yakışıyordu: her zamankinden de yakışıklı görünüyordu. Tıkış tıkış odanın içinde, buraya daha önce defalarca geldiğini gösteren bir havayla ilerledi ve Hepzibah'nın küçük tombul elinin üzerine eğilip, ona dudaklarını dokundurdu.

"Size çiçek getirdim," dedi usulca, havadan bir buket gül çıkararak.

"Seni yaramaz çocuk, yapmamalıydın!" diye tiz bir sesle itiraz etti yaşlı Hepzibah, ama Harry onun en yakın sehpanın üzerine boş bir vazo hazır etmiş olduğunu fark etti. "Bu yaşlı hanımı şımartıyorsun, Tom... otur, otur... Hokey nerede... ah..."

Ev cini üstü küçük pastalarla dolu bir tepsiyi taşıyarak, hızla içeri dalmıştı. Tepsiyi hanımının dirseğinin dibine yerleştirdi.

"Buyur, Tom," dedi Hepzibah, "benim pastalarımı çok sevdiğini biliyorum. Ee, nasılsın? Solgun görünüyorsun. O dükkânda seni fazla çalıştırıyorlar, yüz kere söyledim..."

Voldemort mekanik bir şekilde gülümsedi ve Hepzibah aptal aptal sırıttı.

"Ee, bu seferki ziyaretinin mazereti nedir?" diye sordu, kirpiklerini kırpıştırarak.

"Mr Burke cincüce yapımı zırh için daha yüksek bir teklifte bulunmak istiyor," dedi Voldemort. "Beş yüz Galleon, bunun fazlasıyla adil bir fiyat olduğunu düşünüyor –"

"Aman, aman, o kadar hızlı gitme bakalım, yoksa sadece incik boncuk için burada olduğunu düşüneceğim!" dedi Hepzibah somurtarak.

"Buraya onlar sebebiyle gönderildim," dedi Voldemort usulca. "Ben sadece kendisine söyleneni yapması gereken zavallı bir asistanım, madam. Mı Burke sormamı istiyor –"

"Ay, Mr Burke'müş, pöh!" dedi Hepzibah, minik elini sallayarak. "Sana gösterecek bir şeyim var, Mr. Burke'e hiç göstermediğim bir şey! Sır tutabilir misin, Tom? Mr Burke'e bende böyle bir şey olduğunu söylemeyeceğine söz verir misin? Onu sana gösterdiğimi öğrenirse bana hayatta rahat vermez, ama ben bunu satmam, yalnız Burke'e de değil, kimseye! Ama sen, Tom, sen onu tarihi için takdir edersin, karşılığında kaç Galleon alabileceğin için değil..."

"Miss Hepzibah'nın bana göstereceği herhangi bir şeye bakmaktan memnun olurum," dedi Voldemort usulca. Hepzibah bir kere daha genç kız gibi kikirdedi.

"Hokey'ye getirttim bile onu... Hokey, neredesin? Mr Riddle'a *en seçkin* hazinemizi göstermek istiyorum... hatta, hazır oradasın, ikisini de getir en iyisi..."

"Buyrun, madam," diye cikledi ev cini. Harry deriden yapılma iki kutu gördü, biri diğerinin üstündeydi ve odada sanki kendi başlarına hareket ediyormuş gibi görünüyorlardı; ama onları aslında masaların, pufların, taburelerin arasından geçerek ilerleyen minicik cinin kafasının üstünde taşıdığını biliyordu.

"Şimdi," dedi Hepzibah mutlu mutlu, kutuları cinden alıp kucağına koyarak ve üsttekini açmaya hazırlanarak, "sanırım bunu beğeneceksin, Tom... ah, ailem bir bilse bunu sana gösterdiğimi... bunu ellerine geçirmek için sabırsızlanıyorlar!"

Kapağı açtı. Harry daha iyi bakabilmek için biraz ilerledi ve incelikle işlenmiş iki kulpu olan küçük bir altın kupaya benzer bir şey gördü.

"Merak ediyorum, acaba bunun ne olduğunu biliyor musun, Tom? Eline al, iyice bir bak!" diye fısıldadı Hepzibah, ve Voldemort uzun parmaklı elini uzatıp kupayı bir kulpundan tutarak yumuşacık ipek kumaşının içinden çıkardı. Harry'ye, Voldemort'un karanlık gözlerinde kırmızı bir parıltı gördü gibi geldi. Tuhaf bir şekilde, onun açgözlü ifadesinin neredeyse aynısı Hepzibah'nın yüzünde vardı; tek fark, kadının küçük gözlerinin Voldemort'un yakışıklı çehresine sabitlenmiş olmasıydı.

"Bir porsuk," diye mırıldandı Voldemort, kupanın üzerindeki oyma işini inceleyerek. "O zaman bu..."

"Helga Hufflepuff'ın, ki sen de bunu gayet iyi biliyorsun, seni akıllı çocuk!" dedi Hepzibah, korsesinin yüksek sesle gacırdamasına sebep olarak öne doğru eğildi ve alenen onun çökük yanağını çimdikledi. "Sana uzaktan da olsa onun soyundan olduğumu söylemedim mi? Nicedir ailede nesilden nesile devrediliyor bu. Çok güzel, değil mi? Ayrıca çeşit çeşit güçleri varmış, ama onu adamakıllı denemedim, sadece burada güzelce saklayıp güvende tuttum..."

Kupayı Voldemort'un uzun parmağından geri aldı ve yavaşça yine kutusuna koydu. O sırada dikkatini onu yerine yerleştirmeye öylesine vermişti ki, kupa alındığında bir an Voldemort'un suratında beliren gölgeyi fark etmedi.

"Pekâlâ," dedi Hepzibah mutlu mutlu, "Hokey nerede? Ah, evet, işte oradasın – şimdi götür onu, Hokey –"

Cin itaatkâr bir şekilde, kutunun içine konmuş kupayı aldı ve Hepzibah dikkatini kucağında duran çok daha yassı kutuya çevirdi.

"Sanırım bunu daha da çok beğeneceksin, Tom," diye fısıldadı. "Sevgili çocuğum, biraz buraya yaklaş ki görebilesin... tabii, Burke bunun bende olduğunu biliyor, ne de olsa ondan aldım, ve zannediyorum ki ben gidince geri almayı çok isteyecektir..."

İnce, telkâri işi tokayı çözerek kutuyu açtı. Orada, yumuşak kırmızı kadifenin üzerinde, ağır altın bir madalyon duruyordu.

Voldemort bu sefer davet beklemeksizin elini uzattı ve madalyonu alıp ışığa doğru kaldırarak ona bakmaya başladı.

"Slytherin'in işareti," dedi usulca. Işık, gösterişli ve yılankavi bir S üzerinden yansıyordu.

"Doğru!" dedi Hepzibah, belli ki Voldemort'un onun madalyonuna hayretten bakakalmasına memnun olarak. "Bunun için bir servet vermem gerekti, ama kaçıramazdım böyle bir hazineyi, mutlaka koleksiyonumda yer almalıydı. Anlaşılan Burke bunu pejmürde bir kadından almış, kadın onu çalmış gibi görünüyormuş ama gerçek değeri konusunda hiçbir fikri yokmuş –"

Bu defa yanılmış olamazdı: Voldemort'un gözleri bu sözleri duyunca kıpkırmızı parladı. Harry onun madalyonun zincirlerini sıkan parmaklarının bembeyaz kesildiğini gördü.

"– tahminimce Burke ona üç beş kuruş bir şey vermiştir, ama işte... güzel, değil mi? Bunun da çeşit çeşit güce sahip olduğu söyleniyor, ama ben onu güzelce saklamakla yetiniyorum..."

Kadın madalyonu almak için uzandı. Harry bir an Voldemort'un onu bırakmayacağını sandı, ama sonra madalyon parmaklarının arasından kaydı ve yeniden kırmızı kadife yastığına döndü.

"İşte bu kadar, Tom, canım, umarım hoşuna gitmiştir!"

Voldemort onun yüzüne dik dik baktı ve ilk kez, Harry kadının aptal gülümsemesinin teklediğini gördü.

"İyi misin, canım?"

"Ah, evet," dedi Voldemort usulca. "Evet, çok iyiyim..."

"Bir an sandım ki – ama ışığın bir cilvesiydi herhalde –" dedi Hepzibah, ürkmüş bir halde. Harry onun da Voldemort'un gözlerindeki anlık kırmızı parıltıyı gördüğünü tahmin etti. "Al bakalım, Hokey, şunları götürüp tekrar kilitle... her zamanki efsunlar..."

"Gitme vakti, Harry," dedi Dumbledore usulca. Küçük cin kutuları taşıyarak uzaklaşırken Dumbledore Harry'yi bir kez daha dirseğinin üzerinden tuttu ve ikisi birlikte boşlukta yükselip Dumbledore'un odasına döndüler.

"Hepzibah Smith o küçük sahneden iki gün sonra öldü," dedi Dumbledore, yerine oturup Harry'ye de aynını yapmasını işaret ederek. "Ev cini Hokey, Bakanlık tarafından, hanımının akşam kakaosunu yanlışlıkla zehirlemekten hüküm giydi."

"İmkânı yok!" dedi Harry öfkeyle.

"Görüyorum ki aynı kanıdayız," dedi Dumbledore. "Elbette, bu ölümle Riddle'ların ölümü arasında çok sayıda benzerlik var. İki olayda da başka biri suçu üstlendi, ölüme sebebiyet verdiğini açıkça gösteren bir anıya sahip biri."

"Hokey itiraf mı etti?"

"Hanımının kakaosuna, sonradan şeker değil, ölümcül ve çok az bilinen bir zehir olduğu ortaya çıkan bir şey koyduğunu hatırlıyordu," dedi Dumbledore. "Karar bunu kasıtlı yapmadığı, yaşlı ve kafası karışık olduğu için –"

"Voldemort onun hafızasını değiştirdi, tıpkı Morfin'e yaptığı gibi!"

"Evet, benim vardığım sonuç da bu," dedi Dumbledore. "Ve tıpkı Morfin vakasında olduğu gibi, Bakanlık Hokey'den şüphelenmeye zaten meyilliydi –"

"– çünkü o bir ev ciniydi," dedi Harry. Hermione'nin kurduğu topluluğa, yani E.R.İ.T.'e hiç bu kadar sempati duymamıştı.

"Kesinlikle," dedi Dumbledore. "Yaşlıydı, içkiye bir şey karıştırdığını itiraf etmişti, Bakanlık'ta kimse daha fazla soruşturma yapma zahmetine katlanmadı. Morfin vakasında olduğu gibi, onun izini bulup anıyı çıkarttığımda, hayatı sona ermek üzereydi – ama anısı, elbette, Voldemort'un kupanın ve madalyonun varlığından haberdar olduğu haricinde, hiçbir şeyi kanıtlamıyor.

"Hokey hüküm giydiğinde, Hepzibah'nın ailesi onun en büyük iki hazinesinin kayıp olduğunu fark etmişti. Bundan emin olmaları için belli bir süre gerekti, çünkü koleksiyonunu büyük bir kıskançlıkla koruyan biri olarak birçok saklama yeri vardı. Ama daha onlar kupanın da, madalyonun da gitmiş olduğundan şüpheye yer bırakmayacak şekilde emin olmadan, Borgin ve Burkes'te çalışan asistan, Hepzibah'yı çok sık ziyaret edip cazibesiyle pek güzel etkileyen genç adam işinden istifa edip ortadan kaybolmuştu. Patronlarının onun nereye gittiği konusunda hiçbir fikri yoktu; onun kaybolmasına onlar da başkaları kadar şaşırmıştı. Ve bundan sonra çok uzun bir süre Tom Riddle'ı gören ya da hakkında bir şey duyan olmadı.

"Şimdi," dedi Dumbledore, "eğer senin için bir mahzuru yoksa, Harry, bir kez daha durup öykümüzdeki belli noktalara dikkatini çekmek istiyorum. Voldemort yeni bir cinayet işlemişti; Riddle'ları öldürdüğünden beri ilk cinayeti miydi bu, bilmiyorum, ama öyle sanıyorum. Bu defa, senin de görmüş olacağın gibi, intikam için değil, menfaat için öldürdü. O zavallı, âşık yaşlı kadının ona gösterdiği iki harika yadigârı istiyordu. Tıpkı bir zamanlar yetimhanedeki çocukları soyduğu gibi, tıpkı dayısı Morfin'in yüzüğünü çaldığı gibi, Hepzibah'nın kupasını ve madalyonunu alıp ortadan kayboldu."

"Ama," dedi Harry, kaşlarını çatarak, "çılgınca görünüyor... her şeyi riske atmak, işinden olmak, sadece o iki..."

"Belki sana göre çılgınca, ama Voldemort'a göre, değil," dedi Dumbledore. "Umarım zamanı gelince o nesnelerin onun için tam olarak ne anlama geldiğini anlarsın, Harry, ama itiraf etmelisin ki en azından madalyonu kendi hakkı olarak gördüğünü hayal etmek pek zor değil."

"Madalyon, belki," dedi Harry, "ama o zaman niye kupayı da aldı?"

"Kupa Hogwarts'ın kurucularından bir başkasına aitti," dedi Dumbledore. "Sanırım hâlâ okula yönelik büyük bir çekim hissediyordu ve Hogwarts'ın tarihinde böylesine yeri olan bir nesneye karşı koyamadı. Bence başka sebepler de var... Zamanı gelince, sana onları da göstermek istiyorum.

"Ve şimdi de sana göstereceğim son hatıra, yani en azından sen bizim için Profesör Slughorn'un anısını ele geçirene kadar. Hokey'nin anısıyla bunun arasında on yıl var, bu on yıl boyunca Lord Voldemort'un ne yaptığını ancak tahmin edebiliyoruz..."

Dumbledore son anıyı Düşünseli'ne boşaltırken Harry bir kez daha ayağa kalktı.

"Kimin anısı bu?" diye sordu.

"Benim," dedi Dumbledore.

Ve Harry, Dumbledore'un ardından kımıldanan gümüşi kitlenin içine dalıp, az önce terk ettiği odaya indi. İşte Fawkes orada, tüneğinde mutlu mutlu uyukluyordu ve işte şurada, masanın arkasında ise Dumbledore vardı. Harry'nin hemen yanında duran Dumbeldore'a çok benziyordu ama iki eli de sağlamdı ve yüzünde belki birazcık daha az çizgi vardı. Bugünkü odayla bunun arasındaki tek fark, geçmişte kar yağıyor olmasıydı; mavimsi benekler karanlıkta pencerenin önünden süzülüyor ve dışarıdaki pervazın üzerinde birikiyordu.

Daha genç olan Dumbledore bir şey bekliyor gibiydi. Hakikaten de geleli saniyeler olmuştu ki kapı çaldı ve Dumbledore "Girin," dedi.

Harry ağzından çıkan endişe nidasını çabucak bastırdı. Odaya Voldemort girmişti. Yüz hatları Harry'nin iki yıl önce büyük taş kazandan belirdiğini gördüğü yüz hatları değildi; o kadar yılanımsı değillerdi, gözler henüz kırmızı, surat henüz maske gibi değildi, ama yakışıklı Tom Riddle gitmişti artık. Sanki yüz hatları yanmış ve bulanıklaşmıştı; balmumundan yapılmış gibi ve tuhaf bir şekilde çarpıktılar, gözlerinin akının ise artık daimi olarak kanlı bir görünümü vardı, ancak gözbebekleri Harry'nin bildiği o ince yarıklara dönüşmemişti henüz. Sırtında uzun siyah bir pelerin vardı ve yüzü, omzunda parlayan kar kadar beyazdı.

Masanın arkasındaki Dumbledore hiçbir şaşırma belirtisi göstermedi. Belli ki bu, randevuyla gerçekleştirilen bir ziyaretti.

"İyi akşamlar, Tom," dedi Dumbledore rahat bir şekilde. "Oturmaz mısın?"

"Teşekkür ederim," dedi Voldemort ve Dumbledore'un gösterdiği sandalyeye oturdu – göründüğü kadarıyla bu, Harry'nin az önce şimdiki zamanda oturduğu sandalyeydi. "Müdür olduğunu duydum," dedi, sesi daha önce olduğundan biraz daha tiz ve soğuktu. "Saygıdeğer bir seçim."

"Onayladığına memnunum," dedi Dumbledore, gülümseyerek. "Sana bir içki ikram edebilir miyim?"

"Çok iyi olurdu," dedi Voldemort. "Uzun bir yoldan geldim."

Dumbledore ayağa kalktı ve şimdi Düşünseli'nin durduğu dolaba gitti, geçmişte o dolap şişelerle doluydu. Voldemort'a bir kadeh şarap verdikten ve kendine de bir kadeh koyduktan sonra, masanın arkasındaki yerine döndü.

"Ee, Tom... bu zevki neye borçluyum?"

Voldemort hemen cevap vermedi, sadece şarabını yudumlamakla yetindi.

"Artık bana 'Tom' demiyorlar," dedi. "Bugünlerde başka bir adla tanınıyorum –"

"Hangi adla tanındığını biliyorum," dedi Dumbledore, tatlı tatlı gülümseyerek. "Ama korkarım ki benim için sen her zaman Tom Riddle olacaksın. Eski öğretmenlerin can sıkıcı yanlarından biridir bu, mesuliyetindekilerin küçüklüklerini hiçbir zaman tam olarak unutmazlar."

Kadehini Voldemort'un şerefine kaldırırmış gibi kaldırdı, Voldemort'un yüzüyse hâlâ ifadesizdi. Yine de, Harry odadaki havanın çok hafif değiştiğini hissetti: Dumbledore'un Voldemort'un seçilmiş adını kullanmayı reddetmesi, görüşmenin koşullarını onun dayatmasını reddetmesi demekti ve Harry, Voldemort'un da bunu bu şekilde anladığını görebiliyordu.

"Bu kadar uzun süre burada kaldığına şaşırıyorum," dedi

Voldemort kısa bir sessizliğin ardından. "Senin gibi bir büyücünün niçin hiç okuldan ayrılmayı istemediğini her zaman merak etmişimdir."

"Ee," dedi Dumbledore, hâlâ gülümseyerek, "benim gibi bir büyücü için, kadim becerileri yeni nesillere aktarmak, genç dimağları biçimlendirmeye katkıda bulunmaktan daha önemli bir şey olamaz. Yanlış hatırlamıyorsam, sen de bir zamanlar öğretmenliğin cazibesini görebiliyordun."

"Hâlâ görüyorum," dedi Voldemort. "Sadece merak ettim, neden sen –sık sık Bakanlık'ın öğüt istediği ve sanırım iki kez Bakan mevkii teklif edilen biri– "

"Son saydığımda üçtü, aslına bakarsan," dedi Dumbledore. "Ama Bakanlık bana meslek olarak hiçbir zaman çekici gelmemiştir. Yine ortak bir noktamız, sanırım."

Voldemort gülümsemeksizin başını yana doğru eğdi ve şaraptan bir yudum daha aldı. Dumbledore şimdi aralarına çöken uzun sessizliği bozmadı, onun yerine yüzünde hoş bir beklenti ifadesiyle önce Voldemort'un konuşması için öylece durdu.

"Belki," dedi Voldemort, bir süre sonra, "Profesör Dippet'ın beklediğinden daha geç geri döndüm... Ama sonuçta geri döndüm işte, bir zamanlar bana sahip olmak için fazla genç olduğumu söylediği şeyi tekrar talep etmek için. Bu şatoya, öğretmenlik yapmak üzere geri dönmeme izin vermeni istemek için geldim sana. Sanırım buradan ayrıldığımdan beri çok şey gördüğümü, çok şey yaptığımı biliyor olmalısın. Öğrencilerine başka hiçbir büyücüden alamayacakları şeyleri gösterebilir ve anlatabilirim."

Dumbledore konuşmadan önce bir süre kendi kadehinin üzerinden Voldemort'a düşünceli düşünceli baktı.

"Evet, bizden ayrıldığından beri çok şey görüp çok şey yaptığını elbette biliyorum," dedi usulca. "Faaliyetlerine dair söylentiler eski okuluna ulaştı, Tom. Bunların yarısına bile inanmak beni üzer."

Voldemort, yüzünde duygusuz bir ifadeyle konuştu: "Büyüklük hasete yol açar, haset kine yol açar, kin ise yalanları doğurur. Bunu biliyor olmalısın, Dumbledore."

"Yaptığın şeylere 'büyüklük' diyorsun, öyle mi?" diye sordu Dumbledore nazikçe.

"Kesinlikle," dedi Voldemort, gözleri kıpkırmızı yanıyormuş gibi görünüyordu. "Deney yaptım; sihrin sınırlarını belki de daha önce hiç zorlanmadığı kadar zorladım –"

"Bazı sihirlerin," diye düzeltti Dumbledore onu usulca. "Bazılarının. Bazı başka sihirler konusundaysa... kusuruma bakma ama... üzüntü verici şekilde cahilsin hâlâ."

Voldemort ilk kez gülümsedi. Gergin bir sırıtıştı bu; kötücül bir şey, hiddet ifadesinden daha tehditkâr.

"Yine o eski hikâye," dedi yumuşak bir sesle. "Ama dünyada gördüğüm hiçbir şey, sevginin benim sihrimden daha güçlü olduğu şeklindeki o meşhur beyanlarını desteklemiyor, Dumbledore."

"Belki de doğru yerlere bakmamışsındır," dedi Dumbledore.

"O halde yeni araştırmalarıma başlamak için buradan, Hogwarts'tan daha iyi bir yer olabilir mi?" dedi Voldemort. "Dönmeme izin verecek misin? Bilgimi öğrencilerinle paylaşmama izin verecek misin? Kendimi ve yeteneklerimi hizmetine sunuyorum. Emrine amadeyim."

Dumbledore kaşlarını kaldırdı.

"Peki ya *senin* emrindekilere ne olacak? Kendilerine –en azından söylentilere bakılırsa– Ölüm Yiyen'ler diyen o kişilere ne olacak?"

Harry, Voldemort'un Dumbledore'un bu adı bilmesini beklemediğini anlayabiliyordu; Voldemort'un gözlerinin bir an kırmızı kırmızı çaktığını ve birer yarığa benzeyen burun deliklerinin genişlediğini gördü.

"Arkadaşlarım," dedi, bir duraklamanın ardından, "eminim bensiz devam ederler."

"Onları arkadaş olarak gördüğünü duyduğuma sevindim,"

dedi Dumbledore. "Daha çok birer hizmetkâr niteliğinde olduklarını izlenimine sahiptim ben."

"Yanılıyorsun," dedi Voldemort.

"O halde bu gece Domuz Kafası'na gitsem, onlardan bir grubu –Nott, Rosier, Mulciber, Dolohov– orada, senin dönüşünü bekliyor halde bulmam, öyle mi? Gerçekten de çok sadık arkadaşlarmış, sırf bir öğretmenlik işini almaya çalışırken sana şans dilemek için karlı bir gecede bu kadar uzun bir yol geldiklerine göre."

Dumbledore'un onun kimlerle seyahat ettiği konusundaki ayrıntılı bilgisinin Voldemort'un hiç hoşuna gitmediğine şüphe yoktu; ancak, neredeyse derhal atağa geçti.

"Her zamanki gibi her şeyden haberin var, Dumbledore."

"Yo, hayır, sadece buralı barmenlerle aram iyi," dedi Dumbledore tatlı tatlı. "Şimdi, Tom..."

Dumbledore boş kadehini masaya bıraktı ve sandalyesinde doğruldu; çok sık yaptığı gibi, parmaklarının uçlarını birbirine yasladı.

"...gel açık konuşalım. Niye bu gece buraya, etrafın yandaşlarınla sarılı halde, aslında istemediğini ikimizin de bildiği bir işi talep etmek için geldin?"

Voldemort'un soğuk yüzünde şaşırmış gibi bir ifade belirdi.

"İstemediğim bir iş mi? Tam tersi, Dumbledore, çok istiyorum."

"Ah, Hogwarts'a dönmek istiyorsun, ama öğretmenlik yapmak istemiyorsun, tıpkı on sekiz yaşında istemediğin gibi. Neyin peşindesin, Tom? Bir kerelik olsun, niçin açık bir istekte bulunmayı denemiyorsun?"

Voldemort dudak büktü.

"Eğer bana iş vermeyi istemiyorsan –"

"Elbette istemiyorum," dedi Dumbledore. "Ve senin de bir an olsun benden bunu yapmamı beklediğini sanmıyorum. Yine de buraya geldin ve işi istedin, bir amacın vardı herhalde."

Voldemort ayağa kalktı. Yüz hatları öfkeyle kalınlaşmıştı, Tom Riddle'a her zamankinden daha az benziyordu.

"Son sözün mü bu?"

"Evet," dedi Dumbledore, kendisi de kalkarak.

"O halde artık birbirimize söyleyecek hiçbir şeyimiz yok."

"Hayır, yok," dedi Dumbledore ve yüzünü büyük bir hüzün kapladı. "Seni yanan bir gardıropla korkutup suçlarını telafi etmeye zorlayabileceğim günler çok geride kaldı. Ama keşke yapabilseydim, Tom... keşke yapabilseydim..."

Harry bir saniyeliğine, yararsız bir uyarı nidası atmanın eşiğine geldi: Voldemort'un elinin cebine, asasına doğru hareketlendiğinden emindi; ama sonra o an geçmiş, Voldemort arkasını dönmüştü ve kapı kapanıyordu. Gitmişti.

Harry Dumbledore'un elinin yine kolunu sıktığını hissetti ve az sonra tekrar birlikte aynı yerde duruyorlardı, ama pervazda biriken kar yoktu ve Dumbledore'un eli yine kararmış ve ölü görünüyordu.

"Neden?" dedi Harry hemen, başını kaldırıp Dumbledore'un yüzüne bakarak. "Neden geri döndü? Hiç öğrenebildiniz mi?"

"Bazı fikirlerim var," dedi Dumbledore. "Ama o kadar."

"Nasıl fikirler, efendim?"

"Anlatacağım, Harry, ama ancak Profesör Slughorn'dan o anıyı aldığın zaman," dedi Dumbledore. "Bulmacanın o son parçasını ele geçirdiğinde, umuyorum ki her şey açıklığa kavuşacak... her ikimiz için de."

Harry hâlâ meraktan kıvranıyordu ve Dumbledore kapıya gidip onun için açmasına rağmen, yerinden hemen kımıldamadı.

"Yine Karanlık Sanatlara Karşı Savunma öğretmenliğinin mi peşindeydi, efendim? Söylemedi..."

"Ah, Karanlık Sanatlara Karşı Savunma öğretmenliğini istediği kesin," dedi Dumbledore. "Küçük görüşmemizin sonucu bunu kanıtladı. Çünkü o görevi Lord Voldemort'a vermeyi reddettiğimden beri, hiçbir Karanlık Sanatlara Karşı Savunma öğretmenini bir yıldan fazla tutamadık."

YİRMİNCİ BİRİNCİ BÖLÜM

Bilinemez Oda

Harry bir sonraki hafta boyunca gerçek anıyı sunması için Slughorn'u nasıl ikna edeceğini düşünerek kafa patlattı ama aklına parlak bir fikir gelmedi. Sonunda da bu günlerde ne yapacağını bilemediği zaman gittikçe daha sık başvurduğu yola başvurdu yine: Prens'in sayfa kenarına faydalı bir şeyler karaladığı umuduyla İksir kitabını dikkatle okumak – tıpkı daha önce defalarca yaptığı gibi.

Pazar akşamı geç saatlerde Hermione, "Onda bir şey bulamazsın," dedi, kendinden emin bir sesle.

"Başlama gene, Hermione," dedi Harry. "Eğer Prens olmasaydı, Ron şimdi burada oturuyor olmazdı."

"Olurdu, birinci sınıfta Snape'i dinlemiş olsan yeterdi," dedi Hermione, Harry'nin söylediğini kabul etmeyerek.

Harry ona aldırmadı. Az önce akıl çelici "Düşmanlar İçin" kelimelerinin üstünde, bir sayfanın kenarına karalanmış bir büyülü söz bulmuştu (*Sectumsempra!*) ve onu denemek için içi gidiyordu, ama Hermione'nin önünde denemese iyi olacağını düşündü. Onun yerine, sayfanın köşesini gizlice katladı.

Ortak salonda, ateşin yanında oturuyorlardı; onların dışında uyanık olanlar sadece altıncı sınıf öğrencileriydi. Akşam yemeğinden gelip de ilan tahtasında Cisimlenme sınavlarının tarihini açıklayan yeni bir duyuru bulduklarında biraz heyecanlanmışlardı. Nisan'ın yirmi birinde olan ilk sınavdan önce ya da bu tarihte on yedisini dolduracak olanlar, ek alıştırma seansları için adını yazabiliyordu ve bunlar da (sıkı bir denetim altında) Hogsmeade'de yapılacaktı.

Ron duyuruyu okuyunca paniğe kapıldı, henüz Cisimlenme'yi becerememişti ve sınava hazır olmayacağından korkuyordu. İki kere Cisimlenmiş olan Hermione ise kendinden biraz daha emindi ama on yedi yaşını ancak dört ay sonra dolduracak Harry, hazır olsa da, olmasa da sınava giremiyordu.

Ron, gergin bir şekilde, "Hiç değilse sen Cisimlenebiliyorsun!" dedi. "Temmuz'da hiçbir sorunun olmayacak!"

"Sadece bir kez yapabildim," diye hatırlattı Harry ona; bir önceki derslerinde nihayet kaybolmayı ve çemberinin içinde yeniden bedenlenmeyi başarmıştı.

Cisimlenme hakkındaki kaygılarını yüksek sesle dile getirerek hayli vakit kaybetmiş olan Ron, şimdi Snape için, Harry ile Hermione'nin yazıp bitirmiş oldukları acımasızca zor bir ödevi tamamlamaya çalışıyordu. Harry kendi ödevinden düşük not almaya kendini tamamen hazırlamıştı, çünkü Ruh Emiciler'i durdurmanın en iyi yöntemi konusunda Snape'in düşüncesine karşı çıkan şeyler yazmıştı, ama aldırmıyordu: Onun için şu anda en önemli şey Slughorn'un anısıydı.

Hermione, daha yüksek sesle, "Sana söylüyorum, aptal Prens sana bunda yardım edemeyecek, Harry!" dedi. "Birini istediğin şeyi yapmaya zorlamanın tek yolu var, o da İmperius Laneti, ki yasadışı –"

"Evet, biliyorum, teşekkürler," dedi Harry, kitaptan kafasını kaldırmadan. "Onun için başka bir şey arıyorum. Dumbledore diyor ki, Veritaserum da işe yaramazmış, ama başka bir şey olabilir, bir iksir, bir büyü..."

"Yanlış yoldasın," dedi Hermione. "Dumbledore diyor ki, anıyı ancak sen elde edebilirmişsin. Bu da demektir ki, başkaları Slughorn'u ikna edemediği halde, sen edebilirsin. Mesele ona bir iksir vermek meselesi değil, kim olsa bunu yapar –"

"'Muharip' nasıl yazılır?" dedi Ron, parşömenine bakarken

tüy kalemini sertçe sallayarak. "M – O – Z olamaz –"

"Hayır, değil," dedi Hermione, Ron'un ödevini kendine doğru çekerek. "Ve 'alamet' de O – T – L ile başlamaz. Ne biçim bir tüy kalem kullanıyorsun sen?"

"Fred ve George'un İmla-Denetimli kalemlerinden... ama sanırım büyüsü yavaş yavaş etkisini yitiriyor..."

"Evet, öyle olmalı," dedi Hermione, ödevin başlığına işaret ederek, "çünkü bize Ruh Emiciler ile nasıl başa çıkacağımız sorulmuştu, 'Dalbatak'larla değil; üstelik adını 'Roonil Wazlib' olarak değiştirdiğini de hatırlamıyorum."

"Ah, hayır!" dedi Ron, dehşet içinde parşömene bakarak. "Hepsini yeniden yazacaksın deme bana!"

"Mesele yok, halledebiliriz," dedi Hermione, ödevi önüne çekip asasını çıkardı.

"Seni seviyorum, Hermione," dedi Ron, iskemlesine yeniden yığılıp yorgun yorgun gözlerini ovalarken.

Hermione hafiften pembeleşti ama sadece, "Lavender'ın bunu söylerken seni duymasına izin verme," dedi.

"Vermem," dedi Ron, yüzü ellerinin içinde. "Ya da belki veririm... o zaman beni bırakır..."

"Eğer bitirmek istiyorsan, sen niye onu bırakmıyorsun?" diye sordu Harry.

"Şimdiye kadar kimseyi bırakmadın, değil mi?" dedi Ron. "Sen ve Cho sadece –"

"Uzaklaştık sayılır, evet," dedi Harry.

"Keşke Lavender'la bana da öyle olsa," dedi Ron, kederli kederli; bir yandan da Hermione'nin asasının ucuyla, sayfa üzerinde kendilerini düzeltsinler diye yanlış yazılmış her kelimesine sessizce dokunmasını gözlüyordu. "Ama ben ne zaman bitirmeyi ima edecek olsam, o daha da sıkı sarılıyor. Dev Mürekkep Balığı ile çıkmak gibi bir şey bu."

"Al bakalım," dedi Hermione, yirmi dakika sonra Ron'a ödevini geri verirken.

"Milyonlarca teşekkür," dedi Ron. "Sonuç bölümü için tüy kalemini ödünç alabilir miyim?"

Melez Prens'in notlarında şimdiye kadar faydalı bir şey bulamayan Harry, etrafına bakındı; artık ortak salonda sadece üçü kalmıştı. Seamus az önce, Snape'e de, ödevine de lanet okuyarak yatmaya gitmişti. Ateşin çıtırtısı ve Hermione'nin tüy kalemiyle Ruh Emiciler üzerine son bir paragraf yazan Ron'un kaleminin cızırtısı dışında ses çıkmıyordu. Harry tam esneyerek Melez Prens'in kitabını kapatmıştı ki –

Şak.

Hermione küçük bir çığlık attı; Ron bütün ödevin üzerine mürekkep döktü ve Harry, "Kreacher!" dedi.

Ev cini eğilerek kendi boğum boğum ayak parmaklarına hitap etti.

"Efendi, Malfoy'ların oğlunun yaptıkları hakkında düzenli raporlar istemişti ve Kreacher da bunun için geldi ki –"

Şak.

Kreacher'ın yanında Dobby belirdi, çay peçetesinden şapkası yamulmuştu.

"Dobby de yardım ediyor, Harry Potter!" diye ciyakladı, Kreacher'a kızgın bir bakış atarak. "Ve Kreacher Harry Potter'ı görmeye geleceği zaman Dobby'ye de söylemeli ki, raporlarını birlikte verebilsinler!"

"Bu da ne?" diye sordu Hermione, onların aniden ortaya çıkışı yüzünden hâlâ şok içindeydi. "Neler oluyor, Harry?"

Harry cevap vermeden önce bir an tereddüt etti, çünkü Hermione'ye Kreacher ve Dobby'yi Malfoy'un peşine taktığını söylememişti; ev cinleri onun için daima çok hassas bir konuydu.

"Şey... Benim için Malfoy'u izliyorlar," dedi.

"Gece gündüz," diye gakladı Kreacher.

"Dobby bir haftadır uyumadı, Harry Potter!" dedi Dobby gururla, olduğu yerde sallanıyordu.

Hermione içerlemiş göründü.

"Uyumadın mı, Dobby? Harry, herhalde sen dememişsindir ona –"

"Hayır, elbette demedim," dedi Harry hemen. "Dobby, uyuyabilirsin, tamam mı? Ama ikinizden biri herhangi bir şey buldu mu?" diye telaşla sordu, Hermione bir kez daha araya giremeden.

"Efendi Malfoy saf kanına yaraşır bir asaletle hareket ediyor," diye gakladı Kreacher hemen. "Hatları hanımımın narin kemiklerini hatırlatıyor ve davranışları da –"

"Draco Malfoy kötü bir çocuk!" diye ciyakladı Dobby öfkeyle. "Kötü bir çocuk ve – ve –"

Çay peçetesinin püskülünden çoraplarının parmaklarına kadar titredi. Sonra da, sanki içine dalacakmış gibi, ateşe doğru koştu. Bunu hiç beklemediği söylenemeyecek olan Harry, onu belinden yakaladı ve sımsıkı tuttu. Dobby birkaç saniye mücadele etti, sonra gevşedi.

"Teşekkürler, Harry Potter," dedi soluk soluğa. "Dobby eski efendileri hakkında kötü şeyler söylemekte hâlâ zorlanıyor..."

Harry onu bıraktı; Dobby çay peçetesini düzeltti ve dönüp Kreacher'a meydan okudu: "Ama Kreacher, Draco Malfoy'un bir ev cini için iyi bir efendi olmadığını bilmeli!"

"Evet, senin Malfoy'a olan aşkını duymamıza gerek yok," dedi Harry Kreacher'a. "İleri alalım da onun nerelere gittiğine gelelim."

Kreacher çok öfkeli görünerek yeniden eğildi ve sonra, "Efendi Malfoy Büyük Salon'da yemek yiyor," dedi, "zindandaki yatakhanede uyuyor, sınıflara gidiyor, hepsi çeşit çeşit –"

"Dobby, sen söyle," dedi Harry, Kreacher'ın sözünü keserek. "Gitmemesi gereken bir yere gidiyor mu?"

"Harry Potter, efendim," diye cikledi Dobby, kocaman, küre gibi gözleri ateşin ışığında parıldayarak, "Malfoy'ların oğlu Dobby'nin keşfedebildiği kadarıyla hiçbir kurala karşı gelmiyor ama gene de yerinin saptanmasından kaçınmaya meraklı. Çeşitli öğrencilerle düzenli olarak yedinci katı ziyaret ediyor, o içeri girince onun için nöbet tutuyorlar –"

"İhtiyaç Odası!" dedi Harry, *İleri İksir-Yapımı* ile şiddetle alnına vurarak. Hermione ile Ron ona bakakaldı. "Demek gizlice gittiği yer orasıymış! Orada yapıyor... her ne yapıyorsa! Ve bahse girerim ki haritadan da onun için kayboluyor – şimdi düşünüyorum da, o haritada İhtiyaç Odası'nı hiç görmedim!"

"Belki de Çapulcular, Oda'nın orada olduğunu bile bilmiyorlardı," dedi Ron.

"Bence bu da Oda'nın sihrinin bir parçası," dedi Hermione. "Eğer işaretlenemez olmasına ihtiyacın varsa, işaretlenemez oluyor."

"Dobby, Malfoy'un ne yaptığını görmek için içeri girmeyi becerebildin mi?" dedi Harry hevesle.

"Hayır, Harry Potter, imkânsız bu," dedi Dobby.

"Hayır, değil," dedi Harry hemen. "Malfoy geçen yıl bizim oradaki Karagâh'ımıza girdi, demek ki ben de girip onun ne yaptığını gizlice gözleyebilirim, sorun yok."

"Ben hiç sanmıyorum, Harry," dedi Hermione ağır ağır. "Malfoy bizim Oda'yı nasıl kullandığımızı tamı tamına biliyordu, değil mi, çünkü o aptal Marietta ötmüştü. Oda'nın DO Karargâhı olmasına ihtiyacı vardı, o da oldu. Ama şimdi sen Malfoy içeri girdiğinde Oda'nın ne olduğunu bilmiyorsun, bu yüzden neye dönüşmesini isteyeceğini de bilmiyorsun."

"Bir yolu bulunur," dedi Harry, önemsemeyerek. "Harika bir iş çıkardın, Dobby."

"Kreacher da iyi iş çıkardı," dedi Hermione nazikçe; ama Kreacher, minnettar olmak bir yana, kocaman, kan çanağı gibi gözlerini kaçırıp karga gibi sesiyle tavana doğru konuştu: "Bulanık Kreacher'la konuşuyor, Kreacher duyamıyormuş gibi yapacak –"

"Kes şunu," diye azarladı onu Harry ve Kreacher yerlere kadar son bir reverans yapıp Buharlaştı. "Sen de gidip biraz uyusan iyi olur, Dobby."

"Teşekkürler, Harry Potter, efendim!" diye cikledi Dobby mutlulukla, sonra o da kayboldu.

"Ne kadar iyi, değil mi?" dedi Harry coşkuyla, odada ev cini kalmayınca Ron ve Hermione'ye dönerek. "Malfoy'un nereye gittiğini biliyoruz! Şimdi onu köşeye sıkıştırdık!"

"Evet, harika," dedi Ron somurtarak, az önce neredeyse tamamlanmış bir ödev olan ıslak mürekkep yığınını temizlemeye çalışıyordu. Hermione parşömeni kendi önüne aldı ve asasıyla mürekkebi çekmeye koyuldu.

"İyi de, oraya 'çeşitli öğrenciler'le gitmesi de neyin nesi?" dedi Hermione. "Bu işe kaç kişi dahil? Ne yaptığını bilen onca öğrenciye güveneceğini düşünmüyor insan..."

"Evet, bu garip," dedi Harry, kaşlarını çatarak. "Crabbe'ye, bu işin onun üzerine vazife olmadığını söylediğini duydum... öyleyse ne diyor bütün bu... bütün bu..."

Harry'nin sesi alçaldı ve kesildi; gözlerini dikmiş ateşe bakıyordu.

"Tanrım, amma aptallık etmişim," dedi alçak sesle. "Çok bariz, değil mi? Zindanda bundan koca bir fıçı dolusu vardı... o ders sırasında ne zaman olsa aşırabilirdi..."

"Neyi aşırabilirdi?" dedi Ron.

"Çok Özlü İksir. Slughorn'un ilk İksir dersinde bize gösterdiği Çok Özlü İksir'den biraz çaldı... Malfoy için çeşitli öğrenciler nöbet tutmuyor... sadece Crabbe ve Goyle, her zamanki gibi... evet, şimdi her şey yerli yerine oturuyor!" dedi Harry, yerinden fırlayıp ateşin önünde volta atmaya başlayarak. "Ne işler çevirdiğini onlara söylemese de, her dediğini yapacak kadar aptallar... ama onların İhtiyaç Odası'nın dışında gizlice dolanırken görünmelerini istemiyor, onun için de başkalarına benzesinler diye onlara Çok Özlü'den içirtiyor... Quidditch'e gelmediği zaman yanında gördüğüm o iki kız – hıh! Crabbe ve Goyle'du!"

"Yani sen şimdi demek istiyorsun ki," dedi Hermione alçak sesle, "ölçeğini onardığım o küçük kız –"

"Evet, tabii!" dedi Harry, yüksek sesle, gözünü dikip ona bakarak. "Tabii! Malfoy o sırada Oda'da olmalı, onun için de kız

–ne diyorum ben?– Crabbe ya da Goyle, Malfoy'a dışarı çıkmamasını söylemek için ölçeği düşürdü, çünkü dışarıda biri vardı! Sonra kurbağa yumurtalarını düşüren o kız! Boyuna önünden geçiyorduk ve farkında bile değildik!"

"Crabbe ve Goyle'u kızlara mı dönüştürüyor?" diye kahkahayı koyuverdi Ron. "Vay canına... bu günlerde hiç mutlu görünmeyişlerine şaşmamalı öyleyse... Hayret ediyorum, niye ona demiyorlar, sen git de –"

"Tabii ki demezler, onlara Karanlık İşaret'ini gösterdiyse," dedi Harry.

"Hımmm... var olduğunu bilmediğimiz Karanlık İşaret," dedi Hermione kuşkucu bir edayla, artık daha fazla zarar görmesin diye Ron'un kurumuş ödevini rulo yapıp ona verirken.

"Göreceğiz," dedi Harry, kendinden emin bir şekilde.

"Evet, göreceğiz," dedi Hermione, ayağa kalkıp gerinerek. "Ama Harry, fazla heyecana kapılma, çünkü ben gene de, orada ne olduğunu bilmeden İhtiyaç Odası'na girebileceğini sanmıyorum. Ve bence şunu da unutmamalısın," diye ekledi, çantasını omzuna atıp ona ciddi ciddi bakarken, "dikkatini *asıl* vermen gereken şey, o anıyı Slughorn'dan almak. İyi geceler."

Harry, canı biraz sıkılmış halde, onun gidişini gözledi. Kızların yatakhanesine giden kapı kapanır kapanmaz da Ron'a döndü.

"Sen ne diyorsun?"

"Keşke bir ev cini gibi Buharlaşabilsem," dedi Ron, Dobby'nin kaybolduğu noktaya bakarak. "Cisimlenme sınavı çantada keklik olurdu."

Harry o gece iyi uyuyamadı. Ona saatler gibi gelen bir süre boyunca uyanık kaldı, Malfoy'un İhtiyaç Odası'nı ne için kullandığını ve ertesi gün oraya girince neler göreceğini merak etti; çünkü Hermione ne derse desin, Harry, eğer Malfoy DO Karargâhı'nı görebildiyse kendisinin de Malfoy'un yerini göreceğinden emindi... ne olabilirdi orası? Bir buluşma yeri? Saklanacak bir yer? Bir depo? Bir işlik? Harry'nin kafası hummalı bir şekilde çalışıyordu, sonunda uyuyakaldığında da rüyaları önce Slughorn'a, sonra Snape'e dönüşen Malfoy'un tedirgin edici görüntüleriyle kesildi...

Harry ertesi sabah kahvaltıda büyük bir beklenti içindeydi; Karanlık Sanatlara Karşı Savunma'dan önce boş bir dersi vardı ve bu süreyi İhtiyaç Odası'na girmeye çalışarak geçirmeye kararlıydı. Hermione onun odaya zorla girmeye yönelik, fısıldayarak anlattığı planlarına, hayli dikkat çekici bir tavırla, hiç ilgi göstermiyordu; bu da Harry'yi kızdırdı, çünkü istese onun çok yardımı dokunabileceğini düşünüyordu.

"Bak," dedi alçak sesle, öne eğildi ve Hermione'nin az önce bir posta baykuşundan aldığı *Gelecek Postası*'nı açıp arkasında kaybolmasını önlemek için gazetenin üzerine elini koydu. "Slughorn'u unutmadım, ama o anıyı ondan nasıl alacağım konusunda elimde en ufak bir ipucu yok; aklıma parlak bir fikir gelene kadar neden Malfoy'un neler yaptığını bulmaya çalışmayayım ki?"

"Sana daha önce de söyledim, Slughorn'u *ikna etmen* gerek," dedi Hermione. "Mesele onu aldatmakta ya da büyülemekte değil, yoksa Dumbledore bunu bir saniyede yapardı. İhtiyaç Odası'nın önünde dolaşıp duracağına," dedi, *Gelecek*'i Harry'nin elinin altından çekip ön sayfasına bakmak için açarak, "gidip Slughorn'u bulmalı ve onun iyi yanına hitap etmeye çalışmalısın."

"Tanıdığımız kimse –" diye sordu Ron, Hermione gözleriyle manşetleri tararken.

"Evet!" dedi Hermione, Harry ile Ron'un kahvaltılarını ederken boğulacak gibi olmalarına yol açarak, "ama bir şey yok, ölmemiş – Mundungus, tutuklanıp Azkaban'a gönderilmiş! Bir soygun girişimi sırasında İnferius taklidi yapmakla ilgili bir şey... Octavius Pepper diye biri de ortadan kaybolmuş... ah, ne korkunç, dokuz yaşında bir çocuk büyükannesiyle büyükbabasını öldürmeye kalkıştığı için tutuklanmış, İmperius Laneti'nin etkisi altında olduğunu sanıyorlar..."

Kahvaltılarını sessizlik içinde bitirdiler. Hermione hemen Eski Yazılar'a gitti, Ron da Snape'in Ruh Emici ödevinin sonuç kısmını bitirmek zorunda olduğundan, ortak salona, Harry ise yedinci kattaki koridora, ifritlere bale dersi veren Boşkafa Barnabas'ın gobleninin karşısında uzanan duvara.

Harry, boş bir geçit bulunca Görünmezlik Pelerini'ni üstüne geçirdi, oysa zahmet etmesine gerek olmadığı ortaya çıktı. Gideceği yere vardığında, orayı boş buldu. Harry Oda'ya girme şansının Malfoy içindeyken mi, dışındayken mi daha fazla olduğundan emin değildi, ama hiç değilse ilk girişimi, kendine on bir yaşında bir kız süsü veren Crabbe ya da Goyle'un varlığıyla iyice güç bir hâl almamıştı.

İhtiyaç Odası'nın kapısının gizli olduğu yere yaklaşınca gözlerini yumdu. Ne yapması gerektiğini biliyordu; bu konuda geçen yıl büyük beceri edinmişti. Bütün gücüyle dikkatini yoğunlaştırarak düşündü: *Malfoy'un burada ne yaptığını görmeye ihtiyacım var... Malfoy'un burada ne yaptığını görmeye ihtiyacım var... Malfoy'un burada ne yaptığını görmeye ihtiyacım var...*

Üç kere kapının önünden geçti, sonra da, kalbi heyecanla çarparak onun önünde durup gözlerini açtı - ama hâlâ çok sıradan, boş bir duvar parçasına bakıyordu.

İlerleyip, denemek amacıyla onu şöyle bir itti. Taşın yekpare ve geçit vermez halinde bir değişiklik olmadı.

"Tamam," dedi Harry yüksek sesle. "Tamam... yanlış şeyi düşündüm..."

Biraz kafa yordu, sonra gözler yumulu, elinden geldiğince dikkatini yoğunlaştırarak yeniden başladı.

Malfoy'un gizlice geldiği yeri görmeye ihtiyacım var... Malfoy'un gizlice geldiği yeri görmeye ihtiyacım var...

Önünden üç kere geçtikten sonra, beklentiyle gözlerini açtı.

Kapı yoktu.

"Öf, hadi ama," dedi duvara kızgın kızgın. "Bu gayet açık bir talimattı... peki..."

Bir kez daha yürümeye başlamadan önce birkaç dakika iyice düşündü.

Draco Malfoy için neresi oluyorsan benim için de orası olmana ihtiyacım var...

Dolaşmasını bitirince, gözlerini hemen açmadı; tüm dikkatiyle dinliyordu, sanki kapının bir pat sesiyle ortaya çıkmasını duyabilirmiş gibi. Ne var ki, dışarıdaki kuşların uzaktan gelen cıvıldaşmalarından başka bir şey duymadı. Gözlerini açtı.

Hâlâ kapı yoktu.

Harry küfretti. Biri bağırdı. Dönüp bakınca birinci sınıflardan oluşan bir grubun, köşeyi gerisin geri koşarak döndüklerini gördü, belli ki az önce ağzı hayli bozuk bir hayalete rastladıkları izlenimine kapılmışlardı.

Harry, bütün bir saat boyunca "Draco Malfoy'un senin içinde ne yaptığını görmeye ihtiyacım var"ın aklına gelen her çeşidini denedi ve sonunda Hermione'nin haklı olabileceğini istemeye istemeye kabul etmek zorunda kaldı: Oda onun için açılmak istemiyordu. Hayal kırıklığına uğramış ve kızgın halde, Karanlık Sanatlara Karşı Savunma'ya gitmek için yola çıktı, yolda Görünmezlik Pelerini'ni de çıkarıp çantasına tıktı.

Harry mumlarla aydınlanmış sınıfa telaşla girerken, "Gene geç kaldın, Potter," dedi Snape soğuk soğuk. "Gryffindor'dan on puan."

Harry kendini Ron'un yanına atarken Snape'e kaşlarını çattı; sınıfın yarısı henüz ayaktaydı, kitaplarını çıkarıyor, öte-berilerini düzenliyorlardı; onların hiçbirinden çok da fazla geç kalmış olamazdı.

"Başlamadan önce Ruh Emici ödevlerinizi istiyorum," dedi Snape. Kayıtsızca asasını salladı ve yirmi beş parşömen tomarı havada süzülüp, düzgün bir yığın halinde masasına kondu. "Ve sizin iyiliğiniz için umuyorum ki, İmperius Laneti'ne karşı çıkma konusunda tahammül etmek zorunda kaldığım saçmalıklardan daha iyidirler. Şimdi, eğer kitaplarınızı açarsanız, sayfa – ne var, Mr Finnigan?"

"Efendim," dedi Seamus, "Merak ediyordum, bir İnferius ile bir hayaleti birbirinden nasıl ayırt edersiniz? Çünkü *Gelecek*'te bir İnferius hakkında bir şeyler vardı –"

"Hayır, yoktu," dedi Snape, sıkkın bir sesle.

"Ama, efendim, insanların öyle dediğini duydum –"

"Eğer söz konusu yazıyı gerçekten okumuş olsaydınız, Mr Finnigan, o sözüm ona İnferius'un Mundungus Fletcher adında pis kokulu sinsi bir hırsızdan başka bir şey olmadığını bilirdiniz."

Harry, Ron ve Hermione'ye, "Snape ile Mundungus'un aynı taraftan olduğunu sanıyordum," diye mırıldandı. "Mundungus yakalandı diye üzülmesi gerekmez mi –?"

"Ama anlaşılan Potter'ın bu konuda söyleyecek çok şeyi var," dedi Snape; birden odanın arka tarafına işaret ederek kara gözlerini Harry'ye dikti. "Haydi, Potter'a bir İnferius ile bir hayaleti birbirinden nasıl ayırt edeceğimizi soralım."

Bütün sınıf, Slughorn'u ziyarete gittikleri gece Dumbledore'un ona söylediklerini telaşla hatırlamaya çalışan Harry'ye baktı.

"Ee – şey – hayaletler saydamdır –"

"Oo, çok iyi," diye onun lafını kesti Snape, dudağı bükülmüştü. "Evet, aldığın yaklaşık altı yıllık sihir eğitiminin ziyan olmadığı kolaylıkla görülüyor, Potter. *Hayaletler saydamdır*."

Pansy Parkinson tiz bir kıkırdama koyuverdi. Başka birkaç kişi pis pis sırıttı. Harry derin bir nefes aldı ve içi kaynayıp köpürdüğü halde, sakin bir şekilde devam etti. "Evet, hayaletler saydamdır, ama İnferius'lar ölü bedenlerdir, değil mi? Öyleyse katıdırlar –"

"Beş yaşında çocuk bile bu kadarını söylerdi," diye dudak büktü Snape. "İnferius, Karanlık bir büyücünün büyüsüyle yeniden canlandırılmış bir cesettir. Canlı değildir, sadece büyücünün isteğini yerine getirmek için kukla gibi kullanılır. Hepinizin artık bildiğini sanıyorum ki, bir hayalet ise, yeryüzünden ayrılmış bir ruhun bıraktığı izdir... ve tabii, Potter'ın çok bilgece bize söylediği gibi, *saydamdır*."

"Eh, Harry'nin dediği onları ayırt etmek için en yararlısı!" dedi Ron. "Biriyle karanlık bir yolda karşı karşıya geldiğimizde katı mı değil mi diye bir göz atacağız, değil mi, 'Affedersiniz, siz yeryüzünden ayrılmış bir ruhun izi misiniz?' diye sormayacağız herhalde."

Sınıfı bir kahkaha dalgası sardı ama Snape'in onlara attığı bakışla ânında dindi.

"Gryffindor'dan on puan daha," dedi Snape. "Senden daha incelikli bir şey beklemezdim, Ronald Weasley, bir odada bir santim bile Cisimlenemeyecek kadar katı olan çocuk."

"*Hayır!*" diye fısıldadı Hermione, tam Harry öfke içinde ağzını açarken onun kolunu tutarak. "Anlamı yok, sadece gene ceza alırsın, vazgeç!"

"Şimdi kitaplarınızın iki yüz on üçüncü sayfasını açın," dedi Snape, hafiften gülümseyerek, "ve Cruciatus Laneti'nin ilk iki paragrafını okuyun..."

Ron ders boyunca süngüsü düşmüş halde oturdu. Dersin sonunda zil çalınca Lavender, Ron ile Harry'ye yetişti (Hermione o yaklaşır yaklaşmaz esrarengiz bir şekilde eriyip gözden kaybolmuştu) ve Ron'un Cisimlenmesi ile ilgili sataşması için Snape'e sövdü saydı. Ama buna sanki iyice canı sıkılmış olan Ron, Harry ile birlikte erkekler tuvaletine kaçarak onu ekti.

"Snape haklı aslında, değil mi?" dedi Ron, bir iki dakika çatlak bir aynaya gözlerini dikip baktıktan sonra. "Bilmiyorum, sınava girmeye değer mi? Cisimleme'yi kapamadım gitti."

"En iyisi Hogsmeade'deki ek alıştırma seanslarına gidip sana ne kadar katkısı olacak bakman," dedi Harry mantıklı bir şekilde. "Hiç değilse, aptal bir çemberin içine girmeye çalışmaktan daha ilginç. Sonra, eğer hâlâ kendini – yani –istediğin kadar iyi bulmuyorsan, sınavı erteleyebilirsin, benimle birlikte yaz– Myrtle, burası erkekler tuvaleti!"

Bir kızın hayaleti, arkalarındaki bir bölmedeki tuvaletin içinden yükselmişti ve şimdi havada süzülüyor; kalın, beyaz ve yuvarlak gözlüğünün ardından onlara bakıyordu.

"Ah," dedi somurtarak. "Siz ikinizmişsiniz."

"Kimi bekliyordun?" dedi Ron, aynadan ona bakarak.

"Kimseyi," dedi Myrtle, keyifsiz keyifsiz çenesindeki bir sivilceyle oynayarak. "Geri gelip beni göreceğini söylemişti, ama ona bakarsan *sen de* uğrayacağını, beni ziyaret edeceğini söylemiştin..." Harry'ye sitemli bir bakış attı "...ve seni aylardır görmedim. Oğlanlardan fazla şey beklememeyi öğrendim."

"Ben seni o kızlar tuvaletinde yaşıyorsun sanıyordum," dedi, birkaç yıldır o tuvaletin epeyce açığından geçmek konusunda dikkatli davranan Harry.

"Öyle," dedi Myrtle, küskün küçük bir omuz silkmeyle, "ama bu başka yerleri *ziyaret* edemeyeceğim anlamına gelmiyor. Bir keresinde gelip seni banyonda görmüştüm, hatırlıyor musun?"

"Gayet net bir şekilde," dedi Harry.

"Ama o benden hoşlandı sanıyorum," diye sızlandı Myrtle. "Belki siz ikiniz giderseniz, geri gelir... ortak çok yanımız vardı... eminim bunu hissetmiştir..."

Ve ümitle kapıya doğru baktı.

"Ortak çok yanımız vardı derken," dedi şimdi hayli eğleniyora benzeyen Ron, "onun da bir S-borusunda yaşadığını mı söylemek istiyorsun?"

"Hayır," dedi Myrtle, meydan okurcasına, sesi fayanslı, eski tuvalette gürültüyle yankılanıyordu. "Hassas demek istiyorum, insanlar ona da zorbalık ediyor ve kendini yalnız hissediyor, konuşacak kimsesi yok; üstelik duygularını belli edip ağlamaktan korkmuyor!"

"Burada ağlayan bir erkek çocuk mu var?" dedi Harry merakla. "Küçük bir çocuk mu?"

"Sizi ilgilendirmez!" dedi Myrtle; küçük, sulu gözleri şimdi açıkça sırıtan Ron'a dikilmişti. "Ona kimseye söylemeyeceğim konusunda söz verdim ve sırrını götüreceğim, ta –"

"– mezara kadar değildir, herhalde, ha?" dedi Ron, kahkahayı patlatarak. "Lağımadır, belki..."

Myrtle öfkeyle uluyarak gerisin geri tuvalete dalıp, yere su sıçramasına sebep oldu. Ona işkence etmek ise, Ron'u biraz kendine getirmiş gibi görünüyordu.

"Haklısın," dedi çantasını omzuna atarken, "Sınava girip girmemeye karar vermeden önce Hogsmeade'deki alıştırma seanslarına katılacağım."

Ve böylece bir sonraki hafta sonunda Ron, Hermione'ye ve on beş gün içinde 17'sini doldurup sınava girebilecek diğer altıncı sınıf öğrencilerine katıldı. Harry onların köye gitmek için hazırlanmalarını gözlerken, epey kıskançlık duydu; oraya yapılan gezileri özlüyordu, ve bu da havanın özellikle güzel olduğu bir bahar günüydü, uzun süredir gördükleri ilk bulutsuz gökyüzü. Ancak bu vakti, İhtiyaç Odası'na bir saldırı daha düzenleyerek değerlendirmeye karar vermişti.

Giriş Salonu'nda planını Ron ve Hermione'ye açıkladığında, Hermione, "Doğruca Slughorn'un odasına gitsen," demişti, "ve ondan o anıyı almaya çalışsan daha iyi edersin."

"Onu da deniyorum!" dedi Harry hiddetle, ki bu da tam anlamıyla doğruydu. O hafta her İksir dersinden sonra Slughorn'u köşeye sıkıştırma niyetiyle geride kalmıştı ama İksir hocası zindanı her seferinde öyle hızla terk etmişti ki, Harry onu yakalayamamıştı. İki kez onun odasına gidip kapıyı vurmuş, ama cevap almamıştı. Oysa ikinci seferinde eski bir gramofonun çabucak kısılan sesini duyduğundan emindi.

"Benimle konuşmak istemiyor, Hermione! Onu yeniden yalnız başına yakalamaya çalıştığımın farkında ve buna izin vermeyecek!"

"Eh, pes etmemen gerek, değil mi?"

Filch Sır Sezici ile herkesin üstünde her zamanki dürtme uygulamasını gerçekleştiriyordu; onun yanından geçmek için bekleyenlerin oluşturduğu kısa kuyruk birkaç adım ilerlediği için, söylediklerini hademenin duymasını istemeyen Harry, cevap vermedi. Ron ve Hermione'ye şans diledi, sonra da dönüp yeniden mermer merdiveni tırmandı; Hermione ne derse desin, İhtiyaç Odası'na bir iki saat ayırmaya kararlıydı.

Harry Giriş Salonu'nun görüş alanından çıkınca, Çapulcu Haritası ile Görünmezlik Pelerini'ni çantasından çıkardı. Kendini sakladıktan sonra asasıyla haritaya vurdu ve "Bütün ciddiyetimle yemin ederim ki, hayırlı bir şey düşünmüyorum," dedi ve haritayı dikkatle gözden geçirdi.

Pazar sabahı olduğu için bütün öğrenciler çeşitli ortak salonlardaydı: Gryffindor'lar bir kulede, Ravenclaw'lar diğerinde, Slytherin'ler zindanda ve Hufflepuff'lar da mutfakların yakınındaki bodrumda. Orada burada başıboş biri, kütüphanede ya da bir koridorda dolaşıyordu... birkaç kişi dışarı, araziye çıkmıştı... ve orada, yedinci kat koridorunda, tek başına Gregory Goyle duruyordu. İhtiyaç Odası'ndan eser yoktu ama Harry bu konuda endişelenmiyordu; Eğer Goyle dışında nöbet tutuyorsa, Oda açıktı, harita ister bu durumun farkında olsun, ister olmasın. Bu yüzden de merdivenden yukarı koştu ve ancak koridora giden köşeye gelince yavaşladı; ağır ağır, Hermione'nin iki hafta önce şefkatle yardım ettiği, ağır pirinç ölçekli o küçük kıza doğru gizlice sokuldu. Tam arkasına gelene kadar bekledikten sonra iyice eğildi ve "Merhaba..." diye fısıldadı, "çok güzelsin, değil mi?"

Goyle dehşetle tiz bir çığlık koyverdi, teraziyi havaya savurdu ve koşarak uzaklaştı; daha terazinin yere çarpma sesinin koridorda yankılanması sona ermeden çok önce gözden kaybolmuştu. Harry gülerek arkadaki boş duvarı incelemek üzere döndü. Bu duvarın arkasında Draco Malfoy'un, gelmesi hoş karşılanmayan birinin dışarıda olduğunun farkına varmış halde, olduğu yerde donup kaldığından, ama görünmeye cesaret edemediğinden emindi. Hangi söyleme biçimlerini denemediğini hatırlamaya çalışırken, bu Harry'ye çok hoş bir güç duygusu verdi.

Ama bu umut dolu ruh hali fazla uzun sürmedi. Yarım saat sonra, Malfoy'un ne işler çevirdiğini görme yolundaki talebini pek çok farklı şekilde dile getirmişti ama, duvar her zamanki gibi kapısız duruyordu. Harry inanılmayacak kadar büyük bir hayal kırıklığı duydu; Malfoy ondan yalnızca birkaç metre uzakta olabilirdi ama onun içeride ne yaptığına dair henüz en ufak bir kanıt edinememişti. Sabrını tamamen kaybeden Harry, duvara doğru koşup bir tekme savurdu.

"AHH!"

Başparmağını kırmış olabileceğini düşündü; onu sıkı sıkı tutmuş, tek ayak üzerinde zıplarken, Görünmezlik Pelerini üstünden kaydı.

"Harry?"

Tek bacağının üstünde hızla döndü ve devrildi. Hayret içinde, gelenin Tonks olduğunu gördü; sanki sık sık bu koridorda gezinirmiş gibi ona doğru yürüyordu.

"Burada ne arıyorsun?" dedi, ayağa kalkarak; Tonks niye onu hep yerde yatarken bulmak zorundaydı ki?

"Dumbledore'u görmeye geldim," dedi Tonks.

Harry onun berbat göründüğünü düşündü; her zamankinden zayıftı, açık kahverengi saçı dümdüzdü.

"Odası burada değil," dedi Harry, "şatonun öbür tarafında, taş heykelin arkasında –"

"Biliyorum," dedi Tonks. "Orada değil. Belli ki gene gitmiş."

"Öyle mi?" dedi Harry, incinmiş ayağını yavaşça yere basarak. "Hey – nereye gittiğini bilmiyorsundur herhalde, değil mi?"

"Hayır," dedi Tonks.

"Onunla ne konuda görüşmek istemiştin?"

"Belirli bir şey yok," dedi Tonks, belli ki farkında olmadan, cüppesinin yenini çekiştirerek. "O neler olup bittiğini biliyordur belki diye düşündüm... söylentiler duydum... insanlar inciniyor..."

"Evet, biliyorum, gazeteler yazdı," dedi Harry. "O küçük çocuk, büyükannesiyle büyükbabasını –"

Onu dinlemiyor gibi görünen Tonks, "*Gelecek* çoğu kez geriden gelir," dedi. "Son zamanlarda Yoldaşlık'ta olan kimseden mektup aldın mı?"

"Yoldaşlık'tan kimse bana yazmıyor artık," dedi Harry, "Sirius'tan beri –"

Tonks'un gözlerinin yaşlarla dolduğunu gördü.

"Özür dilerim," dedi sıkıntıyla. "Yani... ben de onu özlüyorum..."

"Ne?" dedi Tonks, boş bir ifadeyle, sanki onu duymamış gibi. "Eh... görüşürüz, Harry..."

Ve birden dönerek koridordan aşağı yürüdü, Harry arkasından bakakaldı. Bir iki dakika sonra Görünmezlik Pelerini'ni üstüne giydi, İhtiyaç Odası'na girme çabalarına döndü, ama kendini buna pek veremiyordu artık. Sonunda, midesindeki boşluk duygusu ve Ron ile Hermione'nin çok geçmeden öğle yemeği için dönecekleri bilgisi, çabalamaktan vazgeçip koridoru Malfoy'a bırakmasına neden oldu; en azından onun daha birkaç saat yerini terk etmeye korkacağını ümit ediyordu.

Ron ve Hermione'yi Büyük Salon'da buldu; erken bir öğle yemeğinin yarısına gelmişlerdi bile.

Ron, Harry'yi görür görmez, "Yaptım – yani hemen hemen!" diye anlattı coşkuyla. "Madam Puddifoot'un çayhanesinin dışına Cisimlenmemem gerekiyordu, hedefi biraz aşmışım, Scrivenshaft'ın dükkânına yakın bir yere gittim, ama hiç değilse hareket ettim!"

"Aferin," dedi Harry. "Seninki nasıl gitti, Hermione?

"Ah, kusursuzdu tabii," dedi Ron, daha Hermione cevap veremeden. "Kusursuz kontrol, kehanet ve kıyamet, ya da her neyse işte – daha sonra çabucak bir şeyler içmek için Üç Süpürge'ye gittik, Twycross'un onun hakkında neler söylediğini duymalıydın, susmak bilmedi – çok geçmeden o malum soruyu sormazsa şaşarım –"

"Peki, ya sen?" dedi Hermione, Ron'u duymazdan gelerek. "Bunca saattir İhtiyaç Odası'nın önünde miydin?"

"Evet," dedi Harry. "Ve bilin bakalım, orada kime rastladım? Tonks!"

"Tonks mu?" dedi Ron ile Hermione bir ağızdan, şaşırmış görünüyorlardı.

"Evet, Dumbledore'u ziyarete geldiğini söyledi..."

Harry, Tonks'la konuştuklarını anlatınca, Ron, "Bana sorarsanız," dedi, "biraz kafayı üşüttü. Bakanlık'ta olanlardan sonra sinirleri yıprandı."

"Biraz tuhaf," dedi, nedense çok kaygılı görünen Hermione. "Okulu koruması gerekiyor, neden birden nöbet yerini bırakıp Dumbledore'u görmeye gelmiş ki, hem de o yokken?"

"Benim aklıma bir şey geldi," dedi Harry tereddütle. Bunu söylemek ona tuhaf geliyordu; kendisinden çok Hermione'nin alanıydı çünkü. "Sizce olamaz değil mi... yani... Sirius'a âşık olmamıştır."

Hermione ona bakakaldı.

"Onu da nereden çıkardın ki?"

"Bilmiyorum," dedi Harry, omuz silkerek, "ama onun adını söylediğimde az daha ağlıyordu... üstelik şimdi Patronus'u da büyük, dört bacaklı bir şey... Acaba dedim şeye mi döndü... yani... ona."

"O da bir düşünce," dedi Hermione yavaşça. "Ama neden Dumbledore'u görmek için şatoya dalsın, gene de anlamıyorum, eğer gerçekten onun için geldiyse..."

"Gene benim dediğime geldik, değil mi?" dedi Ron, şimdi ağzına patates püresi tıkmakla meşguldü. "Biraz tuhaflaştı. Sinirleri yıprandı. Kadınlar," dedi bilgece Harry'ye. "Çabucak altüst olurlar."

"Buna rağmen," dedi Hermione, dalgınlığından uyanarak, "Madam Rosmerta, cadaloz, Şifacı ve *Mimbulus mimbletonia* hakkındaki fıkrasına gülmedi diye yarım saat somurtan bir *kadın* bulacağından da şüpheliyim."

Ron kaşlarını çattı.

YİRMİ İKİNCİ BÖLÜM

Cenazeden Sonra

Şatonun taretlerinin üstünde parlak mavi gökyüzü yer yer görünmeye başlamıştı ama yaklaşan yaz mevsiminin bu belirtileri Harry'nin moralini düzeltmedi. Hem Malfoy'un ne yaptığını keşfetme çabaları, hem de Slughorn'la, belli ki onlarca yıldır bastırdığı anıyı Harry'ye vermesine yol açabilecek bir konuşma başlatma çabaları kösteklenmişti.

"Son kez söylüyorum, Malfoy'u unut gitsin," dedi Hermione Harry'ye, kararlı bir sesle.

Yemeğin ardından, Ron'la birlikte avlunun güneşli bir köşesinde oturuyorlardı. Hermione de, Ron da Sihir Bakanlığı'nın bir broşürünü –Sık Rastlanan Cisimlenme Hataları ve Onlardan Kaçınma Yöntemleri– sıkı sıkı ellerinde tutuyorlardı; ikisi de tam o öğleden sonra sınava gireceklerdi, ama broşürler tedirginliklerini yatıştırmış sayılmazdı. Köşeden bir kız dönünce Ron sıçradı ve Hermione'nin arkasına saklanmaya çalıştı.

"Lavender değil," dedi Hermione bezgin bezgin.

"Ha, iyi," dedi Ron, rahatlayarak.

"Sen Harry Potter mısın?" dedi kız. "Sana bunu vermem söylendi."

"Teşekkürler..."

Harry küçük parşömen tomarını alırken yüreği sıkıştı. Kız işitme mesafesi dışına çıkınca, "Dumbledore ben anıyı elde edene kadar ders yapmayacağımızı söylemişti!" dedi.

"Belki ilerleme kaydedip etmediğini kontrol etmek istiyordur," dedi Hermione, o parşömen tomarını açarken; ama Harry'nin karşısına Dumbledore'un uzun, dar, yana yatık yazısı değil, parşömende mürekkebin dağıldığı yerlerdeki koca lekeler yüzünden okunması çok zorlaşmış, iri ve düzensiz bir yazı çıktı.

Sevgili Harry, Ron ve Hermione,

Aragog dün gece öldü. Harry ve Ron, siz onunla tanışmıştınız, ne kadar özeldir, biliyorsunuz. Hermione, biliyorum ki tanısan onu severdin. Eğer bu akşam geç saatte cenaze töreni için uğrarsanız benim için çok şey ifade edecek. Akşam karanlığında yapmayı planlıyorum, çünkü günün en sevdiği saatiydi. O kadar geç saatte dışarıda olmamanız gerek, biliyorum, ama Pelerin'i kullanabilirsiniz. Bunu istemezdim, ne var ki tek başıma katlanamam.

Hagrid

"Şuna baksana," dedi Harry, notu Hermione'ye geçirerek.

Çabucak bir göz gezdiren Hermione "Hey Tanrım," dedi ve notu Ron'a geçirdi. Ron, yüzünde gittikçe daha inanmayan bir ifadeyle notu baştan sona okudu.

"*Çatlak* bu!" dedi Ron büyük bir öfkeyle. "O şey arkadaşlarına Harry ile beni yemelerini söyledi! Onlara kendinizi mahrum etmeyin dedi! Ve şimdi de Hagrid bizim oraya gidip onun korkunç, kıllı gövdesinin başında ağlamamızı bekliyor!"

"Sadece o da değil," dedi Hermione. "Gece şatodan ayrılmamızı istiyor, şimdi güvenliğin milyon kez daha sıkı olduğunu ve yakalanırsak başımızın ne kadar derde gireceğini de biliyor üstelik."

"Daha önce de geceleyin onu görmeye gittik," dedi Harry.

"Evet, ama böyle bir şey için gidilir mi?" dedi Hermione. "Hagrid'e yardımcı olmak için çok riske girdik girmesine de, sonuçta – Aragog ölmüş. Eğer mesele onu kurtarma meselesi olsaydı –"

"– o zaman gitmeyi daha da az isterdim," dedi Ron kararlı bir sesle. "Sen onunla karşılaşmadın, Hermione. İnan bana, ölü olmak onu çok geliştirmiştir."

Harry yeniden notu alıp her yanındaki mürekkep lekelerine baktı. Belli ki gözyaşları parşömenin üzerine sel gibi boşanmıştı...

"Harry, gitmeyi düşünüyor *olamazsın*," dedi Hermione. "Bunun uğruna ceza almak çok anlamsız olur."

Harry içini çekti.

"Evet, biliyorum," dedi. "Sanırım Hagrid Aragog'u bizsiz gömmek zorunda kalacak."

"Evet, öyle olacak," dedi, rahatlamış görünen Hermione. "Bak, bugün öğleden sonra İksir dersi neredeyse boş olacaktır, hepimiz sınava gittiğimize göre... Slughorn'u o zaman biraz yumuşatmaya çalışırsın!"

"Elli yedinci seferinde şansım tutar mı demek istiyorsun?" dedi Harry acı acı.

"Şans," dedi Ron birden. "Harry, işte bu – şanslı ol!"

"Ne demek istiyorsun?"

"Şans iksirini kullan!"

"Ron, işte – işte bu!" dedi Hermione, afallamış gibi bir sesle. "Elbette! Niye benim aklıma gelmedi ki?"

Harry ikisine de baktı. "Felix Felicis mi?" dedi. "Bilmiyorum... onu saklıyordum aslında..."

"Ne için?" diye sordu Ron, kulaklarına inanamıyormuş gibi.

"Dünyada bu anıdan önemli ne olabilir ki, Harry?" diye sordu Hermione.

Harry cevap vermedi. O küçük altın rengi şişenin düşüncesi, bir vakittir zihninin uçlarında dolaşıp duruyordu; Ginny'nin Dean'den ayrılması ve Ron'un onu yeni bir erkek arkadaşla görmekten memnun olması üzerine belirsiz ve formüle edilmemiş planlar beyninin derinliklerinde mayalanıyor, ancak rüyalar ya da uyku ile uyanıklık arasındaki o alacakaranlık süresi dışında itiraf edilmiyordu...

"Harry? Hâlâ bizimle misin?" diye sordu Hermione.

"N'ol –? Evet, tabii," dedi Harry, toparlanarak. "Şey... tamam, eğer Slughorn'u bu öğleden sonra konuşturamazsam, biraz Felix alıp akşam gene denerim."

"Öyleyse karara varıldı," dedi Hermione çabucak, ayağa kalkıp zarifçe parmak uçlarında dönerek. "Konum... kararlılık... kontrol..." diye mırıldandı.

"Öf, kes şunu," diye yalvardı Ron ona, "Midem yeterince bulanıyor zaten – çabuk, saklayın beni!"

"Lavender değil!" dedi Hermione sabırsızca. Avluda iki kız daha belirince Ron onun arkasına doğru atlamıştı.

"Güzel," dedi Ron, kontrol etmek için Hermione'nin omzunun üstünden bakarak. "Vay canına, hiç de mutlu görünmüyorlar, değil mi?"

"Onlar Montgomery kardeşler ve elbette mutlu görünmüyorlar, erkek kardeşlerine ne olduğunu duymadın mı?" dedi Hermione.

"Herkesin akrabalarına neler olduğunu takip edemiyorum artık, doğrusunu isterseniz," dedi Ron.

"Eh, erkek kardeşlerine bir kurtadam saldırdı. Söylentiye göre, anneleri Ölüm Yiyen'lere yardım etmeyi reddetmiş. Neyse, çocuk sadece beş yaşındaydı ve St Mungo'da öldü, onu kurtaramadılar."

"Öldü mü?" diye tekrarladı, şok geçiren Harry. "Ama kurtadamlar öldürmez ki, seni sadece kendilerinden biri haline getirirler, değil mi?"

"Bazen öldürürler," dedi Ron, şimdi alışılmadık şekilde ciddi görünüyordu. "– Kurtadam kendine hâkim olamayınca böyle şeyler oluyormuş diye duydum."

"Kurtadamın adı neymiş?" dedi Harry hemen.

"Eh, söylentiye bakılırsa, Fenrir Greyback'miş," dedi Hermione.

"Biliyordum zaten – çocuklara saldırmayı seven manyak, Lupin bana ondan bahsetmişti!" dedi Harry öfkeyle.

Hermione ona kederli kederli baktı.

"Harry, o anıyı almalısın," dedi. "Sonuçta esas mesele Voldemort'u durdurmak, değil mi? Olup biten bu korkunç şeyler hep onun eseri..."

Yukarıda, şatoda zil çaldı ve hem Hermione, hem de Ron ayağa fırladılar, dehşete kapılmış görünüyorlardı.

"İkiniz de başaracaksınız," dedi Harry onlara, Cisimlenme sınavına giren diğerleriyle buluşmak için Giriş Salonu'nun yolunu tutarlarken. "İyi şanslar."

"Sana da!" dedi Hermione anlamlı bir bakışla, Harry zindana doğru giderken.

O öğleden sonra İksir dersinde sadece üç kişi vardı: Harry, Ernie ve Draco Malfoy.

"Hiçbirinizin yaşı Cisimlenmeyi tutmuyor mu?" dedi Slughorn güler yüzle. "On yedinizi doldurmadınız mı?"

Başlarını iki yana salladılar.

"Eh, ne yapalım," dedi Slughorn neşeyle, "bu kadar az kişi olduğumuza göre, *eğlenceli* bir şey yapalım. Hepinizin bana keyifli bir şey hazırlamanızı istiyorum!"

"Kulağa iyi geliyor, efendim," dedi Ernie dalkavukça, ellerini ovuşturarak. Malfoy ise hiç gülümsemedi.

"Nasıl yani, 'keyifli' bir şey?" dedi sinirli sinirli.

"Ah, beni şaşırtın," dedi Slughorn cakalı cakalı.

Malfoy somurtkan bir ifadeyle *İleri İksir-Yapımı* kitabını açtı. Bu dersin zamanı çarçur etmekten başka bir şey olmadığını düşündüğü ancak bu kadar açık olabilirdi. Kuşkusuz, diye düşündü Harry, kitabının üstünden onu gözleyerek, Malfoy bütün bunlar olmasa İhtiyaç Odası'nda geçireceği zamana acıyordu.

Uyduruyor muydu, yoksa Malfoy da Tonks gibi zayıflamış mı görünüyordu? Kesinlikle daha solgundu, cildinde hâlâ o grimsi ton vardı, belki de bu günlerde gün ışığını o kadar az gördüğü için. Ama o kendinden hoşnutluk, o heyecan, o üstünlük havası kalmamıştı; Hogwarts Ekspresi'nde Voldemort tarafından ona verilen görevle açıkça övündüğü zamanki cakasından eser yoktu... Harry'ye göre, bundan tek bir sonuca varılabilirdi: görev, artık her neyse, kötü gidiyordu.

Bu düşünceyle neşelenen Harry kendi *İleri İksir-Yapımı* kitabının sayfalarını karıştırdı ve Coşku Verici Hayatsuyu'nun, Melez Prens tarafından bayağı düzeltilmiş bir versiyonunu buldu; bu da yalnızca Slughorn'un talimatına uymakla kalmıyordu, aynı zamanda onu çok keyiflendirme ihtimali de vardı. Belki o zaman (bu düşünce aklına gelince Harry'nin kalbi çarptı), Harry onu iksiri tatmaya ikna ederse, anıyı ona vermeye hazır olabilirdi...

Bir buçuk saat sonra Slughorn, Harry'nin kazanının içindeki güneş sarısı karışıma bakarken ellerini çırparak, "Evet, bu gerçekten harika görünüyor," dedi. "Coşku, yanılmıyorsam, değil mi? Peki, burnuma gelen bu koku ne? Mımmm... Bir nane filizi kattın, öyle mi? Alışılmışın dışında, ama ne yaratıcılık, Harry. Tabii, bu da arada bir görülen aşırı şarkı söyleme ve burun çimdikleme şeklindeki yan etkileri dengeleme eğilimi gösterir... Bu parlak fikirleri nereden alıyorsun, bilmem, oğlum... herhalde –"

Harry ayağıyla Melez Prens'in kitabını çantasının daha derinlerine itti.

"– bunlar annenin sende ortaya çıkan genleri!"

"Ah... evet, belki," dedi Harry, rahatlamış olarak.

Ernie biraz aksi görünüyordu; Harry'yi bir sefer olsun gölgede bırakmak için ihtiyatı elden bırakarak kendi iksirini icat etmiş, ama karışım pıhtılaşıp kazanının dibinde bir tür mor meyveli hamur oluşturmuştu. Malfoy, ekşi bir suratla, toplanmaya başlamıştı bile; Slughorn onun Hıçkırık Solüsyonu'nu sadece "idare eder" diye nitelemişti.

Zil çaldı, Ernie ve Malfoy anında gitti.

"Efendim," diye başladı Harry, ama Slughorn hemen omzunun üstünden geriye baktı; odanın kendisi ve Harry dışında bomboş olduğunu görünce elinden geldiğince hızlı bir şekilde uzaklaştı.

"Profesör – Profesör, iksirimi tatmak istemi –?" diye bağırdı arkasından çaresizce.

Ama Slughorn gitmişti. Hayal kırıklığına uğrayan Harry kazanını boşalttı, öte berisini topladı, zindandan çıktı ve yavaşça yukarı, ortak salona yürüdü.

Ron ve Hermione, akşamüstü döndüler.

"Harry!" diye bağırdı Hermione, portre deliğinden tırmanırken. "Harry, geçtim!"

"Aferin!" dedi Harry. "Ya Ron?"

"O – o *kıl payıyla* kaldı," diye fısıldadı Hermione, pek somurtkan görünen Ron başı önde yürüyerek odaya girerken. "Gerçekten şanssızlıktı, minicik bir şey, sınavı yapan kişi yarım kaşını geride bıraktığını fark etti... Slughorn'la işler nasıl gitti?"

"Çuvalladım," dedi Harry, Ron yanlarına gelirken. "Şanssızlık olmuş, abi, ama bir dahaki sefere geçersin – birlikte girebiliriz."

"Evet, herhalde," dedi Ron huysuz huysuz. "Ama *yarım* kaş! Sanki bir önemi varmış gibi!"

"Biliyorum," dedi Hermione, sakinleştirmek ister gibi, "gerçekten çok zalimce görünüyor..."

Akşam yemeğinin büyük bölümünü Cisimlenme sınavını yapan kişiye şiddetle sövüp sayarak geçirdiler; hâlâ çözülmemiş olan Slughorn ve anının sorununu tartışarak ortak salona doğru yola çıktıklarında, Ron birazcık daha neşeli görünüyordu.

"Ee, Harry – Felix Felicis'i kullanacak mısın, kullanmayacak mısın?" diye sordu Ron.

"Evet, sanırım kullansam iyi olur," dedi Harry. "Hepsine ihtiyacım olacağını sanmam, on iki saatlik birden, bütün gece sürmeyecek ya... Bir yudum alırım. İki-üç saat yeter."

"İçtiğin zaman acayip güzel bir duygu kaplıyor içini," dedi Ron, hafızasını yoklayarak. "Sanki yanlış bir şey yapma ihtimalin yokmuş gibi."

"Neden söz ediyorsun sen?" diye güldü Hermione. "Sen hiç almadın ki!"

"Evet ama aldığımı *sandım*, değil mi?" dedi Ron, sanki aşikâr olanı açıklıyormuş gibi. "Bir fark yok aslında..."

Slughorn'un az önce Büyük Salon'a girdiğini gördükleri ve yemeğini tadını çıkara çıkara yemeyi sevdiğini bildikleri için, bir süre ortak salonda oyalandılar; plana göre Harry, öğretmenin oraya döneceği kadar vakit geçtikten sonra Slughorn'un odasına gidecekti. Güneş, Yasak Orman'daki ağaç tepelerinin hizasına gelecek kadar alçalınca, zamanın geldiğine karar verdiler. Neville, Dean ve Seamus'un ortak salonda olduğundan emin olduktan sonra, sessizce erkeklerin yatakhanesine çıktılar.

Harry sandığının dibindeki iç içe sokulmuş çorapları aldı ve minik, ışıldayan şişeyi çıkardı.

"Eh, hadi bakalım," dedi Harry ve küçük şişeyi kaldırarak ölçüsü dikkatlice ayarlanmış bir yudum aldı.

"Nasıl bir duygu?" diye fısıldadı Hermione.

Harry bir an cevap vermedi. Sonra yavaş ama kesin bir şekilde içine, önünde sonsuz fırsat varmış gibi coşku verici bir duygu yayıldı; sanki her şeyi, ama her şeyi yapabilirmiş gibi bir duygu... ve anıyı Slughorn'dan almak birden sadece mümkün değil, gerçekten kolay göründü...

Gülümseyerek, özgüvenle dolup taşar bir halde, ayağa kalktı.

"Mükemmel," dedi. "Gerçekten mükemmel. Evet... Hagrid'e gidiyorum."

"Ne?" dedi Ron ve Hermione bir ağızdan, şaşkınlıkla.

"Hayır, Harry – gidip Slughorn'u görmen gerekiyordu, hatırlıyor musun?" dedi Hermione.

"Hayır," dedi Harry kendinden emin bir şekilde. "Hagrid'e gidiyorum. Hagrid'e gitmek konusunda içimde iyi bir his var."

"Dev bir örümceği gömme konusunda içinde iyi bir his mi var?" dedi Ron, afallamış gibi.

"Evet," dedi Harry, Görünmezlik Pelerini'ni çantasından çıkararak. "Bu akşam orada olunması gerektiğini hissediyorum, ne demek istediğimi anlıyor musunuz?"

"Hayır," dedi Ron ve Hermione bir ağızdan, artık kesinlikle dehşete kapılmış görünüyorlardı.

"Bu *gerçekten* Felix Felicis, değil mi?" dedi Hermione endişeyle, şişeyi ışığa tutarak. "Başka bir şişe almadın, değil mi, başka bir şey olmasın içinde, örneğin – bilmiyorum –"

"Delilik Özü?" diye fikir yürüttü Ron, Harry Pelerin'ini omzuna atarken.

Harry buna gülünce, Ron ile Hermione daha da fazla dehşete kapılmış gibi göründü.

"Bana güvenin," dedi Harry. "Ne yaptığımı biliyorum... ya da hiç değilse..." güven içinde kapıya doğru yürüdü, "Felix biliyor."

Görünmezlik Pelerini'ni başının üstüne çekip, merdivenden inmeye koyuldu. Ron ve Hermione telaşla yanında yürüyorlardı. Merdivenin altında Harry açık kapıdan süzülerek çıktı.

"Yukarıda *onunla* ne yapıyordun?" diye haykırdı Lavender Brown, bakışları Harry'nin içinden doğruca geçip, erkeklerin yatakhanesinden birlikte çıkan Ron ve Hermione'de odaklanarak. Harry onlardan hızla uzaklaşıp odayı geçerken, Ron'un arkasından ağzında bir şeyler gevelediğini duydu.

Portre deliğinden geçmek zor olmadı; oraya yaklaşırken Ginny ve Dean delikten çıktılar, Harry aralarından geçmeyi başardı. Geçerken de kazayla Ginny'ye süründü.

"Beni *itme* lütfen, Dean," dedi Ginny, kızgın bir sesle. "Hep yapıyorsun bunu, ben kendim de geçebilirim."

Portre Harry'nin arkasından savrulup kapandı, ama kapanmadan önce Harry, Dean'in öfkeyle karşılık verdiğini duydu... içindeki sevinç duygusu artan Harry, şatoda uzun adımlarla yürüdü. Gizlice ilerlemesi gerekmedi, çünkü yolda kimseye rastlamadı, ama bu da onu hiç şaşırtmadı: bu akşam, Hogwarts'taki en şanslı kişi oydu.

Yapılacak doğru şeyin neden Hagrid'e gitmek olduğunu nasıl bildiği konusunda en ufak bir fikri yoktu. İksir her seferinde birkaç adımı aydınlatıyordu sanki: sonunda varacağı konumu göremiyordu, Slughorn'un bu işe nerede dahil olacağını göremiyordu, ama o anıyı almak için doğru yolda olduğunu biliyordu. Giriş Salonu'na girdiğinde, Filch'in ön kapıyı kilitlemeyi unuttuğunu fark etti. Harry sırıtarak kapıyı açtı, merdivenden akşam karanlığına inmeden önce bir an temiz hava ile otların kokusunu içine çekti.

Hagrid'e yürürken sebze tarhları içinden geçmenin ne kadar hoş olacağı, aklına son basamağa ulaştığında geldi. Orası tam olarak yolunun üstünde sayılmazdı, ama Harry'ye göre içindeki sesi dinlemesi gerektiği gayet açıktı, bunun için de adımlarını derhal sebze tarhına çevirdi. Orada Profesör Slughorn'u, Profesör Sprout'la konuşur bulunca, hoşnut kaldıysa da pek şaşırmadı. Harry alçak bir taş duvarın arkasına sindi, huzur içinde, onların konuşmasını dinledi.

"...vakit ayırdığın için teşekkür ederim, Pomona," diyordu Slughorn nezaketle. "Otoritelerin çoğu, en çok alacakaranlıkta toplanınca etkili oldukları konusunda fikir birliği halinde."

"Aa, evet ben de aynı fikirdeyim," dedi Profesör Sprout samimiyetle. "Bu kadarı yeter mi sana?"

"Yeter de artar bile," dedi Slughorn, Harry onun bir kucak dolusu yapraklı bitki taşıdığını fark etti. "Bunlar üçüncü sınıflarımın hepsine birkaç yaprak vermeye yeter, hatta bazıları gerekenden fazla haşlarsa diye yedek bile kalır... eh, sana iyi akşamlar ve tekrar çok teşekkürler!"

Profesör Sprout, seralarına doğru yürüyüp karanlığın içinde kaybolurken, Slughorn da Harry'nin görünmeden durduğu yere yöneldi.

Ortaya çıkmak için ani bir arzu duyan Harry, gösterişli bir şekilde Pelerini'ni çıkardı.

"İyi akşamlar, Profesör."

"Merlin'in sakalı, Harry, beni korkudan sıçrattın," dedi olduğu yerde kalan Slughorn, ihtiyatlı görünerek. "Şatodan nasıl çıktın?"

Harry neşeyle, "Sanırım Filch kapıları kilitlemeyi unutmuş olmalı," dedi ve Slughorn'un suratını astığını görünce memnun oldu.

"O adamı ihbar edeceğim, bana sorarsan yeterli güvenlikten çok çerçöple ilgileniyor... peki ama sen niye buradasın Harry?"

"Hagrid yüzünden, efendim," dedi Harry, şu anda doğru davranışın, hakikati söylemek olduğunu biliyordu. "Hayli üzüntülü... ama kimseye söylemezsiniz, değil mi, Profesör? Başına iş açılsın istemem..."

Belli ki Slughorn'un merakı uyanmıştı.

"Eh, söz veremem," dedi, boğuk bir sesle. "Ama Dumbledore'un Hagrid'e sonuna kadar güvendiğini biliyorum, onun için de eminim ki çok berbat bir şey yapıyor olamaz..."

"Şey, bu dev örümcek, yıllardır onunla birlikteydi... Orman'da yaşıyordu... konuşabiliyordu falan –"

"Orman'da Akromantula olduğu konusunda söylentiler duymuştum," dedi Slughorn yavaşça, uzaktaki karanlık ağaç yığınına bakarak. "Demek doğru, öyle mi?"

"Evet," dedi Harry. "Ama bu, Aragog, Hagrid'in ilk sahip olduğu, dün gece öldü. Perişan olmuş. Onu gömerken yanında arkadaş istiyor, ben de gelirim dedim."

"Dokunaklı, dokunaklı," dedi Slughorn dalgın dalgın, kocaman sarkık gözleri Hagrid'in kulübesinin uzaktaki ışıklarına sabitlenmişti. "Fakat Akromantula zehri çok değerlidir... eğer hayvan henüz öldüyse kurumamış olabilir... tabii, Hagrid üzüntülü ise duygusuzca bir şey yapmak istemem... ama eğer bir yolu varsa, bir miktarını elde etmenin... yani, bir Akromantula sağken ondan zehir almak hemen hemen imkânsızdır demek istiyorum..."

Slughorn şimdi Harry ile değil de, daha çok kendisiyle konuşuyor gibiydi.

"...almamak çok yazık olur sanki... yarım litresine yüz Galleon alınabilir... doğrusu, maaşım da yüksek değil..."

Ve Harry o anda ne yapılması gerektiğini açıkça gördü.

"Ee," dedi, çok ikna edici bir tereddütle, "ee, eğer gelmek isteseydiniz, Profesör, Hagrid herhalde çok memnun olurdu... Aragog'a daha iyi bir uğurlama yapılmış olurdu öyle..."

"Evet, tabii," dedi Slughorn, şimdi gözleri coşkuyla parlıyordu. "Bak sana ne diyeceğim, Harry, seninle orada buluşuruz, bir iki şişe alayım da... zavallı hayvancığın – şey – sağlığına içemeyiz artık – ama hiç değilse onu tantanayla uğurlarız, gömüldükten sonra. Kravatımı da değiştireyim, bu kravat böyle bir durum için biraz fazla şen şakrak..."

Telaşla şatoya döndü, Harry de kendinden hoşnut bir şekilde hızla Hagrid'e gitti.

"Geldin," dedi Hagrid boğuk bir sesle, kapıyı açıp da Harry'yi önünde Görünmezlik Pelerini'nin içinden çıkarken görünce.

"Evet – ama Ron ve Hermione gelemedi," dedi Harry. "Gerçekten çok üzgünler."

"Önem – önemi yok... ama senin burda olmana çok duygulanırdı, Harry..."

Hagrid büyük bir hıçkırıkla sarsıldı. Çizme boyasına batırılmış paçavraya benzeyen bir şeyden kendine bir pazıbent yapmıştı; gözleri kabarmış, kızarmış ve şişmişti. Harry teselli edercesine onun dirseğini okşadı, zaten Hagrid'in kolaylıkla eriştiği en yüksek noktası da burasıydı.

"Onu nereye gömüyoruz?" diye sordu. "Orman'a mı?"

"Kahrolsun, hayır," dedi Hagrid, yaşlar akan gözlerini gömleğinin eteğine silerek. "Şimdi Aragog gitti diye öbür örümcekler beni ağlarının yakınına yaklaştırmıyorlar. Anlaşılan, beni bir tek onun emirleri sayesinde yememişler! Buna inanabiliyor musun, Harry?"

Buna dürüstçe verilecek cevap, "evet" olurdu; Harry acı verecek kadar kolay bir şekilde, Ron ile kendisinin Akromantula ile yüz yüze geldikleri sahneyi hatırladı: Hagrid'i yemelerini engelleyen tek şeyin Aragog olduğunu açıkça belirtmişlerdi.

"Daha önce hiç Orman'ın gidemediğim bir alanı olmamıştı!" dedi Hagrid, başını sallayarak. "Bak sana söyleyeyim, Aragog'un ölüsünü oradan almak kolay olmadı – çoğunlukla ölülerini yerler, çünkü... ama ona iyi bir cenaze vermek istiyordum... uygun bir uğurlama..."

Yeniden hıçkırıklara boğuldu, Harry de onun dirseğini okşamayı sürdürdü ve bu arada da (çünkü iksir artık bunun yapılması gereken şey olduğuna işaret ediyor gibiydi), "Buraya gelirken Profesör Slughorn karşıma çıktı, Hagrid," dedi.

"Başın derde girmedi, değil mi?" dedi Hagrid başını kaldırıp. Korkmuş görünüyordu. "Akşamları şatodan çıkmamalısın, biliyorum, benim kabahatim –"

"Hayır, hayır, ne yaptığımı duyunca kendisinin de gelip son kez Aragog'a saygı sunmak istediğini söyledi," dedi Harry. "Daha uygun bir kıyafet giyecekmiş, sanırım... ve dedi ki, Aragog'un hatırasına içebilmemiz için birkaç şişe de getirecekmiş..."

"Öyle mi?" dedi Hagrid, hem şaşırmış, hem de duygulanmış görünerek. "Çok – çok iyi davranmış, çok, seni de ihbar etmemiş, falan. Daha önce Horace Slughorn'la öyle pek alışverişim olmadı... Ama ihtiyar Aragog'u uğurlamaya geliyormuş, öyle mi? Eh... hoşuna giderdi bu Aragog'un, hoşuna giderdi..."

Harry kendi kendine, Aragog'un Slughorn konusunda en çok hoşuna gidecek şey, sağlayacağı bol miktarda et olurdu diye düşündü, ama sadece Hagrid'in kulübesinin arka penceresine gitmekle yetindi; oradan, dışarıda sırtüstü yatmış, bacakları kaskatı kıvrılıp düğümlenmiş devasa ölü örümceğin sunduğu hayli korkunç manzarayı gördü.

"Onu buraya mı gömeceğiz, Hagrid, senin bahçene mi?"

"Balkabağı tarhının hemen gerisine diye düşündüm," dedi Hagrid, kısık bir sesle. "Ben kazdım bile – şeyi – mezarı. Orada, onun hakkında birkaç güzel şey söyleriz diye düşündüm – mutlu anılar, falan –"

Sesi titredi ve kısıldı. Kapı çalınca açmak için döndü, bir yandan da burnunu kocaman, benekli mendiline siliyordu. Slughorn, kollarında birkaç şişeyle ve boynunda ciddi bir siyah kravatla, telaşla eşiği aştı.

"Hagrid," dedi derin, kederli bir sesle. "Kaybını duyduğuma çok, ama çok üzüldüm."

"Çok naziksin," dedi Hagrid. "Çok teşekkürler. Harry'ye ceza vermediğin için de teşekkürler..."

"Aklımdan bile geçmez," dedi Slughorn. "Hazin gece, hazin gece... zavallı yaratık nerede?"

"Burada, dışarıda," dedi Hagrid, titreyen bir sesle. "Yapalım – yapalım mı, öyleyse?"

Üçü arka bahçeye çıktı. Ay, ağaçlar arasında solgun solgun parıldıyordu ve ışınları Hagrid'in penceresinden sızan ışıkla karışarak, Aragog'un, üç metre yüksekliğinde, yeni kazılmış topraktan oluşan bir tümseğin yanındaki muazzam bir çukurun kıyısında yatan gövdesini aydınlatıyordu.

"Muhteşem," dedi Slughorn, sekiz süt rengi gözü göğe doğru boş boş bakan ve iki koskoca, bükük kıskacı ay ışığında parlayan hareketsiz örümceğin başına yaklaştı. O, kıskaçların üzerine eğilir ve kıllı, muazzam başı inceliyormuş gibi görünürken, Harry'ye Slughorn'un cebindeki şişelerin şıngırtısını duydu gibi geldi.

Hagrid, Slughorn'un sırtına, "Ne kadar güzel olduklarını herkes takdir edemez," dedi, kırışmış gözlerinin kenarlarından yaşlar akıyordu. "Aragog gibi yaratıklarla ilgilendiğini bilmiyordum, Horace."

"İlgilenmek mi? Sevgili Hagrid, onlara büyük saygı duyuyorum," dedi Slughorn, gövdeden uzaklaşarak. Harry, hemen sonra pelerin altında kaybolan bir şişenin parıltısını gördü ama gözlerini bir kez daha kurulayan Hagrid hiçbir şey fark etmedi. "Şimdi... cenazeye geçelim mi?"

Hagrid başını evet anlamında sallayıp ilerledi. Devasa örümceği kollarına aldı ve gürültülü bir homurdanmayla, karanlık çukura yuvarladı. Örümcek dibe epey korkunç bir çatırtıyla düştü. Hagrid gene ağlamaya başladı.

"Tabii, senin için zor, onu en iyi sen tanıyordun," dedi Slughorn; o da Harry gibi Hagrid'in dirseğinden yukarısına yetişemiyordu ama gene de orayı okşadı. "Ben birkaç şey söyleyeyim mi?"

Aragog'dan hatırı sayılır miktarda kaliteli zehir almış olmalı diye düşündü Harry, çünkü Slughorn çukurun kenarına yaklaşıp ağır, etkili bir sesle konuşurken, yüzünde hoşnut bir sırıtış vardı. "Elveda, Aragog, örümceğimsilerin kralı, seni tanıyanlar uzun ve sadık dostluğunu unutmayacak! Gövden çürüyecek ama ruhun Orman evinin sakin, ağ örülmüş mekânlarında gezinecek. Çokgözlü soyun hep gelişsin, insan dostların ise yaşadıkları kaybın tesellisini bulsun."

"Bu çok ... bu çok... güzeldi!" diye uludu Hagrid ve her zamankinden daha da beter ağlayarak, gübre yığınının üstüne çöktü.

"Haydi, haydi," dedi Slughorn, asasını sallayınca kocaman bir toprak yığını önce yükseldi sonra da boğuk bir çarpma sesiyle ölü örümceğin üzerine düşerek, düzgün bir tümsek oluşturdu. "Haydi içeri gidip bir şey içelim. Öbür tarafına geç, Harry... hah şöyle... kalk bakalım, Hagrid... aferin..."

Hagrid'i masada bir iskemleye oturttular. Cenaze sırasında sepetine sıvışıp oturmuş Fang, şimdi odada usulca yürüyüp onların yanına geldi ve her zamanki gibi ağır başını Harry'nin kucağına koydu. Slughorn yanında getirdiği şarap şişelerinden birinin tıpasını çıkardı.

"*Hepsini* zehir var mı diye kontrol ettirdim," diye güvence verdi Harry'ye, birinci şişenin büyük kısmını Hagrid'in kova büyüklüğündeki maşrapalarından birine koyup Hagrid'e uzatırken. "Zavallı arkadaşın Rupert'ın başına gelenlerden sonra, her şişeyi bir ev cinine tattırdım."

Harry kafasında, ev cinlerine reva görülen bu kötü muameleyi duysa Hermione'nin yüzünde belirecek ifadeyi gördü ve bundan ona asla söz etmeme kararı aldı.

"Bir tane Harry için..." dedi Slughorn, ikinci bir şişeyi iki maşrapaya bölerek, "... ve bir tane de benim için. Eh," kendi maşrapasını havaya kaldırdı, "Aragog'a."

"Aragog'a," dediler Harry ve Hagrid bir ağızdan.

Hem Slughorn, hem de Hagrid bol bol içtiler. Ancak önündeki yol Felix Felicis tarafından aydınlatılmış olan Harry, içmemesi gerektiğini biliyordu; bu yüzden de bir yudum alıyormuş gibi yaptı, sonra da maşrapayı gerisingeri masaya, önüne koydu.

"Elime geldiğinde yumurtadaydı daha," dedi Hagrid üzgün üzgün. "Yumurtadan çıktığında küçücük minicik bir şeydi. Bir Pekin köpeği kadar bir şeydi.

"Ne şeker," dedi Slughorn.

"Onu okulda bir dolapta saklardım, ta ki... şey..."

Hagrid'in yüzü karardı ve Harry niye olduğunu anladı: Tom Riddle, Hagrid'i okuldan attırmak için plan kurmuş, onu Sırlar Odası'nı açmakla suçlamıştı. Ancak Slughorn dinliyora benzemiyordu; birkaç pirinç çömleğin ve uzun, ipeksi, parlak beyaz saçın asılı olduğu tavana bakıyordu.

"Tek boynuzlu at kılı olamaz şu, değil mi, Hagrid?"

"Aa, evet," dedi Hagrid kayıtsızca. "Kuyruklarından kopuyor, Orman'da dallara falan takıyorlar da..."

"Ama aziz dostum, bunun *ne kadar* ettiğini biliyor musun?"

"Ben onları bir yaratık yaralanınca, sargıları tutturmak için falan kullanıyorum," dedi Hagrid, omuz silkerek. "Felaket faydalı... çok kuvvetli ya, ondan."

Slughorn maşrapasından büyük bir yudum daha aldı. Şimdi bakışları dikkatle kulübede dolaşıyordu; Harry onun bol miktarda meşede-dinlenmiş şekerli içkiye, şeker kaplanmış ananasa ve kadifeden ev ceketlerine dönüştürebileceği yeni hazineler aradığını anladı. Slughorn, Hagrid ile kendisinin maşrapalarını yeniden doldurdu ve ona bu günlerde Orman'da yaşayan yaratıklar ve onların hepsine birden nasıl bakabildiği hakkında sorular sordu. İçkinin ve Slughorn'un pohpohlayan ilgisinin etkisiyle açılan Hagrid, gözlerini kurulamayı bıraktı ve mutlulukla Kabuluk yetiştirme hakkında uzun bir açıklamaya girişti.

Felix Felicis bu noktada Harry'yi hafifçe dürtükledi ve Harry, Slughorn'un getirdiği içkilerin süratle bitmekte olduğunu fark etti.

Gerçi Harry Yeniden Doldurma Büyüsü'nü, büyülü sözleri yüksek sesle söylemeden yapmayı henüz becerememişti, ama bu gece onu da beceremeyeceği fikri, sadece gülünecek bir fikirdi. Gerçekten de Harry, (şimdi ejderha yumurtalarının yasadışı ticareti konulu karşılıklı hikâyeler anlatan) Hagrid ve Slughorn fark etmeden, asasını masanın altından, boşalan şişelere doğrultunca, şişeler hemen yeniden dolmaya başladılar. Harry kendi kendine sırıttı.

Bir saat kadar sonra Hagrid ve Slughorn, olur olmaz şeylere kadeh kaldırmaya başladılar: Hogwarts'a, Dumbledore'a, cinlerin yaptığı şaraba ve –"

"Harry Potter'a!" diye böğürdü Hagrid, on dördüncü kova şarabını kafasına dikerken bir kısmını çenesinden aşağı dökerek.

"Tabii ya," diye bağırdı Slughorn, biraz boğuk bir sesle, "Parry Otter, Seçilmiş Çocuk Ki – işte öyle bir şey," diye geveledi ağzının içinde ve o da maşrapasını kafasına dikti.

Bunun üzerine çok geçmeden Hagrid gene ağlamaklı oldu ve bütün bir tek boynuzlu at kuyruğunu zorla Slughorn'a verdi ve o da kuyruğu "Dostluğa! Cömertliğe! Tel başına on Galleon'a!" çığlıkları arasında cebine koydu.

Ondan sonra bir süre Hagrid ile Slughorn kollarını birbirine dolamış halde yan yana oturdular, ölmekte olan Odo adlı bir büyücü hakkında ağır, hazin bir şarkı söylediler.

"Aaah ah, iyiler genç ölür," diye mırıldandı Hagrid, Slughorn nakaratı şakımaya devam ederken, biraz şaşı halde masanın üstüne yığılarak. "Babam gidecek yaşta değildi... senin annenle baban da, Harry..."

Hagrid'in kırışmış gözlerinin kenarlarından yeniden kocaman şişman gözyaşları fışkırdı; Harry'nin kolunu yakalayıp onu salladı.

"...kendi yaşlarının en iyi cayısıyla büdücüsü ama benim bildiğim... korkunç bir şey... korkunç bir şey..."

Slughorn ağlamaklı ağlamaklı söyledi:

"Ve kahraman Odo'yu getirdiler evine
O yere, çocukken bildiği, tanıdığı,
Şapkası ters yüz, yatırdılar istirahate
Ve, hazindir, ikiye bölündü asası."

"...korkunç," diye homurdandı Hagrid ve büyük, saçaklı başı yana doğru kollarının üstüne kaydı, derin derin horlayarak uykuya daldı.

"Pardon," dedi Slughorn, hıçkırarak. "Hayatım buna bağlı olsa bile melodi tutturamam."

"Hagrid sizin şarkı söylemenizden söz etmiyordu," dedi Harry alçak sesle. "Annemle babamın ölmesinden söz ediyordu."

"Ah," dedi Slughorn, büyük bir geğirmeyi bastırarak. "Vah vah. Evet, öyleydi – korkunçtu. Korkunç... korkunç..."

Ne diyeceğini bilemez gibi görünüyordu, o da kendini maşrapaları doldurmaya verdi.

"Herhalde – herhalde hatırlamıyorsundur, ha, Harry?" diye sordu beceriksizce.

"Hayır – yani, öldüklerinde bir yaşındaydım," dedi Harry, gözleri Hagrid'in güçlü horultularıyla titreşen mum alevindeydi. "Ama o günden bu yana olanların hemen hemen hepsini öğrendim. Önce babam ölmüş. Bunu biliyor muydunuz?"

"Ben – bilmiyordum," dedi Slughorn, alçak sesle.

"Evet... Voldemort onu öldürmüş, sonra onun cesedinin üzerinden atlayıp anneme yönelmiş," dedi Harry.

Slughorn tiril tiril titredi, ama dehşetle dolu gözlerini Harry'nin yüzünden ayıramıyor gibiydi.

"Ona yoldan çekilmesini söylemiş," dedi Harry acımasızca. "Bana ölmesi gerekmiyordu dedi. Sadece beni istiyormuş. Annem kaçabilirmiş."

"Vah vah," diye soludu Slughorn. "Yapabilirdi... hiç gerekmez... ne feci..."

"Öyle, değil mi?" dedi Harry, fısıltıdan biraz yüksek bir sesle. "Ne var ki, annem kıpırdamamış. Babam zaten ölmüş, benim de gitmemi istemiyormuş. Voldemort'a yalvarmayı denemiş... ama o sadece gülmüş..."

"Yeter!" dedi Slughorn birden, titreyen elini kaldırarak. "Gerçekten, sevgili oğlum, yeter... Ben yaşlı bir adamım... Duymam gerekmiyor... duymak istemiyorum..."

"Unutmuşum," diye yalan söyledi Harry, Felix Felicis'in peşine takılmış giderek. "Annemi severdiniz, değil mi?"

"Onu sevmek mi?" dedi Slughorn, gözleri bir kez daha yaşlarla dolup taşarak. "Onunla tanışıp da onu sevmeyecek birini düşünemiyorum... çok cesur... çok komik... olabilecek en korkunç şey..."

"Ama oğluna yardım etmiyorsunuz," dedi Harry. "O bana hayat verdi, ama siz bana bir anı vermiyorsunuz."

Hagrid'in gümbürdeyen horultuları kulübeyi doldurdu. Harry gözünü kırpmadan Slughorn'un yaşlarla dolu gözlerine baktı. İksir hocası sanki bakışlarını kaçıramaz gibiydi.

"Öyle deme," diye fısıldadı. "Mesele o değil... sana yardım etmek için olsaydı, elbette... ama hiçbir işe yaramaz..."

"Yarar," dedi Harry tartışmaya yer bırakmayacak şekilde. "Dumbledore'un bilgiye ihtiyacı var. Benim bilgiye ihtiyacım var."

Güvencede olduğunu biliyordu: Felix ona Slughorn'un sabah bu olanların hiçbirini hatırlamayacağını söylüyordu. Harry, dosdoğru Slughorn'un gözlerinin içine bakarak, biraz öne eğildi.

"Ben Seçilmiş Kişi'yim. Onu öldürmek zorundayım. O anıya ihtiyacım var."

Slughorn'un rengi adamakıllı soldu; parlayan alnını ter bastı.

"Sen *sahiden* Seçilmiş Kişi misin?"

"Elbette öyleyim," dedi Harry sükûnetle.

"Ama öyleyse... sevgili oğlum... çok şey istiyorsun... hatta benden istediğin şey, onu yok etmen için sana yardım etmem –"

"Lily Evans'ı öldüren büyücüden kurtulmak istemiyor musunuz?"

"Harry, Harry, elbette istiyorum, ama –"

"Bana yardım ettiğinizi öğrenecek diye mi korkuyorsunuz?"

Slughorn hiçbir şey söylemedi; dehşete kapılmış görünüyordu.

"Annem gibi cesur olun, Profesör..."

Slughorn tombul elini kaldırıp, titreyen parmaklarını ağzına bastırdı; bir an için, yaşına göre fazlasıyla gelişkin bir bebeğe benzedi.

"Gurur duymuyorum..." diye fısıldadı parmaklarının arasından. "Utanıyorum ben şeyden – o anının gösterdiğinden... Sanırım o gün büyük bir zarar vermiş olabilirim..."

"Anıyı bana verirseniz, yaptığınız her şeyin üstüne bir çizgi çekmiş olursunuz," dedi Harry. "Çok cesurca ve asilce bir şey olur."

Rüya gören Hagrid'in bedeni aniden kıpırdandı ama o horlamaya devam etti. Slughorn ile Harry, eriyen mumun üzerinden birbirlerine baktılar. Upuzun bir sessizlik oldu ama Felix Felicis Harry'ye bu sessizliği bozma, bekle dedi.

Sonra, çok ağır bir şekilde, Slughorn elini cebine soktu ve asasını çıkardı. Öbür elini pelerininin içine soktu ve küçük, boş bir şişe çıkardı. Hâlâ Harry'nin gözlerine bakarak, asanın ucunu şakağına değdirdi; çektiğinde, asayla birlikte, onun ucuna yapışmış uzun, gümüş rengi bir anı ipliği de geldi. Anı uzadı, uzadı, sonunda koptu ve gümüşi bir parlaklıkla, asadan sallanmaya başladı. Slughorn onu şişeye koyunca toplanıp büzüldü, sonra da girdap misali dönerek yayıldı. Slughorn titreyen eliyle şişenin tıpasını taktı ve masanın üstünden onu Harry'ye uzattı.

"Çok teşekkür ederim, Profesör."

"Sen iyi bir çocuksun," dedi Profesör Slughorn, yaşlar şişman yanaklarından damla damla fok bıyığı gibi bıyığına akarak. "Ve onun gözlerine sahipsin... anıyı görünce benim için çok kötü şeyler düşünme, yeter..."

Ve o da başını kollarına dayadı, derin derin içini çekti ve uyuyakaldı.

YİRMİ ÜÇÜNCÜ BÖLÜM

Hortkuluklar

Harry gizlice şatoya girerken, Felix Felicis'in etkisinin azaldığını hissedebiliyordu. Ön kapı o girsin diye açık kalmıştı ama üçüncü katta Peeves'e rastladı ve kestirmelerinin birine yanlamasına dalarak görülmekten son anda kurtuldu. Şişman Hanım'ın portresine varıp da Görünmezlik Pelerini'ni üstünden çıkarırken, onu yardım etmeye hiç yatkın olmayan bir ruh hali içinde bulunca şaşırmadı.

"Sen buna dönüş vakti mi diyorsun?"

"Gerçekten özür dilerim – çok önemli bir şey için çıkmam gerekti –"

"Eh, parola gece yarısı değişti, onun için de koridorda uyuman gerekecek, değil mi?"

"Şaka ediyorsunuz!" dedi Harry. "Niye gece yarısında değişmesi gerekiyordu ki?"

"Öyle işte," dedi Şişman Hanım. "Eğer kızdınsa, git de konuyu Müdür'le konuş, güvenliği sıkılaştıran o."

"Harika," dedi Harry acı acı, sert zemine bakarak. "Gerçekten harika. Tabii, gidip Dumbledore'la konuşurdum burada olsaydı, çünkü bunu yapmamı isteyen o –"

"Burada," dedi Harry'nin arkasından bir ses. "Profesör Dumbledore bir saat önce okula döndü."

Neredeyse Kafasız Nick, Harry'ye doğru kayarak geliyor, kafası her zamanki gibi yakalığının üstünde sallanıyordu.

"Kanlı Baron'dan duydum, geldiğini görmüş," dedi Nick. "Baron'a bakılırsa keyifli görünüyormuş, ama biraz yorgunmuş tabii."

"Nerede?" diye sordu Harry, kalbi yerinden oynayarak.

"Eh, Astronomi Kulesi'nde homurdanıp tangırdıyor, vaktini böyle geçirmeye bayı–"

"Kanlı Baron değil, Dumbledore."

"Haa – odasında," dedi Nick. "Baron'un dediklerine bakılırsa yapacak işi varmış, yatmadan –"

"Evet, var," dedi Harry, Dumbledore'a anıyı elde ettiğini söyleme ihtimali karşısında göğsü heyecanla dolarak. Olduğu yerde döndü, arkasından bağıran Şişman Hanım'a aldırmayarak gene koşmaya başladı.

"Geri dön! Tamam, yalan söyledim! Beni uyandırdın diye kızmıştım! Parola hâlâ 'tenya'!"

Ama Harry koridorda hızla koşmaya başlamıştı bile. Birkaç dakika sonra ise Dumbledore'un taştan heykeline "karamelalı pasta" diyordu; heykel zıplayıp kenara çekilerek Harry'nin dönen merdivene adım atmasına izin verdi.

"Girin," dedi Dumbledore, Harry kapıyı vurunca. Sesi bitkin çıkıyordu.

Harry kapıyı itti. İşte Dumbledore'un odası, hep olduğu gibi görünüyordu, ama pencerelerin gerisinde, karanlık, yıldızlı bir gök uzanıyordu.

"Hayırdır, Harry," dedi Dumbledore şaşkınlıkla, "bu çok geç saatteki zevki neye borçluyum?"

"Efendim – aldım onu. Slughorn'dan anıyı aldım."

Harry minik cam şişeyi çıkararak Dumbledore'a gösterdi. Müdür bir iki saniye donakalmış göründü. Sonra yüzü kulaktan kulağa uzanan bir tebessümle aydınlandı.

"Harry, bu harikulade bir haber! Aferin, aferin sana! Yapabileceğini biliyordum!"

Saatin ne kadar geç olduğuna ilişkin bütün düşünceleri besbelli unutulmuş olarak, aceleyle masasının arkasından çıktı, Slughorn'un anısının içinde olduğu şişeyi sakat olmayan eline aldı ve Düşünseli'ni muhafaza ettiği dolaba doğru uzun adımlarla yürüdü.

"Ve şimdi," dedi Dumbledore, taş çanağı masasının üstüne koyup, şişedekileri içine boşaltarak, "şimdi, nihayet, göreceğiz. Harry, çabuk..."

Harry söz dinleyerek Düşünseli'nin üstüne eğildi ve ayaklarının odanın zeminini terk ettiğini hissetti... bir kez daha karanlıkta düştü, Horace Slughorn'un yıllar önceki odasına indi.

Çok daha genç Horace Slughorn vardı orada; kalın, ışıl ışıl, saman rengi saçları ve kızıl-sarı bıyığıyla, odasındaki rahat berjere oturmuştu, ayaklarını kadife bir pufa uzatmıştı, bir elinde küçük bir şarap kadehi vardı, öteki ise şeker kaplanmış ananaslarla dolu kutuyu karıştırıyordu. Ve Slughorn'un çevresinde altı yeniyetme çocuk oturuyordu, Tom Riddle aralarındaydı. Marvoldo'nun altın ve siyah yüzüğü parmağında ışıldıyordu.

Riddle tam "Efendim, Profesör Merrythought'un emekliye ayrılacağı doğru mu?" diye sorarken, Dumbledore da Harry'nin yanına indi.

"Tom, Tom, bilsem de sana söyleyemem," dedi Slughorn, parmağını azarlar gibi Riddle'a sallayıp, aynı anda ona göz de kırparak. "Şunu söylemeliyim ki, bu bilgileri nereden aldığını bilmek isterdim, oğlum; öğretmenlerin yarısından daha bilgilisin, sen."

Riddle gülümsedi; öteki çocuklar kahkaha atıp ona hayran gözlerle baktılar.

"Bilmemen gereken şeyleri bilme konusundaki o tekinsiz yeteneğin, önemli kişileri özenle pohpohlaman bu arada ananas için teşekkür ederim, çok haklısın, en sevdiğim bu– bu gidişle –"

Çocukların büyük kısmı gene kıkır kıkır güldü.

"– yirmi yıl içinde Sihir Bakanı olacağına güvenim tam. Hatta bana ananas yollamaya devam edersen, on beş. Bakanlık'ta *mükemmel* bağlantılarım vardır."

Diğerleri gülerken, Tom Riddle gülümsemekle yetindi. Harry çocukların en büyüğünün kesinlikle o olmadığını ama yine de hepsinin ona lider gözüyle baktıklarını fark etti.

"Politikanın bana uyacağını sanmıyorum, efendim," dedi Riddle, kahkahalar kesilince. "Her şeyden önce, gereken türden bir birikime sahip değilim."

Çevresindekilerden iki tanesi birbirlerine bakıp budalaca sırıttılar. Harry bunun kendi aralarında bir espri olduğuna emindi: çete başkanlarının ünlü atasına ilişkin olarak bildikleri ya da şüphelendikleri bir şeydi bu, kuşkusuz.

"Saçma," diye kestirip attı Slughorn, "uygun büyücülük soyundan geldiğin ancak bu kadar açık olabilir, böyle yeteneklerle. Hayır, sen çok ilerleyeceksin, Tom, şimdiye kadar hiçbir öğrenci konusunda yanılmadım."

Masasının üstündeki küçük altın saat, arkasında on biri vurunca, Slughorn dönüp baktı.

"İnanılır gibi değil, saat o kadar oldu mu? Ufak ufak gitseniz iyi olacak, çocuklar, yoksa hepimizin başı derde girer. Lestrange, yarına ödevini yazmanı istiyorum, yoksa cezaya kalırsın. Aynısı senin için de geçerli, Avery."

Çocuklar birer birer odadan çıktı. Slughorn, bir gayret koltuğundan kalktı ve boş kadehini masasına taşıdı. Arkasında bir hareket hissedince, dönüp baktı; Riddle hâlâ orada duruyordu.

"Hadi bakalım, Tom, geç saatte yatağının dışında yakalanmak istemezsin, bir de sınıf başkanısın üstelik..."

"Efendim, size bir şey sormak istiyordum."

"Sor bakalım o zaman, oğlum, sor bakalım..."

"Efendim, merak ediyordum acaba... Hortkuluklar hakkında bir şey biliyor musunuz?"

Slughorn ona bakakaldı, kalın parmakları dalgın dalgın elindeki şarap kadehinin ayağını okşuyordu.

"Karanlık Sanatlara Karşı Savunma projesi, öyle mi?"

Ama Harry, bunun okul işi olmadığını Slughorn'un gayet iyi bildiğini fark etmişti.

"Pek değil, efendim," dedi Riddle. "Ben bu terime okurken rastladım ve ne olduğunu tam olarak anlayamadım."

"Hayır... şey... Hogwarts'ta sana Hortkuluklar hakkında ayrıntı verecek kitabı biraz zor bulursun, Tom. Bu çok Karanlık bir şey, cidden çok karanlık," dedi Slughorn.

"Ama siz besbelli onlar hakkında her şeyi biliyorsunuz, değil mi efendim? Demek istiyorum ki, sizin gibi bir büyücü – özür dilerim, yani, eğer bana söyleyemezseniz, elbette – sadece biliyordum ki eğer biri bana söyleyebilirse, o sizsinizdir – onun için de bir sorayım dedim –"

Çok başarılı, diye düşündü Harry; tereddüt, kayıtsız ses tonu, özenli pohpohlama, hiçbiri de abartılmamıştı üstelik. Harry, isteksiz kişilerden bilgi koparmaya çalışmak konusunda fazlasıyla tecrübe sahibiydi, bir ustayı iş başında gördü mü tanıyabilirdi. Riddle'ın bu bilgiyi, çok ama çok istediğini, belki de haftalardır bu an için hazırlandığını anlamıştı.

"Eh," dedi Slughorn, Riddle'a bakmadan, şeker kaplanmış ananas kutusunun üstündeki kurdeleyle oynayarak, "eh, sana genel bir bilgi vermenin zararı olmasa gerek. Sadece terimi anlayabilesin diye. Hortkuluk, birinin ruhunun bir parçasını sakladığı nesne için kullanılan kelimedir."

"Evet ama, nasıl işlediğini pek anlayamıyorum, efendim," dedi Riddle.

Sesini özenle kontrol etmişti, ama Harry heyecanını hissedebiliyordu.

"Şöyle ki, ruhunu parçalara bölüyorsun," dedi Slughorn, "ve bir kısmını bedeninin dışındaki bir nesneye saklıyorsun. Sonra, bedenin saldırıya da uğrasa, yok da olsa, ölmüyorsun, çünkü ruhunun bir kısmı dünyaya sıkıca bağlı ve hasara uğramamış olarak kalıyor. Ama tabii böyle bir biçimde varolmak..."

Slughorn'un yüzü kırıştı ve Harry kendini yaklaşık iki yıl önce duyduğu sözcükleri hatırlarken buldu.

"Bedenimden koparıldım, ruh bile değildim, en değersiz hayaletten de beterdim... ama yine de, hayattaydım."

"... çok az kişi ister bunu, Tom, çok az kişi. Ölüm buna yeğdir."

Ama Riddle'ın açlığı artık gözle görülür bir hal almıştı; açgözlü bir ifadesi vardı, özlemini daha fazla saklayamıyordu.

"Ruhunuzu nasıl bölersiniz?"

"Eh," dedi Slughorn, tedirgin tedirgin, "şunu anlamalısın ki normalde ruhun bozulmamış ve bütün kalması gerekir. Onu bölmek bir ihlaldir, doğaya aykırıdır."

"Ama nasıl yapıyorsunuz?"

"Kötücül bir eylemle – en fecisinden kötücüllük eseri bir eylemle. Cinayet işleyerek. Öldürmek, ruhu parçalar. Hortkuluk yaratmaya niyetli büyücü, hasarı kendi avantajına kullanabilir: yırtılan kısmı bir yere kapatır –"

"Kapatır mı? Ama nasıl –?"

"Bir büyü var, bana sorma, ben bilmiyorum!" dedi Slughorn, sivrisinekler tarafından rahatsız edilmiş yaşlı bir fil gibi başını sallayarak. "Denemişe benziyor muyum – katile benziyor muyum?"

"Hayır, efendim, elbette benzemiyorsunuz," dedi Riddle hemen. "Özür dilerim... sizi kırmak istememiştim..."

"Hiç de değil, hiç de değil, kırılmadım," dedi Slughorn boğuk bir sesle. "Bu şeyler hakkında meraka sahip olmak doğaldır... belli bir yeteneğe sahip olan büyücüler, daima sihrin bu yanının cazibesine kapılmıştır..."

"Evet, efendim," dedi Riddle. "Ama anlamadığım şu –sadece meraktan soruyorum– yani, sadece bir tane Hortkuluk o kadar da işe yarar mı? Ruhunuzu yalnızca bir kez mi bölebilirsiniz? Ruhunuz daha çok sayıda parçaya ayrılmış olsa daha iyi olmaz mı, sizi daha güçlü kılmaz mı? Yani, örneğin, yedi en güçlü sihirsel sayı değil mi, acaba yedi –"

"Merlin'in sakalı, Tom!" diye ciyakladı Slughorn. "Yedi ha! Bir kişiyi öldürmeyi düşünmek bile yeterince kötü değil mi? Üstelik de... ruhu bölmek zaten yeterince kötü... ama yedi parçaya ayırmak..."

Slughorn şimdi sahiden kaygılanmış görünüyordu: Riddle'a sanki daha önce onu hiç olduğu gibi görmemiş gibi bakıyordu. Harry onun bu konuşmaya girmiş olmaktan pişmanlık duyduğunu anlayabiliyordu.

"Elbette," diye mırıldandı, "bunların, bu tartıştıklarımızın hepsi varsayım, değil mi?" dedi. "Tamamen akademik..."

"Evet, efendim, tabii," dedi Riddle hemen.

"Ama gene de, Tom... kimseye söyleme, bu dediklerimi – yani, tartıştıklarımızı. Hortkuluklar hakkında sohbet ettiğimiz düşüncesi insanların hoşuna gitmez. Hogwarts'ta yasaklanmış bir konudur, çünkü... Dumbledore bilhassa bu konuda çok sert..."

"Riddle "Tek kelime etmem, efendim," dedi ve gitti, ama o gitmeden önce Harry onun yüzünde vahşi bir mutluluk ifadesi yakaladı; Riddle büyücü olduğunu ilk öğrendiğinde yüzünde beliren ifadenin aynıydı bu; yakışıklı hatlarını daha da yakışıklı hale getireceğine, her nasılsa daha az insani kılan türden bir mutluluk...

"Teşekkür ederim, Harry," dedi Dumbledore usulca. "Gidelim..."

Harry onun odasının zeminine yeniden ayak bastığında, Dumbledore masasının arkasına oturmuştu bile. Harry de oturdu ve Dumbledore'un konuşmasını bekledi.

"Bu kanıtı bulmayı çok uzun zamandır ümit ediyordum," dedi Dumbledore sonunda. "Üzerinde çalıştığım teoriyi doğrulu yor, bana haklı olduğumu söylüyor, ama aynı zamanda daha gidilecek uzun bir yol olduğunu da..."

Harry birden duvarlardaki portrelerde bulunan eski müdürler ve müdürelerin hepsinin uyanık olduğunu ve konuşmalarını dinlediklerini fark etti. Şişman, kırmızı burunlu bir büyücü bir kulak borusu bile çıkarmıştı.

"Evet, Harry," dedi Dumbledore, "eminim az önce dinlediklerimizin önemini kavramışsındır. Şimdi senin olduğun yaştayken, en fazla birkaç ay küçük ya da birkaç ay büyükken, Tom Riddle kendini nasıl ölümsüz hale getireceğini öğrenmek için elinden geleni yapıyordu."

"Öyleyse bunu başardığını mı düşünüyorsunuz, efendim?" diye sordu Harry. "Bir Hortkuluk mu yaptı? Onun için mi bana saldırdığında ölmedi? Bir yerlerde saklı bir Hortkuluk'u mu vardı? Ruhunun bir parçası güvende miydi?"

"Bir parçası... belki de daha fazlası," dedi Dumbledore. "Voldemort'u duydun: Horace'dan özellikle öğrenmek istediği şey, birden fazla Hortkuluk yaratacak, birçok kez cinayet işlemeye hazır olacak, ruhunu ayrı ayrı saklanmış birçok Hortkuluk'ta depolayabilmek için defalarca parçalayacak kadar ölümden kaçınmaya kararlı büyücüye neler olacağı konusunda ne düşündüğüydü. Hiçbir kitap ona o bilgiyi vermezdi. Benim bildiğim kadarıyla –ve eminim ki Voldemort'un da bildiği kadarıyla– hiçbir büyücü ruhunu iki parçadan fazlasına bölmemişti."

Dumbledore bir an durdu, düşüncelerini düzene soktu ve sonra da, "Dört yıl önce," dedi, "Voldemort'un ruhunu böldüğüne ilişkin, kesin kanıt saydığım bir şey geçti elime."

"Nerede?" dedi Harry. "Nasıl?"

"Onu bana sen verdin, Harry," dedi Dumbledore. "Günce, Riddle'ın güncesi, Sırlar Odası'nın nasıl yeniden açılacağı konusunda talimat veren günce."

"Anlamıyorum, efendim," dedi Harry.

"Günceden çıkan Riddle'ı görmedimse de, senin bana tarif ettiğin şey, hiç tanık olmadığım türden bir olaydı. Basit bir hatıra kendi başına harekete geçecek ve düşünmeye başlayacak, öyle mi? Basit bir hatıra, eline düşen bir kızın hayatını emecek, öyle mi? Hayır, o defterde çok daha tekinsiz bir şey yaşıyordu... bir ruhun parçası, hemen hemen emindim. Günce bir Hortkuluk'tu. Ama bu, birçok soruya cevap verirken, beraberinde bir o kadar soru da getiriyordu. Benim asıl kafamı karıştıran ve korkutan şey ise, güncenin bir tür muhafaza vasıtası olmanın yanı sıra bir silah da olmasının amaçlanmasıydı."

"Hâlâ anlamıyorum," dedi Harry.

"Eh, bir Hortkuluk'un işlemesi gerektiği gibi işliyordu – başka bir deyişle, içine gizlenmiş ruh parçası güvencedeydi ve kuşkusuz, sahibinin ölümünü önlemek konusunda üzerine düşeni yapmıştı. Ama Riddle'ın, Slytherin'in canavarı yeniden serbest kalsın diye o güncenin okunmasını sahiden istediğine, ruhunun parçasının başka birinin bedenine girmesini ya da onu ele geçirmesini istediğine hiç şüphe yok."

"Eh, onca çabasının boşa gitmesini istemiyordu," dedi Harry. "İnsanların, onun Slytherin'in vârisi olduğunu bilmelerini istiyordu, çünkü o sıralarda bu unvanı sahiplenemiyordu."

"Çok doğru," dedi Dumbledore, başıyla da onaylayarak. "Ama anlamıyor musun, Harry, güncenin gelecekteki bir Hogwarts öğrencisine geçirilmesine ya da üzerine konmasına niyetliyse, ruhunun onun içine saklanmış olan o kıymetli parçasına karşı dikkat çekici bir şekilde ilgisiz görünüyordu. Profesör Slughorn'un da açıkladığı gibi bir Hortkuluk'un anlamı, benliğin bir parçasını saklamak ve emniyette tutmaktır, onu başkasının yoluna doğru savurup da yok edilmesi riskine girmek değil – ki sonuçta gerçekten de öyle oldu: ruhun o parçası artık yok; sen bunu hallettin.

"Voldemort'un bu Hortkuluk'a böylesine kayıtsızca davranması bana çok meşum göründü. Onun başka Hortkuluklar da yapmış olacağına –ya da yapmayı planladığına işaret ediyordu, böylece birincinin kaybı o kadar zarar vermeyecekti. Buna inanmak istemiyordum ama, başka hiçbir açıklama mantıklı görünmüyordu.

"Sonra, iki yıl geçince, sen bana Voldemort'un bedenine döndüğü gece Ölüm Yiyen'lerine çok aydınlatıcı ve korkutucu bir beyanda bulunduğunu söyledin. *"Ben, ölümsüzlüğe ulaşan yolda her-*

kesten daha ileri gitmiş olan ben." Bana onun böyle dediğini söyledin. *"Herkesten daha ileri."* Ve ben, Ölüm Yiyen'ler bilmese de, onun ne demek istediğini anladığımı düşündüm. Hortkuluklar'ından söz ediyordu, birden çok Hortkuluk, Harry, başka hiçbir büyücünün asla böyle bir şeye sahip olduğunu sanmıyorum. Gene de uyuyordu: Lord Voldemort yıllar geçtikçe giderek insana daha az benzer bir hal alıyordu ve geçirdiği dönüşüm, bence ancak ruhu, olağan kötülük diyebileceğimiz şeyin sınırlarının çok ötesinde tahrip olmuşsa açıklanabilirdi..."

"Yani başkalarını öldürerek kendisini öldürülmesi imkânsız hale getirdi, öyle mi?" dedi Harry. "Madem ölümsüzlükle bu kadar ilgileniyordu, niye bir Felsefe Taşı yapmadı ya da çalmadı?"

"Aslında beş yıl önce tam da bunu yapmaya çalıştığını biliyoruz," dedi Dumbledore. "Ancak Lord Voldemort'a bir Felsefe Taşı'nın Hortkuluklar kadar cazip gelmemesinin, bence, birkaç nedeni var.

"Yaşam İksiri gerçekten de hayatı uzatır ama içen kişi ölümsüzlüğünü sürdürecekse eğer, ebediyet boyunca, düzenli olarak içilmesi gerekir. Hal böyle olunca, Voldemort da tamamen İksir'e bağlı olacaktı ve o biterse ya da kirlenirse ya da Taş çalınırsa, başka herhangi biri gibi ölecekti. Voldemort yalnız başına çalışır, unutma. Bağımlı olma fikrine, bu bağımlılık İksir'e bile olsa, tahammül edemeyeceğine inanıyorum. Tabii ki, sana saldırdıktan sonra mahkûm olduğu kısmi-hayattan onu çıkaracaksa eğer, içmeye hazırdı, ama ancak yeniden bir beden kazanmak için. Bu yüzden de eminim ki niyeti kendi Hortkuluklar'ına güvenmeye devam etmekti: yeniden bir insan sureti edinebilirse, başka hiçbir şeye ihtiyacı olmazdı. Zaten ölümsüzdü, çünkü... ya da bir insan ölümsüzlüğe ne kadar yakınlaşabilirse, o kadar ölümsüz.

"Ama şimdi Harry, bu bilgiyle, bizim için edinmeyi başardığın bu can alıcı anıyla silahlanmış olarak, Lord Voldemort'un işini bitirmeye daha önce kimsenin olamadığı kadar yakınız. Onu duydun, Harry: 'Ruhunuz daha çok sayıda parçaya ayrılmış olsa daha iyi olmaz mı, sizi daha güçlü kılmaz mı... yedi en güçlü sihirsel sayı değil mi...' *Yedi en güçlü sihirsel sayı değil mi*. Evet, sanırım yedi parçalı bir ruh fikri Lord Voldemort'a çok cazip gelirdi."

Harry, dehşete kapılmış halde "Yani *yedi* Hortkuluk mu yaptı?" derken, duvardaki portrelerin bazıları da benzer şok ve öfke sesleri çıkardılar. "Ama dünyanın herhangi bir yerinde olabilirler – saklanmış – gömülü ya da göze görünmez –"

"Problemin büyüklüğünü takdir ettiğini görmek beni memnun ediyor," dedi Dumbledore sakin sakin. "Ama, öncelikle, hayır, Harry, yedi Hortkuluk değil; altı. Ruhunun yedinci parçası, ne kadar sakatlanmış olsa da, yeniden doğmuş bedeninde duruyor. Sürgünü sırasında onca yıl boyunca hayalet gibi bir varlık sürdürmüş olan parçası bu; o olmazsa, benliği de olmaz. Ruhunun o yedinci parçası, Voldemort'u öldürmek isteyen kişinin saldıracağı son parça olacak – bedeninde yaşayan parça."

"Ama öyleyse o altı Hortkuluk," dedi Harry, biraz çaresiz, "nasıl bulacağız onları?"

"Unutuyorsun... bir tanesini sen yok ettin zaten. Ben de bir başkasını yok ettim."

"Ettiniz mi?" dedi Harry hevesle.

"Evet, ettim," dedi Dumbledore ve kararmış, yanmış görünen elini kaldırdı. "Yüzük, Harry. Marvoldo'nun yüzüğü. Onun üzerinde de korkunç bir lanet vardı. Eğer benim –tevazudan yoksun görünüyorsam, bağışla– kendi muazzam yeteneğim ve umutsuzca yaralanmış halde Hogwarts'a döndüğümde Profesör Snape'in tam zamanındaki müdahalesi olmasa, bu hikâyeyi anlatacak kadar yaşamayabilirdim. Ancak, kavrulmuş bir el, Voldemort'un ruhunun yedide biri için mantıksız bir değiş-tokuş gibi görünmüyor. Yüzük artık bir Hortkuluk değil."

"Ama onu nasıl buldunuz?"

"Senin de artık bildiğin gibi, yıllardır Voldemort'un geçmiş hayatı hakkında bulabildiğim kadar çok şey keşfetmeyi kendime iş edindim. Çok seyahat ettim, onun vaktiyle bildiği yerleri ziyaret ettim. Gaunt'ların evinin yıkıntıları arasında saklı duran yüzüğü tesadüfen buldum. Anlaşılan, Voldemort ruhunun bir parçasını onun içine mühürlemeyi başardıktan sonra, artık takmak istememiş. Onu, pek çok sayıda güçlü efsunla koruyarak, atalarının bir zamanlar yaşadığı derme çatma kulübeye saklamış (Morfin Azkaban'a götürülmüştü, tabii); benim bir gün harabeyi ziyaret etme zahmetine katlanacağımı ya da sihirsel saklama izlerini kollayacağımı bilemezdi tabii.

"Ancak, kendimizi kutlamada fazla hevesli davranmamalıyız. Sen günceyi yok ettin, ben de yüzüğü, ama yedi parçalı ruh teorimiz doğruysa eğer, geriye dört Hortkuluk kalıyor."

"Ve her şey olabilir, öyle mi?" dedi Harry. "Eski teneke kutular ya da, ne bileyim, boş iksir şişeleri?..."

"Bunları Anahtar'ları düşünerek söylüyorsun, Harry, onların sıradan nesneler olmaları, kolaylıkla gözden kaçmaları gerekir. Ancak Lord Voldemort kıymetli ruhunu muhafaza etmek için teneke kutular ya da eski iksir şişeleri kullanır mı sanıyorsun? Sana gösterdiklerimi unutuyorsun. Lord Voldemort, yadigâr toplamayı seviyordu ve güçlü bir sihirsel tarihi olan nesneleri tercih ediyordu. Gururu, kendi üstünlüğüne olan inancı, kendine sihir tarihinde şaşırtıcı bir yer kazıma konusundaki kararlılığı; bütün bunlar bana Voldemort'un Hortkuluklar'ını özenle seçeceği, bu onura layık olan nesnelere sıcak bakacağı fikrini veriyor."

"Günce o kadar önemli değildi ama."

"Günce, senin de dediğin gibi, onun Slytherin'in vârisi olduğunun kanıtıydı. Voldemort'un bunu fevkalade önemli saydığından eminim."

"Peki, ya öbür Hortkuluklar?" dedi Harry. "Ne olduklarını bildiğinizi düşünüyor musunuz, efendim?"

"Sadece tahmin edebilirim," dedi Dumbledore. "Daha önce belirttiğim nedenlerle Lord Voldemort'un, zaten belli bir ihtişamı olan nesneleri tercih edeceğinden eminim. Bu yüzden de, onun civarında böyle şeylerin kaybolduğuna ilişkin kanıt bulabilir miyim diye, Voldemort'un geçmişini taradım."

"Madalyon!" dedi Harry, yüksek sesle. "Hufflepuff'ın kupası!"

"Evet," dedi Dumbledore, gülümseyerek, "Belki öbür elim değil ama iki parmağım üzerine bahse girerim ki, onlar üçüncü ve dördüncü Hortkuluk oldu. Geri kalan iki tanesi, gene toplam altı tane yarattığını varsayarsak, daha büyük bir problem oluşturuyor ama, Hufflepuff ve Slytherin'e ait nesneleri ele geçirdikten sonra, Gryffindor ya da Ravenclaw'un sahip olduğu nesnelerin izini sürmeye başladığı yolunda bir tahminde bulunabilirim. Dört kurucudan dört nesne, eminim ki, Voldemort'un hayal gücünü müthiş cezbetmiştir. Ravenclaw'ın bir şeyini bulup bulamadığı sorusuna cevap veremem. Ancak, Gryffindor'un bilinen tek yadigârının güvencede olduğundan eminim."

Dumbledore kararmış parmaklarıyla arkasındaki duvarı işaret etti; duvarın üzerindeki cam bir muhafazada, yakut kakmalı bir kılıç duruyordu.

"Sizce Hogwarts'a dönmek isteyişinin gerçek nedeni bu mu acaba, efendim?" dedi Harry. "Diğer kuruculardan da bir şey bulmaya çalışmak mı?"

"Tamı tamına benim düşüncelerim," dedi Dumbledore. "Ama ne yazık ki bu da bizi fazla ileri götürmüyor, çünkü okulu arama fırsatı bulamadan geri çevrildi, en azından ben buna inanıyorum. Dolayısıyla, dört kurucuya ait nesneleri toplama amacına ulaşamadığı sonucuna varmak zorundayım. İki tanesi kesin ondaydı – üç tane bulmuş olabilir – şimdilik en iyi tahminimiz bu."

"Ravenclaw'un ya da Gryffindor'un bir şeyini bulmuş olsa bile, gene de altıncı bir Hortkuluk kalıyor," dedi Harry, parmaklarıyla sayarak. "Tabii eğer ikisini birden almadıysa?"

"Sanmam," dedi Dumbledore. "Ben altıncı Hortkuluk'un ne olduğunu bildiğimi sanıyorum. Merak ediyorum, bir süredir yılan Nagini'nin davranışlarının bende merak uyandırdığını itiraf edersem, ne diyeceksin acaba?"

"Yılan mı?" dedi Harry hayretle. "Hayvanlar Hortkuluk olarak kullanılabilir mi?"

"Eh, bunu yapmak tavsiye edilecek bir şey değil," dedi Dumbledore, "çünkü ruhunun bir parçasını kendi başına düşünüp hareket edebilen bir şeye teslim etmek çok riskli bir iştir. Ne var ki, hesaplarım doğruysa, Voldemort annenle babanın evine seni öldürme niyetiyle girdiğinde, altı Hortkuluk'tan oluşan hedefine varmasına daha en azından bir Hortkuluk vardı.

"Hortkuluk yapma işlemini, özel önem taşıyan ölümlere saklamış gibi görünüyor. Ve sen kesinlikle özel önem taşıyordun. Seni öldürerek, kehanetin çerçevesini belirlediği tehlikeyi yok ettiğine inanıyordu. Kendini yenilmez kıldığına inanıyordu. Son Hortkuluk'unu senin ölümünle yapmaya niyetlendiğinden eminim.

"Bildiğimiz gibi, başarısızlığa uğradı. Ancak, birkaç yıllık bir aranın ardından, yaşlı bir Muggle adamı öldürmek için Nagini'den yararlandı, onu son Hortkuluk'u yapma fikri o zaman aklına gelmiş olabilir. Nagini, Slytherin bağlantısının altını çiziyor, ki bu da Lord Voldemort'un esrarını arttırıyor. Sanırım, bir şeyi ne kadar sevebilirse, onu da o kadar seviyor; onu yakınında tutmaktan kesinlikle hoşlanıyor ve, bir Çatalağız için bile, üstünde olağanüstü bir kontrol sahibi."

"Demek," dedi Harry, "günce gitti, yüzük gitti. Kupa, madalyon ve yılan hâlâ sağlam durumda ve siz belki vaktiyle Ravenclaw'un ya da Gryffindor'un olan bir Hortkuluk daha olabilir diye düşünüyorsunuz, öyle mi?"

"Takdire değer derecede özlü ve doğru bir özet, evet," dedi Dumbledore, başını eğerek.

"Peki... hâlâ onları arıyor musunuz, efendim? Okuldan ayrıldığınız zamanlarda bunu mu yapıyorsunuz?"

"Doğru," dedi Dumbledore. "Çok uzun süredir arıyorum. Sanırım... belki... bir tane daha bulmaya yakınlaşmış olabilirim. Umut verici işaretler var."

"Ve eğer bulursanız," dedi Harry çabucak, "ben de sizinle gelip ondan kurtulmanıza yardımcı olabilir miyim?"

Dumbledore bir an büyük bir dikkatle Harry'ye baktı, sonra da, "Evet, sanırım," dedi.

"Gelebilirim, ha?" dedi Harry, apışıp kalarak.

"Ah, evet," dedi Dumbledore, hafifçe gülümseyerek. "Sanırım bu hakkı kazandın."

Harry sevinçten uçacakmış gibiydi. Bir seferliğine de olsa temkin ve koruma sözleri duymamak çok iyiydi. Ne var ki, duvarlardaki müdürler ve müdüreler Dumbledore'un kararından pek de etkilenmiş görünmüyorlardı; Harry bir kısmının başlarını iki yana salladıklarını gördü, Phineas Nigellus ise resmen "hıh" dedi.

"Bir Hortkuluk yok edilince Voldemort anlıyor mu, efendim? Hissedebiliyor mu?" dedi Harry, portrelere aldırmayarak.

"Çok ilginç bir soru, Harry. Bence, hayır. Bence Voldemort artık kötülüğe öylesine gömülmüş, benliğinin bu can alıcı parçaları öyle uzun süredir ondan kopuk kalmış ki, bizim gibi hislere sahip değil. Belki de, ölüm ânında, kaybını fark edebilir... ama, örneğin, gerçeği Lucius Malfoy'un ağzından alana kadar güncenin yok edildiğinin farkında değildi. Bana dendiğine göre, Voldemort güncenin tahrip edildiğini ve güçlerinin çalındığını keşfettiğinde, öfkesi dehşet verici olmuş."

"Ama ben onun, Lucius Malfoy'un günceyi Hogwarts'a kaçak olarak sokmasını istediğini sanıyordum?"

"Evet, istedi, yıllar önce, daha fazla Hortkuluk yaratacağından eminken... Ancak Lucius'un gene de Voldemort'un onayını beklemesi gerekiyordu ve bu onayı hiçbir zaman almadı, çünkü Voldemort ona günceyi verdikten kısa süre sonra ortadan kayboldu. Şüphesiz, Lucius'un Hortkuluk'u dikkatle muhafaza etmek dışında bir şey yapmaya cüret edemeyeceğini düşünmüştür, ama Lucius'un, gidişinden beri yıllar geçmiş, öldüğüne inanılan bir efendiden korkacağına biraz fazla güveniyordu. Lucius güncenin aslında ne olduğunu bilmiyordu, tabii. Anladığım kadarıyla Voldemort ona güncenin, zekice efsunlandığı için Sırlar Odası'nın yeniden açılmasına sebep olacağını söylemişti. Lucius efendisinin ruhunun bir kısmını ellerinde tuttuğunu bilseydi, mutlaka ona daha saygıyla davranırdı – onun yerine kalktı, eski planı kendi amaçları için uyguladı; günceyi Arthur Weasley'nin kızının eşyaları arasına koyarak Arthur'un itibarını zedelemeyi, beni Hogwarts'tan attırmayı ve ciddi şekilde suçlanmasına neden olacak bir nesneden tek hamlede kurtulmayı ümit etti. Ah, zavallı Lucius... Bir yandan kendi çıkarı için Hortkuluk'u ziyan etmesi üzerine Voldemort'un duyduğu gazabı, öte yandan geçen yıl Bakanlık'taki fiyaskoyu düşününce, şu an Azkaban'da emniyette olduğu için gizliden gizliye seviniyorsa şaşmam."

Harry bir an için oturup düşündü, sonra da, "Yani bütün Hortkuluklar'ı yok edilirse," diye sordu, "Voldemort *öldürülebilir* mi?"

"Evet, sanırım," dedi Dumbledore. "Hortkuluklar'ı olmayınca, Voldemort, zedelenmiş ve kıtlaşmış bir ruhu olan, ölümlü bir adam olacak. Ne var ki, ruhu onarılamayacak kadar hasara uğramış olsa da, beyni ile sihir gücünün sağlam olduğunu asla unutma. Voldemort gibi bir büyücüyü öldürmek, Hortkuluklar'ı olmadan bile, sıradışı beceri ve güç gerektirecektir."

"Ama benim sıradışı becerim ve gücüm yok ki," dedi Harry, kendine engel olamadan.

"Evet, var," dedi Dumbledore kararlılıkla. "Voldemort'un asla sahip olmadığı bir güce sahipsin. Sen –"

"Biliyorum!" dedi Harry sabırsızca. "Sevebilirim!" "Aman ne önemli!" dememek için kendini güç tuttu.

"Evet, Harry, sevebilirsin," dedi Dumbledore, Harry'nin az önce kendini tutup söylemediği şeyi çok iyi biliyormuş gibi görünüyordu. "Ki, senin başına gelen her şey göz önüne alınırsa, fevkalade ve dikkate değer bir şey. Hâlâ kendinin ne kadar sıradışı olduğunu anlamayacak kadar gençsin, Harry."

"Yani kehanet benim 'Karanlık Lord'un bilmediği bir güç'e sahip olacağımı söylediği zaman, sadece – sevgiyi mi kastediyor?" diye sordu Harry, biraz hayal kırıklığına uğramış hissederek.

"Evet – sadece sevgi," dedi Dumbledore. "Ama Harry, kehanetin söylediğinin, sadece Voldemort onu önemli kıldığı için önemli olduğunu unutma. Bunu sana geçen yılın sonunda da söylemiştim. Voldemort, kendisi için en tehlikeli olacak kişi diye seni seçti – ve böylece, seni onun için en tehlikeli olacak kişi *yaptı*!"

"Ama aynı sonuca –"

"Hayır, hiç de değil!" dedi Dumbledore, şimdi sesinde sabırsızlık okunuyordu. Kara, kurumuş eliyle onu göstererek, "Sen kehanete fazla önem veriyorsun!" dedi.

"Ama," diye geveledi Harry, "ama siz dediniz ki kehanetin anlamı –"

"Eğer Voldemort kehaneti hiç duymamış olsa, kehanet yerine gelir miydi? Hiçbir anlamı olur muydu? Elbette olmazdı! Sen Kehanet Salonu'ndaki her kehanetin yerine gelmiş olduğunu mu sanıyorsun?"

"Ama," dedi Harry, şaşkınlık içinde, "ama geçen yıl siz birimizden birinin ötekini öldüreceğini söylemiştiniz –"

"Harry, Harry, sadece Voldemort ciddi bir hata işlediği ve Profesör Trelawney'nin sözleri üzerine harekete geçtiği için! Eğer Voldemort babanı hiç öldürmemiş olsaydı, sende şiddetli bir intikam arzusu uyandırmış olur muydu? Elbette hayır! Eğer anneni senin yerine ölmek zorunda bırakmasaydı, sana aşamadığı sihirli bir koruma vermiş olur muydu? Elbette hayır, Harry! Anlamıyor musun? Voldemort kendi en büyük düşmanını kendi yarattı, tıpkı her yerdeki despotların yaptığı gibi! Despotların ezdikleri insanlardan nasıl korktukları hakkında hiçbir fikrin var mı? Hepsi de çok sayıdaki kurbanları arasından bir gün mutlaka birinin çıkıp ayaklanacağının, onlara karşılık vereceğinin farkındadır! Voldemort da farklı değil! Öteden beri ona meydan okuyacak kişiyi bekleyip duruyordu. Kehaneti duydu ve ânında eyleme geçti; bunun sonucunda da yalnızca onun işini bitirmesi en muhtemel adamı kendi eliyle seçmekle kalmadı, ona benzeri olmayan ölümcül silahlar da verdi!"

"Ama –"

"Bunu anlaman hayati önem taşıyor!" dedi Dumbledore, ayağa kalkıp uzun adımlarla odada dolaşmaya başlayarak; ışıldayan cüppesi arkasında hışırdıyordu. Harry onu hiç bu kadar telaşlı görmemişti. "Seni öldürmeye kalkarak, Voldemort önümde oturan olağanüstü kişiyi bizzat belirlemiş oldu ve ona yapacağı iş için gerekli araçları verdi! Onun düşüncelerini, emellerini görebilmen, hatta emir vermede kullandığı yılanımsı dili anlayabilmen Voldemort'un hatası. Ama gene de, Harry, Voldemort'un dünyasını sezebilme ayrıcalığına rağmen (ki bu da, sırası gelmişken söyleyeyim, herhangi bir Ölüm Yiyen'in sahip olmak uğruna insan öldürebileceği bir yetenek) Karanlık Sanatlar'a kaymadın. Asla, bir saniye için bile, Voldemort'un müritlerinden biri olmak için en küçük bir arzu göstermedin."

"Elbette göstermedim!" dedi Harry hiddetle. "O benim annemle babamı öldürdü!"

"Lafın kısası, sevme yeteneğin seni koruyor!" dedi Dumbledore yüksek sesle. "Voldemort'unki gibi bir gücün cazibesine karşı işleyebilecek tek koruma! Göğüs gerdiğin onca ayartmaya, onca acıya rağmen kalbin tertemiz kaldı; tıpkı on bir yaşındayken en derin arzunu yansıtan bir aynaya baktığında ve aynanın sana ölümsüzlük ya da servet değil de, Lord Voldemort'u engellemenin tek yöntemini gösterdiğinde olduğu gibi. Harry, o aynada senin gördüğünü görebilecek büyücü sayısının ne kadar az olduğu hakkında bir fikrin var mı? Voldemort daha o zamandan karşısında neyin olduğunu anlamalıydı, ama anlamadı!

"Ama şimdi biliyor. Sen, sana bir zarar gelmeden Lord Voldemort'un zihnine girip çıktın, ama o, Bakanlık'ta keşfettiği gibi, seni ölümcül bir ıstırap çekmeden ele geçiremiyor. Onun bunun sebebini anladığını sanmıyorum Harry, ama kendi ruhunu tahrip etmeye öyle hevesliydi ki, bir an durup da lekesiz ve bütün bir ruhun mukayese edilmez gücünü anlamadı."

"Ama, efendim," dedi Harry, tartışıyormuş gibi görünmemek için kahramanca bir çaba harcayarak, "sonuçta aynı kapıya çıkıyor, değil mi? Onu öldürmeye çalışmak zorundayım, yoksa –"

"Zorunda mısın?" dedi Dumbledore. "Elbette zorundasın! Ama kehanet yüzünden değil! Sen, kendin, bunu denemeden asla huzur bulmayacağın için! Bunu ikimiz de biliyoruz! Lütfen bir an için kehaneti hiç duymadığını hayal et! Şimdi Voldemort hakkında neler hissederdin? Düşün!"

Harry önünde bir aşağı bir yukarı dolaşan Dumbledore'u izledi ve düşündü. Annesini, babasını ve Sirius'u düşündü. Cedric Diggory'yi düşündü. Lord Voldemort'un yaptığını bildiği bütün o korkunç işleri düşündü. Göğsünde bir alev sıçrayıp, boğazını tutuşturdu.

"İşinin bitmesini isterdim," dedi Harry usulca. "Ve bunu ben yapmak isterdim."

"İsterdin tabii!" diye haykırdı Dumbledore. "Anlıyorsun ya, kehanet senin herhangi bir şey yapmak *zorunda olduğun* anlamına gelmiyor! Öte yandan kehanet, Lord Voldemort'un *seni dengi olarak işaretlemesine* neden oldu... başka bir deyişle, sen yolunu seçmekte özgürsün, sırtını kehanete dönmekte tamamen özgürsün! Ama Voldemort kehanete büyük bir değer vermeyi sürdürüyor. Senin peşinden gelmeyi sürdürecek... ki bu da, aslında, şunu kesinleştiriyor –"

"İkimizden biri sonunda diğerini öldürecek," dedi Harry. "Evet."

Ama sonunda Dumbledore'un ona anlatmaya çalıştığı şeyi anlamıştı. Ölümüne bir mücadeleye girmek için arenaya sürüklenmekle arenaya başın dik girmek arasındaki farktı bu. Kimileri belki de iki yol arasında pek bir şeyin değişmediğini söyleyebilirdi, ama Dumbledore biliyordu – ve ben de biliyorum, diye düşündü Harry, müthiş bir gurur duygusuyla, annemle babam da biliyordu – aralarında dünya kadar fark var.

YİRMİ DÖRDÜNCÜ BÖLÜM

Sectumsempra

Geceleyin yaptığı çalışmadan yorulan ama çok da memnun olan Harry, ertesi sabahki Tılsım dersinde Ron ve Hermione'ye bütün olup bitenleri anlattı (tabii önce en yakınlarında olanlara *Muffliato* büyüsünü yaptıktan sonra). Slughorn'u kandırıp anıyı elinden alma şeklinden ikisi de tatminkâr bir şekilde etkilendi; onlara Voldemort'un Hortkuluklar'ını anlatıp, Dumbledore'un bir tane daha bulursa Harry'yi de yanında götürmek için verdiği sözden bahsettiğinde ise, heyecandan neredeyse küçük dillerini yutuyorlardı.

"Vay be," dedi Ron, Harry nihayet her şeyi anlatmayı bitirince; Ron, ne yaptığına zerre kadar dikkat etmeden asasını tavan yönünde dalgın dalgın sallıyordu. "Vay be. Resmen Dumbledore'la gideceksin... ve yok etmeye çalışacaksın... Vay be."

"Ron, kar yağdırıyorsun," dedi Hermione sabırla, onun bileğini yakalayıp asasını artık sahiden de büyük beyaz kar tanelerinin düşmeye başladığı tavandan uzağa çevirdi. Harry, Lavender Brown'ın komşu bir masadan, kan çanağı gibi gözlerinden ateşler saçarak Hermione'ye baktığını fark etti ve Hermione hemen Ron'un kolunu bıraktı.

"Aa evet," dedi Ron, başını indirip belli belirsiz bir hayretle omuzlarına bakarak. "Kusura bakmayın... sanki hepimizde acayip kepek varmış gibi görünüyor..."

Sahte karların bir kısmını Hermione'nin omzundan silkti.

Lavender gözyaşlarına boğuldu. Ron, yüzünde fevkalade suçlu bir ifadeyle, ona sırtını çevirdi.

"Ayrıldık," diye mırıldandı Harry'ye, ağzının içinde. "Dün gece. Beni yatakhaneden Hermione ile çıkarken görünce. Haliyle seni görememiş, sadece ikimiziz sanmış."

"Aa," dedi Harry. "Eh – bitmesine üzülmüyorsun, değil mi?"

"Hayır," diye itiraf etti Ron. "Bağırıp çağırması bayağı kötüydü ama hiç olmazsa ben bitirmek zorunda kalmadım."

"Ödlek," dedi Hermione, eğlenmiş gibi göründüğü halde. "Eh, aşk açısından herkes için kötü bir geceydi. Ginny ve Dean de ayrıldılar, Harry."

Harry bunu ona söylerken Hermione'nin gözlerinde hayli bilmiş bir bakış olduğunu düşündü, oysa içinin birdenbire konga dansı yapmaya başladığını bilmesi mümkün değildi: yüzünü mümkün olduğu kadar durağan, sesini ise kayıtsız tutarak, "Ne oldu ki?" diye sordu.

"Ah, gerçekten aptalca bir şey... Ginny diyor ki, sanki kendi tırmanamazmış gibi, portre deliğinden geçerken hep Ginny'ye yardımcı olmaya çalışıyormuş... ama zaten ilişkileri ne zamandır sallantıdaydı."

Harry sınıfın öbür yanında oturan Dean'e baktı. Gerçekten mutsuz görünüyordu.

"Tabii, bu seni bir açmaza sokuyor, değil mi?" dedi Hermione.

"Ne demek istiyorsun?" dedi Harry hemen.

"Quidditch takımı," dedi Hermione. "Ginny ile Dean konuşmuyorlarsa eğer..."

"Ah – ah, evet," dedi Harry.

"Flitwick," dedi Ron, uyaran bir ses tonuyla. Minicik Tılsım hocası zıplayarak onlara doğru geliyordu ve içlerinde sirkeyi şaraba dönüştürebilmiş olan tek kişi, Hermione'ydi; onun cam şişesi koyu kırmızı sıvıyla doluyken, Harry ve Ron'ın şişelerindeki sıvının rengi hâlâ çamur gibi bir kahverengiydi.

"Hadi ama, çocuklar," diye cikledi Profesör Flitwick, sitemkâr bir şekilde. "Daha az konuşma, daha çok iş... çalıştığınızı görelim bakalım..."

Dikkatlerini ellerinden geldiğince yoğunlaştırdılar ve asalarını havaya kaldırıp şişelerine doğrulttular. Harry'nin sirkesi buza dönüştü; Ron'un şişesi ise patladı.

"Evet... ev ödevi olarak..." dedi Profesör Flitwick, masanın altından çıkıp, şapkasının tepesinden cam parçaları ayıklayarak, "*alıştırma yapın*."

Tılsım'ın ardından, ender ortak boş derslerinden biri vardı ve hep birlikte ortak salona gittiler. Ron, Lavender ile ilişkisinin sona ermesi nedeniyle gerçekten neşeli görünüyordu, Hermione ise keyifliydi, ama, niye sırıttığı sorulunca sadece "Güzel bir gün" diyordu. İkisi de Harry'nin beyninde şiddetli bir savaş yaşandığının farkında değildi:

O Ron'un kız kardeşi.

Ama Dean'i bıraktı!

Gene de Ron'un kız kardeşi.

Ben onun en iyi arkadaşıyım!

Daha da kötü ya.

Önce Ron'la konuşsam –

Sana bir tane patlatır.

Ya bu umurumda değilse

En iyi arkadaşın!

Harry, portre deliğinden güneşli ortak salona tırmandıklarını doğru dürüst fark etmedi bile. Orada birbirine yakın oturan yedinci sınıflardan oluşan küçük grubu da hayal meyal gördü; ta ki Hermione, "Katie!" diye bağırana kadar. "Dönmüşsün! İyi misin?"

Harry bakakaldı: Gerçekten de Katie Bell'di bu, tamamen sağlıklı görünüyordu ve çevresi sevinçten uçan arkadaşlarıyla sarılıydı.

"Sahiden iyiyim!" dedi mutlulukla. "Beni St Mungo'dan Pazartesi günü çıkardılar, iki gün evde annem babamla kaldım, bu sabah da buraya geldim. Leanne de şimdi bana McLaggen'ı ve son maçı anlatıyordu, Harry..."

"Evet," dedi Harry, "Eh, şimdi sen burada olduğuna, Ron da iyileştiğine göre, Ravenclaw'u sahadan silme şansımız var demektir, bu da hâlâ Kupa yarışında olduğumuz anlamına gelir. Dinle, Katie..."

Bu soruyu ona hemen sorması gerekiyordu; merakı, Ginny'yi bile geçici olarak beyninden uzaklaştırmıştı. Katie'nin, Biçim Değiştirme'ye belli ki geç kalmış olan arkadaşları öteberilerini toplamaya başlarken, Harry sesini alçalttı.

"... O gerdanlık... onu sana kimin verdiğini hatırlıyor musun şimdi?"

"Hayır," dedi Katie, başını pişmanlıkla sallayarak. "Herkes sorup duruyor ama en ufak bir fikrim yok. Hatırladığım son şey, Üç Süpürge'de kadınlar tuvaletine girişim."

"Öyleyse tuvalete kesinlikle gittin demek?" dedi Hermione.

"Eh, kapıyı itip açtığımı biliyorum," dedi Katie, "onun için de bana İmperius Laneti yapan kimse tam kapının arkasında duruyordu sanırım. Ondan sonrasında hafızam bomboş, ta ki bundan iki hafta önce St Mungo'da gözümü açışıma kadar. Dinleyin, gitsem iyi olur, McGonagall daha bugün döndü falan demez, yazı yazma cezası verir..."

Çantasını ve kitaplarını kaptı, hızla arkadaşlarının arkasından gitti. Arkada kalan Harry, Ron ve Hermione ise pencere yanındaki bir masaya oturup, Katie'nin söyledikleri üzerine kafa yormaya başladılar.

"O zaman Katie'ye gerdanlığı veren bir kız ya da kadın olmalı," dedi Hermione, "kadınlar tuvaletinde olduğuna göre."

"Ya da bir kıza veya kadına benzeyen biri," dedi Harry. "Unutma, Hogwarts'ta kazan dolusu Çok Özlü İksir var. Bir kısmının çalındığını biliyoruz..."

Zihninde, hepsi kız kılığına girmiş Crabbe'ler ve Goyle'lardan oluşan bir geçit alayı, cakalı cakalı yürüyüp geçti.

"Sanırım bir yudum daha Felix alacağım," dedi Harry, "ve İhtiyaç Odası'nda bir daha şansımı deneyeceğim."

"İksiri ziyan etmekten başka bir şey olmaz bu," dedi Hermione kesin bir şekilde, çantasından henüz çıkardığı *Hececi'nin Hece Listesi*'ni elinden bırakarak. "Şans seni ancak bir yere kadar götürebilir, Harry. Slughorn'la durum başkaydı; onu ikna etme yeteneğin hep vardı, sadece koşulları biraz ayarlaman gerekiyordu. Ama şans güçlü bir efsunu aşmanı sağlayamaz. Kalkıp da o iksirin geri kalanını ziyan etme! Eğer Dumbledore seni de yanında götürürse, o şansa son kırıntısına kadar ihtiyacın olacak..." Sesini fısıltı düzeyine indirmişti.

"Biraz daha yapamaz mıyız?" diye sordu Ron Harry'ye, Hermione'yi yok sayarak. "Bir stoğumuz olsa, harika olurdu... kitaba bir baksana..."

Harry, *İleri İksir-Yapımı* kitabını çantasından çıkardı ve Felix Felicis'e baktı.

"Vay canına, ciddi şekilde karmaşık bir şey," dedi, iksir malzemeleri listesine bir göz atarak. "Ve yapılması altı ay alıyor... hafif ateşte kaynamaya bırakman gerekiyormuş..."

"Tipik," dedi Ron.

Harry kitabını kaldırmak üzereydi ki, bir sayfanın köşesinin katlanmış olduğunu fark etti; sayfayı açınca, birkaç hafta önce işaretlediği, "Düşmanlar İçin" başlıklı *Sectumsempra* büyüsünü gördü. Hâlâ bu büyünün neye yaradığını öğrenememişti, bunun başlıca nedeni de Hermione ortalıktayken denemek istemeyişiydi; ama bir daha arkasından habersiz yaklaştığında McLaggen üzerinde denemeyi düşünüyordu.

Katie Bell'in okula dönüşüne pek de memnun olmayan tek kişi, Dean Thomas'tı, çünkü artık onun yerine Kovalayıcı oynayamayacaktı. Harry bunu kendisine söylediği zaman bu darbeye, sadece homurdanarak ve omuz silkerek, gık demeden göğüs gerdi, ama Harry uzaklaşırken, Dean ve Seamus arkasından asi asi mırıldanıyorlarmış gibi güçlü bir duyguya kapıldı.

Daha sonraki on beş gün içinde yapılan antrenmanlar, Harry'nin Kaptanlığında o güne kadar yapılan en iyi Quidditch antrenmanları oldu. Takımı, McLaggen'dan kurtuldukları ve Katie'nin tekrar aralarında olduğu için öylesine memnundu ki, son derece iyi uçuyorlardı.

Ginny, Dean'den ayrıldığına hiç de üzgün görünmüyordu; aksine o, takımın neşesiydi. Ron'un, Quaffle ona doğru hızlanırken kale direkleri önünde endişeyle aşağı yukarı uçması ya da Harry'nin McLaggen'a böğürerek talimat verirken darbe yiyip kendinden geçmesi taklitleri hepsini çok eğlendirmişti. Diğerleriyle birlikte gülen Harry, Ginny'ye bakmak için masum bir nedeni olmasından memnundu; gözlerini Snitch üzerinde tutmadığı için antrenman sırasında birkaç Bludger sakatlığı daha geçirmişti.

Kafasının içindeki savaş hâlâ bütün şiddetiyle devam ediyordu: Ginny mi, Ron mu? Bazen Lavender-sonrası Ron'un Ginny'ye çıkma teklif etmesine pek de kızmayabileceğini düşünüyordu, ama sonra Ginny'yi Dean ile öpüşürken görünce Ron'un yüzünde beliren ifadeyi hatırlıyor ve Harry Ginny'nin elini bile tutsa Ron'un bunu alçakça bir ihanet sayacağından emin oluyordu...

Harry yine de, Ginny ile konuşmaktan, onunla birlikte gülmekten, antrenmandan onunla birlikte dönmekten kendini alamıyordu; vicdanı ne kadar sancısa da kendini Ginny ile nasıl yalnız kalacağını merak ederken buluyordu: Slughorn o küçük partilerinden birini daha verse ideal olurdu, çünkü Ron ayak altında olmazdı – ama ne yazık ki, Slughorn artık partilerden vazgeçmişe benziyordu. Harry bir iki kez Hermione'den yardım istese mi acaba diye düşündü, ama Hermione'nin yüzündeki o kendinden hoşnut ifadeyi görmeye dayanabileceğini sanmıyordu; bazen Hermione onu Ginny'ye bakarken ya da esprilerine gülerken yakaladığında, yüzünde bu ifadeyi gördüğünü sanıyordu. Ve zaten işler yeterince karışık değilmiş gibi, eğer kendi Ginny'ye çıkma teklif etmezse başka birisinin mutlaka edeceği yönündeki kaygısı vardı bir de: o ve Ron, hiç değilse, Ginny'nin başını derde sokacak kadar popüler olduğu konusunda aynı fikirdeydiler.

Bunların hepsi düşünüldüğünde, bir yudum daha Felix Felicis içme düşüncesi günden güne daha çekici hale geliyordu, çünkü bu da sonuçta Hermione'nin dediği gibi "koşulları biraz ayarlamayı" gerektiren bir durum sayılırdı, değil mi? Güzel günler Mayıs boyunca tatlı tatlı devam etti, ancak Ginny'yi her gördüğünde Ron da oracıkta, Harry'nin omuz başında oluyordu sanki. Harry kendini bir şans silsilesini özler halde buldu; Ron'un, hiçbir şeyin onu en iyi arkadaşı ile kız kardeşinin birbirine âşık olmasından daha fazla mutlu etmeyeceğini fark etmesine, ve ikisini birkaç saniyeden daha uzun süre yalnız bırakmasına neden olacak bir şey. Mevsimin son Quidditch maçı yaklaşırken bunların ikisine de hiç ihtimal yokmuş gibiydi; Ron sürekli Harry ile taktik konuşmak istiyordu, aklındaki tek şey de buydu.

Böyle düşünen tek kişi de Ron değildi; okulda Gryffindor-Ravenclaw maçına ilgi büyüktü, çünkü maç şampiyonanın hâlâ tamamen ortada olan sonucunu tayin edecekti. Eğer Gryffindor, Ravenclaw'u üç yüz sayı farkla yenerse (zordu tabii, ama Harry de takımının bundan iyi uçtuğunu görmemişti hiç) şampiyonluğu onlar alacaktı. Üç yüz sayıdan daha az bir farkla yenerlerse, Ravenclaw'un ardından ikinci olacaklardı; yüz sayı farkla yenilirlerse, Hufflepuff'ın arkasından üçüncü olacaklardı ve eğer yüz sayıdan fazla bir farkla yenilirlerse, dördüncü olacaklardı ki, Harry, onun Gryffindor'un iki asırdır ilk defa sonuncu olmasına yol açan yenilgiyi getiren kişi olduğunu unutmasına kimsenin izin vermeyeceğini düşünüyordu.

Bu can alıcı maçın öncesinde her zamanki şeyler oluyordu: rakip binaların üyeleri koridorlarda diğer takımı korkutmaya çalışıyordu; tek tek oyuncular için bestelenen nahoş şarkılar, onlar yanlarından geçerken yüksek sesle prova ediliyordu; takım üyelerinin kendileri ise ya bu ilginin tadını çıkararak kasıla kasıla dolaşıyor, ya da ders aralarında kusmak için tuvaletlere koşuyordu. Harry'nin zihninde oyun, bir şekilde Ginny'ye ilişkin planlarında başarı ya da başarısızlıkla birbirinden ayrılmaz şekilde iç içe geçmişti. Üç yüz sayıdan fazla bir farkla kazanmaları halinde yaşanacak coşku sahnelerinin ve güzel, gürültülü bir maç-sonrası partisinin de esaslı bir Felix Felicis yudumu kadar işe yarayacağı duygusuna kapılmaktan kendini alamıyordu.

Bütün bu tasaların ortasında Harry diğer emelini de unutmamıştı: Malfoy'un İhtiyaç Odası'nda neler karıştırdığını bulmak. Hâlâ Çapulcu Haritası'nı kontrol ediyordu ve çoğu kez haritada Malfoy'u bulamadığı için, onun hâlâ Oda'da çok vakit geçirdiği sonucuna varıyordu. Harry, içeri girebileceği yolundaki umudunu yitirmekte olsa da ne zaman Oda'nın civarında bulunsa bunu deniyordu ama talebini nasıl kelimelere dökerse döksün, duvar kararlı bir şekilde kapısız kalıyordu.

Ravenclaw maçından birkaç gün önce, Harry kendini ortak salondan akşam yemeğine tek başına yürürken buldu. Ron, gene kusmak için yakındaki bir tuvalete koşmuştu, Hermione de son Aritmansi ödevinde yapmış olabileceğini düşündüğü bir hata için fırlayıp, Profesör Vector'a gitmişti. Harry, daha çok alışkanlıktan, her zamanki gibi yedinci kat koridoruna saptı, yürürken de Çapulcu Haritası'nı kontrol etti. Bir an, Malfoy'u hiçbir yerde bulamadı ve gene İhtiyaç Odası'nda olduğunu düşündü, ama sonra üzerinde Malfoy'un ismi yazan minik noktayı, bir alt kattaki erkekler tuvaletinde dururken gördü; yanında da Crabbe ya da Goyle değil, Mızmız Myrtle vardı.

Harry bu sıradışı ikiliye bakmayı, ancak bir zırha toslayınca bıraktı. Gürültülü çarpışma onu hayal dünyasından çıkardı, Filch gelirse diye olay yerinden telaşla uzaklaşarak mermer merdivenden koşarak indi ve aşağıdaki geçitten geçti. Tuvaletin dışında, kulağını kapıya yapıştırdı. Hiçbir şey duyamıyordu. Çok sessizce, kapıyı itti.

Draco Malfoy sırtı kapıya dönük ayakta duruyordu, elleriyle lavabonun iki tarafını sıkı sıkı yakalamıştı, beyazımsı sarı saçlı başı eğilmişti.

"Yapma," diye mırıldandı Mızmız Myrtle'ın sesi, bölmelerin birinden. "Yapma... Sorun nedir, söyle bana... Sana yardım edebilirim..."

"Kimse bana yardım edemez," dedi Malfoy. Bütün bedeni titriyordu. "Yapamıyorum... Olmuyor... yürümeyecek... ve eğer kısa sürede yapmazsam... beni öldüreceğini söylüyor..."

Ve Harry, onu yerine mıhlayacak kadar büyük bir şokla, Malfoy'un ağladığını –resmen ağladığını– fark etti; yaşlar solgun yüzünden pis lavaboya akıyordu. Malfoy soluğunu tuttu, yutkundu, sonra da büyük bir titremeyle gözlerini çatlak aynaya çevirdi ve omzunun üstünden, Harry'nin kendisine baktığını gördü.

Malfoy, asasını çekerek hızla olduğu yerde döndü. Harry de içgüdüsel olarak kendi asasını çekti. Malfoy'un uğursuzluk büyüsü, Harry'yi santim farkıyla ıskaladı, yanındaki duvardaki lambayı parçalara ayırdı. Harry kendini yana doğru atarak *Levicorpus!* diye düşündü ve asasını oynattı, ama Malfoy büyüyü kesti ve başka bir büyü yapmak için asasını kaldırdı –

"Hayır! Hayır! Durun!" diye ciyakladı Mızmız Myrtle, sesi fayanslı odada gürültüyle yankılandı. "Durun! DURUN!"

Büyük bir patlama sesi duyuldu ve Harry'nin arkasındaki çöp tenekesi havaya uçtu. Harry bir Bacak-Bağlama Laneti denedi ama lanet, Malfoy'un kulağının arkasındaki duvardan geri tepti ve Mızmız Myrtle'ın altındaki su deposunu parçaladı, Myrtle avaz avaz bağırdı. Her taraftan sular boşalırken, ayağı kayan Harry yere düştü. Tam o sırada Malfoy, yüzü öfkeden kasılmış halde, bağırdı: "Cruci–"

"SECTUMSEMPRA!" diye böğürdü Harry yerden, asasını çılgınca sallayarak.

Malfoy'un yüzü ve göğsünden, sanki görünmez bir kılıçla kesilip yarılmış gibi kan fışkırdı. Geriye doğru sendeleyip büyük bir şapırtıyla suyla kaplı zemine yığıldı, asası, gevşeyen sağ elinden düştü.

"Hayır –" dedi Harry, soluk soluğa.

Kayarak ve sendeleyerek ayağa kalktı ve yüzü kıpkırmızı parlayan, beyaz elleri kanla sırılsıklam olmuş göğsünü tırmalayan Malfoy'a doğru atıldı.

"Hayır – ben hiç –"

Harry ne dediğini bilmiyordu; kendi kanından oluşan bir havuzda kontrol edilemez bir şekilde titreyen Malfoy'un yanına dizüstü çöktü. Mızmız Myrtle kulakları sağır eden bir çığlık attı.

"CİNAYET! TUVALETTE CİNAYET! CİNAYET!"

Harry'nın ardındaki kapı çarpıp açıldı, başını kaldırarak bakınca dehşete kapıldı: Snape, yüzü mosmor, odaya dalmıştı. Harry'yi sertçe yana iterek Malfoy'un üzerine eğildi, asasını çekti ve neredeyse bir şarkıya benzeyen büyülü sözler mırıldanarak, asayı Harry'nin lanetinin açtığı derin yaralar üzerinde dolaştırdı. Akan kan azalmış gibiydi; Snape Malfoy'un yüzünde kalanları silerek büyüsünü tekrarladı. Şimdi yaralar dikiliyormuş gibiydi.

Harry, yaptığından dehşete kapılmış halde, bakmayı sürdürüyordu, kan ve suyla sırılsıklam olduğunun pek farkında değildi. Mızmız Myrtle tepede hâlâ hıçkırıyor, ağlıyordu. Snape karşılaneti üçüncü kez yaptıktan sonra, Malfoy'u ayakta olacak şekilde, yarı doğrulttu.

"Hastane kanadına götürülmen gerekiyor. Bir miktar yara izi kalabilir ama hemen geyikotu alırsan onu bile önleyebiliriz... gel..."

Malfoy'a destek olarak tuvalette yürüttü, kapıya geldiğinde ise, buz gibi öfke tonu taşıyan bir sesle, "Ve sen, Potter..." dedi, "sen burada beni bekle."

Harry itaat etmemeyi bir an bile düşünmedi. Yavaşça, titreyerek ayağa kalktı, başını eğip ıslak zemine baktı. Yerde, kırmızı çiçekler gibi, kan lekeleri yüzüyordu. Besbelli giderek artan bir hazla ağlayıp hıçkırmaya devam eden Mızmız Myrtle'a susmasını söyleyecek gücü bile bulamadı kendinde.

Snape on dakika sonra döndü. Tuvalete girdi, arkasından kapıyı kapadı.

"Git," dedi Myrtle'a ve o da hemen yeniden tuvalete dalarak, arkasında çınlayan bir sessizlik bıraktı.

"Bunun olmasını istemedim," dedi Harry hemen. Sesi soğuk,

sulu boşlukta yankılanıyordu. "O büyünün ne yaptığını bilmiyordum."

Ama Snape buna kulak asmadı.

"Anlaşılan seni küçümsemişim, Potter," dedi usulca. "Böyle Karanlık büyüler bildiğin kimin aklına gelirdi? Sana bu büyüyü kim öğretti?"

"Ben – bir yerde okudum."

"Nerede?"

"Şeyde – kütüphanedeki bir kitapta," diye tamamen uydurdu Harry. "Adını hatırla–"

"Yalancı," dedi Snape. Harry'nin boğazı kurudu. Snape'in ne yapacağını biliyordu ve bunu engellemekte hiçbir zaman başarı gösterememişti...

Gözlerinin önünde banyo parıldamaya başladı, bütün düşüncelerini perdelemeye çalıştı, Melez Prens'in *İleri İksir-Yapımı* kitabı, puslu bir şekilde, zihninin önüne doğru yüzdü...

Ve sonra kendini, harap olmuş, sular içindeki tuvalette gene Snape'e bakar buldu. Hiç umudu olmasa da, onun korktuğu şeyi görmediğini umut ederek, Snape'in kara gözlerinin içine baktı, ama –

"Bana okul çantanı getir," dedi Snape usulca, "ve okul kitaplarının hepsini. *Hepsini*. Onları bana, buraya getir. Derhal!"

Tartışmanın anlamı yoktu. Harry hemen döndü ve hızla, her tarafa sular sıçratarak tuvaleti terk etti. Koridora çıkınca, Gryffindor Kulesi'ne doğru koşmaya başladı. Çoğu kişi öbür yönde yürüyordu; onun su ve kandan sırılsıklam haline ağızları bir karış açık baktılar, ama o koşarak geçerken kendisine yöneltilen soruların hiçbirine cevap vermedi.

Afallamıştı adeta; sanki sevilen bir ev hayvanı birden vahşileşmiş gibi. Prens'in hangi akla hizmet kitabına böyle bir büyüyü kopyalamıştı? Ve Snape onu görünce ne olacaktı? Slughorn'a söyleyecek miydi –Harry'nin midesi çalkalandı– onun yıl boyu İksir'de nasıl böyle iyi sonuçlar elde ettiğini? Harry'ye onca şey öğretmiş olan kitaba el koyacak ya da onu yok mu edecekti?... Bir tür rehber ve dost haline gelmiş olan kitabı? Harry bunun olmasına izin veremezdi... veremezdi...

"Nerdeydin – Niye sırılsıklamsın –? O *kan* mı?"

Ron merdivenin tepesinde duruyordu, Harry'nin görünüşü karşısında afallamış gibiydi.

"Kitabına ihtiyacım var," dedi Harry soluk soluğa. "İksir kitabına. Çabuk... ver onu bana..."

"Ama ya Melez –"

"Sonra açıklarım!"

Ron kendi *İleri İksir-Yapımı* kitabını çantasından çıkarıp verdi; Harry koşarak yanından geçti ve gene ortak salona geldi. Orada, yemeklerini çoktan bitirmiş olan birçok kişinin şaşkın bakışlarına aldırmayarak okul çantasını aldı, kendini portre deliğinden dışarı attı ve yedinci kat koridorunda koşmaya başladı.

Dans eden ifritlerin olduğu goblenin önünde kayarak durdu, gözlerini yumdu ve yürümeye başladı.

Kitabımı saklamak için bir yere ihtiyacım var... Kitabımı saklamak için bir yere ihtiyacım var... Kitabımı saklamak için bir yere ihtiyacım var...

Üç kez boş duvarın önünde yukarı aşağı yürüdü. Gözlerini açtığında, nihayet oradaydı: İhtiyaç Odası'nın kapısı. Harry kapıyı itip açtı, kendini içeri attı ve kapıyı çarparak kapattı.

Soluğu tutuldu. Acelesine, paniğine, tuvalette onu bekleyen şey konusundaki korkusuna rağmen, baktığı şey karşısında müthiş bir hayranlık duymaktan kendini alamıyordu. Büyük bir katedral genişliğindeki bir odadaydı; yüksek pencerelerden aşağı, heybetli surlarla donatılmış bir şehre benzeyen yere doğru ışık huzmeleri süzülüyordu; kuşaklardır Hogwarts sakinleri tarafından saklanmış nesnelerden oluşuyor olmalıydı burası. Geçitlerin ve yolların bitişiğinde, kırık ve hasar görmüş mobilyaların oluşturduğu sallanan yığınlar duruyordu; belki hor kullanılmış sihrin kanıtını gizlemek için, belki de şatodan gurur duyan ev cinleri tarafından saklanmış, istiflenmişlerdi. Binlerce kitap vardı, kuşkusuz yasaklanmış, üzerine yazılmış ya da çalınmışlardı. Kanatlı sapanlar ve Köpekdişli Frizbiler vardı – Frizbilerin bazılarının hâlâ diğer yasaklanmış şeylerden oluşan dağların üzerinde, yarı gönülsüzce havada süzülecek kadar canı kalmıştı. Koyulaşmış iksirlerin çentikli şişeleri, şapkalar, mücevherler, pelerinler; ejderha yumurtası kabuğuna benzeyen şeyler, içindekilerin hâlâ kötü kötü pırıldadığı tıpalı şişeler, paslanmakta olan birkaç kılıç ile ağır, kan lekeli bir balta vardı.

Harry bütün bu saklı hazineler arasında uzanan çok sayıdaki geçitten birine doğru acele acele yürüdü. Muazzam büyüklükte, içi doldurulmuş bir ifritin yanından sağa döndü, biraz koştu, bir önceki yıl Montague'nün içinde kaybolduğu kırık Kaybolan Dolap'tan sola döndü ve nihayet, kabarmış yüzeyine asit atılmış gibi görünen büyük bir dolabın yanında durdu. Dolabın gıcırdayan kapılarından birini açtı: bir kafesin içinde duran, çoktan ölmüş bir şey için saklama yeri olarak kullanılmıştı burası; o şeyin iskeletinin beş bacağı vardı. Melez Prens'in kitabını kafesin arkasına sakladı ve kapıyı çarparak kapattı. Bir an durdu, kalbi acayip bir şekilde çarpıyordu, etrafındaki keşmekeşe bir göz attı... bunca döküntü arasında bu noktayı yeniden bulabilecek miydi? Yakındaki bir sandığın üstünden çirkin, ihtiyar bir büyücünün bir parçası kopmuş büstünü alıp şimdi kitabın saklı olduğu dolabın üstüne koydu, daha fazla dikkat çeksin diye heykelin tepesine tozlu, eski bir peruk ile, kararmış bir taç oturttu; sonra gizlenmiş döküntülerden oluşan geçitlerin arasından koşabildiğince hızla koştu, kapıya geldi, koridora çıktı, kapıyı arkasından çarpıp kapattı ve kapı yeniden taşa dönüştü.

Harry, ok gibi alt kattaki tuvalete doğru fırladı, yolda da Ron'un *İleri İksir-Yapımı* kitabını çantasına tıktı. Bir dakika sonra gene Snape'in önündeydi; Snape, tek kelime etmeksizin, Harry okul çantasını versin diye elini uzatmıştı. Soluk soluğa kalan, göğsüne yakıcı bir sancı girmiş olan Harry, çantayı ona uzattı ve bekledi.

Snape Harry'nin kitaplarını birer birer çıkartıp inceledi. Sonunda geriye sadece İksir kitabı kaldı, Snape ona büyük bir dikkatle baktı, sonra konuştu.

"Senin *İleri İksir-Yapımı* kitabın bu, öyle mi, Potter?"

"Evet," dedi Harry, hâlâ hızlı hızlı soluk alıyordu.

"Eminsin, değil mi, Potter?"

"Evet," dedi Harry, biraz daha meydan okur gibi bir edayla.

"Bu senin Flourish ve Blotts'dan aldığın *İleri İksir-Yapımı* kitabın mı?"

"Evet," dedi Harry kararlı bir sesle.

"Öyleyse neden," diye sordu Snape, "ön kapağın içinde 'Roonil Wazlib' adı yazılı?"

Harry'nin kalbi durdu sanki.

"Lakabım," dedi.

"Lakabın," diye tekrarladı Snape.

"Evet... arkadaşlarım bana böyle der," dedi Harry.

"Lakabın ne demek olduğunu anlıyorum," dedi Snape. Soğuk, kara gözleri, bir kere daha Harry'ninkileri deliyordu; Harry onlara bakmamaya çalıştı. *Zihnini kapat... zihnini kapat...* ama bunu doğru dürüst yapmayı asla öğrenememişti...

"Ne düşünüyorum, biliyor musun, Potter?" dedi Snape, çok alçak sesle. "Senin bir yalancı ve bir dalavereci olduğunu ve sömestr sonuna kadar her Cumartesi benimle cezaya kalmayı hak ettiğini düşünüyorum. Sen ne düşünüyorsun, Potter?"

"Ben – ben aynı fikirde değilim, efendim," dedi Harry, hâlâ Snape'in gözlerine bakmayı reddederek.

"Bakalım, cezalardan sonra bu konuda ne düşüneceksin, göreceğiz," dedi Snape. "Cumartesi sabahı saat on, Potter. Benim odam."

"Ama, efendim..." dedi Harry, gözlerini kaldırıp ona çaresizce bakarak. "Quidditch... son maç –"

"Saat onda," diye fısıldadı Snape, sarı dişlerini gösteren bir gülümsemeyle. "Zavallı Gryffindor... korkarım bu yıl dördüncü olacaklar..."

Ve başka tek kelime etmeden tuvaletten çıkarak Harry'yi çatlak aynaya bakar halde bıraktı; Harry'nin midesi felaket haldeydi, Ron'un midesinin bile hayatta bu kadar bulanmadığından emindi.

"Sana, 'söylemiştim' demeyeceğim," dedi Hermione, bir saat sonra ortak salonda.

"Kes şunu, Hermione," dedi Ron kızgın kızgın.

Harry akşam yemeğine adım atmamıştı; hiç iştahı yoktu. Ron, Hermione ve Ginny'ye neler olduğunu henüz anlatmıştı; gerçi buna pek gerek de yoktu ya. Haber çok hızlı yayılmıştı: belli ki Mızmız Myrtle, hikâyeyi anlatmak için şatodaki her tuvalette bitivermeyi kendine görev edinmişti. Malfoy şimdiden hastane kanadında, Harry'yi her tarafta kötülemek için hiç vakit kaybetmeyen Pansy Parkinson tarafından ziyaret edilmişti ve Snape de öğretmen kadrosuna neler olduğunu ayrıntısıyla anlatmıştı: Harry, Profesör McGonagall'ın huzurunda son derece tatsız bir on beş dakika geçirmek üzere, ortak salondan çağrılmıştı bile. Profesör, ona okuldan atılmadığı için şanslı olduğunu ve Snape'in sömestr sonuna kadar her Cumartesi ceza kararını bütün kalbiyle desteklediğini söylemişti.

"Sana o Prens'te yanlış bir şeyler olduğunu söylemiştim," dedi Hermione, kendine engel olamıyordu anlaşılan. "Ve haklıydım, değil mi?"

"Hayır, haklı olduğunu sanmıyorum," dedi Harry, inatçı inatçı.

Hermione ona nutuk çekmeden de Harry yeterince kötü bir dönem geçiriyordu zaten; Cumartesi günü oynayamayacağını söylediği zaman Gryffindor takımının yüzlerindeki ifade, ona en büyük ceza olmuştu. Şimdi de Ginny'nin gözlerinin üzerinde olduğunun farkındaydı, ama onunla göz göze gelmedi; orada hayal kırıklığı ya da öfke görmek istemiyordu. Ginny'ye az önce Cumartesi günü onun Arayıcı oynayacağını, Dean'in de onun yerine Kovalayıcı olarak takımda tekrar yerini alacağını söylemişti. Belki de kazanırlarsa, maç sonrasının coşkulu havasında Ginny ve Dean barışırlardı... bu düşünce Harry'nin içine soğuk bir bıçak gibi saplandı...

"Harry," dedi Hermione, "nasıl hâlâ o kitabın arkasında duruyorsun, o büyü –"

"Kitap kitap diye kafa ütülemeyi bırakır mısın sen?" diye onu payladı Harry. "Prens büyüyü yalnızca yazmış bir kenara öyle! Kimseye kullanmasını tavsiye etmiyor ki! Nereden biliyoruz, belki de ona karşı kullanılmış bir şeyi not almıştır!"

"Buna inanmıyorum," dedi Hermione. "Resmen savunuyorsun –"

"Yaptığımı savunmuyorum!" dedi Harry hemen. "Keşke yapmasaydım, hem sırf on iki ceza aldığım için de değil. Biliyorsun, böyle bir büyü kullanmazdım, Malfoy'a karşı bile, ama Prens'e kabahat bulamazsın, 'bunu dene, gerçekten iyi' yazmamıştı ki – sadece kendisi için notlar alıyordu, değil mi, başkası için değil..."

"Yani sen şimdi," dedi Hermione, "geri gidip o –"

"O kitabı alacak mıyım? Evet, aynen öyle," dedi Harry şiddetle. "Bak, Prens olmasa Felix Felicis'i kazanamazdım. Ron'u zehirlenmekten nasıl kurtaracağımı asla bilemezdim, asla –"

"– İksir'de çok parlak olduğun şeklinde hak etmediğin bir üne kavuşmazdın," dedi Hermione sert bir sesle.

"Biraz rahat bırak onu, Hermione!" dedi Ginny ve Harry öyle şaşırdı, öyle minnet duydu ki, başını kaldırıp ona baktı. "Anlaşıldığı kadarıyla Malfoy bir Affedilmez Lanet kullanmak üzereymiş. Öyleyse Harry'nin de elinde bir koz varmış diye memnun olman gerek!"

"Harry lanetlenmediği için elbette seviniyorum!" dedi Hermione, açıkça incinmiş halde, "ama *Sectumsempra* büyüsüne iyi diyemezsin Ginny, bak başına neler açtı! Hem ben sanırdım ki, bunun maçtaki şansınızı nasıl etkilediği düşünülürse –"

"Öf, sanki Quidditch'ten anlarmışsın gibi davranma," diye cevabı yapıştırdı Ginny, "kendini gülünç duruma düşürmüş olursun sadece."

Harry ve Ron bakakaldı: her zaman o kadar iyi anlaşan Hermione ve Ginny, şimdi kollarını kavuşturmuş, ters yönlere doğru alev saçan bakışlar atarak oturuyorlardı. Ron tedirgin tedirgin Harry'ye baktı, sonra rastgele bir kitap kapıp arkasına saklandı. Harry ise, bunu pek hak etmediğini bilse de, birden kendini inanılmayacak derecede keyifli hissetti; akşamın geri kalanında hiçbiri bir diğeriyle konuşmasa bile.

Ne var ki neşesi kısa ömürlü oldu. Ertesi gün, Kaptan'ları ceza alıp sezonun son maçında oynayamadığı için çok mutsuz olan bina arkadaşı Gryffindor'ların öfkeleri bir yana, Slytherin sataşmalarını da sineye çekmek zorunda kaldı. Ancak Hermione'ye ne demiş olursa olsun, Cumartesi sabahı geldiğinde Harry dünyadaki bütün Felix Felicis'leri memnuniyetle, Ron, Ginny ve diğerleriyle aşağı, Quidditch sahasına iniyor olmakla değiş-tokuş ederdi. Hepsi rozetler ve şapkalar takmış, flamalarıyla atkılarını sallayarak, akın akın güneş ışığına giden öğrencilere sırtını dönmek, taş basamaklardan zindana, kalabalığın uzaktan gelen seslerinin erişemediği kadar aşağı inmek, tek bir kelimelik maç anlatımı, alkış ya da inilti duyamayacağını bilmek, neredeyse dayanılmazdı.

"Aa, Potter," dedi Snape, Harry kapısını çalıp da onun, artık üst katlarda ders veriyor olsa da boşaltmadığı, tatsızca aşina odasına girince; içerisi her zamanki gibi loştu, ve duvarlara renkli iksirler içinde, yapışkan, ölü nesneler asılmıştı. Hayra alamet olmayan bir şekilde, belli ki Harry'nin oturması beklenen bir masaya örümcek ağlarıyla kaplı birçok kutu yığılmıştı; onu usandırıcı, zor ve anlamsız bir iş bekliyormuş gibi bir hava yayıyorlardı etrafa.

"Mr Filch bu eski dosyaları toparlayacak birini arıyordu," dedi Snape usulca. "Kuralları çiğneyen başka Hogwarts öğrencilerinin ve cezalarının kayıtları. Mürekkebin solduğu ya da kartların farelerden zarar gördüğü yerlerde, suçlarla cezaları temize çekmeni istiyoruz; alfabetik sırada olmalarına dikkat et ve onları yeniden kutulara koy. Sihir kullanmayacaksın."

"Peki, Profesör," dedi Harry, son üç heceye elinden geldiğince küçümseme yükleyerek.

Snape, dudaklarında hain bir gülümsemeyle, "Düşündüm de," dedi, "bin on iki numaralı kutudan bin elli altıya kadar olanlarla başlayabilirsin. Orada bazı aşina isimler bulacaksın ki, bunlar da işini daha ilginç hale getirse gerek. İşte, bak..."

En üstteki kutuların birinden, gösterişli bir hareketle bir kart çekti ve okudu: "*James Potter ve Sirius Black. Bertram Aubrey'e yasadışı bir uğursuzluk büyüsü yaparken yakalandılar. Aubrey'in başı, normalin iki katı. Çifte ceza.*" Snape alayla güldü. "Kendileri gittiği halde büyük başarılarının bir kaydının kalmış olması ciddi bir teselli olmalı..."

Harry midesinin dibinde o bildik kaynamayı hissetti. Misillemede bulunmamak için dilini ısırarak, kutuların önüne oturdu ve bir tanesini kendine doğru çekti.

Harry'nin beklediği gibi gereksiz, sıkıcı bir çalışmaydı; arada bir babasının ya da Sirius'un adlarına rastlıyor ve yüreği hopluyordu (Snape'in bunu planladığı belliydi); babasının ve Sirius'un adları çoğu kez çeşitli küçük kabahatlerde birlikte, zaman zaman da Remus Lupin ve Peter Pettigrew'un refakatinde çıkıyordu karşısına. Ve onların çeşitli suçlarıyla cezalarını kopyalarken, dışarıda, az önce başlayan maçta neler olup bittiğini de merak ediyordu... Cho'nun karşısında Arayıcı'yı oynayan Ginny...

Harry duvarda tik tak eden büyük saate baktı durdu. Normal bir saatin yarısı kadar hızla hareket ediyordu sanki; Snape onu normalden daha ağır işlesin diye büyülemişti sanki. Buraya geleli topu topu yarım saati geçmiş olamazdı... bir saat... bir buçuk saat...

Saat yarımı gösterdiğinde Harry'nin karnı guruldamaya başlamıştı. Harry'ye görevini söyledikten sonra hiç konuşmamış olan Snape, sonunda biri on geçe başını kaldırdı.

"Bence bu kadarı yeter," dedi soğuk soğuk. "Kaldığın yeri işaretle. Önümüzdeki Cumartesi saat onda devam edeceksin."

"Evet, efendim."

Harry bükülmüş bir kartı kutuya rastgele koydu ve Snape fikrini değiştirmeden aceleyle odadan çıkarak taş basamaklardan yukarı koştu; belki sahadan bir ses duyabilirim diye kulak kesilmişti, ama her taraf sessizdi... bitmişti, demek ki...

Harry kalabalık Büyük Salon'un dışına varınca durakladı, sonra mermer merdivenden yukarı koştu; Gryffindor kazanmış da, kaybetmiş de olsa, takım genellikle kendi ortak salonunda bunu kutlar ya da kederini paylaşırdı.

"Quid agis?" dedi Şişman Hanım'a deneme mahiyetinde, içeride ne bulacağını merak ediyordu.

Şişman Hanım, yüzünde anlaşılmaz bir ifadeyle cevapladı: "Görürsün."

Ve ileri doğru savruldu.

Arkasındaki delikten bir zafer kükremesi yükseldi. İnsanlar onu görüp de çığlık atmaya başlayınca Harry bakakaldı; birkaç el onu odanın içine çekti.

"Kazandık!" diye haykırdı Ron, zıplayarak ötede belirmiş, gümüş Kupa'yı Harry'ye sallıyordu. "Kazandık! Dört yüz elliye, yüz kırk! Kazandık!"

Harry etrafına baktı; Ginny ona doğru koşuyordu; kollarını boynuna dolarken yüzünde anlaşılmaz, alev alev bir ifade vardı. Ve düşünmeden, planlamadan, elli kişinin onları izlediğinden kaygılanmadan, Harry onu öptü.

Birkaç uzun saniye – ya da belki yarım saat – hatta belki de birkaç güneşli gün – sonra ayrıldılar. Oda çok sessizleşmişti. Derken birkaç kişi takılırcasına ıslık çaldı ve salonu tedirgin kıkırdamalar kapladı. Harry, Ginny'nin başının üstünden bakınca, Dean Thomas'ın elinde parçalanmış bir bardak tuttuğunu, Romilda Vane'in ise sanki bir şey fırlatacakmış gibi göründüğünü fark etti. Hermione gülümsüyordu, ama Harry'nin gözleri Ron'u aradı. Sonunda onu buldu, hâlâ Kupa'ya sarılmıştı ve başına bir sopa indirilmiş birine yakışır bir ifadesi vardı. Bir saniyeden az süreyle birbirlerine baktılar, sonra Ron başını hafifçe salladı, Harry de bunu, "Eh – madem öyle yapman gerekiyor," diye anladı.

Göğsündeki yaratık zaferle kükrerken, Harry başını eğip Ginny'ye sırıttı ve hiçbir şey söylemeden portre deliğinin dışarısını işaret etti. Okul arazisinde uzun bir yürüyüş ima ediliyor gibiydi, bu yürüyüş sırasında –vakitleri olursa eğer– maçı tartışabilirlerdi.

YİRMİ BEŞİNCİ BÖLÜM

Kehanetin Kulak Misafiri

Harry Potter'ın Ginny Weasley ile çıkıyor olması, pek çok kişiyi ilgilendirmişe benziyordu, bunların büyük bölümünü de kızlar oluşturuyordu. Ama Harry daha sonraki birkaç hafta boyunca öylesine mutluydu ki dedikoduya metelik vermiyordu. Sonuç olarak, şimdi dehşet verici Karanlık büyü olaylarında yer aldığı için değil de, onu nicedir hatırlayabildiğinden çok daha mutlu kılmış bir şeyden dolayı kendisinden söz ediliyor olması, çok hoş bir değişiklikti.

"İnsanların dedikodu yapacak daha iyi şeyleri vardır sanırsın," dedi Ginny, ortak salonda yerde oturmuş, Harry'nin bacaklarına yaslanmış, *Gelecek Postası*'nı okurken. "Bir haftada üç Ruh Emici saldırısı oldu ama Romilda Vane kalkmış bana, senin göğsünde bir Hipogrif dövmesi olduğu doğru muymuş, onu soruyor."

Ron da, Hermione de kahkahayı bastı. Harry onları duymazdan geldi.

"Ne dedin ona?"

"Hipogrif değil Macar Boynuzkuyruk dedim," diye yanıtladı Ginny, gazetenin bir sayfasını tembelce çevirerek. "Çok daha maço."

"Teşekkürler," dedi Harry, sırıtarak. "Peki ona Ron'da ne olduğunu söyledin?"

"Pigme Pofidik, ama neresinde olduğunu söylemedim."

Hermione gülerek yerlerde yuvarlanırken, Ron suratını astı.

"Dikkatli olun ha," dedi Ron, parmağını uyarırcasına Harry ve Ginny'ye doğru uzatarak. "İzin vermiş olmam, geri alamam anlamına gelmez –"

"'*İzin*' mi?" diye dalga geçti Ginny. "Sen ne zamandan beri bana bir şey yapmak için izin veriyorsun? Hem zaten kendin söyledin, Michael ya da Dean olacağına Harry olsun daha iyi dedin."

"Evet, öyle," dedi Ron istemeye istemeye. "Ve herkesin içinde birbirinizi öpüp koklamaya başlamadığınız sürece –"

"Seni pis ikiyüzlü! Ya seninle Lavender'ın, bir çift yılanbalığı gibi ortalıkta birbirinize dolanmanıza ne demeli?" diye sordu Ginny.

Ancak Mayıs bitip Haziran'a girilirken, Ron'un hoşgörüsünün sınırları daha fazla zorlanmadı, çünkü Harry ile Ginny'nin birlikte geçirdiği süre gittikçe azalmaya başlamıştı. Ginny'nin S.B.D.'leri yaklaşıyordu, onun için de saatlerce, gecenin geç vaktine kadar ders çalışmak zorundaydı. İşte bu akşamlardan birinde, Ginny kütüphaneye çekilmiş; Harry de ortak salonun penceresinin yanında oturmuş, sözde Bitkibilim ödevini bitiriyor, ama aslında öğleyin Ginny ile gölde geçirdikleri çok mutlu bir saati yeniden yaşıyordu ki, Hermione yüzünde hiç de hoş olmayan kararlı bir bakışla, Ron'la aralarındaki koltuğa çöktü.

"Seninle konuşmak istiyorum, Harry."

"Ne hakkında?" diye sordu Harry, kuşkucu bir tavırla. Daha bir gün önce Hermione onu, sınavları için sıkı çalışıyor olması gereken Ginny'nin aklını çeliyor diye azarlamıştı.

"Şu sözde Melez Prens hakkında."

"Of, olamaz," diye inledi Harry. "Lütfen bırakır mısın artık şunu?"

Kitabını almak için İhtiyaç Odası'na dönmeye cesaret edememişti, İksir'deki performansı ise bundan olumsuz biçimde etkileniyordu (gerçi Ginny'yi onaylayan Slughorn işi şakaya vurarak bu durumu Harry'nin âşık olmasına bağlıyordu). Ama Harry, Snape'in, Prens'in kitabını ele geçirme konusunda umudunu kesmediğinden emindi ve Snape gözlemeyi sürdürürken de, kitabı olduğu yerde bırakmaya kararlıydı.

"Bırakmam," dedi Hermione, kararlı bir şekilde, "ta ki sen beni sonuna kadar dinleyene dek. Şimdi, ben bir süredir kimin Karanlık büyüler icat etmek gibi bir hobisi olabileceğini bulmaya çalışıyorum –"

"Oğlanın öyle bir hobisi falan yokmuş ki –"

"Oğlan aşağı, oğlan yukarı – kim söylüyor erkek olduğunu onun?"

"Bunu daha önce konuştuk," dedi Harry kızgınlıkla. "*Prens*, Hermione, *Prens*!"

"Tamam!" dedi Hermione, cebinden çok eski bir kupür çıkarıp masaya çarparak, Harry'nin önüne koyarken yanakları al al oldu. "Şuna bak! Resme bak!"

Harry parçalanmak üzere olan kâğıt parçasını aldı ve eskilikten sararmış, hareketli fotoğrafa baktı; Ron da görmek için eğildi. Resimde on beş yaşlarında sıska bir kız vardı. Güzel değildi; aynı anda hem kızgın, hem de somurtkan görünüyordu, kalın kaşları ve uzun, solgun bir yüzü vardı. Fotoğrafın altındaki yazıda şöyle diyordu: *Eileen Prens, Hogwarts Tüküren Bilye Takımı Kaptanı.*

"Ee?" dedi Harry, resmin ait olduğu kısa haberi tarayarak; okul içi yarışlardan söz eden hayli sıkıcı bir hikâyeydi bu.

"Adı Eileen Prens'miş. *Prens*, Harry."

Birbirlerine baktılar ve Harry Hermione'nin ne demeye çalıştığını fark etti. Kahkahayı koyuverdi.

"İmkânı yok."

"Ne?"

"Yani sen *onun* mu Melez?... Hadi ama."

"İyi de, niye olmasın? Harry, büyücülük dünyasında gerçek prens yoktur! Ya lakaptır, birinin kendine verdiği uyduruk bir unvandır, ya da kendi adları olabilir, değil mi? Hayır, dinle! Diyelim ki, babasının soyadı 'Prens' olan bir cadı var, annesi de bir Muggle, o zaman 'melez Prens' olur!"

"Yaa, çok yaratıcı, Hermione..."

"Ama olabilir! Belki de yarı yarıya bile olsa, Prens olmaktan memnundu!"

"Dinle, Hermione, onun kız olmadığını biliyorum. Biliyorum işte."

"Gerçek şu ki, bir kızın yeterince zeki olamayacağını düşünüyorsun,"dedi Hermione öfkeyle.

"Beş yıl seninle takılıp da kızların zeki olmadığını nasıl düşünürüm?" dedi, gücenen Harry. "Yazma şeklinden. Biliyorum işte, Prens bir erkek çocuk, anlıyorum. Bu kızın bu işle bir ilgisi yok. Hem sen bunu nereden buldun?"

"Kütüphaneden," dedi Hermione, tahmin edileceği gibi. "Orada eski *Gelecek*'lerden oluşan eksiksiz bir koleksiyon var. Eh, yapabilirsem eğer, Eileen Prens hakkında bir şeyler daha bulacağım."

"Keyfini çıkar," dedi Harry sinirli sinirli.

"Çıkarırım," dedi Hermione. "Ve bakacağım ilk yer de," diye cevabı bastırdı portre deliğine ulaştığında, "eski İksir ödülleri kayıtları!"

Harry bir an onun arkasından somurtarak baktı, sonra da yine kararan gökyüzünü seyretmeye döndü.

"İksir'de ondan daha başarılı olmanı hiç hazmedemedi," dedi Ron, *Bin Bir Büyülü Ot ve Mantar* kitabına dönerek.

"Sen o kitabı geri almak istiyorum diye deli olduğumu düşünmüyorsun, değil mi?"

"Elbette hayır," dedi Ron, tereddütsüz bir şekilde. "Tam bir dâhiydi, şu Prens. Üstelik... onun bezir tüyosu olmasa..." parmağıyla kendi boğazını kesiyormuş gibi bir hareket yaptı, "burada olup da seninle bunları konuşamazdım, değil mi? Yani, Malfoy'a yaptığın büyü harikaydı demiyorum ama –"

"Ben de," dedi Harry hemen.

"Gene de iyileşti, değil mi? Göz açıp kapayana kadar ayağa kalktı."

"Evet," dedi Harry; bu tamamen doğruydu, ama vicdanı gene de birazcık sızlıyordu. "Snape sayesinde..."

"Bu Cumartesi gene Snape'le cezaya kalıyor musun?" diye devam etti Ron.

"Evet, ve ondan sonraki Cumartesi de, ondan sonraki Cumartesi de," diye içini çekti Harry. "Şimdi de kalkmış, eğer bütün kutuları sömestr sonuna kadar tamamlamazsam, gelecek yıl devam edeceğimizi ima ediyor."

Bu cezaları ciddi şekilde bezginlik verici bulmaya başlıyordu, çünkü Ginny ile geçirebileceği zaten kısıtlı olan zamanından çalıyorlardı. Hatta son zamanlarda sık sık Snape'in bu durumdan haberdar olup olmadığını düşünüyordu; çünkü Snape onu her seferinde biraz daha geç saate kadar tutuyor ve Harry'nin güzel havadan ve ona eşlik eden çeşitli fırsatlardan mahrum olduğu konusunda laf dokunduruyordu.

Harry bu acı düşüncelerinden, elinde bir parşömen rulosu tutan Jimmy Peakes'in yanında belirmesiyle silkindi.

"Teşekkürler, Jimmy... hey, Dumbledore'dan!" dedi heyecanla, parşömeni açıp içine göz attı. "Odasına gitmemi istiyor, son hızla!"

Birbirlerine baktılar.

"Vay canına," diye fısıldadı Ron. "Ne diyorsun... herhalde bulmamıştır?..."

"En iyisi gidip anlamak, öyle değil mi?" dedi Harry, ayağa fırlayarak.

Aceleyle ortak salondan çıktı, yedinci katı hızla geçerken karşısına, aksi yönde süzülmekte olan Peeves'den başka kimse çıkmadı; ona her zamanki gibi tebeşir fırlatan Peeves, Harry'nin savunma büyüsünden sıyrılırken gevrek kahkahalar attı. Peeves gözden kaybolunca, koridorlara sessizlik çöktü; dışarı çıkma yasağına sadece on beş dakika kaldığı için, çoğu kişi çoktan ortak salonlarına dönmüştü.

Ve sonra Harry bir çığlık ve bir çarpma sesi duydu. Olduğu yerde durup dinledi.

"Sen – ne – *cüretle* – aaaah!"

Gürültü, yakındaki bir koridordan geliyordu; Harry, asası hazır, oraya doğru koştu, hızla bir başka köşeyi döndü ve Profesör Trelawney'yi yere yayılmış, başı şallarından birine dolanmış, yanında biri kırık çok sayıda yemek şarabı şişesiyle yatarken buldu.

"Profesör –"

Harry ileri atıldı ve Profesör Trelawney'nin ayağa kalkmasına yardım etti. Işıldayan boncuklarından bir kısmı gözlüğüne dolaşmıştı. Yüksek sesle hıçkırdı, saçını düzeltti ve Harry'nin ona destek olan koluna tutunup ayağa kalktı.

"Ne oldu, Profesör?"

"Ben de kendime bunu soruyorum!" dedi Profesör, tiz bir sesle. "Yürüyordum, gözüme çarpmış bazı Karanlık alametler üzerinde derin derin düşünüyordum ki..."

Ama Harry onu pek dinliyor sayılmazdı. Nerede bulunduklarını az önce fark etmişti: sağ taraflarında dans eden ifritlerin olduğu goblen vardı ve solda da, o dümdüz, geçilmez taş duvar, ve taş duvarın gizlediği şey de –

"Profesör, İhtiyaç Odası'na mı girmeye çalışıyordunuz?"

"...bana lütfedilen kehanetler – ne dedin?"

Birden tedirginleşmiş gibiydi.

"İhtiyaç Odası," diye tekrarladı Harry. "Oraya girmeye mi çalışıyordunuz?"

"Ben – şey – öğrencilerin bu konuda bilgisi olduğunu bilmiyordum –"

"Hepsinin yok," dedi Harry. "Peki ama ne oldu? Çığlık attınız... sanki canınız yanmış gibiydi..."

"Ben – şey," dedi Profesör Trelawney, şallarına kendini savunurcasına bürünüp muazzam ölçüde büyütülmüş gözleriyle ona bakarak. "Benim niyetim – ee – bazı – şey – bazı kişisel eşyaları, Oda'ya bırakmaktı..." Sonra da "çirkin suçlamalar" gibisinden bir şeyler mırıldandı.

"Tamam," dedi Harry, yerdeki yemek şarabı şişelerine bakarak. "Ama içeri girip onları saklayamadınız, öyle mi?"

Bu ona çok tuhaf gelmişti; sonuçta, Melez Prens'in kitabını saklamak istediği zaman oda onun için açılmıştı.

"Ah, içeri girmekte bir sorun yaşamadım canım," dedi Profesör Trelawney, gözlerinden ateşler saçarak duvara baktı. "Fakat orada zaten biri vardı."

"İçeride biri mi –? Kim?" diye buyurur gibi sordu Harry. "Kim vardı içeride?"

"Hiçbir fikrim yok," dedi Profesör Trelawney, Harry'nin sesindeki ısrar onu biraz afallatmış görünüyordu. "Oda'ya girdiğimde bir ses duydum, ki şunu bunu sakladığım –şey yani Oda'yı kullandığım demek istiyorum– onca yıldır hiç böyle bir şey gelmemişti başıma."

"Bir ses mi? Ne diyordu?"

"Bir şey diyor muydu, bilmiyorum," dedi Profesör Trelawney. "O... haykırıyordu."

"Haykırıyor muydu?"

"Neşeli bir şekilde," dedi, başını evet anlamında sallayarak.

Harry ona baktı.

"Erkek miydi, kadın mı?"

"Tahminim, erkek olduğu yönünde," dedi Profesör Trelawney.

"Ve mutlu gibiydi, öyle mi?"

"Çok mutlu," dedi Profesör Trelawney, burnunu çekerek.

"Sanki bir bir şeye seviniyormuş gibi mi?"

"Kesinlikle."

"Ve sonra –?"

"Ve sonra ben, 'Kim var orada?' diye seslendim."

"Seslenmeden kim olduğunu anlayamaz mıydınız?" diye sordu Harry, biraz biraz hayal kırıklığı içinde.

"İç Göz o sırada," dedi Profesör Trelawney vakur bir edayla, şallarını ve ışıldayan birçok boncuk dizisini düzelterek, "çığlık atan seslerin bulunduğu dünyevi âlemin tamamen dışında konulara sabitlenmişti."

"Tamam," dedi Harry telaşla; Profesör Trelawney'nin İç Gözü'nü daha önce yeterince dinlemişti zaten. "Peki ses kim olduğunu söyledi mi?"

"Hayır, söylemedi," dedi. "Birden ortalık zifiri karanlık oldu ve bir de baktım, tepe üstü, Oda'dan dışarı fırlatılıyorum!"

"Önceden göremediniz mi bu hareketi?" dedi Harry, kendini tutamayarak.

"Hayır, göremedim, dedim ya zifiri –" Sustu ve ona kuşkuyla dik dik baktı.

"Bence Profesör Dumbledore'a anlatsanız iyi olur," dedi Harry. "Malfoy'un bir şeylere sevindiğini bilmesi lazım – yani, birinin sizi Oda'dan dışarı attığını demek istiyorum."

Profesör Trelawney bu öneri üzerine, onu şaşırtarak, kibirle doğruldu.

"Müdür, kendisini ziyaret sayımı azaltmamın iyi olacağını ima etti," dedi soğuk soğuk. "Ben de dostluğuma değer vermeyenleri buna zorlayacak biri değilim. Eğer Dumbledore kartların uyarılarına aldırmamayı seçiyorsa –"

Kemikli eli birden Harry'nin bileğini sıkıca kavradı.

"Defalarca, üst üste, ne şekilde açarsam açayım –"

Ve dramatik bir şekilde şallarının altından bir kart çıkardı.

"– yıldırım çarpmış kule," diye fısıldadı. "Afet. Felaket. Gitgide yaklaşıyor..."

"Tamam," dedi Harry gene. "Eh... Hâlâ da Dumbledore'a şu sesi, her şeyin kararmasını ve odadan atılmanızı anlatmanız gerekir diye düşünüyorum..."

"Öyle mi dersin?" Profesör Trelawney bir an bu konuyu düşünür gibi göründü, ama Harry onun, küçük macerasını yeniden anlatma fikrinden hoşlandığını anlamıştı.

"Ben şimdi onu görmeye gidiyorum," dedi Harry. "Kendisiyle bir toplantım var. Beraber gidebiliriz."

"Eh, iyi, öyleyse," dedi Profesör Trelawney, gülümseyerek. Eğildi, yemek şarabı şişelerini toplayıp yakındaki bir oyukta duran büyük, mavi-beyaz vazoya öylece atıverdi.

Birlikte yola koyulurlarken, "Sınıfımda senin eksikliğini hissediyorum, Harry," dedi, duygusal bir edayla. "Görücü olarak özel bir yanın yoktu pek, ama harika bir Konu'ydun..."

Harry cevap vermedi; Profesör Trelawney'nin sonu gelmez feci akıbet kehanetlerinin Konu'su olmaktan nefret etmişti.

"Korkarım," diye devam etti Profesör, "beygir –özür dilerim, at-adam– kâğıt falı hakkında hiçbir şey bilmiyor. Kendisine de sordum –iki Görücü arasında– o da gelen felaketin uzak titreşimlerini hissetti mi diye. Fakat o beni adeta komik buldu. Evet, komik!"

Sesi hayli isterik bir şekilde yükseldi ve Harry, her ne kadar şişeler geride kalmış olsa da, kuvvetli bir yemek şarabı kokusu aldı.

"Belki de at, insanların büyük-büyük-büyükannemin yeteneğinin bana miras kalmadığını söylediklerini duymuştur. Kıskançların çıkardığı bu söylentiler yıllardır ortalarda dolaşır. Böyle insanlara ne derim, bilir misin, Harry? Ben kendimi ona kanıtlamamış olsam Dumbledore bana bu büyük okulda ders verme fırsatı sağlar mıydı, bunca yıldır bana böyle güvenir miydi?"

Harry anlaşılmaz bir şeyler mırıldandı.

"Dumbledore'la ilk görüşmemi dün gibi hatırlarım," dedi Profesör Trelawney, boğuk bir sesle. "Çok etkilenmişti, tabii, çok etkilenmişti... Domuz Kafası'nda kalıyordum ki, hemen söyleyeyim, hiç tavsiye etmem –tahtakuruları, sevgili oğlum– ama ne yaparsın bütçe kısıtlıydı. Dumbledore beni handaki odamda ziyaret etme nezaketini gösterdi. Beni sorguya çekti... İtiraf edeyim ki, başlangıçta, onun Kehanet'e karşı olumsuz bir tavrı olduğunu düşündüm... ve hatırlıyorum, kendimi biraz tuhaf hissetmeye başlamıştım, o gün pek bir şey yememiştim... ama sonra..."

Harry, onun söylediklerini ilk kez can kulağıyla dinlemeye

başladı, çünkü bahsettiği gün, neler olduğunu biliyordu: Profesör Trelawney, Harry'nin bütün hayatını değiştiren kehaneti; o ve Voldemort hakkındaki kehaneti dile getirmişti.

"... ama sonra konuşmamız Severus Snape tarafından saygısızca kesildi!"

"Ne?"

"Evet, kapının dışında bir arbede oldu, kapı savrularak açıldı, o kaba barmen oradaydı, yanında da yanlış merdivenden çıktığını söyleyip duran Snape vardı; oysa ben onun daha çok Dumbledore ile görüşmemi gizlice dinlerken yakalandığını düşünmüştüm – anlarsın ya, o sıralar kendi de iş arıyordu ve bir iki tüyo almak istedi herhalde! Neyse, ondan sonra Dumbledore bana iş vermeye daha bir hevesli göründü. Ben de ister istemez bunun nedeninin benim alçakgönüllü tavırlarım ve sakin yeteneğim ile, anahtar deliklerini dinlemeye hevesli, o pişkin ve meraklı genç adam arasındaki tezatı takdir etmesi olduğunu düşündüm – Harry, canım?"

Omzundan geriye doğru baktı, Harry'nin artık yanında olmadığını henüz fark etmişti; Harry yürürken durmuştu ve aralarında on adım mesafe vardı.

"Harry?" dedi, tereddütle.

Belki de Harry'nin yüzü bembeyaz kesilmişti de Profesör Trelawney'nin bakışları ondan dolayı böylesine kaygılı ve korku doluydu. Şok dalgaları birbiri ardına üzerine çullanıp onca zamandır kendisinden saklanmış olan bilgi dışında her şeyi silerken, hiç kıpırdamadan duruyordu.

Kehaneti duyan Snape'ti. Kehanet haberini Voldemort'a veren Snape'ti. Snape ve Peter Pettigrew, Voldemort'u, Lily ve James ile oğullarının peşine birlikte göndermişlerdi...

Şu anda Harry için başka hiçbir şeyin önemi yoktu.

"Harry?" dedi Profesör Trelawney yeniden. "Harry – Müdür'ü görmeye birlikte gidiyoruz sanmıştım, öyle değil mi?"

"Siz burada kalın," dedi Harry, uyuşmuş dudaklar arasından.

"Ama, canım... Ona nasıl saldırıya uğradığımı anlatacaktım, İhtiyaç –"

"Burada kalın!" diye tekrarladı Harry, hiddetle.

Ürkmüş görünen Profesör Trelawney'nin yanından koşarak geçti, köşeyi döndü ve taştan heykelin tek başına nöbet tuttuğu Dumbledore'un koridoruna saptı. Harry parolayı taş heykele bağırarak söyledi ve hareketli sarmal merdivenin basamaklarını üçer üçer çıktı. Dumbledore'un kapısına vurmadı, düpedüz yumrukladı; sakin bir ses "Girin" diye cevap verdiğinde Harry kendini odadan içeri atmıştı bile.

Anka Fawkes dönüp baktı, parlak kara gözleri, pencerenin ardındaki günbatımının altın rengi yansımasıyla ışıl ışıldı. Dumbledore pencerede durmuş okul arazisine bakıyordu, kollarında uzun, siyah bir seyahat cüppesi vardı.

"Evet, Harry, sana benimle gelebilirsin diye söz vermiştim."

Harry bir an için anlamadı; Trelawney ile konuşması, başka her şeyi kafasından silmişti ve beyni çok yavaş çalışıyor gibiydi.

"Gelmek mi... sizinle mi?..."

"Tabii, eğer sen istersen."

"Eğer ben..."

Ve Harry o anda neden ilk başta Dumbledore'un odasına gelmek için hevesli olduğunu hatırladı.

"Buldunuz mu? Bir Hortkuluk mu buldunuz?"

"Bulduğuma inanıyorum."

Şiddetli öfke ve küskünlük, şaşkınlık ve heyecanla çarpıştı: Harry birkaç saniye konuşamadı.

"Korkmak doğaldır," dedi Dumbledore.

"Korkmuyorum!" dedi Harry hemen ve bu tamamen doğruydu: korku, o an hiç hissetmediği bir duyguydu. "Hangi Hortkuluk? Nerede?"

"Hangisi olduğundan emin değilim –gerçi bana kalırsa yılanı liste dışı bırakabiliriz– ama kıyıda, buradan kilometrelerce ötedeki bir mağarada saklı olduğuna inanıyorum, uzun zamandır yerini saptamaya çalıştığım bir mağara; Tom Riddle'in vaktiyle yıllık gezilerinde yetimhanesinden iki çocuğa dehşet saçtığı mağara; hatırlıyor musun?"

"Evet," dedi Harry. "Nasıl korunuyor?"

"Bilmiyorum; tamamen yanlış çıkabilecek olan bazı şüphelerim var." Dumbledore tereddüt etti, sonra, "Harry," dedi, "sana benimle gelebilirsin diye söz vermiştim ve bu sözümden caymıyorum, ama seni bunun son derece tehlikeli olduğu konusunda uyarmamam, hata olur."

"Geliyorum," dedi Harry, daha Dumbledore konuşmasını bitirmeden. Snape'e karşı öfkeyle kaynadığı için, umutsuz ve riskli bir şey yapma arzusu son birkaç dakikada on katı artmıştı. Bu Harry'nin yüzünden de okunmuş olmalıydı, çünkü Dumbledore pencereden uzaklaştı ve gümüş rengi kaşlarının ortasında hafif bir kırışmayla Harry'ye daha yakından baktı.

"Senin neyin var?"

"Hiçbir şeyim," diye yalan söyledi Harry hemen.

"Canını sıkan nedir?"

"Canım sıkılmadı."

"Harry, sen asla iyi bir Zihinbendar olamadın –"

Bu kelime, Harry'nin gazabını ateşleyen kıvılcım oldu.

"Snape!" dedi, çok yüksek sesle, ve Fawkes arkalarında usulca, acı acı öttü. "Olan bu, Snape! Voldemort'a kehaneti anlattı, *oydu*, kapının dışından dinleyen *oydu*, Trelawney söyledi bana!"

Dumbledore'un ifadesi değişmedi ama, Harry onun yüzünün, batan güneşten vuran kan renginin altında beyazladığını düşündü. Dumbledore, uzun süre bir şey söylemedi.

Nihayet, "Bunu ne zaman öğrendin?" diye sordu.

"Az önce!" dedi Harry, muazzam bir güçlükle haykırmasına engel oluyordu. Ve sonra, birden, kendini tutamadı. "VE SİZ ONUN BURADA DERS VERMESİNE İZİN VERDİNİZ, O İSE

VOLDEMORT'A ANNEMLE BABAMIN PEŞİNE DÜŞMESİNİ SÖYLEDİ!"

Dövüşürmüşçesine hızlı hızlı soluyan Harry, hâlâ tek bir kasını oynatmamış olan Dumbledore'a sırtını döndü; parmaklarının eklemlerini ovuşturarak ve her şeyi altüst etmemek için kendini var gücüyle tutarak, odada bir aşağı bir yukarı yürüdü. Bir yandan Dumbledore'a bağırıp çağırmak bir yandan da onunla gidip Hortkuluk'u yok etmeye çalışmak istiyordu; ona, Snape'e güvendiği için budala bir ihtiyar olduğunu söylemek istiyordu, ama öfkesine hâkim olmazsa Dumbledore'un onu yanında götürmeyeceğinden de çok korkuyordu...

"Harry," dedi Dumbledore usulca. "Lütfen beni dinle."

Haykırmasına engel olmak ne kadar zorsa, bir aşağı bir yukarı yürümesini durdurmak da o kadar zordu. Harry, dudaklarını ısırarak durakladı, ve Dumbledore'un çizgi çizgi yüzüne baktı.

"Profesör Snape müthiş bir –"

"Bana hataydı demeyin, efendim, kapıda dinliyordu!"

"Lütfen bırak da bitireyim." Dumbledore, Harry başını ters ters evet anlamında sallayana kadar bekledi, sonra devam etti. "Profesör Snape müthiş bir hata işledi. Profesör Trelawney'nin kehanetinin ilk bölümünü dinlediği o gece, hâlâ Lord Voldemort'un hizmetindeydi. Doğal olarak, koşup duyduklarını efendisine anlattı, çünkü efendisini çok yakından ilgilendiriyordu bunlar. Ama o sırada, Voldemort'un hangi çocuğun peşine düşeceğini bilmiyordu –bilmesi de mümkün değildi– ya da cinai arayışında yok edeceği anneyle babanın kendisinin tanıdığı insanlar olacağını, senin annenle baban olacağını bilmiyordu –"

Harry neşesiz bir kahkaha attı.

"Sirius'tan nefret ettiği gibi babamdan da nefret ediyordu! Snape'in nefret ettiği insanlar nasıl da ölüyorlar genellikle, fark etmediniz mi, Profesör?"

"Lord Voldemort'un kehaneti ne şekilde yorumladığını fark edince Profesör Snape'in duyduğu pişmanlık hakkında hiçbir fikrin yok, Harry. Ben inanıyorum ki, bu onun hayatının en büyük pişmanlığıydı ve geri dönüşünün nedeni de –"

"Ama *o* çok iyi bir Zihinbendar, değil mi, efendim?" dedi Harry, sakin kalabilmek için harcadığı çaba yüzünden sesi titriyordu. "Ve Voldemort Snape'in, onun tarafında olduğundan emin değil mi, şu an bile? Profesör... Snape'in bizim tarafımızda olduğundan nasıl *emin* olabilirsiniz?

Dumbledore bir an konuşmadı; sanki bir konuda karara varmak istiyormuş gibi görünüyordu. Sonunda, "Eminim," dedi. "Severus Snape'e tam anlamıyla güveniyorum."

Harry, sakinleşmek için birkaç dakika derin derin nefes aldı. Faydası olmadı.

"Eh, ben inanmıyorum!" dedi, eskisi kadar yüksek bir sesle. "Şu anda bile Draco Malfoy'la bir şeyler çeviriyor, burnunuzun dibinde ve siz hâlâ –"

"Bunu konuştuk, Harry," dedi Dumbledore; şimdi sesi gene sert çıkıyordu. "Sana görüşlerimi söyledim."

"Bu gece okuldan ayrılıyorsunuz ve bahse girerim ki aklınıza bile getirmediniz Snape ile Malfoy'un karar verebileceğini –"

"Neye?" diye sordu Dumbledore, kaşları havada. "Tam olarak ne yaptıklarından şüpheleniyorsun?"

"Ben... bir işler çeviriyorlar!" dedi Harry ve bunu söylerken elleri kıvrılıp yumruk halini aldı. "Profesör Trelawney az önce İhtiyaç Odası'ndaymış ve yemek şarabı şişelerini saklamaya çalışıyormuş ki, Malfoy'un mutlulukla haykırdığını, bir şeylere sevindiğini duymuş! Orada tehlikeli bir şeyi tamir etmeye çalışıyordu ve bana sorarsanız sonunda tamir etti, oysa siz okuldan çıkmak üzeresiniz, hiçbir–"

"Yeter," dedi Dumbledore. Bunu hayli sakin şekilde söyledi, buna rağmen Harry anında sustu; sonunda görünmez bir sınırı aştığını biliyordu. "Bu yıl burada olmadığım zamanlarda okulu bir kez bile korumasız bıraktığımı düşünüyor musun? Bırakmadım. Bu gece, ben ayrıldığımda, burada gene fazladan koruma olacak. Lütfen öğrencilerimin güvenliğini ciddiye almadığımı ima etme, Harry."

"Etmedim –" diye ağzının içinde geveledi Harry, biraz mahcup, ama Dumbledore onun sözünü kesti.

"Bu konuyu artık tartışmak istemiyorum."

Çok ileri gittiğinden, Dumbledore'a refakat etme şansını mahvettiğinden korkan Harry, dilinin ucuna kadar gelen cevabı tuttu, ama Dumbledore devam etti: "Bu gece benimle gelmek istiyor musun?"

"Evet," dedi Harry hemen.

"Çok iyi, öyleyse: dinle."

Dumbledore dimdik doğruldu.

"Seni yanımda tek bir şartla götürüyorum: sana verebileceğim her emre hemen, soru sormadan itaat edeceksin."

"Tabii."

"Beni iyice anladın, değil mi, Harry? 'Koş', 'saklan' ya da 'geri dön' gibi emirlere uymanı da kastediyorum. Bana söz verir misin?"

"Ben – evet, tabii."

"Saklan dersem, saklanacak mısın?"

"Evet."

"Kaç dersem, itaat edecek misin?"

"Evet."

"Sana beni bırakmanı, kendini kurtarmanı söylersem, dediğimi yapacak mısın?"

"Ben –"

"Harry?"

Bir an birbirlerine baktılar.

"Evet, efendim."

"Çok iyi. Öyleyse gidip Pelerin'ini almanı ve beş dakika sonra benimle Giriş Salonu'nda buluşmanı istiyorum."

Dumbledore alev alev parlayan pencereden dışarı bakmak için döndü; güneş artık ufuk boyunca yakut kırmızısı, göz kamaştırıcı bir parıltıya dönüşmüştü. Harry hızla yürüyerek odadan çıktı, dönen merdivenden aşağı indi. Zihni birden tuhaf bir şekilde netleşmişti. Ne yapacağını biliyordu.

Geri döndüğünde Ron ve Hermione birlikte ortak salonda oturuyorlardı. "Dumbledore ne istiyormuş?" dedi Hermione hemen. "Harry, iyi misin?" diye endişeyle ekledi.

Harry "İyiyim," diye kestirip attı ve yanlarından koşarak geçti. Merdivenlerden yukarı atılıp yatakhanesine girdi, sandığının kapağını arkaya savurup açtı ve Çapulcu Haritası ile bir çift iç içe geçmiş çorap çıkardı. Sonra merdivenlerden aşağı koştu, Ron ve Hermione'nin afallamış halde oturdukları yerde, kayarak durdu.

"Fazla vaktim yok," dedi soluk soluğa. "Dumbledore şu an Görünmezlik Pelerini'mi aldığımı sanıyor. Dinleyin..."

Onlara çabucak nereye ve niye gittiğini söyledi. Hermione'nin dehşetle içini çekmesi de, Ron'un telaşlı soruları da onu durdurmadı; ince ayrıntıları daha sonra kendileri çözerlerdi.

"... yani bunun ne anlama geldiğini biliyorsunuz, değil mi?" diye bitirdi Harry, son hızla. "Dumbledore bu gece burada olmayacak, onun için de Malfoy her ne çeviriyorsa onu yapmak için yine önü açık olacak. *Hayır, beni dinleyin!*" diye tısladı öfkeyle, hem Ron hem de Hermione lafını kesecekleri yönünde her tür belirtiyi gösterirken. "İhtiyaç Odası'nda bir şeylere sevinenin Malfoy olduğunu biliyorum. İşte –" Çapulcu Haritası'nı Hermione'nin eline tutuşturdu. "Onu gözleyin, Snape'i de gözleyin. DO'dan çağırabileceğiniz başka herkesten de yararlanın. Hermione, o haberleşme Galleon'ları hâlâ çalışıyor, değil mi? Dumbledore okula fazladan koruma koyduğunu söylüyor, oysa Snape işin içindeyse, Dumbledore'un korumasının ne olduğunu ve ondan nasıl kaçınacağını bilir – ama sizlerin nöbette olmanızı beklemez, değil mi?"

"Harry –" dedi Hermione, gözleri korkudan fal taşı gibi açılmıştı.

Harry, "Tartışacak vaktim yok," dedi. "Bunu da alın –" Çorapları Ron'un eline tutuşturdu.

"Teşekkürler," dedi Ron. "Şey – çoraba niye ihtiyacım var?"

"İçlerinde sarılı olan şeye ihtiyacın var, Felix Felicis. Aranızda paylaşın, Ginny'ye de verin. Benim adıma ona hoşçakal deyin. Gitsem iyi olur, Dumbledore bekliyor –"

"Hayır!" dedi Hermione, şaşkına dönmüş görünen Ron altın rengi küçük iksir şişesini çorapların içinden çıkarırken. "İstemiyoruz, sen al, kim bilir nelerle karşı karşıya geleceksin."

"Bana bir şey olmaz, yanımda Dumbledore var," dedi Harry. "Sizlerin iyi olduğunuzu bilmek istiyorum... bakma öyle Hermione, sonra görüşürüz."

Ve yanlarından ayrıldı, aceleyle portre deliğinden geçip Giriş Salonu'na gitti.

Dumbledore meşe ön kapının yanında bekliyordu. Harry, soluk soluğa, yan tarafında yakıcı bir sancıyla kayarak en üst taş basamağa geldiğinde döndü.

"Pelerin'ini giyer misin, lütfen," dedi Dumbledore. Harry'nin onu sırtına atmasını bekledikten sonra, "Çok iyi," dedi. "Gidelim mi?"

Dumbledore hemen taş basamaklardan aşağı indi, seyahat cüppesi sakin yaz havasında belli belirsiz hareket ediyordu. Harry, Görünmezlik Pelerini'nin altında, hâlâ sık sık soluyarak ve hayli terleyerek, onun yanı sıra telaşla ilerledi.

"Ama insanlar sizin ayrıldığınızı görünce ne düşünecek, Profesör?" diye sordu, aklında Malfoy ve Snape vardı.

Dumbledore kayıtsızca, "Bir şey içmek için Hogsmeade'e gittiğimi," dedi. "Bazen Rosmerta'ya müşteri olurum, ya da Domuz Kafası'na giderim... ya da gidiyormuş gibi görünürüm. Bu da insanın gerçekte gideceği yeri saklamasının yöntemlerinden biridir ve diğer yöntemler kadar iyidir."

İyice çöken alacakaranlıkta yoldan aşağı ilerlediler. Hava ılık çimen, göl suyu ve Hagrid'in kulübesinden gelen odun dumanı kokularıyla doluydu. Tehlikeli ya da korkutucu bir şeye doğru gittiklerine inanmak zordu.

"Profesör," dedi Harry usulca, yolun aşağısındaki kapılar göründüğünde, "Cisimlenecek miyiz?"

"Evet," dedi Dumbledore. "Artık Cisimlenebiliyorsun sanırım, değil mi?"

"Evet," dedi Harry, "ama iznim yok."

Ona en iyisi dürüst olmakmış gibi geliyordu; ya gitmesi gereken yerden yüz kilometre uzakta belirip de her şeyi bozarsa?

"Önemi yok," dedi Dumbledore. "Ben sana gene yardımcı olabilirim."

Kapıdan Hogsmeade'in alacakaranlıkla aydınlanmış, ıssız yoluna çıktılar. Onlar yürürken çabucak karanlık çöktü, High Street'e vardıklarında ise basbayağı gece olmuştu. Dükkânların üzerindeki pencerelerde ışıklar göz kırpıyordu, Üç Süpürge'ye yaklaştıklarında boğuk bağırtılar duydular.

"– ve dışarıda kal!" diye haykırdı Madam Rosmerta, pis görünüşlü bir büyücüyü zorla dışarı atarak. "Aa, merhaba, Albus... geç saatte çıkmışsın..."

"İyi akşamlar, Rosmerta, iyi akşamlar... kusura bakma, Domuz Kafası'na gidiyorum... alınma, ama bu akşam canım daha sakin bir ortam istiyor..."

Bir dakika sonra köşeyi dönüp, Domuz Kafası tabelasının, esinti olmadığı halde biraz gıcırdadığı yan sokağa çıkmışlardı. Üç Süpürge'ye kıyasla, pub tamamen boş görünüyordu.

"Girmemize gerek yok," diye mırıldandı Dumbledore, etrafa bakınarak. "Kimse gittiğimizi görmediği sürece... şimdi elini koluma koy, Harry. Sımsıkı tutmana gerek yok, ben sadece sana rehberlik ediyorum. Üçe kadar sayınca – bir... iki...üç..."

Harry döndü. Birden, kalın kauçuk bir tüpten sıkıştırılarak geçiriliyormuş gibi korkunç bir duyguya kapıldı; nefes alamıyordu, her yanı neredeyse tahammülü aşan bir şekilde sıkıştırılıyordu. Sonra, tam boğulacağını sandığı anda, göze görünmez şeritler birden patlayıp açıldı sanki; serin bir karanlıkta durmuş, ciğer dolusu taze, tuzlu havayı soluyordu.

YİRMİ ALTINCI BÖLÜM

Mağara

Harry tuzun ve kıyıya vuran dalgaların kokusunu alabiliyordu; ay ışığıyla aydınlanmış denize ve yıldızlarla bezeli gökyüzüne bakarken hafif, serin bir rüzgâr saçını karıştırıyordu. Yüksek, karanlık bir kaya parçası üzerinde duruyor, altında sular köpürüp çalkalanıyordu. Omzunun üzerinden baktı. Arkasında heybetli bir yamaç yükseliyordu, dimdik bir uçurum, kara ve belirsiz. Birkaç iri kaya parçası, mesela Harry ile Dumbledore'un üzerinde durduğu, geçmişte bir noktada yamacın cephesinden kopup düşmüş gibiydi. Kasvetli, haşin bir manzaraydı; herhangi bir ağaçla, çimenlik ya da kumluk alanla ferahlamamış bir deniz ve kayalık.

"Ne düşünüyorsun?" diye sordu Dumbledore. Oranın iyi bir piknik yeri olup olmadığı konusunda Harry'nin fikrini soruyormuş gibiydi.

"Yetimhanedeki çocukları buraya mı getiriyorlardı?" diye sordu Harry, günübirlik gezi için bundan daha tatsız bir yer düşünemiyordu.

"Tam olarak buraya değil," dedi Dumbledore. "Arkamızdaki kayalıkların aşağı yukarı yarı yolunda bir köy var. Sanırım yetimleri oraya götürüyorlardı, biraz deniz havası alıp dalgaları görsünler diye. Hayır, bence bu noktayı sadece Tom Riddle ve genç kurbanları ziyaret etmişti. Fevkalade iyi dağcı olmadıkları sürece, hiçbir Muggle bu kayalığa erişemez, tekneler ise yalıyara yanaşamaz; etrafındaki sular çok tehlikeli. Benim tahminimce, Riddle yamaçtan aşağı indi; sihir bu konuda ipten daha çok işe yarardı. Yanında da iki küçük çocuk getirdi, muhtemelen sırf onları korkutma zevki için. Bence bunun için yolculuğun kendisi bile yeterli olurdu, sen ne dersin?"

Harry tekrar başını kaldırıp sarp yamaca baktı ve tüyleri ürperdi.

"Ama asıl gittiği yer biraz daha ileride – ki biz de oraya gidiyoruz. Gel."

Dumbledore Harry'ye kayanın en uç noktasına gelmesini işaret etti. Orada, bir dizi girintili çıkıntılı oyuk, yarı yarıya suya gömülmüş ve yamaca daha yakın duran iri kaya parçalarına doğru inen ayak basma yerleri oluşturmuştu. Tehlikeli bir inişti bu, kavrulmuş eli hareketlerini güçleştiren Dumbledore, ağır ağır indi. Daha aşağıdaki kayalar deniz suyuyla kayganlaşmıştı. Harry soğuk ve tuzlu damlacıkların yüzüne çarptığını hissedebiliyordu.

"*Lumos,*" dedi Dumbledore yamacın cephesine en yakın iri kaya parçasına varınca. Eğildiği noktanın bir iki metre altındaki karanlık suda bin altın ışık beneği parıldadı; yanındaki siyah kayadan duvar da aydınlandı.

"Görüyor musun?" dedi Dumbledore usulca, asasını biraz daha kaldırarak. Harry yamaçta, içinde karanlık suların girdap gibi döndüğü bir yarık gördü.

"Biraz ıslanmaya itirazın olmaz herhalde?"

"Hayır," dedi Harry.

"O halde Görünmezlik Pelerini'ni çıkar –artık ona gerek yok– ve suya dalalım."

Ve çok daha genç bir adamdan beklenecek çevikliğiyle, Dumbledore iri kaya parçasından aşağı kaydı, denize indi ve mükemmel bir kurbağalama stille, kayalık cephesindeki karanlık bir aralığa doğru yüzmeye başladı; ışık saçan asasını dişlerinin arasında tutuyordu. Harry Pelerin'ini çıkarıp cebine koydu ve onu takip etti.

Su buz gibiydi; Harry'nin suyla ağırlaşmış giysileri bedeninin etrafında kabarıyor, onu aşağı çekiyordu. Burun deliklerini tuz ve yosun kokularıyla dolduran derin soluklar alarak, kayalığın derinliklerine doğru ilerleyerek gittikçe küçülen titrek ışığa doğru yüzdü.

Çok geçmeden yarık genişleyip yerini karanlık bir tünele bıraktı, Harry burasının deniz yükseldiğinde suyla dolacağını tahmin edebiliyordu. Aralarında ancak bir metrelik boşluk olan duvarlar, onlar geçerken Dumbledore'un asasının ışığında ıslak katran gibi parlıyordu. Biraz ileride geçit sola doğru kavisleniyordu, Harry yolun kayalığın derinliklerine doğru devam ettiğini gördü. Dumbledore'un peşinden yüzmeye devam etti; hissizleşmiş parmaklarının ucu, sert ve ıslak kayalara sürtünüyordu.

Sonra ileride, Dumbledore'un sudan çıktığını gördü, gümüş rengi saçı ve koyu renk cüppesi ışıldıyordu. Harry o noktaya ulaştığında, geniş bir mağaraya giden basamaklar buldu. Sırılsıklam giysilerinden oluk oluk su akarak, basamakları tırmandı ve kontrol edilemez bir şekilde titreyerek, suyun içinden, durgun ve dondurucu mağara havasına çıktı.

Dumbledore mağaranın ortasında duruyordu. Asasını yukarıda tutmuş, hafifçe dönerek, duvarları ve tavanı inceliyordu.

"Evet, burası," dedi Dumbledore.

"Nereden anlıyorsunuz?" diye konuştu Harry fısıltıyla.

"Burası sihir görmüş," dedi Dumbledore sadece.

Harry titremelerinin iliklerine kadar işleyen soğuktan mı, yoksa onun da oradaki efsunların farkında olmasından mı kaynaklandığını bilemiyordu. Dumbledore'un durduğu yerde dönmeye devam edişini izledi; dikkati belli ki Harry'nin görmediği bir şeylerin üzerinde yoğunlaşmıştı.

"Burası sadece bir bekleme odası, bir giriş salonu," dedi Dumbledore az sonra. "Daha içeriye girmemiz lazım... şimdi yolumuzu kapayan şey, Lord Voldemort'un eseri olan engeller. Doğanın yarattıkları değil..."

Dumbledore mağaranın duvarına yaklaşıp onu kararmış parmak uçlarıyla okşadı ve Harry'nin anlamadığı tuhaf bir dilde birtakım sözcükler mırıldandı. İki kere mağarayı dolaştı, sert kayalığın elinden geldiğince çok yerine dokunuyor, arada bir duraklayıp parmaklarını belli bir noktada ileri geri gezdiriyordu. Sonunda, avuç içi dümdüz duvara yaslı, durdu.

"Burası," dedi. "Buradan giriyoruz. Giriş gizlenmiş."

Harry Dumbledore'a bunu nasıl anladığını sormadı. Bir büyücünün bu şekilde, sadece bakıp dokunarak bir şeyleri çözdüğünü hiç görmemişti; ama patlamaların ve dumanın genellikle uzmanlığın değil, beceriksizliğin işareti olduğunu da çoktan öğrenmişti.

Dumbledore mağara duvarından bir adım geriledi ve asasını kayalığa yöneltti. Bir an orada kemerli bir çerçeve belirdi ve çerçevenin çizgilerini oluşturan çatlak, arkasında güçlü bir ışık varmışçasına parıldadı.

"Ba-başardınız!" dedi Harry takırdayan dişlerinin arasından, ama daha sözcükler ağzından çıkmadan çerçeve kaybolmuş, kayalık eskisi gibi çıplak ve kesintisiz bir hal almıştı. Dumbledore etrafa bakındı.

"Harry, özür dilerim, unutmuşum," dedi; asasını Harry'ye doğrulttu. Harry'nin giysileri ânında, sanki harlı bir ateşin önünde beklemiş gibi kurudu ve ısındı.

"Teşekkür ederim," dedi Harry minnetle, ama Dumbledore çoktan dikkatini yeniden kesintisiz mağara duvarına çevirmişti. Başka sihir denemedi, sadece orada durup ona büyük bir ilgiyle bakmakla yetindi, sanki üzerinde ilginç bir şey yazılıymış gibi. Harry hiç kıpırdamadan durdu; Dumbledore'un dikkatini dağıtmak istemiyordu.

Derken, tam iki dakika sonra, Dumbledore usulca konuştu: "Ah, hadi canım. Ne kadar çiğ."

"Ne oldu, Profesör?"

"Zannediyorum ki," dedi Dumbledore, sağlam elini cüppesine sokup Harry'nin iksir malzemelerini kesmede kullandığı türden kısa, gümüş bir bıçak çıkardı, "geçmek için bir ödeme yapmamız gerekiyor."

"Ödeme mi?" dedi Harry. "Kapıya bir şey vermek mi gerekiyor?"

"Evet," dedi Dumbledore. "Kan, eğer yanılmıyorsam."

"*Kan* mı?"

"Söyledim sana çiğ diye," dedi Dumbledore, küçümser, hatta hayal kırıklığına uğramış gibi bir sesle; sanki Voldemort, Dumbledore'un beklediği standartların altında kalmıştı. "Bunun ardındaki fikir, eminim sen de anlamışsındır, düşmanının girmek için kendini zayıf düşürmesinin gerekmesi. Bir kez daha Lord Voldemort fiziksel hasardan çok daha korkunç şeyler olduğunu kavramayı başaramamış."

"Evet ama yine de, eğer kaçınabilirseniz..." dedi Harry; zaten yeterince acı çekmişti, daha fazlasına pek meraklı değildi.

"Ancak bazen, kaçınılmazdır bu," dedi Dumbledore, cüppesinin yenini sıyırıp yaralı elini açarak.

"Profesör!" diye itiraz etti Harry, Dumbledore bıçağını kaldırırken öne fırlayarak. "Ben yaparım, ben –"

Ne diyeceğini bilmiyordu – daha gencim mi, daha sağlıklıyım mı? Ama Dumbledore gülümsemekle yetindi. Gümüşi bir şey hızla hareket etti, sonra kırmızı bir şey fışkırdı; kayanın yüzeyine koyu renk, parlayan damlalar saçılmıştı.

"Çok naziksin, Harry," dedi Dumbledore, asasını kendi kolunda açtığı derin kesiğin üzerinden geçirerek. Kesik, tıpkı Snape'in Malfoy'un yaralarını iyileştirdiği gibi, ânında iyileşti. "Ama senin kanın benimkinden daha değerli. Ah, işe yaramış gibi görünüyor, değil mi?"

Bir kez daha duvarda parlak, gümüşi bir çerçeve belirmişti, üstelik bu sefer kaybolup gitmedi: kayalığın çerçevenin içinde kalan kan serpilmiş bölümü yok oldu ve ardında, göründüğü kadarıyla zifiri karanlığa açılan bir delik bıraktı.

"Önce ben, sanırım," dedi Dumbledore ve hemen arkasında Harry ile, kemerden geçti, yürürken de çabucak asasını ışıklandırdı.

Karşılarına ürpertici bir manzara çıktı: tavanı görünmeyecek kadar yüksek bir mağarada, karşı kıyısı görünmeyecek kadar büyük, siyah bir gölün kenarında duruyorlardı. Uzaklarda, gölün ortası gibi görünen bir yerde, puslu yeşilimsi bir ışık parlıyor, altındaki tamamen durgun suya yansıması vuruyordu. Kadifemsi siyahlığı sadece o yeşilimsi parıltı ve iki asanın ışığı yırtıyordu, ama onlardan çıkan ışınlar da Harry'nin tahmin edeceği kadar uzağa erişmiyordu. Bu karanlık, bir şekilde normal karanlıktan daha koyuydu.

"Yürüyelim," dedi Dumbledore usulca. "Suya girmemeye dikkat et. Bana yakın dur."

Gölün etrafında yürümeye başladı, Harry de hemen arkasından ilerledi. Adımları, suyu çevreleyen dar kaya şeridinde yankılanıyor, patır patır sesler çıkarıyordu. Yürüdüler de yürüdüler, ama manzara değişmedi: bir taraflarında sert mağara duvarı vardı; öbür taraftaysa uçsuz bucaksız, pürüzsüz, cam gibi siyahlık, ortasında da o gizemli yeşilimsi parıltı. Harry mekânı ve sessizliği bunaltıcı, sinir bozucu buldu.

"Profesör?" dedi sonunda. "Sizce Hortkuluk burada mı?"

"Ah, evet," dedi Dumbledore. "Evet, eminim burada. Asıl mesele, onu nasıl alacağımız."

"Acaba... acaba bir Çağırma Büyüsü deneyemez miyiz?" dedi Harry. Bunun aptalca bir soru olduğundan emindi ama buradan çıkmak için itiraf edebileceğinden çok daha fazla sabırsızlanıyordu.

"Elbette deneyebiliriz," dedi Dumbledore, öyle ani bir şekilde durdu ki Harry neredeyse ona çarpıyordu. "Niye sen yapmıyorsun?"

"Ben mi? Ha... Tamam..."

Harry böyle bir şeyi beklemiyordu, ama boğazını temizledi ve yüksek sesle, asa havada, "*Accio Hortkuluk!*" dedi.

Patlama gibi bir sesle, çok büyük ve beyaz bir şey altı metre kadar ötede sudan fırladı; Harry daha onun ne olduğunu göremeden, ayna gibi yüzeyin üzerinde büyük bir çalkantı yaratan müthiş bir su sıçramasıyla yeniden kaybolmuştu. Harry şok içinde geriye doğru sıçradı ve duvara çarptı; Dumbledore'a doğru döndüğünde kalbi hâlâ gümbür gümbür atıyordu.

"Neydi o?"

"Sanırım Hortkuluk'u ele geçirmeye çalışırsak harekete geçecek bir şey."

Harry yeniden suya baktı. Gölün yüzeyi yine parlak siyah cama dönmüştü: dalgacıklar doğal olamayacak kadar hızlı bir şekilde kaybolmuştu; ancak Harry'nin kalbi hâlâ deli gibi çarpıyordu.

"Bunun olacağını tahmin etmiş miydiniz, efendim?"

"Hortkuluk'u ele geçirmeye yönelik bariz bir hamle yaparsak *bir şeyin* olacağını tahmin etmiştim. Çok iyi bir fikirdi, Harry; neyle karşı karşıya olduğumuzu bulmanın açık arayla en basit yoluydu."

"Ama o şeyin ne olduğunu bilmiyoruz," dedi Harry, tekinsizce pürüzsüz suya bakarak.

"*Şeylerin,* demek istiyorsun herhalde," dedi Dumbledore. "Onlardan sadece bir tane olduğundan ciddi şekilde şüpheliyim. Devam edelim mi?"

"Profesör?"

"Evet, Harry?"

"Sizce göle girmemiz gerekecek mi?"

"Girmek mi? Sadece çok talihsizsek."

"Sizce Hortkuluk dipte değil midir?"

"Yo, hayır... Bence Hortkuluk *ortada.*"

Ve Dumbledore gölün merkezindeki puslu yeşilimsi ışığa işaret etti.

"O zaman ona ulaşmak için gölü geçmemiz gerekecek, değil mi?"

"Evet, sanırım."

Harry hiçbir şey demedi. Aklı tamamen su canavarlarında, dev yılanlarda, iblislerde, kelpilerde ve ecinnilerdeydi...

"Aha," dedi Dumbledore ve yine durdu; bu sefer, Harry gerçekten de ona çarptı; bir an karanlık suyun kıyısına devrilecek gibi oldu ama Dumbledore'un sağlam eli, kolunun üst kısmından sıkıca kavrayıp onu geri çekti. "Çok özür dilerim, Harry, uyarıda bulunmalıydım. Lütfen duvarın orada dur; sanırım aradığımız yeri buldum."

Dumbledore'un neyi kastettiği konusunda Harry'nin hiçbir fikri yoktu; onun görebildiği kadarıyla karanlık kıyının bu bölümü diğerlerinin tıpatıp aynısıydı, ama Dumbledore burayla ilgili özel bir şey tespit etmiş gibi görünüyordu. Bu kez elini kayalık duvarda değil, havada gezdiriyordu, sanki elle tutulabilecek görünmez bir şeyi bulmayı bekliyormuş gibiydi.

"Oho," dedi Dumbledore mutlu mutlu, saniyeler sonra. Eli havada, Harry'nin göremediği bir şeyin üzerine kapandı. Dumbledore suya yaklaştı; Harry onun tokalı ayakkabılarının uçlarının kayalık şeridin en kenarını bulmasını tedirginlikle izledi. Bir elini havada kapanmış halde tutan Dumbledore, öbür eliyle asasını kaldırdı ve ucuyla yumruğuna dokundu.

Ânında havada kalın, bakırımsı yeşil bir zincir belirdi, suyun derinliklerinden Dumbledore'un kapanmış elinin içine uzanıyordu. Dumbledore asasıyla ona dokununca, zincir, yumruğunun içinden bir yılan gibi kaymaya, kayalık duvarlarda gürültüyle yankılanan bir şıngırdama sesi ile yerde halka biçiminde kıvrılarak toplanmaya ve siyah suyun derinliklerinden bir şey çekmeye başladı. Küçücük bir kayığın pruvası suyun yüzeyini yararken Harry soluğunu tuttu. Tıpkı zincir gibi yeşil yeşil parlayan kayık, neredeyse suda hiç dalga yaratmadan Harry ile Dumbledore'un kıyıda durduğu noktaya doğru yüzüyordu.

"Orada olduğunu nereden bildiniz?" diye sordu Harry hayretle.

"Sihir her zaman arkasında birtakım izler bırakır," dedi Dumbledore, kayık kıyıya hafifçe çarparken, "bazen çok belirgin izlerdir bunlar. Tom Riddle'a öğretmenlik yaptım. Tarzını biliyorum."

"Kayık... kayık güvenli mi?"

"Ah, evet, öyle sanıyorum. Voldemort'un gölün içine kendi yerleştirdiği yaratıkların gazabına hedef olmadan gölü geçmenin bir yolunu ayarlaması gerekiyordu, bir daha Hortkuluk'unu ziyaret etmesi ya da kaldırması gerekirse diye."

"Yani Voldemort'un kayığıyla geçersek sudaki o şeyler bize bir şey yapmaz mı?"

"Sanırım eninde sonunda bizim Lord Voldemort olmadığımızı fark edecekleri gerçeğini kabullenmek zorundayız. Ancak şu âna kadar iyi gittik. Kayığı çıkarmamıza izin verdiler."

"Ama niye izin verdiler bize?" diye sordu Harry, kıyıdan ayrıldıkları anda karanlık sudan dokunaçların yükselişi hayalini kafasından atamıyordu.

"Büyük ihtimalle Voldemort, çok büyük bir büyücüden başkasının bu kayığı bulamayacağından epey emindi," dedi Dumbledore. "Kendisine göre hayli düşük bir olasılığı, yani başka birinin onu bulma olasılığını göze almaya razı olmasının sebebi, bundan sonrasına koyduğu engelleri sadece kendisinin aşabileceğini düşünmesi. Haklı olup olmadığını göreceğiz."

Harry aşağı, kayığa baktı. Gerçekten çok küçüktü.

"İki kişi için yapılmışa benzemiyor. İkimizi taşıyabilecek mi? Birlikte fazla ağır olmaz mıyız?"

Dumbledore kıkırdadı.

"Voldemort bu gölü geçecek ağırlığa değil, sihir gücü miktarına önem vermiştir. Bu kayığa bir seferinde sadece tek bir büyücünün içinde seyahat edebileceği bir büyü yapıldığını sanıyorum."

"Ama o zaman –?"

"Senin sayılacağını sanmıyorum, Harry: henüz yaşın küçük ve ehil değilsin. Voldemort on altı yaşında birinin buraya erişmesini beklememiştir hiç: Senin güçlerinin benimkiler yanında sezilebileceğini zannetmiyorum."

Bu sözcükler Harry'nin moralini hiç yükseltmedi; belki Dumbledore da bunu biliyordu, çünkü "Voldemort'un hatası, Harry, Voldemort'un hatası..." diye devam etti. "Yaşlıların gençliği hafife alması, aptallık ve unutkanlıktır... şimdi, önce sen bin ve suya temas etmemeye dikkat et."

Dumbledore kenarda bekledi ve Harry dikkatle kayığa bindi. Sonra Dumbledore da, zinciri yere halka şeklinde salarak, kayığın içine adım attı. Kayıkta sıkış tıkış olmuşlardı; Harry rahatça oturamıyordu, çömelmişti ve dizleri kenardan taşıyordu. Kayık hemen hareket etti. Suyu yaran pruvasının çıkardığı ipeksi hışırtı dışında ses yoktu ortada; kayık, sanki görünmez bir ip onu merkezdeki ışığa doğru çekiyormuş gibi, onların katkısı olmaksızın ilerliyordu. Çok geçmeden mağaranın duvarlarını görememeye başladılar; denizdeymiş gibiydiler, tek fark hiç dalga olmamasıydı.

Harry aşağı bakınca asasının altın renkli ışığının siyah suda parıldadığını gördü. Kayık cam gibi yüzeyin üzerinde derin dalgacıklar oyuyordu, karanlık aynada oluklar gibi...

Sonra Harry bir şey gördü; mermer beyazı, yüzeyin yalnızca birkaç santim altında yüzen bir şey.

"Profesör!" dedi, ürkmüş sesi sakin suyun üzerinde gürültüyle yankılandı.

"Harry?"

"Galiba suyun içinde bir el gördüm – bir insan eli!"

"Evet, tabii görmüşsündür," dedi Dumbledore sükûnetle.

Harry gözlerini suyun içine dikip ortadan kaybolmuş eli ararken, içinde bir tiksinti duygusu yükseldi.

"Yani az önce sudan sıçrayan o şey –"

Ama daha Dumbledore cevap vermeye vakit bulamadan, Harry cevabını almıştı bile: asa ışığı suyun bir başka bölümüne kaymış ve bu defa ona, yüzeyin yalnızca birkaç santim altında yüzü yukarı doğru duran ölü bir adam göstermişti. Açık gözleri örümcek ağıyla kaplı gibi pusluydu, saçları ve cüppesi duman gibi etrafında dönüp dalgalanıyordu.

"Burada cesetler var!" dedi Harry. Sesi normalde olduğundan çok daha tiz çıkmıştı, kendi sesine hiç benzemiyordu.

"Evet," dedi Dumbledore sükûnetle, "ama şu an için onlar hakkında endişelenmemize gerek yok."

"Şu an için mi?" dedi Harry, Dumbledore'a bakmak için bakışlarını sudan koparak.

"Altımızda sakince yüzmekle yetindikleri sürece," dedi Dumbledore. "Bir cesedin korkulacak hiçbir tarafı yoktur, Harry, tıpkı karanlığın korkulacak hiçbir tarafı olmadığı gibi. Elbette ikisinden de gizli gizli korkan Lord Voldemort, aynı kanıda değil. Ama bir kez daha bilgelikten ne kadar yoksun olduğunu açığa vuruyor. Ölüme ve karanlığa baktığımızda korktuğumuz şey bilinmezliktir, başka bir şey değil."

Harry hiçbir şey demedi; tartışmak istemiyordu, ama etraflarında ve altlarında cesetlerin yüzdüğü düşüncesini korkunç buluyordu, ve dahası, tehlikeli olmadıklarına inanmıyordu.

"Ama bir tanesi sıçradı," dedi, sesini Dumbledore'unki gibi soğukkanlı ve sakin çıkartmaya çalışarak. "Hortkuluk'u Çağırmaya çalıştığımda, bir ceset sudan sıçradı."

"Evet," dedi Dumbledore. "Eminim ki Hortkuluk'u aldığımızda, bize karşı bu kadar barışçıl davranmayacaklar. Ancak, soğukta ve karanlıkta yaşayan birçok yaratık gibi, ışıktan ve sıcaklıktan korkarlar, ki ihtiyaç olursa biz de bunları yardımımıza çağıracağız. Ateş, Harry," diye ekledi Dumbledore bir gülümsemeyle, Harry'nin yüzündeki şaşkın ifadeye cevaben.

"Ha... tamam..." dedi Harry hemen. Başını çevirip, kayığın hâlâ önlenemez bir şekilde gittiği yeşilimsi parıltıya baktı. Artık korkmuyormuş gibi yapamazdı. Büyük kara göl, ölülerle dolu... Profesör Trelawney ile karşılaşalı, Ron ve Hermione'ye Felix Felicis'i vereli uzun saatler geçmiş gibi geliyordu Harry'ye... birden onlara daha iyi veda etmiş olsaydım keşke diye düşündü... üstelik Ginny'yi hiç görmemişti...

"Neredeyse vardık," dedi Dumbledore neşeyle.

Gerçekten de, nihayet yeşilimsi parıltı büyümeye başlamıştı ve birkaç dakika sonra kayık bir şeye hafifçe çarpıp durdu. Harry önce kayığın çarptığı şeyi karanlıkta seçemedi, ama ışıklı asasını kaldırdığında gölün merkezinde pürüzsüz kayadan oluşan küçük bir adaya varmış olduklarını gördü.

"Suya temas etmemeye dikkat et," dedi Dumbledore tekrar, Harry kayıktan inerken.

Ada Dumbledore'un odasından büyük değildi: düz, karanlık ve geniş bir taşlık alandı bu; yakından bakıldığında çok daha parlak görünen o yeşilimsi ışığın kaynağı hariç, hiçbir şey yoktu üzerinde. Harry gözlerini kısarak oraya baktı; önce onu bir tür lamba sanmıştı, ama sonra ışığın Düşünseli'ne epey benzeyen taş bir çanaktan geldiğini gördü. Çanak, bir kaidenin üzerine yerleştirilmişti.

Dumbledore çanağa yaklaştı, Harry de onu takip etti. Yan yana durup çanağın içine baktılar. Fosfor gibi bir parıltı saçan zümrüt rengi bir sıvıyla doluydu.

"Nedir o?" diye sordu Harry sessizce.

"Emin değilim," dedi Dumbledore. "Ancak kan ya da cesetlerden daha endişe verici bir şey."

Dumbledore cüppesinin kararmış elini örten kolunu sıyırdı ve yanmış parmaklarının ucunu iksirin yüzeyine doğru uzattı.

"Efendim, hayır, dokunmayın –!"

"Dokunamam zaten," dedi Dumbledore, hafifçe gülümseyerek. "Görüyor musun? Bundan daha fazla yaklaşamıyorum. Sen dene."

Fal taşı gibi açılmış gözlerle, Harry elini çanağın içine soktu ve iksire dokunmaya çalıştı. Onun bir iki santim yakınına uzanmasını engelleyen görünmez bir engelle karşılaştı. Ne kadar kuvvetle iterse itsin, parmakları katı ve bükülmez havaymış gibi duran şeyin ötesine erişemiyordu.

"Çekil lütfen, Harry," dedi Dumbledore.

Asasını kaldırdı ve iksirin yüzeyinin üzerinde karmaşık hareketler yaparak, sessizce mırıldandı. Hiçbir şey olmadı, belki iksir biraz daha fazla parlamaya başlamıştı, o kadar. Dumbledore çalışırken Harry sessizce bekledi, ama bir süre sonra Dumbledore asasını indirince yine konuşabileceğine karar verdi.

"Sizce Hortkuluk onun içinde mi, efendim?"

"Ah, evet." Dumbledore çanağın içine daha yakından baktı. Harry onun yüzünün, baş aşağı, yeşil iksirin pürüzsüz yüzeyinden yansıdığını gördü. "Ama ona nasıl ulaşılacak? Bu iksire elle erişilemiyor. Kaybedilemiyor, aralanamıyor, kepçelenemiyor ve emilip çıkarılamıyor. Ayrıca Biçimi Değiştirilemiyor, Büyülenemiyor ya da başka herhangi bir şekilde doğası değiştirilemiyor."

Dumbledore, neredeyse dalgın bir şekilde, asasını yeniden kaldırdı, havada bir kez çevirdi ve yoktan yarattığı kristal kadehi yakaladı.

"Varabileceğim tek sonuç, bu iksirin içilmesi gerektiği."

"Ne?" dedi Harry. "Hayır!"

"Evet, sanırım öyle: sadece onu içerek çanağı boşaltabilir ve içinde ne olduğunu görebilirim."

"Ama ya – ya sizi öldürürse?"

"Ah, o şekilde işleyeceğinden şüpheliyim," dedi Dumbledore rahat rahat. "Lord Voldemort bu adaya ulaşan kişiyi öldürmek istemezdi."

Harry buna inanamıyordu. Bu Dumbledore'un herkesin içinde iyilik görme konusundaki çılgınca kararlılığının yeni bir örneği miydi?

"Efendim," dedi Harry, elinden geldiğince makul bir sesle, "efendim, burada *Voldemort*'tan söz –"

"Affedersin, Harry, bu adaya ulaşan kişiyi *hemen* öldürmek istemezdi, demeliydim," diye düzeltti kendi söylediğini Dumbledore. "Savunmasının bu kadar içlerine kadar nasıl ilerlediğini ve daha önemlisi, neden çanağı boşaltmaya bu kadar istekli olduğunu öğrenmek için onu hayatta tutmak isterdi. Unutma ki Lord Voldemort kendisinden başka kimsenin Hortkuluklar'ını bilmediğini sanıyor."

Harry yeniden konuşacak oldu ama bu defa Dumbledore elini kaldırarak sessiz olmasını işaret etti. Kaşlarını hafifçe çatmış, zümrüt rengi sıvıya bakıyor, belli ki derin derin düşünüyordu.

"Hiç şüphesiz," dedi sonunda, "bu iksir Hortkuluk'u almamı engelleyecek bir şekilde işleyecektir. Beni felç edebilir, buraya niçin geldiğimi unutmama sebep olabilir, dikkatimi dağıtacak kadar fazla acı verebilir, ya da beni başka bir şekilde aciz bırakabilir. Eğer böyle bir şey olursa, Harry, benim içmeye devam etmemi sağlamak senin görevin; iksiri itiraz eden ağzımdan içeri dökmen gerekse bile. Anlıyor musun?"

Gözleri çanağın üzerinde buluştu; iki solgun yüz de o garip, yeşil ışıkla aydınlanmıştı. Harry konuşmadı. Bunun için mi davet edilmişti – Dumbledore'a dayanılmaz acı verebilecek bir iksiri ona zorla içirmek için mi?

"Seni buraya hangi şartla getirdiğimi hatırlıyorsun, değil mi?" dedi Dumbledore.

Harry, çanağın yansıyan ışığında yeşile dönmüş mavi gözlere bakarak tereddüt etti.

"Ama ya –"

"Sana vereceğim her emre uymaya yemin ettin, değil mi?"

"Evet ama –"

"Tehlike olabilir diye seni uyardım, değil mi?"

"Evet," dedi Harry, "ama –"

"Ee, o zaman," dedi Dumbledore, bir kez daha kolunu sıyırarak ve boş kadehi kaldırarak, "emirlerimi duydun."

"İksiri niye ben içemiyorum sizin yerinize?" diye sordu Harry çaresizce.

"Çünkü ben çok daha yaşlıyım, çok daha akıllıyım ve çok daha az değerliyim," dedi Dumbledore. "İlk ve son kez soruyorum, Harry, içmeye devam etmem için elinden gelen her şeyi yapacağına söz veriyor musun bana?"

"Acaba –?"

"Veriyor musun?"

"Ama –"

"*Söz ver, Harry.*"

"Ben – tamam, ama –"

Harry daha fazla itiraz edemeden, Dumbledore kristal kadehi iksire doğru indirdi. Bir an Harry kadehin iksire erişemeyeceğini umdu, ama kristal başka hiçbir şeyin yapamadığı şekilde yüzeyden içeri daldı; kadeh tamamen dolunca, Dumbledore onu ağzına götürdü.

"Sağlığına, Harry."

Ve sonuna kadar içip bitirdi. Harry dehşet dolu bakışlarla onu izledi, elleriyle çanağın kenarını öyle sıkı kavramıştı ki parmak uçları hissizleşmişti.

"Profesör?" dedi kaygıyla, Dumbledore boş kadehi indirirken. "Kendinizi nasıl hissediyorsunuz?"

Dumbledore, gözleri kapalı, başını iki yana salladı. Harry onun acı içinde olup olmadığını merak etti. Dumbledore gözleri kapalı halde kadehi tekrar çanağa daldırdı, yeniden doldurdu ve bir kez daha içti.

Sessizlik içinde, Dumbledore iksirden üç kadeh dolusu içti. Sonra, dördüncü kadehin ortasına geldiğinde, sendeleyip öne, çanağa doğru düştü. Gözleri hâlâ kapalıydı, nefes alıp verişi güçleşmişti.

"Profesör Dumbledore?" dedi Harry, gergin bir sesle. "Beni duyabiliyor musunuz?"

Dumbledore cevap vermedi. Yüzü derin uykudaymış ve korkunç bir rüya görüyormuş gibi seğiriyordu. Kadehi kavrayan eli gevşemişti; iksir kadehten dökülmek üzereydi. Harry uzanıp kristal kadehi yakaladı ve sabit tuttu.

"Profesör, beni duyabiliyor musunuz?" diye tekrar etti yüksek sesle, sesi kocaman mağarada yankılandı.

Nefes nefese kalmış olan Dumbledore, Harry'nin tanımadığı bir sesle konuştu; Harry daha önce ondan hiç bu kadar korku dolu bir ses çıktığına şahit olmamıştı.

"İstemiyorum... zorlamayın beni..."

Harry o çok iyi tanıdığı, beyazlamış yüze, kemerli buruna ve yarım ay biçimli gözlüğe şaşkınlıkla baktı, ne yapacağını bilemiyordu.

"...sevmiyorum... durmak istiyorum..." diye inledi Dumbledore.

"Ama... ama duramazsınız, Profesör," dedi Harry. "İçmeye devam etmek zorundasınız, unuttunuz mu? İçmeye devam etmek zorunda olduğunuzu soylemıştınız bana. Alın..."

Harry kendinden nefret ederek, yaptığı şeyden tiksinerek, kadehi zorla yeniden Dumbledore'un ağzına dayayıp eğdi, böylece Dumbledore kadehte kalan iksiri de içti.

Harry kadehi yeniden çanağa daldırarak onun için doldururken, "Hayır..." diye inledi Dumbledore. "İstemiyorum... istemiyorum... bırakın beni..."

"Yok bir şey, Profesör," dedi Harry, eli titreyerek. "Yok bir şey, ben buradayım –"

"Durdurun artık, durdurun," diye inledi Dumbledore.

"Evet, evet, bu şimdi durduracak," diye yalan söyledi Harry. Kadehin içindeki sıvıyı Dumbledore'un açık ağzından içeri boşalttı.

Dumbledore çığlık attı; gürültü muazzam mekânda, durgun siyah suyun üzerinde yankılandı.

"Hayır, hayır, hayır... hayır... yapamam... yapamam, zorlamayın beni, istemiyorum..."

"Yok bir şey, her şey yolunda!" dedi Harry yüksek sesle, eli öyle fena titriyordu ki altıncı kadeh iksiri zor doldurdu; şimdi çanağın yarısı boştu. "Size hiçbir şey olmuyor, güvendesiniz, gerçek değil bu, yemin ederim gerçek değil – alın şunu hadi, alın şunu..."

Ve Dumbledore itaatkâr bir şekilde, sanki Harry'nin ona sunduğu panzehirmiş gibi içti, ama kadehtekini bitirir bitirmez dizlerinin üstüne çöktü, kontrol edilemez bir şekilde titremeye başladı.

"Hepsi benim suçum, hepsi benim suçum," diye ağladı, "lütfen durdurun, biliyorum yanlış yaptım, ah, lütfen durdurun, bir daha asla yapmam, asla..."

"Bu şimdi durduracak, Profesör," dedi Harry, sesi çatlayarak ve iksirle dolu yedinci kadehi Dumbledore'un ağzına boşalttı.

Dumbledore etrafında görünmez işkenceciler varmış gibi sinmişti; havaya doğru savurduğu koluyla neredeyse Harry'nin elinden, doldurduğu kadehi düşürüyordu. "Onları incitmeyin, onları incitmeyin, lütfen, hepsi benim suçum, beni incitin onların yerine..." diye inledi.

"Alın, için şunu, için, hiçbir şeyiniz kalmayacak," dedi Harry çaresizce ve bir kez daha Dumbledore ona itaat etti. Gözleri kapalı, baştan aşağı titreyerek, ağzını açtı.

Ve sonra, Harry dokuzuncu kadehi doldururken, Dumbledore öne doğru devrildi, yeniden çığlık atmaya, yumruklarıyla yeri dövmeye başladı.

"Lütfen, lütfen, lütfen, hayır... o olmaz, o olmaz, her şeyi yaparım..."

"Siz sadece için Profesör, sadece için..."

Dumbledore susuzluktan ölmekte olan bir çocuk gibi içti, ama bitirdiğinde, sanki içi alev almış gibi yine feryat etmeye başladı.

"Yeter artık, lütfen, yeter..."

Harry onuncu kadeh iksiri doldurdu ve kristalin çanağın dibini sıyırdığını hissetti.

"Neredeyse bitirdik, Profesör. İçin şunu, için..."

Dumbledore'u omuzlarından destekledi ve yine, Dumbledore kadehin içindeki iksiri içip bitirdi; Harry tekrar ayağa kalkmış, kadehi doldururken, Dumbledore her zamankinden de büyük bir ıstırapla çığlık atmaya başladı. "Ölmek istiyorum! Ölmek istiyorum! Durdurun artık, durdurun, ölmek istiyorum!"

"İçin şunu Profesör, için şunu..."

Dumbledore içti. Tam bitirmişti ki "ÖLDÜRÜN BENİ!" diye feryat etti.

"Bu – bu halledecek onu!" dedi Harry, nefesi kesilerek. "Siz şunu için sadece... hepsi sona erecek... hepsi sona erecek!"

Dumbledore kadehteki iksiri son yudumuna kadar kana kana içti ve sonra, hırıltıyla muazzam bir soluk alarak yüzüstü yuvarlandı.

"Hayır!" diye bağırdı Harry. Kadehi yeniden doldurmak için ayağa kalkmıştı; ama onu çanağın içine bırakıp kendini yere, Dumbledore'un yanına attı ve onu zorlukla sırtüstü çevirdi; Dumbledore'un gözlüğü çarpık, ağzı bir karış açık, gözleri kapalıydı. "Hayır," dedi Harry, Dumbledore'u sarsarak, "hayır, ölmediniz, zehir değil demiştiniz, uyanın, uyanın – *Ayılt!*" diye haykırdı, asasını Dumbledore'un göğsüne doğrultarak; kırmızı bir ışık çaktı ama hiçbir şey olmadı. "*Ayılt* – efendim, lütfen –"

Dumbledore'un gözkapakları kırpıştı; Harry'nin yüreği hopladı.

"Efendim, siz –"

"Su," dedi Dumbledore boğuk bir sesle.

"Su," diye tekrar etti Harry nefes nefese, "– evet –"

Ayağa fırladı ve çanağa bıraktığı kadehi aldı; altında kıvrılmış yatan altın madalyonun neredeyse farkına bile varmadı.

"*Aguamenti!*" diye bağırdı, kadehe asasıyla hafifçe vurarak.

Kadeh berrak suyla doldu; Harry, Dumbledore'un yanında diz çöktü, başını kaldırdı ve kadehi dudaklarına götürdü – ama kadeh boştu. Dumbledore inildedi ve hızlı hızlı nefes almaya başladı.

"Ama vardı – bekleyin – *Aguamenti!*" dedi Harry yine, asasını kadehe doğrultarak. Bir kez daha, bir saniyeliğine, kadehin içinde berrak, ışıl ışıl bir su belirdi, ama Dumbledore'un ağzına yaklaşırken yine kayboldu.

"Efendim, deniyorum, deniyorum!" dedi Harry çaresizce,

ama Dumbledore'un onu duyabildiğini sanmıyordu; yan devrilmiş, derin, hırıltılı, kulağa acı verici gibi gelen soluklar alıyordu. "*Aguamenti – Aguamenti – AGUAMENTİ!*"

Kadeh yine doldu ve boşaldı. Artık Dumbledore'un solukları zayıflamaya başlamıştı. Panikle beyni deli gibi çalışan Harry, içgüdüsel bir şekilde, suyu almak için geriye kalan tek yolu anladı. Voldemort böyle planlamıştı çünkü...

Kendini kayalığın kenarına fırlattı ve kadehi göle daldırıp, ağzına kadar dolu ve kaybolmayan buz gibi suyla dolu halde çıkardı.

"Efendim – burada!" diye haykırdı Harry, ileri doğru atılarak kadehi eğip, suyun bir kısmını beceriksizce Dumbledore'un yüzüne döktü.

Elinden de bundan fazlası gelmedi, çünkü kadehi tutmayan kolundaki buz gibi soğuk hissi az önce onu içine daldırdığı sudan kalan bir his değildi. İğrenç beyaz bir el bileğini yakalamıştı ve elin sahibi yaratık onu yavaş yavaş kayalıktan geriye doğru çekiyordu. Gölün yüzeyi artık ayna gibi pürüzsüz değildi; çalkalanıyordu sanki ve Harry nereye baksa beyaz kafaların ve ellerin karanlık sudan çıktığını, çökük, bakışsız gözlere sahip erkeklerin, kadınların ve çocukların kayalığa doğru hareket ettiğini görüyordu: siyah suyun içinden bir ölüler ordusu çıkıyordu.

"*Petrificus Totalus!*" diye haykırdı Harry, adanın pürüzsüz, ıslak yüzeyine tutunmaya çalışırken asasını kolunu yakalamış olan İnferius'a doğrultarak: İnferius onu bıraktı ve büyük bir şapırtı ile arka üstü suya düştü. Harry ayağa kalktı; ama başka İnferius'lar da kayalığa tırmanmaya başlamıştı bile. Kemikli elleriyle kaygan yüzeye tutunmaya çalışıyorlardı; boş, donuk gözleri ona kilitlenmişti; arkalarından suyla ağırlaşmış paçavralar sarkıyor, çökük gözleri yiyecekmiş gibi bakıyordu.

"*Petrificus Totalus!*" diye böğürdü Harry yeniden, gerilerken bir yandan da asasını havada savurarak; altı yedi tanesi devrildiler, ama başkaları da geliyordu şimdi ona doğru. "*İmpedimenta! İncarcerous!*"

Birkaç tanesi tökezledi, bir ya da iki tanesi iplerle bağlandı, ama arkalarından tırmananlar düşen bedenlere basarak ya da onların üzerlerinden atlayarak kolaylıkla geçtiler. Hâlâ asasını havayı yararcasına savuran Harry, haykırdı: "*Sectumsempra! SECTUMSEMPRA!*"

Ama sırılsıklam paçavralarında ve buz gibi derilerinde kesikler açılmasına rağmen, dökülecek kanları yoktu: hissetmeksizin, büzüşmüş ellerini ona doğru uzatmış halde, yürümeye devam ettiler ve Harry daha da gerilerken arkadan onu kolların sardığını hissetti – ince, etsiz, ölüm kadar soğuk kollar... ve sonra ayakları yerden kesildi. Onu kaldırmışlar, ağır ağır ama kesin bir şekilde yeniden suya doğru götürmeye başlamışlardı. Biliyordu ki oradan çıkış yoktu, orada boğulacaktı ve Voldemort'un parçalanmış ruhunun ölü muhafızlarından biri haline gelecekti...

Ama sonra, karanlığın içinden bir ateş püskürdü: kırmızı ve altın renginde bir ateş çemberi kayanın çevresini sardı ve Harry'yi sıkı sıkı tutan İnferius'lar sendeleyip yalpaladı; suya ulaşmak için ateşlerin içinden geçmeye cesaret edemiyorlardı. Harry'yi bıraktılar; Harry yere çarptı, kayanın üzerinde kayıp düştü ve kollarını sıyırdı, ama yine ayaklarının üzerinde doğruldu ve asasını kaldırıp etrafına baktı.

Dumbledore yeniden ayağa kalkmıştı. Etraftaki İnferius'ların hepsi kadar beyazdı ama hepsinden uzundu, alevler gözlerinde dans ediyordu. Bir meşale gibi kaldırdığı asasının ucundan alevler yayılıyor, devasa bir kement gibi hepsini sıcaklıkla çevreliyordu.

İnferius'lar onları çevreleyen ateşten kör kör kaçmaya çalışırken birbirlerine tosluyorlardı...

Dumbledore taş çanağın içindeki madalyonu çıkardı ve cüppesinin içine yerleştirdi. Tek kelime etmeden, Harry'ye yanına gelmesini işaret etti. Ateşler yüzünden dikkatleri dağılmış olan İnferius'lar, avlarının gittiğinin farkına varmazken, Dumbledore önde, Harry arkada kayığa doğru gittiler. Yürürken ateş çemberi de onlarla birlikte hareket ediyor, onların etrafını sarıyordu; şaşırmış haldeki İnferius'lar da suyun kenarına kadar onlara eşlik ettiler ve oraya varınca, minnetle karanlık sularının içine döndüler.

Baştan aşağı titreyen Harry, bir an Dumbledore'un kayığa binemeyeceğini sandı; Dumbledore bunu yapmaya çalışırken bir an sendeledi; bütün gücünü etraflarındaki ateş çemberini korumaya harcıyormuş gibiydi. Harry onu yakaladı ve yerine oturmasına yardım etti. İkisi de yine güvenli bir biçimde, sıkış tıkış oturduktan sonra, kayık siyah suyun üzerinde ilerlemeye, kayalıktan uzaklaşmaya başladı; hâlâ ateş çemberiyle sarılıydılar ve altlarında yüzen İnferius'lar yüzeye çıkmaya cesaret edemiyormuş gibi görünüyorlardı.

"Efendim," dedi Harry nefes nefese, "efendim, unuttum – ateşi – üstüme doğru geliyorlardı, paniğe kapıldım –"

"Gayet anlaşılır bir durum," diye mırıldandı Dumbledore. Harry onun sesinin ne kadar zayıf çıktığını duyunca telaşa kapıldı.

Hafif bir çarpmayla kıyıya ulaştılar. Harry hemen karaya atladı ve dönüp Dumbledore'a yardım etti. Dumbledore kıyıya ulaşır ulaşmaz asa tutan elini halsizce indirdi; ateş çemberi kayboldu, ama İnferius'lar bir daha sudan çıkmadılar. Küçük kayık yeniden suyun içine gömüldü; şıngırdayan ve çınlayan zinciri de yerde yılan gibi sürünerek göle geri döndü. Dumbledore derin derin içini çekti ve mağara duvarına yaslandı.

"Zayıf düştüm..." dedi.

"Merak etmeyin, efendim," dedi Harry hemen, Dumbledore'un müthiş solgunluğu ve bitkin havası onu çok kaygılandırmıştı. "Merak etmeyin, ben bizi geri götürürüm... bana yaslanın, efendim..."

Ve Harry, Dumbledore'un sağlam kolunu boynuna dolayarak, ağırlığının büyük bir bölümünü taşıyarak, müdürünü gölün etrafından dolaştırıp geri götürdü.

"Sonuçta... koruma... iyi tasarlanmış," dedi Dumbledore halsizce. "Bir kişi tek başına başaramazdı... aferin, Harry, çok iyiydin..."

"Artık konuşmayın, efendim," dedi Harry. Dumbledore'un böylesine zorlukla konuşmasından, ayaklarının yerde bu kadar sürünmesinden korkmuştu. "Gücünüzü saklayın, efendim... az sonra buradan çıkmış olacağız..."

"Kemer yine mühürlenmiş olacak... bıçağım..."

"Gerek yok, kaya kolumu çizdi," dedi Harry kararlı bir sesle, "siz sadece bana yerini söyleyin, yeter..."

"Burası..."

Harry çizilmiş kolunu kayaya sürdü: haracı olan kanı alan kemer, ânında açıldı. Dış mağarayı geçtiler ve Harry, Dumbledore'un kayalıktaki yarığı dolduran buz gibi suya girmesine yardım etti.

"Her şey yolunda gidecek, efendim," diyordu Harry tekrar tekrar. Dumbledore'un suskunluğu onu zayıf sesinden de fazla endişelendirmişti. "Neredeyse geldik... Ben ikimizi geri Cisimlendirebilirim... merak etmeyin..."

"Merak etmiyorum, Harry," dedi Dumbledore, suyun donduruculuğuna rağmen biraz daha güçlü bir sesle. "Yanımda sen varsın."

YİRMİ YEDİNCİ BÖLÜM

Yıldırım Çarpmış Kule

Bir kez daha yıldızlı göğün altına çıktıklarında, Harry Dumbledore'u önce en yakındaki kayanın tepesine çıkardı, sonra da doğrulmasına yardım etti. Sırılsıklam ve titreyerek, Dumbledore'un ağırlığı hâlâ üstünde, dikkatini şimdiye kadar hiç yoğunlaştırmadığı ölçüde, gitmesi gereken konum üzerine yoğunlaştırdı: Hogsmeade. Gözlerini yumup Dumbledore'un kolunu, tutabildiği kadar sıkıca tutarak, o korkunç sıkışma duygusuna adım attı.

Daha gözlerini açmadan başardığını anladı: tuz kokusu ile deniz esintisi gitmişti. O ve Dumbledore titreyerek, üzerlerinden sular akarak Hogsmeade'deki karanlık High Street'in ortasında duruyorlardı. Bir an, dehşet verici bir şekilde Harry'nin hayal gücü ona dükkânların yan tarafından sürüne sürüne gelen çok sayıda İnferius gösterdi ama gözlerini şöyle bir kırpınca aslında hiçbir şeyin kımıldamadığını gördü; her şey hareketsizdi, birkaç sokak lambası ve ışıklı üst kat pencereleri dışında, ortalığa tam anlamıyla karanlık hâkimdi.

"Başardık, Profesör!" diye fısıldadı Harry, güçlükle; birden göğsünde yakıcı bir sancı olduğunu fark etmişti. "Başardık! Hortkuluk'u aldık!"

Ona yaslanan Dumbledore sendeledi. Harry bir an, acemice Cisimlenme'sinin Dumbledore'un dengesini bozduğunu düşündü; sonra onun bir sokak lambasının uzaktan gelen ışığında her zamankinden daha solgun ve nemli olan yüzünü gördü.

"Efendim, iyi misiniz?"

"Daha iyi zamanlarım olmuştur," dedi Dumbledore bitkin bitkin, ağzının uçları seğirse de. "O iksir... pek de şifa içeceği sayılmaz..."

Ve Dumbledore, Harry'yi dehşet içinde bırakarak, yere yığıldı.

"Efendim - bir şey yok, efendim, iyileşeceksiniz, merak etmeyin –"

Yardım bulmak için çaresizce etrafına bakındı ama görünürde kimse yoktu. Tek düşünebildiği, Dumbledore'u bir şekilde çabucak hastane kanadına götürmesi gerektiği oldu.

"Sizi okula götürmemiz gerekiyor, efendim... Madam Pomfrey..."

"Hayır," dedi Dumbledore. "Bana... Profesör Snape lazım... ama sanmıyorum... şimdilik o kadar uzağa yürüyebileceğimi..."

"Tamam – efendim, dinleyin – bir kapıyı çalacağım, kalabileceğiniz bir yer bulacağım – sonra koşup Madam'ı getirebilirim –"

"Severus," dedi Dumbledore net bir şekilde. "Benim Severus'a ihtiyacım var..."

"Peki öyleyse, Snape olsun – ama sizi biraz bırakmam lazım ki –"

Ancak, Harry henüz yerinden kıpırdayamadan, koşan birinin ayak seslerini duydu. Kalbi yerinden oynadı: biri görmüştü, biri yardıma ihtiyaçları olduğunu biliyordu – ve etrafına bakınca, sırtında üzerine ejderhalar işlenmiş ipek bir sabahlık, ayağında yüksek topuklu, tüylü terliklerle Madam Rosmerta'nın, karanlık sokaktan onlara doğru seğirttiğini gördü.

"Yatak odasının perdelerini çekerken Cisimlendiğinizi gördüm! Çok şükür, çok şükür, bilemedim nedir bu – ama Albus'un nesi var?"

Soluk soluğa, durdu ve fal taşı gibi gözlerle, aşağı, Dumbledore'a baktı.

"Yaralandı," dedi Harry. "Madam Rosmerta, ben okula gidip ona yardım getirirken o sizinle Üç Süpürge'ye gelebilir mi?"

"Oraya tek başına gidemezsin! Farkında değil misin – görmedin mi –?

"Eğer ona destek olmama yardım ederseniz," dedi Harry, onu dinlemeyerek, "sanırım içeri sokabiliriz –"

"Ne oldu?" diye sordu Dumbledore. "Rosmerta, mesele nedir?"

"Ka– Karanlık İşaret, Albus."

Ve Hogwarts yönünde, gökyüzüne işaret etti. Bu kelimeleri duyunca Harry'nin içini bir dehşet kapladı... döndü ve baktı.

İşte orada, okulun tepesinde, gökte asılı duruyordu: o yılan dilli, parıl parıl parlayan yeşil kafatası; Ölüm Yiyen'lerin bir binaya girdiklerinde... birilerini öldürdüklerinde arkalarında bıraktıkları işaret...

"Ne zaman ortaya çıktı?" dedi Dumbledore, ayağa kalkmaya çalışırken eliyle, Harry'nin omzunu acı verici bir şekilde kavradı.

"Birkaç dakika önce olmalı, kediyi çıkardığımda yoktu, ama yukarı kata çıktığımda –"

"Hemen şatoya dönmemiz gerek," dedi Dumbledore. "Rosmerta," biraz sendelese de, duruma tamamen hâkim görünüyordu, "ulaşım aracına ihtiyacımız var – süpürge –"

"Barın arkasında iki tane var," dedi Madam Rosmerta, oldukça korkmuş görünüyordu. "Bir koşu gidip alayım mı –?"

"Hayır, Harry alır."

Harry hemen asasını kaldırdı.

"Accio Rosmerta'nın süpürgeleri."

Bir saniye sonra, pub'ın kapısı savrulup açılırken büyük bir gürültü duyuldu; iki süpürge sokağa fırlamıştı ve Harry'ye doğru hızla geliyorlardı; yanına vardıklarında ânında bel hizasında durdular, hafiften titriyorlardı.

"Rosmerta, lütfen Bakanlık'a bir mesaj gönder," dedi Dumbledore, ona yakın olan süpürgeye binerken. "Belki Hogwarts'ta hiç kimse bir sorun olduğunun farkına varmamıştır... Harry, Görünmezlik Pelerini'ni giy."

Harry Pelerini'ni cebinden çıkardı ve süpürgesine binmeden önce üzerine attı; Madam Rosmerta şimdiden arkasını dönmüş, pub'ına doğru sendeleyerek ilerlemeye başlamıştı ki, Harry ve Dumbledore yere vurup havalandılar. Hızla şatoya doğru giderlerken, Harry, düşerse onu yakalamaya hazır durumda, gözünün ucuyla Dumbledore'a baktı; ancak Karanlık İşaret'in görünüşü Dumbledore'da uyarıcı etkisi yapmışa benziyordu: süpürgesinin üzerine iyice eğilmişti, gözleri İşaret'e sabitlenmişti, gümüş rengi uzun saçları ve sakalı, gece havasında arkasında uçuşuyordu. Harry de ileri, kafatasına doğru baktı; korku, içinde kabarıyor, zehirli bir kabarcık gibi, ciğerlerini ezerek, diğer tüm sıkıntıları zihninden uzaklaştırıyordu...

Ne kadar uzun süre uzakta kalmışlardı? Ron, Hermione ve Ginny'nin şansları şimdiye kadar tükenmiş miydi? İşaret'in okulun üstünde belirmesinin nedeni onlardan biri miydi, yoksa Neville, Luna ya da başka bir DO üyesi miydi? Ve öyleyse eğer... onlara koridorlarda devriye gezmelerini söyleyen kişi oydu, onlardan güvenli yataklarını terk etmelerini istemişti... yoksa yine bir arkadaşının ölümünden mi sorumlu olacaktı?

Önceden birlikte yürüdükleri karanlık, dolambaçlı yolun üstünden uçarlarken Harry, gecenin kulaklarında ıslık çalan sesinin üstünde, Dumbledore'un, yine tuhaf bir dilde mırıldandığını duydu. Sınır duvarının üstünden araziye girerlerken, süpürgesinin bir an sarsıldığını fark ettiğinde ise neler olduğunu anladı: Dumbledore içeri hızlı girebilmeleri için, şatonun etrafına kendi yaptığı efsunları çözüyordu. Karanlık İşaret, şatonun en yüksek kulesi olan Astronomi Kulesi'nin tam üstünde parıldıyordu. Acaba bu, ölüm olayının orada meydana geldiğini mi gösteriyordu?

Dumbledore, kare kare mazgalları geçmişti bile ve süpürgesinden iniyordu; birkaç saniye sonra Harry de onun yanına konup etrafa baktı.

Mazgalların önü boştu. Şatoya inen sarmal merdivenin kapısı kapalıydı. Herhangi bir mücadele, ölümüne dövüş ya da ceset izi yoktu.

"Bu da ne demek oluyor?" diye sordu Harry Dumbledore'a, başını kaldırıp tepelerinde kötücül kötücül parıldayan yılan dilli, yeşil kafatasına bakarak. "Bu gerçek İşaret mi? Birisi sahiden – Profesör?"

İşaret'in loş yeşil ışıltısında Harry, Dumbledore'un kararmış eliyle göğsünü kavradığını gördü.

Dumbledore bitkin bir sesle ama net bir şekilde, "Git, Severus'u uyandır," dedi. "Ona neler olduğunu söyle ve bana getir. Başka hiçbir şey yapma, başka kimseyle konuşma ve Pelerin'ini çıkarma. Burada bekleyeceğim."

"Ama –"

"Bana itaat etmeye yemin ettin, Harry – git hadi!"

Harry sarmal merdivene açılan kapıya doğru hızla gitti ama henüz eli kapının demir halkası üzerine kapanmıştı ki, diğer taraftan koşan birinin ayak seslerini duydu. Dönüp Dumbledore'a baktı, Profesör ona geri çekilmesini işaret etti. Harry geri çekilirken asasını da çekti.

Kapı aniden açıldı ve birisi birdenbire dışarı fırlayarak bağırdı: "*Expelliarmus!*"

Harry'nin bedeni birden kaskatı kesildi ve kıpırdayamaz hale geldi; arkaya, Kule duvarına doğru devrilip, dengesiz bir heykel gibi yaslı kaldı oraya; ne hareket edebiliyordu ne de konuşabiliyordu. Bunun nasıl olduğunu da anlayamıyordu – *Expelliarmus* bir Dondurma Büyüsü değildi –

Sonra, İşaret'in ışığında, Dumbledore'un asasının Kule duvarının mazgalları üzerinden bir kavis çizerek uçtuğunu gördü ve anladı... Dumbledore, Harry'yi sözsüz olarak hareketsiz hale getirmişti ve bu büyüyü yapmak için harcadığı bir saniye, kendisini koruyamamasına mal olmuştu.

Sırtı mazgallı duvara dönük, yüzü bembeyaz halde dahi, Dumbledore panik ya da endişe belirtisi göstermiyordu. Sadece onu silahsız bırakan kişiye baktı ve "İyi akşamlar, Draco," dedi.

Malfoy ileri adım atarak, Dumbledore ile ikisinin yalnız olup olmadıklarını kontrol etmek için çabucak çevreye bakındı. Gözleri ikinci süpürgeye ilişti.

"Başka kim var burada?"

"Bu soruyu ben de sana sorabilirim. Yoksa tek başına mı hareket ediyorsun?"

Harry, Malfoy'un açık renk gözlerinin, İşaret'in yeşil ışıltısında yeniden Dumbledore'a kaydığını gördü.

"Hayır," dedi. "Desteğim var. Bu gece okulunda Ölüm Yiyen'ler var."

"Vay, vay," dedi Dumbledore, sanki Malfoy ona ev ödevi olarak verilmiş iddialı bir projeyi gösteriyormuş gibi. "Gerçekten çok iyi. Onları içeri almanın bir yolunu buldun, öyle mi?"

"Evet," dedi, hâlâ soluk soluğa olan Malfoy. "Burnunun dibindeydi ve sen fark etmedin bile!"

"Çok başarılı," dedi Dumbledore... "Fakat yine de... kusura bakma ama... şimdi neredeler? Desteğin yok gibi görünüyor."

"Nöbetçilerinden birkaçıyla karşılaştılar. Aşağıda dövüşüyorlar. Çok geçmeden gelirler... Ben önden geldim. Benim – benim yapacak bir işim var."

"Eh, öyleyse, işini yapmalısın, sevgili oğlum," dedi Dumbledore usulca.

Sessizlik çöktü. Harry kendi görünmez, felç olmuş bedeninin içine hapsedilmiş, ikisine bakıyor, kulakları Ölüm Yiyen'lerin uzaktaki dövüşünden sesler duymak için zorlanıyordu ve önünde, Draco Malfoy, Albus Dumbledore'a bakmaktan başka bir iş yapmıyordu. İnanılmaz bir şekilde, Dumbledore gülümsedi.

"Draco, Draco, sen katil değilsin."

"Nereden biliyorsun?" dedi Malfoy hemen.

Sözlerinin kulağa ne kadar çocukça geldiğini fark etmiş olmalıydı; Harry, İşaret'in yeşilimsi ışığında, onun kızardığını gördü.

"Neler yapabileceğimi bilmiyorsun," dedi Malfoy daha şiddetle. "Ne yaptığımı bilmiyorsun!"

"Ah, evet, biliyorum," dedi Dumbledore kibarca. "Katie Bell ile Ronald Weasley'yi az daha öldürüyordun. Yıl boyu gittikçe artan bir umutsuzlukla beni öldürmeye çalıştın. Bağışla Draco, ama bunlar cılız çabalardı... hatta öyle cılız ki, doğrusunu söylemek gerekirse, acaba bu işe gerçekten yüreğini koydun mu diye merak ediyorum..."

"Koydum!" dedi Malfoy ateşli ateşli. "Bütün yıl boyunca üzerinde çalıştım ve bu gece –"

Aşağıda, şatonun derinliklerinde bir yerden Harry boğuk bir feryat duydu. Malfoy kaskatı kesildi ve omzunun üstünden geriye baktı.

"Birileri canla başla direniyor," dedi Dumbledore, sohbet edercesine. "Ama diyordun ki... evet, okuluma Ölüm Yiyen'leri sokmayı başardığını söylüyordun ki, itiraf edeyim, ben böyle bir şeyin imkânsız olduğunu sanırdım... nasıl yaptın bunu?"

Ama Malfoy hiçbir şey demedi: aşağıda olanları dinliyor gibiydi ve Harry kadar felç olmuş görünüyordu.

"Belki de işi tek başına tamamlamalısın," diye önerdi Dumbledore. "Ya nöbetçilerim senin desteğini püskürttüyse? Fark etmişsindir herhalde, bu gece burada Zümrüdüanka Yoldaşlığı'nın üyeleri de var. Hem zaten senin de aslında yardıma ihtiyacın yok... Şu anda asam elimde değil... Kendimi savunamam."

Malfoy sadece ona gözlerini dikip bakmakla yetindi.

"Anlıyorum," dedi Dumbledore şefkatle, Malfoy ne hareket edip ne de konuşunca. "Onlar sana katılana kadar harekete geçmeye korkuyorsun."

"Korkmuyorum!" diye hırladı Malfoy, henüz Dumbledore'a zarar verecek bir şey yapmaya kalkışmasa da. "Asıl sen korkmalısın!"

"Ama niye? Beni öldüreceğini sanmıyorum, Draco. Öldürmek hiç de masumların sandığı kadar kolay değildir... söyle bana öyleyse, ikimiz senin arkadaşlarını beklerken... onları nasıl gizlice soktun buraya? Bunu nasıl yapacağını bulmak çok vaktini almış olmalı."

Malfoy sanki haykırma ya da kusma dürtüsüyle mücadele ediyormuş gibi görünüyordu. Dumbledore'a dik dik bakarak, asası doğrudan doğruya onun kalbini hedef almış halde, yutkundu, birkaç derin nefes aldı. Sonra, sanki kendisine engel olamıyormuş gibi, "Kimsenin yıllardır kullanmadığı o bozuk Kaybolan Dolap'ı tamir etmem gerekti," dedi. "Geçen yıl Montague'nün içinde kaybolduğu dolabı."

"Aaah."

Dumbledore'un iç çekişi biraz da inleme gibiydi. Bir an gözlerini yumdu.

"Akıllıca... anladığım kadarıyla onlardan iki tane var?"

"Öteki Borgin ve Burkes'te," dedi Malfoy, "ve aralarında bir tür geçit oluşturuyorlar. Montague bana Hogwarts'takine takılıp kaldığı zaman söylemişti; bir ara-boyuta kısılıp kalmış ama bazen okulda olanları duyabiliyormuş, bazen de dükkânda olanları, sanki Dolap ikisinin arasında seyahat ediyormuş gibi; ama kimseye kendi sesini duyuramıyormuş... sonunda, sınavdan geçmemiş olduğu halde dışarı Cisimlenme'yi başardı. Yaparken de az daha ölüyordu. Herkes bunun gerçekten iyi bir hikâye olduğunu düşündü ama ne anlama geldiğini bir tek ben fark ettim –Borgin bile bilmiyordu– eğer bozuk olanı tamir edersem, Dolaplar vasıtasıyla Hogwarts'a girilebileceğini fark eden tek kişi bendim."

"Çok iyi," diye mırıldandı Dumbledore. "Demek Ölüm Yiyen'ler Borgin ve Burkes'ten okula geçmeyi başardılar, sana yardım etmek için... akıllıca bir plan, çok akıllıca bir plan... ve senin de dediğin gibi, burnumun dibinde..."

"Evet," dedi Malfoy, Dumbledore'un övgüsü ona tuhaf bir şekilde, cesaret ve rahatlık vermiş gibiydi. "Evet, öyleydi!"

"Ama senin bile," diye devam etti Dumbledore, "Dolap'ı tamir edeceğinden emin olmadığın anlar oldu, değil mi? Ve birtakım acemice ve tedbirsizce yöntemlere başvurdun; bana, yanlış kişilere ulaşmaya mahkûm, lanetli bir gerdanlık göndermek gibi... benim içme ihtimalimin çok az olduğu şekerli içkiyi zehirlemek gibi..."

"Evet ama bunları kimin yaptığını gene de fark etmedin, değil mi?" diye dudak büktü Malfoy, tam o sırada Dumbledore, ayaklarındaki güç besbelli azaldığı için, mazgallardan biraz aşağı kaydı ve Harry kendisini bağlayan efsuna karşı sessizce, boş yere mücadele etti.

"Doğrusunu istersen, ettim," dedi Dumbledore. "Sen olduğundan emindim."

"Niye durdurmadın beni, öyleyse?" diye sordu Malfoy.

"Denedim, Draco. Profesör Snape benim emrimle seni gözlüyordu –"

"*Senin* emirlerini yerine getirmiyordu, anneme söz vermişti –"

"Sana tabii öyle der, Draco, ama –"

"O bir ikili ajan, seni aptal ihtiyar, senin için çalışmıyor, sen öyle sanıyorsun, o kadar!"

"Bu konuda farklı düşündüğümüzü kabul edelim, Draco. Mesele şu ki, ben Profesör Snape'e güveniyorum –"

"Eh, öyleyse, çaptan düşüyorsun demektir!" diye alayla güldü Malfoy. "Bana defalarca yardım teklifinde bulundu – işin şanı kendisine kalsın istiyor – eyleme katılmak istiyor – 'Ne yapıyorsun? Gerdanlık işini sen mi yaptın, aptalca bir şey, her şeyi mahvedebilirdi –' Ama ona İhtiyaç Odası'nda ne yaptığımı söylemedim, yarın uyandığında her şey bitmiş olacak ve artık Karanlık Lord'un gözdesi olmayacak, bana kıyasla bir hiç olacak, hiç!"

"Çok memnuniyet verici," dedi Dumbledore nazikçe. "Hepimiz sıkı çalışmalarımız için takdir edilmek isteriz, elbette... ama bir suç ortağın olmalı... Hogsmeade'de biri, Katie'ye gizlice onu – aah..."

Dumbledore, sanki uykuya dalmak üzereymiş gibi, yine gözlerini yumdu ve başını evet anlamında salladı.

"... elbette... Rosmerta. Ne kadar zamandır İmperius Laneti'nin etkisi altında?"

"Sonunda çözdün ha?" diye alay etti Malfoy.

Aşağıdan bir feryat daha duyuldu, bir öncekinden hayli yüksek sesli bir feryat. Malfoy tedirgin tedirgin yine omzunun üstünden arkaya baktı, sonra sözlerine devam eden Dumbledore'a döndü. "Demek zavallı Rosmerta kendi tuvaletine saklanıp o gerdanlığı içeri tek başına girecek ilk Hogwarts öğrencisine vermeye zorlandı, öyle mi? Ve zehirli içki... eh, tabii, Rosmerta şişeyi benim Noel hediyem olacağı inancıyla Slughorn'a göndermeden önce senin için zehirleyebilirdi... evet, çok temiz iş... çok temiz... zavallı Mr Filch'in aklına, elbette ki Rosmerta'nın şişesini kontrol etmek gelmezdi... söylesene, Rosmerta ile nasıl haberleşiyordun? Ben okuldan dışarı ya da dışarıdan içeri bütün iletişim yollarını kontrol ediyoruz sanıyordum."

"Büyülü bozuk paralar," dedi Malfoy, sanki konuşmaya devam etmek zorundaymış gibi; oysa asası fena halde titriyordu. "Biri bendeydi, biri de onda – böylece ona mesaj gönderebiliyordum –"

"Bu geçen yıl kendilerine Dumbledore'un Ordusu denen grubun yararlandıkları gizli iletişim yöntemi değil mi?" diye sordu Dumbledore. Sesi neşeli ve sohbet eder gibiydi ama Harry onun bunları söylerken duvardan aşağı iki üç santim daha kaydığını gördü.

"Evet, bu fikri onlardan aldım," dedi Malfoy, çarpık bir gülümsemeyle. "İçkiyi zehirleme fikrini de Bulanık Granger'dan aldım, kütüphanede Filch'in iksirleri tanımadığı konusunda konuştuğunu duydum..."

"Lütfen o hakaret sözcüğünü benim önümde kullanma," dedi Dumbledore.

Malfoy kaba bir kahkaha attı.

"Seni öldürmek üzereyken 'Bulanık' dememe mi aldırıyorsun?"

"Evet, aldırıyorum," dedi Dumbledore, ve Harry onun ayakta kalmakta güçlük çektiğini, ayaklarının zeminde biraz daha kaydığını gördü. "Beni öldürmek üzere olmana gelince, Draco, şurada benimle uzun birkaç dakika geçirdin. Üstelik tamamen yalnızız. Normalde beni bulmayı hayal edebileceğinden çok daha savunmasız durumdayım ve hâlâ harekete geçmedin..."

Malfoy'un ağzı, çok acı bir şey tatmış gibi, elinde olmadan kasıldı.

"Gelelim bu geceye," diye devam etti Dumbledore, "Nasıl olduğunu henüz pek anlayamadım... okuldan ayrıldığımı biliyor muydun? Ama tabii," diye kendi sorusunu kendi cevapladı, "Rosmerta ayrıldığımı gördü, o marifetli paralarından yararlanarak sana haber verdi, eminim..."

"Doğru," dedi Malfoy. "Ama sadece içki içmeye gittiğini, geri döneceğini söyledi..."

"Eh, kesinlikle içtim... Ve geri döndüm... bir anlamda," diye mırıldandı Dumbledore. "Demek bana tuzak kurmaya karar verdin, öyle mi?"

"Senin kim öldü diye telaşla geri dönmeni sağlamak için Kule'ye bir Karanlık İşaret koymaya karar verdik," dedi. "Ve işe yaradı!"

"Eh... hem evet, hem hayır..." dedi Dumbledore. "Ama o halde, bundan kimsenin öldürülmediğini mi anlamam gerekiyor?"

"Biri öldü," dedi Malfoy ve bunu söylerken sesi bir oktav yükseldi sanki. "Sizinkilerden biri... kim olduğunu bilmiyorum, karanlıktı... Onun üstüne bastım... Geri döndüğünde benim burada bekliyor olmam gerekiyordu, ama senin Zümrüdüankacılar işe karıştı..."

"Evet, yaparlar öyle," dedi Dumbledore.

Aşağıdan öncekilerden de gürültülü bir çarpma sesi ve haykırışlar duyuldu; sanki insanlar Dumbledore, Malfoy ve Harry'nin durdukları yere çıkan sarmal merdivenin üstünde çarpışıyor gibiydiler ve Harry'nin kalbi görünmeyen göğsünün içinde, duyulmadan gümbür gümbür çarptı... biri ölmüştü... Malfoy üstüne basmıştı... kimdi peki?

"Şöyle ya da böyle, çok az vakit kaldı," dedi Dumbledore. "onun için, seçeneklerini tartışalım, Draco."

"Seçeneklerimmiş!" dedi Malfoy yüksek sesle. "Burada elimde bir asayla duruyorum – seni öldürmek üzereyim –"

"Sevgili oğlum, bu konuda artık kendimizi kandırmayalım. Eğer beni öldürecek olsaydın, beni ilk Silahsız Bıraktığında yapardın, yöntemler ve araçlar hakkındaki bu hoş sohbetimizle vakit kaybetmezdin."

"Seçeneğim falan yok!" dedi Malfoy, ve birden o da Dumbledore gibi bembeyaz kesildi. "Yapmak zorundayım! Beni öldürür! Bütün ailemi öldürür!"

"Durumunun zorluğunu takdir ediyorum," dedi Dumbledore. "Niye daha önce seninle yüzleşmedim sanıyorsun? Lord Voldemort'un, senden şüphelendiğimi fark ettiğinde seni öldüreceğini bildiğim için."

Malfoy, ismi duyunca ürktü.

"Üstlendiğini bildiğim görev hakkında, seninle konuşmaya cesaret edemedim, sana karşı Zihnefend kullanabilirdi," diye devam etti Dumbledore. "Ama şimdi nihayet birbirimizle açıkça konuşabiliyoruz... kimse zarar görmedi, kimseyi incitmedin, her ne kadar tesadüfi kurbanların hayatta kaldığı için çok şanslı olsan da... Sana yardımcı olabilirim, Draco."

"Hayır, olamazsın," dedi Malfoy, asası gerçekten fena halde titriyordu. "Kimse olamaz. Bana dediğini yapmamı, yoksa beni öldüreceğini söyledi. Seçeneğim yok."

"Doğru tarafa gel, Draco, seni hayal edebileceğinden çok daha kusursuz şekilde saklayabiliriz. Üstelik, Yoldaşlık üyelerini bu akşam, anneni de aynı şekilde saklamaları için gönderebilirim.

Baban şu anda Azkaban'da emniyette... vakti gelince onu da koruyabiliriz... doğru tarafa gel, Draco. Sen katil değilsin..."

Malfoy, Dumbledore'a bakakaldı.

"Ama buraya kadar geldim, değil mi?" dedi ağır ağır. "Bu işe kalkışınca öldürüleceğimi düşünüyorlardı, buradayım oysa... ve sana hâkimim... asası olan benim... insafıma kalmış durumdasın..."

"Hayır, Draco," dedi Dumbledore usulca. "Şu an önemli olan benim insafım, seninki değil."

Malfoy bir şey söylemedi. Ağzı açıktı, asayı tutan eli hâlâ titriyordu. Harry'ye elini birazcık indirmiş gibi geldi.

Ama birden gümbürdeyerek merdivenlerden çıkan ayak sesleri duyuldu ve bir saniye sonra, kara pelerinli dört kişi mazgala açılan kapıdan dışarı fırlayarak Malfoy'a çarpıp, onu yere düşürdüler. Hâlâ felçli olan ve gözlerini kırpamayan Harry, bakışlarını dehşet içinde dört yabancıya dikti: anlaşılan, Ölüm Yiyen'ler aşağıdaki mücadeleyi kazanmıştı.

Bir tarafa doğru tuhaf bir şekilde yan yan bakan, hantal bir adam hırıltıyla kıkırdadı.

"Dumbledore köşeye kıstırılmış!" dedi ve kız kardeşi gibi duran ve hevesli hevesli sırıtan ufak tefek, tıknaz bir kadına döndü. "Dumbledore asasız, Dumbledore tek başına! Aferin, Draco, aferin!"

"İyi akşamlar, Amycus," dedi Dumbledore sükûnetle, sanki adam bir çay partisine gelen konuğuymuş gibi. "Alecto'yu da getirmişsin... ne hoş."

Kadın kızgın bir şekilde kıs kıs güldü.

"Küçük şakalarının sana ölüm döşeğinde faydası olacağını sanıyorsun, demek?" diye dalga geçti.

"Şaka mı? Hayır, hayır, buna terbiye denir," diye yanıtladı Dumbledore.

"Hadi," dedi Harry'nin en yakınında duran ve kara Ölüm Yiyen cüppesi rahatsız edici darlıkta görünen, keçe gibi kır saçlı ve bıyıklı, iriyarı, uzun bacaklı yabancı. Harry'nin o zamana kadar benzerini hiç duymadığı bir sesi vardı: kulak tırmalayan, havlama gibi bir ses. Harry'nin burnuna adamdan güçlü bir kir, ter ve –evet, gerçekten de– kan kokusu karışımı geliyordu. Kirli ellerinin uzun sarımsı tırnakları vardı.

"Sen misin, Fenrir?" diye sordu Dumbledore.

"Benim," diye hırıldadı öteki. "Beni gördüğüne memnun oldun mu, Dumbledore?"

"Hayır, olduğumu söyleyemem..."

Fenrir Greyback sırıttı, sivri uçlu dişlerini gösterdi. Çenesinden aşağı kan akıyordu, dudaklarını ağır ağır, müstehcen bir şekilde yaladı.

"Ama çocukları ne kadar çok sevdiğimi bilirsin, Dumbledore."

"Demek artık dolunay değilken bile saldırıyorsun? Kesinlikle olağanüstü... insan etine karşı ayda bir kereyle tatmin olamayan bir düşkünlük mü geliştirdin?"

"Doğru," dedi Greyback. "Bu seni şoke ediyor değil mi Dumbledore? Korkutuyor mu seni?"

"Eh, beni az da olsa tiksindirdiğini söylemem lazım," dedi Dumbledore. "Ve, evet, Draco'nun onca insan arasından kalkıp da seni arkadaşlarının yaşadığı okula davet etmesi bana küçük bir şok yaşattı..."

"Ben davet etmedim," diye soludu Malfoy. Greyback'e bakmıyordu; onu görmek bile istemiyor gibiydi. "Geleceğini bilmiyordum –"

"Hogwarts'a bir geziyi kaçıramazdım, Dumbledore," diye hırıldadı Greyback. "Parçalanacak onca gırtlak varken... hmm, leziz, leziz..."

Ve sarı tırnaklarından birini kaldırdı, Dumbledore'a iştahla bakarak ön dişlerini karıştırdı.

"Seni de tatlı niyetine yiyebilirim, Dumbledore..."

"Hayır," dedi dördüncü Ölüm Yiyen sert sert. Kaba, vahşi görünüşlü bir yüzü vardı. "Bize emir verildi. Draco'nun yapması gerek. Hadi bakalım Draco, ve çabuk ol."

Malfoy öncekinden de daha az kararlılık gösteriyordu. Dumbledore'un mazgal duvarında epey aşağı kaydığı için daha alçakta duran, soluk yüzüne bakarken dehşete kapılmış gibiydi.

Yan yan bakan adam, "Zaten bu dünyada pek kalıcı değil, bana sorarsanız!" dedi, kız kardeşinin aksırıklı kıkırdaması ona eşlik etti. "Baksanıza şuna – sana n'oldu böyle, Dumby?"

"Ah, daha düşük direnç, daha yavaş refleksler, Amycus," dedi Dumbledore. "Lafın kısası, ihtiyarlık... bir gün belki senin de başına gelir... tabii şansın varsa..."

"Ne demek o öyle, o da ne demek?" diye bağırdı, birden vahşileşen Ölüm Yiyen. "Hep aynısın, değil mi, Dumby, sırf laf, başka bir şey yok, yok! Karanlık Lord'un seni öldürme zahmetine bile neden katlandığını anlamıyorum! Hadi, Draco, yap şu işi!"

Ama tam o anda, aşağıdan yeniden itişip kakışma sesleri geldi ve bir ses *"Merdivenleri geçilmez hale getirmişler –"* diye bağırdı. *"Reducto! REDUCTO!"*

Harry'nin kalbi heyecanla çarptı: demek ki bu dördü bütün direnişi ortadan kaldırmamış, sadece dövüşenlerin arasından geçerek Kule'nin tepesine gelmişti, anlaşıldığı kadarıyla da, arkalarında bir engel yaratmışlardı –

"Hadi Draco, çabuk!" dedi vahşi yüzlü adam öfkeyle.

Ama Malfoy'un eli öyle kötü titriyordu ki, güçbela nişan alabiliyordu.

"Ben yaparım," diye hırladı Greyback ve elleri ileri uzanmış halde, dişlerini göstererek Dumbledore'a doğru ilerledi.

"Hayır dedim!" diye bağırdı vahşi yüzlü adam; bir ışık çaktı ve kurtadam yoldan savruldu; mazgallara çarpıp sendeledi, çok kızgın görünüyordu. Harry'nin kalbi öyle hızlı çarpıyordu ki, orada, Dumbledore'un büyüsü içinde hapsedilmiş halde dururken kimsenin onu duymaması imkânsız görünüyordu – bir kıpırdayabilseydi, Pelerin'inin altından bir lanet yöneltebilirdi –

"Draco, yap şunu, ya da kenara çekil ki içimizden biri –" diye tiz bir çığlık attı kadın, ama tam o anda mazgallara çıkan kapı hızla bir kez daha açıldı; Snape orada duruyordu; asasını elinde sıkı sıkı tutarak, kara gözleriyle duvarın önünde yığılmış duran Dumbledore'dan, gözü dönmüş kurtadamın da dahil olduğu dört Ölüm Yiyen'e ve Malfoy'a varana kadar sahneyi taradı.

"Bir sorunumuz var, Snape," dedi hantal Amycus, onun da gözleri ve asası Dumbledore'u nişan almıştı, "çocuk sanki yapamıyor –"

Ama başka biri daha Snape'in adını söylemişti, çok usulca.

"Severus..."

Bu ses Harry'yi akşam boyunca gördüğü her şeyden daha fazla korkuttu. Dumbledore ilk kez yalvarıyordu.

Snape bir şey demedi, ama ilerledi ve Malfoy'u sertçe yolundan itti. Üç Ölüm Yiyen tek kelime etmeden geriye çekildi. Hatta kurtadam bile sinmiş görünüyordu.

Snape bir an Dumbledore'a baktı, sonra yüzünün sert hatlarını tiksinti ve nefret bürüdü.

"Severus... lütfen..."

Snape asasını kaldırdı ve dosdoğru Dumbledore'a yöneltti.

"*Avada Kedavra!*"

Snape'in asasının ucundan yeşil bir ışık fıskiyesi çıktı ve Dumbledore'u tam göğsünden vurdu. Harry'nin dehşet çığlığı ağzından hiç çıkamadı; sessiz ve hareketsiz, Dumbledore havaya savrulurken onu öylece izlemek zorunda kalmıştı: Dumbledore bir saniye için, parlayan kafatasının altında havada asılı durur gibi göründü, sonra paçavradan yapılmış kocaman bir kukla gibi, mazgalların üstünden ağır ağır geriye düştü, gözden kayboldu.

YİRMİ SEKİZİNCİ BÖLÜM

Prens'in Kaçışı

Sanki Harry'nin kendisi de boşluğa savrulmuştu; *olmamıştı... olmuş olamazdı...*

"Gidiyoruz buradan, çabuk," dedi Snape.

Malfoy'un ensesinden yakaladı ve onu, diğerlerinin önü sıra, iterek kapıdan içeri soktu; Greyback ve tıknaz kız kardeş ile erkek kardeş onu izledi; kardeşler, hızlı hızlı soluyordu. Onlar kapıdan geçip kaybolurken Harry yeniden hareket edebildiğini hissetti; şimdi onu felce uğramış gibi duvara yapışık tutan sihir değil, dehşet ve şoktu. Kule'nin tepesini terk eden son kişi olan vahşi yüzlü Ölüm Yiyen kapıda kaybolmak üzereyken, Görünmezlik Pelerini'ni üstünden attı.

"Petrificus Totalus!"

Ölüm Yiyen sırtına sert bir şeyle vurulmuş gibi iki büklüm oldu ve balmumundan bir heykel kadar kaskatı halde, yere düştü; fakat o henüz yere düşmüşken, Harry üstünden atlamış, karanlık merdivenden aşağı doğru koşturmaya başlamıştı bile.

Dehşet, Harry'nin yüreğini paramparça ediyordu... Dumbledore'a erişmesi ve Snape'i yakalaması gerekiyordu... bu iki şey bir şekilde bağlantılıydı... ikisini bir araya getirebilirse, olanları tersine çevirebilirdi... Dumbledore ölmüş olamazdı...

Sarmal merdivenin son on basamağından atladı ve indiği yerde, asası havada durdu: loş koridor tozla doluydu; tavanın yarısı yıkılmış gibiydi ve önünde bir savaş cereyan ediyordu, ama kimin kiminle çarpıştığını çıkarmaya çalışırken bile, o nefret ettiği sesin *"Bitti, gitme vakti!"* diye bağırdığını duydu ve koridorun diğer ucunda Snape'in köşeyi dönüp kaybolduğunu gördü; o ve Malfoy, dövüşün içinden yara almadan sıyrılıp geçmişe benziyorlardı. Harry onların arkasından atılırken, dövüşçülerden biri kendini arbededen ayırdı ve ona doğru uçtu: kurtadam Greyback'ti bu. Harry asasını kaldıramadan onun tepesine binmişti: Harry sırtüstü düştü, yüzünde onun pis, keçe gibi saçlarını hissedebiliyordu; ter ve kanın pis kokusu burnunu ve ağzını doldurdu, sıcak ve aç nefesi gırtlağındaydı –

"Petrificus Totalus!"

Harry, Greyback'in üstüne yığıldığını hissetti; muazzam bir çabayla kurtadamı üstünden yere itmişti ki, yeşil bir ışık fıskiyesi uçarak üstüne doğru geldi; eğilip lanetten kurtuldu ve balıklama kavgaya daldı. Ayakları yerdeki pelte gibi ve kaygan bir şeye çarpınca sendeledi: orada, bir kan gölünün içinde yüzüstü yatan iki kişi vardı ama araştıracak vakit yoktu: Harry önünde kızıl saçların alev gibi uçuştuğunu gördü: Ginny, ona birbiri ardınca uğursuzluk büyüleri savuran hantal Ölüm Yiyen Amycus'la çarpışıyor, büyülerin hepsinden kaçıyordu: Amycus kıkır kıkır gülüyordu, bu spor hoşuna gitmişti: *"Crucio – Crucio* – sonsuza kadar dans edemezsin, güzel şey –"

"İmpedimenta!" diye haykırdı Harry.

Büyüsü Amycus'un göğsüne çarptı: acıdan domuz gibi ciyaklayan Amycus havalanıp karşı duvara savruldu ve duvardan aşağı kayarak, her biri başka bir Ölüm Yiyen ile çarpışan Ron, Profesör McGonagall ve Lupin'in arkasında yere düşüp gözden kayboldu. Harry, onların ilerisinde Tonks'un, her bir yöne uçan lanetler savuran dev gibi bir sarışın büyücü ile çarpıştığını gördü; uçuşan bu lanetler etraftaki duvarlardan geri sekerek taşı kırdı, en yakın pencere camını parçaladı –

"Harry nereden geldin?" diye bağırdı Ginny, ama ona cevap verecek zaman yoktu. Harry başını eğip ileri doğru koşarken, tepesinde birdenbire meydana gelen ve onları duvar parçacıkları yağmuru altında bırakan patlamadan ucu ucuna sıyrıldı: Snape kaçmamalıydı, Snape'i yakalamalıydı –

"*Al* bakalım!" diye bağırdı Profesör McGonagall ve Harry, Alecto adındaki Ölüm Yiyen kadının kollarını başının üstünde tutarak koridordan aşağı koştuğunu gördü, erkek kardeşi de hemen arkasındaydı. Harry onların arkasından atıldı ama ayağı bir şeye takıldı ve birden kendini birinin bacakları üzerine uzanmış buldu: etrafa bakınca, Neville'in solgun, yuvarlak yüzünü yere yapışmış halde gördü.

"Neville, sen –"

"İy'yim ben," diye mırıldandı Neville, karnını tutuyordu, "Harry... Snape'le Malfoy... koşarak geçtiler..."

"Biliyorum, peşlerindeyim!" dedi Harry, yattığı yerden, kaosun büyük bölümüne neden olan dev gibi sarışın Ölüm Yiyen'e bir büyü nişanlayarak: büyü yüzüne çarpınca adam acıyla uludu, olduğu yerde döndü, sendeledi ve iki kardeşin peşinden koşarak uzaklaştı.

Harry güçlükle yerden kalktı ve arkasından gelen patlamalara, diğerlerinin geri dönsün diye bağırmalarına, yerde yatan kaderi belirsiz kişilerin dilsiz çağrısına kulak asmayarak, koridor boyunca koşmaya başladı...

Spor ayakkabıları kandan kayganlaştığı için, köşeyi kayarak döndü; Snape büyük avantaj sağlamıştı – acaba İhtiyaç Odası'ndaki Dolap'a şimdiden girmiş olabilir miydi, yoksa Yoldaşlık, Ölüm Yiyen'lerin oradan kaçmasını önlemek için Oda'yı güvence altına almış mıydı? Bir sonraki boş koridorda koşarken kendi ayak sesleri ile kalbinin gümbürtüsünden başka bir şey duyamıyordu; derken, kaçan Ölüm Yiyen'lerden en az bir tanesinin ön kapıya yöneldiğini gösteren kanlı bir ayak izi gözüne çarptı – İhtiyaç Odası'na giriş belki sahiden de engellenmişti –

Bir köşeyi daha kayarak döndü ve yanından bir lanet uçarak geçti; bir zırhın arkasına daldı ve zırh patladı; iki kardeş Ölüm

Yiyen'i ileride, mermer merdivenden aşağı koşarken gördü ve onlara doğru uğursuzluk büyüleri savurdu, ama büyüleri vura vura sahanlıkta bir portredeki peruklu cadıları vurarak, çığlık çığlığa komşu tablolara kaçmalarına neden oldu. Zırhın kalıntılarının üzerinden atlayan Harry, başka çığlıklar ve feryatlar da duydu; şatodaki diğer insanlar da uyanmıştı anlaşılan...

İki kardeşi geçip, şimdiye kadar mutlaka okul arazisine varmış olan Snape ve Malfoy'a yetişme umuduyla bir kestirmeye doğru ilerledi hızla; gizli merdivenin ortasındaki kaybolan basamağın üzerinden atlamayı hatırlayarak, alttaki bir gobleni yırtıp dışarı fırladı ve pijamalı birkaç şaşkın Hufflepuff'ın durduğu yere çıktı.

"Harry! Bir ses duyduk ve birisi Karanlık İşaret falan dedi –" diye başladı Ernie Macmillan.

"Çekilin yolumdan!" diye haykırdı Harry, sahanlığa koşarken iki oğlanı yere savurup mermer merdivenin geri kalanını indi. Meşe ön kapı ardına kadar açılmıştı; yerdeki taşlarda kan lekeleri vardı ve dehşete kapılmış birçok öğrenci duvar diplerine sinmişti, bir iki tanesi hâlâ yüzlerini kollarıyla kapamış halde çömelmekteydi; dev Gryffindor kum saatine bir lanet isabet etmişti, içindeki yakutlar hâlâ büyük bir tangırtıyla alttaki taş zemine dökülüyordu.

Harry Giriş Salonu'nu uçarcasına geçip, karanlık araziye çıktı: çimenlerde, dışarı çıkıp ânında Cisimlenebilmek için kapıya doğru koşturan üç kişiyi hayal meyal seçti – görünüşlerine bakılırsa bunlar dev gibi sarışın Ölüm Yiyen ile onun biraz ilerisindeki Snape ve Malfoy'du...

Soğuk gece havası, onların arkasından çılgın gibi koşan Harry'nin ciğerlerini yırtıyordu; uzakta, avının siluetini bir an için ortaya çıkaran bir ışık çaktığını gördü; ne olduğunu bilmiyordu ama koşmaya devam etti, henüz bir laneti iyi nişanlayacak kadar yakında değildi –

Yine bir çakma, feryatlar ve misilleme olarak ışık fıskiyeleri.

Harry durumu anladı: Hagrid kulübesinden çıkmış, kaçan Ölüm Yiyen'leri durdurmaya çalışıyordu; aldığı her nefes ona ciğerlerini parçalıyor gibi gelse de, göğsündeki sancı ateş gibi olsa da, Harry, kafasındaki davetsiz bir sesin şu sözleriyle hızlandı: *Hagrid olmasın... Hagrid de olmasın...*

Bir şey Harry'nin kuyruk sokumunun üstüne şiddetle vurdu ve Harry öne düştü. Yüzü yere çarpmıştı, her iki burun deliğinden de kan akıyordu: asası hazır, yana yuvarlanırken, kestirme sayesinde önlerine geçtiği iki kardeşin arkadan yaklaştıklarını anladı...

"*İmpedimenta!*" diye haykırdı tekrar yuvarlanırken, karanlık toprağın üzerine iyice çömelerek. Mucize eseri, büyüsü kardeşlerden birine çarptı; darbeyi alan sendeleyip düştü, diğerinin ise ayağı ona takıldı; Harry ayağa fırladı ve Snape'in peşinden hızla koşmaya devam etti...

Şimdi, birden bulutların ardından çıkan hilal şeklindeki ayın ışığıyla aydınlanmış olan Hagrid'in devasa siluetini görüyordu; sarışın Ölüm Yiyen, bekçiye lanet üzerine lanet yolluyordu ama Hagrid'in muazzam kuvveti ve dev annesinden miras kalan sertleşmiş derisi onu koruyor gibiydi; ancak, Snape ve Malfoy hâlâ koşuyorlardı; çok geçmeden kapının öbür tarafına geçmiş olacak ve Cisimlenebileceklerdi –

Harry, Hagrid ile rakibinin yanından deli gibi geçti, Snape'in sırtına nişan aldı ve haykırdı, "*Sersemlet!*"

Iskaladı; kırmızı ışık fıskiyesi, Snape'in başının yanından süzülüp gitti. Snape, "*Koş, Draco!*" diye bağırdı ve döndü; yirmi metre mesafeden o ve Harry, birbirlerine baktılar ve sonra aynı anda asalarını kaldırdılar.

"*Cruc–*"

Ama Snape laneti defetti; daha Harry onu tamamlayamadan, dengesini kaybedip arkaya doğru düşmesine neden oldu; Harry yana doğru yuvarlanıp yeniden ayağa kalkarken, arkasındaki devasa Ölüm Yiyen "*İncendio!*" diye haykırdı; Harry bir patlamanın gürültüsünü duydu ve birdenbire herkes, dans eden turuncu bir ışıkla yıkandı: Hagrid'in evi yanıyordu.

"Fang oradaydı, seni melun –!" diye böğürdü Hagrid.

"*Cruc–*" diye haykırdı Harry ikinci kez, ilerideki, dans eden ateşin ışığıyla aydınlanmış siluete nişan alarak, ama Snape büyüyü yine karşıladı; Harry onun küçümsemeyle dudak büktüğünü görebiliyordu.

"Senden Affedilmez Lanet çıkmaz, Potter!", diye bağırdı Snape, parlayan alevlerin, Hagrid'in feryatlarının ve içeride kısılıp kalan Fang'in kesik kesik, çılgınca havlamalarının arasında. "Sende o cesaret de yok, yetenek de –"

"*İncarc–*" diye kükredi Harry, ama Snape kolunu neredeyse tembelce, hafif bir şekilde oynatarak büyünün yönünü değiştirdi.

"Dövüş!" diye haykırdı ona Harry. "Dövüş, seni ödlek –"

"Bana ödlek mi dedin, Potter?" diye bağırdı Snape. "Baban, dörde bir olmadıkça bana asla saldırmazdı, merak ediyorum, ona ne derdin acaba?"

"*Sersem–*"

"Bir daha karşılandı, ve bir daha, ve bir daha, ta ki sen çeneni tutmayı ve zihnini kapatmayı öğrenene kadar, Potter!" dedi Snape küçümsemeyle, yine lanetin yönünü değiştirerek. "*Gel* hadi!" diye bağırdı, Harry'nin arkasındaki dev gibi Ölüm Yiyen'e. "Gitme vakti, Bakanlık gelmeden –"

"*İmpedi–*"

Ama Harry daha bu büyüyü tamamlayamadan, dayanılmaz bir acıyla sarsıldı; çimenlere pat diye yığıldı, birisi bağırıyordu, kesinlikle bu ıstıraptan ölecekti, Snape ona işkence edecekti, ölene ya da çıldırana kadar –

"Hayır!" diye kükredi Snape'in sesi ve acı başladığı gibi aniden kesildi; Harry karanlık çimenlerde elinde asasıyla iki büklüm yatıyor, hızlı hızlı soluyordu; üstünde bir yerlerde Snape bağırıyordu: "Bize verilen emirleri unuttun mu? Potter Karanlık Lord'a ait – onu bırakmamız gerekiyor! Hadi! Hadi!"

Ve kardeşler ile devasa Ölüm Yiyen itaat edip, kapıya doğru koşarlarken, Harry yüzünün altındaki toprağın sarsıldığını hissetti. Anlaşılmaz bir öfke çığlığı attı: o anda yaşayıp yaşamayacağı umurunda bile değildi; yine zorla ayağa kalkarak, Snape'e; şimdi Voldemort kadar nefret ettiği o adama doğru kör kör sendeledi –

"*Sectum–*"

Snape asasını hareket ettirdi ve laneti yeniden püskürttü; ama Harry şimdi ondan sadece birkaç adım uzaktaydı ve sonunda Snape'in yüzünü net bir şekilde görüyordu: artık küçümseyerek ya da alaylı alaylı bakmıyordu; parlayan alevler hiddet dolu bir yüzü gösteriyordu. Harry, bütün yoğunlaşma gücünü toplayarak düşündü: "*Levi–*"

"Hayır, Potter!" diye haykırdı Snape. KÜT diye bir ses duyuldu ve Harry geriye doğru uçtu, yine toprağa sertçe çarptı ve bu sefer asası elinden uçup gitti. Snape yanına yaklaşıp, tıpkı Dumbledore gibi asasız ve savunmasız olarak yattığı yerde ona bakarken, Harry, Hagrid'in feryat ettiğini ve Fang'in uluduğunu duyabiliyordu. Snape'in alevler içindeki kulübenin aydınlattığı solgun yüzü, tıpkı Dumbledore'a lanet göndermeden önce olduğu gibi nefret doluydu.

"Benim kendi büyülerimi bana karşı kullanmaya cüret ediyorsun ha, Potter? Onları icat eden bendim – ben, Melez Prens! Ve icatlarımı benim üzerimde kullanacaksın, öyle mi, pis baban gibi? Hiç sanmıyorum... *hayır*!"

Harry asasını almak için atılmıştı; Snape asaya bir büyü gönderdi ve asa karanlıkta metrelerce uzağa uçtu, gözden kayboldu.

"Öldür beni, öyleyse," dedi, zerre kadar korku duymayan, onun yerine içi öfke ve küçümsemeyle dolu olan Harry, soluk soluğa. "Beni de öldür, onu öldürdüğün gibi, seni ödlek –"

"BANA –" diye haykırdı Snape ve yüzü birden çıldırmış gibi, vahşi bir görünüm aldı; sanki arkalarındaki yanan evde kısılıp kalmış havlayan, uluyan köpek kadar acı duyuyormuş gibi, "ÖDLEK DEME!"

Ve havayı kamçıladı: Harry kor gibi sıcak, kırbaç gibi bir şeyin yüzüne vurduğunu hissetti, arkası üstü yere çakıldı. Gözlerinin önünde ışık benekleri patladı ve bir an bedeni soluksuz kalmış gibi oldu, sonra tepesinde kanatların rüzgârını duydu ve muazzam bir şey, yıldızları perdeledi: Şahgaga, Snape'in üzerine uçmuştu; ustura gibi keskin pençeler ona doğru savrulurken Snape geriye doğru sendeledi. Harry doğrulup oturdu, başı hâlâ yere son çarpışı yüzünden dönüyordu; Snape'in olabildiğince hızlı koşarak kaçtığını gördü, muazzam hayvan arkasında kanatlarını çırpıyor ve Harry'nin daha önce hiç duymadığı bir biçimde acı acı bağırıyordu –

Harry zorlukla ayağa kalktı, asasını arayarak, yeniden kovalamayı umarak, sersemlemiş halde etrafına baktı, ama daha elleri otların arasında çalı çırpıyı yoklarken bile, artık çok geç olduğunu biliyordu. Gerçekten de, asasını bulup geri döndüğünde gördüğü tek şey, kapı üzerinde daireler çizerek uçan Hipogrif oldu: Snape okulun sınırlarının hemen dışında, Buharlaşma'yı başarmıştı.

"Hagrid!" diye mırıldandı Harry, hâlâ şaşkın halde etrafa bakınarak. "HAGRİD?"

Harry yanan eve doğru sendeleyerek ilerlerken, alevlerin arasından sırtında Fang'i taşıyan muazzam biri çıktı. Harry minnet dolu bir feryatla dizlerinin üstüne çöktü: kolları, bacakları sarsılıyordu, vücudunun her tarafı ağrıyor, soluğu da ağzından kesik kesik, acı vererek çıkıyordu.

"İyi misin, Harry? İyi misin? Konuş benimle, Harry..."

Hagrid'in koskoca, kıllı yüzü Harry'nin tepesinde dalgalanıyor, yıldızları perdeliyordu. Harry, yanmış tahta ve köpek kılı kokusu alıyordu; elini uzatıp yanında titreyen Fang'in insanın içini rahatlatan sıcak ve canlı bedenine dokundu.

"Ben iyiyim," dedi Harry, soluk soluğa. "Ya sen?"

"Tabii iyiyim... benim işimi bitirmek için bundan fazlası gerekir."

Hagrid ellerini Harry'nin kollarının altına koyup onu öyle

kuvvetle kaldırdı ki, doğrulmadan önce ayakları bir an toprağı terk etti. Harry, Hagrid'in hızla şişmekte olan bir gözünün altındaki derin bir kesikten aşağı, yanağına kan aktığını gördü.

"Evini söndürmeliyiz," dedi Harry, "gereken büyü *Aguamenti...*"

"Öyle bir şey olduğunu biliyordum zaten," diye mırıldandı Hagrid ve için için tüten, pembe çiçekli bir şemsiyeyi kaldırarak, "*Aguamenti!*" dedi.

Şemsiyenin ucundan bir su fıskiyesi fışkırdı. Harry de kendisine kurşun gibi ağır gelen asa tutan kolunu kaldırdı ve "*Aguamenti*" diye mırıldandı: Hagrid'le ikisi, son alev de sönene kadar eve su sıktılar.

Birkaç dakika sonra Hagrid tüten enkaza bakarak, "Çok da kötü değil," dedi, umutla. "Dumbledore'un düzeltemeyeceği bir şey değil..."

Harry ismi işitince karnında yakıcı bir acı duydu. Sessizlik ve hareketsizliğin arasında, içinde bir dehşet duygusu kabardı.

"Hagrid..."

"Geldiklerini duyduğumda, iki Kabuluk'un bacaklarını bağlıyordum," dedi Hagrid hüzünle, hâlâ enkaz halindeki kulübesine bakarak. "Yanıp dal gibi kalmışlar, zavallı yavrucaklar..."

"Hagrid..."

"Ama neler oldu, Harry? Az önce o Ölüm Yiyen'lerin şatodan aşağı doğru koştuğunu gördüm, fakat Snape yanlarında ne halt ediyordu? Nereye gitti – onları mı kovalıyordu?"

"O..." Harry boğazını temizledi; panikten ve dumandan kupkuru olmuştu. "Hagrid, o öldürdü..."

"Öldürdü mü?" dedi Hagrid yüksek sesle, aşağı, Harry'ye bakarak. "Snape öldürdü mü? Sen neden bahsediyorsun, Harry?"

"Dumbledore," dedi Harry. "Snape onu öldürdü... Dumbledore'u."

Hagrid ona öylece bakakaldı, yüzünün görülebilen küçük kısmı ifadesizdi, hiçbir şey anlamamıştı.

"Dumbledore n'oldu dedin, Harry?"

"Öldü. Snape öldürdü..."

"Öyle deme," dedi Hagrid sert sert. "Snape Dumbledore'u öldürecek, ha – aptallık etme, Harry. Niye öyle dedin ki?"

"Gördüm."

"Olmaz öyle şey."

"Gördüm, Hagrid."

Hagrid başını hayır anlamında salladı; yüzünde inanmaz ama halden anlar bir ifade vardı. Hagrid onun başına bir darbe aldığını, belki de bir büyünün sonradan görülen etkisinden dolayı kafasının karıştığını düşünüyordu besbelli...

"Bak, ne olmuştur, biliyor musun; Dumbledore Snape'e Ölüm Yiyen'lerle gitmesi gerektiğini söylemiştir," dedi Hagrid kendinden emin bir şekilde. "Sanırım gizliliği bozmaması gerekiyor. Bak, gel yukarı, okula gidelim. Hadi gel, Harry..."

Harry tartışmaya ya da açıklamaya kalkışmadı. Hâlâ kontrolsüzce titriyordu. Hagrid az sonra öğrenecekti nasılsa, biraz sonra... Şatoya doğru yürürlerken, Harry şimdi pencerelerden çoğunda ışık yandığını gördü, içerideki sahneleri net bir şekilde hayal edebiliyordu: insanlar odadan odaya gidip birbirlerine Ölüm Yiyen'lerin içeri girdiğini, İşaret'in Hogwarts üzerinde parıldadığını, birinin öldürülmüş olması gerektiğini söylüyorlardı herhalde...

Önlerindeki meşe kapı açıktı, içeriden gelen ışık araba yoluna ve çimenlere vuruyordu. Pijamalı insanlar basamakları ağır ağır, ne yapacağını bilmez bir şekilde iniyor, geceye karışıp giden Ölüm Yiyen'lerden bir iz arayarak, endişeyle etraflarına bakıyorlardı. Ancak Harry'nin gözleri, en yüksek kulenin altındaki toprağa dikiliydi. Henüz böyle bir şey göremeyecek kadar uzakta olduğu halde, orada otların arasında yatan siyah, karmakarışık bir yığın gördüğünü sandı. Ancak o daha hiç konuşmadan, Dumbledore'un bedeninin bulunması gereken yere bakarken, insanlar o tarafa doğru harekete geçti.

"Herkes nereye bakıyor?" dedi Hagrid, Harry ile ikisi, arkalarında bileklerine mümkün mertebe yakın yürüyen Fang'le birlikte şatonun cephesine yaklaşırlarken. "O otlarda yatan ne?" diye sordu Hagrid sertçe, Astronomi Kulesi'nin dibine doğru yönelerek. Şimdi orada küçük bir kalabalık toplanmaya başlamıştı. "Gördün mü, Harry? Tam Astronomi Kulesi'nin dibinde? Tam altında, İşaret'in... vay canına... birisi aşağı atılmamıştır, değil mi –?"

Hagrid sustu, belli ki bu düşünce yüksek sesle dile dökülmeyecek kadar korkunç gelmişti ona. Harry onun yanı sıra yürüdü, son yarım saatte çeşitli büyülerin, yüzünde ve bacaklarında isabet ettiği yerler ağrıyor, acıyordu; fakat, tuhaf bir kopukluk duygusu içinde, ona sanki onların acısını yakınındaki başka birisi çekiyormuş gibi geliyordu. Gerçek ve kaçınılmaz olan, göğsündeki korkunç sıkışma duygusuydu...

O ve Hagrid, mırıldanan kalabalığın arasından en öne, apışıp kalmış öğrencilerle öğretmenlerin bıraktığı boşluğa doğru, bir rüyadaymış gibi ilerlediler.

Harry, Hagrid'in acı ve şoktan kaynaklanan iniltisini duydu, ama durmadı; Dumbledore'un yattığı yere varana kadar ağır ağır yürüdü ve onun yanına çömeldi.

Harry, Dumbledore'un ona yaptığı Beden-Kilitleme Laneti'nin kalktığı andan itibaren hiç umut olmadığını biliyordu, büyünün yalnızca onu yapan kişi öldüğü için kalkmış olabileceğini biliyordu, ama gene de onu burada, kolları ve bacakları iki yana açılmış, bedeni çarpık bir halde yatarken görmeye hazırlıklı değildi: Harry'nin tanıyıp tanıyacağı en büyük büyücüydü o.

Dumbledore'un gözleri kapalıydı; kollarıyla bacaklarının tuhaf açısı olmasa, uyuyor olabilirdi. Harry uzandı, kemerli burnun üzerindeki dar çerçeveli gözlüğü düzeltti ve kendi kolunun yeniyle, ağızdan akmış kanı sildi. Sonra bilge, yaşlı yüze baktı ve o müthiş, akıl ermez hakikati hazmetmeye çalıştı: Dumbledore'un bir daha asla onunla konuşmayacağı, asla ona yardımcı olamayacağı hakikatini...

Kalabalık Harry'nin arkasında mırıldandı. Ona uzun gibi gelen bir süre sonra, sert bir şeyin üzerine diz çökmüş olduğunu fark etti ve yere baktı.

Saatler önce birlikte çalmayı başardıkları madalyon, Dumbledore'un cebinden düşmüştü. Belki toprağa çarpma şiddeti yüzünden, açılmıştı. Ve Harry zaten artık şimdiye dek hissettiğinden daha fazla şok, dehşet ya da üzüntü hissedemeyecek olmasına rağmen, onu yerden alırken bile bir şeylerin yolunda olmadığını biliyordu...

Madalyonu elinde döndürdü. Bu ne Düşünseli'nden hatırladığı madalyon kadar büyüktü, ne de üzerinde işaret vardı, Slytherin'in işareti olduğu varsayılan gösterişli S'nin izi yoktu. Üstelik içinde, bir portrenin olması gereken yere katlanıp sıkıştırılmış bir parşömenden başka bir şey de yoktu.

Harry, otomatik hareketlerle, ne yaptığını hiç düşünmeden, parşomen parçasını çıkardı, açtı ve şimdi arkasında ışıklanmış birçok asanın ışığı altında okudu:

Karanlık Lord'a

Biliyorum ki sen bunu okumadan çok önce ölmüş olacağım ama sırrını keşfedenin ben olduğumu bilmeni istiyorum. Gerçek Hortkuluk'u çaldım, elimden geldiğince çabuk yok etmeye niyetliyim. Denginle karşılaştığında bir kez daha ölümlü olacağın umuduyla, ölümle yüz yüze geliyorum.

R.A.B.

Harry mesajın ne anlama geldiğini bilmiyordu, aldırmıyordu da. Tek bir şeyin önemi vardı: bu bir Hortkuluk değildi. Dumbledore boşu boşuna o korkunç iksiri içerek kendini zayıf düşürmüştü. Harry elindeki parşömeni buruşturdu, gözü yaşla doldu; arkasında Fang ulumaya başladı.

YİRMİ DOKUZUNCU BÖLÜM

Anka'nın Matemi

"Gel buraya, Harry..."

"Hayır."

"Burda kalamazsın, Harry... gel hadi..."

"Hayır."

Dumbledore'un yanından ayrılmak istemiyordu, hiçbir yere kıpırdamak istemiyordu. Omzunu tutan Hagrid'in eli titriyordu. Sonra başka bir ses, "Harry, gel hadi," dedi.

Çok daha küçük ve sıcak bir el, elinin üstüne kapanmış, onu yukarı doğru çekiyordu. Doğru dürüst düşünmeden, onun yönlendirmesine bıraktı kendini. Ancak kalabalığın arasından körü körüne yürürken havada aldığı çiçeğimsi kokudan fark etti onu şatoya geri götürenin Ginny olduğunu. Anlaşılmaz sesler üstüne çullanıyor, hıçkırıklar, çığlıklar ve feryatlar geceyi yarıyordu, ama Harry ile Ginny, basamaklardan yukarı, Giriş Salonu'na yürüdüler: Harry'nin görüş alanının kıyılarında suratlar yüzüyordu, insanlar ona bakıyor, fısıldaşıyor, merak ediyordu, ve ikisi mermer merdivene doğru giderken Gryffindor yakutları yerde kan damlaları gibi ışıldıyordu.

"Hastane kanadına gidiyoruz," dedi Ginny.

"Benim bir şeyim yok," dedi Harry.

"McGonagall'ın emri," dedi Ginny. "Herkes orada, Ron ve Hermione, Lupin, herkes –"

Harry'nin göğsünde korku yeniden kıpırdandı: geride bıraktığı hareketsiz yatan şekilleri sormayı unutmuştu.

"Ginny, başka kim öldü?"

"Üzülme, bizden kimse ölmedi."

"Ama Karanlık İşaret – Malfoy birinin üstüne bastığını söylemişti –"

"Bill'in üstüne bastı ama bir şey yok, yaşıyor."

Ancak sesinde, Harry'nin hayra alamet olmadığını bildiği bir şey vardı.

"Emin misin?"

"Tabii eminim... biraz – biraz kötü durumda, hepsi bu. Greyback ona saldırdı. Madam Pomfrey diyor ki görünüşü artık – artık eskisi gibi olmayacakmış..." Ginny'nin sesi biraz titredi. "Etkilerinin ne olacağını bilmiyoruz – yani, Greyback kurtadamdı, ama o sırada dönüşmüş halde değildi."

"Ama ya ötekiler... yerde başkaları da vardı..."

"Neville hastane kanadında, ama Madam Pomfrey tamamen iyileşeceğini düşünüyor. Profesör Flitwick bir darbe almış, düşüp kendinden geçmiş ama iyi, sadece biraz sarsılmış, o kadar. Gidip Ravenclaw'lara göz kulak olacağım diye ısrar etti. Ve bir Ölüm Yiyen öldü, o koskoca sarışının her yönde yolladığı Öldüren Lanet'lerden biri ona isabet etti – Harry, eğer bizde senin Felix iksirin olmasaydı, sanırım hepimiz ölmüş olurduk, ama her şey bizi kıl payı ıskalıyor gibiydi –"

Hastane kanadına gelmişlerdi: Harry kapıyı açınca, Neville'in girişe yakın bir yatakta yattığını gördü; görünüşe bakılırsa uyuyordu. Ron, Hermione, Luna, Tonks ve Lupin, koğuşun diğer ucundaki bir yatağın etrafında toplanmışlardı. Açılan kapının sesini duyunca, hepsi başını kaldırıp baktı. Hermione, Harry'ye doğru koşup onu kucakladı; Lupin de, endişeli görünerek, ona doğru yürüdü.

"İyi misin, Harry?"

"İyiyim... Bill nasıl?"

Kimse cevap vermedi. Harry Hermione'nin omzunun üstünden baktı ve Bill'in yastığında, tanınması imkânsız bir yüz gördü;

bu yüz öylesine kötü bir şekilde yarılmış ve deşilmişti ki, feci görünüyordu. Madam Pomfrey yaralarına keskin kokulu yeşil bir merhem sürüyordu. Harry, Snape'in asasıyla Malfoy'un *Sectumsempra* yaralarını nasıl kolaylıkla iyileştirdiğini hatırladı.

"Onları bir büyüyle falan düzeltemez misiniz?" diye sordu, revir görevlisine.

"Bunlara büyü işlemez," dedi Madam Pomfrey. "Bildiğim her şeyi denedim, ama kurtadam ısırıklarının şifası yoktur."

"Ama dolunayda ısırılmadı ki," dedi Ron. Gözlerini ağabeyine dikmiş, sanki sadece bakışlarıyla düzelmeye zorlayabilirmiş gibi bakıyordu ona. "Greyback dönüşüm geçirmemişti, o yüzden de Bill kesinlikle öyle olmaz, değil mi – yani gerçek bir –?"

Tereddütle Lupin'e baktı.

"Hayır, Bill'in gerçek bir kurtadam olacağını sanmıyorum," dedi Lupin. "Ama bu bir miktar bulaşma olmayacağı anlamına gelmez. Bunlar lanetli yaralar. Tam olarak iyileşmeleri uzak ihtimal ve – ve Bill'in bundan böyle birtakım kurdumsu özellikleri olabilir."

"Ama Dumbledore işe yarayacak bir şey biliyordur belki," dedi Ron. "Nerede o? Bill bu manyaklarla Dumbledore'un emri üzerine çarpıştı, Dumbledore ona borçlu, Bill'i bu halde bırakamaz –"

"Ron – Dumbledore öldü," dedi Ginny.

"Hayır!" Lupin çılgınca önce Ginny'ye, sonra Harry'ye baktı, sanki Harry'nin onun söylediğine karşı çıkacağını umuyor gibiydi, ama Harry böyle bir şey yapmayınca, ellerini yüzüne kapayarak Bill'in yatağının yanındaki bir iskemleye yığıldı. Harry daha önce Lupin'in kontrolünü yitirdiğini hiç görmemişti; sanki mahrem, yakışıksız bir şeye davetsiz misafir olmuş gibi hissetti kendini. Dönüp onun yerine Ron'la göz göze geldi ve ikisinin arasında, Ginny'nin az önce söylediğini doğrulayan sessiz bir bakışma oldu.

"Nasıl öldü?" diye fısıldadı Tonks. "Nasıl oldu?"

"Onu Snape öldürdü," dedi Harry. "Oradaydım, gördüm. Astronomi Kulesi'ne gelmiştik, çünkü İşaret oradaydı... Dumbledore hastaydı, zayıf düşmüştü, ama sanırım merdivenden koşarak çıkan ayak sesleri duyunca bunun bir tuzak olduğunu fark etti. Beni hareketsiz hale getirdi, hiçbir şey yapamadım, Görünmezlik Pelerini'nin altındaydım – ve sonra kapıdan Malfoy çıktı, onu Silahsız Bıraktı –"

Hermione ellerini ağzına kapattı ve Ron inledi. Luna'nın ağzı titriyordu.

"– başka Ölüm Yiyen'ler geldi – sonra da Snape – Snape yaptı. Avada Kedavra." Harry devam edemedi.

Madam Pomfrey gözyaşlarına boğuldu. Kimse ona aldırmadı, sadece Ginny, "Hişşt! Dinleyin!" diye fısıldadı.

Madam Pomfrey, gözleri fal taşı gibi açılmış halde, güçlükle yutkunarak parmaklarını ağzına bastırdı. Dışarıda, karanlıkta bir yerlerde bir anka, Harry'nin daha önce hiç duymadığı bir şekilde şarkı söylüyordu: müthiş güzellikte, iç parçalayıcı bir ağıt. Ve Harry, tıpkı daha önce de anka şarkısı duyduğunda olduğu gibi, müziğin kendi dışında değil, içinde olduğunu hissetti. Arazide yankılanan ve şato pencerelerinden içeri süzülen, sihirli bir şekilde şarkıya dönüşmüş kendi kederiydi sanki.

Orada ne kadar durdular, dinlediler, bilmiyordu; kendi matemlerinin sesini dinlemenin acılarını biraz azaltıyormuş gibi görünmesinin nedenini de bilmiyordu; ama hastane kapısı açılıp Profesör McGonagall içeri girene kadar çok uzun zaman geçmiş gibiydi. Diğerlerinin hepsi gibi, Profesör McGonagall da son muharebenin izlerini taşıyordu: yüzünde sıyrıklar vardı, cüppesi yırtılmıştı.

"Molly ve Arthur geliyor," dedi ve müziğin büyüsü bozuldu: herkes, sanki transtan çıkıyormuş gibi uyanıp kendilerine geldiler, kimi yeniden dönüp Bill'e baktı, kimiyse gözlerini ovalayıp, başını sallamaya koyuldu. "Harry, ne oldu? Hagrid'e göre sen Dumbledore'un yanındaymışsın, o – olay meydana geldiğinde. Profesör Snape'in de bir ilgisi –"

"Snape, Dumbledore'u öldürdü," dedi Harry.

McGonagall uzun süre ona baktı, sonra korku verici bir şekilde sallandı. Toparlanmışa benzeyen Madam Pomfrey koştu, yoktan bir iskemle yarattı ve McGonagall'ın altına itti.

"Snape," diye tekrarladı McGonagall hafifçe, iskemleye yığılarak. "Hepimiz merak ediyorduk... ama o güvendi... hep... *Snape*... inanamıyorum buna..."

"Snape çok başarılı bir Zihinbendardı," dedi Lupin, ondan beklenmeyecek kadar sert bir sesle. "Bunu hep biliyorduk."

"Ama Dumbledore onun bizim tarafımızda olduğuna yemin etmişti!" dedi Tonks. "Ben hep Dumbledore'un Snape hakkında bizim bilmediğimiz bir şey bildiğini düşündüm..."

"Hep Snape'e güvenmek için çok kuvvetli bir nedeni olduğunu ima ederdi," diye mırıldandı Profesör McGonagall, şimdi ekose bordürlü bir mendille yaşlı gözlerinin kenarlarını kuruluyordu. "Yani... Snape'in geçmişi düşünülürse... insanlar merak edecekti elbette... ama Dumbledore bana apaçık şekilde Snape'in pişmanlığının su götürmez şekilde hakiki olduğunu söylemişti... onun aleyhine tek kelime duymak istemezdi!"

Tonks, "Snape'in onu ikna etmek için ne anlattığını bilmeyi çok isterdim," dedi.

"Ben biliyorum," dedi Harry, hepsi dönüp ona baktılar. "Snape Voldermort'a, onun annemle babamın peşine düşmesine yol açan bilgiyi iletmiş. Sonra da Dumbledore'a ne yaptığının farkında olmadığını, bunu yaptığı için gerçekten üzgün olduğunu, onlar öldüğü için üzgün olduğunu söylemiş."

"Dumbledore da buna inanmış, öyle mi?" dedi Lupin, hayretle. "Dumbledore, Snape'in James öldüğü için üzgün olduğuna inanmış mı? Snape James'ten *nefret ederdi...*"

"Ve annemin de beş paralık değeri olmadığını düşünüyordu," dedi Harry, "çünkü annem Muggle'lardan doğmaydı... Snape ona 'Bulanık' diyordu."

Kimse Harry'ye bunu nereden bildiğini sormadı. Hepsi dehşet ve şok içinde kaybolmuş gibiydiler, olanları, o korkunç hakikati hazmetmeye çalışıyorlardı.

"Hepsi benim kabahatim," dedi Profesör McGonagall birden. Şaşalamış görünüyordu, elindeki ıslak mendilini kıvırıp duruyordu. "Benim kabahatim. Bu gece Snape'i getirsin diye Filius'u yolladım. Bize yardım etsin diye çağırttım onu resmen! Eğer Snape'i neler olup bittiği konusunda uyarmasaydım, Ölüm Yiyen'lerle asla güçlerini birleştirmeyebilirdi. Filius ona söylemeden önce Ölüm Yiyen'lerin orada olduklarını bildiğini sanmıyorum, geldiklerini bildiğini sanmıyorum."

"Senin kabahatin değil, Minerva," dedi Lupin kararlı bir sesle. "Hepimiz daha fazla yardım istiyorduk, hepimiz Snape geliyor diye sevindik..."

"Yani, dövüşün olduğu yere gelince Ölüm Yiyen'lere katıldı, öyle mi?" diye sordu Harry; Snape'in ikiyüzlülüğünün ve rezilliğinin her ayrıntısını istiyordu; hararetle, ondan nefret etmek için, intikam yemini etmek için daha fazla neden topluyordu.

"Tam olarak nasıl olduğunu bilmiyorum," dedi Profesör McGonagall, dalgın dalgın. "Öyle kafa karıştırıcı ki... Dumbledore bize birkaç saatliğine okuldan ayrılacağını söylemiş ve ne olur ne olmaz diye koridorlarda devriye gezmemizi istemişti... Remus, Bill ve Nymphadora da bize katılacaktı... biz de devriye gezdik. Her yer sakin gibiydi. Okuldan dışarı giden bütün gizli geçitler emniyete alınmıştı. Kimsenin uçarak içeri giremeyeceğini biliyorduk. Şatonun her girişinde güçlü efsunlar vardı. Ölüm Yiyen'lerin nasıl olup da girdiğini hâlâ bilmiyorum..."

"Ben biliyorum," dedi Harry. İki Kaybolan Dolap'ı ve oluşturdukları sihirli geçidi kısaca açıkladı. "Yani, İhtiyaç Odası'ndan girdiler."

Neredeyse iradesi dışında, önce Ron'a, sonra Hermione'ye baktı; ikisi de mahvolmuş görünüyordu.

"Çuvalladım, Harry" dedi Ron, kasvetle. "Bize dediğin gibi yaptık: Çapulcu Haritası'nı kontrol ettik ve Malfoy'u haritada göremedik, biz de İhtiyaç Odası'nda olmalı diye düşündük. Ben, Ginny ve Neville orada nöbet tutmaya gittik... ama Malfoy yanımızdan geçti."

"Biz nöbet tutmaya başladıktan yaklaşık bir saat sonra Oda'dan çıktı," dedi Ginny. "Tek başınaydı, o korkunç büzülmüş kolu sıkı sıkı tutuyordu –"

"Şanlı El," dedi Ron. "Sadece sahibine ışık verir, hatırladın mı?"

"Neyse," diye devam etti Ginny, "Ölüm Yiyen'leri dışarı çıkarmak için yol açık mı diye kontrol ediyordu demek, çünkü bizi gördüğü anda havaya bir şey attı ve her yer zifiri karanlık oldu –"

"– Peru Anında Karanlık Tozu," dedi Ron acı acı. "Fred ve George'un. Ürünlerini kimlere sattıkları konusunda onlarla iki çift laf edeceğim."

"Her şeyi denedik – *Lumos, İncendio,*" dedi Ginny. "Hiçbiri karanlığı delemedi; bütün yapabildiğimiz koridordan el yordamıyla çıkmak oldu, bu arada da insanların koşarak yanımızdan geçtiğini duyabiliyorduk. Belli ki Malfoy o El şeyi sayesinde görebiliyordu ve onlara rehberlik ediyordu, ama biz lanet falan kullanmaya cesaret edemedik, birbirimizi vurursak diye. Aydınlık bir koridora vardığımızda da çoktan gitmişlerdi."

"Şansımız varmış," dedi Lupin, boğuk bir sesle, "Ron, Ginny ve Neville neredeyse hemen o an bize rastladılar, neler olduğunu söylediler. Astronomi Kulesi'ne doğru giden Ölüm Yiyen'leri birkaç dakika sonra bulduk. Malfoy besbelli nöbet tutan başka insan bulmayı beklemiyormuş; en azından, Karanlık Tozu stoku bitmiş gibi görünüyordu. Çatışma çıktı, onlar dağıldı, biz kovaladık. İçlerinden biri, Gibbon, onlardan ayrıldı ve Kule merdiveninden çıktı –"

"İşaret'i yapmak için mi?"

"Evet, öyle yapmış olmalı, İhtiyaç Odası'ndan çıkmadan önce bunu ayarlamış olmalılar," dedi Lupin. "Ama sanırım Gibbon orada tek başına Dumbledore'u bekleme fikrinden hoşlanmadı, çünkü çarpışmaya yeniden katılmak için merdivenden koşarak indi ve beni kıl payı ıskalayan bir Öldüren Lanet ona isabet etti."

"Yani Ron, Ginny ve Neville'le birlikte İhtiyaç Odası'nı gözlüyorsa," dedi Harry, Hermione'ye dönerek, "sen –"

"Snape'in odasının dışındaydık, evet," diye fısıldadı Hermione, gözleri yaşlarla parlıyordu, "Luna ile birlikte. Çok uzun süre orada takıldık durduk, hiçbir şey olmadı... yukarıda neler olup bittiğini bilmiyorduk, Çapulcu Haritası'nı Ron almıştı... Profesör Flitwick koşarak zindana geldiğinde neredeyse gece yarısıydı. Bağırarak şatoda Ölüm Yiyen'ler olduğunu söylüyordu, sanırım ki Luna ile benim orada olduğumuzu hiç fark etmedi bile, sadece Snape'in odasına daldı; Snape'e onunla dönüp yardım etmesi gerektiğini söylediğini duyduk ve sonra da bir gümbürtü duyduk. Snape ok gibi odasından çıktı ve bizi gördü ve – ve –"

"Ne oldu?" diye onu zorladı Harry.

"Öyle aptallık ettim ki, Harry!" dedi Hermione, tiz bir fısıltıyla. "Profesör Flitwick'in yere yığıldığını söyledi, dedi ki biz gidip ona göz kulak olmalıymışız, o – o Ölüm Yiyen'lerle çarpışanlara yardımcı olmaya giderken –"

Utançla yüzünü kapattı ve elinin içine doğru konuşmaya devam etti, sesi boğuk çıkıyordu.

"Profesör Flitwick'e yardımcı olabilir miyiz diye Snape'in odasına gittik ve onu yerde baygın yatarken bulduk... ve, ah, şimdi öyle belli ki. Snape Flitwick'i Sersemletmiş olmalı, ama biz fark etmedik, Harry, biz fark etmedik, Snape'i bıraktık, gitti!"

"Bu sizin hatanız değil," dedi Lupin kararlı bir şekilde. "Hermione, Snape'i dinleyip de yoldan çekilmeseydiniz, herhalde seni ve Luna'yı öldürürdü."

"Demek sonra da yukarı geldi," dedi Harry, kafasında Snape'i, siyah cüppesi her zamanki gibi arkasında dalgalanarak mermer merdiveni çıkarken ve bir taraftan da pelerininin altından asasını çekerken canlandırıyordu, "ve hepinizin dövüştüğü yeri buldu..."

"Başımız dertteydi, kaybediyorduk," dedi Tonks alçak sesle. "Gibbon devrilmişti ama Ölüm Yiyen'lerin geri kalanı ölümüne çarpışmaya hazır görünüyordu. Neville yaralanmıştı, Greyback Bill'e vahşice saldırmıştı... her taraf karanlıktı... lanetler her yerde uçuyordu... Malfoy ortadan kaybolmuştu, sessizce yanımızdan geçip merdivenden Kule'ye çıkmış olmalı... sonra aralarından başkaları da onun arkasından koştu, ama içlerinden biri geçtikten sonra merdiveni bir tür lanetle perdeledi... Neville ona doğru dümdüz koşunca havaya savruldu –"

"Hiçbirimiz içinden geçemedik," dedi Ron, "ve o devasa Ölüm Yiyen dört bir yana büyü savurup duruyordu, duvara çarpıp sekiyorlar ve bizi kıl payı ıskalıyorlardı..."

"Ve sonra Snape geldi," dedi Tonks, "ve sonra oradan yok oldu –"

"Onu bize doğru koşarken gördüm ama hemen sonra o koskoca Ölüm Yiyen'in büyüsü beni ıskaladı ve eğildim, işin ucunu kaçırdım," dedi Ginny.

"Ben onun lanetli engelden dosdoğru geçtiğini gördüm, sanki engel orada yokmuş gibi" dedi Lupin. "Onu izlemeye çalıştım ama, tıpkı Neville gibi, geriye savruldum..."

"Bizim bilmediğimiz bir büyü biliyor olmalı," diye fısıldadı McGonagall. "Ne de olsa – Karanlık Sanatlara Karşı Savunma öğretmeniydi... Ben de onu Kule'ye kaçmış olan Ölüm Yiyen'lerin peşine düşmek için acele ediyor sanmıştım..."

"Acele ediyordu," dedi Harry vahşi bir şekilde, "ama onlara yardım etmek için, durdurmak için değil... ve bahse girerim ki o engelden geçmek için bir Karanlık İşaret'iniz olması gerekiyordu – peki, yeniden aşağı inince ne oldu?"

"Eh, iriyarı Ölüm Yiyen'in o sırada gönderdiği bir büyü tavanın yarısının yıkılmasına yol açtı, böylece merdiveni perdeleyen lanet de kırılmış oldu," dedi Lupin. "Hepimiz ileri doğru koştuk –en azından, o sırada hâlâ ayakta olanlarımız– ve sonra Snape ile çocuk tozların arasından belirdiler – elbette hiçbirimiz onlara saldırmadık –"

"Bıraktık geçtiler," dedi Tonks boğuk bir sesle, "Ölüm Yiyen'ler tarafından kovalandıklarını sandık – sonra diğer Ölüm Yiyen'ler ile Greyback geri döndü ve gene çarpışmaya başladık – sanırım Snape'in bir şey bağırdığını duydum ama neydi bilmiyorum –"

"'Bitti' diye bağırdı," dedi Harry. "Yapmak istediğini yapmıştı."

Hepsi sustu. Fawkes'ın matem şarkısı hâlâ dışarıdaki karanlık arazide yankılanıyordu. Müzik havada gezinirken Harry'nin zihnine davetsiz, istenmeyen düşünceler akın etti... Dumbledore'un bedenini Kule'nin altından almışlar mıydı? Sonra ona ne olacaktı? Nerede istirahat edecekti? Ceplerindeki yumruklarını sıktı. Küçük ve soğuk sahte Hortkuluk'un, sağ elinin eklemlerine değdiğini hissetti.

Hastane kanadının kapısı hızla açılıp, hepsinin yerlerinden zıplamasına yol açtı: Mr ve Mrs Weasley uzun adımlarla koğuşu geçiyorlardı, güzel yüzü dehşet içindeki Fleur de hemen arkalarındaydı.

"Molly – Arthur –" dedi Profesör McGonagall, yerinden fırlayıp onları karşılamaya koşarak. "Öyle üzgünüm ki –"

"Bill," diye fısıldadı Mrs Weasley, Bill'in parçalanmış yüzünü görünce hızla Profesör McGonagall'ın yanından geçerek. "Oh, *Bill*!"

Lupin ve Tonks, Mr ve Mrs Weasley yatağa daha yaklaşabilsin diye hemen ayağa kalkıp geri çekilmişlerdi. Mrs Weasley oğlunun üzerine eğildi ve dudaklarını onun kanlı alnına bastırdı.

"Greyback ona saldırdı demiştin, değil mi?" diye sordu Mr Weasley dalgın dalgın, Profesör McGonagall'a. "Ama dönüşüm geçirmemişti, değil mi? Yani bu ne demek? Bill'e ne olacak?"

"Henüz bilmiyoruz," dedi Profesör McGonagall, çaresizce Lupin'e baktı.

"Muhtemelen bir miktar bulaşma olacak, Arthur," dedi Lupin. "Tuhaf bir olay, belki de benzersiz... kendine geldiğinde nasıl davranır, bilmiyoruz..."

Mrs Weasley pis kokulu merhemi Madam Pomfrey'den aldı ve Bill'in yaralarına sürmeye koyuldu.

"Ve Dumbledore..." dedi Mr Weasley. "Minerva, doğru mu... o sahiden?..."

Profesör McGonagall evet anlamında başını sallarken, Harry, Ginny'nin yanı başında kıpırdadığını hissetti. Hafifçe kısılmış gözleri, yüzünde donmuş bir ifadeyle aşağı, Bill'e bakan Fleur'ün üzerine dikilmişti.

"Dumbledore gitti ha," diye fısıldadı Mr Weasley, ama Mrs Weasley'in gözleri, sadece en büyük oğlunu görüyordu; ağlamaya başladı, gözyaşları Bill'in tanınmaz hale gelmiş yüzüne akıyordu.

"Tabii, nasıl göründüğünün önemi yok... yok... ger– gerçekten önemi... ama çok yakışıklı bir küçük ço– çocuktu... hep çok yakışıklı... üstelik ev– evlenecekti!"

"O da ne demek oluyoğ yaniy?" dedi Fleur birden ve yüksek sesle. "Ne demek, *evlenecektiy*?"

Mrs Weasley yaşlar içindeki yüzünü kaldırdı, şaşırmış görünüyordu.

"Şey – sadece bunu –"

"Bill' a'tık benimle evlenmek istemeyecek miy sanıyo'sunuz?" diye sordu Fleur. "Bu ısı'ıklar yüzünden beni sevmeyecek miy sanıyo'sunuz?"

"Hayır, demek istediğim o de–"

"Çünkü isteyecek!" dedi Fleur, sırtını iyice dikleştirerek yele gibi uzun gümüş rengi saçlarını arkaya savurdu. "Bill'in beni sevmesiniy önlemek için biğ ku'tadamdan fazlası gerekiğ!"

"Şey, evet, eminim," dedi Mrs Weasley, "ama düşündüm ki belki de – şu andaki – onun nasıl –"

"Ben onunla evlenmek istemem miy sandınız? Ya da belkiy, umdunuz?" dedi Fleur, burun delikleri açılarak. "Bana ne nasıl gö'ünüdünden? Ben ikimise de yetecek kadağ güzelim, bence! Bu ısı'ıklar sadece kocamın cesuğ olduğunu gösteriğ! Ayğıca, onu ben yapa'ım!" diye ekledi şiddetle, Mrs Weasley'yi yana itip merhemi elinden kaparak.

Mrs Weasley gerileyerek kocasına çarptı ve yüzünde çok tuhaf bir ifadeyle Fleur'ün Bill'in yaralarını silmesini gözledi. Kimse bir şey demedi; Harry kıpırdamaya bile cesaret edemedi. Herkes gibi o da patlamayı bekliyordu.

"Büyük Teyzemiz Muriel'in," dedi Mrs Weasley uzun bir duraklamanın ardından, "çok güzel bir tacı var –cincüce yapımı– eminim ki düğün için sana ödünç vermeye ikna edebilirim onu. Bill'i çok sever kendisi, ayrıca taç da senin saçında çok güzel durur."

"Teşekkürler," dedi Fleur, kaskatı. "Eminim çok güsel oluğ."

Ve sonra –Harry nasıl olduğunu pek göremedi ama– iki kadın birbirlerine sarılıp ağlamaya başladılar. Neye uğradığını şaşıran, acaba dünya tamamen çıldırdı mı diye merak eden Harry, etraftakilere baktı: Ron, Harry kadar afallamış görünüyordu; Ginny ile Hermione de hayret içinde birbirlerine bakıyorlardı.

"Görüyorsun ya!" dedi, gergin bir ses. Tonks gözlerinden ateşler saçarak Lupin'e bakıyordu. "Hâlâ onunla evlenmek istiyor, ısırılmış olsa da! Aldırmıyor bile!"

"O farklı," dedi Lupin, neredeyse dudaklarını oynatmadan konuşuyordu ve birden gerginleşmişti. "Bill tam bir kurtadam olmayacak. İki olay tamamen –"

"Ama ben de aldırmıyorum, aldırmıyorum!" dedi Tonks, Lupin'in cüppesinin önünü kavrayıp sarsarak. "Sana bir milyon kere söyledim..."

Harry birden Tonks'un Patronus'unun, açık kahverengi saçlarının anlamını, Greyback'in birisine saldırdığı söylentisini duyunca koşarak Dumbledore'u bulmaya gelişinin nedenini kavradı; Tonks'un âşık olduğu kişi Sirius değildi demek...

"Ve ben de *sana* bir milyon kere söyledim," dedi Lupin, onunla göz göze gelmeyi reddedip yere bakarak, "senin için çok yaşlıyım dedim, çok yoksul... çok tehlikeli..."

"Ben başından beri senin bu konuda gülünç bir tutum takındığını söylemişimdir, Remus," dedi Mrs Weasley, sırtını hafif hafif okşadığı Fleur'ün omzunun üstünden.

"Gülünçlük etmiyorum," dedi Lupin, kararlılıkla. "Tonks genç ve sağlam birini hak ediyor."

"Ama seni istiyor," dedi Mr Weasley, küçük bir tebessümle. "Ve, sonuçta, Remus, genç ve sağlam adamlar da ille öyle kalacak diye bir kural yok." Hüzünle, ortalarında yatan oğlunu işaret etti.

"Bu.. bunu tartışmanın sırası değil," dedi Lupin, aklı karışmış halde etrafa bakınıyor, kimseyle göz göze gelmemeye çalışıyordu. "Dumbledore öldü..."

"Dünyada birazcık daha fazla sevgi olduğunu düşünmek Dumbledore'u herkesten çok mutlu ederdi," dedi Profesör McGonagall sert bir sesle. Tam o sırada hastane kapısı yeniden açıldı ve Hagrid içeri girdi.

Hagrid'in yüzünün saçı ya da sakalı tarafından örtülmemiş kısımları sırılsıklam ve şişti; elinde kocaman benekli bir mendille, sarsıla sarsıla ağlıyordu.

"Yap– yaptım, Profesör," dedi boğulurcasına. "O – onu taşıdım. Profesör Sprout çocukları gene yatağa yatırdı. Profesör Flitwick uzanıyor ama göz açıp kapayana kadar iyileşeceğini söylüyor, Profesör Slughorn da Bakanlık'a haber verildi diyor."

"Teşekkür ederim, Hagrid," dedi Profesör McGonagall. Hemen ayağa kalktı ve dönüp Bill'in yatağının çevresindeki kalabalığa baktı. "Buraya geldikleri zaman Bakanlık'takileri görmem gerek. Hagrid, lütfen Bina Başkanları'na –Slughorn, Slytherin'i temsil edebilir– onları derhal odamda görmek istediğimi söyle. Senin de bize katılmanı isterim."

Hagrid başını evet anlamında salladı ve dönüp ayaklarını sürüyerek odadan çıkmaya koyuldu. McGonagall Harry'ye baktı.

"Onlarla buluşmadan önce seninle çabucak bir şeyler konuşmak istiyorum, Harry. Benimle gelirsen..."

Harry ayağa kalktı; Ron, Hermione ve Ginny'ye "Birazdan

görüşürüz," diye mırıldandı ve Profesör McGonagall'ın arkasına düşüp koğuştan çıktı. Dışarıdaki koridorlar boşalmıştı ve tek ses, uzaktan gelen anka şarkısıydı. Harry, Profesör McGonagall'ın değil, Dumbledore'un odasına doğru gittiklerini ancak birkaç dakika sonra anladı; ondan birkaç saniye sonra da fark etti ki, o Müdür Muavini'ydi tabii... belli ki şimdi de Müdüre olmuştu... yani taştan heykelin arkasındaki oda şimdi onundu...

Hareketli dönen merdiveni sessizce çıktılar, daire şeklindeki odaya girdiler. Harry ne beklediğini bilmiyordu: belki de odanın siyah kumaşlarla bezeli olmasını, hatta belki Dumbledore'un bedeninin orada yatıyor olmasını. Aslında oda, Dumbledore ile kendisi birkaç saat önce oradan ayrıldıklarında nasıl görünüyorsa tıpatıp aynı görünüyordu: gümüş aletler ince bacaklı masalarında vınlıyor ve duman çıkarıyorlardı, Gryffindor'un cam muhafaza içindeki kılıcı ay ışığında parlıyordu, Seçmen Şapka masanın arkasındaki bir raftaydı. Ama Fawkes'un tüneği boştu, o hâlâ araziye matem dolu şarkısını söylüyordu. Ve Hogwarts'ın ölü müdürleriyle müdürelerinin saflarına yeni bir portre katılmıştı... Dumbledore masanın üstündeki altın bir çerçeve içinde uyukluyordu, yarımay biçimli gözlüğü kemer burnunun üstüne yerleşmiş, huzurlu ve rahat görünüyordu.

Portreye bir göz attıktan sonra, Profesör McGonagall sanki metanetini korumak içinmiş gibi tuhaf bir hareket yaptı, sonra da masanın arkasına geçip Harry'ye baktı, yüzü gergin ve çizgiliydi.

"Harry," dedi, "senin ve Profesör Dumbledore'un bu akşam okuldan ayrılınca ne yaptığınızı bilmem gerek."

"Bunu size söyleyemem, Profesör," dedi Harry. Soruyu bekliyordu, cevabı da hazırdı. Dumbledore ona burada, tam bu odada, derslerinin içeriğini Ron ve Hermione'den başka kimseye anlatmamasını söylemişti.

"Harry, önemli olabilir," dedi Profesör McGonagall.

"Önemli," dedi Harry, "hem de çok, ama kimseye anlatmamı istemiyordu."

Profesör McGonagall ona sert sert baktı.

"Potter," (Harry bu sefer ona, eskisi gibi soyadıyla hitap ettiğini fark etti), "Profesör Dumbledore'un ölümüyle birlikte, sanırım anlamalısın ki durum biraz değişti –"

"Sanmıyorum," dedi Harry, omuz silkerek. "Profesör Dumbledore ölürse emirlerini yerine getirmekten vazgeçmemi söylemedi bana hiç."

"Ama –"

"Gene de Bakanlık'takiler buraya gelmeden önce bilmeniz gereken bir şey var. Madam Rosmerta İmperius Laneti'nin etkisi altında, Malfoy ve Ölüm Yiyen'lere yardım ediyordu, gerdanlıkla zehirli içki bu sayede –"

"Rosmerta mı?" dedi Profesör McGonagall kulaklarına inanmazmışçasına, ama daha o devam edemeden kapı vuruldu ve Profesör Sprout, Flitwick ve Slughorn, arkalarında hâlâ iki gözü iki çeşme ağlayan, kocaman gövdesi kederiyle sarsılan Hagrid ile birlikte, yavaş yavaş odaya doluştular.

"Snape ha!" diye haykırdı solgun ve terli Slughorn, içlerinde en fazla o sarsılmış görünüyordu. "Snape ha! Ona ders verdim ben! Onu tanıdığımı sanıyordum!"

Ama daha hiçbiri buna cevap veremeden, tiz bir ses duvarın yükseklerinde bir yerden konuştu: kısa siyah kâküllü, soluk yüzlü bir büyücü az önce boş tuvaline girmişti.

"Minerva, Bakan birkaç saniyede burada olur, az önce Bakanlık'tan Buharlaştı."

"Teşekkürler, Everard," dedi Profesör McGonagall ve hemen öğretmenlerine döndü.

"O buraya gelmeden Hogwarts'a ne olacağını konuşmak istiyorum," dedi hemen. "Şahsen ben okulun önümüzdeki yıl açılması gerektiğinden emin değilim. Müdürün meslektaşlarımızdan biri tarafından öldürülmesi, Hogwarts tarihinde müthiş bir lekedir. Korkunç bir şey."

"Ben eminim ki, Dumbledore okulun açık kalmasını isterdi,"

dedi Profesör Sprout. "Bence tek bir öğrenci bile gelmek istese, okul o öğrenci için açık kalmalı."

"Ama bunun ardından tek bir öğrenci bile olacak mı?" dedi Slughorn, şimdi terli alnını ipek bir mendille kuruluyordu. "Annelerle babalar çocuklarını evde tutmak isteyecek ve doğrusu onları suçlayamam. Şahsen ben Hogwarts'ta başka yerde olduğumuzdan daha büyük tehlike içinde olduğumuzu düşünmüyorum, ama annelerin bu şekilde düşünmesini bekleyemezsiniz. Ailelerini bir arada tutmak isteyecekler, ki doğaldır."

"Aynı fikirdeyim," dedi Profesör McGonagall. "Üstelik de Dumbledore'un Hogwarts'ın kapatılması gibi bir durumu hiç göz önüne getirmediğini söylemek doğru olmaz. Sırlar Odası yeniden açılınca, okulun kapatılmasını düşünmüştü – ve bence Profesör Dumbledore'un bir cinayete kurban gitmesi, Slytherin'in canavarının fark edilmeksizin şatonun derinliklerinde yaşıyor olması fikrinden daha rahatsız edici..."

"Okul yönetim kuruluna danışmalıyız," dedi Profesör Flitwick, tiz küçük sesiyle; alnında büyük bir çürük vardı ama, Snape'in odasında yere yığılmak ona başka bir zarar vermemişe benziyordu. "Yerleşmiş usulleri izlemeliyiz. Aceleyle karar verilmemeli."

"Hagrid, sen bir şey söylemedin," dedi Profesör McGonagall. "Senin görüşün ne, Hogwarts açık kalmalı mı?"

Bu konuşma boyunca büyük benekli mendilinin içine doğru sessiz sessiz ağlamış olan Hagrid, şimdi şişmiş kırmızı gözleriyle onlara baktı ve karga gibi bir sesle, "Bilmiyorum, Profesör..." dedi. "Bu karar Bina Başkanları ile Müdüre'ye ait..."

"Profesör Dumbledore senin görüşlerine hep değer verirdi," dedi Profesör McGonagall şefkatle, "ben de veriyorum."

"Eh, ben kalıyorum," dedi Hagrid; iri gözyaşları hâlâ gözlerinin kenarından sızıyor ve keçeleşmiş sakalının içine akıyordu. "Burası benim yuvam, on üç yaşımdan beri bana yuva oldu. Ve eğer onlara ders vermemi isteyen çocuklar olursa, bunu yaparım. Ama... bilmiyorum... Dumbledore'suz Hogwarts..."

Yutkundu ve bir kez daha mendilinin arkasında kayboldu, ortalığa bir sessizlik çöktü.

"Peki o zaman," dedi Profesör McGonagall, pencereden araziye bakıp Bakan'ın gelip gelmediğini kontrol ederek, "öyleyse yapılması gereken şey konusunda Filius ile aynı fikirde olduğumu söyleyeyim: yönetim kuruluna danışılmalı ve nihai kararı onlar vermeli.

"Şimdi, çocukları evlerine göndermeye gelince... bunu daha sonra yapmamızdansa mümkün olduğu kadar çabuk yapmamız için geçerli nedenler var. Gerekiyorsa, Hogwarts Ekspresi'nin yarın gelmesini ayarlayabiliriz –"

"Peki Dumbledore'un cenazesi ne olacak?" dedi, sonunda konuşan Harry.

"Eh..." dedi McGonagall, sesi titreyince o canlılığı biraz kayboldu. "Ben – ben biliyorum ki Dumbledore'un dileği, buraya, Hogwarts'e gömülmekti –"

"O zaman öyle olacak, değil mi?" dedi Harry ateşli ateşli.

"Eğer Bakanlık uygun bulursa," dedi Profesör McGonagall. "Başka hiçbir müdür ya da müdüre asla –"

"Başka hiçbir müdür ya da müdüre okula bu kadar çok şey vermemişti," diye homurdandı Hagrid.

"Hogwarts, Dumbledore'un son dinlenme yeri olmalı," dedi Profesör Flitwick.

"Kesinlikle," dedi Profesör Sprout.

"Bu durumda," dedi Harry, "cenaze sona erene kadar öğrencileri eve yollamamalısınız. Onlar da isterdi ona –"

Son kelime boğazına takıldı kaldı, ama Profesör Sprout cümleyi onun için tamamladı.

"Veda etmeyi."

"Çok iyi dediniz," diye ciyakladı Profesör Flitwick. "İyi dediniz! Öğrencilerimiz saygılarını sunmalı, yakışanı budur. Daha sonra evlerine gönderilmelerini ayarlayabiliriz."

"Aynı fikirdeyim," dedi Profesör Sprout, havlar gibi bir sesle.

Slughorn hayli heyecanlı bir sesle "Sanırım... evet..." dedi. Hagrid ise boğuk bir onaylama hıçkırığı koyverdi.

"Geliyor," dedi Profesör McGonagall birden, aşağı araziye bakarak. "Bakan... ve görüldüğü kadarıyla, bir heyet de getirmiş..."

"Ben gidebilir miyim, Profesör?" dedi Harry hemen.

Rufus Scrimgeour'u bu gece görmek ya da onun tarafından sorguya çekilmek için zerre kadar isteği yoktu.

"Gidebilirsin," dedi Profesör McGonagall, "çabuk ol."

Gidip Harry için kapıyı açtı. Harry çabucak dönen merdivenden aşağı indi, boş koridoru hızla geçti; Görünmezlik Pelerini'ni Astronomi Kulesi'nin tepesinde bırakmıştı ama önemi yoktu; koridorlarda onun geçtiğini görecek kimse yoktu, hatta Filch, Mrs Norris ya da Peeves bile. Gryffindor ortak salonuna giden geçide dönene kadar kimsecikleri görmedi.

"Doğru mu?" diye fısıldadı Şişman Hanım, ona yaklaşırken. "Sahiden doğru mu? Dumbledore – öldü mü?"

"Evet," dedi.

Şişman Hanım bir çığlık kopardı ve parolayı beklemeden onu içeri almak için öne savruldu.

Harry'nin şüphelendiği gibi, ortak salon ağzına kadar doluydu. O portre deliğinden yukarı tırmanırken, odaya bir sessizlik çöktü. Dean ile Seamus'un yakındaki bir grupla oturduklarını gördü: bu, şimdi yatakhanenin boş, ya da hemen hemen boş olduğu anlamına geliyordu. Harry kimseyle konuşmadan, kimseyle en ufak bir göz teması kurmadan doğruca odayı geçti, erkeklerin yatakhanelerine giden kapıdan girdi.

Ümit ettiği gibi, Ron onu bekliyordu; hâlâ tamamen giyimliydi, yatağında oturuyordu. Harry de kendi dört direkli karyolasına oturdu ve bir an sadece birbirlerine baktılar.

"Okulu kapamaktan söz ediyorlar," dedi Harry.

"Lupin bunu yapabilirler demişti," dedi Ron.

Kısa bir sessizlik oldu.

"Ee?" dedi Ron çok alçak sesle, mobilyanın bile onlara kulak vereceğini düşünür gibiydi. "Buldunuz mu? Aldınız mı? Bir – bir Hortkuluk?"

Harry başını hayır anlamında salladı. O siyah gölün çevresinde bütün olup bitenler şimdi eski bir kâbus gibiydi; sahiden olmuş muydu, sahiden sadece saatler önce mi olmuştu?

"Alamadınız mı?" dedi, yıkılmış görünen Ron. "Orada değil miymiş?"

"Hayır," dedi Harry. "Birisi almış bile, yerine sahtesini bırakmış."

"*Almış bile* mi –?"

Harry tek söz etmeden cebinden sahte madalyonu çıkardı, açtı ve Ron'a verdi. Hikâyenin tamamı bekleyebilirdi... bu gece önemi yoktu... son dışında, anlamsız maceralarının sonu dışında, Dumbledore'un hayatının sonu dışında hiçbir şeyin önemi yoktu...

"R.A.B.," diye fısıldadı Ron, "iyi ama o da kimmiş?"

"Bilmiyorum," dedi Harry, yatağına tamamen giyinik halde uzanıp boş boş yukarı baktı. R.A.B.'yi hiç mi hiç merak etmiyordu; artık herhangi bir şeyi merak edeceğinden şüpheliydi. Orada uzanmış yatarken, birden arazinin sessizleştiğini fark etti. Fawkes'un şarkısı bitmişti.

Ve birden, nasıl olduğunu bilemese de, anladı: anka gitmişti artık, Hogwarts'ı bütün bütün terk etmişti, tıpkı Dumbledore'un okulu terk ettiği gibi, dünyayı terk ettiği gibi... Harry'yi terk ettiği gibi.

OTUZUNCU BÖLÜM

Beyaz Mezar

Bütün dersler tatil edilmişti, bütün sınavlar ertelenmişti. Bazı öğrenciler sonraki iki gün içinde aileleri tarafından alelacele Hogwarts'tan götürülmüştü. Patil ikizleri Dumbledore'un ölümünün ertesi sabahı gitmiş, Zacharias Smith ise kendini beğenmiş görünüşlü babasının eşliğinde şatodan ayrılmıştı. Öte yandan Seamus Finnigan, annesinin onu eve götürmesini kesinkes reddetmişti; ikisi Giriş Salonu'nda bağıra çağıra kavga etmişler ve sonunda Seamus'un annesi onun cenazeye kalabileceğine karar vermişti. Seamus Harry ile Ron'a annesinin Hogsmeade'de yatak bulmakta zorlandığını, çünkü büyücülerle cadıların Dumbledore'a karşı son görevlerini yerine getirmek için köye akın ettiklerini söylemişti.

Beyaz yeleli ve altın rengi bir düzine devasa kanatlı kır at tarafından çekilen, ev boyunda, toz mavisi bir araba ikindi vakti, cenazeden önce uçarak gökyüzünden inip Orman'ın kıyısına konunca, onu daha önce hiç görmemiş olan genç öğrenciler arasında bir heyecan baş gösterdi. Harry bir pencereden izlerken, dev gibi, yeşil zeytin rengi tenli ve güzel bir kadın arabanın basamaklarını inip kendini orada bekleyen Hagrid'in kollarına attı. Bu arada, Bakan'ın kendisi de dahil olmak üzere Bakanlık memurlarından oluşan bir heyet, şatoya yerleştiriliyordu. Harry onlarla karşılaşmamak için elinden geleni yapıyordu; er ya da geç, Dumbledore'un Hogwarts'tan son ayrılışında yaşananları anlatmasının isteneceğinden emindi.

Harry, Ron, Hermione ve Ginny tüm zamanlarını birlikte geçiriyorlardı. Havanın güzelliği onlarla alay ediyordu sanki; Harry, Dumbledore ölmemiş olsa, Ginny'nin sınavları bitmiş, ödev baskısı kalkmış halde yıl sonunda kendilerine ayıracakları bu kadar vakitleri kalsa, her şeyin nasıl olacağını hayal edebiliyordu... ve saatler birbirini kovalarken söylemesi gerektiğini bildiği şeyi söylemeyi, doğru olduğunu bildiği şeyi yapmayı erteliyordu, çünkü en iyi teselli kaynağından vazgeçmek çok zordu.

Günde iki kez hastane kanadını ziyaret ediyorlardı: Neville taburcu edilmişti, ama Bill hâlâ Madam Pomfrey'in gözetimindeydi. Yaraları eskisi kadar kötüydü; doğrusu, artık Deli-Göz Moody'ye belirgin bir benzerliği vardı, ama neyse ki iki gözü ve iki bacağı yerindeydi. Öte yandan, kişiliği her zamanki gibiydi. Göründüğü kadarıyla bu konuda değişen tek şey, artık çok az pişmiş bifteklere karşı müthiş bir iştaha sahip olmasıydı.

"...o yüzden de ne şanslı kiy benimle evleniyoğ," dedi Fleur mutlu mutlu, Bill'in yastıklarını kabartarak, "çünkü 'ep demişimdiğ, siz İngilizleğ etiniziy çok fazla pişi'iyoğsunuz diye."

"Galiba onunla gerçekten de evleneceğini kabul etmem gerekecek," diye iç geçirdi Ginny o akşam daha sonra. O, Harry, Ron ve Hermione, Gryffindor ortak salonunda pencere kenarında oturmuş, alacakaranlığın çöktüğü okul arazisine bakıyorlardı.

"O kadar da kötü değil," dedi Harry. Ginny'nin kaşlarını kaldırması üzerine, "Çirkin ama tabii," diye telaşla ekledi. Ginny gönülsüzce kıkırdadı.

"Eh, herhalde annem katlanabiliyorsa, ben de katlanabilirim."

"Tanıdığımız başka kimse ölmüş mü?" diye sordu Ron, *Akşam Postası*'na göz gezdiren Hermione'ye.

Hermione onun sesindeki zorlama sertliği duyunca yüzünü buruşturdu.

"Hayır," dedi azarlarcasına, gazeteyi katlayarak. "Hâlâ Snape'i arıyorlar, ama hiç iz yok..."

"Olmaz tabii," dedi bu konu her açıldığında kızan Harry.

"Snape'i Voldemort'u buluncaya kadar bulamayacaklar, bunu da bu kadar zamandır yapamadıklarına göre.."

"Ben yatmaya gidiyorum," dedi Ginny esneyerek. "Pek uyuyamıyorum, ta şeyden beri... şey... biraz uyku bana iyi gelebilir."

Harry'yi öptü (Ron bu sırada imalı imalı başka yöne baktı), diğer ikisine el salladı ve kızlar yatakhanesine doğru uzaklaştı. Arkasından kapıyı kapar kapamaz, Hermione suratında son derece Hermionevari bir ifadeyle Harry'ye doğru eğildi.

"Harry, bu sabah bir şey buldum, kütüphanede..."

"R.A.B. mi?" dedi Harry, doğrulup dik oturarak.

Önceleri böyle durumlarda hissettiği gibi hissetmiyordu kendini; heyecanlı, meraklı değildi, gizemi aydınlatmak için yanıp tutuşmuyordu. Dumbledore ile birlikte çıktıkları ama artık kendi başına yürümek zorunda olduğu karanlık ve zorlu yolda biraz daha ilerleyebilmesi için, hakiki Hortkuluk hakkındaki gerçeğin keşfedilmesi görevinin tamamlanması gerektiğini biliyordu, o kadar. Oralarda bir yerde hâlâ dört taneye kadar Hortkuluk olabilirdi ve Voldemort'un öldürülmesinin sırf mümkün hale gelebilmesi için bile her birinin teker teker bulunması ve yok edilmesi gerekecekti. Adları kendi kendine tekrar edip duruyordu, sanki listelemek onları erişilebilir hale getirecekmiş gibi: "madalyon... kupa... yılan... Gryffindor'a ya da Ravenclaw'a ait bir şey... madalyon... kupa... yılan... Gryffindor'a ya da Ravenclaw'a ait bir şey..."

Bu sözler gece yatağında uykuya dalarken bile Harry'nin zihninde yankılanıyormuş gibiydi. Rüyaları da tam olarak erişemediği kupalarla, madalyonlarla ve esrarengiz nesnelerle doluydu; Dumbledore Harry'ye bir ip merdiven vererek yardım ediyor, ama Harry tırmanmaya başladığı anda merdiven yılanlara dönüşüyordu.

Dumbledore'un ölümünün ertesi sabahı Hermione'ye madalyonun içindeki kağıdı göstermişti. Her ne kadar Hermione baş harfleri hemen tanıyıp hakkında bir şeyler okuduğu birine ait olduğunu söylemese de, o zamandan beri, yapacak ödevi olmayan biri için gerekenden biraz daha sık kütüphaneye koşturup duruyordu.

"Hayır," dedi üzgün üzgün, "deniyorum, Harry, ama hiçbir şey bulamadım... adı o harflerle başlayan birkaç tane tanınmış sayılabilecek büyücü var – Rosalind Antigone Bungs... Rupert 'Azılıbalta' Brookstanton.... ama onlar hiç uyuyormuş gibi görünmüyor. Nota bakılırsa Hortkuluk'u çalan kişi Voldemort'u tanıyormuş, ama ben Bungs ya da Azılıbalta'nın ömürlerinde onunla ilgisi olduğuna dair en ufak bir kanıt bulamıyorum.... hayır, aslına bakarsan konu... şey, Snape."

Bu adı bir daha söylerken bile tedirgin olmuşa benziyordu.

"Ne olmuş ona?" diye sordu Harry sıkıntıyla, yine koltuğuna gömülerek.

"Şey, sadece, şu Melez Prens meselesinde haklıymışım bir bakıma," dedi temkinli bir şekilde.

"Kafama kakmak zorunda mısın, Hermione? Sence ben bu konuda neler hissediyorum şimdi?"

"Yo – hayır – Harry, onu kastetmedim!" dedi Hermione telaşla, kimsenin onları duymadığından emin olmak için etrafa bakınarak. "Eskiden kitabın sahibinin Eileen Prens olduğu konusunda haklıymışım, onu diyorum sadece. Anlıyor musun... Snape'in annesiymiş o!"

"Pek güzel bir şey değil diye düşünmüştüm zaten," dedi Ron. Hermione onu duymazdan geldi.

"Eski *Gelecek*'leri karıştırıyordum da, birinde Eileen Prens'in Tobias Snape adlı bir adamla evlendiğine dair minicik bir ilân vardı, başka birinde de doğum yapıp dünyaya bir –"

"– katil getirdiği," dedi Harry öfkeyle.

"Şey... evet," dedi Hermione. "Neyse... yani bir bakıma haklıymışım. Snape 'yarı Prens' olmaktan gurur duyuyormuş herhalde, anladınız mı? *Gelecek*'te yazılanlara bakılırsa, Tobias Snape bir Muggle'mış."

"Evet, bu uyuyor," dedi Harry. "Lucius Malfoy ve diğerleriyle arkadaşlık kurabilmek için safkan tarafının üzerinde durmuştur... o da tıpkı Voldemort gibi. Safkan anne, Muggle baba... soyundan utanıyor, Karanlık Sanatlar vasıtasıyla kendini korkulan biri haline getirmeye çalışıyor, kendine etkileyici yeni bir isim vermiş – *Lord* Voldemort – Melez *Prens* – Dumbledore nasıl gözden kaçırmış olabilir –?"

Sustu ve pencereden dışarı baktı. Dumbledore'un Snape'e yönelik haklı gösterilemez güveni üzerine uzun uzun düşünmekten kendini alıkoyamıyordu... ama Hermione'nin de az önce kendisine istemeyerek hatırlattığı gibi, o da, yani Harry de aynı şekilde kanmıştı... kitaba çiziktirilmiş o büyülerin giderek daha şiddetli hale gelmesine rağmen, öylesine akıllı olan, ona o kadar yardım eden çocuğun kötü biri olduğuna inanmayı reddetmişti...

Yardım eden... neredeyse dayanılmaz bir düşünceydi şimdi bu...

"Seni niye o kitabı kullandığın için ele vermediğini hâlâ anlamıyorum," dedi Ron. "Hepsini nereden bulduğunu biliyor olmalı."

"Biliyordu," dedi Harry acı acı. "*Sectumsempra*'yı kullandığımda anlamıştı. Zihnefend'e ihtiyacı yoktu... daha önce bile anlamış olabilir, Slughorn benim İksir'de ne kadar parlak olduğum hakkında konuşup durduğu için... eski kitabını dolabın dibinde bırakmamalıydı, değil mi?"

"İyi de niye seni ele vermedi?"

"O kitapla arasında ilişki kurulmasını istediğini sanmıyorum," dedi Hermione. "Dumbledore bilse pek hoşuna gitmezdi sanırım. Ve Snape kitap ona ait değilmiş gibi yapsa bile, Slughorn onun yazısını ânında tanırdı. Zaten kitap Snape'in eski sınıfında bırakılmıştı ve eminim Dumbledore onun annesinin soyadının 'Prens' olduğunu biliyordu."

"Kitabı Dumbledore'a göstermeliydim," dedi Harry. "Onca zamandır bana Voldemort'un okuldayken bile nasıl kötü olduğunu gösteriyordu, benim elimde ise Snape'in de öyle olduğunun kanıtı vardı –"

"'Kötü' iddialı bir kelime," dedi Hermione usulca.

"Bana kitabın tehlikeli olduğunu söyleyip duran sendin!"

"Şunu demek istiyorum, Harry: kendini çok fazla suçluyorsun. Prens'in göründüğü kadarıyla tehlikeli bir mizah anlayışı olduğunu düşünmüştüm, ama onun potansiyel bir katil olabileceğini hiç tahmin edemezdim..."

"Hiçbirimiz tahmin edemezdik ki Snape'in... yani işte," dedi Ron.

Aralarına sessizlik çöktü. Her biri kendi düşüncelerine dalmıştı, ama Harry onların da, kendisi gibi ertesi sabahı, Dumbledore'un naaşının ebedi uykusuna yatacağı zamanı, üşündüklerini biliyordu. Harry daha önce hiç cenazeye katılmamıştı; Sirius öldüğünde gömülecek bir naaş yoktu ortada. Şimdi ne bekleyeceğini bilmiyordu ve neler görebileceği, neler hissedeceği konusunda biraz endişeliydi. Cenaze bittikten sonra Dumbledore'un ölümünün onun için daha gerçek bir hâl alıp almayacağını merak ediyordu. Bunun korkunç gerçekliğinin onu ezecek gibi olduğu anlar yaşasa da, boş hissizlik devreleri, şatoda hiç kimse başka herhangi bir konuda konuşmamasına rağmen Dumbledore'un gerçekten gittiğine inanmakta güçlük çektiği zamanlar oluyordu. Gerçi Sirius'da olduğu gibi çaresizce bir boşluk bulmanın peşine düşmemiş, Dumbledore'un geri gelmesinin bir yolunu aramamıştı... elini cebine atıp sahte Hortkuluk'un soğuk zincirine dokundu. Artık nereye gitse onu yanında taşıyordu; bir muska olarak değil, nelere mal olduğunun ve geriye daha yapacak neler kaldığının bir hatırlatıcısı olarak.

Harry ertesi sabah eşyalarını toplamak için erkenden kalktı; Hogwarts Ekspresi cenazeden bir saat sonra hareket edecekti. Aşağıda, Büyük Salon'a durgun bir hava hakimdi. Herkes resmi cüppesini giymişti ve kimse pek aç görünmüyordu. Profesör McGonagall öğretmenler masasının ortasındaki taht gibi koltuğu boş bırakmıştı. Hagrid'in yeri de boş duruyordu: Harry onun belki de kahvaltıya gelmeye içinin elvermediğini düşündü; ama

Snape'in yeri hiç resmiyet gösterilmeksizin Rufus Scrimgeour tarafından doldurulmuştu. Harry onun Salon'da gezinen sarımsı gözlerinden kaçındı; içinde Scrimegour'un onu aradığı yönünde rahatsız edici bir his vardı. Scrimgeour'un maiyetinin arasında kızıl saçları ve bağa gözlüğüyle Percy Weasley gözüne çarptı. Ron ise, tabağındaki füme ringa balığı parçalarını alışılmamış bir kinle bıçaklamak dışında, Percy'den haberdar olduğuna dair herhangi bir işaret vermedi.

Slytherin masasında ise Crabbe ve Goyle kafa kafaya vermiş, mırıldanıyorlardı. Her ne kadar iriyarı çocuklar olsalar da, aralarında onlara patronluk taslayan Malfoy'un uzun, solgun sureti olmadan tuhaf bir şekilde yalnız görünüyorlardı. Harry Malfoy'a fazla kafa yormamıştı. Bütün düşmanlığı Snape'e odaklanmıştı, ama Kule'nin tepesinde Malfoy'un sesindeki korkuyu da, öteki Ölüm Yiyen'ler gelmeden önce asasını indirdiğini de unutmamıştı. Harry, Malfoy'un Dumbledore'u öldüreceğine inanmıyordu. Malfoy'u hâlâ Karanlık Sanatlar'a tutkusu yüzünden hor görüyordu ama şimdi bu nefretin içine küçücük de olsa bir acıma duygusu karışmıştı. Malfoy'un şimdi nerede olduğunu ve Voldemort'un, kendisini ve ailesini öldürme tehdidiyle ona neler yaptırdığını merak etti.

Harry'nin düşünceleri, Ginny'nin kaburgalarını dürtmesiyle yarıda kesildi. Profesör McGonagall ayağa kalkmış, Salon'daki hüzünlü uğultu ânında kesilmişti.

"Vakit geldi sayılır," dedi. "Lütfen Bina Başkanlarınızın peşinden okul arazisine gidiniz. Gryffindor'lar, beni takip edin."

Neredeyse tam bir sessizlik içinde sıralarından kalkıp birer birer çıktılar. Harry Slytherin sırasının başında, gümüş işlemeli, muhteşem zümrüt yeşili, upuzun cüppesiyle Slughorn'u gördü. Hufflepuff'ların Başkanı Profesör Sprout'u hiç bu kadar temiz görmemişti; şapkasında tek bir yama yoktu. Giriş Salonu'na vardıklarında ise, Madam Pince'i Filch'in yanında dururken buldular; Madam Pince'in üzerinde dizlerine kadar inen kalın siyah bir tül, Filch'in üzerinde ise feci şekilde naftalin kokan kadim bir siyah takım elbiseyle bir kravat vardı.

Ön kapıdan taş basamaklara adım attıklarında Harry, herkesin göle doğru gittiğini gördü. Sessizce Profesör McGonagall'ın peşinden, yüzlerce iskemlenin sıralar halinde dizildiği yere doğru giderlerken, güneşin sıcaklığı yüzünü okşuyordu. İskemlelerin ortasında bir boşluk bırakılmıştı: önde mermer bir masa vardı ve bütün iskemleler ona dönük duruyordu. Olabilecek en güzel yaz günüydü.

Olağanüstü çeşitlilikte insanlardan oluşan bir kalabalık şimdiden iskemlelerin yarısını doldurmuştu bile: paspalı ve şıkı, yaşlısı ve genci. Harry çoğunu tanımıyordu, ama bazen tanıdıklarını da görüyordu – ki bunlar arasında Zümrüdüanka Yoldaşlığı üyeleri de vardı: Kingsley Shacklebolt, Deli-Göz Moody, saçı mucizevi bir şekilde yeniden çok parlak pembeye dönmüş olan Tonks, onun el ele tutuşuyor gibi göründüğü Remus Lupin, Mr ve Mrs Weasley, Fleur'ün destek olduğu Bill ve hemen arkalarında siyah ejderha derisinden ceketler giymiş olan Fred ile George. Ayrıca tek başına iki buçuk sandalye kaplayan Madam Maxime, Çatlak Kazan'ın sahibi Tom, Harry'nin Kofti komşusu Arabella Figg, büyücü grubu Acayip Kızkardeşler'in kıllı basçısı, Hızır Otobüs'ün şoförü Ernie Prang, Diagon Yolu'ndaki cüppe dükkanındaki Madam Malkin de vardı... Bir de Harry'nin sadece sima olarak tanıdığı kişiler vardı: Domuz Kafası'nın barmeni ve Hogwarts Ekspresi'nde yemek arabasını iten cadı gibi. Şatonun hayaletleri de oradaydılar ama parlar güneş ışığında neredeyse hiç görünmüyorlar, ancak hareket ettikleri zaman pırıl pırıl havada yarattıkları cisimsiz titreme sayesinde fark edilebiliyorlardı.

Harry, Ron, Hermione ve Ginny bir sıranın sonundaki iskemlelere, gölün hemen kenarına oturdular. İnsanlar fısıldaşıyordu; çıkan ses çimenlikteki meltem gibiydi, ama kuşların cıvıltısı çok daha fazla duyuluyordu. Kalabalık büyümeye devam etti; Harry, Luna'nın Neville'in bir iskemleye oturmasına yardım ettiğini gördü ve içinde ikisine karşı da büyük bir sevgi kabardı. Dumbledore'un öldüğü gece DO'dan yalnızca ikisi Hermione'nin çağrısıyla harekete geçmişti ve Harry bunun nedenini biliyordu: DO'yu en çok özleyen, ikisiydi... muhtemelen yeni bir toplantı olur umuduyla altınlarını düzenli olarak kontrol ediyorlardı...

Cornelius Fudge yanlarından geçip ön sıralara doğru yürüdü; yüzünde perişan bir ifade vardı ve sık sık yaptığı gibi parmaklarında yeşil melon şapkasını çeviriyordu. Sonra Harry, Rita Skeeter'ı fark etti ve onun uzun kırmızı tırnaklı ellerinde bir defter tuttuğunu görünce çok kızdı. Ama sonra Dolores Umbridge'i görünce, daha da büyük bir öfkeye kapıldı; Umbridge'in kurbağa gibi suratında hiç de ikna edici olmayan bir acı ifadesi, demir rengi kıvırcık saçlarının üstünde ise siyah kadife bir fiyonk vardı. Suyun kenarında bir gözcü gibi duran at-adam Firenze'yi görür görmez irkildi ve telaşla uzaklaşıp, epey ötedeki bir iskemleye oturdu.

En son öğretmenler geldi. Harry, Scrimgeour'un Profesör McGonagall ile birlikte en ön sırada oturmuş, kederli ve ağırbaşlı bir ifade takınmış olduğunu görebiliyordu. Scrimgeour'un ya da bu önemli insanlardan herhangi birinin Dumbledore'un ölmüş olmasına gerçekten üzülüp üzülmediği merak etti. Ama sonra bir müzik duydu, tuhaf, kulağa başka bir dünyaya aitmiş gibi gelen bir müzik... Ve Bakanlık'ı ne kadar sevmediğini unutarak, müziğin kaynağını bulmak için dönüp etrafına baktı. Bunu yapan bir tek o değildi: başlar dönüyor, biraz tedirgin halde, bakınıyorlardı.

"Şurada," diye fısıldadı Ginny Harry'nin kulağına.

Ve gün ışığının aydınlattığı, yeşil, berrak suda onları gördü: ona feci şekilde İnferius'ları hatırlatan bir biçimde yüzeyin birkaç santim altında duran bir denizhalkı korosu, anlamadığı tuhaf bir dilde şarkı söylüyordu. Solgun yüzleri hafifçe dalgalanıyor, morumsu saçları etraflarında salınıyordu. Müzik Harry'nin tüylerini diken diken etti, ama nahoş değildi. Çok belirgin şekilde bir kayıp ve umutsuzluk duygusu ifade ediyordu. Sudaki şarkıcıların vahşi yüzlerine baktığında, en azından onların Dumbledore'un vefatına üzüldüğünü hissetti. Sonra Ginny onu yeniden dürttü ve Harry dönüp öbür tarafa baktı.

Hagrid iskemlelerin arasındaki boşlukta yavaş yavaş yürüyordu. Hayli sessizce ağlıyordu, yüzü gözyaşlarıyla parlıyordu. Kollarındaysa, altın yıldızlarla bezeli mor kadifenin içinde, Harry'nin Dumbledore'un bedeni olduğunu bildiği şey vardı. Bu sahneyi görünce Harry'nin gırtlağına bir yumruk tıkandı: o tuhaf müzik ve Dumbledore'un bedeninin bu kadar yakında olduğunu bilmenin verdiği his, günün bütün sıcaklığını bir anda emip götürmüş gibiydi. Ron bembeyazdı, şoke olmuş görünüyordu. Ginny'nin ve Hermione'nin gözyaşları oluk oluk kucaklarına akıyordu.

Önde neler olduğunu doğru dürüst göremiyorlardı. Hagrid, naaşı dikkatle masaya yerleştirmiş gibiydi. Şimdi iskemlelerin arasındaki boşluktan geri dönüyor, bir taraftan da burnunu boru gibi sesler çıkararak siliyordu, bazı kişiler ayıplayan bakışlarla ona bakıyordu; Harry, Dolores Umbridge'in de onların arasında olduğunu gördü... ama Dumbledore'un aldırmayacağını biliyordu. Hagrid yanından geçerken dostça bir hareket yapayım dedi ama, Hagrid'in gözleri öyle şişmişti ki, nereye gittiğini görmesi bile bir mucizeydi. Harry, Hagrid'in yöneldiği arka sıraya baktı ve neye bakarak yolunu bulduğunu anladı, çünkü orada, her birisi çadır boyunda bir ceket ve pantolonla, çirkin kaya misali başı öne eğilmiş, uysal, neredeyse insan gibi, dev Grawp oturuyordu. Hagrid üvey kardeşinin yanına oturdu, Grawp, onun başını sertçe okşadı, öyle ki Hagrid'in iskemlesinin bacakları toprağa gömüldü. Harry bir anlık harika bir gülme isteği duydu. Ama sonra müzik durdu ve yeniden önüne dönmesi gerekti.

Sade siyah cüppeli, perçemli ufak tefek bir adam ayağa kalkmıştı, şimdi Dumbledore'un bedeninin önünde duruyordu.

Harry onun ne dediğini duymuyordu. Arada tek tük kelimeler, yüzlerce baş üzerinden onlara doğru süzülüyordu. "Ruh asaleti"... "entelektüel katkı"... "yürek yüceliği"... pek fazla bir anlam taşımıyordu. Harry'nin tanıdığı Dumbledore'la çok az ilgisi vardı. Birden Dumbledore'un, birkaç kelime deyince neyi kastettiğini hatırladı: "zırla," "tırla," "incik" ve "boncuk," ve yine gülümsemesini bastırmak zorunda kaldı... ona neler oluyordu böyle?

Solunda hafif bir şapırtı duydu ve bakınca denizhalkının da dinlemek için yüzeye çıktıklarını gördü. İki yıl önce Dumbledore'un suyun kıyısında, Harry'nin şimdi oturduğu yerin çok yakınında çömelip Denizhalkı Reisesi ile Denizdili'nde konuştuğunu hatırladı. Harry Dumbledore'un Denizdili'ni nerede öğrendiğini merak etti. Ona asla sormadığı o kadar çok şey vardı ki, söyleyebileceği onca şey...

Ve sonra, hiçbir uyarı olmaksızın, korkunç hakikat üstüne çöktü, şimdiye kadar olduğundan daha dolu ve daha inkâr edilmez şekilde. Dumbledore ölmüştü, gitmişti... elindeki soğuk madalyonu öyle sıkı tuttu ki canı acıdı, ama gözlerinden yaşlar boşalmasını önleyemedi: siyahlar içindeki küçük adam monoton sesle konuşmasını sürdürürken gözlerini Ginny'den ve diğerlerinden kaçırıp, gölün ötesine, Orman'a doğru baktı... ağaçlar arasında bir hareket vardı. At-adamlar da saygılarını sunmaya gelmişti. Açıklığa çıkmadılar ama Harry onların, yarı yarıya gölgeler içinde saklı, yayları bir yanda sarkarak kımıldamadan durduklarını, büyücüleri gözlediklerini gördü. Ve Harry, Orman'a yaptığı o ilk, kâbus gibi geziyi hatırladı; o sıralar Voldemort olan şeyle ilk karşılaşmasını ve nasıl onunla yüz yüze geldiğini... Bunun üzerinden çok geçmeden Dumbledore ile ikisinin kaybedilen bir muharebede savaşmak üzerine konuştuklarını. Savaşmak, gene savaşmak önemlidir, demişti Dumbledore, ve savaşmaya devam etmek, çünkü ancak o zaman kötülüğü uzakta tutabilirsin, asla tamamen silemesen de...

Ve Harry orada, sıcak güneş altında otururken ona değer veren kişilerin nasıl birer birer önünde durmuş olduklarını çok net bir şekilde anladı; annesi, babası, vaftiz babası ve sonunda Dumbledore, hepsi onu korumaya kararlıydı; ama şimdi bitmişti bu. Artık kimsenin kendisi ile Voldemort arasında durmasına izin veremezdi; daha bir yaşındayken kaybetmiş olması gereken yanılgıyı –bir anne ya da babanın kollarının, hiçbir şeyin onu incitemeyeceği anlamına geldiği yanılgısını– ebediyen terk etmeliydi. Bu kâbustan uyanış yoktu, karanlıktayken, aslında güvende olduğunu söyleyen rahatlatıcı bir fısıldama da, hepsi hayalindeydi; koruyucularının sonuncusu ve en büyüğü ölmüştü ve o artık daha önce hiç olmadığı kadar yalnızdı.

Siyahlı küçük adam sonunda konuşmayı kesip iskemlesine dönmüştü. Harry, başka birisi ayağa kalksın diye bekledi; konuşmalar yapılmasını bekledi, muhtemelen de Bakan'dan, ama kimse yerinden kıpırdamadı.

Sonra birçok kişi çığlık attı. Dumbledore'un naaşının ve üzerinde yattığı masanın çevresinde parlak, beyaz alevler belirmişti: gittikçe daha yükseldiler, naaşı sakladılar. Beyaz duman, sarmallar çizerek havaya yayıldı ve garip şekiller meydana getirdi: Harry bir an bir ankanın neşeyle maviliklere doğru uçtuğunu gördü sandı ve kalbi duracak gibi oldu, ama hemen sonraki saniye ateş yok olmuştu. Yerinde, Dumbledore'un bedenini ve üzerinde istirahat ettiği masayı içine alan beyaz mermer bir mezar duruyordu.

Sonra bir ok yağmuru havadan süzülüp gelince, birkaç şok dolu çığlık daha yükseldi, ama oklar kalabalığa varmadan yere düştü. Harry bunun at-adamların saygı gösterisi olduğunu biliyordu: onların arkalarını dönüp yeniden serin ağaçlar arasında kaybolduklarını gördü. Denizhalkı da aynı şekilde ağır ağır yeşil sulara batıp gözden kayboldu.

Harry Ginny, Ron ve Hermione'ye baktı: Ron, sanki güneş onu körleştiriyormuş gibi yüzünü buruşturmuştu, Hermione'nin yüzü yaşlarla kaplıydı ama Ginny artık ağlamıyordu. Harry'nin bakışına, onun yokluğunda Quidditch Kupası'nı almalarından sonra Harry'yi kucakladığı zaman yüzünde gördüğü aynı anlaşılmaz, alev alev bakışla karşılık verdi ve Harry o an birbirlerini mükemmel bir şekilde anladıklarını anladı. Ona şimdi ne yapacağını söylediğinde Ginny "Dikkatli ol," ya da "Yapma," demeyecek, zaten kendisi de Harry'den farklı bir şey beklemeyeceği için, kararını kabul edecekti. Ve Harry, Dumbledore öldüğünden beri söylemesi gerektiğini bildiği şeyi söylemek için, kendini duygularından arındırdı.

"Ginny, dinle..." dedi çok alçak sesle, etraflarındaki konuşma uğultusu artar ve insanlar ayağa kalkmaya başlarken. "Artık seninle ilişkim olamaz. Birbirimizi görmeye son vermemiz gerek. Birlikte olamayız."

Ginny, tuhaf şekilde çarpık bir gülümseme ile, "Aptalca, asil bir neden yüzünden, değil mi?" dedi.

"Sankı... sanki başkasının hayatının bir parçası gibiydi, seninle bu son birkaç hafta," dedi Harry. "Ama yapamam... yapamayız... Artık tek başıma yapmam gereken şeyler var."

Ginny ağlamadı, sadece ona baktı.

"Voldemort, düşmanlarının yakın olduğu kişileri kullanıyor. Seni zaten bir kere yem olarak kullandı, hem de sadece en iyi arkadaşımın kardeşi olduğun için. Eğer bunu sürdürürsek ne kadar büyük bir tehlike içinde olacağını düşün. Bilecektir, öğrenecektir. Seni kullanarak bana ulaşmaya çalışacaktır."

"Ya aldırmıyorsam," dedi Ginny hararetle.

"Ben aldırıyorum," dedi Harry. "Bu senin cenazen olsaydı kendimi nasıl hissederdim sanıyorsun... ve benim hatam olsaydı..."

Ginny bakışlarını ondan uzağa, gölün ötesine doğru çevirdi.

"Aslında senden hiç vazgeçmedim," dedi. "Geçmedim aslında. Hep ümit ettim... Hermione bana hayatıma devam etmemi söyledi, belki başkalarıyla çıkarsam iyi olacağını, sen etraftayken biraz rahatlamamı söyledi, çünkü sen odadayken asla konuşamıyordum, hatırlıyor musun? Ve eğer ben biraz daha – kendim olursam, benim biraz daha farkıma varabileceğini söyledi."

"Akıllı kız, şu Hermione," dedi Harry, gülümsemeye çalışarak. "Keşke sana daha önce çıkalım deseydim. Onca zamanımız olabilirdi... aylar... belki yıllar..."

"Ama sen büyücülük dünyasını kurtarmakla meşguldün," dedi Ginny, yarı gülerek. "Eh... şaşırdım diyemem. Sonunda bunun olacağını biliyordum. Voldemort'un peşine düşmedikçe mutlu olmayacağını biliyordum. Belki de seni bunun için bu kadar çok seviyorum."

Harry bunları duymaya dayanamıyordu, onun yanında oturmaya devam ederse kararına sadık kalabileceğini de hiç sanmıyordu. Ron'un, omzuna gömülmüş hıçkıran Hermione'ye sarıldığını ve onun saçlarını okşadığını gördü, kendi uzun burnunun ucundan da yaşlar akıyordu. Harry perişan bir şekilde ayağa kalktı, sırtını Ginny'ye ve Dumbledore'un mezarına dönüp, gölün etrafından yürüyerek uzaklaştı. Hareket etmek, kıpırdamadan oturmaktan çok daha tahammül edilir geliyordu: tıpkı Hortkuluklar'ı bulma ve Voldemort'u öldürme işine mümkün olduğu kadar çabuk başlamanın, bunu yapmayı beklemekten daha iyi geleceği gibi...

"Harry!"

Döndü. Rufus Scrimgeour kıyı boyunca, bastonuna dayanarak ve topallayarak, hızlı hızlı ona doğru geliyordu.

"İki çift laf ederiz diye ümit etmiştim... biraz seninle yürümemin bir sakıncası var mı?"

"Yok," dedi Harry kayıtsızca ve yeniden yürümeye başladı.

"Harry, bu korkunç bir trajedi," dedi Scrimgeour usulca. "Duyunca ne kadar dehşete kapıldığımı sana anlatamam. Dumbledore çok büyük bir büyücüydü. Senin de bildiğin gibi, anlaşmazlıklarımız olmuştu ama kim benden iyi bilebilir ki –"

"Ne istiyorsunuz?" diye sordu Harry, lafı dolaştırmadan.

Scrimgeour biraz bozulmuş göründü ama, tıpkı daha önce olduğu gibi, yüz ifadesini hemen değiştirip üzüntülü bir anlayış ifadesi takındı.

"Yıkıldın, elbette," dedi. "Dumbledore'a çok yakındın, biliyorum. Sanırım sen onun bütün öğrencileri içinde en çok sevdiği olabilirsin. İkinizin arasındaki bağ –"

"Ne istiyorsunuz?" diye tekrarladı Harry, durarak.

Scrimgeour da durdu, bastonuna dayandı ve bu sefer kurnaz bir ifadeyle Harry'ye baktı.

"Diyorlar ki öldüğü gece okuldan ayrıldığında sen de yanındaymışsın."

"Kim diyor?" dedi Harry.

"Biri Dumbledore öldükten sonra Kule'nin tepesinde bir Ölüm Yiyen'i Sersemletmiş. Üstelik orada iki tane süpürge varmış. Bakanlık ikiyle ikiyi toplayabiliyor, Harry."

"Bunu duyduğuma sevindim," dedi Harry. "Eh, Dumbledore'la nereye gittiğim ve birlikte ne yaptığımız beni ilgilendirir. İnsanların bilmesini istemiyordu."

"Böyle bir sadakat hayranlık verici, tabii," dedi, artık kızgınlığını zorla kontrol altında tutuyormuş gibi görünen Scrimgeour, "ama Dumbledore gitti, Harry. Gitti."

"Ancak burada ona sadık kimse kalmadığında okuldan gitmiş olacak," dedi Harry, elinde olmadan gülümseyerek.

"Sevgili oğlum... Dumbledore bile dönemez –"

"Döner demiyorum ki. Anlamazsınız. Ama size söyleyecek bir şeyim yok."

Scrimgeour durakladı, sonra da belli ki nazik olması düşünülmüş bir ses tonuyla, "Bakanlık sana her tür koruma sağlayabilir, Harry, biliyorsun," dedi. "Seherbaz'larımdan ikisini hizmetine vermekten memnun –"

Harry güldü.

"Voldemort beni kendisi öldürmek istiyor, Seherbaz'lar onu durduramaz. Teklif için teşekkürler, ama kalsın."

"Demek," dedi Scrimgeour, sesi soğuktu şimdi, "senden Noel'deki ricam –"

"Ne ricası? Ha evet... bütün dünyaya ne büyük işler yaptığınızı anlatmam ve karşılığında da –"

"– herkesin moralini yükseltmiş olursun!" diye cevabı bastırdı Scrimgeour.

Harry bir an onu süzdü.

"Stan Shunpike'ı serbest bıraktınız mı?"

Scrimgeour, Vernon Enişte'yi fena halde hatırlatan feci bir mor renge büründü.

"Görüyorum ki sen –"

"Tepeden tırnağa Dumbledore'un adamıyım," dedi Harry. "Evet, öyle."

Scrimgeour bir an daha ona gözlerinden ateş saçarak baktı, sonra döndü ve tek kelime etmeden topallayarak uzaklaştı. Harry, Percy ile Bakanlık heyetinin geri kalanının, hâlâ iskemlelerinde oturan hıçkırıklar içindeki Hagrid'e ve Grawp'a arada bir endişeyle göz atarak onu beklediklerini görebiliyordu. Ron ve Hermione hızlı hızlı Harry'ye doğru gelirken, aksi yönde giden Scrimgeour'un yanından geçtiler. Harry döndü ve onların kendisine yetişmesini beklerken yavaşça yürümeye devam etti; sonunda, daha mutlu günlerde altında oturdukları bir kayın ağacının gölgesinde ona yetiştiler.

"Scrimgeour ne istiyormuş?" diye fısıldadı Hermione.

"Noel'de ne istediyse onu," diye omuz silkti Harry. "Ona Dumbledore hakkında gizli bilgiler vermemi ve Bakanlık'ın yeni poster çocuğu olmamı istiyordu."

Ron bir an kendisiyle mücadele eder gibi göründü, sonra Hermione'ye, "Bak," dedi yüksek sesle, "bırak da geri dönüp Percy'ye bir tane yapıştırayım!"

"Hayır," dedi Hermione kararlılıkla, onu kolundan yakalayarak.

"Kendimi daha iyi hissetmemi sağlayacak ama!"

Harry güldü. Hatta Hermione bile sırıtır gibi oldu ama başını kaldırıp şatoya bakınca gülümsemesi yüzünden silindi.

"Bir daha asla geri gelemeyebileceğimiz fikrine dayanamıyorum," dedi usulca. "Hogwarts nasıl kapanır?"

"Belki de kapanmaz," dedi Ron. "Burada evde olduğumuzdan daha fazla tehlikede değiliz, değil mi? Artık her yer aynı. Hatta bence Hogwarts daha bile güvenli, içeride burayı savunacak daha çok büyücü var. Sen ne diyorsun, Harry?"

"Yeniden açılsa bile ben dönmeyeceğim," dedi Harry.

Ron ağzı açık ona bakakaldı, ama Hermione hüzünle, "Bunu diyeceğini biliyordum," dedi. "Peki, ne yapacaksın öyleyse?"

"Bir kez daha Dursley'lere gideceğim, çünkü Dumbledore gitmemi istiyordu," dedi Harry. "Ama kısa bir ziyaret olacak, ondan sonra da geri dönmemek üzere gideceğim."

"Peki ama, okula dönmezsen nereye gideceksin?"

"Godric's Hollow'a geri gidebilirim diye düşündüm," diye mırıldandı Harry. Dumbledore'un öldüğü geceden beri bu fikir kafasındaydı. "Benim için her şey orada başladı. İçimde oraya gitmem gerekiyor gibi bir his var. Ve annemle babamın mezarlarını da ziyaret ederim, bu hoşuma gider."

"Ya sonra?" dedi Ron.

"Sonra da Hortkuluklar'ın geri kalanını bulmam gerekiyor, değil mi?" dedi Harry, gözleri Dumbledore'un gölün öbür yanındaki sulara yansıyan beyaz mezarında. "Bunu yapmamı istiyordu, bana bunun için onlar hakkındaki her şeyi anlattı. Eğer Dumbledore haklıysa –ki haklı olduğundan eminim– dört tanesi hâlâ ortada. Onları bulmam ve yok etmem gerek, sonra da Voldemort'un ruhunun yedinci parçasının, bedeninde olan parçanın ardından gitmem gerek, onu öldürecek olan benim. Ve eğer yolda Severus Snape'e rastlarsam," diye ekledi, "benim için çok daha iyi, onun için ise o kadar kötü."

Uzun bir sessizlik oldu. Kalabalık hemen hemen dağılmıştı. Sona kalmış olanlar, keder dolu feryatları hâlâ suyun üzerinde yankılanan Hagrid'e sarılmış olan Grawp'un muazzam gövdesinin açığından geçiyordu.

"Biz de orada olacağız, Harry," dedi Ron.

"Ne?"

"Teyzenle eniştenin evinde," dedi Ron. "Ve sonra da nereye gidersen git, seninle geleceğiz."

"Hayır –" dedi Harry hemen; bunu hesaba katmamıştı, onların bu en tehlikeli yolculuğu tek başına yapacağını anlamalarını beklemişti.

"Sen bir kere bize," dedi Hermione usulca, "geri dönmek istiyorsak zamanımız olduğunu söylemiştin. Yeterince zamanımız oldu, değil mi?"

"Ne olursa olsun, seninle birlikteyiz," dedi Ron. "Ama, abi, biz başka bir şey yapmadan, hatta Godric's Hollow'a gitmeden önce, senin annemle babamın evine gelmen gerek."

"Niye?"

"Bill ve Fleur'ün düğünü, unuttun mu?"

Harry ona baktı, şaşırmıştı; bir düğün kadar normal bir şeyin hâlâ var olabileceği fikri inanılmaz, ama harikuladeydi.

"Evet, onu kaçırmamamız gerek," dedi sonunda.

Eli otomatikman sahte Hortkuluk üzerine kapandı ama her şeye rağmen, önünde uzandığını gördüğü karanlık ve dolambaçlı yola rağmen; ister bir ayda, ister bir ya da on yılda olsun, eninde sonunda mutlaka gerçekleşeceğini bildiği Voldemort'la son karşılaşmasına rağmen, hâlâ Ron ve Hermione ile keyfini çıkaracak, huzur dolu son bir altın gün olduğu düşüncesiyle, kalbine sevinç dolduğunu hissetti.

YAPI KREDİ YAYINLARI / **DOĞAN KARDEŞ**

İLKGENÇLİK KİTAPLIĞI

Adalet Ağaoğlu
Duvar Öyküsü
Itır Arda-Seyran Deniz (haz.)
Her Güne Bir Oyun
Enis Batur (haz.)
Gütenberg Gökadasına Gezi
Sahici Trenler İçin Oyuncak Kitap
Adnan Binyazar
Dede Korkut
Jean-François Bouvet (haz.)
Ispanaktaki Demir ve Diğer Yerleşik Düşünceler Üzerine
Miguel de Cervantes Saavedra
Don Kişot
Gülten Dayıoğlu
Yeşil Kiraz
Yeşil Kiraz 2
Daniel Defoe
Robinson Crusoe
Sir James George Frazer
Altın Dal
Memet Fuat
Yunus Emre
Karacaoğlan
Tevfik Fikret
Pir Sultan Abdal
Şinasi
Ahmet Haşim
Namık Kemal
Köroğlu
Dadaloğlu
Joan Manuel Gisbert
Robot Kadının Gizemi
Jacques le Goff
Gençlere Avrupa Tarihi
Jacop Grimm - Wilhelm Grimm
Grimm Masalları I - II
Ted Hughes
Demir Adam- Demir Kadın
Joseph Rudyard Kipling
Cengel Kitabı
Selim İleri (haz.)
İlkgençlik Çağına Öyküler I - II
Sven Ortoli-Nicolas Witkowski
Arşimed'in Hamamı
Hubert Reeves
Kuşlar, Harika Kuşlar
J.K.Rowling
Harry Potter ve Felsefe Taşı
Harry Potter ve Sırlar Odası
Harry Potter ve Azkaban Tutsağı
Harry Potter ve Ateş Kadehi
Harry Potter ve Zümrüdüanka Yoldaşlığı
Fantastik Canavarlar Nelerdir, Nerede Bulunurlar?
Çağlar Boyu Quidditch
Harry Potter ve Melez Prens
Mine Söğüt
Sevgili Doğan Kardeş
Michel Tournier
Cuma
Ayfer Tunç (haz.)
Belki Varmış Belki Yokmuş

OKUL ÇAĞI KİTAPLIĞI

Aisopos Masalları
Hans Christian Andersen
Andersen Masalları
J.M. Barrie
Peter Pan
Gülten Dayıoğlu
Okyanuslar Ötesine Yolculuk
Kenya'ya Yolculuk
Mısır'a Yolculuk
Meksika'ya Yolculuk
Hindistan'a Yolculuk ve Nepal Gezisi
Tarık Demirkan (haz.-çev.)
Her Güne Bir Masal
Ted Hughes
Balina Nasıl Balina Oldu
Cemal Süreya
Aritmetik İyi Kuşlar Pekiyi
Ülkü Tamer
Şeytanın Altınları

YAPI KREDİ YAYINLARI / **DOĞAN KARDEŞ**

Günışığı Hoşça Kal

Roland Topor

Alis Harfler Diyarında

Orhan Veli

Nasrettin Hoca Hikâyeleri

La Fontaine'nin Masalları

Tahsin Yücel

Anadolu Masalları

GENEL KÜLTÜR

Claude Bauez-Sydney Picasso

Mayaların Kayıp Şehirleri

Gérard Bessiére

İsa Beklenmedik Tanrı

Jean Boisselier

Buda'nın Bilgeliği

Anne-Marie Delcambre

Allahın Resulü Hz. Muhammed

Michel Kaplan

Bizans'ın Altınları

Alain Dister

Rock Çağı

Jean Bottéro / Marie-Joseph Stéve

Evvel Zaman İçinde Mezopotamya

Georges Jean

Yazı İnsanlığın Belleği

Alessondro Vezzosi

Leonardo da Vinci / Evren Bilimi ve Sanatı

Hervé Duchéne

Troia Hazineleri veya Schliemann'ın Düşü

Roland ve Françoise Etienne

Antik Yunan / Bir Keşfin Arkeolojisi

Marie-Laure Bernadac / Paule du Bouchet

Picasso: Dâhi ve Deli

Jean Vercoutter

Unutulmuş Mısır'ın İzinde

Nicholas Werth

1917 Rus Devrimi

ÇOCUK VE EĞİTİM

Don Dinkmeyer-Gary D. McKay

Biz Bir Aileyiz

Zerrin Kehnemuyi

Çocuğun Görsel Sanat Eğitimi

Can Gürzap

Konuşan İnsan

Nüzhet Şenbay

Söz ve Diksiyon Sanatı

ÇİZGİ ROMAN

TENTEN ALBÜMLERİ

Tenten Takım (kutulu 22 adet)

ABDÜLCANBAZ

Turhan Selçuk

Dinozorlar

Oyun İçinde Oyun

Uzay Kıyıları

Gelen Gideni Aratır

Hanım Sütüyle Kaymah!...

Gereği Düşünüldü...

Dumancının Dumanaltı Serüvenleri...

Yıldız Savaşları

Kraliçe Hamurabiye...

Koncolos...

İlk Ayaklanma...

Dumanaltında 20.000 Fersah...

Köstebek...

Hayvanistan...

Uzay Katları...

Kürrei Devr-i Daim ve Kara El Derya...

Sahra Kaplanı...

Kara Ejderha...

Ay'a Seyahat...

Mini Mini Mektepli

Enki Bilal- Pierre Christin

Av Partisi

Latif Demirci

Köşeli Türklerden Press Bey

Bugün, Devlet İçin Ne Yaptın?

Piyale Madra

Ademler ve Havvalar III

Ademler ve Havvalar IV

Sait Faik Abasıyanık
Semaver
Sarnıç
Şahmerdan
Lüzumsuz Adam
Birtakım İnsanlar
Kayıp Aranıyor
Havada Bulut
Havuz Başı
Kumpanya
Mahalle Kahvesi
Son Kuşlar
Alemdağ'da Var Bir Yılan
Karganı Bağışla
Mahkeme Kapısı
Hikâyecinin Kaderi

Peter Ackroyd
Chatterton
İngiliz Müziği
Doktor Dee'nin Evi

Gilbert Adair
Kapalı Kitap
Kulenin Anahtarı
Yazarın Ölümü

Adonis
Arap Poetikası

Adalet Ağaoğlu
Yazsonu
Ölmeye Yatmak
Bir Düğün Gecesi
Hayır
Geçerken
Toplu Oyunlar I, II, III
Karşılaşmalar
Başka Karşılaşmalar
"Fikrimin İnce Gülü"
Üç Beş Kişi
Ruh Üşümesi
Gece Hayatım

Samet Ağaoğlu
Bütün Öyküleri

Sergun Ağar
Aşkın İade-i İtibarı

Gülten Akın
Toplu Oyunlar

Sabahattin Kudret Aksal
Öyküler
Oyunlar
Denemeler, Konuşmalar

Ömer Asım Aksoy
Türkçe Bir Hayat

Hulki Aktunç
Bir Çağ Yangını
Son İki Eylül
Erotologya? - Bir Türk Erotologya'sına
Giriş İçin Denemeler
Toplu Öyküler I
Toplu Öyküler II

Sabahattin Ali
Değirmen
Sırça Köşk
Yeni Dünya
Kağıt, Ses, Esirler (Oyun)
Kürk Mantolu Madonna
İçimizdeki Şeytan
Markopaşa Yazıları ve Ötekiler
Kuyucaklı Yusuf
Çakıcı'nın İlk Kurşunu
Bütün Romanları
Mahkemelerde
(haz. Nüket Esen - Nezihe Seyhan)

Çetin Altan
Şeytanın Gör Dediği
Kalem Bahçelerinden Yedi Hayat
Kadın, Işık ve Ateş
Kavak Yelleri ve Kasırgalar

Şavkar Altınel
Kvangvamun Kavşağı

Metin Altıok
Şiirin İlk Atlası

Selçuk Altun
"Yalnızlık Gittiğin Yoldan Gelir"
"Bir Sen Yakınsın Uzakta Kalınca"

Nurullah Ataç
Günlerin Getirdiği - Sözden Söze
Karalama Defteri - Ararken

Diyelim - Söz Arasında
Okuruma Mektuplar - Prospero
Günce (2 cilt)
Söyleşiler
Dergilerde

Yusuf Atılgan
Aylak Adam
Anayurt Oteli
Canistan
Bütün Öyküleri

Ece Ayhan
Morötesi Requiem
Başıbozuk Günceler
Aynalı Denemeler
Dipyazılar
Sivil Denemeler Kara
Hay Hak! Söyleşiler
Bir Şiirin Bakır Çağı
Hoşça Kal - Ece Ayhan'dan İlhan Berk'e Mektuplar

Ingeborg Bachmann
Otuz Yaş - Bütün Öyküler
Malina

Semih Balcıoğlu
Önce Çizdim, Sonra Yazdım

Tuna Baltacıoğlu
Yeni Adam Günleri
Savaş İçinde Barış

Selçuk Baran
Güz Gelmeden

Roland Barthes
S/Z

Enis Batur
E/Babil Yazıları
Bu Kalem Melûn©
Bu Kalem Bukalemun
Aciz Çağ - Faltaşları
Smokinli Berduş
Kum Saatından Harfler
Başka Yollar

Ümit Bayazoğlu
Sefirden Sefile, 37 Portre

Taner Baybars
Uzak Ülke: Bir Kıbrıs Çocukluğu

Vüs'at O. Bener
Dost - Yaşamasız
Bay Muannit Sahtegi'nin Notları
Siyah - Beyaz
Mızıkalı Yürüyüş - Kara Tren
Buzul Çağının Virüsü
Ihlamur Ağacı - İpin Ucu
Kapan
Manzumeler

Yiğit Bener
Eksik Taşlar
Kırılma Noktası

Walter Benjamin
Tek Yön
Bin Dokuz Yüzlerin Başında Berlin'de Çocukluk

İlhan Berk
El Yazılarına Vuruyor Güneş
Uzun Bir Adam
Kanatlı At
Logos
Poetika
Şifalı Otlar Kitabı

Niyazi Berkes
Asya Mektupları

Thomas Bernhard
Odun Kesmek
Bitik Adam
Eski Ustalar
Ses Taklitçisi

Louis De Bernières
Yüzbaşı Corelli'nin Mandolini

Yahya Kemal Beyatlı
Eğil Dağlar - İstiklâl Harbi Yazıları
Aziz İstanbul

Yves Bonnefoy
Olasılık Dışındaki

Aydın Boysan
Yüzler ve Yürekler
İstanbul'un Kuytu Köşeleri
Nereye Gitti İstanbul?

Louis Breger
Freud - Görüntünün Ortasındaki Karanlık
Cihat Burak
Cardonlar
Yakutiler
Zenci Kalınız!
Sevim Burak
Ford Mach I
Yanık Saraylar
Sahibinin Sesi
Michel Butor
Michel Butor Üstüne Doğaçlamalar
Dereceler
A.S. Byattf
Çeşm-i Bülbülün İçindeki Cin
HalÛk Cansın
Unutmaya Kıyamadıklarım
Julio Baquero Cruz
Mezbahanın Mimarisi
Italo Calvino
Görünmez Kentler
Palomar
Marcovaldo ya da Kentte Mevsimler
Paris'te Münzevi -
Özyaşamöyküsel Notlar
Anton Çehov
Yeni Bulunmuş Hikâyeler
Evliya Çelebi
Günümüz Türkçesiyle Evliya Çelebi
Seyahatnâmesi: İstanbul (2 cilt)
Asaf Hâlet Çelebi
Bütün Yazıları
Ayşegül Çelik
Korku ve Arkadaşı
Burçak Çerezcioğlu
Mavi Saçlı Kız
Osamu Dazai
Batan Güneş
Mor Bir Serserinin Gezi Notları
Gilles Deleuze - Félix Guattari
Kafka - Minör Bir Edebiyat İçin
Rosie Pinhas-Delpuech
Bizans Süiti
Osman Deniz
Parola Harbiyeli Aldanmaz
Oğuz Demiralp
Okuma Defteri
Kutup Noktası
Kör Okur
Mehmet H. Doğan
Şiir ve Eleştiri
Tekrarın Tekrarı
Şiir, Bugün
Alçak Uçuş
Ahmet Muhip Dıranas
Yazılar
Sezer Duru - Orhan Duru (haz.)
O Pera'daki Hayalet
İlhan Durusel
Karakalem Requiem
Ferit Edgü
Doğu Öyküleri
Seyir Sözcükleri
Kimse
Av
Çığlık
Tüm Ders Notları
Eylülün Gölgesinde Bir Yazdı
İşte Deniz, Maria
İlk Öyküler Kaçkınlar / Bozgun / Devam
Şimdi Saat Kaç
Paul Eluard
Gala'ya Mektuplar
Azad Ziya Eren
Sakızköy Günceleri
Tuncer Erdem
Hayalifener
Ebubekir Eroğlu
Modern Türk Şiirinin Doğası
William Faulkner
Abşalom, Abşalom!
Kurtar Halkımı Musa
Köy
Ses ve Öfke
Max Frisch
Stiller

Beşir Fuad
Şiir ve Hakikat
Füruzan
Berlin'in Nar Çiçeği
Gül Mevsimidir
Parasız Yatılı
Balkan Yolcusu
Gecenin Öteki Yüzü
Kırkyedi'liler
Benim Sinemalarım
Kuşatma
Redife'ye Güzelleme
Yeni Konuklar
Ev Sahipleri
Sevda Dolu Bir Yaz
Toplu Öyküler
Adèle Geras
Troya'da Aşk
Seyit Göktepe
İlkyazların Anısıyla
Akşit Göktürk
Çeviri: Dillerin Dili
Ada
Okuma Uğraşı
Sözün Ötesi
Alain Robbe-Grillet
Silgiler
Eser Gürson
Edebiyattan Yana
Ahmet Hâşim
Frankfurt Seyahatnâmesi
Bize Göre ve Bir Seyahatin Notları
Hermann Hesse
Narziss ve Goldmund
Boncuk Oyunu
Bozkırkurdu
Gertrud
Rosshalde
Knulp
Klingsor'un Son Yazı
Doğan Hızlan
Saklı Su
Güncelin Çağrısı
Mavi Bereli
Şiir Çilingiri
Düzyazı Ayracı
Yalnızlık Kahvesi
Edebiyat Dönencesi
Sâdık Hidâyet
Aylak Köpek
Diri Gömülen
Vejetaryenliğin Yararları
Hacı Aga
Üç Damla Kan
Kör Baykuş
Alacakaranlık
Kurt Hofmann
Thomas Bernhard'la Konuşmalar
Park Honan
Shakespeare: Bir Yaşam
Emin Nedret İşli (haz.)
Şevket Rado'ya Mektuplar
Meldâ Kaptana
Ben Bir Bizans Bahçesinde Büyüdüm
Seyfi Karabaş
Dede Korkut'ta Renkler
Güneş Karabuda
İndim Zaman Bahçesine
Zaman Bahçesinden Portreler
Zoraki Randevular Parkı
Şadan Karadeniz
Ölümsüz Adagio'lar
Fındıkfaresiyle Bilgisayar Faresi
Anna Kavan
Buz
Hamdi Koç
Melekler Erkek Olur
Çiçeklerin Tanrısı
Uğur Kökden
Geçmişe Açılan Pencere
Düşlerin Günbatımı
Uzun Gecenin Tutsakları - Barış Derneği Cezaevi Günlüğü (1982)
Kuğular, Kanallar, Salkımsöğütler
İstanbul/Zamana Açılan Kapı

YAPI KREDİ YAYINLARI / **EDEBİYAT**

Onat Kutlar
İshak
Claude Lanzmann
Shoah
D.H. Lawrence
Lady Chatterley'in Sevgilisi
Jean Leproux
Renée Vivien'den Kerime'ye Mektuplar
Norman Lock
Göçmenler - Joseph Cornell'in Operaları
Amin Maalouf
Ölümcül Kimlikler
Semerkant
Afrikalı Leo
Tanios Kayası
Yüzüncü Ad
Doğunun Limanları
Uzaktan Aşk
Işık Bahçeleri
Yolların Başlangıcı
Béatrice'ten Sonra Birinci Yüzyıl
Jamal Mahjoub
Raşid'in Dürbünü
Cinlerle Yolculuk
Nasuh Mahruki
Bir Hayalin Peşinde -
Yedi Zirveler
Bir Dağcının Güncesi
Everest'te İlk Türk
Asya Yolları, Himalayalar ve Ötesi
Giorgio Manganelli
Düzyazının İnce Sesi
Alberto Manguel
Okumanın Tarihi
Palmiyelerin Altında Stevenson
Nezihe Meriç
Korsan Çıkmazı
Yandırma
Toplu Öyküler 1
Toplu Öyküler 2
Alacaceren
Toplu Oyunlar
Çavlanın İçinde Sessizce

Gustav Meyrink
Golem
İlhan Mimaroğlu
New York Kapı Dışı Sanatı
Karen Mulhallen
49. Paralelin Ötesinde - Kanadalı
Yazarlardan Öyküler
Robert Musil
Yaşarken Açılan Miras
Mustafa Sait Bey
Avrupa Seyâhatnâmesi (1898)
Rauf Mutluay
Sebiller Su Vermiyor
BendeYaşayanlar
Fethi Naci
Türk Romanında Ölçüt Sorunu
Eleştiri Günlüğü-I (1980-1986)
Gücünü Yitiren Edebiyat
Eleştiri Günlüğü-II (1986-1990)
Roman ve Yaşam-Eleştiri Günlüğü-III
(1991-1992)
"Dünya Bir Gölgeliktir"
Reşat Nuri'nin Romancılığı
Sait Faik'in Hikâyeciliği
Yaşar Kemal'in Romancılığı
Nâzım Hikmet
Oyunlar - 1
Ocak Başında
Kafatası
Bir Ölü Evi
Unutulan Adam
Bu Bir Rüyadır
Oyunlar - 2
Yolcu
Ferhad ile Şirin
Sabahat
Enayi
Oyunlar - 3
İnsanlık Ölmedi Ya
Allah Rahatlık Versin
Evler Yıkılınca
Yusuf ile Menofis
İvan İvanoviç Var mıydı Yok muydu?

Oyunlar - 4
- İstasyon
- İnek
- Demokles'in Kılıcı
- Tartüf-59

Oyunlar - 5
- Kadınların İsyanı
- Yalancı Tanık
- Kör Padişah
- Her Şeye Rağmen

Yazılar - 1
- Sanat, Edebiyat, Kültür, Dil

Yazılar - 2
- (1924 - 1934)

Yazılar - 3
- (1935)

Yazılar - 4
- (1936)

Yazılar - 5
- (1937 - 1962)

Yazılar - 6
- Konuşmalar

Romanlar - 1
- Kan Konuşmaz

Romanlar - 2
- Yeşil Elmalar
- Yaşamak Hakkı

Romanlar - 3
- Yaşamak Güzel Şey Be Kardeşim

Masallar, Hikâyeler - 1
- Hikâyeler

Masallar, Hikâyeler - 2
- Çeviri Hikâyeler

Masallar, Hikâyeler - 3
- Orman Cücelerinin Sergüzeşti
- Sevdalı Bulut
- Sevda Masalları
- Öbür Masallar

Behçet Necatigil
- Ertuğrul Faciası
- Bütün Radyo Oyunları
- Serin Mavi
- Düzyazılar 1 - 2
- Mektuplar

Avni Okar
- Türkiye'de Tayyarecilik

Ahmet Oktay
- Gece Defteri
- Anlatıların Aynası

Haluk Oral - M. Şeref Özsoy
- Erol Güney'in Ke(n)disi

Canip Orhun
- Cranwell Hatıraları - Bir Havacı Teğmenin Anıları

Emin Özdemir
- Dilin Öte Yakası

Tezer Özlü
- Eski Bahçe Eski Sevgi
- Yaşamın Ucuna Yolculuk
- Çocukluğun Soğuk Geceleri
- Kalanlar
- Zaman Dışı Yaşam

Mahir Öztaş
- Ruh İkizini Arar
- Soğuma
- Korku Oyunu
- Ay Gözetleme Komitesi
- Bir Arzuyu Beslemek

Orhan Pamuk
- İstanbul - Hatıralar ve Şehir

Georges Perec
- Yaşam Kullanma Kılavuzu
- Doğdum

Robert Pinget
- Fantoine ile Agapa Arasında
- Sorgulama
- Mösyö Songe
- Libera

Jan Potocki
- Hafız'ın Yolculuğu

Marcel Proust
- Çiçek Açmış Genç Kızların Gölgesinde
- Guermantes Tarafı

Mahpus
Sodom ve Gomorra
Swann'ların Tarafı
Albertine Kayıp
Yakalanan Zaman

Şevket Rado
Sözün Gelişi

Alain Quella - Villéger
Pierre Loti: Gezegen Seyyahı

Oliver Sacks
Karısını Şapka Sanan Adam
Sesleri Görmek
Renkkörleri Adası
Uyanışlar
Tungsten Dayı - Kimyasal Bir Çocukluğun Anıları

J.D. Salinger
Franny ve Zooey
Çavdar Tarlasında Çocuklar
Dokuz Öykü
Yükseltin Tavan Kirişini Ustalar...

Ayşe Sarısayın
Çok Şey Yarım Hâlâ

Bruno Schulz
Tarçın Dükkânları

Isaac Bashevis Singer
Toplu Öyküler
Meşuga

Philippe Sollers
Stüdyo
Sabit Tutku

Mine Söğüt
Adalet Cimcoz - Bir Yaşamöyküsü Denemesi
Beş Sevim Apartmanı
Kırmızı Zaman

Cemal Süreya
Şapkam Dolu Çiçekle ve Şiir Üzerine Yazılar
Günler
"Güvercin Curnatası" Konuşmalar, Soruşturma Yanıtları
Onüç Günün Mektupları
99 Yüz

Ferhan Şensoy
FerhAntoloji

Levent Şentürk
Yerdeğiştirmeler Seçkisi

Viktor Şklovski
Hayvanat Bahçesi

Ülkü Tamer
Yaşamak Hatırlamaktır
Alleben Öyküleri

Saffet Tanman
Batnas Tepeleri'nde Zaman

Turan Tanyer
Taş Mektep

Elçin Tapan
Ben Mutlu Bir Down Annesiyim
Devam Eden Hikâyemiz

Latife Tekin
Sevgili Arsız Ölüm
Unutma Bahçesi

Semih Tezcan
Dede Korkut Oğuznameleri Üzerine Notlar

Aslı Tohumcu
Abis

Meral Ataç Tolluoğlu
Babam Nurullah Ataç
Küçük Hanım Meralika

Mahmud Nedim bin Tosun
Aşçıbaşı

Vedat Nedim Tör
Yıllar Böyle Geçti

Ahmet Nedim Servet Tör
Nevhîz'in Günlüğü

Bedirhan Toprak
Fanfa

İbn Tufeyl - İbn Sina
Hay Bin Yakzan

Bedrettin Tuncel
Seçme Yazılar

Ayfer Tunç
Aziz Bey Hadisesi
Taş-Kâğıt-Makas

Güven Turan
Yazıyla Yaşamak

Düş Günler
Üçlü
Hesabali Turan
Bir Eğitimcinin Öyküsü
Serdar Turgut
Şahsi Bir New York Biyografisi
Orçun Türkay
Peri Masalları
Cahit Uçuk
Bir İmparatorluk Çökerken... Anılar
Erkekler Dünyasında Bir Kadın Yazar - Silsilename I
Yıllar Sadece Sayı - Silsilename II
Faruk Ulay
Beldeler Kitabı
Tuhaf İnsanlar Zamanı
Kemal Uluer
Başucumda Hayat - Mutlu Bir Ölümün Güncesi
Mîna Urgan
Virginia Woolf
D.H. Lawrence
Bir Dinozorun Anıları
Bir Dinozorun Gezileri
İngiliz Edebiyatı Tarihi
Tomris Uyar
İpek ve Bakır
Güzel Yazı Defteri
Gündökümü I - Bir Uyumsuzun Notları
Gündökümü II - Bir Uyumsuzun Notları
Ödeşmeler ve Şahmeran Hikâyesi
Yürekteki Bukağı
Dizboyu Papatyalar
Gecegezen Kızlar
Yaz Düşleri Düş Kışları
Artun Ünsal
Benim Lokantalarım
Kâmil ile Meryem'e Dair
Fikret Ürgüp
Dosdoğru Günlük
Orhan Veli
Şairin İşi - Yazılar, Öyküler, Konuşmalar
Bern Witte
Walter Benjamin
Hüseyin Cahit Yalçın
Tanıdıklarım
Murat Yalçın
Aşkımumya
Hafif Metro Günleri
İma Kılavuzu
Sadık Yalsızuçanlar
Sırlı Tuğlalar
Hiç
Doğan Yarıcı
Gece Kelebekleri - Küçük Küçük Hikâyeler
Yaşar Kemal
Fırat Suyu Kan Akıyor Baksana – *Bir Ada Hikayesi 1*
Karıncanın Su İçtiği – *Bir Ada Hikayesi 2*
Tanyeri Horozları – *Bir Ada Hikayesi 3*
İnce Memed 1
İnce Memed 2
İnce Memed 3
İnce Memed 4
Ortadirek – *Dağın Öte Yüzü 1*
Yer Demir Gök Bakır – *Dağın Öte Yüzü 2*
Ölmez Otu – *Dağın Öte Yüzü 3*
Demirciler Çarşısı Cinayeti – *Akçasazın Ağaları 1*
Yusufçuk Yusuf – *Akçasazın Ağaları 2*
Yağmurcuk Kuşu – *Kimsecik 1*
Kale Kapısı – *Kimsecik 2*
Kanın Sesi – *Kimsecik 3*
Teneke
Binboğalar Efsanesi
Ağrıdağı Efsanesi
Hüyükteki Nar Ağacı
Yılanı Öldürseler
Deniz Küstü
Al Gözüm Seyreyle Salih
Kuşlar da Gitti
Filler Sultanı
Sarı Sıcak
Üç Anadolu Efsanesi

Çakırcalı Efe
Nuhun Gemisi – *Bu Diyar Baştanbaşa 1*
Yanan Ormanlarda Elli Gün –
Bu Diyar Baştanbaşa 2
Peri Bacaları – *Bu Diyar Baştanbaşa 3*
Bir Bulut Kaynıyor – *Bu Diyar Baştanbaşa 4*
Allahın Askerleri
Baldaki Tuz
Ağacın Çürüğü
Ustadır Arı
Zulmün Artsın
Ağıtlar
Gökyüzü Mavi Kaldı (S. Eyuboğlu ile)
Yaşar Kemal Kendini Anlatıyor –
Alain Bosquet ile Görüşmeler
Ayışığı Kuyumcuları / Albert Vidalie –
Çevirenler: Thilda Kemal - Yaşar Kemal

Mehmet Yaşın
Kozmopoetika - Yazılar, Söyleşiler,
Değiniler (1978 - 2001)

Stefanos Yerasimos
Sultan Sofraları – 15. ve 16. Yüzyılda
Osmanlı Saray Mutfağı

Şiir Erkök Yılmaz
Abdullah'ın Ablası
Enayi Bir Aşk
Hop Eden Şey

İbrahim Yıldırım
Bıçkın ve Orta Halli - Cinayet, Ülke, Cinnet
Kuşevi'nin Efendisi
Yaralı Kalmak

Çetin Yiğenoğlu
Haydar'ı Öldürmek

Özen Yula
Tanrı Kimseyi Duymuyor

Tahsin Yücel
Alıntılar
İnsanlık Güldürüsünde Yüzler ve Bildiriler
Salaklık Üstüne Deneme
Yüz ve Söz

Binbir Gece Masalları (8 cilt)

Metin Eloğlu
Bu Yalnızlık Benim
Toplu Şiirler (1951 - 1984)
Seyhan Erözçelik
Kitaplar -Toplu Şiirler (1980 - 2003)
Ebubekir Eroğlu
Berzah - Toplu Şiirler 68/98
Hüseyin Ferhad
Kılıç İpekte Sınanır - Toplu Şiirler (1982 - 2000)
Füruğ
Sadece Ses Kalıcıdır
Füruzan
Lodosları Kenti
Louise Glück
Seçme Şiirler
İzzet Göldeli
Eksen - Toplu Şiirler
Ahmet Güntan
İlk Kan.
İkili Tekrar.
Talât Sait Halman (Haz.)
Eski Mısır'dan Şiirler
Ahmet Hâşim
Göl Saatleri
Piyâle
Sadık Hidayet
Hayyam'ın Teraneleri
Ted Hughes
Doğumgünü Mektupları
Mustafa Irgat
Ait'siz Kimlik Kitabı
Richard McKane
Coffeehouse Poems / Kahvehane Şiirleri
Sefa Kaplan
Londra Şiirleri
Yahya Kemal
Kendi Gök Kubbemiz
Eski Şiirin Rüzgârıyle
Rubâîler ve Hayyam Rubâîlerini Türkçe Söyleyiş
Birhan Keskin
Yeryüzü Halleri
Necip Fazıl Kısakürek
Çile
Tuna Kiremitçi
Akademi
Ercümend Behzad Lâv
Bütün Eserleri
Lermontov
Profil
Pierre Louÿs
Bilitis'in Şarkıları
James Lovett
O Istanbul - Ey İstanbul
Lale Müldür
Saatler / Geyikler
Nâzım Hikmet
Şiirler - 1
835 Satır
Jokond ile Sİ-YA-U
Varan 3
1+1=1
Sesini Kaybeden Şehir
Şiirler - 2
Benerci Kendini Niçin Öldürdü?
Gece Gelen Telgraf
Portreler
Taranta-Babu'ya Mektuplar
Simavne Kadısı Oğlu Şeyh Bedreddin Destanı
Şeyh Bedreddin Destanı'na Zeyl
Şiirler - 3
Kuvâyi Milliye
Saat 21-22 Şiirleri
Dört Hapisaneden
Rubailer
Şiirler - 4
Yatar Bursa Kalesinde
Şiirler - 5
Memleketimden İnsan Manzaraları
Şiirler - 6
Yeni Şiirler
Şiirler - 7
Son Şiirleri
Şiirler - 8
İlk Şiirler

Behçet Necatigil
Bile / Yazdı
Şiirler
Ahmet Oktay
Toplu Şiirler (1963 - 1991)
Hayalete Övgü
Hüseyin Peker
Ateşin Zilleri -
Toplu Şiirler (1965-2003)
Jacques Prévert
Sözler
Mehmed Rauf
Siyah İnciler
Theodore Roethke
Rüzgâr İçin Sözler
Işıl Saatçıoğlu (Haz.)
İtalyan Hermetik Şiiri Antolojisi
Seferis
Profil
Ahmet Soysal
Arzu ve Varlık – Dağlarca'ya Bakışlar
Cemal Süreya
Yürek ki Paramparça - Çeviri Şiirler
Sevda Sözleri
Ahmed Şamlu
Ey Aşk, Ey Aşk! Mavi Yüzün Görünmüyor
Zafer Şenocak
Kara Kutu
Ungaretti
Profil
Ülkü Tamer
Yanardağın Üstündeki Kuş
Çağdaş Latin Amerika Şiiri Antolojisi
Mehmet Taner
Küflü Şimşek
Veda Vezinleri
Ahmet Hamdi Tanpınar
Şiirler
Oğuz Tansel
Dağı Öpmeler
Tagore
Profil
Tuğrul Tanyol
Toplu Şiirler (1971 - 1995)
Büyü Bitti
Hakan Toker
Mavikara
Bedirhan Toprak
Gece Dili
Güven Turan
Toplu Şiirler (1963 - 1993)
101 Bir Dize
Gizli Alanlar
İz Sürmek
Görülen Kentler
Cendere
Mehmet Mümtaz Tuzcu
Yazöte - Toplu Şiirler 1971 / 1998
Turgut Uyar
Büyük Saat - Bütün Şiirleri
Orhan Veli
Bütün Şiirleri
Çeviri Şiirler
Azer Yaran
Giz Menekşesi - Toplu Şiirler (1975-2002)
Eyüp Yaşar
Kimsesizlik İkilisi
Mehmet Yaşın
Adı Kayıplar Listesinde
Levent Yılmaz
Son Ülke
Necmi Zekâ
Yavru Aslan'dan Konu Komşu'ya
(1981 - 2001)
(ben ona o bana ne oldu sana dedik)

YAPI KREDİ YAYINLARI / ŞİİR

Selahattin Hilav
Edebiyat Yazıları
Felsefe Yazıları
Edmund Husserl
Kesin Bir Bilim Olarak Felsefe
Turhan Ilgaz
Tencere Kapak
Fredric Jameson
Marksizm ve Biçim
Dil Hapisanesi - Yapısalcılığın ve Rus Biçimciliğinin Eleştirel Öyküsü
Seyfi Karabaş
Bütüncül Türk Budunbilimine Doğru
W. Kaufmann
Dostoyevski'den Sartre'a Varoluşçuluk
Alexandre Kojève
Hegel Felsefesine Giriş
Aysun Köktener
Bir Gazetenin Tarihi: Cumhuriyet
Timur Kuran
Yalanla Yaşamak
Béatrice Lenoir
Sanat Yapıtı
Claude Lévi-Strauss
Hüzünlü Dönenceler
Yaban Düşünce
Abraham S. Moles
Belirsizin Bilimleri
Predrag Matvejevic
Akdeniz'in Kitabı
Ahmet Oktay
Türkiye'de Popüler Kültür
Robert Owen
Yeni Toplum Görüşü
Karl R. Popper
Daha İyi Bir Dünya Arayışı
Hayat Problem Çözmektir
Abbé Pierre-Albert Jacquard
Mutlak
Hubert Reeves
İlk Saniye
Samih Rifat
Herakleitos
Bertrand Russell
Din ile Bilim
İnsanlığın Yarını
Peter M. Senge
Beşinci Disiplin
Michel Serres
Doğayla Sözleşme
A. Celal Şengör
Zümrütnâme
Zümrüt Ayna - Bilimsel Düşünce Üzerine Denemeler
Bülent Tanör
Türkiye'de Kongre İktidarları
Osmanlı-Türk Anayasal Gelişmeleri
Bülent Tanör – Necmi Yüzbaşıoğlu
1982 Anayasasına Göre Türk Anayasa Hukuku
Tzvetan Todorov (derleyen)
Yazın Kuramı
Alain Touraine
Birlikte Yaşayabilecek miyiz?
Modernliğin Eleştirisi
Demokrasi Nedir?
Frederic de Towarnicki
Martin Heidegger Anılar ve Günlükler
Aydın Uğur
Kültür Kıtası Atlası - Kültür, İletişim, Demokrasi
Nermi Uygur
Denemeli Denemesiz
Tadı Damağımda
Felsefenin Çağrısı
Kuram-Eylem Bağlamı
Kültür Kuramı
Başka-Sevgisi
Salkımlar
Dilin Gücü
Güneşle
Bunalımdan Yaşama Kültürü
Çağdaş Ortamda Teknik
Yaşama Felsefesi
Edmund Husserl'de Başkasının Ben'i Sorunu
İçi Dışıyla Batının Kültür Dünyası

YAPI KREDİ YAYINLARI / COGİTO

İnsan Açısından Edebiyat
Dipten Gelen
İçimin Sesi
Türk Felsefesinin Boyutlar
Eşekler, İkindiler, Yetişimler - Üç Kitap

Hilmi Ziya Ülken
Aşk Ahlakı
Türk Tefekkürü Tarihi

Artun Ünsal
Anadolu'da Kan Davası

Tahsin Yücel
Anlatı Yerlemleri

Ludwig Wittgenstein
Tractatus

Sartre Sartre'ı Anlatıyor
Profesör Heidegger, 1933'te Neler Oldu?

İnsan Hakları
11 Eylül/Bir Saldırının Yankıları
Binyıl İçin Tahminler - Salı Toplantıları 1998-1999
İnsanın Halleri - Salı Toplantıları 1998-1999
Sorun Soruda- Salı Toplantıları 1999-2000
Beyoğlu'nda Beyoğlu'nu Konuşmak- Salı Toplantıları 2000-2001
Dante'den McLuhan'a 24 Başyapıt Üzerine Konuşmalar - Salı Toplantıları 2001-2002
Yaşamöyküm- Salı Toplantıları 2001-2002

YAPI KREDİ YAYINLARI / **İLETİŞİM**